Contraste insuffisant

NF Z 43-120-14

P. 223
A.
(C.)

HISTOIRE

LITTERAIRE

DU REGNE

DE LOUIS XIV.

TOME PREMIER

HISTOIRE

LITTERAIRE

DU REGNE

DE LOUIS XIV.

DÉDIÉE AU ROY.

Par M. l'Abbè LAMBERT.

TOME PREMIER.

A PARIS,

Chez {
PRAULT Fils, Quai de Conty, vis-à-vis le Pont-neuf.
GUILLYN, Quai des Augustins, près le Pont S. Michel.
QUILLAU Fils, rue S. Jacques, aux Armes de l'Université.

M DCC LI.

AVEC APPROBATION ET PRIVILEGE DU ROY.

AU ROY.

IRE,

En présentant à VOTRE MAJESTÉ
l'Histoire Littéraire du régne de Votre

Auguste Bisayeul, j'ai l'honneur de lui offrir l'histoire d'un régne autant illustré par les Lettres que par les Armes, régne non moins fécond en génies sublimes qu'en Héros guerriers. En vain la Grece se glorifie-t-elle du siécle d'Alexandre, & Rome de celui d'Auguste ; le siécle de L o u i s XIV, je ne craindrai pas de le dire, leur est infiniment supérieur par la multitude des excellens ouvrages qui l'ont distingué, & par les chefs - d'œuvres qui font tous les jours l'admiration des Connoisseurs, & qui dans tous les tems feront tout à la fois, des modéles & des sujets d'émulation pour les plus grands Maîtres.

Ce siécle, S I R E, a encore un autre avantage, c'est qu'ayant été comme préparé par F r a n ç o i s I, le Restaurateur des Lettres en France, il est également soutenu par V o t r e M a j e s t e', dont l'œil éclairé juge de tous les mérites & de tous les talens, & dont la main

bienfaifante fçait les recompenfer à propos. Oui, *SIRE*, le fiécle que vous
avez illuftré, & comme Vainqueur des
Anglois à Fontenoy, & comme Pacifi-
cateur de l'Europe à Aix-la-Chapelle ;
ce fiécle donnera un nouvel éclat au
régne de *LOUIS LE GRAND*, &
offrira à la poftérité les mêmes merveilles à admirer. J'ai l'honneur d'être
avec un très-profond refpect,

SIRE,

DE VOTRE MAJESTÉ,

Le très-humble & très-obéiffant
ferviteur, & très-fidel fujet,
LAMBERT, Prêtre.

PLAN
DE L'OUVRAGE.

I. CET Ouvrage renferme les éloges historiques de toutes les personnes illustres de l'un & de l'autre sexe, qui se sont distinguées dans les Arts & dans les Sciences sous le régne de Louis le Grand.

II. On ne s'est pas contenté d'indiquer leurs principaux Ouvrages ; on s'est encore attaché à en faire l'analyse, & à rapporter les différens succès dont ils ont été suivis, & les divers jugemens qui en ont été portés

III. Cet Ouvrage est divisé en autant de Livres qu'il y a de classes différentes d'hommes illustres, qui se sont rendus célébres dans les Arts & dans les Sciences.

IV. Chaque Livre est précédé d'un Discours, où après avoir exposé dans quel état étoit sous les régnes précédens tel Art ou telle Science, dont il est traité dans ce Livre ; on fait voir les progrès que cet Art ou cette Science ont fait sous le régne de LOUIS XIV, & jusqu'à quel degré de perfection ils ont été portés.

V. Dans la premiere claſſe ſont compris les Théologiens Scholaſtiques, Moraux, Myſtiques, les Controverſiſtes & les Canoniſtes.

VI. La ſeconde claſſe renferme les Orateurs ſacrés & profanes, & les Juriſconſultes.

VII. La troiſiéme claſſe eſt pour les Hiſtoriens.

VIII. Dans la quatriéme claſſe ſont contenus les éloges des Philoſophes, & dans cette claſſe ſont compris les Phyſiciens, les Mathématiciens, les Géométres, les Aſtronomes, les Ingénieurs, les Méchaniciens, les Naturaliſtes, les Médecins, les Anatomiſtes, les Chymiſtes & les Botaniſtes.

IX. On a placé dans la cinquiéme claſſe les Poëtes Latins & François, les Poëtes tragiques, comiques, lyriques, ſatyriques & les Muſiciens.

X. La ſixiéme claſſe eſt pour les Philologues; tels que les Critiques, les Grammairiens, les Lexicographes, les Bibliographes, les Géographes, les Interprêtes, les Commentateurs, les Traducteurs, les Mythologiſtes, les Généalogiſtes, les Chronologiſtes, les Blaſoniſtes, les Antiquaires, les Médailliſtes, & autres qui ont excellé dans quelque genre particulier de littérature.

XI. La ſeptiéme claſſe comprend les Dames illuſtres, qui par leur eſprit & leur ſcience ont fait la gloire de leur ſexe & de leur ſiécle.

XII. La huitiéme & derniere claſſe contient les éloges des Architectes célebres, des Peintres, des Graveurs, des Sculpteurs, des Monétaires, des Machiniſtes, & généralement de tous les Grands

Hommes qui ont perfectionné quelque Art particulier.

XIII. Dans la derniere partie de cet Ouvrage, la plus intéressante & la plus instructive, on rapporte toutes les Médailles qui ont été frappées à l'honneur de LOUIS XIV, & la courte explication que l'on donne de ce grand nombre de Médailles, forme une espéce d'abregé de l'Histoire Civile & Militaire du régne de ce grand Roi.

ce foit, d'augmentation, correction, changement ou autres, fans la permiſſion expreſſe & par écrit dudit Expoſant, ou de ceux qui auront droit
de lui, à peine de confifcation des exemplaires contrefaits, de trois mille
livres d'amende contre chacun des contrevenans, dont un tiers à Nous,
un tiers à l'Hôtel-Dieu de Paris, & l'autre tiers audit Expoſant ou à celui
qui aura droit de lui, & de tous dépens, dommages & interêts : A la
charge que ces Préſentes feront enregiſtrées tout au long fur le Regiſtre
de la Communauté des Imprimeurs & Libraires de Paris, dans trois mois
de la date d'icelles ; que l'Impreſſion dudit Ouvrages fera faite dans notre
Royaume & non ailleurs, en bon papier & beaux caracteres, conformément à la feuille imprimée & attachée pour modele fous le contre-
Scel des Préſentes : que l'Impétrant fe conformera en tout aux Réglemens de la Librairie, & notamment à celui du 10. Avril 1725. qu'avant
de l'expoſer en vente, le Manuſcrit qui aura fervi de copie à l'impreſſion
dudit Ouvrage, fera remis dans le même état où l'Approbation y aura
été donnée, ès mains de notre très-cher & féal Chevalier Chancelier de
France le Sieur DE LAMOIGNON, & qu'il en fera enſuite remis
deux Exemplaires dans notre Biliothéque publique, un dans celle de
notre Château du Louvre, un dans celle de notredit très-cher & féal
Chevalier Chancelier de France le Sieur DE LAMOIGNON, & un
dans celle de notre très-cher & féal Chevalier Garde des Sceaux de
France le Sieur DE MACHAULT, Commandeur de nos Ordres ;
le tout à peine de nullité des Préſentes : Du contenu defquelles vous
mandons & enjoignons de faire jouir ledit Expoſant ou ſes Ayans cauſe,
pleinement & paiſiblement, fans fouffrir qu'il leur foit fait aucun trouble
ou empêchement. Voulons que la Copie des Preſentes, qui fera imprimée
tout au long au commencement ou à la fin dudit Ouvrage, foit tenue
pour duement fignifiée, & qu'aux Copies collationnées par l'un de nos
amés & feaux Conſeillers Sécretaires, foi foit ajoutée comme à l'original. Commandons au premier notre Huiſſier ou Sergent fur ce requis
de faire pour l'exécution d'icelles, tous actes requis & néceſſaires, fans
demander autre permiſſion, & nonobſtant clameur de Haro, charte
Normande & Lettres à ce contraires : CAR tel eſt notre plaiſir. Donné
à Verſailles le treiziéme jour du mois d'Août, l'an de grace mil ſept
cent cinquante-un, & de notre Regne le trente-fixiéme. Par le Roy en
ſon Conſeil. SAINSON.

*Regiſtré fur le Regiſtre douze de la Chambre Royale des Libraires & Imprimeurs
de Paris N°. 634. Fol. 494. conformément au Réglement de 1723. qui fait défenſe
Art. IV. à toutes perfonnes de quelque qualité qu'elles foient, autres que les Libraires
ou Imprimeurs, de vendre, débiter & faire afficher aucuns Livres pour les vendre en
leurs noms, foit qu'ils s'en difent les Auteurs, ou autrement. A la charge de fournir à
la fufdite Chambre neuf Exemplaires preſcrits par l'Article CVIII du même Réglement.
A Paris le 20 Août 1751. LE GRAS, Syndic.*

HISTOIRE

DISCOURS

SUR LES PROGRÉS

DES SCIENCES SACRÉES,

SOUS LE REGNE

DE LOUIS XIV.

'EST un avantage de la vraie Religion d'acquerir plus de Défenseurs, plus d'Interprêtes, plus d'Ecrivains qui lui font honneur à mesure que la Barbarie se dissipe, & que les lumieres s'épurent. Il n'en a pas été de même aux siécles de l'Idolatrie. Avec le progrés de la Philosophie & des Lettres, l'on vit la Théologie des Payens devenir plus foible ; & comment les esprits étant alors plus éclairés, auroient-ils pu ne pas sentir le faux & le ridicule des superstitieuses erreurs que cette Religion enseignoit? Cette pluralité des Dieux, ces Dieux décriés par des crimes qui deshonoroient l'humanité même, furent l'objet du mépris des Sages du Paganisme. Il y a au contraire tout à gagner pour les Dogmes du Christianisme, quand les hommes étendent leurs connoissances ; parce que ce grand corps de Religion qu'a établi J. C. développe ses raports & place ses vérités dans un point de vûe, qui charme l'esprit, qui nourrit les sentimens, & qui éléve l'ame au-dessus d'elle-même.

Tome I. Livre I. page I.

a

Les siécles d'ignorance ont-été funestes à la Religion, par la destruction des monumens qu'ils ont entraînée, par l'abus du vrai & du solide qu'ils ont enfanté, par les idées d'une infinité de faux merveilleux qu'ils ont accréditées. Qu'étoit devenue la critique dans ces tems de grossiereté, où tout antousiaste étoit sûr de trouver des Partisans ? Quel usage faisoit-on de l'étude fondamentale des Saints Livres & des Peres, dans des pays où toutes les connoissances se bornoient aux élémens de la Langue Latine pour les Ecclésiastiques, aux exercices de l'Agriculture pour le Peuple, aux expéditions militaires pour les personnes de Condition.

Nous ne voulons pas dire que les lumieres se soient éteintes dans le Christianisme, l'enseignement public n'a jamais manqué, le dépôt de la Foi a toujours été conservé avec soin ; la protection du Ciel s'est fait sentir au milieu des ténébres du genre humain. Mais nous disons, & il est vrai, que l'état du Christianisme n'avoit point dans ces tems d'ignorance, cet éclat qui le rend si persuasif aux Infidéles, & si respectable aux Domestiques de la Foi. Les Héréfies ont succédé suivant la parole de l'Apôtre, & de cette source empoisonnée Dieu a tiré sa gloire, en ranimant le zéle & les travaux des Défenseurs de la Religion.

Après l'ébranlement que le Calvinisme avoit donné au Peuple François, & aux principes même de la Monarchie, des époques plus fortunées parurent. La Science Théologique plus nécessaire que jamais par la nécessité de défendre les Dogmes de nos Peres, reprit une vigueur qu'on n'avoit point encore remarquée depuis le siécle de Charlemagne. Sous Louis XIII. on vit en quelque sorte l'aurore de ce beau jour ; mais il falloit un Regne tel que celui du Grand Roi dont nous écrivons l'histoire, pour augmenter ces lumieres, pour les répandre dans toute l'éducation publique, dans tous les degrés du Clergé, dans tous les genres d'étude, qui se rapportent à la Religion.

Est-il quelque partie de la Théologie, qui sous ce Régne glorieux n'ait été cultivée avec les plus grands succés ?

L'Ecriture-Sainte, les Conciles, les Peres, les antiquités Ecclésiastiques, la Théologie polémique, la Théologie Scholastique, la Théologie morale, le Droit Canon, la Théologie mistique, parcourons ces differentes parties, nous osons nous flater que le détail où nous allons entrer ne déplaira pas au Lecteur.

Le seiziéme siécle nous offre une foule de Sçavans qui s'étoient exercés avec quelque succès sur l'Ecriture-Sainte, & c'est-là une matiere qui sembloit avoir été en quelque façon épuisée, mais combien de riches découvertes ne restoit-il pas encore à faire ? Elles se sont faites sous le Régne de Louis XIV. Nos Sçavans les plus illustres ont donné tous leurs soins à perfectionner cette premiere partie de la Théologie ; la vérité, la certitude, la divinité, l'inspiration de l'Ecriture-Sainte a été démontrée avec beaucoup plus de force, plus de méthode, plus de clarté & plus d'évidence qu'elle ne l'avoit encore été. Ecriture Sainte.

Abbadie (a), *Jaquelot* (b), *les Sçavans Evéques de Meaux & d'Avranches, (Messieurs Bossuet & Huet,) se sont signalés dans cette glorieuse carriere.*

Les Traductions françoises qu'on nous a données des Livres Saints, ont été faites avec plus de goût, plus de fidélité, plus d'exactitude. Telle est en particulier la traduction admirable que nous a laissée M. de Saci.

Mais la Géographie, la Chronologie, l'Histoire, la critique de l'Ecriture-Sainte, combien de points qui demandoient à être mieux développés, & qui ont été mis dans le plus grand jour ? Quelle vaste érudition, quelle clarté, quelle méthode n'admire-t-on pas dans la Géogra-

---

(a) Fameux Ministre Protestant, natif de Bearn. Il mourut en 1727, à Marybone près de Londres. Son meilleur Ouvrage publié pour la premiere fois en 1684, & depuis réimprimé souvent en France & dans les Pays Etrangers, est son Livre intitulé, Vérité de la Religion Chrétienne.

(b) Il étoit né à Vassi, petite Ville de Champagne. Il sortit de France après la révocation de l'Edit de Nantes, se retira à Heidelberg, ensuite à la Haye, puis à Berlin, où il mourut en 1708, âgé de 61 ans. On trouve dans ses Dissertations sur l'existence de Dieu, des preuves convaincantes de la divinité de l'Ecriture, & plus encore dans son excellent Livre de l'inspiration des Livres Sacrés.

phie sacrée de Bochart, dans la Chronologie des Peres Petau & Pezron, dans la critique de l'ancien & du nouveau Testament, par Richard Simon, dans les Prolegomenes de l'Ecriture-Sainte du Pere Lami, dans les disquisitions bibliques du Pere Frassen, dans les curieuses Dissertations de Messieurs Huet & le Pelletier (a), dans les mœurs des Israëlites & des Chrétiens de M. de Fleury, dans les doctes Commentaires de Siméon de Muis, (b) & dans ceux de Dom Calmet.

CONCILES.

A l'étude de l'Ecriture-Sainte fut jointe celle des Conciles, & quels progrès n'a pas fait cette seconde partie de la Théologie ? De combien de laborieuses recherches n'ont pas été précédées les amples collections que nous ont laissées en ce genre les PP. Thomassin, Labbe, Cossart, Hardouin & Sirmond. Vaste champ cependant où l'on pourroit faire de nouvelles découvertes si l'on vouloit s'appliquer à répandre du jour sur bien des textes, & sur quantité de points de Chronologie, qui n'ont point encore été assez bien éclaircis.

SS. Peres.
Antiquités
Eccléfiastiques.

Il n'en est pas de même par raport à l'étude, qui dans le dernier siécle a été faite des Saints Peres & des antiquités Ecclésiastiques. Point de science qui ait été cultivée avec plus d'ardeur & plus de succès. On a publié d'excellens Traités sur l'étude des Peres, on a donné de leurs Ouvrages des éditions beaucoup plus exactes que celles qui avoient encore paru. On a consulté, on a comparé ensemble les manuscrits anciens, on a fouillé dans toutes les Bibliotéques, on a fait des notes critiques & de sçavantes Dissertations pour discerner les Ouvrages vrais & autentiques des Peres Grecs & Latins, d'avec ceux qui sont supposés ; on en a fait paroître de fidelles traductions ou la-

---

(a) Il a écrit sur l'Arche de Noë, sur le Temple de Salomon, sur les poids & les mesures des Anciens, sur la chevelure d'Absalon, & sur quantité d'autres points curieux de la Bible. Il mourut à Rouen, sa Patrie en 1711, presque subitement.

(b) Il étoit d'Orléans, Archidiacre de Soissons, Professeur au Collége Royal dans la langue Hébraïque. Il est mort en 1644. Son Ouvrage le plus estimé, est son Commentaire sur les Pseaumes. Dans son Livre intitulé, *Varia Sacra*, il y a d'excellentes notes sur les passages les plus difficiles de quelques Livres de l'Ancien Testament.

tines ou françoises : divers genres de travaux, où se font particulierement distingués Mrs Cotelier (a), de Saci, Hermant, de Tillemont, Baluze, Dupin, de Moiffy (b) les PP. Mabillon, Ruinart (c), d'Acheri, Sirmond, Petau, Garnier, Combefis.

L'étude de la controverse fut au commencement du Régne de Louis XIV. la principale occupation des Théologiens françois. Le Calvinisme avoit rendu nécessaires ces exercices polémiques ; il falloit attaquer, combattre & détruire les nouvelles erreurs, établir & prouver avec plus de force, plus de méthode, plus de clarté & plus d'évidence qu'on ne l'avoit encore fait, les vérités de notre Religion, contre lesquelles les Novateurs paroissoient le plus déchaînés. L'Ecriture-Sainte, les Conciles, les Peres étudiés alors avec plus de soin par nos Théologiens, leur fournirent des armes pour terrasser les nouveaux monstres que l'erreur venoit d'enfanter. Le Clergé de France les anima au combat, & seconda le zéle du Souverain pour la réduction des Hérétiques ; & quels Ouvrages plus propres à les détromper de leurs erreurs, que ceux qui furent alors composés pour leur instruction ? je parle de l'exposition de la doctrine de l'Eglise Catholique & de l'Histoire des variations des Eglises protestantes par le sçavant Evéque de Meaux, de divers traités contre les Calvinistes convaincus de nouveaux Dogmes impies sur la morale par M. Arnaud, de la perpétuité de la Foi de l'Eglise Catholique, du Traité de l'unité de cette même Eglise, par M. Nicole ; d'un autre traité de l'Eglise contre les Hérétiques, par M.

Théologie Polémique.

(a) Né à Nismes en 1628. Il étoit Bachelier de la Maison & Société de Sorbonne. Agé de 12 ans, il expliqua devant l'assemblée du Clergé de France, le Nouveau Testament grec à l'ouverture du Livre & la Bible en Hébreu, & il fit ensuite quelques Démonstrations de Mathématiques. Son plus grand Ouvrage est son recueil des Monumens des Peres qui ont vécu dans les tems Apostoliques. Cet illustre Sçavant mourut en 1686.

(b) On a de cet habile homme un excellent Traité en François, de l'étude des Peres, in-quarto.

(c) Il étoit natif de Rheims & fut l'éleve de Dom Mabillon. Il est mort en 1709, âgé de 53 ans. Il a donné un Recueil des Actes des Martyrs, l'histoire de la Persécution des Vendales, une nouvelle Edition des œuvres de Grégoire de Tours, & plusieurs autres Ouvrages.

Hermant , de l'Analyse de la Foi par le célébre Evêque de Tulles , M. d'Argentré ; Ouvrages composés avec tout l'art, l'ordre , la méthode , la clarté qu'exigent ces sortes de matieres.

Théologie
Scholasti-
que.

Sous le Régne de Louis XIV. la Théologie scholasti-que seche & décharnée jusqu'alors , prit de l'embonpoint , parce qu'elle commença à ne plus se nourrir de vaines sub-tilités bien plus propres à exercer & à embarrasser l'esprit qu'à l'instruire & à l'éclairer. On bannit de l'école ces termes barbares , ces chicannes puériles , ces distinctions frivoles , ces questions de pure Métaphisique , questions souvent indécentes , & presque toujours ridicules, qui étoient traitées & discutées si sérieusement & avec tant de vivacité par les Théologiens scholastiques des siécles précédens .Le vrai, le solide, l'instructif exposé clairement & avec mé-thode , prit la place de toutes ces inutilités. On ne se fon-da plus sur des raisonnemens purement humains , arbitrai-res ou métaphisiques , ni sur des argumens tirés d'Aristo-te ; mais sur l'Ecriture-Sainte , sur les Peres & sur les Conciles. Tels furent les Théologiens scholastiques du Ré-gne de Louis XIV. les Nicolai, les Frassen , les Vitasse , les Tourneli (a) , les Contenson (b) , les Gonet (c) , les Louis (d) & Isaac (e) Habert.

Théologie
Morale.

La Morale trop long-tems abandonnée à la subtilité des Casuistes , avoit besoin d'être traitée avec plus de force, de sçavoir , de recherche , de prudence. Plus les connois-

(a) Docteur de Sorbonne, né à Antibes en 1658. Il fut envoyé à Douai par le feu Roi pour y professer la Théologie qu'il enseigna ensuite pendant 24 ans dans les écoles de Sorbonne. Il mourut en 1730. Chacun connoît l'excellence de ses Ouvrages.

(b) Sçavant Dominicain né à Altivillare dans le Diocése de Condom, en 1640, mort en 1674. Il a donné une Théologie complette.

(c) Il étoit natif de Beziers, il entra dans l'Ordre de S. Dominique, & s'y distingua dans l'emploi de Professeur en Théologie. Il en a publié une en 5 Volumes in-folio. Il mourut en 1681 , âgé de 65 ans.

(d) Natif de Blois, Docteur de la Maison & Société de Sorbonne. On a de lui un corps complet de Théologie, & un Livre intitulé les pratiques de la Pénitence. Sa mort arriva en 1718, étant âgé de 81 ans.

(e) Docteur de la Faculté de la Maison & Société de Sorbonne , Evêque de Vabres. Il a laissé plusieurs excellens Traités Théologiques. Il a beaucoup écrit contre l'Augustinus de Janseniüs. Ce célébre Ecrivain est mort en 1668,

fances s'étendirent, plus les lumieres s'épurérent, plus la
fcience des mœurs fe perfectionna ; on cria contre le relâchement qui avoit été introduit dans la morale, & l'effet falutaire que ces cris produifirent fut d'infpirer plus de
vigilance aux Docteurs, ils écrivirent avec plus de circonfpection & de fageffe ; & on ne les vit plus fuivre fer-
vilement les opinions des Cafuiftes qui les avoient précédés. Ils chercherent & trouvérent dans l'Ecriture-Sainte,
dans les Conciles, dans les Peres, dans les Décrets des
Papes, les preuves de leurs décifions ; & c'eft ainfi qu'ils
fçurent éviter les deux extrêmités oppofées, le relâchement,
la trop grande févérité. Les maximes de l'Evangile, les
régles des Mœurs, les devoirs de l'homme envers Dieu,
envers foi-même & envers le prochain, font clairement &
fagement expofés dans Nicole, & dans un grand nombre
d'autres Moraliftes ; ce qui concerne les cas de confcience
en particulier eft traité d'une maniere fupérieure dans M.
de Sainte Beuve (a), dans les conférences de Paris fur
le mariage, dans la Théologie de Louis Habert, & dans
les écrits de plufieurs autres Théologiens habiles.

　　Nous ne nous étendrons point ici fur les progrès que le
Droit Canon a fait fous le même Régne, & qui ne fçait
que cette importante partie de la Théologie a reçu toute la
perfection dont elle paroiffoit fufceptible ? on a remonté aux
fources, on a prouvé la fuppofition des fauffes décrétales,
les fimples citations n'ont plus été fuffifantes, on a difcu-
té avec une critique exacte & judicieufe les autorités citées
& les Canons. Dans ce genre d'importantes recherches,
fe font diftingués les de Marca, les Gerabis, les de Launoy, les la Merre (b), les Cabaffut (c), les Thiers (d),

DROIT
CANON.

　(a) Natif de Paris, Docteur de Sorbonne, Penfionnaire & Théologien du
Clergé de France. On s'adreffoit à lui de toutes les Provinces pour des confultations. Il mourut en 1677, âgé de 64 ans.
　(b) Célebre Avocat du Clergé de France, qui a donné les onze premiers
Volumes de cet augufte Corps. M. fon fils honoré aujourd'hui de la même
Charge, continue cet important Ouvrage, & foutient avec diftinction la gloire
de fon Pere.
　(c) Prètre de l'Oratoire, natif d'Aix en Provence, mort en 1685, âgé de

les Gibert (e) *& quantité d'autres Canoniſtes illuſtres.*

Enfin ſous le Regne brillant dont nous écrivons l'Hiſtoire, la Théologie myſtique a été réduite à ſes vrais principes ; on en a banni ces termes ampoulés & vuides de ſens, fruits d'une imagination échauffée, plûtôt que d'une dévotion ſolide & éclairée. Les Cathéchiſmes dans tous les Diocéſes ont été réformés, les Breviaires, les Rituels, les Cérémonies, tout a été mis dans un ordre plus digne de nos Myſtéres & du culte du vrai Dieu. Le Pere Pouget (f) *de l'Oratoire par ſon Cathéchiſme de Montpellier, Baillet par ſes vies des Saints, Dom Claude de Vert* (g) *, le Pere le Brun, Thiberge* (h) *, Bocquillot* (i) *Mabillon & Martenne, par leurs Livres ſur la Liturgie & les Cérémonies de l'Egliſe, & Dom Ruinart par ſes Actes des Martyrs, ont ſervi tout à la fois utilement & la Religion & le Public.*

81 ans. Il a donné un Livre intitulé, la Théorie & la pratique du Droit canonique, & une notice de l'Hiſtoire des Conciles & des Canons.

(*d*) Natif de Chârtres, Bachelier de la Faculté de Paris. Il mourut en 1703 âgé de plus de 65 ans. Son meilleur Ouvrage eſt ſon Livre de l'Expoſition du S. Sacrement. On a de lui un grand nombre de Traités ſur differentes matieres.

(*e*) Né à Aix en Provence en 1660. & mort à Paris en 1736. Il a été le Canoniſte du Royaume, qui a eu le plus de réputation. Il a donné des Inſtitutions Eccléſiaſtiques & Bénéficiales, les Uſages de l'Egliſe Gallicane, concernant les cenſures & l'irrégularité, un corps de Droit Canon & pluſieurs autres ſçavans Ouvrages.

(*f*) Prêtre de l'Oratoire, Abbé de Chambon, Docteur en Théologie de la Faculté de Paris, mort en 1723.

(*g*) Religieux de l'Ordre de Cluni, né à Paris en 1645, mort en 1708. On a de lui quatre Volumes intitulés, Explications ſimples, littérales & hiſtoriques des cérémonies de l'Egliſe & une Traduction de la Régle de S. Benoît.

(*h*) Directeur du Séminaire des Miſſions étrangeres à Paris, mort en cette Ville au mois d'Octobre 1730. Il a compoſé pluſieurs Retraites ſpirituelles très-eſtimées.

(*i*) Il étoit natif d'Avalon, & eſt mort en 1728. On a de lui des Homélies ou Inſtructions familieres ſur les Commandemens de Dieu & de l'Egliſe, ſur les Sacremens, ſur les Fêtes des Saints, & un Traité hiſtorique de la Liturgie ſacrée, & pluſieurs ſçavantes Diſſertations ſur divers ſujets intéreſſans.

HISTOIRE LITTERAIRE
DU REGNE
DE
LOUIS XIV.

ÉLOGES HISTORIQUES

Des Théologiens Scholaſtiques, Moraux, Myſtiques, des Controverſiſtes, & des Canoniſtes.

LIVRE PREMIER.

JACQUES SIRMOND.

JACQUES SIRMOND l'un de ces hommes illuſtres dont le nom ſeul dit plus que les plus pompeux panégyriques, nâquit à Riom en Auvergne en 1558 d'une famille diſtinguée dans la robe. Jean Sirmond ſon pere juge & prévôt de cette ville prit un ſoin d'autant plus grand de ſon éducation que

Tome I.   A

de bonne heure il apperçut dans ce jeune enfant des dispositions extraordinaires pour les sciences. Après lui avoir donné des maîtres habiles qui lui apprirent la grammaire, & qui lui inspirerent beaucoup de goût pour les belles lettres, il l'envoya à Billon pour y faire ses humanités dans le premier Collége que les Jesuites ayent eu en France.

Une piété édifiante, un zéle ardent pour le salut des ames, une application infatigable au travail furent les premieres vertus qu'il remarqua dans ses nouveaux maîtres, & ce fut là le principal motif de sa vocation. Agé de dix-sept ans il entra dans la Société, & vint commencer son noviciat à Verdun, qu'il acheva ensuite à Pont à Mousson.

Ses épreuves finies il fut appliqué pendant deux ans à l'étude de la philosophie, & fut après son cours envoyé à Paris où pendant cinq ans il professa avec éclat les humanités & la rhétorique; il eut la gloire d'avoir pour disciples Charles de Valois duc d'Angoulême, fils naturel de Charles IX, & le célebre évêque de Genève S. François de Sales. Le tems que ce sçavant Jesuite employa à enseigner les belles lettres lui acquit une parfaite connoissance des langues Grecque & Latine. Le fameux Muret fut son modéle, & l'on peut dire qu'il a égalé & peut-être même surpassé cet illustre écrivain pour la pureté & l'élégence du stile, & ce fut en partie pour cette raison que le pere Sirmond, après avoir achevé son cours de Théologie fut appellé à Rome pour y remplir l'emploi de sécretaire auprès du général de sa Compagnie. L'étude de la belle antiquité des médailles, des inscriptions & des autres respectables monumens que l'injure des tems ou la barbarie des nations avoit épargnés occupat tous les momens dont les fonctions de son employ lui permettoient de disposer; aussi ce fut là une science dans laquelle il se rendit si habile, que ceux-là même d'entre les Italiens qui passoient pour être le plus versés dans les antiques lui firent souvent l'honneur de le consulter, & toûjours ils s'en rapporterent à ses décisions, comme à autant d'oracles. La profonde érudition de ce grand homme, soutenue des qualités du cœur les plus recherchées, lui fit dans le sacré Collége des amis illustres qui l'ont constamment honnoré de leur amitié & de leur estime. Tels furent en particulier les cardinaux Bellarmin & Tolet Jesuites, & les cardinaux d'Ossat, Duperron & Baronius. Ce dernier s'est fait une gloire de publier dans divers endroits de ses Annales que c'est aux lumieres de ce scavant Jesuite qu'il doit presque toute l'érudition qui se trouve répandue dans ce grand ouvrage, principalement pour ce qui concerne l'histoire Grecque.

Le pere Sirmond de retour en France après un séjour de seize ans à Rome, se livra tout entier à la composition des ouvrages dont il a enrichi le Public, & qui ont assuré à leur Auteur la gloire d'avoir été le plus scavant critique de son siécle. Pendant quatre ans qu'il demeura à la maison professe il publia les œuvres de Geoffroy de Vendôme, d'Ennode de Flodoard, quelques Opuscules de S. Fulgence, vingt Homelies de Valerien. Étant passé au Collége sur la fin de 1611, il y entreprit son grand ouvrage de la collection de tous les conciles de l'église Gallicanne ; travail immense qui n'occupa cependant pas tout le loisir de cet illustre Écrivain. Ce fut chaque année quelque nouvel Auteur ecclésiastique qu'il fit paroître avec des corrections & des notes remplies d'une érudition qui étonnat son siécle, & qui sera de même un sujet d'étonnement pour la postérité la plus reculée. Ces Auteurs au nombre de plus de quarante, dont la plupart étoient demeurés ensevelis dans les ténebres, parurent avec un éclat qui répandit les plus vives lumieres sur tout ce que l'ancienne histoire de l'Eglise avoit eu jusqu'alors de plus obscur.

L'éclatante réputation que tant d'excellens ouvrages firent à leur Auteur l'auroit infailliblement enlevé à sa

A ij

patrie , fi elle avoit pu confentir à fe priver d'un auffi grand homme. Le pape Urbain VIII qui avoit confervé pour lui une eftime particuliere , & qui avoit deffein de l'agréger au facré Collége , lui fit écrire par le général de fa Compagnie pour l'attirer à Rome ; mais le roi Louis XIII s'y oppofa. Ce prince n'ayant pas voulu permettre , dit *Henri de Valois* dans l'éloge funébre qu'il a fait du pere Sirmond , qu'un fi grand homme né pour illuftrer l'églife Gallicane fut enlevé à la France : *Ne tantus vir ad illuftrandam ecclefiæ Gallicanæ antiquitatem natus Galliæ eriperetur.* Et ce fut pour mieux l'attacher à fa perfonne que Sa Majefté l'honnora peu de tems après de la dignité de fon confeffeur.

» La plupart du monde , dit l'Auteur du Journal des
» fçavans , confidérant cette fonction par rapport à la
» confcience du prince , qu'elle inftruit de fes devoirs ,
» ne put qu'applaudir au choix d'un fujet qui , outre
» une capacité extraordinaire , y apportoit de très-bon-
» nes intentions ; mais quelques-uns des amis du pere
» Sirmond qui ne fongeoient qu'au tems qu'elle lui alloit
» dérober , jugeoient qu'elle lui convenoit bien moins
» qu'à un autre. Il fe conduifit à la Cour avec une fi
» fage précaution qu'il n'y donna jamais le moindre
» fujet de plainte , & avec un fi parfait défintereffe-
» ment qu'il n'avançat aucun de fes proches & ne de-
» manda qu'un petit bénéfice pour M. de Lalande fon
» neveu , auquel il fut contefté.

Peu de tems avant la mort du roi Louis XIII le pere Sirmond revint s'enfevelir dans la retraite dont il fit toûjours fes plus cheres délices. Député de fa province en 1645 pour affifter à la nouvelle élection d'un général de fa Compagnie , âgé de plus de quatrevingt ans , il entreprit le voyage de Rome où il fut reçu avec toutes les marques de diftinction dûes à l'éclat de fon mérite.

Son retour en France fut marqué par de nouveaux ouvrages. Il donna fucceffivement les lettres de Raban

archevêque de Mayence , celles d'Amolon archevêque
de Lyon , les œuvres de Théodulphe évêque d'Orleans ,
les fentences de faint Auguftin , les queftions de Loup
Servat , le traité de la foi de Ruffin , une hiftoire des
prédeftinatiens , avec deux differtations l'une fur la pénitence publique , & l'autre fur l'ufage du pain azime
dans la célébration de l'Euchariftie.

Cet excellent homme mourut le 7 Octobre 1651
dans la quatre-vingt-treiziéme année de fon âge.

» Il avoit fçu joindre , dit M. Du-Pin , une grande
» délicateffe d'efprit , & un difcernement très-jufte avec
» une profonde érudition. Il fçavoit en perfeaction le
» grec , le latin , les Auteurs profanes , l'hiftoire , &
» tout ce qui s'appelle belles Lettres. Il avoit une con-
» noiffance fort étendue de l'antiquité eccléfiaftique ,
» & avoit étudié avec foin les Auteurs du moyen âge.
» Son ftyle eft pur, concis & ferré. Il méditoit beau-
» coup fur ce qu'il écrivoit , & avoit un art particulier
» de le réduire en une note , qui comprenoit bien des
» chofes en peu de mots fans être chargée de rien
» d'inutile ou d'étranger. Il eft exaât , judicieux , fim-
» ple , & cependant n'omet rien de ce qui eft nécef-
» faire. Ses differtations ont paffé pour un modéle fur
» lequel il feroit à fouhaiter qu'on fe format. Quand il
» traitoit une matiere il ne difoit jamais d'abord tout
» ce qu'il fçavoit , & fe réfervoit toûjours de nou-
» veaux argumens pour la replique , comme des trou-
» pes auxiliaires pour venir au fecours du corps de
» bataille. Il étoit défintereffé , équitable , moderé ,
» fincere , modefte , laborieux , & cependant familier ,
» converfant agréablement avec fes amis , & appliqué à
» fes devoirs. Il s'étoit attiré par fon érudition & par
» fes manieres l'eftime non feulement des fçavans , mais
» encore de tous les honnêtes gens.

Nous n'entreprendrons point de rapporter ici tous
les éloges pompeux que les fçavans les plus diftingués
ont donnés dans leurs livres à cet homme illuftre. L'a-

brégé de tous ces éloges se trouve en quelque façon dans l'épitaphe suivante qui lui fut consacrée par le pere Fonteau chanoine régulier de sainte Genevieve, & chancelier de l'Université.

Quantus ipse mundus tantus est Sirmundus. Qui hunc non novit aut Scythicus Sarmata est, aut Poli glacialis incola. In republica litteraria nemo est, vel tantillum versatus quem aut elegantia stili sui & sermonis puritate paucis concessa, aut rara historiæ omnimodæ peritia, aut varia rerum eruditione non oblectaverit; & firmo in omnibus judicii pondere in admirationem usque non pertraxerit. Nullo munere in Ecclesia functus est, sed ipse profecto fuit munus insigne ecclesiæ de cœlo datum. Nulla dignitate floruit, quia sibi suffecit, ut magnus esset. Hunc purpura coluit. Tiara consuluit, diadema honoravit. Hoc magnum si sequitur, non appetitur. Tanti est doctum esse non ex fama solum aut ad strepitum, sed ex juge & indeffesso labore. In expurgandis, producendisque scriptoribus ecclesiasticis suam potissimum operam navavit. Et sic cum alii scribendo authores fiant, hic scribendo factus est author authorum, & pater patrum. Pauca scripsit, multa tamen edidit, & eam obrem nomine suo orbem implevit. Senuit inter libros quorum amor senescere nescit. Desiit prius vivere quam sapere. Audivimus eâ ætate differentem, quà vix alii sui meminere, quà pauci vivunt. Sed heu qui tot autores traxit ex pulvere, ipse author magnus in pulverem abiit; qui tot patres luci dedit; ipse etiam pater luce privatus est. Diu vixit ut multos juvaret. Seculum pene attigit ut in recensione virorum magnorum quæ fit per sæcula ille unus multis responderet. Difficilia multa absolvit. Non tamen ad id quod difficilimum est pervenit ut esset extra invidiam & non extra gloriam. Tandem obiit inter suos, gratias Deo referens ob datam in religiosa vita perseverantiam. Sensit vir magnus quantum à Deo donum est perseverantia. Nec solum vivens, sed etiam moriens Theologus fuit. Eum cum Sanctis degere quis neget, cum nomen habeat Sæpius in libris Sanctorum conscriptum. Mortuus licet vivet clarus non aliis quam quæ sibi ædificavit monumentis.

JEAN-PIERRE CAMUS.

JEAN-PIERRE CAMUS iſſu d'une noble famille de Bourgogne, nâquit vers l'an 1582 de Nicolas Camus écuyer ſeigneur de Marcilli, capitaine & gouverneur d'Auxone. La beauté de ſon génie, ſa profonde érudition, la pureté de ſes mœurs l'éleverent en 1609 à la dignité d'évêque de Belley, & il fut ſacré le 30 Décembre de la même année par S. François de Sales, dont il fut toûjours le parfait imitateur.

Le titre d'évêque fut pour lui un motif de redoublement de zele & de piété; livré tout entier aux fonctions de ſon miniſtère il ne s'occuppa que de la conduite de ſon diocèſe. Chaque année il en faiſoit régulierement la viſite, & chaque viſite qu'il faiſoit étoit accompagnée d'une miſſion où il prêchoit lui-même avec une onction qui faiſoit les plus vives impreſſions ſur les cœurs les plus endurcis; & ce qui donnoit encore plus de poids à ſes diſcours, c'eſt qu'ils étoient ſoutenus par une vie ſainte & pénitente, par une humilité profonde, & par une charité compatiſſante qui le rendoit le pere des pauvres.

Tel étoit le vertueux évêque de Belley; recommandable par ſa piété, il ne l'étoit pas moins par ſon érudition, comme on peut en juger par le grand nombre d'ouvrages de morale & de controverſe qu'il nous a laiſſés.

Animé d'un ſaint zele il déclama & écrivit avec tant de vivacité contre le relâchement de quelques moines de ſon tems, que ceux-ci s'étant adreſſés à M. le cardinal de Richelieu pour le prier d'engager M. de Belley à garder avec eux un peu plus de menagement, ſon Émi-

nence le pria en effet de difcontinuer d'écrire, « car
» je ne trouve aucun autre défaut en vous, lui dit le
» cardinal, que cet horrible acharnement contre les
» moines; & fans cela je vous canoniferois. *Plut à Dieu,*
» *Monfeigneur, que cela pût arriver,* lui répondit l'évê-
» que, *nous aurions l'un & l'autre ce que nous fouhaitons;*
» *vous feriez pape & je ferois faint.*

Peut-être fera-t-on furpris de trouver dans le catalogue des ouvrages de ce grand homme, des hiftoires
qui femblent n'avoir pour objet que l'amufement du
cœur & de l'efprit : & ce fut là un heureux artifice que
fon ingénieufe charité lui fit imaginer pour empêcher
les pernicieux effets que produifoit la lecture des Romans; ouvrages qui rempliffant l'efprit des fentimens
de l'amour profane, étoient un obftacle à l'amour de
Dieu dans les ames. Ces livres cependant devenus à la
mode fe faifoient lire avec une avidité qui tenoit de la
fureur : M. de Belley crut devoir leur oppofer d'autres
ouvrages d'où l'amour ne fut pas entierement exclud;
mais les fentimens de piété dont ils étoient remplis,
joints aux cataftrophes édifiantes par où fe terminoient
ordinairement toutes les avantures qui avoient été ra-
contées, élevoient infenfiblement l'ame à Dieu en lui
découvrant le néant des chofes du monde, la malice
& la perfidie des hommes, & les périls où l'on eft continuellement expofé lorfque l'on marche dans les voies
du fiécle.

M. de Belley après vingt ans d'Épifcopat paffé dans
l'exercice des plus pénibles fonctions de l'Apoftolat, fe
retira dans fon abbaye d'Aunai en Normandie pour y
travailler uniquement à fa propre fanctification; mais
il ne jouit pas long-tems du repos qu'il étoit venu chercher, fon zele ne lui ayant pas permis de fe refufer aux
preffantes follicitations de M. de Harlai archevêque de
Rouen, qui le pria inftamment de s'affocier à fes travaux.

M. de Belley fe fentant de nouveau appellé à la retraite
vint

vint établir sa demeure dans l'hôpital des Incurables à Paris, où il mourut le 26 Avril 1652, ayant été nommé peu de tems avant sa mort à l'évêché d'Arras.

Si la prodigieuse quantité d'ouvrages qui sont sortis de sa plume font honneur à sa facilité ; il faut convenir qu'il eut été à désirer que cette trop grande facilité eut été accompagnée d'un peu plus de jugement ; & c'est ce que M. de Belley reconnoît lui-même dans son livre intitulé, l'Esprit de S. François de Sales.

Ce grand Saint s'étant plaint un jour de son peu de mémoire, M. de Belley lui répondit : *Vous n'avez pas à vous plaindre de votre partage puisque vous avez la très-bonne part qui est le jugement. Plut à Dieu que je pusse vous donner de la mémoire, qui m'afflige souvent de sa facilité, car elle me remplit de tant d'idées que j'en suis suffoqué en prêchant & même en écrivant, & que j'eusse un peu de votre jugement ; car de celui-ci je vous assure que j'en suis fort content. A ce mot S. François de Sales se prit à rire, & l'embrassant tendrement lui dit: En vérité je connois maintenant que vous y allez tout à la bonne foi. Je n'ai jamais trouvé qu'un homme avec vous qui m'ait dit qu'il n'avoit guere de jugement ; car c'est une pièce de laquelle ceux qui en manquent d'avantage pensent en être les mieux fournis, & je n'en trouve point de plus court que ceux qui pensent y abonder. Se plaindre de son défaut de mémoire & de la malice de sa volonté, c'est une chose assez commune, peu de gens en font la petite bouche ; mais de cette béatitude de pauvreté de l'esprit ou de jugement, personne n'en veut tâter, chacun la repousse comme une infamie. Mais aiez bon courage, l'âge vous en apportera assez ; c'est un des fruits de l'expérience & de la vieillesse.*

DENIS PETAU.

CE**T** illuftre fçâvant, l'ornement de fon fiécle &
de fa Compagnie, nâquit à Orleans le 21 Août
1583 de Jerôme Petau marchand de cette ville, qui
plus appliqué à l'étude qu'à faire fleurir fon commerce
fongea bien moins à enrichir fes enfans qu'à leur infpirer la forte paffion dont il étoit lui-même épris pour
les lettres. Il eut la confolation de les voir tous répondre à fes défirs & á fes foins. De huit enfans qu'il eut,
fçavoir fix garçons & deux filles dont il dirigeat lui-
même les premieres études, il n'y en eut aucun qui ne
poffedât parfaitement les langues fçavantes. Les filles
mêmes de ce fçavant homme s'exercerent avec fuccès
dans la poéfie Grecque & Latine.

Denis Petau que de plus heureufes difpofitions & une
plus ardente application à l'étude diftinguoient de fes
autres freres, meritât que fon pere donnât de plus
grands foins à fon éducation. Après l'avoir perfectionné
dans les belles lettres & dans les mathématiques, il
l'envoya à Paris pour y achever fon cours de Philofophie qu'il avoit commencé à Orléans. Les Thefes que
le jeune Petau foutint en Grec le rendirent un objet d'admiration pour fes Profeffeurs mêmes.

Après avoir fourni avec éclat cette premiere carriere, il fe livra tout entier à la Théologie qu'il étudia
pendant deux ans fous les célébres André Duval, Philippe Gamache & Nicolas Yfambert; toujours fuivi
des mêmes fuccès qui l'accompagnoient dans toutes les
fciences qu'il embraffoit, il étonna fes maîtres autant
par la facilité que par la pénétration de fon efprit. Ce
fut par le confeil de l'un d'eux, que le jeune Petau ofa
à l'âge de dix-neuf ans concourir pour une chaire de

Philosophie qui étoit à remplir dans l'Université de
Bourges. Il se présenta & les éclatantes preuves qu'il
donna de sa capacité lui gagnerent tous les suffrages.
Le jeune Professeur convaincu que les Philosophes anciens devoient être ses seuls guides, en fit une étude
particuliere. » Ces Philosophes, *dit le sçavant Pere Oudin*
» *dans son éloge du Pere Petau*, on les méprise beaucoup
» à présent, parce qu'on ne les connoît pas & qu'il
» est plus aisé de les mépriser que de se mettre en état
» de les connoître.

Après deux ans de séjour à Bourges M. Petau déja
pourvu d'un Canonicat dans la Cathédrale d'Orléans
revint à Paris, où il se lia d'une étroite amitié avec le
sçavant Pere Fronton-le-Duc. Les conseils de ce grand
homme ne contribuerent pas peu à affermir le jeune
Petau dans le dessein qu'il avoit formé depuis quelque
tems de se consacrer à Dieu dans la société des Jésuites ; & l'on peut dire qu'un des principaux motifs
de sa vocation fut le déchaînement universel des Novateurs contre cette sçavante compagnie, déchaînement qui a été & qui sera dans tous les siécles le fruit
précieux du zéle ardent de cette société à combattre
l'erreur. Denis Petau y fut reçu le 15 de Juin 1605,
& fut envoyé à Nanci pour y commencer son noviciat. Deux années après il vint à Pont-à-Mousson pour
y étudier en Théologie, & passa delà à Reims où il
fut employé pendant trois ans à professer la Rhétorique.
Les fonctions attachées à cet emploi quoiqu'il le remplit avec une distinction singuliére ne déroberent qu'une
partie de son tems. L'autre fut destinée à mettre la derniere main à l'excellente traduction qu'il avoit entreprise des œuvres de Synesius, Evêque de Cyrene en
Afrique. Cette édition dont le Clergé de France fit
tous les frais parut en 1612, & fut reçue du public
avec une approbation générale.

Ce sçavant Jésuite après avoir eu bien des occasions
de faire admirer la délicatesse de son esprit dans un

grand nombre de pieces en vers & en profe, qu'il publia pendant les trois années qu'il profeffa la Rhétorique à Reims, fut envoyé à la Fleche où il continua avec un nouvel éclat les mêmes fonctions ; de même qu'à paris où il fut appellé par fes Supérieurs en 1618, année mémorable marquée par l'ouverture folemnelle que les Jéfuites firent de leur College dans cette capitale ; & pour rendre leur triomphe plus éclatant, le Roi Louis XIII qui leur avoit accordé cette premiere grace leur fit encore l'honneur de leur confier l'éducation de fes deux freres naturels, M. le Marquis de Verneuil & M. le Comte de Moret.

Le Pere Petau avoit déja donné quelques ouvrages de l'Empereur Julien, une édition des œuvres de Themiftius ancien Orateur grec, & un abrégé hiftorique de Nicephore Patriarche de Conftantinople, lorfqu'en 1621 il publia les œuvres de faint Epiphane en grec, avec une nouvelle verfion à côté & des obfervations très-fçavantes à la fin, » où l'on trouve, dit M. Dupin, outre » les remarques qui regardent la critique, la chronolo- » gie, l'hiftoire & l'interprétation du texte de fon » auteur des differtations particulieres fur l'année de la » naiffance de J. C. & fur celle de fa paffion, fur l'an- » née Judaïque, fur l'ancien ufage de la pénitence dans » l'ancienne Eglife, fur les Cycles, fur les Conciles & » formules de Sirmich, fur le concile d'Ancyre & l'hif- » toire des demi-Ariens, fur les diverfités de l'an- » cienne Eglife, fur les monnoies anciennes & fur quel- » ques autres matieres qu'il traite fçavamment & avec » étendue.

Cependant un endroit de cette traduction fut vivement attaqué par le fameux Saumaife qui venoit de publier fon livre de Tertulien, intitulé *de pallio* ; ce furent bien des écrits que cette difpute occafionna, mais dont le détail nous meneroit trop loin. Le Docteur Proteftant qui fe vantoit d'étriller la plûpart des auteurs, de les fouler aux pieds, & de les traiter à grands coûps

de barre, vit trois repliques de son adversaire, paroître sous le nom de *Masligophores ou Etrilleurs*. La conclusion de ce débat Litteraire fut que le redoutable
Saumaise se tut après la publication du troisiéme *Masli-*
gophore du Pere Petau.

Le chef d'œuvre cet illustre sçavant, je veux dire
son admirable ouvrage sur la chronologie ou la science
des temps parut en 1627. Les Noris, les Fabricius, les
Vossius, les Morus & quantité d'autres célébres Ecrivains semblent s'être épuisés en louanges pour exalter
l'excellence de cet admirable livre. La réputation qu'il
fit à son auteur ne fut en quelque façon que trop éclatante. Philippe IV Roi d'Espagne voulut l'attirer à
Madrid, & le destina à professer la chronologie & l'histoire dans le collége Impérial qu'il venoit d'établir
dans la capitale de ses Etats. Le Général de la Compagnie informé des intentions de Sa Majesté Catholique, les fit sçavoir au P. Petau à qui il laissa cependant la liberté de faire ses représentations. Celui-ci en
profita pour remontrer à son Supérieur Général que
la foiblesse de son tempéramment ne lui permettoit pas
d'accepter le poste glorieux qu'on lui offroit; qu'étant
malheureusement sujet à des effervescences de bile qui
le tourmentoient cruellement tous les étés, il étoit assuré
que si l'obéissance l'obligeoit de passer en Espagne,
toute l'année seroit lui pour un été perpétuel; il ajoutoit que depuis vingt-ans sa poitrine étoit si foible
qu'elle ne lui laissoit pas la force de parler de suite au-
delà d'une demie heure, & que dans le collége Impérial les leçons devoient être d'une heure.

Un exposé si touchant produisit l'effet que le Pere
Petau en espéroit & conserva ce grand homme à la
France. Peu de tems après, sçavoir en 1633, parut un
excellent abregé de sa chronologie universelle sous le
titre de *Rationarium Temporum*, qu'il perfectionna encore l'année suivante, & qu'il distribua en deux parties.
La premiere purement historique, contient en deux

tomes un précis exact de l'Histoire universelle depuis la création du monde jusqu'à la naissance de J. C. en quatre livres, & depuis la naissance de J. C. jusqu'à l'an 1632 en cinq livres. La seconde partie contient les principes de la Chronologie.

Cependant le Pere Petau qui avoit dédié au Pape Urbain VIII une paraphrase des pseaumes en vers grecs faillit une seconde fois d'être enlevé à la France. La nouvelle qui lui apprit que sa Sainteté ne vouloit l'attirer à Rome, que parce qu'elle avoit dessein de l'élever à la dignité de Cardinal, l'affligea si sensiblement qu'il en tomba dangereusement malade, & la santé de ce grand homme plus recommandable encore par son humilité que par l'éminence de ses talens, ne commença à se retablir que lorsqu'il fut assuré que Sa Majesté n'avoit point voulu se prêter anx desirs de sa Sainteté.

Le dernier ouvrage de ce sçavant Jesuite, & qui seul suffiroit pour immortaliser son nom, sont ses Dogmes Théologiques contenus dans cinq volumes. Là sont traitées, avec autant de solidité que d'érudition, généralement toutes les parties que renferment les différentes parties de la Théologie.

Il travailloit à mettre la derniere main à ce grand ouvrage lorsqu'il tomba dans une langueur & une défaillance totale. L'air natal qu'il alla respirer ne lui rendit pas ses forces, il revint à Paris où il mourut l'onziéme Décembre 1652, dans la soixante-dixiéme année de son âge.

» Gui Patin l'étant venu voir la veille de sa mort &
» lui ayant dit qu'il n'avoit plus que quelques heures à
» vivre, la joie que cette nouvelle causa au malade sem-
» bla le ranimer, il se leva sur son séant, se fit appor-
» ter un exemplaire du *Rationarium Temporum*, deman-
» da une plume, écrivit sur la premiere page *Guidoni*
» *Patino medico carrissimo*, le pria de recevoir le livre
» en lui disant, *Debeo Evangelia*, je vous dois un pré-
» sent pour la bonne nouvelle que vous venez de m'ap-

» prendre. Le Pere Oudin qui rapporte ce fait dit
qu'il le tient d'un honnête homme qui avoit particuliérement connu *Gui Patin.*

» On ne peut nier, dit M. Dupin, que ce fçavant Je-
» fuite n'eut un genie très-étendu & très-vafte , une
» lecture furprenante, une merveilleufe facilité à écrire
» particulierement en Latin, il a excellé également dans
» les belles lettres, dans la fcience des langues, dans la
» poéfie, dans l'aftronomie, dans la géographie, dans la
» chronologie, dans l'hiftoire & dans la théologie. Il eft
» rare de trouver un auteur qui ait tant fçu de chofes, qui
» ait travaillé fur tant de différentes matieres & qui ait
» réufli en tout genre. Il avoit joint à cette profonde
» fcience une grande fimplicité , un travail affidu, un
» grand éloignement du commerce du monde, beau-
» coup de défintéreffement & de mépris pour les hon-
» neurs & les charges. Il étoit doux & honnête, mais
» peu poli dans fon extérieur, & quoiqu'il fut élo-
» quent , il n'étoit pas propre à la prédication ni aux
» actions publiques. Il avoit commerce avec les plus ha-
» biles gens de fon tems & étoit ami particulier de
» M. *Bignon*, & de *Grotius* pour lequel il avoit une efti-
» me particuliere. Il l'avoit même déterminé, à ce qu'on
» croit, à embraffer la communion Catholique.

Une lettre de M. Proufteau célébre profeffeur en droit
à Orléans, écrite au Pere Oudin achevera de faire connoître le grand homme dont nous venons de faire l'é-
loge. » J'étois penfionnaire, dit-il, au college de Cler-
» mont en 1649, devant & après le blocus de Paris, &
» j'étois de la Congrégation des penfionnaires dont le
» Pere Petau avoit la conduite; cela me donnoit lieu
» de le voir quelquefois, & d'être préfent aux exhor-
» tations qu'il faifoit aux penfionnaires congreganiftes.
» Ce faint homme, (on peut le qualifier ainfi) nous re-
» commandoit toujours la lecture de Grenade. C'étoit
» fon Pere favori, où il avoit puifé une dévotion An-
» gélique. Il n'y eut peut-être jamais d'homme fi fça-

» vant, ni fi fimple tout enfemble. On eut dit qu'il fça-
» voit tout le bien & qu'il ne fçavoit point de mal. On
» difoit que fa fimplicité & fa modeftie parurent admi-
» rables en 1645, lorfque le Roi de Pologne envoya cette
» ambaffade fi folemnelle pour demander en mariage
» la Princeffe Marie de la maifon de Mantoue. Comme
» s'il n'y avoit point pour eux rien de plus digne d'être
» vu en France que le P. Petau, tous ces Ambaffadeurs,
» gens des plus illuftres pour la naiffance & pour leur
» doctrine, vinrent au college de Clermont & en en-
» trant dans la cour crierent, *volumus videre clariffimum*
» *Petavium*. Le P. Petau enfeignoit lors une loçon de
» Théologie. Il parut avec fon porte-feuille fous fon
» bras & répondit à leurs complimens latins avec fon
» éloquence ordinaire.

» Le P. Petau eft encore préfent à mon efprit, j'en
» ai une fi vive idée que fi j'étois bon Peintre, il me
» femble qu'il ne m'échapperoit pas. Il avoit un front
» fort grand & large, & qui montroit contenir deux
» fois plus de cervelle qu'un autre. Je le fuis allé voir
» quelquefois, & il avoit la complaifance de defcendre
» pour un écolier : mais il eut fait deux tours de fale
» fans parler, après le bon jour donné, fi on ne le met-
» toit fur quelque matiere de fcience ou de dévotion.
» Feu M. Thoynard fi fçavant en l'écriture & en la
» chronologie, difoit du P. Petau qu'il étoit capable
» de remplir le monde de livres originaux en toutes
» fciences.

JACQUES

JACQUES GOAR.

J Acques Goar que son zele ardent pour la conversion
des Grecs Schismatiques, n'a pas moins illustré que
sa profonde connoissance qu'il avoit acquise de leur morale, de leur discipline, de leurs rits & de leur doctrine,
naquit à Paris en 1601; de bonne heure il s'appliqua
avec ardeur à l'étude de la langue Grecque, comme
s'il eut dès-lors prévu les grands avantages qu'il devoit
en tirer pour l'exécution des desseins auxquels la Providence le destinoit. Agé de dix-huit ans il entra dans
l'Ordre de Saint Dominique en 1619, & fit profession
l'année suivante dans le Couvent de Saint Honoré.

Une dévotion tendre & solide, une scrupuleuse exactitude à remplir dans toute leur étendue les devoirs de
son état, l'avoient distingué pendant le tems de ses
épreuves; la même ferveur l'accompagna dans le cours
de ses études, & elle parut même redoubler, parce qu'il
étoit persuadé que la science d'un homme appellé par
sa vocation à travailler à la sanctification des autres, leur
est rarement utile, si elle n'est accompagnée d'une piété
édifiante, qui souvent instruit plus efficacement que les
plus éloquens discours.

La distinction singuliere avec laquelle ce jeune Religieux fit ses études de Philosophie & de Théologie, lui
mérita l'honneur d'être choisi par ses Supérieurs pour
enseigner les mêmes sciences; & il fut pour cet effet envoyé à Toul où il remplit avec autant de gloire pour
lui que de fruit pour ses disciples, l'emploi qui lui avoit
été confié. Mais en instruisant les autres, il ne négligea pas
sa propre instruction, il fit en particulier une étude sérieuse des Peres Grecs, & s'appliqua à acquerir une con-

Tome I.   C

noiſſance exaɛte de leur créance, de leur diſcipline &
de leur liturgie. Le fruit de ſon application fut qu'elle
le mit en état de pouvoir travailler avec ſuccès à la
converſion des peuples qui étoient l'objet de ſon zèle.

Le Général de ſon Ordre le Pere Nicolas Rodolphe
étant venu en France en 1631, le Pere Goar ſollicita
avec ardeur la permiſſion de paſſer dans le Levant, pour
y travailler à ramener les Grecs Schiſmatiques à la
créance de l'Egliſe Romaine. Sa capacité, ſa vertu lui
obtinrent aiſément ce qu'il déſiroit. Revêtu du titre de
Miſſionnaire Apoſtolique, & de la qualité de Prieur du
couvent de ſaint Sebaſtien dans l'iſle de Chio, il partit
de France avec ſon Général, & vint à Rome, d'où il
ſe rendit bientôt après au lieu de ſa miſſion.

Un long ſéjour dans l'iſle ne lui fut pas néceſſaire
pour s'inſtruire des mœurs, des coutumes, des uſages
& de la religion des peuples qui l'habitoient ; c'étoit-là
une connoiſſance qu'il avoit déja acquiſe, & elle contribua beaucoup aux ſuccès de ſon zèle. Des manieres
pleines de douceur, une charité tendre & compatiſſante, une bonté de cœur qui l'interreſſoit en faveur de
tous ceux à qui il pouvoit être utile lui gagnerent bientôt l'amitié & la confiance du peuple ; & ce qu'il y a
de ſurprenant, c'eſt que ce fut ſans exciter l'envie ou
la jalouſie des Prêtres & des Doɛteurs de la Nation.
Convaincus eux-mêmes de la pureté de ſon zèle & gagnés par les charmes de ſa converſation, ils ne craignirent pas de le recevoir dans leurs aſſemblées & de lui
communiquer leurs livres, c'eſt-à-dire, de lui prêter de
nouvelles armes pour attaquer & pour combattre leurs
erreurs avec plus de ſuccès. Auſſi s'en ſervit-il utilement
pour leur converſion, en leur démontrant clairement la
conformité de la doɛtrine de l'Egliſe latine avec celle de
leurs anciens Doɛteurs.

Après huit ans paſſés dans les travaux de l'Apoſtolat, le pere Goar fut rappellé à Rome par ſes ſupérieurs
& fut fait Prieur du couvent de ſaint Sixte. Son ſéjour

dans cette capitale lui fournit de nouveaux secours pour la composition des grands ouvrages qu'il projettoit de donner au public. Il y profita des lumieres des plus sçavans hommes de leur siécle, & en particulier de celles du célébre Leo Allatius, à qui de son côté il fit part des riches découvertes qu'il venoit de faire dans les isles de Chio.

Rendu enfin à sa patrie après onze ans d'absence, il se disposa à mettre en œuvre les riches collections qui étoient le fruit de ses voyages & des études qui les avoient précédés ; mais à peine fut-il arrivé à Paris que les affaires de son Ordre l'appellerent à Rome pour la seconde fois. Il y arriva au mois de Décembre 1643, & fut de retour en France au mois de Juillet de l'année suivante.

Ce fut alors qu'il se livra tout entier à la composition des sçavans ouvrages que depuis long-tems il destinoit au public. Son Eucologe ou Rituel des Grecs parut en 1647, & fut reçu avec une approbation générale. Dans cet ouvrage rempli des plus curieuses recherches se trouve une exposition détaillée de tout ce qui concerne la liturgie sacrée des Orientaux ; rien n'est oublié de tout ce qui a quelque rapport aux cérémonies & aux pratiques observées par les anciens & par les nouveaux Grecs dans la célébration des divins Offices, dans l'administration des Sacremens, dans l'ordination des Ministres, dans les consécrations, les bénédictions, les funérailles & les priéres publiques. L'Auteur pour ne rien laisser à désirer à la curiosité du lecteur, remonte à l'origine de ces mêmes cérémonies, il en fait voir l'antiquité, & il en explique le véritable sens.

Ce premier ouvrage fut suivi de la traduction de plusieurs Ecrivains Grecs, dont quelques-uns contiennent une bonne partie du recueil de l'Histoire Bizantine. La charge de Vicaire Général de sa Congrégation, à laquelle ce sçavant homme fut nommé, ne lui fit point abandonner un travail que son zéle pour le bien de l'Eglise

lui avoit fait entreprendre, mais obligé de prendre sur
son sommeil pour suffire à ses nouvelles occupations,
il eut bientôt achevé d'épuiser sa santé, déja affoiblie
par les austérités de la pénitence & par la continuité
de ses travaux. Une fiévre lente l'enleva de ce monde
le 23 Septembre 1653, étant âgé de 52 ans. Un de ses
confreres le sçavant Pere Combefis & M. du Cange ont
procuré l'édition de quelques-uns des manuscrits de cet
excellent homme.

J E A N   M O R I N.

JEan Morin Prêtre de l'Oratoire, surnommé l'homme très-docte par le célébre Leo Allatius bibliothécaire du Vatican, naquit à Blois en 1591, de Luc Morin Marchand de cette ville & de Jacquette Gaussand,
qui tous les deux professoient la Religion prétendue re-
formée dans laquelle ils éleverent leur fils.

Après lui avoir fait faire sous leurs yeux ses premieres études, ils l'envoyerent à la Rochelle & ensuite à
Leyde pour les y continuer. Le jeune Morin après s'être
perfectionné dans les langues sçavantes, passa successivement à l'étude de la Philosophie & du Droit, à celle
de la Théologie & des langues Orientales.

Devenu habile dans toutes ces sciences, l'Ecriture
Sainte, les Conciles & les Peres l'occuperent tout entier. Comme il cherchoit de bonne foi à s'instruire de
la vérité de la Religion, il ne fut pas long-tems sans
découvrir la fausseté de celle dans laquelle il avoit été
élevé; & ce qui acheva de le détromper de ses erreurs,
fut le soin qu'il prit d'étudier à fond les différens systêmes d'Arminius & de Gommarus, sur les matieres de
la prédestination & de la grace; convaincu qu'ils s'éloi-

gnoient l'un & l'autre de la verité, il la chercha dans les écrits des Docteurs Catholiques, & il fut affez heureux pour l'y trouver.

Le défir de mettre la derniere main à fa converfion, l'ayant amené à Paris il eut de longues conféfences avec le Cardinal du Perron, qui charmé de l'occafion qui s'offroit de gagner à l'Eglife un Profélite d'un fi rare mérite, fe fit un plaifir extrême de l'inftruire, & le retint même pendant quelque tems dans fa maifon, après que M. Morin eut fait fon abjuration entre les mains de ce grand Préla t.

S'étant enfuite attaché à M. l'Evêque de Langres, il ne le quitta que pour entrer dans la Congrégation des Peres de l'Oratoire, où après avoir paffé quelque tems dans l'exercice de la piété la plus édifiante, il reçut les Ordres facrés, pénétré des fentimens de la plus vive reconnoiffance envers Dieu pour la grace ineftimable qu'il en avoit reçue d'être arraché à l'erreur, il ne paffa aucun jour de fa vie, fans célébrer nos faints Myfteres en actions de graces d'un fi grand bienfait.

Jufqu'en 1628 le Pere Morin demeura attaché à M. Miron Evêque d'Angers, puis Archevêque de Lyon. Après la mort de ce Prélat arrivée cette année-là, le Pere Morin revint à Paris, où il fe fit bientôt un grand nom par les fçavans ouvrages dont il enrichit le public. En 1616 il avoit donné des exercitations fur l'origine des Patriarches & des Primats, & fur l'ancien ufage des cenfures Eccléfiaftiques. Deux ans après, fon zéle pour la converfion des Juifs lui fit entreprendre l'édition de la Bible Grecque des Septante, avec la verfion donnée par Nobilius ; ce qui l'encouragea à ce travail, c'eft que ce fçavant homme étoit convaincu, comme il l'a en effet démontré, que le texte Hébreux avoit été corrompu par les Juifs, & que l'on devoit par conféquent lui préferer la verfion des Septante.

Mais avant que ce grand ouvrage put être donné au public, le Pere Morin fit paroitre fon hiftoire de la délivrance de l'Eglife par l'Empereur Conftantin, & celle du progrès de la fouveraineté des Papes par la pieté & la libéralité de nos Rois.

L'éclatante réputation que cette homme célébre fe fit par fes ouvrages, lui procura fouvent l'honneur d'être confulté par le Clergé de France, tantôt fur différens points de controverfe, & tantôt fur les matieres les plus importantes de la difcipline eccléfiaftique. Appellé à Rome par les ordres du Pape Urbain VIII, il y fut employé à travailler au grand ouvrage de la réunion de l'Eglife Grecque avec la Latine.

De retour en France où il fut rappellé par les ordres du cardinal de Richelieu, après neuf mois de féjour à Rome, il travailla avec une ardeur infatigable aux différens traités qu'il nous a laiffés fur les ordinations, fur la pénitence, fur la confirmation, fur la contrition & fur l'attrition. Au refte ces ouvrages du Pere Morin » ne font pas, dit M. Dupin, du nombre de ces petits » traités qui fe font en peu de tems, & dans lefquels les » matieres ne font qu'effleurées, ce font les fruits des » travaux de plufieurs années, & il y épuife entiere-» ment les fujets qu'il traite. Il travailla pendant vingt-» fept années à fon traité de la pénitence, & ne fe con-» tenta pas d'avoir recueilli ce qui fe pouvoit trouver » dans les canons des Conciles & dans les écrits des » Peres fur ce Sacrement, il fit encore une recherche & » une étude particuliere des Pénitenciers Grecs & La-» tins, & eut foin de confulter les livres des Juifs mo-» dernes fur la pratique de la pénitence, qui eft en » ufage parmi eux. Son deffein eft de repréfenter en » Hiftorien dans cet ouvrage l'ancienne pratique de » l'Eglife dans l'adminiftration du Sacrement de péni-» tence, & les variations qui y font arrivées dans l'E-» glife Latine & dans l'Eglife Grecque pendant treize » fiécles.

Une obligation effentielle que la Religion & les lettres ont à la profonde érudition de ce grand homme, c'eſt d'avoir procuré une édition du Pentateuque Hébreu Samaritain, qu'il fit imprimer avec la Polyglote de Paris, & qui depuis le tems de ſaint Jérôme étoit pour ainſi demeuré enſeveli dans les ténébres.

Une attaque d'apoplexie enleva cet illuſtre Ecrivain le 28 Février 1659 dans ſa ſoixante-huitiéme année.

JEAN FRONTEAU.

LE célébre Jean Fronteau Chanoine régulier de la Congrégation de ſainte Génevéve, & Chancelier de l'Univerſité de Paris, né à Angers en 1614 de Jacques Fronteau Notaire de cette Ville, fut un de ces génies extraordinaires que la nature ſemble prendre plaiſir à former de tems en tems, pour éterniſer la gloire du ſiécle où ils ont vécu. » Cet homme illuſtre
» ſçut allier, dit M. Dupin, l'érudition eccléſiaſtique
» & profane à une éloquence vive & naturelle. Il pré-
» choit & parloit avec autant de facilité que d'agré-
» ment & de ſuccès. Il s'étoit fait une brillante répu-
» tation par les diſcours qu'il prononçoit en donnant le
» bonnet de Maître ès Arts aux actes de l'Univerſité,
» fonction qu'il a exercée pendant quinze ans. Il ſçavoit
» neuf langues, l'Hébraïque, la Chaldaïque, la Syria-
» que, l'Arabeſque, la Grecque, la Latine, l'Italienne,
» l'Eſpagnole & la Françoiſe, comme il le fit voir dans
» une Theſes dédiée au Cardinal Mazarin, dans laquelle
» il fit paroître ces neuf langues comme neuf muſes & neuf
» ſœurs pour expliquer chacune dans ſon idiôme le nom
» de Mazarin. Il avoit de grandes liaiſons, non-ſeule-
» ment avec tous les gens ſçavans, mais encore avec les
» plus grands du Royaume, & les perſonnes les plus

» confidérables de la robe qui l'honnoroient de leur
» amitié. Dans fes ouvrages, il fçavoit unir le profane
» avec l'ecclefiaftique, & égaïoit toujoûrs fa matiere
» par quelques paflages des peres, & des auteurs grecs
» & latins, ou par quelques traits curieux de l'hiftoire:
» il ne s'attachoit pas à traiter les matieres à fond;
» mais à faire de nouvelles découvertes, à donner des
» remarques curieufes, & à fournir des idées & des
» conjectures toutes neuves, & d'un tour tout no uveau.

Les progrès qu'il fit dans fes premieres études furent
fi furprenans, que n'étant encore agé que de treize ans
il s'étoit rendu les langues grecque & latine fi familieres, qu'il avoit acquis la facilité de pouvoir traduire
fur le champ dans ces deux langues les meilleurs auteurs
François. Le Curé d'Epiré village près d'Angers, qui avoit
été fon premier maître, n'ayant plus de leçons à lui
donner, le jeune Fronteau fut rappellé par fes parens
à Angers, pour y continuer fes études fous les peres de
l'Oratoire, & fut de-là envoyé à la Fleche, où il acheva
fes humanités.

Un amour égal pour la piété & pour les fciences lui
fit tourner de bonne heure fes vûes du côté de la
retraite, agé de feize ans il fut reçeu chanoine régulier dans l'Abbaye de Touffaints à Angers, & fut
fait profès de cette Maifon après une année de noviciat.
Cette Abbaye ayant été réunie à la Congrégation de
France; par les foins du célébre pere Faure, premier
fuperieur général de cette congrégation; ce faint homme
à qui le pere Fronteau avoit dédié fa thefe de philofophie,
qu'il foutint avec éclat à la Fleche, l'appella à Paris en
1636 & le deftina l'année fuivante à enfeigner la philofophie dans l'Abbaye de fainte Génevieve.

Le jeune profeffeur remplit fon employ avec une diftinction qui commença à établir fa réputation, des idées
nettes & précifes, une grande jufteffe de raifonnement,
une facilité merveilleufe à éclaircir & à déveloper les
queftions les plus abftraites & les plus épineufes; tout
annonçoit

annonçoit dans lui, un génie propre à porter les fciences les plus fublimes au plus haut dégré de perfection,
aufli pendant douze ans, que ce fçavant homme fut employé à profeffer la théologie, il fit dans cette fcience
des progrès qui l'ont rendu un des plus grands ornemens
de l'école. L'Ecriture fainte, les conciles, les peres, les
langues Orientales, l'univerfalité de fon génie lui
fit tout embraffer ; & il n'eft aucune de ces parties dans
laquelle il n'excella ; animé d'un zele extrême pour
l'avancement de fes difciples, aux leçons de théologie qu'il leur faifoit il joignoit des conférences réglées
fur la morale, fur la controverfe, & fur les endroits
les plus difficiles de l'Ecriture facrée.

L'Auguftin du fameux Evêque d'Ypres, ayant alors été
donné au Public, le pere Fronteau en fit une étude
particuliere, & ne parut que trop prévenu en faveur de
de cet ouvrage. Peu de tems après ayant été invité à
faire l'ouverture d'une thefe de théologie qui devoit
être foutenue au college des Jefuites ; après avoir débuté
par un difcours fort éloquent & rempli d'une profonde
érudition, il attaqua une propofition qui lui parut
ne pas s'accorder avec le fiftême qu'il s'étoit formé fur
la prédeftination, & c'en fut affez pour qu'on le foup-
çonnât de nouveauté, mais dans un entretien qu'il eût
avec les célébres pere Petau & Bagot Jefuites, il fe
juftifia fi pleinement, que ces deux grands hommes
ne pûrent lui refufer leur amitié & leur eftime. Bientôt après parut l'execellent livre qu'il avoit compofé
pour accorder enfemble les differens fiftêmes qui par-
tageoient l'Ecole fur les matiéres de la prédeftination
& de la grace.

Cet ouvrage avoit été précédé d'un cours de
philofophie traité felon la doctrine de faint Thomas,
l'auteur favori du pere Fronteau. Ce fçavant homme avoit auffi donné une chronologie des Papes, en vers
Acroftiches, & une nouvelle édition des œuvres d'Yves
de Chartres, enrichie de fçavantes notes, & divers

Tome. I.   D

écrits pour aſſurer à Thomas à Kempis , l'admirable
livre de l'Imitation de J. C.

En 1648 la dignité de Chancelier de l'Univerſité
attachée à la maiſon de ſainte Génevieve , étant venue
à vacquer, le pere Fronteau fut choiſi pour la remplir;
& c'eſt dans cet emploi que les rares talens de ce
grand homme ont paru avec le plus d'éclat; les écoles
que ſa Congrégation avoit établies à Nanterre, avoient
occaſionné un procès qui avoit été porté au grand
Conſeil; le pere Fronteau y plaida, & ce fut avec tant
de force ,& d'éloquence, qu'il réunit tous les ſuffrages
en faveur de ſa Congrégation, qui par un Arrêt fut
maintenue dans le droit de tenir des écoles publiques.

Juſques là la vie de cet homme célebre n'avoit été
marquée que par des honneurs & des diſtinctions.
Malheureuſement ſoupçonné de favoriſer le parti de
ceux qui prétendoient que l'on devoit diſtinguer le fait
d'avec le droit dans la ſignature du Formulaire, il ſe vit
obligé de quitter ſa chaire de profeſſeur en théologie,
& il accepta le prieuré conventuel de *Benay* , dans le
diocèſe d'Angers; mais il conſerva toujours ſa dignité de
Chancelier , & continua à en remplir les fonctions avec
éclat juſqu'en 1661 qu'un ordre de la Cour l'obligea de
demeurer dans ſon prieuré de *Benay* où il étoit allé
prêcher le Carême. La cauſe de cette diſgrace fut l'approbation qu'il avoit donnée à la traduction françoiſe
du Miſſel de M. Voiſin , mais ce fut là un approbation
qu'il n'héſita point de retracter dès qu'il eut appris
que cette traduction avoit été unanimement condamnée
par le Pape , par les Evêques , & par la Sorbonne. La
ſoumiſſion de ce grand homme alla encore plus loin ,
non-ſeulement il déclara qu'il étoit prêt à ſigner le
formulaire , mais conſulté ſur ce ſujet par un de ſes amis,
il lui écrivit une longue lettre latine où il démontre
invinciblement que cette ſignature n'offre rien qui puiſſe
raiſonnablement allarmer la conſcience la plus timo-
rée.

Le pere Fronteau étant revenu à Paris au commencement de l'année 1662 fut nommé par M. l'Archevêque de Sens, Henri de Gondrin, prieur curé de sainte
Madelaine de Montargis, & il alla prendre possession
de ce bénéfice le Jeudi Saint 7 Avril de la même année ;
victime de latrop grande ardeur avec laquelle il se livra,
aux fonctions de son ministere, il succomba sous le poids
des fatigues, & mourut le 17 du même mois n'étant
âgé que de 48 ans. On a de ce scavant-homme une nouvelle explication des pseaumes, une histoire des chanoines réguliers en trois parties, un traité contre les religionnaires pour prouver que ce qui se pratique à présent,
soit dans l'usage & dans l'administration des Sacremens,
soit pour le saint sacrifice de la Messe, soit pour les cérémonies, s'observoit dans les quatre premiers siecles. Ses
ouvrages les plus estimés, sont un grand nombre d'excellentes dissertations remplies de recherches curieuses sur
divers sujets de controverse, de morale & de discipline.

D ij

PIERRE DE MARCA.

PIERRE DE MARCA, l'un des plus grands prélats
de l'églife Gallicane, naquit au Chateau de Gant
dans le Bearn, de Jacques de Marca & de Catherine
Lartel. L'illuftre famille de Marca, originaire d'Efpagne,
que l'on croit être la même que celle de la Marque, ne
s'eft pas moins diftinguée dans l'épée que dans la robe ;
les annales du onziéme fiécle font une honorable mention
du célébre Gracias de Marca capitaine de cavalerie,
qui immortalifa fon nom par fa valeur, & qui rendit
d'importans fervices à Gafton Prince de Bearn. Ce ne
fut que vers le milieu du quatorziéme fiécle que les
defcendans de ce grand homme, commencerent à entrer dans la robe, & ils y ont depuis foutenu avec éclat
la gloire que leurs ancêtres avoient acquife par les armes,
& ce qui ne les a pas moins rendus recommandables, c'eft
leur inviolable attachement à la religion de leurs Peres.

L'Homme célébre dont je vais ébaucher l'éloge, vint
au monde le 24 Janvier 1594 ; comme l'exercice de la
religion catholique avoit été profcrit dans tout le Bearn
par la Reine Jeanne de Navarre, fes parens le firent
porter au monaftere de S. Pré de Génerets, au diocèfe
de Tarbes, pour y être Baptifé dans le fein de l'églife
Romaine. Une circonftance affez finguliere & qui pourroit en quelque façon paffer pour une prédiction, fut
que le Religieux qui adminiftra le baptême à ce jeune
enfant, lui appliqua ces paroles de l'Evangile, après lui
avoir impofé le nom de Pierre, *tu es Petrus & fuper hanc
petram ædificabo Ecclefiam meam.* Ce qu'il y a de conftant
c'eft que l'heureufe application de ces paroles a été
pleinement vérifiée par le zele infatiguable avec lequel

M. de Marca s'eft conftamment appliqué à la converfion des hérétiques.

Après avoir appris les premiers élémens de la langue latine dans la maifon paternelle, il fut envoyé à Auch chez les Jefuites, pour y faire fes humanités & fa rhétorique : cette étude finie, il paffa à Touloufe pour y commencer fon cours de philofophie ; les rapides progrès qu'il fit dans cette fcience furent les avant coureurs de ceux qu'il devoit bien-tôt faire dans l'étude du droit civil & du droit canon. Il ne fe borna cependant pas à cette feule étude quelqu'immenfe qu'elle fut, zelé pour la défenfe de la religion il s'appliqua particuliérement à la controverfe qui devoit lui fournir des armes pour attaquer l'erreur avec avantage.

De retour dans fa patrie, il fe diftingua dans le barreau & fut peu de tems après pourvu d'une charge de confeiller dans le confeil fouverain de Pau, n'étant alors âgé que de vingt-deux ans. Environ le même tems il époufa Marguerite de Fargues, iffue de l'ancienne maifon des Vicomtes de Levaudan en Bigorre.

Nous avons dit que l'exercice de la religion Catholique avoit été profcrit dans le Bearn ; Louis XIII qui vouloit l'y rétablir, donna le 26 Juin une déclaration qui ordonnoit l'entiere reftitution des biens écléfiaftiques dont les Religionaires s'étoient emparés ; mais ce fut envain que la Cour envoya des Commiffaires dans cette Province pour y faire vérifier le nouvel édit ; le Confeil fouverain de Pau s'y oppofa vivement, & des lettres même de juffion ne purent le forcer à obéir.

Cependant comme il étoit à craindre que cette défobéiffance n'eût de fâcheufes fuites pour toute la Province, la nobleffe Catholique prit le parti de députer à la Cour M. de Marca le pere, & M. fon fils fut chargé de dreffer les inftructions en conféquence defquelles M. de Marca devoit agir au nom de la nobleffe.

Le fuccès de fon voyage fut que fur fes remontrances le Roi fe détermina à venir rétablir lui-même par fa

préfence le calme dans le Bearn. A peine en effet Sa
Majefté fut-elle arrivée dans cette Province que le Confeil de Pau donna un arrêt qui ordonnoit l'enregiftre-
ment de la déclaration du Roy. M. de Marca le fils
fut député par fa compagnie avec un autre confeiller
de la religion Prétendue réformée pour aller informer
le Roi qui étoit à Pregnac de la parfaite foumiffion de
la Cour Souveraine du Bearn aux ordres de fa Majefté ;
fon entrée à Pau fut effectivement marquée par l'en-
regiftrement de ces mêmes édits qui avoient fouffert
tant d'oppofitions. Le Roy content de la foumiffion
des Bearnois, leur fit la grace d'ériger la Cour Souveraine de leur Province en Parlement, & pour récompenfer M. de Marca de fon zéle , il lui conferra une
charge de Préfident dans ce nouveau Parlement , &
le nomma Chef de la commiffion établie pour la reftitution des biens ufurpés fur les églifes par les Religionnaires.

Cette commiffion délicate demandoit dans celui qui
en étoit chargé, un mélange égal de modération & de
fermeté. Trop de fevérité auroit infailliblement aigri
les efprits, & trop de condefcendance auroit pû empêcher l'entiere exécution des ordres de Sa Majefté ;
la fageffe de M. de Marca lui fit prendre le jufte
tempéramment néceffaire pour s'attacher également
les deux partis. Pour ramener les Religionnaires dans
le fein de l'Eglife, il compofa divers petits ouvrages de
controverfe , & il établit des conferences aufquelles il
eut toujours foin de préfider quelque multipliées que
fuffent fes autres occupations.

La mort lui ayant enlevé fon époufe en 1631 , il
fe difpofa à exécuter le premier deffein qu'il avoit eu
d'embraffer l'état eccléfiaftique. Mais ce fût là un deffein dont d'importantes affaires qui fe fuccéderent de
près les unes aux autres retarderent l'exécution.

De frequens voyages que M. de Marca avoit fait
à la Cour , en qualité de deputé de fa compagnie

lui avoient donné occasion de se faire connoître à
M. le Chancelier Seguier dont il eût bientôt gagné
la confiance & l'estime. Ce fût en effet à la sollicitation de ce ministre que M. de Marca fût nommé en 1639, à une charge de conseiller d'état ordinaire. L'année suivante parut son histoire de Bearn
qu'il dédia à M. le Chancelier, & qui étoit le fruit
de quinze années de recherches. On trouve dans cet excellent ouvrage de sçavans éclaircissemens sur l'origine
des rois de Navarre, des ducs de Gascogne, des
marquis de Gothie, des princes de Bearn, des comtes
de Carcassonne, de Foix, de Bigorre, avec un grand
nombre d'observations géographiques & historiques.

A cet ouvrage succéda le fameux livre de la concorde
du sacerdoce, & de l'empire que M. de Marca composa pour refuter un livre nouveau intitulé, *Optatus
gallus de cavendo schismate*. Dans cet ouvrage composé
par un ennemi de M. le cardinal de Richelieu,
on annonçoit aux évêques de France que le royaume
étoit menacé d'un schisme prêt à éclore, en leur
insinuant que le cardinal de Richelieu avoit dessein d'engager le Roy à établir un patriarche en France, & l'on
ajoûtoit que le Cardinal devoit être ce patriarche.

M. de Marca après avoir établi avec autant de solidité que de précision les droits du sacerdoce & ceux de
l'empire dont il marque les veritables bornes, prouve
que les libertés de l'église Gallicane, sont ce qui peut
le plus contribuer à entretenir l'union & la concorde
entre les deux puissances. Cependant quelque attention
qu'il eut eûe de ne rien avancer qui pût offenser la
cour de Rome, son ouvrage ne laissa pas que d'y être
censuré & ce fût ce qui retarda pendant cinq ans l'expédition de ses bulles pour l'évêché de Conserans auquel il avoit été nommé dès l'an 1673, & dont il ne
pût prendre possession qu'en 1678; il fallut même auparavant qu'il publia un écrit par lequel il soumettoit
son livre de la Concorde à la censure du saint Siége,

& dans lequel il donnoit des éclaircissemens sur divers endroits de son ouvrage , qui avoient été repris comme paroissant contraires au droit de l'église Romaine.

M. de Marca ayant enfin reçu ses bulles dont l'expédition avoit été retardée si long-tems , entra dans les ordres sacrés , & au mois de Décembre de la même année 1678 , il vint à Narbonne où il fût sacré evêque par Claude Rebé archevêque de Narbonne , assisté de Clement de Bonzi évêque de Beziers , & de Nicolas Pavillon évêque d'Alet.

Cependant les talens de ce grand homme n'étoient pas demeurés oisifs, pendant tout le tems qu'avoit duré le demêlé qu'il avoit eu avec la cour de Rome. La Catalogne s'étant souftraite à l'obéissance de l'Espagne pour se mettre sous la protection de la France, M. de Marca y fût envoyé avec la qualité de visiteur général , & fût chargé tout à la fois de l'administration de la justice , de la police, & des finances. Pendant sept ans qu'il gouverna cette Province , il remplit avec tant de prudence & de sagesse l'emploi qui lui avoit été confié que les Catalans gagnés par sa douceur & sa bonté , acheverent de se livrer entiérement à la France. Nous lisons dans l'histoire de sa vie ecrite par M. l'Abbé Saget. » Que M. de Marca étant tombé dangereusement » malade, la ville de Barcelone fit un vœu public pour » sa guérifon à Notre-Dame de Mont-Serrat, où elle » envoya en son nom douze Capucins nuds pieds sans » sandales, & douze filles aussi nuds pieds, les cheveux » pendans & vêtues de longues robes blanches ; & » le même auteur ajoûte que M. de Marca, persuadé » que ces vœux & ces prieres lui avoient rendu la san- » té, fit le même pelerinage avant que de quitter la » Catalogne.

Les importans services qu'il avoit rendus à la France dans l'administration de cette province , furent recompensés par sa nomination à l'archevêché de Toulouse ;

ce

ce qui arriva en 1652; mais accufé de favorifer le Janfenifme, il eut de nouvelles difficultés à effuier de la part de la cour de Rome pour l'expédition de fes bulles; elles lui furent enfin accordées en 1655, & ce fut là en quelque façon une grace que M. de Marca dut principalement au zéle qu'il avoit témoigné dans les affemblée du clergé de 1653 & 1654, pour y faire recevoir la conftitution que le Pape Innocent X publia contre la doctrine de Janfenius.

Quelque forte envie qu'eût le nouvel archevêque de fe fixer dans fon diocèfe, les grandes affaires dont il fut chargé par ordre du Roi ne lui permirent pas d'y faire un long fejour. Après avoir été deputé plufieurs fois de la cour pour préfider aux états de Languedoc, il fut deftiné à aller dans le Rouffillon pour y travailler à régler les limites de la France & de l'Efpagne.

En 1658, le roi pour l'attacher auprès de fa perfonne, l'avoit nommé confeiller d'état; & trois ans après il le fit entrer dans le confeil de confcience; & enfin en 1662, il le nomma à l'archevêché de Paris : mais étant tombé malade peu de tems après fa nomination il mourut le 19 Juin de la même année étant âgé de foixante-neuf ans.

La mort inopinée de ce grand homme arrivée dans les circonftances que nous venons de marquer, donna occafion à l'épitaphe fuivante.

Cy Gift l'illuftre de Marca
Que le plus grand des Rois marqua
Pour le prélat de fon Eglife ;
Mais la mort qui le remarqua,
Et qui fe plait à la furprife,
Tout auffitôt le démarqua.

» M. de Marca, dit M. Dupin dans la Bibliotheque » des auteurs eccléfiaftiques, avoit joint à une éru- » dition profonde, une grande beauté de genie, &

» une facilité admirable de tourner les chofes comme
» il vouloit. Il excelloit en tout genre ; il étoit grand
» politique, bon jurifconfulte, fçavant théologien &
» habile critique. Il a eu quelquefois beaucoup de ména-
» gement pour la cour de Rome, & il a foutenu for-
» tement en d'autres occafions, les intérêts de l'églife
» Gallicane & du royaume. Il ne paroît pas avoir été
» toujours bien conftant dans les mêmes principes, &
» il lui eft arrivé de s'accommoder au tems. Il faifoit
» fervir les faits aux deffeins & aux fins qu'il avoit,
» au lieu d'ajufter fes deffeins à la nature des faits. Son
» ftyle eft ferme & mâle, fans affectation & fans em-
» barras.

BLAISE PASCAL.

BLAISE PASCAL, l'un des plus grands génies & des
plus célébres écrivains qui ayent illuftré le dernier fiécle, naquit à Clermont en Auvergne le 19
Juin 1623. Son pere Etienne Pafcal, préfident en la
Cour des Aydes de la même ville, & qui fut depuis
intendant de Rouen, crut devoir fe charger feul de
l'éducation d'un fils doué des plus précieux dons de la
nature, & qui dès fon enfance donna d'éclatantes marques de ce génie extraordinaire & univerfel, qui aidé
d'un application conftante lui a merité un rang diftingué parmi les plus grands hommes de fon tems.

Sa famille étant venue s'établir à Paris en 1631,
le jeune Pafcal qui n'étoit âgé que de huit ans commença dès-lors à fe faire admirer par la variété des
connoiffances dont fon efprit étoit orné. Les progrès
qu'il fit dans les mathématiques furent d'autant plus
furprenans qu'il ne les dût qu'à la feule vivacité de

fon génie. Son pere, quoi que très-habile dans cette
fçience, n'avoit pas voulu que fon fils trop jeune encore
s'y appliquât, & lui avoit même interdit la lecture des
livres qui en traite ; & c'étoit - là auffi un fecours que
la fupériorité de fon efprit lui rendoit en quelque
façon inutile. Son génie lui tint lieu de maître, &
l'on s'apperçut avec étonnement, que par un effort
prodigieux d'imagination, il avoit pouffé fes recherches
jufqu'à la trente-deuxième propofition du premier livre d'Euclide. Il fuffifoit que cette merveilleufe facilité fût tant foit peut fecondée pour que le jeune Pafcal devînt en peu de tems un des plus grands mathématiciens de fon fiécle. A peine en effet eut-il parcouru les elémens d'Euclide, qu'il fe vît en état de
réfoudre les problêmes les plus difficiles. Il ne fut pas
long-tems fans enrichir le public du fruit de fes études ; dès l'âge de feize ans il fit paroître fon excellent
traité des Sections Coniques, ouvrage que les plus
habiles connoiffeurs jugerent digne des plus grands
éloges.

Mais il s'en falloit bien que cette étude pût fuffire à
un efprit auffi vafte que le fien. Langues fçavantes,
Belles-Lettres, Hiftoire, Philofophie, il embraffa tout ;
& l'univerfalité de fon genie lui fit faire de rapides
progrès dans toutes les fciences auxquelles il s'appliqua. Quoique fa fanté fouffrît de fa trop grande paffion pour l'étude, il ne put cependant la modérer ;
les ingénieufes découvertes qu'il faifoit chaque jour
avoient pour lui trop d'attraits pour qu'il pût facrifier
au foin de fa fanté le plaifir d'en faire de nouvelles.
Il avoit vû la fameufe experience du célébre Torricelli,
& c'en fut affez pour qu'il inventât, & pour qu'il exé-
cutât les autres expériences du vuide ; ce qui le mit
en état de démontrer clairement que les effets que
l'on avoit jufqu'alors attribué à l'horreur du vuide,
ont tous généralement leur caufe dans la pefanteur de
l'air.

E ij

Jufqu'à l'âge de vingt-quatre ans M. Pafcal n'avoit été occupé que du foin de fe perfectionner dans les fciences qui ornent l'efprit; mais qui ne font d'aucune utilité pour la perfection des mœurs. Celles de ce grand homme avoient toujours été réglées; mais content de pratiquer les vertus qui forment le caractere de l'honnête homme felon le monde, fes vûes ne s'étoient point encore tournées vers la piété. Une occafion que la Providence de Dieu lui ménageoit, l'obligea de s'occuper pendant quelque tems de la lecture des livres faints; & ce fut avec tant de fruit que l'ardeur qu'il avoit eue pour les fciences profanes n'eût plus dès-lors pour objet que celle de la religion & du falut. Les exhortations de madame fa fœur qui après avoir brillé dans le monde par la beauté de fon genie, s'étoit retirée à Port-Royal où elle avoit pris l'habit acheverent ce que la grace avoit commencé. M. Pafcal touché du défir de fa perfection fe determina à paffer le refte de fes jours dans la retraite. Là tous les momens de cet homme illuftre furent partagés entre la priere & l'étude des livres faints & des Peres. En 1656 commencerent à paroître les fameufes Lettres provinciales, ouvrage qui a été imprimé mille fois, & traduit dans prefque toutes les langues de l'Europe.

M. Pafcal avoit entrepris de donner un autre ouvrage beaucoup plus confidérable; mais fes continuelles infirmités le priverent de la confolation d'y mettre la derniere main. Uniquement occupé pendant les dernieres années de fa vie à méditer fur la religion & à travailler à fa défenfe contre les Athées, les libertins & les Juifs, il avoit jetté fur le papier un grand nombre de penfées fublimes; mais fans aucune liaifon & fans aucun ordre dont il devoit fe fervir dans la compofition de fon ouvrage; & ce font ces penfées exprimées de la maniere du monde la plus noble, la plus vive & la plus perfuafive, & où fe trouve en même tems renfermé tout ce qu'il y a de plus folide pour prouver les vérités de la religion, qui ont été recueillies & données au public depuis la mort de ce grand homme.

Sa patience fut éprouvée pendant plufieurs années par des douleurs & des fouffrances qu'il a fupportées jufqu'à la fin avec tout le courage d'un héros chrétien. Averti par le redoublement de fes maux, que fa derniere heure approchoit, il s'y prépara par un redoublement de ferveur & de piété, & mourut enfin le 19 Août 1662, n'étant âgé que de 39 ans & deux mois.

THEOPHILE RAINAUD.

LE célébre THEOPHILE RAINAUD, un des plus fçavans hommes & des plus grands théologiens de fon fiecle, naquit à Sofpello dans le Comté de Nice fur la fin de l'année 1583. Agé de dix-huit ans, il entra chez les Jefuites ayant jugé que c'étoit-là l'école qu'il devoit choifir pour pouvoir cultiver avec fuccès l'ardeur extrême qu'il avoit pour l'étude.

Après avoir fucceffivement paffé dans differens colléges où il profeffa avec diftinction les humanités, fes fuperieurs le deftinerent à venir enfeigner la philofophie à Lyon, emploi qu'il remplit pendant fix années confécutives avec les plus glorieux fuccès. Il profeffa auffi pendant huit ans la théologie dans la même ville, & ce fut avec de plus grands applaudiffemens encore. Plein de zéle pour l'inftruction de fes difciples, il ne fe borna pas à les rendre habiles dans la fcience de l'école; il voulut encore qu'il fiffent une étude particuliere de la tradition, & ce fut pour leur en faciliter la connoiffance qu'il dreffa en leur faveur de grandes tables chronologiques ; partagées en douze colonnes, où se trouvent renfermés les papes, les persécutions & les martyrs, les hérétiques, les schismatiques, les saints Peres, les docteurs, & les écrivains ecclésiastiques, les Saints reconnus comme tels, les progrès de la foi en divers pays, l'établissement des cérémonies sacrées, la fondation des divers ordres religieux, les événemens les plus mémorables & les auteurs qui ont écrit sur la scholastique & sur la morale.

Le sçavant pere Rainaud dont l'érudition embrassoit également, & le sacré & le profane, accompagna cette premiere table d'une seconde qui renfermoit les empereurs Romains, les rois de France, ceux d'Espagne, l'établissement & les révolutions des monarchies & des autres Etats, les conquérans & les héros avec leurs exploits, les universités & les autres écoles ou academies, les illlustres philosophes ou mathématiciens, les jurisconsultes, les orateurs, les historiens & les poëtes les plus distingués, les phénomenes qui ont paru dans le ciel & sur la terre, les fondations des villes, les nouvelles inventions & les découvertes littéraires.

C'est par l'immensité d'un pareil plan que l'on peut juger combien devoient être étendues les lumieres de celui qui l'avoit dressé. Philippe IV roi d'Espagne, à qui ces deux tables chronologiques furent communiquées en parut si satisfait, qu'il voulut qu'on les traduisît en espagnol, & qu'on y joignît une troisiéme table qui renfermât la chronologie de l'ancien Testament.

Le pere Rainaud après avoir été employé pendant quatorze ans à professer la philosophie & la théologie dans le collége de la Trinité de Lyon, fut chargé de la direction d'une congrégation, nombreuse établie dans le même collége ; cet emploi qu'il remplit pendant vingt ans avec édification, fut d'autant plus de son goût qu'il lui laissoit la liberté de consacrer à l'étude la plus grande partie de son tems ; & ce fut-là

jufqu'à la fin de fes jours prefque fa feule occupation;
& fans doute paroîtra-t'il étonnant que fa vie, quelque
longue qu'elle ait été, ait pû fuffire à la compofition
de ce nombre prodigieux d'ouvrages, fur toutes fortes
de matieres qui font fortis de fa plume.

» On voit par ces ouvrages, dit un fçavant Journalifte,
» que l'auteur avoit l'efprit hardi & decifif, l'imagina-
» tion vive, & une mémoire prodigieufe. Ces avanta-
» ges de la nature joints au travail infatigable avec
» lequel il s'étoit appliqué à l'étude depuis les premieres
» années de fa jeuneffe jufqu'à l'âge de près dequatre-vingt
» ans qu'il eft mort, l'avoient rendu un des plus fçavans
» hommes de fon fiecle; mais il étoit trop piquant &
» trop fatyrique, ce qui lui avoit attiré l'inimitié de
» quantité de perfonnes. Sa grande érudition lui four-
» niffoit une infinité de traits fur toutes fortes de ma-
» tieres; mais fouvent auffi il s'éloigne du fujet fur le-
» quel il s'eft propofé d'écrire.

Ajoutons, comme le remarque M. Dupin, que
fon ftyle n'eft rien moins que naturel; que fouvent il
affecte de fe fervir de termes hors d'ufage & de mots
tirés du grec; ce qui n'empêche pas que fes ouvrages
ne foient utiles & qu'il ne foit bon de les confulter
dans les matieres qu'il a traitées.

A ces témoignages nous joindrons celui d'un cenfeur reconnu pour avoir été toujours extrêmement
avare de louanges; c'eft le témoignage du célebre
GuiPatin, qui après avoir parlé dans une de fes lettres
de deux auteurs eftimés les deux plus fçavans hommes de l'Europe, dit que *le pere Theophile Rainaud les
furpaffe tous deux. Car outre la doctrine & la merveilleufe
mémoire qu'il avoit, il donnoit ajoûte-t-il à tous fes ouvrages & à tous fes livres un tour de perfection qui n'appartenoit qu'à un grand maître.*

Il eft vrai cependant, & l'on ne peut en difconvenir,
qu'il feroit à fouhaiter qu'il regnât dans fes ouvrages
plus d'ordre, plus de precifion, plus de méthode; & que

les digreſſions y fuſſent moins fréquentes ; mais d'un autre côté auſſi l'on ne peut nier que la vaſte érudition qui s'y fait admirer, ne ſoit pour le lecteur une ſource féconde d'utiles inſtructions ; & ce qui rend encore plus eſtimables les ouvrages de ce grand homme, ſur-tout ceux où il traite des mœurs, c'eſt qu'il y établit les principes de la morale la plus pure & la plus ſaine, & que toutes ſes déciſions ne tendent qu'à combattre le relâchement.

Inviolablement attaché à l'état auquel Dieu l'avoit appellé, ce fut en vain qu'il fut vivement ſolllicité d'accepter les dignités eccléſiaſtiques qu'on lui offroit pour le garantir des orages que ſa plume, quelquefois indiſcrete, lui attiroit de tems en tems. Fidéle à ſa vocation rien ne fut capable de l'en détacher.

Ses mœurs furent toujours telles que les forme ordinairement un grand amour pour la retraite & pour l'étude. S'il quittoit ſa chambre, ce n'étoit que pour vaquer à quelque œuvre de charité, qui ſeule avoit droit de l'en tirer. Quelque tems avant qu'il mourut, une foibleſſe qui lui ſurvint l'ayant mis hors d'état de célébrer nos ſaints myſteres, il ne laiſſa paſſer aucun jour ſans communier. Averti par un preſſentiment ſecret que ſa derniere heure approchoit, il s'y diſpoſa par une confeſſion générale qu'il réitéra trois fois dans la même ſemaine. Une attaque d'apoplexie l'enleva de ce monde le 31 Octobre 1663 dans la quatre-vingtiéme année de ſon âge ; deux années auparavant il avoit ſolemniſé la cinquantiéme année de ſa prêtriſe, en célébrant une grande Meſſe au milieu de laquelle le pere Girin cordelier de l'obſervance, prononça un diſcours de piété où il fit entrer l'éloge du célébrant.

Le pere Rainaud avoit entrepris dans les dernieres années de ſa vie de donner une édition complete de tous ſes ouvrages ; mais cette édition en 19 volumes *in-folio* n'a paru qu'en 1665, ayant été achevée par les ſoins d'un de ſes confreres, & quatre ans après on

y

y joignit un vingtième & dernier volume. M. de Villeroi Archevêque de Lyon voulut que son nom parut à la tête, du vaste recueil des ouvrages de ce célebre écrivain. *Nous avons employés tous nos soins, dit ce grand Prélat, pour en avancer l'édition, voulant par là faire éclater notre estime pour cet illustre auteur, qui a été durant sa vie le plus grand théologien de son tems, qui a été si utile à toute l'Eglise & qui a particuliérement si bien mérité de la nôtre.*

AMABLE DE BOURZEIS.

„A Mable de Bourzeis, abbé de saint Martin de
„   Cores, l'un des quarante de l'Academie Françoi-
„ ses naquit à Volvic, près de Riom en Auvergne, le
„ 6 Avril 1606. Le pere Gerberon dit dans son histoire
„ du Jansenisme qu'il étoit sorti du sein de l'héresie ;
„ mais c'est une chose avancée sans fondement, & l'on
„ doit sans doute bien plûtôt s'en rapporter au témoi-
„ gnage d'un des neveux de cet illustre sçavant, qui
„ dans la vie qu'il a composée de ce grand homme,
„ & dont nous donnons l'extrait après M. l'abbé d'O-
„ livet ; dit qu'il étoit né de parens très catholiques.
„ Il fût élevé page chez le Marquis de Chandenier,
„ & dans cet état il ne laissa pas de faire un si grand
„ progrès dans les lettres, surtout dans le grec que le
„ pere Arnould Jesuite, son parent, qui avoit été con-
„ fesseur du Roi, l'ayant emmené à Rome lorsqu'il
„ n'avoit encore que dix sept ans, il n'hésita pas de le
„ produire comme un génie extraordinaire. Il y fit son
„ cours de théologie sous le pere de Lugo Jesuite, &
„ il apprit les langues orientales dans toute leur perfec-
„ tion. Il s'exerça aussi à diverses pieces de poësie grecques

les digreffions y fuffent moins fréquentes ; mais d'un autre côté auffi l'on ne peut nier que la vafte érudition qui s'y fait admirer, ne foit pour le lecteur une fource féconde d'utiles inftructions ; & ce qui rend encore plus eftimables les ouvrages de ce grand homme, fur-tout ceux où il traite des mœurs, c'eft qu'il y établit les principes de la morale la plus pure & la plus faine, & que toutes fes décifions ne tendent qu'à combattre le relâchement.

Inviolablement attaché à l'état auquel Dieu l'avoit appellé, ce fut en vain qu'il fut vivement folllicité d'accepter les dignités eccléfiaftiques qu'on lui offroit pour le garantir des orages que fa plume, quelquefois indifcrete, lui attiroit de tems en tems. Fidéle à fa vocation rien ne fut capable de l'en détacher.

Ses mœurs furent toujours telles que les forme ordinairement un grand amour pour la retraite & pour l'étude. S'il quittoit fa chambre, ce n'étoit que pour vaquer à quelque œuvre de charité, qui feule avoit droit de l'en tirer. Quelque tems avant qu'il mourut, une foibleffe qui lui furvint l'ayant mis hors d'état de célébrer nos faints myfteres, il ne laiffa paffer aucun jour fans communier. Averti par un preffentiment fecret que fa derniere heure approchoit, il s'y difpofa par une confeffion générale qu'il réitéra trois fois dans la même femaine. Une attaque d'apoplexie l'enleva de ce monde le 31 Octobre 1663 dans la quatre-vingtiéme année de fon âge ; deux années auparavant il avoit folemnifé la cinquantiéme année de fa prêtrife, en célébrant une grande Meffe au milieu de laquelle le pere Girin cordelier de l'obfervance, prononça un difcours de piété où il fit entrer l'éloge du célébrant.

Le pere Rainaud avoit entrepris dans les dernieres années de fa vie de donner une édition complete de tous fes ouvrages ; mais cette édition en 19 volumes *in-folio* n'a paru qu'en 1665, ayant été achevée par les foins d'un de fes confreres, & quatre ans après on

y

y joignit un vingtième & dernier volume. M. de Villeroi Archevêque de Lyon voulut que son nom parut à la tête, du vaste recueil des ouvrages de ce célèbre écrivain. *Nous avons employés tous nos soins*, dit ce grand Prélat, *pour en avancer l'édition, voulant par là faire éclater notre estime pour cet illustre auteur, qui a été durant sa vie le plus grand théologien de son tems, qui a été si utile à toute l'Eglise & qui a particuliérement si bien mérité de la nôtre.*

AMABLE DE BOURZEIS.

»Amable de Bourzeis, abbé de saint Martin de
»Cores, l'un des quarante de l'Academie Françoi-
»ses naquit à Volvic, près de Riom en Auvergne, le
»6 Avril 1606. Le pere Gerberon dit dans son histoire
»du Jansenisme qu'il étoit sorti du sein de l'héresie ;
»mais c'est une chose avancée sans fondement, & l'on
»doit sans doute bien plûtôt s'en rapporter au témoi-
»gnage d'un des neveux de cet illustre sçavant, qui
»dans la vie qu'il a composée de ce grand homme,
»& dont nous donnons l'extrait après M. l'abbé d'O-
»livet ; dit qu'il étoit né de parens très catholiques.
    »Il fût élevé page chez le Marquis de Chandenier,
»& dans cet état il ne laissa pas de faire un si grand
»progrès dans les lettres, surtout dans le grec que le
»pere Arnould Jesuite, son parent, qui avoit été con-
»fesseur du Roi, l'ayant emmené à Rome lorsqu'il
»n'avoit encore que dix sept ans, il n'hésita pas de le
»produire comme un génie extraordinaire. Il y fit son
»cours de théologie sous le pere de Lugo Jesuiste, &
»il apprit les langues orientales dans toute leur perfec-
»tion. Il s'exerça aussi à diverses pieces de poësie grecques

» & latines, & la traduction en vers grecs du poëme
» *de partù Virginis*, du pape Urbain VIII lui mérita
» de sa Sainteté un prieuré en Bretagne. Le cardinal
» Maurice de Savoye prit goût pour lui, l'emmena à Tu-
» rin, le fit loger dans le palais du Duc son pere, &
» ne lui permit de se retirer en France qu'au bout de
» deux ans, gratifié d'une pension considérable. Sitôt
» qu'il fût arrivé à Paris, le Duc de Liancourt qui fai-
» soit cas des gens de lettres lui offrit un appartement
» dans son hôtel & le presenta au roi Louis XIII dont
» il reçut peu après l'abbaye de saint Martin de Cores.
» Le cardinal de Richelieu l'honnora de son estime, &
» le chosit pour être un des membres de l'academie
» Françoise qu'il venoit d'établir. Il y prononça à l'âge
» de vingt-neuf ans un discours sur l'utilité des confé-
» rences académiques, & les causes qui contribuent à
» former le différent génie des langues ; ce qui lui
» attira beaucoup d'administration. Peu après M. de
» Bourzeis prit les ordres sacrés, & s'appliqua à la con-
» troverse. Les suites de ses travaux furent la conve -
» sion de quelques-uns des ministres contre lesquels il
» avoit disputé. Il eut même tout l'honneur de celle
» du prince Edouard, qui en fût redevable à l'excellent
» discours que M. de Bourzeis lui addressa pour l'ex-
» horter à entrer dans la communion de l'église catho-
» lique, & à un traité de l'excellence de cette église où il
» déduisit selon les principes de saint Augustin, les cau-
» ses qui doivent obliger à ne s'en séparer jamais. Enfin
» la grande habileté qu'il avoit sur ces matieres & ses
» scavantes prédications porterent le cardinal de Riche-
» lieu à lui confier les écrits qu'il avoit composés pour
» la conversion des herétiques, & ce fut en partie par
» les soins de l'abbé de Bourzeis, que le traité de con-
» troverse de ce grand cardinal fut mis au jour en l'état
» qu'on le voit aujourd'hui. Les disputes sur la grace
» s'étant élevées donnerent lieu à cet abbé de faire plu-
» sieurs écrits, il fut même quelque tems aux prises

» avec le pere Petau ; le livre de saint Augustin victo-
» rieux de Calvin & de Molina lui fit honneur ; mais
» la constitution d'Innocent X étant intervenue en
» 1653, il retracta ce qu'il avoit écrit de peu conforme
» ou de contraire aux constitutions apostoliques, & signa
» le formulaire en 1661. Le cardinal de Mazarin qui
» avoit connu son esprit, l'avoit goûté & n'avoit pas
» été fâché de se l'acquerir. L'abbé suivit son éminence
» au voyage de Bouillon, où il le servit bien de sa
» plume.

» M. Colbert ayant succedé au cardinal dans le mini-
» stere, eût pour ce sçavant abbé la même estime.
» Dans la passion que ce ministre avoit de faire fleurir
» les beaux arts, il le consulta sur le choix de ceux qui
» excelloient sur ces matieres, & le fit chef d'une af-
» semblée qui se faisoit des gens de lettres, dans son hôtel
» (c'est ce que l'on nommoit la petite academie,) &
» d'une autre assemblée de théologiens célébres que l'on
» forma en 1667, dans la bibliotéque du roi ; ce qui
» donna lieu à l'abbé de Bourzeis de faire de sçavan-
» tes dissertations. Il travailla ensuite par ordre du même
» ministre à diverses matieres importantes qui regardoient
» le service du roi, & il eut la principale part à la re-
» cherche des droits de la reine ; les divers traités qu'il
» fit à ce sujet sur-tout celui où il démontre la nullité
» de la renonciation de cette princesse, firent voir qu'il
» étoit aussi grand jurisconsulte qu'il étoit grand théo-
» logien. Il fit même une réponse au livre intitulé Bou-
» clier d'état & de justice ; ces différens travaux ne fu-
» rent interrompus que par le voyage qu'il fit en Por-
» tugal par ordre du roi en 1666, pour y travailler à
» la conversion du maréchal de Schomberg, depuis ma-
» réchal de France, sur qui Sa Majesté avoit alors de
» grandes vues. Quoique ce fut-là sa principale occu-
» pation, il ne laissa pas d'avoir part aux grandes af-
» faires qui se traiterent dans ce royaume. Il fut ho-
» noré de la confiance du roi & de la reine, cette prin-

» cesse n'ayant pas dédaigné de recevoir de lui des avis
» importans pour sa conduite , & ce prince lui ayant
» donné des marques de son estime par un présent con-
» sidérable. S'il ne réussit pas dans son espéce d'aposto-
» lat, il eut du moins la consolation d'avoir persuadé
» le comte de la vérité de la religion catholique ; sa con-
» version n'ayant été arrêtée que par des considérations
» humaines. Il mourut enfin à Paris le 2 Août 1672 ,
» dans la soixante-sixiéme année de son âge.

Aux ouvrages dont nous avons parlé, & que nous avons de cet illustre sçavant, il faut ajouter les suivans.

Augurium Epithalamium in nuptiis DD Thadæi Barberini & annæ columnæ.

Lettre d'un Abbé à un Evêque sur la conformité de saint Augustin avec le Concile de Trente, touchant la possibilité des commandemens divins.

Lettre d'un abbé à un président sur la conformité de saint Augustin avec le Concile de Trente touchant la maniere dont les justes peuvent délaisser Dieu, & être ensuite délaissés de lui.

Conférences de deux théologiens Molinistes sur un libelle faussement intitulé, les sentimens de saint Augustin & de toute l'Eglise.

Apologie du concile de Trente & de saint Augustin contre les nouvelles opinions du censeur latin de la lettre françoise d'un Abbé à un Evêque.

Contre l'adversaire du concile de Trente & de saint Augustin, dialogue premier où l'on découvre les contradictions étranges des dogmes théologiques du pere Petau.

Propositiones de gratia in Sorbonnæ facultate prope diem examinandæ.

In easdem propositiones notationes

Quinque propositionum de gratia vera & catholica expositio juxta mentem sancti Augustini discipulorum.

Outre ce grand nombre de sçavans ouvrages, M. de

Bourzeis a encore laissé plusieurs manuscrits qui sont
entre les mains de M. de la Fautriere conseiller au Parlement de Paris. L'érudition de cet illustre magistrat,
son goût pour les arts & pour les sciences qu'il fait
gloire de protéger, font espérer qu'il procurera bientôt
au Public l'édition de quelques-uns de ses manuscrits,
qu'il peut mieux que personne mettre en état de voir
le jour.

Nous joignons ici l'épitaphe que M. Charpentier consacra à la mémoire de l'homme illustre dont nous venons de faire l'éloge.

A L'IMMORTALITÉ.

*P*assant, apprens qu'en ce lieu est la dépouille mortelle
De Messire Amable de Bourzeis Prêtre Abbé de S. Martin
de Cores.
Conseiller du Roi en ses Conseils & l'un des quarante de l'A-
cadémie Françoise
Sa piété & l'innocence de ses mœurs rendirent sa vie
exemplaire,
Sa profonde érudition en toutes sortes de sciences & de
langues,
Fut regardée avec admiration des plus sçavans hommes de
son siècle,
Ses éloquentes prédications reçurent les applaudissemens de
toute la France,
Son zéle pour la conversion des hérétiques
Se signala dans plusieurs fameuses controverses,
Où il remporta d'illustres victoires pour la foi,
Sa grande capacité & la parfaite connoissance qu'il avoit
des droits de la Couronne
Le firent employer en plusieurs occasions importantes pour
le service de l'Etat.
Il fut aimé & considéré des Rois Louis XIII. &
Louis XIV,

Et de leurs principaux Miniſtres,
Et ne ſe ſervit de ſa faveur que pour faire du bien aux autres
Ce déſintéreſſement, & ſa modeſtie naturelle,
L'éloignerent des premieres dignités de l'Egliſe qu'il avoit
méritées,
Et qu'il auroit ſi bien remplies.
Paſſant, rends honneur à la mémoire d'un ſi grand perſonnage,
Et ne te retire point d'ici, qu'après lui avoir ſouhaité un éter-
nel repos.
Il décéda l'an de grace 1672 le 2ᵉ jour d'Aouſt, âgé de
66 ans.

SEIGNEUR IL A ESPERÉ EN VOUS.

PIERRE L'ALLEMANT.

Ierre l'Allemant, Chancelier de l'Univerſité de Paris, iſſu d'une ancienne famille de Champagne, prit
naiſſance à Reims en 1622 : après y avoir fait avec éclat
ſes premieres études, il vînt à Paris pour y commencer
ſon cours de Théologie. La vivacité & la pénétration de
ſon eſprit, ſoutenue d'une application ſérieuſe, lui fit
faire dans cette ſcience les plus grands progrès, & il en
donna d'éclatantes preuves dans les theſes qu'il ſoutint
pour ſon Bacalaureat, où il ne ſe fit pas moins admirer
par ſon érudition que par une merveilleuſe facilité à
réſoudre les queſtions les plus difficiles.

Le jeune Bachelier après avoir fourni cette premiere
carriere, en commença une autre où il brilla encore
plus ; choiſi pour profeſſer la rhétorique au collége du
cardinal le Moine, il remplit cet emploi avec les plus
grands applaudiſſemens. Naturellement éloquent, il s'é-
toit fait une habitude d'écrire & de parler ſur le champ

fur toutes fortes de fujets, & ce fut là la méthode qu'il
fuivit en enfeignant ; il vouloit que fes difciples fçuffent
joindre la pratique à la théorie du grand art qu'il leur
enfeignoit ; auffi eut-il la gloire de former d'excellens
orateurs qui en immortalifant leur gloire par leur éloquence ont immortalifé celle de leur maître. L'éclatante
réputation qu'il s'étoit faite lui mérita d'être élevé à la
dignité de Recteur de l'Univerfité, & ce qui prouve
encore plus la haute idée que l'on avoit de la fupériorité
du mérite de ce grand homme, c'eft que par dix élections
confécutives, il fut continué dans cette charge pendant trois ans.

Obligé par fon emploi de porter dans bien des occafions la parole au nom de fa compagnie, il le faifoit
avec une noblêffe, une dignité, une éloquence qui lui
gagnoit tous les fuffrages. Plufieurs fois il eut à plaider
au Parlement & au Confeil pour les intérêts de l'Univerfité, & autant de fois fes juges entraînés par les
charmes de fon éloquence prononcerent en fa faveur.
Chargé de prefque toutes les actions d'éclat, fouvent il
eut l'honneur de haranguer le Roi, & il en fut toujours
écouté avec toutes les marques de diftinction les plus
flatteufes.

Déja depuis longtems la voix publique l'avoit nommé
aux premieres dignités de l'Eglife, lorfqu'il fe dérobat
tout-à-coup aux honneurs que fon mérite lui promettoit. Touché, pénétré des grandes vérités qu'il annon-
coit au peuple, il craignit que fa vie, toute innocente
qu'elle étoit, ne fut pas auffi conforme qu'elle devoit
l'être à la fainteté de la morale qu'il prêchoit ; & cette
réflexion fit fur fon efprit de fi vives impreffions qu'ef-
frayé des dangers où fon falut étoit expofé dans le monde, il prit le parti d'y renoncer & de fe retirer à Senlis
dans la maifon des chanoines réguliers de fainte Genevieve, il dit dans une lettre qu'il écrivit à un de fes
amis » qu'il avoit choifi cette maifon à caufe de fa
» grande conformité à l'ordre hiérarchique de l'Eglife

» & par la facilité qu'il y avoit de vacquer également
» & à la méditation & aux œuvres de charité.

Telles furent les seules occupations de ce saint homme pendant ses premieres années de retraite, mais des
talents aussi précieux que les siens pouvoient être d'une
trop grande utilité pour qu'on les laissât longtems dans
l'inaction. La charge de Chancelier de l'Université étant
venüe à vacquer par la mort du célebre pere Fronteau
son confrere, le pere l'Allemant fut nommé pour lui
succéder; l'éclatante réputation que ce grand homme
laissoit après lui sembloit être pour son successeur un
sujet de découragement; & il est vrai cependant que le
nouveau Chancelier, fidele imitateur de son prédécesseur,
eut la gloire de l'égaler, & peut-être même de le sur-
passer. Les charmes de son éloquence toujours persuasive, la profondeur de son érudition, & plus que tout
cela, sa grande habileté dans le maniment des affaires
les plus difficiles le firent considérer comme l'oracle de
l'Université, & il eut souvent l'honneur de se voir consulté par le Parlement, par le Roy & même par la
Cour de Rome. Employé à rétablir l'ancienne discipline
dans différentes maisons religieuses, par sa douceur &
par sa sagesse, il sçut trouver l'art de se faire aimer de
ceux-là même qui étoient les plus opposés à la réforme
qu'il vouloit introduire.

Humble au milieu des honneurs que la supériorité de
son mérite lui attiroit de toute part, il ne songeoit qu'à
s'anéantir devant Dieu dans le tems même que les hommes l'élevoient davantage. Averti par la diminution des
forces que sa derniere heure approchoit, il ne voulut
plus s'occuper que des grandes vues de l'éternité; ce fut
dans de si saintes dispositions que cet homme vertueux
composa les trois admirables traités qu'il nous a laissés sur
la mort des justes, sur les saints désirs de la mort avec
un testament spirituel; ouvrages que l'on ne peut lire
sans se sentir pénétré des grands sentimens de religion
dont ils sont remplis, » l'auteur les représente avec tant
» de

» de force, de vivacité & d'éloquence, dit M. Dupin,
» qu'il est visible qu'il en étoit bien pénétré, & qu'il
» est difficile qu'on n'en soit touché en les lisant, quel-
» qu'attaché que l'on soit à la vie, & quelque frayeur
» que l'on ait de la mort.

Cet homme célebre que ses vertus & ses talens ont
rendu supérieur aux plus grands éloges, mourut le 18
Février 1673, n'étant âgé que de cinquante-un ans.

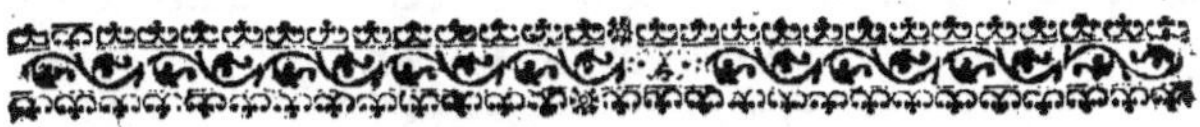

JEAN NICOLAÏ.

JEAN NICOLAÏ, docteur en théologie de la faculté
de Paris, naquit à Monza, village du diocèse de Verdun près de Stenai, en 1594. Ses parens recommandables par leur piété lui inspirerent de bonne heure
plus encore par leurs exemples que par leurs discours
un grand amour de la vertu. Sa vocation à l'état religieux fut en partie le fruit d'une si sainte éducation. Le
jeune Nicolaï renonça au monde avant que d'avoir
pu en connoître la corruption. N'étant encore âgé que
de douze ans, il entra dans l'ordre de S. Dominique,
& y fit possession en 1612.

Ses supérieurs l'ayant envoyé à Paris pour y faire ses
études, il se distingua dans toutes les sciences auxquelles
il fut successivement appliqué. Les belles lettres, la
philosophie, les différentes parties de la théologie, la
positive, la morale, les conciles, les Peres, il approfondit
tout : aussi se fit-il par sa capacité un nom qui l'auroit
élevé aux premieres dignités de l'Eglise, si son humilité
plus grande encore que sa science n'étoit profonde ne
lui eût fait refuser celles qui lui furent offertes.

Après avoir fait sa licence avec éclat, il prit le dégré de
bachelier en 1632, & fut immédiatement après destiné

à profeffer la théologie, emploi qu'il a eu la gloire de remplir pendant plus de vingt ans avec les plus grands applaudiffemens; mais ce ne furent pas fes freres feuls qui profiterent de fes lumieres; la plus grande partie de la vie de cet homme illuftre fut employée à enrichir le public du fruit de fes études.

Comme il en avoit fait une particuliere des œuvres de S. Thomas, il en procura une nouvelle édition accompagnée de fçavantes notes qui tendent à concilier les principes de ce faint docteur avec ceux des autres écoles. Il publia auffi la théologie univerfelle du pere Rainier de Pife fon confrere, avec des corrections & des fupplémens; & parce que cette premiere édition qu'il fit paroître en 1655, avoit été promptement enlevée, il en donna quelques années après une feconde avec de nouvelles additions; cet ouvrage donna occafion à l'auteur, en traitant la queftion du jeûne, de combattre le fentiment de M. de Launoy qui avoit décidé que la difpenfe de l'abftinence de la viande n'emportoit pas la difpenfe du jeûne; le pere Nicolaï prétend prouver dans la differtation qu'il donna fur ce fujet, que l'abftinence étant une partie effentielle du jeûne, le jeûne ne peut fubfifter lorfqu'on ne la pratique point; il prétend cependant que cette difpenfe qui ne peut être accordée que dans des tems d'une extrême difette ne doit pas s'étendre aux collations; & à l'occafion de cette queftion il épuife la matiere du jeûne.

Le pere Nicolaï eut encore d'autres difputes à foutenir contre le même docteur, foit au fujet du concile plenier dont S. Auguftin allégue la décifion par rapport au baptême des hérétiques, foit au fujet de l'ancien ufage du baptême; dans la premiere de ces deux queftions, il foutient contre M. de Launoy, que le concile d'Arles ne peut pas être défigné par le nom de concile plenier ou général, parce qu'aucun evêque d'Orient n'y a affifté, & qu'une grande partie des evêques d'Occident n'y a point été appellée; que ce n'é-

toit pas tant un véritable concile , qu'une assemblée
de juges commis pour connoître la cause de Cécilien
evêque de Carthage accusé par les Donatistes ; que ce
concile général dont parle S. Augustin ne peut être
que celui de Nicée , où il fut décidé que le baptème
donné par les hérétiques , excepté les Paulianistes , est
valide.

Quant à la seconde question qui regarde l'ancien
usage du baptème , le P. Nicolaï prouve contre son
adversaire , que hors le cas de nécessité il ne s'adminis-
troit autrefois qu'à Pâque & à la Pentecôte , & qu'en
ce point la coûtume des autres églises n'a jamais été
différente de celle de l'eglise Romaine ; il fait voir ensuite que , quoiqu'il y ait des Scholastiques qui soutien-
nent qu'on peut contraindre les Juifs & les infidéles
à recevoir le baptème , ce n'étoit pas cependant la
pratique de l'ancienne eglise , & que si dans les siécles
suivans , il y a eu des exemples du contraire donnés
par des princes chrétiens , ces exemples n'ont jamais
été approuvés par l'eglise.

L'éloquent discours que le P. Nicolaï prononça à
Rome sur la prise de la Rochelle , ceux qu'il composa pour demander au roi que le droit de suffrages
dans les assemblées de la faculté de théologie ne fût
pas restraint par rapport aux réguliers , à un certain
nombre de personnes pour chaque ordre , son poëme
latin sur la naissance du Dauphin , son élégante description des triomphes de Louis le Juste , qui mérita
à l'auteur une pension de six cent livres , & quantité
d'autres ouvrages de littérature , sont de glorieux témoignages de l'universalité de ses talens.

Ce célébre écrivain dont les mœurs furent toujours
telles que les forme un grand amour pour la retraite , joint à une application infatigable à l'étude ,
mourut le 7 de Mai 1673 ; âgé de soixante & dix-huit
ans.

EMMANUEL MAIGNAN.

EMMANUEL MAIGNAN, théologien non moins pro‑ fond que subtil philosophe , naquit à Toulouse le 17 Juillet 1601 de Pierre Maignan doyen de la chancellerie de cette ville , & de Gaudiose de Alvarez , fille d'Emma‑ nuel Alvarez Portugais , professeur royal en médecine dans l'université de Toulouse.

Agé de 18 ans il entra dans l'ordre des Minimes après avoir fait avec quelques succès ses études d'humanités dans le collége des Jésuites. La philosophie à laquelle il fut appliqué au sortir de son noviciat lui donna occa‑ sion de faire briller la beauté de son génie également vif & pénétrant. Son professeur zélé Péripatéticien essaya en vain de le gagner à l'ancienne philosophie , le jeune étudiant vouloit des principes clairs qui portassent l'évi‑ dence dans l'esprit , & souvent il n'appercevoit qu'obs‑ curité dans ceux d'Aristote , aussi les attaquoit-il vive‑ ment , surtout lorsqu'il s'agissoit d'accidens , de qualités & de formes substantielles , qui étoient selon lui autant d'énigmes propres à exercer l'esprit sans que l'on eût pu encore réussir à les bien expliquer. La géométrie offroit à son esprit des principes plus clairs & plus sûrs , & ce fut ce qui l'engagea à s'attacher particulierement à cette science dans laquelle il fit des progrés , d'autant plus surprenans que son génie seul lui tînt lieu de maî‑ tre ; souvent il s'exerça à imaginer différens problêmes , dont il donnoit ensuite la solution avec autant de jus‑ tesse & de précision , que s'il eût déja fait une sérieuse étude des livres d'Euclide qu'il n'avoit point cependant encore lûs ; l'on présagea dès lors que ce jeune religieux seroit un jour un des plus grands géometres de son fiécle ; & c'eft-là une conjecture que l'événement a pleinement juftifiée.

Philofophe incrédule qui jufqu'alors avoit ofé tout foumettre au tribunal févere de la raifon & aux difcuffions les plus fubtiles de la difpute, il fut un théologien humble & docile qui mit fa gloire, non à difputer fur les dogmes de la foi, mais à les croire aveuglement ; fe réfervant cependant le droit d'examiner les raifons philofophiques, que l'école emploie pour les prouver ou les éclaircir.

Le pere Maignan eut à peine achevé le cours de fes études que fa grande capacité lui mérita d'être choifi pour enfeigner aux autres les mêmes fciences qu'il venoit d'apprendre ; nouvelle carriere qu'il fournit avec tant d'éclat, que le général de fon ordre le deftina à venir profeffer à Rome dans le couvent de la Trinité du Mont bientôt fon habileté rendit fon nom célebre. Les plus fçavans mathématiciens ne purent lui refufer leur admiration, & lui firent même fouvent l'honneur de le confulter. L'exellent traité de perfpective qu'il publia en 1648 fous le titre de *Perfpectiva horaria*, & qu'il dédia au cardinal Spada, protecteur de fon ordre, acheva d'établir fa réputation, elle le précéda dans toutes les villes d'Italie par où il paffa pour retourner en France, après avoir rempli à Rome pendant quatorze ans les chaires de profeffeur en philofophie & en théologie ; partout il trouva fur fa route d'illuftres fçavans empreffés à le recevoir avec les marques de diftinction les plus glorieufes.

Rendu enfin à la tendreffe de fes parens qui avoient vivement follicité fon retour, il fe fut à peine délaffé des fatigues de fon voyage, qu'il reprit avec une nouvelle ardeur le fil de fes études ; mais bientôt après il fe vit obligé de les difcontinuer, n'ayant pu fe refufer aux vœux de fa province, du gouvernement de laquelle il fut chargé prefque auffitôt qu'il fut retourné à Touloufe.

Cependant, quoique livré avec beaucoup de zéle aux fonctions de sa nouvelle charge, il ne laissa pas que de faire paroître dans la seconde année de son provincialat; sçavoir en 1652, un cours complet de philosophie. Si cet ouvrage eut ses panégyristes, l'on ne peut nier qu'il n'ait eu aussi ses censeurs, l'on prétendit qu'il n'étoit pas possible à l'auteur d'accorder quantité de vérités théologiques avec le systême par lequel il attribuoit à la différente combinaison des élémens tous les effets de la nature, que Descartes avoit attribués à ses matieres, & Gassendi à ses atômes; & ce fut pour prouver la possibilité de cet accord, que le pere Maignan entreprit le grand ouvrage qu'il publia dans la suite sous le titre de philosophie sacrée, mais dont le travail fut interrompu par une longue & dangereuse maladie, qui pensa enlever l'auteur, puis par les fonctions de visiteur général, dont il fut chargé, & enfin par un voyage qu'il fit à Paris où il fut admis aux conférences philosophiques qui se tenoient chez M. de Montmort, maître des requêtes, l'un des plus zélés protecteurs des arts & des sciences.

Une marque de distinction bien plus glorieuse attendoit ce grand homme dans la province. Le bruit de sa réputation étoit parvenu jusqu'aux oreilles de Louis XIV, & ce prince qui venoit d'épouser l'Infante d'Espagne ne dédaigna pas en passant à Toulouse de visiter la cellule de ce sçavant religieux. Si Sa Majesté parut frappée à la vûe du nombre prodigieux d'ingénieuses machines dont elle étoit ornée, elle admira encore davantage le génie supérieur de l'homme illustre, qui après avoir inventé tant de merveilles de l'art, les avoit toutes travaillées de sa main; de si précieux talens sembloient être faits pour paroître sur un théâtre plus brillant. Louis XIV voulut attirer ce sçavant Minime dans la capitale de ses Etats, & ce fut M. Fieubet, premier président du parlement, qui fut chargé de l'informer des intentions de Sa Majesté; mais le pere Maignan plus grand encore par son humilité que par son mérite, fupplia avec tant d'inftance qu'on le laiffât dans fa chere retraite, que le Monarque charmé de la vertu de ce pieux religieux ne crut pas devoir contraindre une fi édifiante inclination.

Le pere Maignan ainfi délivré de la crainte qu'il avoit eu d'être arraché à fa folitude, continua d'y couler tranquillement fes jours, n'étant uniquement occupé que de la priere & de l'étude. En 1662 parut enfin le premier volume de fa philofophie facrée ; mais comme il n'avoit point changé de fyftême, de redoutables adverfaires s'éleverent de toute part contre la fingularité de fes opinions ; les peres Laloubere & Courboulez, Jéfuites, le célébre M. Ducaffe, les peres Baron & Arnu fçavans dominicains attaquerent prefque tous en même tems différens endroits de la philofophie facrée ; mais l'auteur fans s'effrayer du nombre, répondit à tous par de fçavans appendices où fes opinions philofophiques font mifes dans le plus grand jour. Entre tous fes adverfaires l'infatigable Théophile Rainaud avoit été celui qui avoit marqué le plus de vivacité dans la difpute ; il avoit attaqué fans ménagement l'hypothèfe du pere Maignan fur les accidens euchariftiques ; & cependant, rien felon l'auteur, de plus facile pour expliquer la maniere dont les accidens du pain & du vin fubfiftent dans l'Euchariftie fans le pain & le vin, que de dire fimplement que le pain & le vin étant ôtés, Dieu continue à faire fur nos fens les mêmes impreffions qu'ils faifoient avant leur changement ; explication qui mit fa nouvelle hypothèfe hors de toute atteinte.

Dans le fecond volume de fa philofophie facrée où il traite les plus importantes queftions de la théologie, il s'applique particulierement à concilier l'opinion des Thomiftes fur la grace avec celle des fectateurs de Molina.

Les dernieres années de la vie de ce grand homme furent confacrées à l'inftruction des jeunes religieux de

ſon ordre, & il eut la conſolation de former d'excellens philoſophes. Chargé de mérites plus encore
que d'années, ce vertueux religieux, non moins recommandable par l'innocence de ſa vie, par la candeur de ſes mœurs, & par la régularité de ſa conduite, que par l'élévation de ſon eſprit & la profondeur de ſa doctrine, mourut le 29 Octobre 1676, étant
âgé de ſoixante-ſeize ans ; ſon buſte a été placé avec une
inſcription honorable dans la galerie que la ville de
Toulouſe a fait conſtruire au milieu de ſon hôtel pour
honorer la mémoire des hommes illuſtres qui ſont ſortis de ſon ſein.

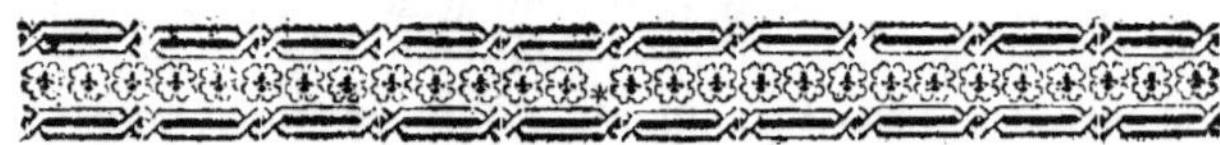

JEAN DE LAUNOY.

JEAN DE LAUNOY, docteur en théologie de la faculté de Paris, de la maiſon de Navarre naquit à
Valdeſie, village de la baſſe Normandie le 21 Décembre 1603, de Pierre de Launoy & de Michelle Jean.

Guillaume de Launoy ſon oncle, promoteur de l'of-
ficialité de Coûtances, lui fit faire ſes premieres études
dans cette ville, & eut la conſolation de voir ſon jeune
neveu répondre avec ardeur aux ſoins que l'on prit de ſon
éducation. Ses humanités achevées avec tout le ſuccès que
l'on pouvoit ſe promettre d'une ſérieuſe application
accompagnée d'une grande facilité de génie ; ſes parens
l'envoyerent à Paris pour y étudier en philoſophie &
en théologie. Le jeune de Launoy qui ſe deſtinoit à
l'état eccléſiaſtique ſe livra tout entier à cette nouvelle
étude, auſſi y fit-il de ſurprenans progrès. Point de
ſectes de philoſophes dont il ne voulut approfondir les
dogmes & les principes, pour ſoutenir ou pour combattre

battre leurs opinions ; il en fut de même pour la théologie. Quelqu'immense que soit cette science, il en embraſſa toutes les parties, ſcholaſtique, morale, poſitive, controverſe, auteurs eccléſiaſtiques anciens & modernes ; il les voulut tous lire étant perſuadé, comme il l'étoit, qu'il n'y avoit aucun de ces auteurs où il ne pût puiſer quelque lumiere, ſoit par rapport à la doctrine, ſoit par rapport à la diſcipline & aux coûtumes de l'égliſe.

Sa licence finie avec les plus glorieux ſuccès, il prit les ordres ſacrés en 1634, & reçut la même année le bonnet de docteur en théologie de la maiſon de Navarre. Le déſir de connoître les ſçavans de l'Europe les plus illuſtres par leur érudition, lui fit entreprendre peu de tems après le voyage d'Italie. Arrivé à Rome il y lia une étroite amitié avec les célébres Luc Hoſtenius & Leon Allatius, qui ne purent lui refuſer leur eſtime, & qui depuis ont continué de ſe faire honneur du commerce de lettres qu'ils ont conſtamment entretenu avec ce grand homme.

M. de Launoy de retour en France y reprit avec une nouvelle ardeur le fil de ſes études ordinaires ; l'écriture ſainte, les conciles, les peres furent les ſources où il puiſa ces grandes lumieres répandues dans les différens ouvrages qui ſont ſortis de ſa plume. La grande connoiſſance qu'il acquit de l'hiſtoire eccléſiaſtique le mit en état de découvir la fauſſeté de quantité de faits fabuleux ſemés dans la vie d'un grand nombre de ſaints, & qu'une trop aveugle crédulité n'avoit encore oſé révoquer en doute ; » dangereux abus dit » M. Perrault qu'on ne ſçauroit trop déplorer par » l'occaſion qu'il donne aux libertins de douter des » choſes les plus certaines & les plus vraies, & aux » hérétiques de nous inſulter ſur la foi de nos tra- » ditions.

M. de Launoy qui dans toutes ſes lectures, s'étoit conſtamment appliqué à démêler le vrai d'avec le faux,

fit paroître fucceffivement différens ouvrages qui ne tendoient qu'à retrancher des pieufes créances , celles dont
les fondemens ne pouvoient fubfifter avec une exacte
connoiffance de l'hiftoire eccléfiaftique. De ce nombre
font fes differtations fur les deux faints Denis, fur la
vifion de faint Simon Stock , fur le privilége de la bulle
Sabatine , fur la vraie caufe de la retraite de faint Bruno
dans le défert, fur l'hiftoire de René evêque d'Angers ,
& de Victorin, fur l'arrivée de la Magdeleine , du Lazare,
& de faint Maximin en Provence ; & quantité d'autres écrits fur de femblables matieres. Son zéle à s'é-
lever contre des opinions communément reçues , l'engagea dans bien des difputes qui furent pour lui autant
d'occafions de fignaler fa profonde erudition. Elle lui
procura en 1645 le titre de cenfeur royal des livres.
L'approbation qu'il donna l'année fuivante à une hiftoire
françoife de l'hôpital du Saint - Efprit de Montpellier
l'ayant brouillé avec quelques-uns de fes confreres , il
quitta la maifon de Navarre , & fe retira chez M. l'abbé
d'Eftrées qui devenu evêque de Laon , emmena avec
lui M. de Launoy à qui il conféra en différens tems
deux canonicats ; mais fur le prétexte qu'il n'avoit pas
affez de voix pour fournir au chant de l'églife , il fe
démit de ces deux bénéfices prefque auffitôt qu'il en eut
été pourvu. Le même efprit de piété & le généreux
défintérreffement de cet excellent homme , plus illuftre
encore par fes vertus que par fes rares talens , parurent
encore dans les refus de plufieurs autres bénéfices confidérables qui lui furent offerts. *Je me trouverois fort bien
de l'églife , difoit-il , mais l'églife ne fe trouveroic pas
bien de moi , qui n'ai point les talens néceffaires pour remplir
dignement les fonctions du miniftere dont je ferois chargé.*
Ainfi penfoit l'homme vertueux dont je fais l'éloge ;
fon humilité marchoit de pair avec cette profonde capacité qui lui a fait enfanter tant de fçavans ouvrages.
Plus de foixante & dix volumes fur toutes fortes de
matieres de difcipline, de morale , & de controverfe

feront d'éternelles preuves de l'immenfe étendue de fes lumieres ; fes differtations fur le concours de Dieu & de la création, fur la véritable intelligence du fixiéme canon du concile de Nicée, fur l'efprit du concile de Trente au fujet de la fatisfaction dans le Sacrement de penitence, fur le culte des faints & des reliques, fur le pouvoir des princes féculiers par rapport aux empêchemens du mariage ; fur la véritable tradition de l'églife au fujet de la prédeftination & de la grace, fur les divers priviléges, ou pretendus, ou véritables, de différens ordres & de différentes églifes, fur le Sacrement de l'onction des malades, & quantité d'autres ouvrages non moins inftructifs, » font affez connoître dit » M. Dupin, combien ce fçavant homme avoit d'éru- » dition & de lecture, & avec qu'elle affiduité, & » quelle facilité il travailloit..... Quant à fes mœurs, » ajoûte le même auteur, il étoit fimple, bon ami, » défintéreffé, fobre, laborieux, ennemi du vice, fans » ambition, charitable & bienfaifant, appliqué à fes » devoirs & d'une vie toujours égale : il avoit fur-tout » en recommandation la vérité; il ne pouvoit fouffrir » les fables & les fuppofitions ; il a défendu avec fer- » meté les droits de l'églife & du roi, & attaqué avec » liberté les maximes contraires des théologiens Ultra- » montains ; enfin l'on ne peut nier que la république » des lettres, l'églife de France & l'école de Paris ne » lui foient redevables de quantité de découvertes qu'il » a faites fur un grand nombre de points d'hiftoire & » de critique.

Ce célébre écrivain mourut le 10 Mars 1678, étant âgé de foixante-quatorze ans ; il fut enterré dans l'églife des Minimes de la Place Royale, où il difoit ordinairement fa meffe. Par fon teftament il légua à ces religieux deux cens écus avec la moitié de fes livres, & l'autre moitié au collége de Laon, & il laiffa à fes freres & à fes neveux fon patrimoine, dont il leur avoit abandonné la jouiffance pendant fa vie.

H ij

M. le Camus, premier président de la cour des Aydes, l'ami particulier de cet homme célébré, consacra à sa mémoire l'épitaphe suivante.

Hic Jacet joannes Launoius Conſtantienſis,
     Pariſienſis theologus :
Qui veritatis aſſertor perpetuus jurium
     Eccleſiæ & regis acerrimus vindex vitam
       Innoxiam exegit.
Opes neglexit, & quantulumcumque ut relicturus
       Satis habuit.
Multa ſcripſit nulla ſpe, nullo timore.
     Optimam famam maximamque
Venerationem apud probos adeptus.
     Annum quartum & ſeptuageſimum exceſſit
Animam chriſto conſignavit die 10 Martii
Anno M. D. C. LXXVIII.

FRANÇOIS DE COMBEFIS.

FRANÇOIS DE COMBEFIS, l'un des plus célébres écrivains du dernier siecle, & dont les travaux furent utilement consacrés au bien & à la gloire de l'eglise, naquit au mois de novembre 1605 à Marmande, petite ville du diocèse d'Agen, de parens qui tenoient dans la robe un rang distingué, mais qui étoient encore plus recommandables par leurs vertus ; aussi s'appliquerent-ils à cultiver avec soin les heureuses dispositions que le jeune de Combefis avoit pour la piété. Le commerce qu'il eut dès ses premieres années avec les religieux de l'ordre de saint Dominique servit encore à sanctifier son éducation, & le décida dans la suite sur le choix de vie qu'il devoit embrasser.

Après avoir fait ses études avec beaucoup de distinction dans le collége des Jésuites de Bourdeaux, il prit l'habit dans le couvent des Dominicains réformés de cette ville, & y fit profession le 14 Juillet 1625 ; destiné à faire l'année suivante un second cours de philosophie, il puisa dans la doctrine de l'ange de l'école ces grandes lumieres, ces lumieres pures qui le guiderent dans ses autres études, & en particulier dans celle de la théologie ; devenu assez habile pour enseigner aux autres les mêmes sciences qu'il venoit d'étudier, il les professa l'une & l'autre avec éclat, la premiere à Bourdeaux, & la seconde à Paris. Son séjour dans cette capitale lui procura des secours que la province n'auroit pu lui fournir, & qui lui étoient cependant nécessaires pour l'exécution du grand dessein qu'il méditoit depuis longtems, qui étoit de purger les ouvrages des peres de l'eglise grecque d'un grand nombre de fautes qui s'y étoient

gliffées , & de donner au public une traduction fidelle
de ces mêmes auteurs ; tout plein de ce projet il fe mit
en état de l'exécuter par la lecture qu'il fit des manufcrits les plus rares & les plus précieux, répandus dans les
plus célébres bibliotheques de Paris.

Le premier fruit des recherches de cet illuftre fçavant
fut une traduction latine des œuvres de faint Am-
philoque d'Icone, de faint Méthode de Patare , & d'André de Crete avec des notes propres à répandre du jour
fur les endroits les plus obfcurs de ces anciens écrivains ,
dont les ouvrages étoient jufqu'alors demeurés enfeve-
lis dans les ténébres. De nouvelles lettres de faint Jean
Chyrfoftome , une défenfe des fcholies de faint Maxime
fur faint Denis parurent l'année fuivante ; fçavoir en
1645 , & trois ans après cet infatiguable écrivain augmenta la bibliotheque des peres Grecs de deux volumes *in - folio* dans l'un defquels fe trouvent les œuvres
de faint Aftere évêque d'Amafée , & de quelques auteurs eccléfiaftiques , & dans l'autre eft renfermée une
hiftoire exacte & bien détaillée des Monothélites.

Le fçavant pere Goar employé par ordre du roi à
travailler fur l'hiftoire Bizantine étant mort au mois de
feptembre 1653 , lorfqu'il mettoit la derniere main à
la chronographie de Tehophanes, le pere de Combefis
fon confrere & fon ami particulier revit tout l'ouvrage,
l'enrichit de nouvelles notes, & le fit paroître en 1655.

De fi longs & fi pénibles travaux entrepris pour le
bien de l'Eglife ne demeurerent pas fans récompenfe;
le pere de Combefis en méritoit une diftinguée , & il
l'obtint du clergé de France dont il devint penfionnaire
en 1656 , diftinction d'autant plus glorieufe qu'aucun
régulier n'en avoit point encore obtenu de fi honorable. Mais le zéle de ce grand homme étoit trop pur
pour qu'il eût befoin d'être animé par l'efpérance de
quelques bienfaits; ceux qu'il reçut, il les répandit fur
les écrivains qu'il employoit dans les pays étrangers

pour y tranfcrire les manufcrits grecs les plus rares qui s'y trouvoient.

Les vies de plufieurs faints martyrs, l'Eccléfiafte grec une nouvelle bibliothéque des peres pour les prédicateurs en huit gros volumes *in-folio*, le livre de Théodote d'Ancyre contre Neftorius, les œuvres des deux faints Bafiles & des trois faints Grégoires, celui de Nyffe, le Thaumaturge & le théologien furent fucceffivement publiées par les foins de ce fçavant religieux. Singulierement eftimé du miniftre pour fa profonde capacité, il en fut choifi pour travailler à la traduction des auteurs grecs qui ont écrit depuis Théophane; l'ardeur avec laquelle il fe livra à ce nouveau travail acheva d'épuifer fes forces déja confidérablement affoiblies par les douleurs de la pierre dont il étoit tourmenté depuis quelques années, & qu'il fouffrit conftamment avec toute la patience & tout le courage d'un héros chétien, & il termina enfin fa glorieufe carriere le 23 mars 1679 étant âgé de foixante quatorze ans.

JEAN GARNIER.

JEAN GARNIER, célébre pour la grande réputation qu'il s'eft faite par fon érudition, naquit à Paris en 1612; fes premieres années furent marquées par une grande ardeur pour l'étude & par un tendre amour pour la piété. Après avoir fait fes humanités & fa philofophie avec beaucoup de diftinction, il entra chez les Jéfuites n'étant encore âgé que de feize ans; on dit que pénétré des fentimens de la plus vive reconnoiffance pour la faveur que Dieu lui avoit faite de l'avoir appellé dans la fociété, il en renouvelloit tous les ans fes actions de graces dans l'églife de Notre-Dame des Vertus à deux lieues de Paris, où il ne manqua jamais d'aller à pied & à jeûn, même à l'âge de près foixante-dix ans. Plein de l'efprit de fon état, il en avoit acquis toutes les vertus, une piété édifiante, un grand zéle pour la gloire de Dieu, une charité ardente pour le prochain.

Les épreuves de fon noviciat finies, il fut deftiné, felon l'ufage de fa compagnie, à enfeigner pendant quelques années les humanités & la rhétorique. Le jeune profeffeur fournit cette premiere carriere avec les plus grands applaudiffemens, convaincu que les fciences ont entr'elles une liaifon effentielle, & que pour s'y rendre habile il faut les étudier fucceffivement, & ne pas les embraffer toutes enfemble; quelque talent qu'il eût pour les connoiffances les plus fublimes & les plus relevées, pendant fept ans qu'il enfeigna les belles lettres il ne fit point d'autre étude; auffi n'y eut-il aucun genre de littérature dans lequel il n'excella.

Une fi fage méthode d'étudier lui avoit trop bien réuffi pour ne pas la fuivre dans les autres fciences.

Pendant

Pendant dix ans qu'il profeſſa la philoſophie dans différens colleges, il renonça à toute autre étude qui auroit
pu le diſtraire de celle à laquelle il venoit de ſe dévouer tout entier, & c'eſt ainſi que poëte excellent &
grand orateur, il devint encore un philoſophe également ſubtil & profond. En 1651 parurent les deux premiers ouvrages philoſophiques de ce ſçavant Jéſuite,
tous deux également eſtimés ; l'un qui a pour titre :
Organi philoſophiæ rudimenta, & l'autre intitulé : *Theſes
de philoſophia morali.*

Mais les ouvrages qui ont le plus illuſtré la mémoire
de ce ſçavant homme ſont ceux qu'il nous a laiſſés ſur
différentes matieres de controverſe, & ſur les divers
écrits d'un grand nombre d'auteurs eccléſiaſtiques. Tant
d'excellentes productions furent le fruit des recherches
que ce grand homme avoit faites pendant plus de vingt-
ſix ans qu'il profeſſa la théologie, & que ſon ardeur
infatigable pour le travail lui fit continuer juſqu'au
dernier moment de ſa vie, même au milieu des occupations attachées aux emplois de recteur & de provincial par leſquels il paſſa ſucceſſivement, & qu'il remplit avec diſtinction pendant pluſieurs années.

Son premier ouvrage théologique qui parut en 1655,
fut un écrit ſur la grace intitulé : *Régles de la foi Catholique ſur la grace de Dieu par Jeſus-Chriſt.* En 1668 le
pere Garnier donna de ſçavantes notes ſur le livre de
Julien évêque d'Eclane, fameux Pélagien ; & cinq ans
après il publia les œuvres de Marius Mercator, auſſi
enrichies de notes avec des préfaces, des commentaires & des diſſertations d'une érudition profonde ſur
les héréſies de Pélage & de Neſtorius.

A cet excellent ouvrage ſuccéda un abrégé de l'hiſtoire de Liberat diacre de Carthage, qui contient un
état ſuccinct de la cauſe des Neſtoriens & des Euty-
chiens, un autre livre rempli de plus grandes recherches encore, & extrêmement inſtructif par les notes
hiſtoriques répandues dans cet ouvrage; c'eſt un jour-

nal des papes que l'auteur fit paroître en 1680, & qui
eft enrichi de trois fçavantes differtations : la premiere
fur la queftion fameufe , fi le pape Honorius eft tombé
dans l'héréfie des Monothélites : la feconde fur les
infcriptions & foufcriptions des lettres des papes , &
la troifiéme fur le *Pallium.*

» Dans la premiere queftion , l'auteur fait voir
» qu'Honorius a été véritablement condamné dans le
» fixieme concile ; que les actes de ce concile ne font
» point falfifiés ; qu'il a été juftement condamné com-
» me l'auteur de l'héréfie des Monothélites, quoiqu'il
» prétende que ce pape n'ait jamais été dans cette
» erreur.

» Dans la feconde , il donne une lettre curieufe des
» infcriptions & foufcriptions des lettres des papes ,
» qui en fait voir les variations.

» Enfin dans la troifieme queftion , le pere Garnier
» parle de l'origine du *Pallium* , de la maniere dont
» il étoit envoyé du tems que les papes ont com-
» mencé de l'envoyer ; de ceux à qui ils l'envoyoient ,
» de l'étoffe dont il étoit fait , & de la forme qu'il avoit.
» On voit dans les notes qui accompagnent cet ou-
» vrage, ajoute M. Dupin , que la vacance du faint fiége
» ne fe comptoit pas de la mort du pape à l'élection
» de fon fucceffeur , mais jufqu'au jour de l'ordination
» de celui-ci faite par la permiffion de l'empereur ; qu'or-
» dinairement les papes étoient élus le quatriéme jour
» après la mort de leur prédéceffeur en fuite d'un fer-
» vice de trois jours.

Le dernier ouvrage de ce fçavant Jéfuite , mais qui
n'a été imprimé qu'après fa mort par les foins du pere
Hardouin , eft un recueil de pieces donné fous le titre
de cinquiéme volume des œuvres de Théodoret ; outre
un grand nombre de notes curieufes qui font le plus
grand prix de ce livre , on y trouve quatre differtations
critiques ; les trois premieres fur la vie , fur les écrits
& la doctrine de Théodoret , & la quatriéme fur l'hiftoire du cinquiéme concile.

En 1681 le pere Garnier, non moins recommandable
par fon rare talent pour le gouvernement que par fes
autres qualités, fut député à Rome pour les affaires de
fa compagnie; fon grand âge ne put tenir contre les
fatigues d'un fi long voyage. Etant arrivé à Boulogne
il y tomba malade, & mourut dans cette ville le 26
Octobre 1681 étant âgé de près de foixante-dix ans.

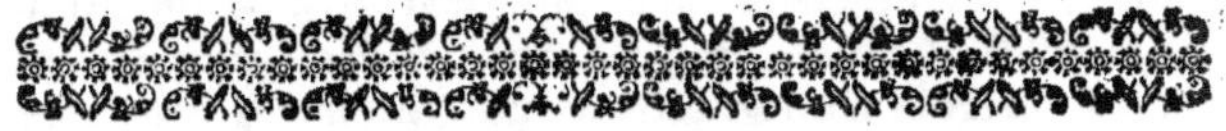

L U C   D' A C H E R I.

L Uc d'Acheri, l'un des premiers & des plus
célébres écrivains de la congrégation de faint Maur,
autant illuftre par fa piété que par fon érudition, naquit à Saint-Quentin en 1609. Plein de l'efprit de Dieu
dès fa plus tendre enfance, il marcha à grands pas dans
le chemin de la vertu. Le défir d'affurer fon falut contre
la corruption du monde lui fit tourner fes vûes du
côté de la retraite. Jeune encore il entra dans la congrégation de faint Maur, & fit profeffion dans l'abbaye de la fainte Trinité de Vendôme le 4 Octobre
1632.

Le motif qui l'avoit appellé à la religion étoit trop
pur, pour qu'il n'en remplît pas tous les devoirs avec
la ferveur la plus édifiante. Tous fes momens furent
partagés entre la priere & l'étude; mais cette étude
n'eut jamais pour objet une vaine fcience qui enfle le
cœur. Sa propre fantification, celle de fon prochain,
l'utilité de l'églife furent les feuls motifs qui dirigerent
ce fçavant religieux dans fes travaux littéraires.

Quoiqu'il fît de la retraite fes plus cheres délices, fa
piété autant que fon érudition eut bientôt répandu fon
nom dans le monde, & il ne put fe refufer à la direction d'un certain nombre d'ames ferventes, qui touchées

I ij

du défir de leur perfection le choifirent pour leur guide
dans la vie fpirituelle. Utile aux dévots , il ne le fut pas
moins aux fçavans par le zéle avec lequel il fe prêtoit
à leur avancement dans les lettres; il les aidoit, de fes
lumieres , leur indiquoit les fources où ils en pouvoient
puifer des nouvelles , fe faifoit un plaifir de leur
communiquer les livres & les manufcrits qu'il prévoyoit
pouvoir leur être utiles ; & c'étoit-là felon lui l'avantage le plus précieux qu'il pût retirer de la direction
de la bibliothéque immenfe dont il étoit chargé , &
qu'il a enrichie d'un grand nombre de livres rares que
ce fçavant homme avoit ramaffés avec des foins extrêmes.

Le premier ouvrage dont ce célébre écrivain ait procuré l'édition, c'eft la lettre de faint Barnabé , qu'il fit
imprimer en 1645 fur le manufcrit du fçavant dom
Hugues Menard fon confrere. En 1648 il publia un
important ouvrage qui n'avoit point encore été donné
au public ; ce furent les œuvres du B. Lanfranc archcvê-
que de Cantorberi, avec la chronique du Bec, la vie
de S. Auguftin apôtre d'Angleterre, la vie du B. Helluin
& des quatre premiers abbés du Bec , & deux traités de l'Euchariftie de Hugues evêque de Langres, & de Durand abbé de Troarn, contre Berenger.
Ce qui fait le plus grand prix de ce livre, ce font les
notes fçavantes dont il eft enrichi , & le grand nombre de pieces utiles & curieufes ajoûtées par ce fçavant
Bénédictin aux œuvres du B. Lanfranc. La pieté de ce
grand homme toujours animée du defir de rendre fon
travail utile à la fanctification de fon prochain , lui
fit entreprendre la même année un catalogue de divers traités fpirituels des peres , & même de ceux des
auteurs des derniers tems dont la lecture peut être le
plus utile aux perfonnes engagées par leur état à af-
pirer à un plus haut degré de perfection ; ouvrage dans
lequel la pieté de l'auteur n'éclate pas moins que fon
fçavoir.

Infatigablement appliqué à faire des recherches propres à répandre du jour fur l'ancienne hiftoire de l'é-
glife, il fe mit en état de publier en 1651 les œuvres
du célébre Guibert abbé de Nogent, avec des obfervations très-étendues qui renferment l'hiftoire de plufieurs abbayes ; la vie de quantité de faints illuftres ,
& un grand nombre d'autres monumens non moins
utiles que curieux.

Ce fut par tant d'excellens ouvrages que l'auteur
fe prépara à en publier un autre qui devoit être le
fruit des plus grandes recherches & d'une opiniâtre
affiduité au travail. Le grand nombre d'ouvrages d'auteurs, d'actes & de canons de conciles, d'hiftoires,
de chroniques, de vies des faints, de lettres de poëfies,
de chartes, & d'autres pieces qui n'avoient point encore paru, & que dom d'Acheri trouvoit tous les jours
dans les divers manufcrits que fon extrême avidité de
fçavoir lui faifoit lire avec attention, l'engagerent à
entreprendre d'en donner un recueil fous le nom de
Spicilege ; titre trop modefte pour un ouvrage auffi
vafte, compofé de treize gros volumes enrichis des plus
précieufes dépouilles de l'antiquité, & de doctes obfervations qui ne font pas moins connoître l'érudition de
l'auteur que fa merveilleufe habileté dans la véritable critique & dans la connoiffance de l'une & de l'autre hiftoire & des antiquités eccléfiaftiques. » On a à la
» tête de chaque livre des préfaces judicieufes & bien
» écrites fur les monumens qu'il contient ; le dernier
» renferme outre quelques pieces, trois tables générales
» de tout l'ouvrage ; l'une des traités, l'autre des ma-
» tieres, & la troifiéme des pieces par ordre chronolo-
» gique. Ce n'eft pas ici le lieu de parler des pieces
» contenues dans ce recueil, il fuffit de dire, comme le
» remarque M. Dupin, qu'il y en a de très-confidérables ;
» que le nombre en eft prodigieux, la varieté admira-
» ble, & que c'eft le recueil le plus ample & le plus
» exact que nous ayons en ce genre.

La régle des folitaires par Grimlaïc eft encore un
ouvrage de ce fçavant religieux. Il avoit de même travaillé avec beaucoup d'application aux actes des faints
de l'ordre de faint Benoît, & avoit été aidé dans ce
travail par dom Mabillon qui en 1701 donna au public les deux derniers volumes de ce grand ouvrage
avec des préfaces, des obfervations & des notes remplies de cette érudition profonde qui fe fait admirer
dans tous les écrits qui font fortis de la plume de cet
illuftre écrivain.

Dom Luc d'Acheri après une longue vie paffée dans
l'exercice de toutes les vertus propres de fon état,
mourut dans de grands fentimens de piété le 28 Avril
1685, dans la foixante-feiziéme année de fon âge.

GODEFROI HERMANT.

GODEFROI HERMANT, docteur en théologie
de la maifon & focieté de Sorbonne, naquit à
Beauvais le 6 Février 1617, de Pierre Hermant, chirurgien, & de Françoife Leullier, fille d'un procureur
de cette ville, & de Marguerite de Merliers, petit eniece
du fameux des Bordes, qui avoit été fur intendant des
finances fous Charles IX.

Le jeune Hermant laiffé orphelin à l'âge de cinq ans
fut élevé par fon grand-pere Lucien Leullier, qui donna tous fes foins à cultiver les heureufes difpofitions qu'il
remarquoit dans fon petit-fils. Après avoir fait fes premieres études à Beauvais, âgé de treize ans il fut envoyé à Paris pour y faire une troifiéme année de rhétorique fous les Jefuites, & fit enfuite fon cours de
philofophie au collége de Navarre. A cet étude fuccéda celle de la théologie à laquelle il fe livra avec

d'autant plus d'ardeur que s'étant deftiné à l'églife, il jugeoit que cette fcience lui étoit abfolument néceffaire pour remplir dignement les devoirs de l'état qu'il avoit embraffé.

Après avoir glorieufement fourni ces différentes carrieres, trop jeune pour prendre le degré de bachelier, il revint en 1636 à Beauvais, & y fut employé pendant trois ans à profeffer les humanités, & la rhétorique. Ce tems écoulé fon evêque, Auguftin Potier, le renvoya à Paris pour y prendre foin de l'éducation de M. d'Ocquerre fon neveu ; cet emploi ne l'empêcha pas de remplir pendant quelques années une chaire de profeffeur au collége de Bauvais. Déja connu pour un homme très-verfé dans la connoiffance des langues & des antiquités facrées & profanes, il merita d'être affocié aux travaux des fçavans qui avoient entrepris l'édition de la grande bible poliglotte de Paris ; & quoiqu'il fût le plus jeune des critiques chargés de ce grand travail, il n'étoit pas, dit M. le préfident, le Jay, le moins habile ni le moins expérimenté.

En 1642 M. Hermant fut aggregé à la maifon de Sorbonne, & fut pourvu l'année fuivante d'un canonicat dans la cathédrale de Beauvais. Quoiqu'il ne fût encore que bachelier, l'univerfité le choifit pour répondre à la requête préfentée par les Jefuites pour être aggregés à cette compagnie, & il fut de même chargé de repondre aux divers écrits que cette premiere apologie avoit occafionnés. Devenu par fon éloquence l'organe de l'univerfité, fouvent il eut l'honneur de porter la parole au confeil dans des actions d'éclat. La dignité de recteur à laquelle il fut elevé, & dans laquelle il fut continué pendant dix-huit mois, une gratification confidérable qu'il reçut de fa compagnie, furent la recompenfe de fon zele à en défendre la gloire & les intérêts. Pendant qu'il faifoit fa licence, il entreprit auffi la defénfe du livre de M. Arnaud fur la frequente communion attaqué par M. Renard prêtre,

de Paris. On le vit pendant fon rectorat fe livrer avec
zele au facré miniftere de la parole, & fon éloquence
d'autant plus perfuafive qu'elle étoit foutenue d'une
piété édifiante & d'une grande pureté de mœurs, fe fit
fouvent admirer dans les plus célébres églifes de Paris.
Enfin en 1650 il prit les ordres facrés, & reçut le
bonnet de docteur.

Quelque tems après il retourna dans fa patrie, & y
affita au facre de M. de Buzenval fucceffeur de M.
Potier. M. Hermant trouva dans le nouvel evêque
un protecteur non moins zélé que celui que la mort
venoit de lui enlever. Il fut honoré de fon amitié &
de fon eftime, & fut pendant vingt-cinq ans affocié à
fes travaux. M. Hermant fut cependant envelopé dans
les longues difcuffions que ce prélat eut avec fon chapitre, & fut même pendant quelques années exclu du
chœur & privé des fruits de fon bénéfice. Cette efpece
de difgrace fut pour M. Hermant le motif d'un renouvellement d'ardeur pour l'étude, & elle devint dès-
lors fon unique occupation. En 1651 il avoit fait paroître un livre intitulé : Défenfe de la pieté & de la foi
de l'églifecatholique contre les impiétés & lesblafphêmes
de Jean Labadie Apoftat; il publia l'année fuivante un
recueil contre Samuel Defmarets profeffeur de Gronin-
gue, qui prétendoit que M. Arnaud & fes amis avoient
expliqué les matieres de la grace d'une maniere peu éloignée de celle des Proteftans. Cet ouvrage fut fuivi de
la traduction du traité de la providence, compofé par
S. Jean Chryfoftome, pendant fon exil. Ce fçavant homme
nous a donné auffi la vie de ce faint docteur avec celles de
S. Athanafe, de S. Bafile, de S. Grégoire de Nazianze,&
de faint Ambroife. » L'examen, dit M. Baillet, que cet
» auteur a fait des ouvrages des principaux peres de
» l'églife grecque & latine, fur-tout du quatriéme &
» cinquiéme fiecle de diverfes lettres, & des hiftoriens
» mêmes de ce tems-là, fait remarquer beaucoup
» de fineffe dans fon difcernement, beaucop de délicateffe

» teſſe dans ſon goût, beaucoup de ſolidité dans ſon
» jugement, & beaucoup de ſûreté dans ſes déciſions.
» Cette excellente critique eſt ramaſſée ſous le titre
» d'éclairciſſement & de remarques qu'il a eu ſoin d'a-
» joûter à la fin de chaque vie des peres de l'égliſe
» qu'il a compoſée. L'exactitude eſt gardée dans tous
» ces écrits avec toute la rigueur que la vérité la plus
» pure puiſſe exiger de la plus profonde capacité.

L'élégante traduction que ce célèbre écrivain nous a
laiſſée des œuvres ſpirituels de S. Baſile le Grand, ſes
entretiens ſur l'évangile de S. Mathieu & ſur celui de
S. Marc n'ont pas reçu moins d'applaudiſſemens que ſes
vies des ſaints peres. On a encore de lui un traité où
il a recueilli les réglemens des conciles, dés papes, des
évêques, & les ſentimens des peres & des théologiens
contre l'uſage des ſommes d'argent que l'on exige des
filles qui font profeſſion religieuſe.

Ce ſçavant homme que ſes éminentes vertus ont encore plus illuſtré que ſa profonde capacité, fut enlevé
de ce monde le 11 Juillet 1690 dans la ſoixante-trei-
zieme année de ſon âge. Etant allé ce jour là avec deux
de ſes amis chez M. de Lamoignon, une attaque d'ap-
popléxie dont il fut ſurpris dans la rue, en paſſant devant
l'hôtel de S. Paul, le fit tomber entre les bras de ceux
qui l'accompagnoient ſans qu'on pût lui arracher aucun
ſigne de vie ; un de ſes amis M. de Cat, chanoine de
Beauvais, conſacra à la mémoire de cet homme illuſtre
l'épitaphe ſuivante.

Hìc reſurrectionem expectat
Godefridus Hermant Bellovacus,
Eruditione clarus, famà celebris, vitute præſtantior.
Rector quondam Academiæ Pariſienſis ac vindex ;
Doctor & ſocius Sorbonicus,
Hujus inſignis eccleſiæ canonicus ;
Amans diſciplinæ, ſi quis unquam ſanctioris
Excelſo ingenio, ſtupendæ doctrinæ ; facundia mirabili

Tome. I.   K

Majora debebantur.
Oblata recuſavit modeſtià ſingulari.
Impendit
Doĉtis elucidata illuſtriorum patrum geſta
Piis, ſacras in Matthæum & Marcum exercitationes,
Civibus ſuis, urbis hujus ac diœceſis hiſtoriam.
Omnibus ſe ipſum verbo converſatione, charitate
Super impendit :
Egenis ſua omnia.
Repentinà morte ereptus eſt, non improviſa
Anno R. S. M. M. DC. XC. xj. Jul. ætat. LXXIII, &c.

ANTOINE ARNAULD.

ANTOINE ARNAULD, doĉteur de Sorbonne, né à Paris le 8 Février 1612, eut pour pere le célebre Antoine Arnauld, avocat au Palement, & ancien conſeiller & procureur de la reine Catherine de Médicis. Illuſtre par ſon érudition & ſon éloquence qui lui mérita l'honneur d'avoir pour auditeurs Henri IV & Emanuel, duc de Savoye, dans une aĉtion d'éclat ; ce grand homme ne s'étoit pas moins diſtingué par ſon zéle pour la gloire & les intérêts de ſes légitimes ſouverains auſquels il fut inviolablement attaché malgré les ſéduiſantes promeſſes qu'employa la ligue pour l'attirer dans ſon parti. Son petit-fils, le ſçavant M. le Maître, conſacra à ſa mémoire l'épitaphe ſuivante.

Paſſant, du grand Arnauld reſpeĉte la mémoire,
Ses vertus à ſa race ont ſervi d'ornement,
Sa plume à ſon pays, ſa voix au Parlement,
Son eſprit à ſon ſiecle, & ſes faits à l'hiſtoire.

Ses difcours aux Héros difpenferent la gloire,
Par lui la vérité triompha puiffamment,
Des Princes & des Rois il fut l'étonnement,
Et les eût pour témoins d'une illuftre victoire.
  Contre un fecond Philippe, ufurpateur des lys,
Ce fecond Démofthène anima fes écrits,
Et contre Emmanuel arma fon éloquence.
  Il crut baffes pour lui les hautes dignités,
Et préféra le nom d'oracle de la France
A la vaine fplendeur des titres empruntés.

Antoine Arnauld, le plus jeune des fils de cet homme, illuftre, fe fit encore un plus grand nom que lui dans la république des lettres ; grammaire, hiftoire, critique, philofophie, mathématiques, théologie fcholaftique, morale & polémique, prefque toutes les fciences furent de fon reffort; & ce n'eft pas en trop dire que d'avancer que ce qu'elles ont de plus folide & de plus fubtil fe trouve renfermé dans les écrits de cet homme illuftre. Plus de cent-trente volumes fur toutes fortes de matieres fortis de fa plume feront des monumens éternels, & de fon ardeur infatigable pour le travail, & de la prodigieufe variété de fon érudition.

Le collége de Calvi le vit briller dans fes humanités, de même que dans fes études de philofophie & de théologie ; il les avoit achevées avec diftinction, lorfqu'en 1635 il foutint fes théfes pour le baccalaureat ; ce fut dans cette occafion qu'il commença à faire éclater fes fentimens particuliers fur les matieres de la grace.

Il avoit fait fa licence, & avoit pris en 1641 le bonnet de docteur en théologie de la faculté de Paris, lorfque la fociété de Sorbonne, où, felon les régles ordinaires, il ne pouvoit être admis, parce qu'il n'y avoit pas fait fa licence, follicita vivement auprès du Cardinal de Richelieu fon provifeur pour qu'il y fût reçu extraordinairement ; diftinction glorieufe, qui, quoique duë au rare mérite de ce grand homme, ne lui fut cependant accordée que le dernier jour d'Octobre de l'année 1643, dix mois environ après la mort du cardinal miniftre.

A peu près dans le même tems parut fon livre de la fréquente communion qui fut vivement attaqué ; fes fentimens fur les matieres de la grace trouverent encore un plus grand nombre d'adverfaires ; mais ce qui excita le plus grand bruit, fut les deux lettres que publia M. Arnauld au fujet de l'abfolution qu'un eccléfiaftique de Paris, l'abbé Picoté, avoit refufée à M. le Duc de Liancour à caufe des liaifons que ce feigneur avoit avec la maifon de Port Royal. Deux propofitions extraites de l'une de ces lettres furent examinées en Sorbonne, & y furent cenfurées malgré les proteftations de foixante & douze docteurs, qui ne croyant pas devoir adhérer à cette cenfure fe retirerent de l'affemblée.

Ce coup d'éclat affermit M. Arnauld dans la réfolution qu'il avoit prife depuis quelque tems de s'enfevelir dans la folitude ; ce fut pendant cette retraite qui dura près de quinze années, que l'on vit fortir de la plume de ce célebre écrivain ce grand nombre de fçavans ouvrages qu'il nous a donnés fur tant de matieres différentes.

La paix ayant enfin été rendue à l'églife par la bulle du pape Clément IX, M. Arnauld de retour à Paris s'y livra tout entier au zéle qui l'animoit pour les intérêts de la religion ; ce fut avec le fecours des lumieres de ce grand homme que fut tracé le plan de l'excellent livre de la perpétuité de la foi fur l'Euchariftie compofé par le célebre M. Nicole. L'argument général fur lequel roule le premier volume de cet admirable ouvrage avoit déja été propofé d'une maniere abrégée dans l'office du faint Sacrement publié par M. Arnauld en 1659.

» Il eft certain, dit-il dans fa préface, que cette » nuée de témoins, comme parle S. Paul, qui dans

» tous les fiecles de l'églife dépofent pour la foi dont
» nous faifons profeffion , eft de foi-même capable d'en
» perfuader tous ceux d'entre les Calviniftes qui cher-
» cheroient fincérement la vérité , principalement s'ils
» confidéroient que la paix dont l'églife a joui durant
» dix fiecles à l'égard de ce myftere , pendant lefquels
» on ne peut croire fans extravagance qu'il fe foit fait
» un changement univerfel , & néanmoins infenfible
» dans la créance d'un facrement qui devoit être
» compris diftinctement de tous ceux qui y partici-
» poient c'eft-à-dire , de tous les fidéles , a été terminée ,
» par une guerre qui a encore fait éclater davantage
» la vérité de notre foi , puifque lorfque Berenger atta-
» qua la préfence réelle de J. C. dans l'Euchariftie , &
» fut condamné l'an 1053 , cette créance fe trouva fi
» généralement établie , non feulement dans toute l'é-
» glife Romaine , mais auffi dans toutes les commu-
» nions qui en étoient féparées , comme la Grecque &
» l'Arménienne , qu'il n'y avoit aucune trace ni aucune
» mémoire qu'il y en eût jamais une autre ; ce qui a fait
» que les auteurs qui ont écrit contre Berenger , com-
» me Hugues evêque de Langres , Adelman , Lanfranc ,
» Guitmond , l'abbé Durand , Alger , lui reprocherent tous
» qu'il combattoit la foi de tous les fiecles , celle de
» l'églife univerfelle , & généralement de tous ceux qui
» portoient le nom de chrétiens.

M. Arnauld toujours plus ardent à combattre l'erreur , fit paroître fucceffivement divers autres ouvrages
polémiques compofés dans le même efprit de zéle. Tels
font fon renverfement de la morale de J. C. par la
doctrine des Calviniftes touchant la juftification ; l'im-
piété de la morale des mêmes hérétiques pleinement
découverte ; fon apologie pour les Catholiques , contre
les fauffetés & les calomnies d'un livre intitulé , la politique du clérgé de France ; fon traité contre les Calviniftes convaincus de nouveaux dogmes impies fur la
morale ; fes réflexions fur le préfervatif du miniftre Ju-

rieu , & quantité d'autres écrits tous également solides ,
& qui portoient la conviction dans l'esprit ; ouvrages
que les papes Clément IX , ClémentX , & Innocent XI
honorerent des plus grands éloges.

D'autres sujets exercerent depuis la plume de
ce célebre écrivain dont le génie sembloit être
inépuisable sur quelque matiere qu'il voulût l'employer.
Sa grammaire générale & raisonnée , ses élémens de
géométrie , ses réflexions philosophiques & théologiques sur le nouveau système de la nature & de la grace
du P. Malebranche , sa dissertation sur le prétendu bonheur des sens pour servir de réplique à ce qu'à répondu
M. Bayle , ses objections sur les méditations métaphysi-
ques de M. Descartes & bien d'autres productions sont
d'éclatantes preuves de l'universalité du génie de cet
homme célebre , & de l'immense étendue de son érudition.

Menacé d'un nouvel orage , il s'étoit retiré dans les
Pays bas où il termina sa glorieuse carriere , âgé de quatre-vingt ans. Quoiqu'il jouît encore d'une entiere liberté
de corps & d'esprit , craignant néanmoins que son extrême vieillesse ne le mit hors d'état de continuer ses
travaux ordinaires , il avoit appris par cœur tous les
pseaumes de David pour pouvoir les réciter & en faire
le sujet de ses méditations dans les dernieres années de
sa vie. Ainsi consomma sa course un des plus grands
hommes qu'ait vu naître le dernier siecle. Il mourut à
Bruxelles le huitieme jour d'Août 1694 , après avoir reçu
les sacremens des mains de son pasteur , quoiqu'il eût
célébré deux jours auparavant le saint sacrifice de la
Messe ; son corps fut inhumé dans l'église de l'Hospice
des Prémontrés où il logeoit , & son cœur fut ap-
porté à Port-Royal des Champs. D'un grand nombre d'é-
pitaphes consacrées à sa mémoire nous n'en rapporterons qu'une , qui est de M. de Santeuil.

Ad fanctas rediit fedes ejectus & exul,
Hofte triumphato, tot tempeftatibus actus
Arnaldus veri defenfor, & arbiter æqui,
Illicet offa memor fibi vindicet extera tellus,
Huc cœleftis amor, rapidis cor tranftulit alis,
Cor nunquam avulfum, nec amatis fedibus abfens.

Sanctor. Victor.

PIERRE NICOLE.

LE célebre PIERRE NICOLE, l'un des plus grands théologiens du dernier fiecle, naquit à Chartres le 13 Octobre 1625, de Jean Nicole, avocat & juge, chambrier de la chambre eccléfiaftique de Chartres, & de Louife Conftant.

Son pere fut fon premier maître, & il acquit fous lui une parfaite connoiffance des meilleurs auteurs Grecs & latins. En 1642 il fut envoyé à Paris pour y commencer fon cours de philofophie qu'il fit avec beaucoup de fuccès; la pénétration de fon efprit lui fit faire auffi de rapides progrès dans l'étude de la théologie; il fe contenta cependant du degré de bachelier qu'il prit en 1649; les difputes qui agitoient alors la faculté de théologie de Paris au fujet des cinq fameufes propofitions de Janfénius, l'ayant déterminé à renoncer au doctorat.

Plus libre alors, fes engagemens avec Port-Royal en devinrent plus fuivis & plus étroits. M. Nicole fe retira dans cette maifon où il avoit déja enfeigné les belles-lettres pendant qu'il étudioit la théologie, & il y demeura jufqu'en 1655 qu'il revint à Paris pour ai-

der de fa plume M. Arnaud avec qui il étoit étroitement lié.

L'on dit que vers l'an 1658 il paffa en Allemagne,
& que ce fut là qu'il travailla à une traduction latine
des fameufes lettres provinciales qu'il publia fous le
nom de Wendrock ; mais bien des gens croyent que
M. Nicole ne fortit point de France, & que ce fut à
Paris où il fe tenoit caché fous le nom de M. de Rofny,
qu'il compofa l'ouvrage dont nous parlons ; quoi qu'il
en foit, s'il alla en Allemagne, il eft conftant qu'il n'y
fit pas un long féjour, puifqu'il étoit à Paris en 1660.

Il changea depuis fouvent de demeure, mais toujours
livré à la compofition de fes ouvrages ; follicité par fes
amis d'entrer dans les ordres facrés, il voulut auparâ-
vant confulter M. Pavillon, évêque d'Alet ; il partit
donc de Paris au commencement du Printems de l'année 1676, pour venir trouver ce prélat avec qui il
paffa trois femaines ; mais ce fut là un voyage que
M. Nicole entreprit inutilement, fon diocéfain M. l'évêque de Chartres, lui ayant refufé le confentement dont
il avoit befoin pour être admis à prendre les ordres.

Une lettre que M. Nicole écrivit l'année fuivante
au pape Innocent XI pour les évêques de S. Pons &
& d'Arras contre le relâchement des Cafuiftes, acheva
de brouiller fes affaires, & l'obligea de s'exiler de Paris. Après s'être rendu à Chartres pour y recueillir la
fucceffion que la mort de M. fon pere venoit de lui
laiffer, il fe retira à Beauvais auprès de M. Choart de
Buzenval, paffa de-là à Bruxelles, puis à Liege, enfuite
à Orval & en différens autres endroits.

M. Nicole ennuyé de cette vie errante, prit enfin le
parti en 1679 d'écrire à M. de Harlai archevêque de
Paris, & d'adreffer fa lettre à M. Marcelle curé de faint
Jacques du Haut-pas, à qui il laiffoit la liberté, ou de
préfenter cette même lettre, ou de la fupprimer. M.
de Harlai content de la maniere dont M. Nicole fe juf-
tifioit dans cet écrit, parut affez difpofé à permettre
son

fon retour en France ; ce qu'il accorda peu de tems après à la follicitation de M. Robert, chanoine de l'églife de Paris.

M. Nicole revenu fecrettement à Chartres, recommença fous le nom de M. de Bercy, à travailler à de nouveaux ouvrages qu'il eut bientôt après la confolation de venir continuer à Paris ; ce même ami qui s'étoit intéreffé en fa faveur, ayant de nouveau employé fes follicitations auprès de M. de Harlai, pour qu'il fût permis à M. Nicole de retourner dans la capitale.

Il y revint en 1683, & depuis ce tems-là jufqu'au moment de fa mort, il n'a ceffé d'écrire.

Cet homme célebre, loué par ceux-là mêmes qui ont le plus condamné fes fentimens, décéda le 11 Novembre 1695 dans la foixante-dixiéme année de fon âge. Métaphyficien fubtil, Théologien profond, excellent Controverfifte, il a immortalifé la gloire de fon nom par les favans ouvrages qu'il a publiés contre les Religionnaires ; tels font la perpétuité de la foi de l'églife catholique touchant l'Euchariftie, fon traité de l'unité de l'églife, & la réfutation des principales erreurs des Quiétiftes.

D'autres ouvrages non moins eftimables de ce grand homme, & qui feront l'admiration de tous les fiecles, font fes effais de morale, fes lettres choifies & fes inftructions théologiques. Voici le jugement que les Journaliftes de Trévoux portent de ce dernier ouvrage.

» On y reconnoît M. Nicole au foin d'approfon-
» dir les matieres, & de les digérer dans un bel ordre,
» à la précifion des idées, à la jufteffe des conclufions
» tirées des principes ; enfin à la féchereffe prefque in-
» féparable de cette exactitude géométrique dont il fait
» profeffion. On doit ajouter à une grande connoiffance
» du cœur humain une expreffion toujours pure & dé-
» licate. On voit bien qu'il a fuivi l'ordre du Caté-
» chifme Romain ; fon deffein a été de dégager la théo-
» logie des fubtilités & des longueurs de l'école, & de

» la mettre à la portée des gens du monde & de cer-
» tains ecclésiastiques trop occupés pour s'engager
» dans des études profondes. Il a été au-de là
» de son projet, & les sçavans peuvent lire ses instruc-
» tions, comme le système théologique d'un auteur de
» réputation ; l'ouvrage est écrit en forme de dialogue,
» & c'est là-la meilleure maniere de composer des ins-
» tructions.

Le style de cet illustre écrivain paroît avoir été formé sur celui des meilleurs auteurs latins, & en particulier sur celui de Térence qui étoit son auteur favori ;
il écrivoit aussi en françois avec beaucoup de pureté
& d'élégance.

Sa maniere de penser toujours ingénieuse , mais un
peu trop abstraite & trop concise, le rendoit peu propre à traiter des sujets qui demandassent de l'invention ;
aussi avoue-t'il ingénuement dans ses lettres, qu'il n'a-
voit nul talent pour la chaire.

» Il y a quelques années, dit-il , qu'un de mes amis
» m'ayant montré le panégyrique d'un saint qu'il de-
» voit prononcer , & lui ayant dit avec liberté que je
» n'en étois point du tout satisfait, il m'engagea à lui
» en faire un ; je le fis , il l'adopta & le déclama par-
» faitement bien ; cependant ayant assisté moi-même à
» ce sermon, j'entendis à mes côtés je ne sçai com-
» bien de gens qui ne pouvoient s'empêcher de dire af-
» sez haut : le pauvre sermon ! est-ce-là prêcher ? qui a
» jamais vû un tel panégyrique ? Etant enfin sorti , il
» y en eut qui me vinrent trouver sérieusement pour
» me dire , qu'étant ami du prédicateur , je le devois
» avertir de ne plus se mêler d'un métier dont il s'ac-
» quittoit si mal. Le prédicateur cependant ne se re-
» buta pas de ce mauvais succès, il exigea de moi une
» seconde fois la même corvée ; je l'acceptai pour avoir
» une seconde fois le plaisir de ces jugemens du mon-
» de , & j'assistai encore à ce sermon. L'amour pro-
» pre s'étoit un peu défendu la premiere fois contre le

» jugement public, parce que le prédicateur avoit dé-
» figuré le premier sermon par quantité de lambeaux
» mal cousus qu'il y avoit ajoutés ; mais la seconde fois
» il fut entiérement désarmé , car le prédicateur n'a-
» jouta pas un mot à ce que je lui avois donné ; il le
» déclama mieux qu'il ne méritoit , cependant ce se-
» cond sermon eut le même succès que le premier, &
» excita les mêmes plaisanteries.

   M. Nicole convient encore qu'il ne réussissoit pas
mieux dans les épitaphes que dans les sermons. » Je
» fus autrefois engagé, dit - il , par Madame la prin-
» cesse de Conty à faire l'épitaphe de M. le prince
» de Conty, & on la grava aux Chartreux d'Avignon ;
» quelques années après passant par cette ville, on me
» proposa de me mener aux Chartreux pour la voir ;
» mais le plus bel esprit d'Avignon s'y opposa, en di-
» sant qu'elle ne méritoit pas d'être vûë , & qu'elle
» ne valoit rien ; tout le monde en demeura d'accord
» & moi aussi, avec intention de me délivrer à jamais
» des épitaphes. »

LOUIS THOMASSIN.

Louis Thomassin, issu d'une noble & ancienne
famille qui s'est également distinguée & dans la
robe, & dans l'épée, naquit à Aix en Provence le 28 Août
1619 de Joseph Thomassin avocat général en la Cour des
Comptes Aydes, & Finances de Provence.

La beauté & la facilité de son génie, soutenue d'une
mémoire heureuse & d'une passion extrême pour l'é-
tude, lui fit faire de rapides progrès dans toutes les sçien-
ces ausquelles il suppliqua. Ce fut pour se mettre à portée de cultiver avec plus de succès de si heureuses dispositions, que n'étant encore âgé que de quatorze ans
il entra dans la congrégation des peres de l'Oratoire.

Après y avoir achevé ses études, il fut destiné par ses
supérieurs à aller enseigner la philosophie à Lyon; le
charme des nouveaux systêmes philosophiques ne fut
point capable de l'éblouir; s'il en adopta quelques opinions, il ne s'attacha qu'à celles qui lui parurent évidemment s'accorder avec les sentiments des meilleurs
auteurs ecclésiastiques dont il fit pendant toute sa vie sa
principale étude.

Envoyé à Saumur pour y professer la théologie, il
s'appliqua à dépouiller cette science des vaines & inutiles subtilités de l'école; l'écriture, les peres, les conciles
furent ses seuls guides. Une si sage méthode d'enseigner
ne pouvoit manquer d'avoir, & pour le maître, & pour
les disciples, les plus heureux succès; l'éclat avec lequel
le pere Thomassin remplit à Saumur son emploi de professeur engagea ses supérieurs à l'appeller à Paris pour y
continuer les mêmes fonctions au séminaire de S. Magloire. Il y vint en 1654, & débuta par des conférences

réglées sur l'histoire ecclésiastique , sur les conciles &
sur les peres, qu'il continua presque sans aucune interruption jusqu'en l'année 1668.

Avant ce tems-là le pere Thomassin avoit déja publié deux ouvrages sur des matières fort délicates ; sçavoir , l'un sur la grace , & l'autre sur l'autorité du pape ,
& sur celles des conciles.

A la sollicitation de plusieurs grands prélats du Royaume , ce sçavant homme entreprit un ouvrage beaucoup
plus considérable , & qui ne pouvoit être le fruit que
d'une érudition immense ; ce fut son excellent traité de
l'ancienne & de la nouvelle discipline de l'église touchant les bénéfices & les bénificiers , ouvrage où se
trouve réuni tout ce qui peut servir à donner quelque
éclaircissement sur une si importante matiere ; & ce qui
fait le plus grand prix de ce livre, c'est que l'auteur n'avance rien qui ne se trouve expressément marqué dans les
conciles, dans les décrétales des papes, dans le droit canon,
dans les rites , dans les meilleurs auteurs ecclésiastiques ,
dans les loix , dans les ordonnances & dans un grand
nombre de monumens anciens & modernes.

Le succès de cet ouvrage fut tel que le pape Innocent XI parut disposé à vouloir s'en servir pour le gouvernement de l'église , & résolut d'élever l'auteur à la
dignité de cardinal : il voulut l'attirer à Rome ; mais sur
la proposition qui en fut faite au Roi par le nonce de
Sa Sainteté , la réponse de ce grand prince fut qu'un
sujet d'un si rare mérite illustroit trop sa patrie pour
qu'elle pût consentir à s'en priver. Cependant le pere
Thomassin plein de reconnoissance pour les marques
de distinction dont l'honoroit la Cour de Rome, & voulant se conformer aux désirs de Sa Sainteté , entreprit
de donner une traduction latine de son grand ouvrage
de la discipline de l'église désirée avec ardeur dans les
pays étrangers.

Un autre ouvrage qui ne fit pas moins d'honneur à
la profonde érudition de ce grand homme, fut son livre

des dogmes théologiques divifé en trois parties. Là font approfondies avec autant de folidité que de pénétration , non felon la méthode de l'école , mais par la voie de l'écriture & de la tradition , & felon les fentimens des faints peres Grecs & Latins , toutes les queftions qui peuvent fervir à nous donner la plus haute idée des refpectables myfteres de notre fainte religion.

Je n'entreprendrai point d'entrer dans le détail de toutes les autres fçavantes productions qui font forties de la plume de ce célebre écrivain. Tels font fes excellens traités fur le jeûne , fur les fêtes , fur l'office divin , fur l'unité de l'églife , fur la vérité & fur le menfonge , fur l'aumône & fur le bon ufage des biens temporels , autant d'ouvrages marqués au coin de l'érudition la plus vafte & de la morale la plus faine & la plus pure.

Dans fon traité de l'aumône qu'il publia peu de temps avant fa mort , après avoir rapporté les fentimens de tous les faints peres Grecs & Latins fur l'obligation de faire l'aumône , il expofe les preffants motifs qui doivent engager tout chrétien à fatisfaire à ce précepte indifpenfable. ,, Un des principaux eft que les hommes ,, ne doivent pas fe confidérer comme propriétaires de ,, leurs biens , mais comme de fimples difpenfateurs de ,, ce qu'ils ont reçu de la main de Dieu , non pour le ,, confumer en vaines dépenfes , mais pour le diftri- ,, buer à ceux qui en ont befoin. Tous les hommes font ,, freres , la nature les a fait égaux en biens , & leur a ,, donné la terre & les fruits en communs ; l'inégalité ,, qui met les uns dans l'abondance du fuperflu , & qui ,, laiffe les autres dans la difette du néceffaire , ne vient ,, que du déréglement de leurs défirs & de l'excès de ,, leur avarice. L'ingénieufe charité de l'évangile remit ,, les premiers fideles dans l'égalité qui avoit fait l'âge ,, du monde naiffant , & rendit communs tous les biens ,, qui furent apportés aux pieds des apôtres. Quoique ,, cet ufage n'ait pas continué , les riches n'en font pas ,, moins obligés , non-feulement par les loix de la charité ,

» mais encore par celles de la juſtice, d'aſſiſter les pau-
» vres de leur ſuperflu, & même de leur néceſſaire dans
» certaines occaſions. Quant à la maniere de faire l'au-
» mône, quoique les ſaints peres ayent ſouhaité qu'elle
» fût ſage & judicieuſe, ils l'ont pourtant étendue à tous
» ceux qui en ont beſoin, même aux vicieux & aux in-
» fidéles; pour le tems, ils ont déclaré tous d'une com-
» mune voix, qu'il étoit beaucoup plus ſûr de la faire
» pendant la vie que d'attendre à la mort.

La piété qui préſidoit à toutes les actions de cet homme illuſtre étoit auſſi le principal motif de tous les ouvrages qu'il entreprenoit. Perſuadé qu'il n'y avoit pas
juſqu'aux auteurs profanes d'où l'on ne pût tirer d'utiles inſtructions par rapport au ſalut, il compoſa différens traités où il enſeigne la maniere de ſanctifier la
lecture de ces mêmes auteurs. Attentif à y faire remarquer ce que la ſuperſtition & l'erreur ont répandu dans
leurs ouvrages, il y fait obſerver d'un autre côté ces
grands ſentimens de vertu & de religion, ces ſublimes
vérités qui y brillent de toute part ; vérités, ſentimens
que ces ſages du paganiſme avoient puiſés dans les ſimples lumieres de la nature, ou dont ils étoient peut-être
redevables à leur commerce avec les Hébreux, & à la
communication qu'ils avoient eüe des ſaintes écritures.

Ce fut dans la même vûe qu'il entreprit de donner
une méthode qui apprit la maniere d'étudier chrétien-
nement la grammaire ou les langues par rapport à l'é-
criture ſainte & à la langue hébraïque, que le pere
Thomaſſin prétendoit être la ſource commune de toutes
les autres langues ; & ce fut pour le faire voir qu'il
compoſa le fameux gloſſaire univerſel qui fut le dernier de ſes ouvrages, & qu'il ne put même achever ;
mais un de ſes confreres le P. des Bordes & M. Barat, y
mirent la derniere main, & le firent paroître en 1697.

Le pere Thomaſſin épuiſé par un ſi pénible travail, ne
fit plus que languir pendant les trois dernieres années
de ſa vie. Hors d'etat de ſe livrer à aucune étude ſui-

vie, il ne s'occupa plus que de la priere, & de tous les autres exercices de la piété la plus édifiante. Résigné à la volonté de son Dieu, & plein de confiance dans ses bontés, il lui faifoit chaque jour un nouveau facrifice de fa vie, il fembloit même attendre avec une fainte impatience le moment qui devoit le faire paffer à une vie plus heureufe. Il mourut enfin le 24 Décembre 1696, dans la foixante-feizieme année de fon âge.

Sa douceur, fa modération, la bonté naturelle de fon cœur, fa droiture, fa probité le rendoient cher à tous ceux avec qui il avoit quelque liaifon. Humble & modefte autant qu'il étoit fçavant, il fembloit craindre de faire paroître la fupériorité de fes lumieres. Content de propofer fon avis, & d'expofer naturellement les raifons qu'il avoit de le foutenir, il étoit bien éloigné de vouloir tyrannifer les efprits, & c'étoit-là une maxime dont fon amour pour la paix auroit voulu établir la pratique parmi tous les fçavans. *L'Eglife*, difoit-il, *toujours attachée à fes décrets, ne défapprouve point les différentes écoles & leurs opinions oppofées ; ayons entre nous la même modération, & puifque les hommes ont la raifon en partage, & que d'ailleurs ils ont leur foible, il faut donc prendre une partie de leur fyftème, & retrancher ce qu'il y a de défectueux de part & d'autre ; & peut-être eft-ce là*, ajoutoit-il, *le moyen le plus fûr pour découvrir plus facilement la vérité.*

La priere & l'étude ont partagé prefque feules tous les momens de la vie de cet excellent homme, & l'une & l'autre avoient leur tems réglé ; l'oraifon, la récitation de l'office, la célébration de nos faints myfteres rempliffoient les premieres heures de la matinée, & il en confacroit le refte à l'étude. Quelques momens après après le dîner il fe remettoit pendant trois heures au travail, & ne le quittoit que pour fatisfaire à quelques exercices de piété ; point de vifite inutile qui dérangeât l'ordre qu'il s'étoit prefcrit.

Pénétré des grandes vérités de notre religion il en

parloit

parloit avec une onction, avec une effusion de cœur, qui
faifoit paffer dans l'efprit de ceux avec qui il conver-
foit, les mêmes fentimens dont le fien étoit rempli.
» Les penfées les plus chrétiennes, dit un des pané-
» gyriftes de cet homme célebre, naiffoient naturelle-
» ment dans fes entretiens, ainfi que fous fa plume ; ce
» qu'il y a de plus profane dans les auteurs, prenoit
» un fens édifiant en paffant par fa bouche, ou par fes
» mains ; tout marquoit qu'il portoit J. C. dans le
» cœur, & qu'il ne cherchoit que la gloire de fon
» églife.

LOUIS FERRAND.

LOUIS FERRAND, avocat au parlement de Paris, célebre par les ouvrages de piété & de controverfe qui font fortis de fa plume, naquit à Toulon
le 3 Octobre 1645. Animé du défir de fe perfectionner dans les fciences pour lefquelles il avoit une paffion extrême, il quitta fa patrie dès qu'il y eut fait
fes premieres études, & vint à Lyon où fa piété lui
infpira le deffein de fe confacrer à Dieu dans l'ordre
des Carmes-Déchauffés ; mais un de fes amis à qui il
ne crut pas devoir faire un myftere de fa nouvelle vocation, lui adreffa pour l'en détourner, une belle piéce
en vers qui fut fi perfuafive, qu'elle rallentit d'abord
la ferveur du jeune profélyte, & bientôt après il ne fongea plus à l'état auquel il s'étoit cru appellé ; toute
fon ardeur fe tourna du côté de l'étude, & il s'y livra
tout entier. Un fçavant eccléfiaftique avec qui il avoit
lié amitié, lui apprit l'hébreu & les langues orientales,
& ce fut-là une fcience dans laquelle il fe rendit habile en peu de tems.

Tome I.   M

Agé de dix-neuf ans , il vint à Paris où il avoit été devancé par la réputation qu'il s'étoit faite à Lyon. Une élégante paraphrase des sept pseaumes de la pénitence fut le premier ouvrage que lui dicta sa piété , & ce fut elle seule qu'il consulta toujours dans les divers ouvrages qu'il a depuis donnés au public. Connu par la grande capacité qu'il avoit acquise dans les langues , il fut prié par un libraire de Paris de se rendre à Mayence, pour y travailler à une traduction du texte hébreu de la Bible. Plein de zele pour tout ce qui pouvoit servir au bien de l'église , il entreprit ce voyage avec joye ; mais divers incidens l'ayant privé de la consolation de pouvoir exécuter le dessein qui l'avoit appellé à Mayence , il en partit pénetré de reconnoissance pour les marques de bonté & d'estime dont son altesse électorale l'avoit honoré.

De retour en France , il s'y appliqua pendant quelque tems à l'étude du droit, & se fit recevoir avocat au parlement de Paris , après avoir pris ses degrés à Orleans ; son dessein cependant n'étoit pas de s'attacher au barreau : s'il étudia la Jurisprudence , ce ne fut que dans la vûe de se mettre en état d'aider du secours de ses lumieres la veuve & l'orphelin , & les autres malheureux exposés à être les victimes des artifices & des injustices de la chicane. Ses vertus autant que la supériorité de ses talens , lui firent des protecteurs de toutes les personnes les plus distinguées par leur rang, ou par leur mérite. De ce nombre furent M. Colbert , M. le président Boucherat , M. le Camus , premier président , & M. le président de Mesme. Ce fut par le conseil de ce dernier, que M. Ferrand entreprit l'excellent ouvrage qu'il publia en 1679, sous le titre de *Réflexions sur la religion chrétienne , contenant les prophéties de Jacob & de Daniel sur la venüe du Messie , avec quatre discours ; le premier du sénat des Juifs , le second des prosélytes , le troisiéme des paraphrases chaldaïques , & le quatriéme de l'année des Juifs.*

La piété & la profonde érudition répandue dans cet ouvrage rempli de recherches auffi curieufes qu'inftructives, mériterent à l'auteur une penfion de 800 livres, dont il fut gratifié par le clergé de France, & qui fut dans la fuite augmentée. Son zele plus encore que fa reconnoiffance pour une marque de diftinction fi glorieufe, anima fa plume, & il donna fucceffivement divers autres ouvrages non moins utiles que le précedent. Tels font fon livre de la connoiffance de Dieu, fon traité de l'églife contre les hérétiques, fa réponfe à l'apologie pour la réformation, pour les réformateurs & pour les réformés, fon commentaire fur les pfeaumes, où il fe propofe de montrer, 1°. que tous les verfets des pfeaumes font parfaitement bien liés les uns avec les autres, 2°. de découvrir les événemens qui ont donné lieu à la compofition de chaque pfeaume, 3°. de juftifier contre les hérétiques la vulgate dont l'églife fe fert, & enfin de rapporter les maximes des Peres Grecs & Latins, & même les fentences des auteurs profanes, qui peuvent fervir à éclaircir & à appuyer le fens & la doctrine renfermée dans les pfeaumes.

Ce grand homme dont la plume fut toujours confacrée à la gloire & au progrès de la religion & de la vertu, avoit entrepris de donner des differtations fur tous les livres de la Bible; mais il n'en a publié qu'un volume, où il traite, de l'origine de l'antiquité & de la durée de la langue hébraïque, des verfions de l'Ecriture-Sainte, des travaux d'Origene & de faint Jerôme fur les livres facrés, & des divifions de ces livres, de leur ancien catalogue, de l'auteur du Pentateuque, de la verfion des Septante, & de la vulgate ancienne & nouvelle. Les continuelles & importantes affaires où l'auteur fut pendant long-tems employé par M. le Chancelier, ne lui permirent pas de mettre la derniere main à ce grand ouvrage. Un traité fur les mariages clan deftins fut le fruit des entretiens qu'il avoit eus avec ce célebre magiftrat ; & ce fut pour cette raifon qu'il intitula cet écrit : *Soirées du Marais* , à caufe qu'il les avoit eus le foir après fouper chez M. le Chancelier.

Ce célebre écrivain dont la fcience fut toujours éclairée par une piété tendre & folide , mourut le 11 Mars 1699, dans fa foixante-quatrieme année. Les ouvrages qu'il a laiffés manufcrits forment deux immenfes recueils , dont le premier compofé de quatorze gros volumes *in*-4°. renferme ce qu'il y a de plus remarquable dans les conciles généraux, provinciaux & diocéfains, & dans les décrétales des papes , & le fecond compris dans vingt-cinq volumes aufli *in*-4°. contient des extraits des peres des fix premiers fiecles de l'églife , & de quelques autres rangés par ordre alphabétique. Ces extraits regardent principalement le dogme & la difcipline.

JEAN GERBAIS.

JEAN GERBAIS, docteur en théologie de la faculté de Paris de la maison & société de Sorbonne, ancien professeur en éloquence dans le College-Royal, naquit en 1629 à Rupois, village du diocèse de Rheims, de parens peu accommodés des biens de la fortune. Un défir extrême d'apprendre, joint à une grande facilité de génie lui tint lieu de tout secours étranger. De bonne heure il quitta la maison paternelle pour venir à Paris faire ses études. De surprenans progrès furent le fruit de son application.

Ses vues s'étant tournées du côté de l'état ecclésiastique, il se mit sur les bancs, & fit sa licence en Sorbonne avec beaucoup de distinction. En 1661 il prit le bonnet de docteur, & fut nommé l'année suivante à une chaire de professeur en éloquence dans le College-Royal.

La grande connoissance qu'il avoit acquise des matieres ecclésiastiques lui mérita d'être choisi pour travailler à l'édition des réglemens du clergé touchant les séculiers, avec les commentaires de M. Hallier, ouvrage dont s'étoit auparavant chargé M. Nicolas le Maître qui avoit été nommé à l'évêché de Lombez, & qui mourut en 1661. Ce premier ouvrage que M. Gerbais fit paroître en 1665, lui mérita une pension de 600 livres dont il fut gratifié par le clergé de France.

Bientôt après il entreprit par les ordres du même clergé un traité des causes majeures, où il prétend prouver qu'elles ne doivent pas être portées en premiere instance au jugement du saint Siége, mais qu'elles

doivent auparavant être examinées & jugées par les
évêques de la province. Le plus ancien canon où il soit
fait mention de ces sortes de caufes , eft tiré de l'épître
décrétale du pape Innocent I à Victricius archevêque
de Rouen ; ce canon qui eft de l'an 404 porte, *que lorf-*
qu'il fe préfentera des caufes majeures , elles feront termi-
nées par le jugement des evêques , & enfuite rapportées au
faint Siege apoftolique , ainfi qu'il eft ordonné par le fy-
node : c'eft-à-dire , par le concile de Sardique , voilà le
plus ancien droit. L'auteur l'établit fur les canons des
conciles , & fur la pratique conftante de l'églife.

Cet ouvrage appaludi de tous les fçavans qui ne font
pas dans les fentimens ultramontains fut extrêmement loué par les Journaliftes. » Si nous ne nous étions
» pas , difent-ils , impofé la loi de ne louer aucun auteur,
» nous pourrions dire fans flatter celui-ci , qu'il n'a pas
» feulement rendu confidérable cet ouvrage par fon fça-
» voir & par fon zéle pour la confervation des priviléges
» de l'églife Gallicane , mais encore par la methode &
» l'arrangement des matieres , & par la clarté & la pureté
» du ftyle qui peuvent faire paffer ce livre pour un mo-
» déle de la noble & belle maniere de traiter les dog-
» mes & les queftions de théologie & du droit cano-
» nique.

Mais il s'en fallut bien que ce livre fût reçu en Italie auffi favorablement qu'il l'avoit été en France ; le
pape Innocent XI donna le 18 Décembre 1680 un bref
par lequel il condamna la doctrine qui y eft contenue,
comme fchifmatique, fufpecte d'héréfie, & injurieufe au
faint Siege.

Les commiffaires de l'affemblée du Clergé de 1681
examinerent ce bref avec foin , & firent paroître un
écrit où ils s'exprimoient en ces termes :

» Le profond refpect , difoient-ils , que nous avons
» pour le faint Siege & pour la perfonne de notre très-
» faint pere le pape nous ayant obligés à chercher ce
» qui a pu porter Sa Sainteté à faire expédier ce bref,

» nous avons cru que certaines expreſſions qui ont
« échappé à l'auteur occupé à réfuter les objections
» qu'on oppoſoit à une ſi ſainte police ont donné lieu
» à cette cenſure, ainſi nous ſommes perſuadés qu'après
» avoir loué l'application dudit ſieur Gerbais & ſon
» zéle à défendre ces deux maximes qui ſont ſi impor-
» tantes à l'égliſe de France, l'aſſemblée doit lui ordon-
» ner de faire travailler à une ſeconde édition de ſon
» livre dans laquelle il corrigera ce qui ſera indiqué
» par les commiſſaires qui ont lu & examiné ſon livre
» avec une grande application.

Il parut en effet une nouvelle édition avec quelques
corrections, mais qui n'avoient pour objet que le changement de quelques termes peu meſurés.

Le troiſieme ouvrage un peu conſidérable qui ſortit
de la plume de ce ſçavant écrivain, fut ſon traité pacifique du pouvoir de l'égliſe & des princes ſur les
empêchemens du mariage, avec la pratique des empêchemens qui ſubſiſtent aujourd'hui. M. de Launoy
avoit publié quelque tems auparavant un traité, où il
ſoutenoit que le droit de mettre des empêchemens
dirimans aux mariages appartenoit au prince ſeul; &
Dominique Galeſius, evêque de Ruvo, pour réfuter le
ſentiment de ce Docteur, avoit fait paroître un ouvrage où il prétendoit prouver que le droit attribué
aux princes par M. de Launoy n'appartenoit qu'à l'é-
gliſe ſeule.

M. Gerbais tâche de concilier les deux ſentimens,
en rendant ce pouvoir commun à l'égliſe & aux
princes.

Nous avons encore trois lettres du même auteur
ſur le pécule des religieux faits curés ou evêques. Il
prétend que ce pécule appartient à la fabrique & aux
pauvres de la paroiſſe où ils ont fait les fonctions cu-
riales. Il nous a auſſi donné une traduction en françois
du traité du célebre Panorme touchant le concile de
Baſle, une lettre ſur la comédie, & une autre lettre

touchant les dorures des habits des femmes, où il examine si la défense que S. Paul a faite aux femmes chrétiennes de se parer avec de l'or, ne doit passer que pour un conseil; son sentiment est que cette défense est de précepte.

Ce célebre canoniste mourut le 14 Avril 1699, âgé d'environ soixante-dix ans. Il avoit, dit M. Dupin, l'esprit vif, le raisonnement fort, beaucoup de délicatesse & de pénétration; il écrivoit beaucoup mieux en latin qu'en françois. Il laissa par son testament une fondation pour entretenir deux boursiers dans le college de Reims dont il avoit été principal.

Un des amis de ce sçavant homme consacra à sa mémoire l'épitaphe suivante.

Gallia Gerbasium, Sorbonaque luget alumnum.
Clerus ait vindex, ò! ubi noster adest.
Augustinus erat calamo, & Gersonius alter
Tullius ore, Cato moribus, arte Thomas.

ANTOINE

ANTOINE PAGY.

ANTOINE PAGY, de l'ordre des Freres Mineurs Conventuels, célebre pour avoir excellé également dans la critique, dans la chronologie & dans l'histoire, naquit à Rognes, petite ville proche d'Aix en Provence, le dernier jour de Mars 1624. Un génie vif & facile, soûtenu d'un goût marqué pour l'étude, le fit briller dans toutes ses classes, qu'il vint faire à Aix au collége des Jésuites ; ses professeurs charmés de ses heureuses dispositions, voulurent l'attirer dans leur société ; mais un de ses oncles, le pere Antoine Barrau, Cordelier, fort estimé dans son ordre, & qui y avoit rempli les premieres charges, décida de la vocation de son jeune neveu, & le détermina à prendre l'habit dans le couvent des Cordeliers Conventuels de la ville d'Arles, où il fit ensuite profession le 31 Janvier 1641.

Destiné après son noviciat à faire un cours de philosophie, il s'y fit admirer par la subtilité de son esprit, & il ne brilla pas moins dans son cours de théologie. Les mêmes sciences qu'il venoit d'étudier, il les enseigna bien-tôt après avec éclat, & il s'exerça aussi avec succès dans le ministere de la parole. Tant de talens joints au zéle le plus ardent, & à la pieté la plus solide, éleverent le pere Pagy aux premieres dignités de son ordre ; n'étant encore âgé que de vingt-neuf ans, on lui confia l'administration générale de sa province, & il fut depuis élû trois fois pour remplir le même emploi ; les occupations qui y étoient attachées, ne l'empêcherent pas de se livrer avec ardeur au goût particulier qu'il avoit pour la critique & pour l'histoire.

<table><tr><td>Tome I.</td><td>N</td></tr></table>

Le premier ouvrage qu'il donna en ce genre, fut une diſſertation hypatique ſur les conſulats des empereurs Romains. Dans cet écrit compoſé à l'occaſion de l'inſcription d'une colonne érigée autrefois en l'honneur de l'empereur Aurelien dans la ville de Fréjus, l'auteur indique les tems où les empereurs prenoient le conſulat, ce qui, ſelon lui, n'arrivoit que dans ſix occaſions différentes ; ſçavoir 1°. au commencemeut de leur empire, 2°. dans les années de leurs quinquennales, décennales & autres ſemblables fêtes qui ſe célébroient réglément la cinquiéme & la dixiéme année de leur empire, 3°. pour ſervir de collegues aux autres empereurs, quand il y en avoit pluſieurs, ou à leurs fils, quand ils étoient déclarés Céſars, 4°. quand ils entreprenoient quelque grande guerre, 5°. dans les années qu'ils triomphoient de leurs ennemis, 6°. enfin dans celle où ils célébroient les jeux ſéculaires. Ce ſçavant Religieux prétend, que quoique les empereurs n'ayent pas toujours pris le conſulat dans ces années-là, il leur eſt rarement arrivé de le prendre dans d'autres années.

Cet écrit imprimé en 1682, ayant été attaqué par quelques ſçavans d'Italie, le pere Pagy répondit à leur critique par une diſſertation inſérée dans la préface qui ſe trouve à la tête des ſermons de ſaint Antoine de Padouë, qui furent imprimés pour la premiere fois en 1685, & dont il procura l'édition ; & l'année ſuivante, il fit paroître ſur le même ſujet une autre diſſertation en françois, qui ſe lit dans le Journal des ſçavans du mois de Novembre 1686.

Trois années après, ce ſçavant homme donna ſon premier volume de la critique des annales de Baronius, avec une préface qui renferme trois diſſertations ; l'une ſur les différentes époques & périodes des chronologies ; la ſeconde ſur la chronologie des Septante ; & celle du texte hébreu, & la troiſiéme ſur une chronologie entiere, depuis le commencement du monde juſqu'à Jeſus-Chriſt. L'auteur prétend que J. C. eſt mort la vingt-neuviéme

année de fon âge ; & pour foûtenir fon fentiment , il
prouve qu'Affricanus avançoit les olympiades de deux
ans , que l'éclipfe que Philégon met à la deux-cent-
deuxiéme olympiade, eft arrivée la vingt-neuviéme année de Jefus-Chrift.

Après ces differtations, l'habile critique fuit année
par année les annales de Baronius, mettant à la tête
de chaque article l'année de l'ére vulgaire & de la période ; il décrit enfuite les faits que Baronius a oubliés,
corrige ceux qu'il a mal rapportés , & s'attache principalement à relever les fautes de chronologie & d'hiftoire , fans s'arrêter à ce qui regarde le dogme & la
controverfe.

Ce premier volume mérita à l'auteur une penfion dont
il fut gratifié par le clergé de France à qui il avoit dédié fon ouvrage. Ce ne fut qu'après fa mort , qu'on en
publia la fuite dans trois autres volumes *in-folio*, qui
furent imprimés en 1705 à Genève fous le titre d'Anvers. Ce grand ouvrage va jufqu'à l'an 1198 , où finif-
fent les annales du cardinal Baronius.

L'homme célebre dont noûs venons de parler, mourut à Aix le 5 Juin 1699 , étant âgé de foixante-quinze
ans.

Son neveu , le pere François Pagy , religieux du même ordre, ne s'eft pas fait un nom moins illuftre dans
la république des lettres ; il étoit né à Lambefc le 7
Septembre 1654. N'étant âgé que de neuf à dix ans ,
il fut envoyé à Toulon pour y faire fes études fous
les peres de l'Oratoire. Une grande facilité de génie ,
jointe à une application conftante , le diftingua dans
toutes fes claffes. Le pere Pagy informé des heureufes difpofitions de fon jeune parent , fe fit un plaifir
de l'appeller auprès de lui pour achever de perfectionner fon éducation. L'exemple de l'oncle décida de
la vocation du neveu. S'étant confacré à Dieu dans le
même ordre , il s'y diftingua par les mêmes vertûs &
les mêmes talens , & y fut auffi honoré des mêmes dignités.

Après avoir profeſſé avec diſtinction la philoſophie dans divers couvents, il obtint d'être renvoyé à Aix auprès de ſon oncle, dont les ſçavantes inſtructions le rendirent ſi habile qu'il ſe vit bientôt en état de ſoulager ce grand homme dans la compoſition de l'ouvrage immenſe qu'il avoit entrepris, & dont il ne publia qu'un volume. Le neveu procura l'édition des trois autres après avoir pris ſoin de les revoir & de les corriger; il travailla enſuite à donner en latin un abrégé hiſtorique, chronologique & critique de l'hiſtoire des papes, en quatre volumes *in*-4°. dont le dernier ne parut qu'en 1627, par les ſoins du pere Antoine Pagy II du nom, ſon neveu, auſſi religieux de l'ordre des Freres Mineurs conventuels.

Le pere François Pagy mourut le 21 de Janvier 1721, âgé de ſoixante-ſix ans.

JEAN LE BOUTHILIER DE RANCÉ.

L E célebre abbé de la Trappe, dom Armand Jean le Bouthilier de Rancé, neveu de Claude le Bouthilier de Chavigni, ſécretaire d'Etat & ſur-intendant des finances, naquit à Paris le 9 Janvier 1626, de Denis le Bouthilier ſeigneur de Rancé, conſeiller d'Etat, & de Charlotte Joly. Les heureuſes diſpoſitions qu'il apporta en naiſſant engagerent ſes parens à prendre un ſoin particulier de ſon éducation. Il fut d'abord deſtiné à la profeſſion des armes; mais la mort de ſon frere aîné qui étoit engagé dans l'état eccléſiaſtique fit changer cette deſtination; le jeune de Rancé fut conſacré à l'égliſe, & ſe vit en fort peu de tems chanoine de Notre-Dame de Paris, abbé de la Trappe, de Notre-Dame du Val & de S. Symphorien de Beauvais, prieur de Boulogne près de Chambort , de l'ordre de Grammont & de S. Clémentin en Poitou , archidiacre d'Outremaine dans le diocèse d'Angers , & chanoine de Tours. Son engagement dans l'état ecclésiastique fut pour lui un motif de se livrer tout entier à l'étude ; il y fit de si grands progrès que n'étant âgé que de douze à treize ans , il donna au public une nouvelle édition des œuvres d'Anacréon qu'il accompagna d'un commentaire grec qui mérita au jeune auteur les suffrages de tous les sçavans ; une traduction françoise qu'il donna du même poëte ne fut pas reçue avec moins d'approbation.

De l'étude des belles-lettres l'abbé de Rancé passa à celle de la philosophie où il eut tout le succès qu'on avoit lieu d'attendre de la vivacité & de la pénétration de son esprit ; mais son extrême avidité de sçavoir le fit donner dans un piege dangéreux. Persuadé que la destinée des hommes est écrite dans les astres , il s'entêta de l'astrologie judiciaire , & voulut en approfondir tous les mysteres.

L'étude de la théologie suspendit pour un tems de si pernicieuses recherches. L'abbé de Rancé que l'amour de la gloire animoit , crut qu'il ne pouvoit trop s'appliquer à une science qui plus que toutes les autres pouvoit le faire briller dans l'état qu'il avoit embrassé. Cependant quelqu'étendue qu'elle fût , elle ne suffit pas pour occuper toute la vivacité de son esprit. Doué de toutes les qualités qui forment les grands orateurs , il étudia l'éloquence de la chaire , & prêcha souvent avec les plus glorieux applaudissemens. Ses études finies , il reçut l'ordre de la prêtrise ; & trois ans après , sçavoir en 1654, il reçut le bonnet de docteur. Environ ce tems-là il refusa l'evêché de Laon , parce que toutes ses vûes tendoient à être nommé coadjuteur de l'archevêque de Tours son oncle , qui le fit recevoir en survivance dans sa charge de premier aumônier de son altesse royale le duc d'Orléans ; après l'avoir fait élire député de sa Pro-

vince pour l'assemblée générale du Clergé qui se tint
en 1655, & qui ne finit que deux ans après.

Cependant il s'en falloit bien que la vie de l'abbé de
Rancé eût été jusqu'alors telle que l'exigeoit la sainteté
de son état. L'ambition, l'amour du plaisir avoient été
ses passions dominantes, & il n'étoit occupé que du
soin de les satisfaire, lorsqu'il plut à Dieu de le retirer
de ses égaremens. On a parlé diversement des motifs
de sa conversion. Quelques-uns l'ont attribuée à la mort
du duc d'Orléans & à celle d'une duchesse fameuse par
sa beauté ; mais M. l'abbé Marsolier dit que M. de
Rancé étoit converti avant la mort de ce prince , &
qu'il dut sa conversion à diverses marques d'une protection singuliere dont Dieu l'avoit honoré ; quoiqu'il
en soit, son retour à la vertu fut sincere. Après avoir
fait une retraite à l'institution des peres de l'Oratoire
de Paris, il se retira dans sa belle maison de Veret en
Touraine , & là il ne s'occupa que d'œuvres de piété.
Pour se déterminer enfin sur l'état qu'il devoit embrasser, il consulta les evêques d'Aleth , de Pamiers , de
Châlons & de Comminges qui tous lui conseillerent de
se démettre de ses bénéfices.

De retour du voyage qu'il venoit d'entreprendre, il
pensa sérieusement à mettre la derniere main au grand
ouvrage qu'il avoit si heureusement commencé. Non-
seulement il refusa la coadjutorerie de l'archevêché de
Tours qui lui fut offerte , mais de tous ses bénéfices il
ne conserva que son abbaye de la Trappe où il avoit
dessein d'introduire la réforme ; mais n'ayant pu en venir à bout , il fit avec les religieux de cette maison un
concordat par lequel il fut réglé que les moines de l'é-
troite observance de Cîteaux seroient mis en possession
de ce monastere.

Cette affaire ayant été ainsi terminée, l'abbé de
Rancé résolu de se dépouiller de tout ce qui pouvoit
le tenir attaché au monde , se défit de sa belle terre de
Veret & généralement de tous ses autres biens , & en

donna le prix à l'Hôtel-Dieu & à l'Hôpital général de
Paris. Ayant enfuite obtenu du roi un brevet pour tenir fon abbaye de la Trappe en régle, il prit l'habit religieux dans l'abbaye de Notre-Dame de Perfeigne, &
y fit profeffion le 26 Mai 1664. Le lendemain il fe
rendit à la Trappe où il travailla avec un zéle infatigable à rétablir les anciens ufages de Cîteaux & de
Clairveaux.

Peu de temps après il fut député à Rome avec l'abbé
du Val-Richer pour travailler à la défenfe de l'étroite
obfervance ; mais ce voyage n'eut pas malheureufement
le fuccès que l'abbé de Rancé fembloit avoir lieu de
s'en promettre. De retour en France il fe vit obligé
de protefter contre un bref donné par le pape Alexandre VII, qui fut fuivi d'un autre encore moins favorable à la réforme, ce qui obligea les religieux de l'é-
troite obfervance d'en appeller comme d'abus, & d'a-
voir recours à l'autorité du roi qui nomma des commiffaires pour régler les difficultés que les monafteres
de l'étroite obfervance avoient avec l'abbé & le chapitre général de l'ordre général de Cîteaux ; mais les
religieux de la commune obfervance obtinrent un arrêt
favorable qui portoit néanmoins que l'abbé de la Trappe
exerceroit la charge de vifiteur & de vicaire général de
la réforme, dignité que fon humilité, jointe à un grand
amour pour la retraite, ne lui permirent pas d'accepter.
Les foins qu'il avoit pris pour étendre la réforme dans
fon ordre n'ayant pu lui réuffir, il s'appliqua fortement
à l'établir à la Trappe dans fa plus grande rigueur, &
fes religieux par un renouvellement de vœux s'engagerent à la maintenir jufqu'au dernier moment de leur
vie. L'application qu'il avoit à la conduite de fa maifon
ne l'empêchoit pas de donner bien des momens à l'é-
tude. En 1687 on le força en quelque façon de rendre
public fon excellent traité de la fainteté & des devoirs
de l'état monaftique compofé des difcours & des exhortations qu'il faifoit à fes religieux ; ouvrage écrit avec

autant de vivacité que de pureté.; les penſées en ſont nobles, les expreſſions fortes & ſublimes , & la doctrine qui y eſt établie , n'eſt uniquement tirée que de l'écriture & des ouvrages des ſaints ; cet ouvrage cependant, quelque parfait qu'il fût, eut ſes contradicteurs. On propoſa à l'auteur pluſieurs difficultés, & ce fut pour y ſatisfaire, qu'il compoſa un troiſiéme volume qui parut en 1685 ſous le titre d'éclairciſſement ſur quelques difficultés que l'on a formées ſur le livre de la ſainteté & des devoirs de l'état monaſtique.

L'année ſuivante , il donna une traduction des œuvres de ſaint Dorothée , & publia quelque tems aprés un commentaire ſur la regle de ſaint Benoît , qui fut ſuivie d'une nouvelle verſion de la même regle.

Environ le même tems, parut le traité du pere Mabillon ſur les études monaſtiques. Le ſaint abbé de la Trappe qui craignoit, que ſi ce livre tomboit entre les mains de ſes religieux, il ne fît quelque impreſſion ſur leur eſprit, crut y devoir faire une réponſe, où il réfute toutes les raiſons & les autorités attaquées par le ſçavant Bénédictin , pour autoriſer ou pour juſtifier les études des moines. Il prétend qu'il ſuffit à un ſupérieur, d'avoir aſſez de ſcience pour appliquer à ceux qui ſont ſous ſa conduite, les inſtructions contenues dans le nouveau teſtament & dans les ouvrages aſcétiques des peres. Il prétend que les abbés ne ſont pas obligés par leur état, à aſſiſter aux conciles ; & que s'ils y ont été appellés, ç'a été l'eſtime qu'on faiſoit de leur vettu , & que pour trente moines qui ont paru dans ces ſainçes aſſemblées, trente mille ſont démeurés dans l'obſturité de leur cloître , & ont ſoutenu l'égliſe par la fermeté de leur foi, par l'ardeur de leurs ptieres , & par la mortification de leur eſprit & de leur ſens, pendant que les paſteurs la ſoûtenoient par la pureté de leurs lumieres, & par la ferveur de leur zéle. Il avoüe que les religieux élevés à la cléricature, doivent avoir une ſcience plus étendue que ceux qui ſont dans le rang

des

des laïques ; mais il croit que cette science doit se terminer à l'intelligence de l'écriture, aux principes de la religion, & aux maximes de la morale. Aux exemples des moines, qui par leur science ont rendu service à l'église, il répond qu'entre les moines qui se sont distingués par leur doctrine, les uns sont sortis d'eux-mêmes de leur état contre l'esprit de leur régle, & que les autres en ont été tirés par une providence extraordinaire ; mais que les uns & les autres ont été en petit nombre, en comparaison de ceux qui ont perséveré dans le silence jusqu'à la mort : il ajoute, que s'il y a eu des moines qui ayent servi l'église par leurs écrits, il y en a eu plusieurs autres dont il fait le dénombrement, qui ont altéré la pureté de la doctrine par leurs erreurs ; ce qui ne seroit pas arrivé, s'ils avoient conservé l'esprit de leur regle. L'abbé de la Trappe juge que l'étude des sciences a été un des effets & des signes du relâchement parmi les moines ; & en effet, tant qu'ils ont estimé leur état, & qu'ils se sont fidelement acquitté de leurs devoirs, ils ont trouvé leur sanctification dans l'observation de leur regle ; mais dès qu'ils ont perdu l'esprit de leur institutut, & qu'ils se sont dégoûtés de la retraite, du silence, de la priere, des saintes lectures, du travail des mains, ils ont eu recours aux livres pour remplir le vuide de leur vie. Il convient que les écoles sont anciennes dans l'ordre de saint Benoît ; mais tout ce que cela prouve selon lui, c'est que les moines n'y ont pas été long-tems sans se tirer de la regle, & qu'ils ont préferé l'étude qui entretient la curiosité, donne de la réputation, & flatte l'orgueil, au travail qui mortifie le corps & l'esprit. Si les papes ont favorisé l'établissement de l'étude dans les ordres religieux, ils ne l'ont fait que dans le tems où les ordres étoient relâchés, & où le travail qui devoit remplir la plus grande partie de la vie des moines, leur étoit devenu insupportable. Il falloit nécessairement les occuper à quelque chose, & il y avoit moins d'inconvénient à leur permettre l'étude, que le jeu ou la chaffe. Quant aux études que les moines peuvent faire, le vertueux abbé croit que l'hiftoire fainte fuffit pour les défabufer de l'amour du monde, de la vanité & des plaifirs. Il foûtient que la philofophie n'eft propre qu'à leur enfler le cœur, & qu'à infpirer un efprit de difpute à des hommes qui ne font faits que pour fe foumettre & pour obéir; que l'étude des belles-lettres, & fur-tout celle des poëtes, leur eft très-dangéreufe.

D'autres ouvrages dictés par la pieté, fuccéderent à cette réfutation du traité des études monaftiques, publié par le pere Mabillon. En 1693 parurent les inftructions de l'abbé de la Trappe fur les principaux fujets de la morale chrétienne, & quatre ans après, la conduite chrétienne qu'il avoit compofée pour fon alteffe royale mademoifelle de Guife. En 1699 il donna fon excellent livre intitulé, l'abrégé des obligations des chrétiens, avec des réflexions fur les quatre évangiles; fes conférences ou inftructions fur les épîtres & évangiles des dimanches & des principales fêtes de l'année furent publiées en 1690, de même que fes deux volumes des maximes chrétiennes & morales. Dans fes lettres qui ne furent imprimées qu'après fa mort, » on » voit, dit M. Dupin, cet efprit de piété dont il étoit » pénetré, ce zele ardent dont il étoit poffédé pour » l'obfervation réguliere, la douleur dont il étoit tou- » ché des déreglemens des monafteres, ces grandes idées » qu'il avoit de la religion, fa fcience & fa prudence » pour la conduite des ames, combien il étoit inftruit » des devoirs & des obligations de tous les états, la par- » faite connoiffance qu'il avoit des voies du falut, & » fur-tout cette fublimité de génie, & cette facilité » de s'exprimer noblement, qui lui étoient fi natu- » relles.

Cependant la fanté du faint abbé s'affoibliffoit chaque jour, & il tomba enfin dans une maladie qui l'obligea de paffer le refte de fes jours dans l'infirmerie.

Hors d'état de remplir les fonctions de sa charge , il donna la démission de son abbaye, & obtint pour successeur un religieux de sa maison ; mais le nouvel abbé mourut presqu'aussitôt après que ses bulles eurent été expédiées. Celui qui lui succéda, & qui fut aussi un religieux de la Trappe, mit le trouble & la division dans cette maison , & le calme n'y fut rétabli que lorsqu'on l'eut en quelque façon obligé de donner sa démission ; celui qui le remplaça rendit la paix à la Trappe. Cependant les infirmités de l'ancien abbé augmenterent, & l'emporterent enfin le 27 du mois d'Octobre de l'an 1700 à l'âge de soixante-quinze ans , après en avoir passé près de trente-sept dans la solitude & dans l'exercice de la pénitence la plus austere.

JACQUES-BENIGNE BOSSUET.

JACQUES-BENIGNE BOSSUET, evêque de Meaux, l'une des plus grandes lumieres de l'église Gallicane, & l'un des plus zélés défenseurs de la foi Catholique, naquit à Dijon le 27 Septembre 1627 , d'une famille qui pendant une longue suite d'années avoit rempli les premieres charges dans le parlement de Bourgogne & dans celui de Metz. Après avoir fait avec beaucoup de succès ses premieres études dans sa patrie , il fut envoyé à Paris pour y faire son cours de philosophie & de théologie. Un génie vaste & profond, & non moins sublime que pénétrant, ne pouvoit manquer de lui faire faire de rapides progrès dans ces deux sciences. Aussi fut-il bientôt considéré comme un de plus grands ornemens de l'université & de la faculté ; il reçut le bonnet de docteur le 16 Mai 1652 , & se retira peu de tems après à Metz où il étoit chanoine, & où il obtint

O ij

depuis les dignités d'archidiacre & de doyen. Ce fut pendant cette résidence qu'il s'appliqua tout entier à la méditation de l'écriture sainte & à la lecture des saints peres ; & par une étude si néceſſaire, il se mit en état d'annoncer dignement la parole de Dieu. On le vit à Metz se former à ce saint miniſtere, & il y fut employé aux miſſions les plus importantes, & en particulier à l'inſtruction des Proteſtans dont il commença de gagner la confiance par sa modeſtie & par sa douceur.

Appellé à Paris pour y remplir les premieres chaires, il y eut pour auditeurs les plus ſçavans hommes de son tems & les perſonnes les plus qualifiées de la Cour. La reine Anne d'Autriche l'alloit entendre partout , & elle lui procura l'honneur à trente-quatre ans de prêcher devant le roi l'Avent de 1661 , & le Carême de l'année ſuivante ; il eut encore le même honneur en 1665 , en 1666 & en 1669 , qu'il fut nommé evêque de Condom ; mais ayant été fait peu de tems après précepteur de monſeigneur le Dauphin , il ne crut pas pouvoir conſerver un bénéfice qui demandant réſidence , ne lui auroit pas permis de vacquer aux fonctions du nouvel emploi qui lui avoit été confié.

Ce fut sur la fin des études de son auguſte éleve qu'il lui adreſſa son diſcours sur l'hiſtoire univerſelle. L'immenſe érudition répandue dans cet ouvrage écrit avec autant d'élégance que de préciſion , le rendra l'objet de l'admiration de tous les ſiécles.

Monſeigneur le Dauphin s'étant marié en 1680, M. Boſſuet fut nommé la même année premier aumônier de madame la Dauphine, & il obtint l'année ſuivante l'evêché de Meaux , qui se trouvant à la proximité de Paris ne l'empêchoit pas de remplir les devoirs qui l'attachoient à la Cour. En 1697 il fut fait conſeiller d'état, & fut nommé l'année ſuivante premier aumônier de madame la ducheſſe de Bourgogne. La littérature ne se montra pas moins empreſſée que la Cour à honorer le mérite de ce grand homme ; dès l'année

1671 il avoit été reçu à l'académie Françoise, comme
un des plus habiles maîtres en notre langue, & des plus
capables de l'enrichir & de la perfectionner, & en 1695,
le roi à la priere des docteurs de la maison royale de
Navarre, dont il étoit membre, l'en établit supérieur,
pendant que l'université le choisissoit pour le conser-
vateur de ses privileges apostoliques.

Tant de titres glorieux, tant de dignités éclatantes
étoient bien dûs à un homme dont tous les travaux
étoient consacrés à la gloire de l'église & à l'avancement de la religion. Le premier ouvrage de controverse qu'il publia, fut une réfutation du catéchisme de
Paul Ferri, ministre de la religion prétendüe réformée
à Metz. La réunion d'un grand nombre de Protestants,
& même de ministres fut le fruit de ce livre ; mais un
ouvrage bien plus important fut celui que cet illustre
prélat publia en 1671, sous le titre d'exposition de la
doctrine de l'église catholique sur les matieres de controverse ; ce qui prouve l'excellence de ce livre, c'est
la traduction qui en a été faite en toutes les langues, &
l'approbation avec laquelle il a été reçu non-seulement en
France, mais encoredans tous lespays où l'on professe la
religion catholique. Le pape lui-même (c'étoit Innocent
XI) fit l'éloge de cet ouvrage dans deux brefs qu'il
adressa sur ce sujet au sçavant evêque de Meaux. Enfin
l'assemblée générale du Clergé de France de l'année
1685 en adopta la doctrine, en le mettant au nombre
des méthodes approuvées par l'église pour l'instruction
des Protestans.

Le talent particulier que ce grand homme avoit pour
s'insinuer dans le cœur des hérétiques, lui procura la
consolation de recevoir les abjurations de presque toutes les personnes distinguées dans le parti par leur naissance & par leur mérite, qui revinrent à l'église. Le
grand Turenne n'abjura ses erreurs qu'après avoir été
instruit par M. Bossuet, mademoiselle de Duras, niece

de ce maréchal, ébranlée dans sa foi par la lecture qu'elle
avoit faite du livre de l'exposition de la doctrine de
l'église, souhaita pour achever de se convaincre que l'auteur eût en sa présence une conférence avec M. Claude
ministre de Charenton. L'entiere conversion de cette
demoiselle fut l'effet de cette conférence qui se tint au
mois de Mars de l'année 1678 sur la matiere qu'elle
avoit elle-même proposée.

M. de Meaux publia en 1682 son traité de la communion sous les deux especes, pour répondre à ceux qui
se plaignoient qu'on les privoit injustement de la coupe
sacrée. Sa lettre pastorale aux nouveaux catholiques
parut en 1686 dans le grand mouvement des conver-
sions qui suivirent la révocation de l'édit de Nantes;
& pour donner le dernier coup à la réforme & aux réformateurs, il mit au jour en 1688 son histoire des variations des églises protestantes qui confondit autant
d'obstinés, que les précédens avoient éclairé d'esprits
dociles. En vain Jurieu, Burnet, Basnage & d'autres
ministres s'éleverent contre ce livre & les autres ouvrages du sçavant evêque de Meaux, ce furent autant de
sujets de triomphe pour lui; il opposa aussi une explication de l'Apocalypse aux rêveries de Jurieu dans son
prétendu accomplissement des Prophéties, & six aver-
tissemens aux protestans contre les lettres prétendues
pastorales dont ce ministre inondoit la France, & où
M. de Meaux le convainquit d'autoriser le Socinianisme,
& de flétrir le Christianisme. Le catéchisme de cet illustre
prélat, son explication de la messe, ses prieres ecclésiastiques & une lettre sur l'adoration de la croix servirent beaucoup à confirmer les freres réunis.

Le livre de l'explication des maximes des saints sur
la vie intérieure, donna à M. de Meaux une nouvelle
matiere d'exercer son zele; il composa sur ce sujet divers ouvrages qui ne furent pas sans replique, auxquels
il répondit; & s'il eut la gloire de demeurer vainqueur,

il eut encore la confolation de voir fon adverfaire, l'illuftre
archevêque de Cambrai M. de Fenelon, déférer humblement aux décifions du faint fiege.

Les affemblées du Clergé de 1682 & de 1700 em-
prunterent fa plume & fa voix pour s'exprimer dans
les matieres les plus importantes de la morale chrétienne.
Les oraifons funébres qu'il fit de la reine mere Anne
d'Autriche, de la reine d'Angleterre, de Madame, de
la reine Marie Therrefe d'Autriche, de la princeffe
Palatine, du chancelier le Tellier, & du prince de
Condé font autant de morceaux d'éloquence que les
orateurs de tous les fiecles à venir fe propoferont pour
modéles.

Dans une vie remplie de tant d'actions éclatantes,
M. Boffuet ne négligea point celles d'un moindre éclat;
& on lui vit autant d'application au gouvernement de
fon diocèfe qu'à fes autres devoirs. Il en fit plufieurs fois
la vifite entiere durant fes vingt-trois années d'épifcopat, donnant toujours à fes ouailles la confolation d'ouir
la voix de leur pafteur; toutes les fois qu'il officioit
pontificalement dans fa cathédrale, il y prêchoit. Il
s'acquittoit encore de ce devoir dans toutes les vifites
des paroiffes & des monafteres de fon diocèfe. Les ftatuts fynodaux qu'il publia en 1691, & fes autres ordonnances fynodales font voir combien il étoit attentif à
maintenir la difcipline eccléfiaftique dans le clergé,
auffi bien que la difcipline réguliere dans les monafteres de fon diocefe, & le tout avec une douceur & une
fageffe qui le rendoit aimable & refpectable à tous.
L'application férieufe avec laquelle il gouvernoit les
confciences, & veilloit à leur avancement, l'a fait regarder comme un grand directeur des ames, & un maître très-éclairé dans la vie fpirituelle. On a fes lettres,
fes maximes & fes inftructions pleines de l'onction du
faint Efprit.

Enfin ce grand homme infatigable jufqu'au bout, s'é-
leva fur la fin de fes jours contre la verfion du Nou-

veau Teſtament du ſieur Simon, & dans deux tomes d'inſtructions ſur cette traduction ; on trouve le même feu, la même vivacité, le même zéle pour la défenſe de la foi & des myſteres pour conſerver le dépôt des écritures, & autant d'érudition qu'il en avoit paru dans ſes autres ouvrages, & principalement dans ſes commentaires ſur les pſeaumes & ſur les livres de la ſageſſe. Il mourut même les armes à la main contre les Sociniens, & par une explication d'un paſſage d'Iſaïe ſur l'enfantement de la ſainte Vierge, & ſur le pſeaume XXI qu'on acheva d'imprimer trois ſemaines avant ſa mort ; il termina le cours d'une vie ſi utile à l'égliſe, étant décédé à Paris le 12 d'Avril 1704 à l'âge de ſoixante & ſeize ans ſix mois & ſeize jours.

On trouve le catalogue exact de tous les ouvrages de ce ſçavant prélat dans le Journal des ſçavans de Paris du 8 Septembre 1704, & dans les Mémoires de Trévoux du mois de Novembre de la même année.

PAUL

PAUL PEZRON.

PAUL PEZRON, docteur en théologie de la faculté de Paris, ancien abbé de la Charmoïe, issu d'une famille distinguée dans la robe, naquit à Lennebont, petite ville du duché de Bretagne en 1639. De bonne heure il eut un goût marqué pour les sciences, & il s'y livra avec ardeur. Un esprit délicat, un jugement solide, une mémoire qui tenoit du prodige ; avec tant d'avantages de la nature soûtenus d'une sérieuse application, le jeune Pezron ne pouvoit manquer de faire de rapides progrès dans ses études. Ses classes finies avec un succès surprenant, il entra dans l'ordre de Cîteaux en 1660, & fit profession l'année suivante dans l'abbaye de Prieres, d'où il fut envoyé à Rennes pour y étudier en philosophie sous les Jesuites. Le jeune profès y brilla encore plus qu'il n'avoit fait dans ses humanités, & fut pour ses professeurs mêmes un sujet d'étonnement pour la facilité extraordinaire qu'il avoit à expliquer & à résoudre les questions les plus difficiles.

Ses supérieurs, pour seconder de si heureuses dispositions, destinerent ce jeune religieux à venir faire sa théologie à Paris dans le college de leur ordre. Dom Pezron y soûtint avec éclat la gloire qu'il s'étoit acquise dans ses autres études. Ses theses pour le baccalaureat lui mériterent les plus glorieux applaudissemens, & l'on jugea dès-lors qu'il seroit un jour un des plus grands ornemens de la faculté.

De retour en sa province, son supérieur dom Jouaud, abbé de Prieres, & vicaire général de l'étroite observance, dont il étoit singuliérement estimé, le choisit pour son secrétaire. Les fonctions attachées au nouvel emploi que dom Pezron avoit à remplir, ne furent point capables de rallentir l'extrême ardeur qu'il avoit pour l'étude ; il lui consacra tous les momens qu'il put dérober à ses autres occupations ; mais déchargé enfin par la mort de son supérieur arrivée en 1673, d'un emploi que l'obéissance seule lui avoit fait accepter, il revint dans son cher monastere de Prieres, résolu de n'avoir plus de commerce qu'avec ses livres ; il ne put cependant se refuser à l'instruction des jeunes novices qui étoient dans cette maison, dont il fut fait sous-prieur.

Les rares talens de ce sçavant religieux ne demeurerent pas long-tems ensevelis dans la solitude. En 1677 son supérieur général le destina à remplir l'emploi de sous-prieur dans le college des Bernardins à Paris ; mais dom Pezron, pour qui les dignités avoient moins d'attrait que l'étude, obtint qu'on le déchargeât de cet emploi, dont les fonctions auroient été un obstacle à son inclination, qui ne lui laissoit de goût que pour les sciences.

A peine fut-il arrivé à Paris, qu'il y reprit avec ardeur le fil de ses études de théologie ; mais son esprit trop vaste pour se borner à une seule science, ne lui permit pas de s'en tenir là. Il avoit acquis une parfaite connoissance de l'écriture-sainte, des conciles & des peres. Convaincu que l'histoire profane peut servir à éclaircir l'histoire sacrée, il s'appliqua à la lecture des anciens historiens Grecs & Latins, où souvent il trouvoit la confirmation, ou une plus grande explication de ce qu'il avoit lû dans les meilleurs auteurs ecclésiastiques. L'érudition la plus vaste & la plus variée, fut le fruit d'une si sérieuse étude ; dom Pezron en donna d'éclatantes preuves dans les theses qu'il soutint en 1682, lorsqu'il reçut le bonnet de docteur.

Ses confreres furent les premiers qui profiterent de ses lumieres. L'éclat avec lequel il avoit fait sa licence, engagea ses supérieurs à le choisir pour professer la théo-

logie à Paris dans le college de leur ordre. Dom Pezron
remplit cet emploi jusqu'en 1686, qu'il fut fait supérieur de cette maison. L'année suivante parut son excellent ouvrage de l'antiquité des tems, rétablie & défendue contre les Juifs & les nouveaux chronologistes.
Le dessein de l'auteur est de prouver que le monde
est plus ancien que ne le croyent les chronologistes modernes, & qu'au lieu qu'ils ne mettent que quatre mille ans entre sa création & la naissance de Notre Seigneur, il y en a eu près de six mille. Le fondement
sur lequel il s'appuie, est qu'il faut suivre la version des
Septante, & non celle du texte hébreu, que l'auteur
croit avoir été alteré par les Juifs qui ont vécu depuis
la prise de Jerusalem, ayant retranché environ quinze
cens ans de la vie des patriarches, pour n'être point
obligés d'avoüer, que suivant leurs principes, le Messie
étoit venu. » On ne peut nier que l'auteur de cet excel-
» lent ouvrage n'ait beaucoup fouillé dans les premiers
» & les plus anciens monumens de l'histoire universelle
» des nations, & qu'à l'exemple des Usserius, des Mars-
» ham, des Bochart & des Vossius, il n'ait pénétré bien
» avant dans les tems les plus reculés de l'antiquité, &
» qu'il n'ait éclairci sur bien des choses les obscurités
» des siecles ténebreux.

Le système établi dans cet ouvrage, quoique soutenu par tous les saints peres avant saint Jerome, fut
vivement attaqué par dom Martianay & par le pere le
Quien, Dominicain, ce qui engagea dom Pezron à faire
paroître en 1691 un second ouvrage, où il confirme
par de nouvelles preuves ce qu'il avoit avancé dans
le premier.

Deux ans après, il donna l'essai d'un commentaire
littéral & historique sur quelques chapitres des prophetes Osée, Joel, Amos, Abdas & Isaïe. Son sentiment est, que pour bien expliquer les prophéties, il
faut suivre l'ordre des tems auxquels elles ont été faites,
& c'est aussi l'ordre qu'il suit dans ce troisiéme ouvrage;

& au lieu d'expliquer de fuite chaque chapitre d'un prophete, il explique les prédictions faites dans le même tems par les autres prophetes.

La grande connnoiffance que ce fçavant homme avoit acquife de l'hiftoire facrée & de l'hiftoire profane, lui fit entreprendre un autre ouvrage qui demandoit qu'il fût également verfé dans l'une & dans l'autre. Cet ouvrage imprimé en 1696, eft fon hiftoire évangelique confirmée par la Judaïque & la Romaine; l'auteur dans cet ouvrage éclaircit plufieurs difficultés de l'hiftoire évangélique qu'il accorde avec l'hiftoire profane.

Un autre ouvrage beaucoup plus étendu, & qui demandoit de bien plus grandes recherches, eft le traité de l'antiquité de la nation, & de la langue des Celtes que dom Pezron publia en 1699, & qui n'eft qu'une petite partie du grand ouvrage qu'il avoit entrepris de donner fur l'origine des différentes nations de la terre.

Un plus grand nombre encore d'autres ouvrages manufcrits que ce fçavant homme a laiffés fur différentes matieres, font de nouvelles preuves de fon immenfe érudition, & de l'ardeur infatigable, qui pendant toute fa vie, l'a tenu attaché au travail le plus affidu. Tels font fes traités fur la langue hébraïque, fur l'origine de la magie & de l'aftronomie, fon hiftoire de la verfion des Septante, fa traduction françoife de la Genefe, fes commentaires fur les pfeaumes & fur les prophetes, fon hiftoire eccléfiaftique des quatre premiers fiécles, fa chronologie de l'hiftoire facrée & profane, & biens d'autres écrits qu'il feroit trop long de détailler.

Ce célebre écrivain mourut le 10 Octobre 1706, étant âgé de foixante-fept ans. En 1690, fon mérite l'avoit élevé à la dignité de vicaire géneral des maifons réformées de l'Ifle de France, de Picardie & de Champagne, & en 1697 il avoit été nommé par le roi à l'abbaye de la Charmoïe, bénefice qu'il ne conferva que jufqu'en 1703, qu'il s'en démit genéreufement, fans

fonger à fe réferver la plus petite penſion. Religieux
auſſi fervent qu'écrivain excellent, il ne fe diſtingua pas
moins par fes vertus que par fes rares talens. Peu d'hommes en particulier qui ayent porté plus loin que lui la
douceur, la modeſtie & l'humilité.

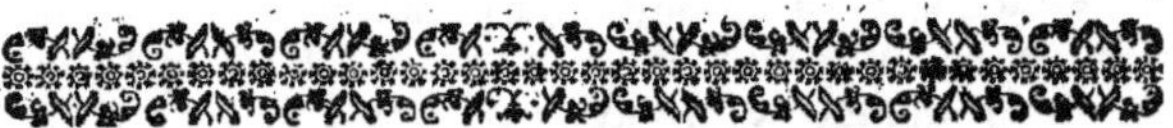

JEAN GISBERT.

JEAN GISBERT, ancien profeſſeur dans l'univerſité de Toulouſe, l'un des plus célebres controverſiſtes
& des plus profonds théologiens de ſon ſiecle, prit
naiſſance à Cahors le 2 de Janvier 1639. De bonne
heure il annonça ce qu'il devoit être un jour, un ſçavant & un ſage que la ſcience & la piété rendroient
également recommandable. Ses premieres études achevées avec un ſuccès qui répondit à ſon application & à
la facilité de ſon génie, il entra chez les Jéſuites en
1684, n'étant encore âgé que de quinze ans.

Aggrégé à la ſociété, il s'appliqua avec ardeur à remplir tous les devoirs de ſon état, & à former ſon cœur
par la pratique des plus excellentes vertus. Sa ferveur
fut conſtante, & elle le ſuivit dans les différens colléges où il fut envoyé après qu'il eut achevé ſon noviciat. Pendant ſept ans qu'il profeſſa ſucceſſivement la
grammaire, les humanités & la rhétorique, les belles-
lettres, dont l'étude s'accordoit avec la délicateſſe de
ſon génie l'occuperent tout entier ; de-là cette grande
éloquence qu'il acquit, & qu'il fit ſi ſouvent admirer
dans les diſcours académiques qu'il prononça ; tels ſont
la harangue qu'il compoſa à l'occaſion du rétabliſſement
de la ſanté du roi, ſon panégyrique de S. Sébaſtien
martyr, patron de l'univerſité de Toulouſe, ſon diſ-

cours sur la nécessité de veiller en tout tems avec un soin extrême à la conservation de la religion.

Le père Gisbert après avoir glorieusement fourni cette premiere carriere entra dans une autre, où il s'acquit plus de gloire encore. Destiné à professer la philosophie & ensuite la théologie, il remplit ces deux emplois avec une distinction dont le souvenir n'est point encore effacé. Pendant dix-huit ans qu'il occupa une chaire de professeur en théologie dans l'université de Toulouse, il se vit consulté comme l'oracle des théologiens de son siecle. Les questions les plus subtiles & les plus abstraites de la scholastique expliquées par ce sçavant homme, devenoient pour ses disciples des démonstrations dont l'évidence se faisoit sentir aux esprits les moins pénétrans. Mais c'étoit en particulier dans les matieres de controverse que sa profonde capacité se faisoit le plus admirer ; on n'a pour s'en convaincre qu'à lire les excellentes dissertations académiques qu'il nous a laissées sur la dispute qui s'étoit élevée entre les apôtres S. Pierre & S. Paul, sur la défense du pape Zozime dans la cause de Pelage, sur l'histoire des trois fameux chapîtres, sur l'apologie du pape Honorius au sujet du Monothélisme, & sur quantité d'autres points développés avec autant de solidité que de précision & de clarté.

De ce nombre encore est le grand ouvrage que ce sçavant Jésuite fit paroître en 1689 sous le titre de Théologie chrétienne. Là sont décidées les questions les plus importantes de droit & de fait, non selon la méthode de l'école, mais selon les sentimens des saints peres, & par l'autorité des conciles.

A cet ouvrage succéda en 1703 l'excellent traité que le père Gisbert publia contre la probabilité. M. Dupin après avoir fait un grand éloge de cet ouvrage, dit qu'il mérite d'autant plus l'estime du public, que l'auteur y donne un grand exemple de l'amour sincere que l'on doit avoir pour la vérité ; il avoüe que pour la suivre il a été obligé de se défaire de tous ses préjugés, de tenir pour suspects des raisonnemens qui lui avoient paru jusqu'alors des démonstrations, & de rétracter ses premiers sentimens après les avoir enseignés pendant vingt années entieres.

Ce fut à Toulouse que le pere Gisbert fournit une si longue & si pénible carriere. Il ne quitta l'emploi de professeur que pour prendre l'administration du college de cette ville, & il fut ensuite provincial de la même province. Il mourut à Toulouse le 5 Août 1710, étant âgé de soixante-onze ans.

C L A U D E   F R A S S E N.

CLAUDE FRASSEN, religieux de l'ordre de saint François de la réguliere observance, docteur en théologie de la faculté de Paris, naquit à Peronne en 1620. Une ardeur égale pour l'étude & pour la piété le distingua dès ses premieres années, & le rendit le modéle de ses condisciples. Fidéle à la voix de Dieu qui l'appelloit à une vie retirée & éloignée du commerce du monde, n'étant encore âge que de quinze ans, mais brulant dès-alors du désir de sa perfection, il demanda avec ferveur à être reçu dans l'ordre de S. François, prit l'habit en 1635 dans le couvent des peres Cordeliers de Perrone & fut admis à la profession l'année suivante.

La beauté de son génie, la forte passion qu'il avoit pour les sciences déterminerent ses supérieurs à l'envoyer à Paris, comme étant l'école où il pourroit cultiver ses talens avec plus de gloire & plus de succès. Le jeune profès répondit parfaitement à leurs intentions ; de rapides progrès l'accompagnerent dans toutes ses études,

& ce qui le rendit encore plus estimable, c'est que les sciences auxqu'elles il se livra ne lui firent rien perdre de son ardeur pour la piété.

L'éclat avec lequel il soutint ses theses pour le baccalaureat, lui mérita d'être choisi pour remplir une chaire de professeur en philosophie dans le grand couvent & college de Paris de son ordre ; emploi dont il s'acquitta avec les plus glorieux succès ; il ne brilla pas moins dans celui de professeur en théologie dont il fut chargé dès qu'il eut reçu le bonnet de docteur. Pendant plus de trente années consécutives on l'a vu fournir cette pénible carriere avec un zéle & une application digne de la piété qui anima toujours toutes les actions de cet excellent homme. Un si grand nombre d'années consacrées à l'instruction de ses freres ne fut pas pour lui un tems perdu ; l'on peut même dire qu'il en recueillit le premier fruit, qui fut ce fond immense de doctrine qu'il puisa dans l'étude assidüe des livres sacrés, des conciles & des peres. Aussi ce sçavant homme eut-il la gloire de se voir consulté comme l'oracle de son siecle. Souvent il fut député par le feu roi pour informer, & pour donner son avis sur des affaires d'une conséquence extrême, & qui demandoient une prudence consommée. Le parlement, le clergé lui firent plusieurs fois le même honneur ; on a même vu des ordres de religieux entiers avoir recours aux lumieres de ce grand homme, lui demander qu'il leur prescrivît des régles pour leur gouvernement, & on les a vus se soumettre à ses décisions avec autant de docilité que s'il eut été leur légitime supérieur, & il est vrai aussi qu'il avoit reçu du ciel un talent admirable pour gouverner.

Un grand fond de sagesse, un mélange heureux de fermeté & de douceur, une charité tendre & compatissante qui le faisoit entrer dans le détail de tous les besoins de ses inférieurs, un zéle ardent pour leur perfection, un amour extrême de l'ordre, une vigilance, une attention à laquelle rien n'échappoit.

Un

Un de ses talens encore étoit la direction des ames, & ce fut ce talent qui lui procura l'honneur d'être destiné à remplir les fonctions de confesseur des dames de la reine Marie - Therese d'Autriche dont il s'étoit concilié la confiance & l'estime. Cette auguste princesse lui en donna souvent des marques par les bienfaits qu'elle répandit sur lui ; mais bienfaits dont le pere Frassen, ne voulut tirer d'autre avantage, que celui de les faire servir à acquitter les dettes de la maison dont il avoit été élu supérieur, & à en rétablir, ou à en augmenter les édifices.

Ce fut en qualité de gardien du grand couvent de Paris qu'en 1682 il assista au chapitre général de son ordre assemblé à Tolede. Les éclatantes preuves qu'il y donna de la supériorité de son mérite réünirent en sa faveur les suffrages de toutes les nations, & il fut d'un consentement unanime élevé à la dignité de définiteur général. La sage conduite qu'il avoit tenuë, son zéle à soutenir la gloire & les intérêts de sa nation dans des circonstances de tems extrêmement critiques, lui mériterent à son retour les louanges les plus flatteuses de la part du roi même. Un autre chapitre qui se tint à Rome en 1688, & auquel le cardinal Cibo présida, fut pour le pere Frassen une nouvelle occasion de signaler ses talens & son zéle. Chargé de porter la parole au nom des provinces Françoises de son ordre, il le fit avec tant de dignité, & en même tems avec tant de prudence, que sans offenser aucune des autres nations, il sçut si bien faire valoir la prééminence de la sienne, que de retour en France, il mérita de recevoir de la part du roi le même honneur qu'il en avoit reçu après son retour d'Espagne.

Cependant quelque multipliées que fussent les occupations attachées aux différens emplois qu'il eut successivement à remplir dans son ordre, avare de son tems dont chaque moment lui étoit précieux, il sçut en trouver assez pour travailler à ces excellens ouvrages qui lui

Tome I.   Q

ont mérité un rang diftingué parmi les plus célebres
écrivains de fon fiecle. Tels font fes œuvres de piété
remplies d'une onction propre à faire naître dans l'ame
les fentimens de la dévotion la plus tendre & la plus
affectueufe; fes fçavantes difquifitions fur la bible marquées au coin de la critique la plus jufte & de l'érudition la plus profonde & la plus variée ; fes cours de
philofophie & de théologie réimprimés tant de fois , &
où font difcutées avec autant de précifion que de folidité généralement toutes les queftions les plus difficiles
de l'école.

L'innocence de la vie de ce grand homme répondit
aux talens de fon efprit : humble & modefte au milieu
des plus glorieux fuccès , plus il étoit grand aux yeux des
hommes , plus il s'anéantiffoit devant Dieu. Scrupuleux
obfervateur des moindres pratiques de la religion , il
prêchoit la régularité plus encore par fes exemples que
par fes difcours ; amateur de la pauvreté il la pratiqua
dans toute fa rigueur. Une vie réglée l'avoit conduit jufqu'à l'âge de quatre-vingt-fix ans , fans que fa fanté parût
tant foit peu altérée ; mais le poids des années fe fit enfin
fentir. Quelques attaques d'apoplexie avancerent la fin de
fes jours , & il mourut le 26 Février 1711 dans la quatre-
vingt-onzieme année de fon âge , & la foixante & qua-
torzieme de fa profeffion.

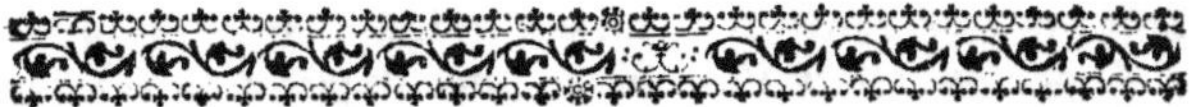

RICHARD SIMON.

RICHARD SIMON, aussi célebre par la profondeur de son érudition, que fameux par la singularité de ses sentimens, & par le grand nombre de combats littéraires où il fut engagé pour les soutenir, naquit à Dieppe le 13 de Mai 1638. Il apporta en naissant les plus heureuses dispositions pour les sciences, & ces dispositions il les cultiva par une application constante à l'étude. Après avoir fait avec une distinction singuliere ses humanités & sa philosophie dans sa patrie sous les peres de l'Oratoire, il entra dans leur congrégation ; mais par un esprit de légereté & d'inconstance, il en sortit, avant même que son année d'institution fut achevée.

Cependant il ne pouvoit gueres espérer que sa famille peu accommodée des biens de la fortune fût disposée à lui fournir les secours dont il avoit besoin pour la continuation de ses études, & déja il se préparoit à prendre un parti plus conforme à ses nécessités présentes qu'à son inclination, lorsque M. l'abbé de la Roque son ami particulier, lui rendit un courage qu'il sembloit avoir perdu, le ramena à Paris, & lui procura les moyens d'y faire un cours de théologie pendant lequel il acheva de se perfectionner dans les langues orientales dont il avoit déja fait une étude particuliere.

Tourmenté par des remords qui le rappelloient à l'état qu'il avoit quitté, il rentra dans la congrégation des peres de l'Oratoire dès qu'il eut achevé son cours de théologie ; mais naturellement inconstant, il fut pour la seconde fois tenté d'en sortir, & l'on dit même qu'il postula avec ardeur pour être reçu dans la société des Jésuites, mais que les vives remontrances

Q ij

de son supérieur le pere Bertad le firent changer de dessein.

Son année d'institution finie, il fut envoyé à Juilly pour y professer la philosophie ; mais bientôt après les ordres de ses supérieurs l'ayant rappellé à Paris, il y fut chargé du soin de la bibliotheque de la maison de l'Oratoire, enrichie d'un grand nombre de livres & de manuscrits orientaux. Charmé de se voir destiné à un emploi que son extrême avidité de sçavoir auroit sollicité avec empressement, il ne se contenta pas de dresser une liste exacte de ces livres, il les lut encore avec avidité, & surtout ceux qui convenoient le plus à ses études. Un entretien qu'il eut avec M. de Lamoignon premier président, qui étoit venu visiter la bibliotheque des peres de l'Oratoire contenta si fort ce sçavant magistrat, qu'il s'intéressa vivement auprès des supérieurs du pere Simon pour qu'on le retînt à Paris ; mais le jeune bibliothécaire qui craignoit d'être à charge à la maison, demanda & obtint d'être renvoyé à Juilly pour y professer un nouveau cours de philosophie.

Les momens que son emploi lui laissa de libres, il les employa à préparer une édition des œuvres de Gabriel de Philadelphie avec des notes qui éclaircissent la créance des églises d'Orient. Le but de cet ouvrage qui parut en 1671, est de démontrer que la foi de l'église Grecque sur l'Eucharistie est la même que celle de l'église Romaine.

L'année précédente le P. Simon avoit été ordonné prêtre par M. de Ligni evêque de Meaux, il avoit déja publié deux autres ouvrages qui commencerent à lui faire un nom dans la république des lettres. Le premier est un Factum pour les Juifs de Metz accusés d'avoir tué un enfant chrétien, & le second est une longue lettre au sujet du grand ouvrage de la perpétuité de la foi de l'église sur l'Eucharistie.

En 1674 il donna une traduction françoise du livre des cérémonies des Juifs composé par Leon de Modene, avec un supplément sur les fêtes des Caraïtes & des Samaritains de nos jours, & il augmenta depuis cet ouvrage de la comparaison des cérémonies des Juifs avec la discipline de l'église. L'année suivante, cet infatiguable écrivain donna le voyage du Mont Liban, traduit de l'italien du R. P. Dandini Jésuite, avec des notes qui font le plus grand prix de cet ouvrage. Cette traduction mit l'auteur en état d'entreprendre l'excellente histoire qu'il nous a laissée de la créance & des coûtumes des nations du Levant, ouvrage où le pere Simon se propose de démontrer que l'on impute aux chrétiens d'Orient des erreurs qu'ils rejettent eux-mêmes, & que l'on condamne quelques-unes de leurs coûtumes qui ne font point blâmables.

Cet ouvrage avoit été précedé de la fameuse histoire critique du Vieux Testament qui fut publié en 1678. La hardiesse & la singularité des sentimens répandus dans cette histoire, allarmerent ceux qui craignoient toute nouveauté en fait de religion ; & quoique l'ouvrage fût muni de l'approbation de M. Pirot docteur de Sorbonne, & d'un privilege du roi, on se crut obligé d'en arrêter la vente, & ensuite de révoquer le privilege. Un si grand sujet de mortification affligea sensiblement l'auteur, & ce fut sans doute une des principales raisons qui le déterminerent à sortir de la congrégation pour se retirer à Bolleville au pays de Caux, où il fit pendant quatre ans les fonctions de curé.

Cependant la suppression de son ouvrage n'empêcha pas qu'il n'en parût plusieurs éditions. En 1679 il fut imprimé chez Elzevir sur une copie défectueuse faite par le chapelain de madame la duchesse de Mazarin. Deux ans après, Noel Aubert de Versé en donna une traduction latine, qui fut aussi imprimée à Amsterdam ; & enfin en 1685, il parut une troisiéme édition de cet ouvrage, faite par un libraire de Roterdam, sur un exemplaire de l'édition de Paris.

Cette histoire critique est divisée en trois parties,

dont la premiere traite du texte des livres facrés, la
la feconde des verfions, & la troifiéme des commentateurs. L'auteur y agite une infinité de queftions de critique non moins curieufes qu'inftructives ; celle qui fit
le plus de bruit eft celle qui concerne l'auteur du Pentateuque. M Simon s'y propofe de prouver que Moïfe
n'eft l'auteur que des loix & des ordonnances contenues dans ce livre , & que l'hiftoire de fon tems a été
compofée par des écrivains publics divinement infpirés, qui ont dreffé d'anciens mémoires fur lefquels a
depuis été fait le recueil des cinq livres du Pentateuque , tels que nous les avons à préfent.

MM. de Veil, le Clerc, Jurieu, Smith, Ifaac Voffius,
Spanheim , & quantité d'autres fçavans critiques ,
s'éleverent vivement contre la fingularité d'une opinion fi dangereufe ; & cenfurerent en même - tems
bien d'autres propofitions non moins hardies que l'auteur avoit avancées. M. Spanheim reconnoît cependant
que le pere Simon a mérité les louanges de toutes les
perfonnes équitables , foit pour le choix judicieux des
matieres , foit pour le bel ordre dans lequel elles font
rangées , foit enfin pour la maniere aifée dont il s'explique. Il ajoute que l'auteur a bien étudié fon fujet;
qu'il y épuife en quelque forte la curiofité du lecteur
le plus appliqué, qu'il la prévient même, & qu'il la
foulage; que fon livre eft l'abregé de plufieurs volumes,
ou plûtôt d'une bibliotheque entiere ; qu'on y trouve
même de quoi en faire une avec choix & avec jugement,
par celui qu'il donne des auteurs & des éditions, ou
des Bibles en toute forte de langues , ou de fes inter-
prétes, & de fes critiques de toutes fortes de religion ;
enfin qu'on s'y inftruit agréablement par plufieurs découvertes également curieufes & nouvelles.

A des louanges fi flatteufes fuccede une judicieufe
cenfure. M. Spanheim reproche à l'auteur d'avoir trop
peu déferé aux verfions, foit des Septante , foit de la
vulgate, qui ont été comme canonifées, l'une par l'églife

Grecque , l'autre par la Latine, & même de les avoir
cru encore plus défectueuses que le texte hébreu ; d'a-
voir établi des regles sur lesquelles il prétend qu'on
peut donner de meilleures versions, & non moins authentiques que la vulgate ; de s'être proposé de réfor-
mer le texte de la Bible , & d'avoir voulu y trouver
de nouveaux sens ; d'avoir prétendu prouver que Moïse,
Josué, Jeremie , & quelques autres écrivains sacrés
ne sont pas les auteurs des livres qui portent leurs
noms, ou au moins de la meilleure partie de ces écrits
divins ; d'avoir voulu assujettir toute l'écriture aux régles de sa critique, & d'une critique qu'il semble n'a-
voir pas voulu rendre sujette aux régles & à l'autorité
de l'église ; & enfin d'avoir exercé une critique trop
hardie sur les anciens peres de l'église.

Nous serions infinis , si nous voulions entrer dans
le détail des autres ouvrages qui sont sortis de la plume
de ce sçavant homme , & dont on peut voir une liste
exacte dans son éloge historique composé par M. de Bru-
zen de la Martiniere son neveu. Les plus considérables
de ces ouvrages sont son histoire de l'origine & du
progrès des revenus ecclésiastiques ; un projet d'une
nouvelle poliglotte abrégée ; une dissertation critique
sur la nouvelle bibliothéque des auteurs ecclesiastiques ;
une nouvelle édition des moyens de réunir les Protestans avec l'église Romaine, publiés par M. Camus, évé-
que de Belley ; trois volumes de lettres choisies ; &
enfin une histoire critique des versions du Nouveau Testament, avec une nouvelle traduction françoise du même
livre , qui fut censurée par M. de Noailles archevêque
de Paris , & par le sçavant évêque de Meaux.

M. Simon après avoir passé quatre ans à Bolleville
s'étoit retiré à Dieppe où il vécut dans une grande retraite & dans une application continuelle à l'étude.
Cependant il devint suspect ; l'intendant de la province
le fit venir chez lui, l'interrogea sur les ouvrages auxquels il s'appliquoit, & lui fit entendre qu'on se saisiroit

de ſes papiers. M. Simon le crut, s'en troubla, & dans l'agitation où cette frayeur le mit il recueillit ſes papiers, en remplit pluſieurs gros tonneaux,& les ayant fait rouler juſques dans une prairie durant la nuit, il les brûla entiérement ; mais comme il lui en avoit beaucoup coûté pour prendre cette réſolution, & qu'il en eut peu après un regret très-ſenſible, la fievre le ſaiſit, il devint ſérieuſement malade, reçut les ſacremens de l'égliſe dans de grands ſentimens de piété, & mourut au mois d'Avril 1712 dans ſa ſoixante-quatorzieme année : voici le portrait qu'en fait M. de la Martiniere.

M. Simon étoit petit, d'une phyſionomie peu prévenante, plein de feu, d'un eſprit vif, & malgré cela capable d'une très-forte attention. Il avoit une mémoire prodigieuſe, un grandfonds de gayeté naturelle qui ſervoit de contre-poids à l'humeur ſombre & ſérieuſe qui ſemble être attachée au genre d'étude qu'il avoit embraſſé. Il étoit bon ami & exact à entretenir une correſpondance exacte avec les gens de lettres qui l'honoroient de leur eſtime. Il étoit ſincérement attaché à la religion catholique ; mais il mettoit de la différence entre les écrits & les perſonnes des Proteſtans ; & quoiqu'il combattît vivement leurs opinions, il ne laiſſoit pas d'avoir parmi eux d'illuſtres amis avec qui il entretenoit un commerce de lettres aſſez aſſidu, ou avec qui il converſoit de vive voix, quand il le pouvoit, & toujours avec cordialité.

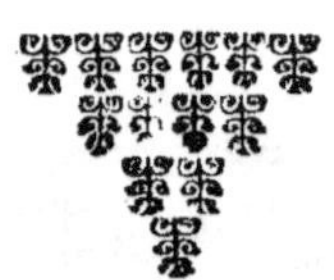

FRANCOIS

FRANÇOIS DE SALIGNAC DE LA MOTHE-
FENELON.

FRANÇOIS DE SALIGNAC DE LA MOTHE-FENELON, précepteur de meſſeigneurs les enfans de France, archevêque duc de Cambrai, prince de l'Empire, l'un des quarante de lA'cadémie Françoiſe, prit naiſſance au château de Fenelon en Querci le 6 Août 1651. Agé de douze ans il fut envoyé à l'univerſité de Cahors pour y commencer ſes études qu'il vint achever à Paris. Le marquis de Fenelon ſon oncle, lieutenant général des armées du roi, homme non moins recommandable par ſon eſprit & ſa piété que par ſa valeur, donna tous ſes ſoins à l'éducation de ſon jeune parent, qui de bonne-heure s'étoit deſtiné à l'état eccléſiaſtique.

Il n'avoit encore que dix-neuf ans qu'il commença à donner d'éclatantes preuves du talent extraordinaire qu'il avoit pour l'éloquence de la chaire; il en fit une étude particuliere, ſans cependant négliger celle de la théologie & de la morale dont il acquit une parfaite connoiſſance. Quelque tems avant que d'entrer dans les ordres ſacrés il fut mis à S. Sulpice, où il ſe fit admirer par ſa modeſtie, par une piété tendre & ſolide, & par une ſcrupuleuſe exactitude à remplir tous les devoirs de ſon état. Ses vertus ne firent qu'augmenter dès qu'il eut reçu le ſacerdoce; plein d'ardeur pour la converſion des ames, il ſe livra avec ardeur à toutes les fonctions les plus pénibles de la paroiſſe. M. de Harlay archevêque de Paris édifié des vertus de ce jeune abbé, le choiſit pour ſupérieur des Nouvelles Converties.

M. l'abbé de Fenelon qui n'étoit alors âgé que de vingt-ſept ans remplit cet emploi avec autant de zéle que de

Tome I.   R

prudence ; le talent qu'il avoit de perfuader fe fit connoître par la converfion de plufieurs perfonnes qui fe
mirent fous fa conduite, & qui détrompées de leurs erreurs firent leur abjuration entre fes mains. Le roi en
ayant été informé, Sa Majefté le nomma en 1686 chef
d'une miffion fur les côtes de Saintoge & dans le pays
d'Aunis pour travailler à la converfion des hérétiques.
La modération, la douceur, la charité, la voie de la
perfuafion, furent les feules armes que l'abbé de Fenelon
employa, & avec ces feules armes il opéra un grand
nombre de finceres converfions.

Les miffions dont il avoit eu la direction étant finies
il revint à Paris où il reprit avec une nouvelle ardeur
fes fonctions de fupérieur des Nouvelles Converties.
Tous les momens qu'elles lui laiffoient il les confacroit
a l'étude ou à la chaire.

Il compofa à la priere de M. le duc de Beauvilliers dont
il étoit particulierement eftimé, fon traité de l'éducation
des filles, qui imprimé en 1688, fut reçu du public avec
une approbation générale, M. le duc de Beauvilliers en
particulier charmé de l'excellence de ce petit ouvrage, fe
fit un plaifir de faire connoître à Louis XIV le mérite de
l'auteur, qui prefque auffitôt après fut nommé précepteur de M. le duc de Bourgogne, du roi d'Efpagne &
de M. le duc de Berri.

Le zéle de l'abbé de Fenelon pour l'éducation de fes
auguftes éleves lui fit entreprendre plufieurs beaux ouvrages propres à former également le cœur & l'efprit,
dont les plus confidérables font le Télémaque, les nouveaux dialogues des morts accompagnés d'un recueil de
fables & de quelques morceaux d'hiftoire, un abrégé des
vies des anciens philofophes avec un recueil de leurs plus
belles maximes. Le premier de ces ouvrages fuffit feul
pour faire paffer le nom & la gloire de fon inimitable
auteur jufqu'à la poftérité la plus reculée. C'eft ainfi
qu'en parle le célebre M. de Saci dans le jugement qu'il
en a porté.

» Cet ouvrage, dit-il, mérite non seulement d'être
» imprimé, mais encore d'être traduit dans toutes les
» langues que parlent ou entendent les peuples qui aspi-
» rent à être heureux; ce poëme épique, quoiqu'en
» profe, met notre nation en état de n'avoir rien à en-
» vier de ce côté-là aux Grecs & aux Romains. La fable
» qu'on y expofe ne fe termine pas à amufer notre cu-
» riofité & à flatter notre orgueil. Les récits, les def-
» criptions, les liaifons & les graces du difcours éblouif-
» fent l'imagination fans l'égarer. Les réflexions, les
» converfations les plus longues paroiffent toujours trop
» courtes à l'efprit qu'elles n'éclairent pas moins qu'elles
» l'enchantent. Entre tant de caracteres d'hommes fi
» différens que l'on y trouve, il n'y en a aucun qui ne
» grave dans le cœur du lecteur l'horreur du vice ou
» l'amour de la vertu. Les myfteres de la politique la
» plus fine y font dévoilés, les paffions ne préfentent
» rien que de honteux & de funefte, les devoirs n'y
» montrent que des attraits qui les rendent auffi aima-
» bles que faciles. Avec Télémaque on apprend à s'atta-
» cher inviolablement à la religion dans la mauvaife
» comme dans la bonne fortune, à aimer fon pere &
» fa patrie, à être roi, citoyen, ami, efclave même, fi
» le fort le veut. Avec Mentor on devient bientôt jufte,
» humain, patient, fincere, difcret & modefte; il ne
» parle point qu'il ne plaife, qu'il n'intéreffe, qu'il ne
» remüe, qu'il ne perfuade, on ne peut l'écouter qu'avec
» admiration, & on ne l'admire point que l'on ne fente
» qu'on l'aime encore davantage. Trop heureufe la na-
» tion pour qui cet ouvrage pourra former quelque jour
» un Télémaque & un Mentor.

La premiere édition de ce merveilleux ouvrage parut
à Bruxelles en 1703, & il s'en fit depuis quantité d'autres éditions, mais toutes auffi défectueufes que la premiere. Ce ne fut qu'en 1717 que ce poëme admirable
fut enfin imprimé d'après le manufcrit même de l'auteur.

R ij

Il y avoit déja près de six ans que M. l'abbé de Fenelon étoit à la cour en qualité de précepteur des enfans
de France, & il n'avoit pour tout bénéfice qu'un simple
prieuré qui lui avoit été conféré par l'evêque de Sar-
lat son oncle ; mais le roi lui donna enfin l'abbaye de
S. Valery, & il fut nommé quelques mois après à l'archevêché de Cambray, que la délicatesse de sa conscience ne lui permit d'accepter qu'en se démettant en
même tems des deux bénéfices dont il étoit pourvû. Ce
fut en 1695 qu'il fut sacré.

Deux ans auparavant il avoit été reçu à l'académie
à la place du célebre M. Pellisson. » Le plus grand
» honneur que cette compagnie pouvoit faire à cet
» illustre défunt, dit M. Bergeret, alors directeur, dans la
» réponse qu'il fit à M. l'abbé de Fenelon, c'étoit, mon-
» sieur, de vous nommer pour être son successeur, & de
» faire connoître au public que pour bien remplir la
» place d'un académicien comme lui, elle a jugé qu'il
» en falloit un comme vous.....

» Cette place elle ne l'a point donnée à l'ancienne &
» illustre noblesse de votre maison, ni à la dignité & à
» l'importance de votre emploi ; mais seulement aux
» grandes qualités qui vous y ont fait appeller.

» On sçait que vous aviez résolu de vous cacher
» toujours au monde, & qu'en cela votre modestie a
» été trompée par votre charité ; car il est arrivé que
» vous étant consacré tout entier aux missions aposto-
» liques, où vous ne pensiez qu'à suivre les mouvemens
» d'une charité chrétienne, vous avez fait paroître sans
» y penser une éloquence véritable & solide, avec tous
» les talens acquis & naturels qui sont nécessaires pour
» la former.

» Et quoique, ni dans vos discours, ni dans vos écrits,
» il n'y eût rien qui ressentît les lettres profanes, on
» ne pouvoit pas douter que vous n'en eussiez une par-
» faite connoissance, au-dessus de laquelle vous sçaviez
» vous élever par la hauteur des mysteres dont vous

» parliez , pour la conversion des hérétiques , & pour
» l'édification des fidéles.

» Ce ministere tout apostolique par lequel vous vous
» éloigniez de la cour a été principalement ce qui a
» porté le roi à vous y appeller , ayant jugé que vous
» étiez d'autant plus capable d'élever de jeunes princes ,
» que vous aviez fait voir plus de charité pour le salut
» des peuples ; & dans cette pensée il vous a joint à ce
» sage gouverneur dont la solide vertu a mérité qu'il ait
» été choisi pour cet emploi.

» Le public apprit avec joie la part qui vous y étoit
» donnée , parcequ'il sçait que vous avez toutes les ver-
» tus nécessaires pour faire connoître aux jeunes princes
» leurs véritables obligations , & pour leur dire de la ma-
» niere la plus touchante , que rien ne peut leur être
» plus glorieux que d'aimer les peuples & d'en être
» aimé.

» L'obligation de vous acquitter d'une obligation si
» importante fit aussi-tôt briller en vous toutes ces rares
» qualités d'esprit dont on n'avoit vu qu'une partie dans
» vos exercices de piété ; une vaste étendue de connois-
» sance en tout genre d'érudition , sans confusion & sans
» embarras , un juste discernement pour en faire l'ap-
» plication & l'usage , un agrément & une facilité d'ex-
» pression qui vient de la clarté & de la netteté des
» idées , une mémoire dans laquelle , comme dans une
» bibliothéque qui vous suit partout , vous trouvez à
» propos les exemples & les faits historiques dont vous
» avez besoin ; une imagination de la beauté de celle
» qui fait les plus grands hommes dans tous les arts , &
» dont on sçait par expérience que la force & la viva-
» cité vous rendent les choses aussi présentes qu'elles le
» sont à ceux mêmes qui les ont devant les yeux.

Nous n'avons pas cru devoir rien retrancher de cet
éloge , qui tout pompeux qu'il est , ne renferme cependant qu'une partie des louanges dües au mérite de l'illustre archevêque de Cambray.

Jamais les vertus de ce grand homme ne parurent avec plus d'éclat, que dans la difgrace qui l'éloigna pour toujours de la cour. Devenu fufpect à caufe de la liaifon qu'il avoit avec madame Guyon fameufe Quiétifte, on le foupçonna de penfer comme elle ; & ce qui augmenta ce foupçon, ce fut le zele avec lequel il entreprit la juftification de cette dame, lorfqu'elle fut attaquée fur fes mœurs, & le refus qu'il fit de condamner fa perfonne, après avoir adhéré à la cenfure qui fut faite des expreffions répandues dans les ouvrages de madame Guyon, & qui étoient véritablement condamnables. M. de Fenelon ayant publié peu de tems après, fçavoir au mois de Janvier 1697, fon livre des maximes des faints fur la vie intérieure, cet ouvrage ne fut que trop féverement examiné. M. Boffuet & plufieurs évêques qui s'unirent à lui, le cenfurerent ; ce fut en vain que M. de Fenelon écrivit pour fe juftifier & pour s'expliquer lui-même, cela n'empêcha point qu'il ne fût renvoyé dans fon diocèfe au mois d'Août 1697, & que fon ouvrage ne fût condamné par un bref d'Innocent XII en 1699, après dix-huit mois d'examen ; ce bref condamnoit ce livre & vingt-trois propofitions qui en furent extraites. Le faint prélat humble dans fa foi, donna au mois d'Avril de la même année, un mandement par lequel il affuroit le pape, fon troupeau & toute l'églife, d'une entiere foumiffion à ce mandement ; il eut le courage d'en faire lui-même la lecture dans fon églife.

M. de Cambray retiré dans fon diocèfe, ne s'occupa que du foin de le bien régler ; il en faifoit fouvent la vifite, inftruifoit par lui-même, dirigeoit les confciences, & fe montra jufqu'à la fin, le pere de fon peuple & le modéle de fon troupeau, par fes foins, fa vigilance, & la fainteté de fes exemples. Plein d'une pitié compatiffante à l'égard des pauvres, il s'appauvrit lui-même pour les foulager dans leur mifere. Après fa mort arrivée le 7 Janvier 1715, il fe trouva fans argent & fans dettes.

Outre les ouvrages dont nous avons parlé, ce fçavant prélat nous a encore laiffé plufieurs ordonnances & inftructions paftorales, trois volumes en faveur de la conftitution *Unigenitus*, une démonftration de l'exiftence de Dieu & de fes attributs, tirée des preuves de la nature, un volume de fermons choifis fur divers fujets, cinq volumes d'œuvres fpirituelles, des dialogues fur l'éloquence en géneral, & en particulier fur celle de la chaire, avec une lettre écrite à l'Académie Françoife fur la rhétorique, la poëfie, &c.

BERNARD LAMY.

BERNARD LAMY, qui par l'univerfalité & la profondeur de fes lumieres, a été un des plus grands hommes de fon fiécle, naquit dans la ville du Mans en 1640, d'Alain Lamy, feigneur de la Fontaine. Les merveilleufes difpofitions qu'il avoit pour les fciences, ne fe manifefterent, que lorfqu'il eut été envoyé au college. Mis d'abord fous la conduite d'un précepteur qui voulut lui apprendre les élemens de la langue latine, il fe dégoûta bientôt de cette étude; un fecond maître qu'on lui donna, ne lui fit pas faire de plus grands progrès dans le latin; mais il réuffit mieux dans les leçons de géographie & d'hiftoire qu'il fit à fon jeune éleve.

Agé de douze à treize ans, il fut mis au college pour y faire fes humanités fous les peres de l'Oratoire. Le jeune Lamy, dont l'émulation fe trouva piquée par l'exemple de fes condifciples, & dont les heureufes difpofitions furent merveilleufement fecondées par l'habileté de fes nouveaux maîtres, fe livra à l'étude avec tant d'ardeur, qu'il y fit en peu de tems les plus furprenans progrès.

Jamais les vertus de ce grand homme ne parurent avec plus d'éclat, que dans la disgrace qui l'éloigna pour toujours de la cour. Devenu suspect à cause de la liaison qu'il avoit avec madame Guyon fameuse Quiétiste, on le soupçonna de penser comme elle ; & ce qui augmenta ce soupçon, ce fut le zele avec lequel il entreprit la justification de cette dame, lorsqu'elle fut attaquée sur ses mœurs, & le refus qu'il fit de condamner sa personne, après avoir adhéré à la censure qui fut faite des expressions répandues dans les ouvrages de madame Guyon, & qui étoient véritablement condamnables. M. de Fenelon ayant publié peu de tems après, sçavoir au mois de Janvier 1697, son livre des maximes des saints sur la vie intérieure, cet ouvrage ne fut que trop séverement examiné. M. Bossuet & plusieurs évêques qui s'unirent à lui, le censurerent ; ce fut en vain que M. de Fenelon écrivit pour se justifier & pour s'expliquer lui-même, cela n'empêcha point qu'il ne fût renvoyé dans son diocèse au mois d'Août 1697, & que son ouvrage ne fût condamné par un bref d'Innocent XII en 1699, après dix-huit mois d'examen ; ce bref condamnoit ce livre & vingt-trois propositions qui en furent extraites. Le saint prélat humble dans sa foi, donna au mois d'Avril de la même année, un mandement par lequel il assuroit le pape, son troupeau & toute l'église, d'une entiere soumission à ce mandement ; il eut le courage d'en faire lui-même la lecture dans son église.

M. de Cambray retiré dans son diocèse, ne s'occupa que du soin de le bien régler ; il en faisoit souvent la visite, instruisoit par lui-même, dirigeoit les consciences, & se montra jusqu'à la fin, le pere de son peuple & le modéle de son troupeau, par ses soins, sa vigilance, & la sainteté de ses exemples. Plein d'une pitié compatissante à l'égard des pauvres, il s'appauvrit lui-même pour les soulager dans leur misére. Après sa mort arrivée le 7 Janvier 1715, il se trouva sans argent & sans dettes.

Outre les ouvrages dont nous avons parlé, ce sçavant prélat nous a encore laissé plusieurs ordonnances & instructions pastorales, trois volumes en faveur de la constitution *Unigenitus*, une démonstration de l'existence de Dieu & de ses attributs, tirée des preuves de la nature, un volume de sermons choisis sur divers sujets, cinq volumes d'œuvres spirituelles, des dialogues sur l'éloquence en géneral, & en particulier sur celle de la chaire, avec une lettre écrite à l'Académie Françoise sur la rhétorique, la poësie, &c.

BERNARD LAMY.

BERNARD LAMY, qui par l'universalité & la profondeur de ses lumieres, a été un des plus grands hommes de son siécle, naquit dans la ville du Mans en 1640, d'Alain Lamy, seigneur de la Fontaine. Les merveilleuses dispositions qu'il avoit pour les sciences, ne se manifesterent, que lorsqu'il eut été envoyé au college. Mis d'abord sous la conduite d'un précepteur qui voulut lui apprendre les élemens de la langue latine, il se dégoûta bientôt de cette étude; un second maître qu'on lui donna, ne lui fit pas faire de plus grands progrès dans le latin; mais il réussit mieux dans les leçons de géographie & d'histoire qu'il fit à son jeune éleve.

Agé de douze à treize ans, il fut mis au college pour y faire ses humanités sous les peres de l'Oratoire. Le jeune Lamy, dont l'émulation se trouva piquée par l'exemple de ses condisciples, & dont les heureuses dispositions furent merveilleusement secondées par l'habileté de ses nouveaux maîtres, se livra à l'étude avec tant d'ardeur, qu'il y fit en peu de tems les plus surprenans progrès.

Son amour pour les fciences & pour la piété, fut le motif de fa vocation. Après avoir glorieufement achevé fon cours de philofophie, il demanda à être reçu dans la congrégation des peres de l'Oratoire, & il vint pour cet effet à Paris en 1658. Les témoignages avantageux que fes profeffeurs du Mans rendirent de fa fageffe & de fes talens, lui obtinrent la place qu'il défiroit. Agé de dix-huit ans, il entra à l'Inftitution, où il fe diftingua par une édifiante ferveur à remplir tous les devoirs de fon nouvel état.

Son noviciat fini, il fut envoyé à Saumur pour y recommencer un cours de philofophie, & il paffa de-là à Vendôme, puis à Juilly, où il fut succeffivement employé à profeffer les humanités. L'étude particuliere qu'il en fit en les enfeignant aux autres, le mit en état de donner ces excellens ouvrages de littérature, dont il a dans la fuite enrichi le public; tels font; fa rhétorique ou l'art de bien parler, fes réflexions fur l'art poëtique, fes entretiens fur les fciences, avec la méthode de les étudier, pour fe faire l'efprit jufte & le cœur droit. » Ce qu'il y a d'infiniment eftimable dans » ce dernier ouvrage, dit M. Bayle, c'eft que l'auteur ne » perd point de vûe la fin principale de nos actions, » qui eft de rapporter tout à Dieu, & que fon deffein » eft de former des fçavans qui ayent de la piété, & » qui ne fe propofent dans leurs études, que la gloire » de Dieu & l'utilité de l'églife.

Le pere Lamy après avoir confacré plufieurs années à l'inftruction de la jeuneffe dans différens colleges de fa congrégation, fut envoyé à Saumur pour y commencer fon cours de théologie, nouveau genre d'étude dans lequel la pénétration & la fublimité de fon efprit le firent exceller.

Son cours achevé avec les plus glorieux fuccès, fes fupérieurs le deftinerent à profeffer la philofophie dans la même ville, & l'envoyerent enfuite à Angers pour y continuer les mêmes fonctions. La nouvelle philofophie

s'étoit

s'étoit offerte au pere Lamy avec tous ses charmes, & avoit produit sur son esprit les mêmes impressions qu'elle avoit faites sur celui des plus grands hommes de son siécle ; à leur exemple, il l'embrassa avec ardeur, & crut ne pouvoir trop signaler son zele à lui faire de nouveaux partisans, & par ses leçons, & par ses écrits. Son traité de méchanique, & de l'équilibre des solides & des liqueurs, son livre de la grandeur en géneral, qui comprend l'arithmétique, l'algebre & l'analyse, ses élemens de géométrie, sa nouvelle maniere de démontrer les principaux théorèmes des élemens des méchaniques, son traité de perspective, sont autant d'ouvrages où se font sentir les grands progrès que ce sçavant homme avoit fait dans la nouvelle philosophie. Sa trop grande ardeur à en défendre les principes, souleva contre lui les partisans de l'ancienne philosophie. Un ordre de la cour qu'ils eurent le crédit d'obtenir, obligea le nouveau professeur de quitter sa chaire d'Anger, & de se retirer à Grenoble où il arriva en 1676.

Pour faire l'éloge de cet homme illustre, peut-être suffiroit-il de dire que le célebre M. le Cardinal le Camus, alors évêque de cette ville, ne peut lui refuser sa confiance & son estime, & que pendant plusieurs années il l'associa à ses travaux pour le gouvernement de son diocèse.

Ce fut pendant son séjour à Grenoble, que le pere Lamy commença les excellens ouvrages qu'il nous a laissés sur l'écriture sainte, & qu'il vint ensuite continuer à Rouen où il a achevé sa glorieuse carriere. Le premier de ces ouvrages qui parut pour la premiere fois en 1687, est son introduction à la lecture de l'écriture-sainte écrite en latin, & composée de vingt grandes tables, & précedée d'une préface où l'auteur cite une prodigieuse quantité d'auteurs dont il s'est servi pour les dresser. Ce grand ouvrage rempli de l'érudition la plus profonde, est terminé par un traité sur les différens sens de l'écriture sacrée, le sens littéral, le sens

Tome I.   S

myftique & le fens moral. Le furprenant fuccès qu'eut
ce livre, qui fut depuis confidérablement augmenté par
l'auteur, en produifit deux traductions, l'une par M.
Boyer, chanoine de Montbrifon, & l'autre par M. l'abbé
de Bellegarde.

Le fecond ouvrage que le pere Lamy publia fur l'é-
criture fainte, eft fon harmonie ou la concorde des quatre évangéliftes, qui eft une narration hiftorique de
l'hiftoire de l'évangile, compofée des termes des quatre évangéliftes, dans laquelle les actions de Jefus-Chrift
rapportées par un ou plufieurs évangéliftes, font rangées fuivant l'ordre des tems où elles font arrivées.

Les trois fentimens finguliers que le pere Lamy foutient dans cet ouvrage, l'engagerent dans une longue
fuite de difputes, qui fervirent à faire briller encore
davantage l'étendue de fes lumieres. Le premier de
ces fentimens eft que faint Jean-Baptifte avoit été em-
prifonné deux fois, une à Jerufalem par ordre du grand
Sanhedrin, & l'autre en Galilée par l'ordre d'Herode :
le fecond, que J. C. ne mangea pas l'agneau pafcal
dans la dernier cene, & qu'il fut crucifié le jour même
que les Juifs le mangeoient : le troifiéme enfin, que
Marie - Magdeleine, Marie fœur du Lazare, & la
femme pécherefle, étoient la même perfonne. Ces
trois opinions, & en particulier celle fur la pâque, furent attaquées par MM. Bulteau de Tillemont, Witaffe,
par les peres Mauduit, Daniel, Pezeron, & par une
grande quantité d'autres illuftres fçavans. Le pere Lamy
en butte à tant d'adverfaires, ofa lutter contre tous,
& publia autant de réponfes qu'ils firent paroître de
différens écrits pour attaquer fes fentimens.

Cette longue difpute n'empêcha pas que le pere Lamy
ne donnât la plus grande partie de fon tems à la compofition de plufieurs autres ouvrages confidérables qui
fembloient le demander tout entier. En 1711 parut fon
cinquiéme & dernier entretien de la démonftration de
la vérité & de la fainteté de la morale chrétienne. Son

dernier ouvrage eſt un ample traité du temple de Je-
ruſalem partagé en ſept livres, imprimé en 1720, &
dont le ſçavant pere Deſmolets a procuré l'édition.

L'homme célebre dont nous venons de faire l'éloge,
mourut à Rouen le 29 Janvier 1715. On dit que l'excès de ſon zele avança la fin de ſes jours. Un jeune
homme qu'il avoit converti à la foi, & qui s'étoit mis
ſous ſa direction, ſembloit marcher d'un pas égal dans
la ſcience & dans la piété, lorſqu'il eut le malheur de
ſe replonger dans ſes premieres erreurs. La lâche déſer-
tion de cet infidéle affligea ſi ſenſiblement ſon vertueux
directeur, qu'il en tomba dans une maladie de langueur,
à laquelle ſuccéda un vomiſſement de ſang qui l'emporta dans la ſoixante & quinziéme année de ſon âge.

» Ce grand homme a ſçu accorder, dit M. Dupin,
» les amuſemens des belles lettres, & les fleurs de la
» rhétorique & de la poëſie, avec une ſérieuſe applica-
» tion à l'étude des langues, les méditations profondes
» des mathématiques avec les épines de la critique, la
» philoſophie payenne avec la morale chrétienne, &
» les arts libéraux avec l'étude de l'écriture-ſainte des
» Rabins & de la théologie.

Mais ſon plus grand éloge eſt d'avoir ſçu allier à tant
de rares talens la piété la plus tendre & la plus ſolide,
l'humilité la plus profonde, la charité la plus ardente,
& généralement toutes les ſublimes vertus qui caracté-
riſent les miniſtres du Seigneur.

CHARLES WITASSE.

CHARLES WITASSE, théologien célebre, ancien profeſſeur dans la maiſon de Sorbonne, né à Chauni, petite ville de Picardie, le 11 Novembre 1660, reçut ſa premiere éducation dans les pieuſes écoles dont feu M. Gillot fut le fondateur, & d'où ſont ſortis tant d'hommes illuſtres que leur piété & leur ſcience ont rendu également recommandables. Le jeune Witaſſe s'y diſtingua autant par ſes vertus que par la beauté de ſon génie & par une application extraordinaire à l'étude qui avoit pour lui tant d'attrait, que ſouvent il lui conſacroit bien des heures qu'il déroboit au ſommeil; auſſi les plus rapides progrès furent-ils le fruit d'une ſi grande application, & ces progrès furent les mêmes dans toutes les ſciences dont il s'occupa ſucceſſivement. Les belles-lettres, la philoſophie, la théologie, les langues ſçavantes, autant de connoiſſances qu'il poſſéda dans un égal dégré de perfection. Devenu aſſez habile pour inſtruire les autres, il fut deſtiné à faire des conférences ſur l'hiſtoire eccléſiaſtique; emploi qu'il remplit pendant pluſieurs années avec les plus glorieux ſuccès.

Ce fut en 1668 qu'il fut admis dans la ſociété de Sorbonne, & l'année ſuivante il fut fait prieur de la même ſociété. La grande réputation qu'il ſe fit pendant ſa licence, autant par ſa vertu que par ſa ſcience, lui attira dès-lors la confiance & l'eſtime des perſonnes les plus diſtinguées par leur mérite. Une chaire de profeſſeur royal en théologie étant venüe à vacquer en 1646, tous les ſuffrages ſe réunirent en ſa faveur pour la lui faire remplir. Une juſtice que l'on ne peut refuſer à ce grand homme, c'eſt qu'il eſt peu de ſes prédéceſſeurs

qui ayent fourni avec autant d'éclat la même carriere.
Les excellens traités qu'il a dictés pendant les dix-huit
premieres années consécutives qu'il professa la théologie,
& qui n'ont été imprimés qu'après sa mort par les soins
de ses amis, sont autant de monumens de son érudition,
de la justesse & de la pénétration de son esprit, de son
exactitude & de son attention à ne jamais passer les bornes que l'écriture & les saints peres nous ont marquées.
» Jamais homme, disent les Journalistes, ne sçut mieux
» que ce docteur digérer ou réduire ses sujets ; les ques-
» tions les plus obscures devenoient intelligibles entre
» ses mains ; il traitoit les mysteres avec respect, l'his-
» toire avec érudition, & la scholastique avec netteté.
» Son style convenoit parfaitement au genre didactique,
» pur sans affectation, simple sans barbarie, net & con-
» cis sans sécheresse. Il ne lui manquoit qu'un peu plus
» de délicatesse dans le choix de ses preuves, & moins
» de scrupule à ne pas toujours s'assujettir aux formes
» & aux questions que la tyrannie de l'usage de l'école
» a introduites. Ses manieres répondoient exactement
» à sa capacité. Plein de douceur & de gravité, il sçut
» toujours se concilier l'amour & la vénération du pu-
» blic dont l'estime a éclaté par le nombreux concours
» de disciples qui le préféroient sans hésiter à la plûpart
» des autres professeurs. Quoi qu'il ait pu attendre de sa
» réputation & de l'estime générale qu'elle lui avoit
» acquise, il borna son ambition à servir utilement le
» public dans son emploi.

Les autres ouvrages de cet illustre sçavant sont un
traité sur la pâque où il réfute le système de Louis de
Leon théologien Espagnol, & quelques lettres pour
servir de réponse à celle que le pere Lamy de l'Oratoire avoit publiées sur le même sujet. M. Witasse eut
aussi beaucoup de part à la fameuse ordonnance que feu
M. le Tellier archevêque de Reims, publia sur la grace
en 1697.

Jusqu'en 1717 M. Witasse uniquement occupé des

fonctions de son emploi avoit joui d'une tranquilité
qu'aucun accident fâcheux n'avoit encore troublé ; le
refus qu'il fit d'accepter la constitution lui attira cette
année-là une lettre de cachet qui l'exiloit à Noyon ;
mais comme il avoit prévu l'orage dont il étoit menacé,
il prevint par une prompte retraite les ordres qui devoient lui être intimés. De retour à Paris au bout d'un
an d'exil, il songea à se pourvoir en parlement pour
être rétabli dans sa chaire de professeur en théologie
qui lui avoit été ôtée. La Sorbonne n'avoit pas seulement approuvé son dessein, elle avoit encore pris d'elle-
même la résolution d'intervenir dans sa cause ; mais
lorsqu'on alla pour l'informer d'une résolution si honorable pour lui, on le trouva tombé en apoplexie, étendu
par terre auprès de son feu. Il revint de cette attaque ;
tous ses amis qui étoient en Sorbonne sentoient renaître
la joie dans leur cœur avec l'espérance de sa guérison ;
cependant les prises réïtérées d'émétique lui causerent
une inflammation de poitrine si violente qu'il mourut
deux jours après, c'est-à-dire le 10 Avril, jour du ven-
dredi saint de l'année 1716, étant âgé de cinquante-
cinq ans, regretté de tous ceux qui connoissoient sa candeur, son mérite & sa probité. Peu de tems avant sa
mort il avoit été nommé par le parlement l'un des com-
missaires établis pour l'examen de l'édition des conciles
du pere Hardouin.

ETIENNE BALVZE.

ETIENNE BALUZE, l'un des auteurs du XVIIe siecle, qui a le plus utilement & le plus glorieusement servi l'église, naquit à Tulle en 1631 de Jean-Charles Baluze & de Catherine Teyssier. Un esprit facile & pénétrant, une imagination vive & féconde, une mémoire prodigieuse soutenue d'une grande application lui firent faire dans les sciences les plus rapides progrès.

Après avoir commencé ses études dans sa patrie, il vint les continuer à Toulouse où il obtint une place de boursier dans le college de S. Martial ; il étoit encore écolier que l'on vit sortir de sa plume divers petits écrits qui commencerent à établir sa réputation. Dès l'année 1652 il publia une critique qu'il intitula *Anti-Frizonius*, parce que dans cet ouvrage il reprenoit un grand nombre de fautes répandües dans la *Gallia purpurata* de Pierre Frizon docteur de Sorbonne. Deux dissertations, l'une sur le tems auquel a vécu S. Sadroc evêque de Limoges, & l'autre sur les reliques de plusieurs saints conservées dans l'église de Tulle suivirent de près ce premier ouvrage.

Ces essais reçus favorablement du public firent naître à M. de Marca l'envie d'attirer le jeune auteur à Paris & de se l'attacher ; il lui écrivit en effet, & l'on juge assez avec quel empressement le jeune Baluze dut se rendre à une si glorieuse invitation. Autant par reconnoissance que par intérêt il se dévoua tout entier à son nouveau protecteur, & il eut bientôt gagné sa confiance & son estime ; il eut même la gloire de se voir associé aux travaux de ce sçavant prélat ; mais la mort le lui enleva malheureusement dans le tems même qu'il avoit le plus befoin de fa protection pour l'avancement de fa fortune.

M. Baluze fut cependant affez heureux pour trouver un autre Mecene dans la perfonne de M. le Tellier, qui plein d'eftime pour le mérite de ce fçavant homme réfolut de l'attacher à M. l'abbé le Tellier fon fils. Mais divers incidens ayant empêché la réuffite de cette deftination, M. Baluze invité par M. Colbert de fe charger du foin de fa bibliotheque, fe prêta volontiers aux défirs de ce grand miniftre le protecteur généreux des arts & des fciences. Sa bibliotheque devint bientôt une des plus fameufes de l'Europe par l'attention qu'eut le nouveau bibliothécaire de l'enrichir d'un nombre prodigieux de manufcrits rares, amaffés avec des foins extrêmes.

Ces manufcrits furent entre les mains de M. Baluze de riches tréfors dont il connoiffoit trop bien le prix pour ne pas les faire valoir; auffi en tira-t'il de grands fecours pour la compofition de la plûpart des ouvrages qu'il a donnés au public. Nous ne parlerons ici que des plus confidérables.

Sa reconnoiffance pour fon premier protecteur dont la mémoire lui fut toujours chere lui fit entreprendre une nouvelle édition de la concorde de l'empire & du facerdoce, dont M. de Marca n'avoit publié que les quatre premiers livres; M. Baluze y ajouta les quatre derniers, & les fit paroître en 1663. Quelques années après il fit auffi réimprimer quelques differtations de ce fçavant prélat avec fon hiftoire de Catalogne & de Rouffillon qu'il donna fous le titre de *Marca Hifpanica*.

Ce dernier ouvrage qui parut en 1688 avoit été précédé de différentes éditions qui s'étoient fuccédées immédiatement les unes aux autres. Telles furent les œuvres de Vincent de Lerins & de Salvien, celles de Louis de Ferrieres, d'Agobard, de Leidrade, d'Amolon, de Florus diacre, les conciles de la Gaule Narbonnoife,

bonnoife , les homélies de Cefaire d'Arles , l'ouvrage de Rheginon avec une lettre de Rhaban à Heribald d'Auxerre , le traité d'*Antonius Auguftinus* & le *Marius Mercator* , autant d'ouvrages que ce fçavant critique ne fit paroître qu'après les avoir exactement revûs fur les manufcrits les plus fidéles & les plus fûrs ; mais fes foins ne fe bornerent pas là , il s'appliqua à enrichir ces mêmes ouvrages de notes fçavantes pleines de cette érudition qu'il avoit puifée dans la lecture affidüe des auteurs du moyen âge. Il explique non-feulement les endroits les plus difficiles & les termes les plus obfcurs , mais encore les points les plus importans de l'hiftoire & de l'antiquité eccléfiaftique.

La profonde capacité de cet homme célebre lui mérita une diftinction d'autant plus glorieufe , qu'elle ne pouvoit être la récompenfe que d'un mérite extraordinaire ; la fupériorité de fes lumieres dans la fcience du droit canon engagea Louis XIV à ériger en fa faveur une chaire de profeffeur à laquelle il fut nommé en 1670.

Ce fut pour répondre aux bienfaits d'un fi grand prince , que M. Baluze entreprit de donner une édition des capitulaires de nos rois , précédée d'une préface , où il traite de l'origine & de l'autorité des différentes collections des capitulaires.

Une édition des lettres d'Innocent III , un nouveau recueil de monumens pour fervir de fupplément à la collection des conciles publiés par le P. l'Abbé , fept volumes d'œuvres mêlées , l'hiftoire des papes qui ont tenu leur fiege en France dans le XIVe fiecle , furent de nouveaux fruits de l'ardeur infatigable que cet homme célebre eut toujours pour le travail ; auffi de nouveaux bienfaits en furent la récompenfe. Nommé directeur du College-Royal , il fut en même tems gratifié d'une penfion de la cour , mais il ne jouit pas longtems de cet accroiffement de fortune. Attaché aux intérêts du cardinal de Bouillon , qui l'avoit chargé d'écrire l'hiftoire de ſa maiſon , il eut le malheur d'être enveloppé dans la diſgrace de cette éminence, & reçut une lettre de cachet qui le reléguoit à Lyon. Ce fut en vain que des amis d'un rang diſtingué s'intéreſſerent en ſa faveur, tout ce qu'ils purent obtenir fut de faire changer le lieu de ſon exil ; ainſi M. Baluze fut ſucceſſivement envoyé à Rouen, à Tours & à Orléans , d'où il ne revint qu'après la concluſion de la paix d'Utrecht ; mais ſa penſion & ſa charge de directeur du College-Royal ne lui furent pas renduës.

Son amour pour l'étude l'avoit ſuivi dans ſon exil ; il s'y occupa à revoir ſur plus de trente manuſcrits différens les œuvres de S. Cyprien dont il méditoit depuis longtems de donner une nouvelle édition. Ce fut pendant le cours de l'impreſſion de ce grand ouvrage que cet excellent homme mourut le 28 Juillet 1718 , étant âgé de quatre-vingt-huit ans. Cette édition de S. Cyprien a paru en 1726 par les ſoins de dom Marand religieux de la congrégation de S. Maur.

LOUIS ELLIES DUPIN.

LOUIS ELLIES DUPIN, docteur en théologie de la faculté de Paris, & profeffeur royal en philofophie, iffu d'une noble & ancienne famille de Normandie, naquit à Paris le 17 Juin 1657 de Louis Ellies, ecuyer feigneur Dupin & de Marie Vitart originaire de Champagne. Dès fa plus tendre jeuneffe il fit de l'étude fes plus cheres délices, & elle fut pendant toute fa vie fon unique occupation, comme on peut en juger par le nombre prodigieux d'excellens ouvrages en tout genre de littérature dont il a enrichi le public. Théologie, droit canon, critique, philofophie, hiftoire facrée & profane, antiquités, il embraffa tout, & la facilité de fon génie le fit réuffir dans tout ce qu'il entreprit.

Après avoir appris fous les yeux de fon pere les premiers élémens de la langue latine, âgé de dix ans il fut mis en troifiéme au college d'Harcourt où il étudia fous le célebre M. le Lair, alors recteur de l'univerfité. Ce grand maître enchanté des heureufes difpofitions de fon jeune difciple les cultiva avec foin, & lui fit faire de grands progrès dans les belles-lettres. Le jeune Dupin ne brilla pas moins en philofophie; n'étant encore âgé que de quinze ans il foutint avec éclat la théfe qui lui mérita le titre de maître-ès-arts. De plus grands fuccès encore le fuivirent en théologie, auffi fit-il de cette fcience une étude d'autant plus férieufe, qu'il la jugeoit plus néceffaire à l'état eccléfiaftique auquel il fe deftinoit. La lecture de l'écriture fainte, des conciles & des peres l'occupa tout entier jufqu'en 1684 qu'il reçut le bonnet de docteur. Ce fut alors qu'il entreprit de donner

T ij

ner au public l'ouvrage immense qui a fait à son auteur un si grand nom dans le monde sçavant.

» Le dessein de M. Dupin, dit le continuateur de ce
» célebre écrivain, comprend la vie de tous les auteurs
» ecclésiastiques, le catalogue, la critique & la chrono-
» logie de leurs ouvrages, un sommaire de ce qu'ils
» contiennent, un jugement sur leur style & sur leur
» doctrine, & le dénombrement des éditions de leurs
» œuvres. Il renferme aussi des extraits, des actes & des
» canons des conciles, & les principaux points de l'hif-
» toire ecclésiastique ; il fait la vie de chaque auteur,
» non par rapport à la morale, mais par rapport à l'hif-
» toire de leurs tems & à leurs écrits. Il marque leur
» patrie, le tems où ils écrivoient, les principales cir-
» constances de leur vie, quels hérétiques ils attaquoient,
» quelle part ils ont eüe aux affaires de l'églife, & quels
» intérêts ils avoient à ménager. Il distingue exactement
» suivant les régles qu'il a établies dans sa préface les
» ouvrages supposés des véritables ; il indique les ouvra-
» ges perdus & les lieux où l'on peut en trouver des
» fragmens ; il fait des extraits des plus beaux endroits
» des auteurs, donne partout l'argument de leurs livres,
» & remarque les sentimens particuliers qui s'y rencon-
» trent ; il datte les différentes éditions des auteurs &
» des ouvrages, & finit ordinairement chaque siecle
» par un abrégé général de la doctrine, de la disci-
» pline & de la morale.

Un plan aussi vaste, & qui sembloit ne pouvoir être
l'ouvrage que d'une société entiere de sçavans, M. Dupin l'entreprend seul, & ce plan il l'a rempli dans toute
son étendue ; mais non pas à la vérité avec toute l'exactitude qui eût dû répondre à sa diligence. Aussi les trois
premiers volumes de ce grand ouvrage n'eurent pas
plutôt été donnés au public, qu'un sçavant Bénédictin
dom Mathieu Petit Didier attaqua vivement la bibliotheque de M. Dupin, & fit paroître successivement trois
volumes de notes critiques.

Cependant, quelque jugement que l'on porte de cet
ouvrage auſſi-bien que des autres qui ſont ſortis de la
plume de cet illuſtre écrivain , on ne peut, comme le
remarque ſon continuateur, lui refuſer la louange d'avoir
un goût excellent, un eſprit net, précis, méthodique ,
une lecture immenſe , une mémoire heureuſe , une imagination vive , mais réglée , un ſtyle leger & noble , un
caractere équitable & modéré , plein de reſſources dans
les beſoins , porté à la paix , & propre à former des projets de réünion, s'il y avoit eu lieu d'en eſpérer quelqu'une
de la part des communions étrangeres.

Dans le tems même que M. Dupin étoit occupé à
répondre à la critique qui avoit été faite de ſa bibliotheque univerſelle, M. de Harlay archevêque de Paris
fulmina contre le même ouvrage , & obligea l'auteur de
paſſer lui-même condamnation ſur un grand nombre de
propoſitions qui en avoient été extraites, ce qui n'empêcha cependant pas que l'ouvrage ne fût ſupprimé par
une ordonnance publique ; mais il reparut bientôt après
ſous un autre titre.

Le parti que prit M. Dupin dans l'affaire du cas de
conſcience , excita contre lui un orage beaucoup plus
violent. Exilé à Châteleraut il n'obtint ſon rappel qu'en
rétractant ſa ſignature ; mais ſa chaire de profeſſeur
dont il avoit été privé ne lui fut pas rendüe.

De retour à Paris il recommença à ſe livrer à l'étude
avec une nouvelle ardeur , & cette ardeur de même
que la fécondité de ſa plume n'ont fait qu'augmenter
juſqu'au dernier moment de ſa vie. Des diſſertations
hiſtoriques, ſur l'ancienne diſcipline de l'égliſe , des notes
ſur les pſeaumes & ſur le pentateuque , des diſſertations
hiſtoriques chronologiques & critiques ſur la bible, un
traité de la doctrine chrétienne ; une bibliotheque univerſelle des hiſtoriens, & une autre des auteurs ſéparés
de la communion Romaine , une édition des œuvres
d'Optat & de celles de Gerſon, une hiſtoire générale
des Juifs, & une hiſtoire de l'égliſe en abrégé par de-

mandes & par réponses, un traité de la puissance ecclésiastique & temporelle, & quantité d'autres ouvrages
considérables qu'il seroit trop long de détailler ici, furent les fruits de son infatigable application au travail.

Il projettoit de donner une théologie françoise qu'il
avoit autrefois commencée, lorsqu'il fut attaqué de la
maladie dont il mourut le 6 de Juin 1719 dans la soixante-
deuxieme année de son âge. Il fut enterré sous les char-
niers de l'église de S. Severin sa paroisse, où l'on voit sur
un marbre l'épitaphe suivante consacrée à la mémoire
de ce grand homme par le célebre M. Rollin.

Hic jacet
Ludovicus Ellies Dupin,
Sacræ Theologiæ Parisiensis doctor,
Veritatis cultor & indagator non otiosus,
Vetera Ecclesiæ monumenta
Indeffesso labore illustravit.
Regni jura
Et Ecclesiæ Gallicanæ libertates
Acriter non minùs quàm eruditè propugnavit.
Immensà in omni genere lectionis & doctrinæ
Laude conspicuus.
Idemque animo miti ac modesto
Nihil in omni vita visus est oblivisci.
Præter injurias.
Ecclesiæ munitus sacramentis
Obiit sexto die Junii anno R. S. H.
M. DCC. XIX. ætatis verò LXII.

MICHEL LE TELLIER.

MICHEL LE TELLIER, membre honoraire de l'académie des inscriptions & belles-lettres, confesseur du feu roi Louis XIV, naquit auprès de Vire en basse Normandie le seixiéme de Décembre 1643. Dès qu'il fut en âge d'être appliqué à l'étude, il fut envoyé à Caen où il fit ses humanités & sa philosophie chez les Jésuites. Son penchant à la piété, son amour pour les lettres, le déciderent sur l'état de vie qu'il devoit embrasser ; il tourna ses vûes vers la société, étant assuré de pouvoir s'y former également dans la science & dans la vertu ; il s'étoit distingué dans toutes ses classes, & y avoit brillé de façon à faire juger qu'il seroit un jour l'un des plus grands ornemens de la compagnie où il demandoit à entrer, aussi y fut-il reçu avec empressement.

Après ses deux années d'épreuve qui avoient] été uniquement consacrées aux exercices de piété, il fut selon l'usage de sa compagnie, destiné à régenter pendant quelque tems les humanités & la rhétorique. Il fournit cette premiere carriere avec tout le succès que l'on pouvoit se promettre de ses rares talens. Appliqué ensuite à l'étude la théologie, il fit dans cette science les plus grands progrès ; aussi s'y appliqua-t'il avec d'autant plus d'ardeur, qu'il avoit les plus heureuses dispositions pour y exceller, un jugement solide, un génie sublime, vif & pénétrant ; il ne se borna pas à la simple scholastique ; la positive, la morale, la controverse qui devoit lui fournir des armes pour combattre l'erreur, il embrassa tout ; & toutes ces parties il les posseda dans un égal dégré de perfection. Pour juger de la profonde capacité qu'il avoit acquife dans ce genre d'étude, il n'y a qu'à jetter un coup d'œil fur le grand nombre d'écrits théologiques qui font fortis de la plume de ce fçavant Jefuite, ouvrages qui ne font pas moins d'honneur à fon zéle pour la religion, qu'à fon fçavoir.

Son cours de théologie achevé, il fut deftiné à profeffer la philofophie, nouvelle carriere qu'il remplit avec de nouveaux fuccès ; mais ce qui prouve l'univerfalité de fes talens, c'eft qu'après avoir brillé dans toutes les fciences où il avoit été jufqu'alors fucceffivement appliqué, fes fupérieurs qui connoiffoient la beauté de fon génie, jugerent qu'il devoit fe dévoüer tout entier aux belles-lettres, & ils commencerent par le charger de travailler fur Quinte-Curce pour l'ufage de feu Monfeigneur. L'édition que le pere le Tellier donna de cet ouvrage en 1678, ne fervit qu'à confirmer fes fupérieurs dans la haute idée qu'ils s'étoient formée de fon talent particulier pour la littérature ; & c'eft ce qui les détermina à le choifir avec quelques autres Jefuites diftingués par de femblables travaux, pour établir à Paris dans le college de Louis le Grand, une focieté d'illuftres fçavans, qui fuccédât aux Sirmonds & aux Petaus ; mais le pere le Tellier entraîné par fon zéle pour la religion, fe livra à un autre genre d'écrire. Nous donnerons à la fin de cet éloge, le catalogue de fes ouvrages, tel qu'il fe trouve dans le fecond volume de l'hiftoire de l'académie des belles-lettres par M. de Boze.

Le pere le Tellier, après avoir gouverné fucceffivement différentes maifons de fa compagnie, & après y avoir rempli l'emploi de révifeur, paffa à l'adminiftration entiere de fa province, & il fut enfin choifi pour être confeffeur du roi à la place du pere de la Chaife. L'importance de ce miniftere, & le choix d'un prince auffi fage & auffi éclairé que l'étoit le feu roi, forment feuls le plus grand éloge.

Il nous refteroit à rapporter ici tout ce que fa piété

&

& fon zéle pour la religion, lui ont fait entreprendre dans un pofte fi glorieux ; mais la fçavante compagnie qui le forma dans fon fein, ne manque ni d'orateurs, ni d'hiftoriens pour tranfmettre à la poftérité un détail fi intéreffant.

Après la mort de Louis XIV, le pere le Tellier fut envoyé à Amiens, & enfuite à la Fleche, où il mourut le fecond du mois de Septembre de l'année 1719, étant âgé de foixante & feize ans. Il avoit été reçu à l'Académie des infcriptions & belles-lettres, la même année qu'il fut nommé confeffeur du roi.

CATALOGUE DES OUVRAGES
DU R. P. LE TELLIER.

1°. *Réponfes aux principales raifons de la nouvelle défenfe du Nouveau Teftament de Mons*, Rouen 1672. in-8°.

2°. *Avis importans & néceffaires aux perfonnes qui lifent les traductions françoifes des faintes écritures, & particuliérement celle du Nouveau Teftament imprimé à Mons*, Lyon 1675. in-8°.

3°. *Quintus - Curtius ad ufum Delphini*. Parifiis 1678, réimprimé depuis à Londres, 1705. in-8°.

4°. *Obfervations fur la nouvelle défenfe de la verfion françoife du Nouveau Teftament imprimé à Mons*, Rouen 1684. in-8°.

5°. *Défenfe des nouveaux Chrétiens & des Miffionnaires de la Chine, du Japon & des Indes, contre deux lettres intitulées* : la Morale pratique des Jefuites, & l'efprit de M. Arnauld, Paris 1687. in-12.

La même, feconde edition, avec une réponfe à quelques plaintes contre cette défenfe, & une addition, fur la prophétie de S. Hildegarde, Paris 1688. in-12.

6°. *Lettre à M. l'abbé Brifacier fur la révocation qu'il avoit faite de fon approbation, donnée au livre de la défenfe des nouveaux Chrétiens*, 1690. in-12.

Tome I.   V

7°. *Défense des nouveaux Chrétiens & des Missionnaires,* seconde partie , Paris 1699. in-12.

8°. *Réflexions sur le libelle intitulé :* Véritables sentimens des Jesuites touchant le péché philosophique, 1691. in-12.

9°. *L'Erreur du péché philosophique, combattüe par les Jesuites ,* Liege 1691. in-12.

10°. *Avis à M. Arnauld sur la* IV*e dénonciation & sur la nouvelle censure de ses erreurs , qui viennent encore d'être condamnées à Rome ,* 1661. in-12.

11°. *Lettre pour servir de réponse aux remarques sur la lettre du pere de Vaudripont, Jesuite ,* 1693. in-12.

12°. *Recueil historique des Bulles & Constitutions , Brefs, Décrets & autres Actes , concernant les erreurs de ces deux siècles , tant dans les matieres de la foi , que dans celles des mœurs , depuis le saint concile de Trente ,* 1697 & 1710. in-8°.

13°. *Défense du mandement de M. l'Evèque d'Arras du 30 Décembre 1677 ,* Cologne. (Paris.) 1698. in-16.

14°. *Le Pere Quesnel hérétique dans ses réflexions sur le Nouveau Testament,* 1705. in-12.

15°. Diverses *Homelies du Pape Clement XI ,* traduites en françois, & imprimées en différens volumes , des Mémoires ou Journaux des Sçavans.

16°. Le pere le Tellier a contribué conjointement avec le pere Pierre Bernier à la traduction *du Nouveau Testament,* faite par le pere Bouhours , & imprimée à Paris en deux volumes in-12 , dont le premier tome parut en 1697 , & le second en 1703.

Il avoit été choisi pour continuer *les Dogmes Théologiques du pere Petau* ; il s'attacha au traité de la pénitence qu'il a achevé.

EVSEBE RENAVDOT.

EUSEBE RENAUDOT, prieur de Froſſay en Bretagne & de S. Chriſtophe de Châteaufort, l'un des quarante de l'académie françoiſe, membre de celle de la Cruſca de Florence & de celle des inſcriptions & belles-lettres, naquit à Paris le 20 Juillet 1646. Il étoit petit-fils du fameux Théophraſte Renaudot, qui le premier introduiſit en France l'uſage des gazettes pour leſquelles il obtint un privilege de Louis XIII qui fut confirmé par Louis XIV : ſes deux fils Iſaac & Euſebe Renaudot les continuerent juſqu'à l'année 1680.

Cet Euſebe Renaudot mourut en 1679 premier médecin de monſeigneur le Dauphin ; il eut quatorze enfans, dont l'aîné fut l'abbé Renaudot qui s'eſt rendu ſi célebre par ſa profonde érudition, & par la grande connoiſſance qu'il avoit acquiſe des langues orientales.

Après avoir fait ſes humanités au college des Jéſuites, il fit ſon cours de philoſophie dans celui d'Harcourt, où n'étant encore âgé que de quatorze ans, il ſoutint publiquement des theſes en grec & en latin ; peu de tems après il entra à l'Oratoire, mais il n'y demeura que quelques mois ; il continua cependant toujours de porter l'habit eccléſiaſtique, non qu'il eut deſſein d'entrer dans les ordres ; mais réſolu de conſacrer tous ſes momens à l'étude, il vouloit s'affranchir de tous les devoirs que les gens du monde ont à remplir. En peu de tems il devint un théologien habile, & il fit encore de bien plus grands progrès dans la connoiſſance des langues orientales. On dit qu'il poſſédoit juſqu'à dix ſept langues, & qu'il en parloit le plus grand nombre avec une facilité merveilleuſe.

V ij

Comme l'emploi de premier médecin que son pere exerçoit auprès de monseigneur le Dauphin l'avoit produit de bonne heure à la cour, son esprit, ses rares talens, sa politesse lui concilierent l'amitié & l'estime des personnes les plus distinguées ; de M. le duc de Montausier, du célebre M. Bossuet, de MM. Colbert, Seignelai & de Croissy. M. le prince de Condé & les deux princes de Conti ses neveux l'honorerent aussi de leur confiance.

Cet illustre sçavant a donné plusieurs ouvrages pour justifier que l'église grecque & les autres églises orientales sont d'accord avec les Latins sur la foi du mystere de l'Eucharistie. Le premier livre qu'il publia en ce genre fut une traduction en latin des attestations des églises d'Orient touchant leur créance sur ce mystere. Cet ouvrage que M. l'abbé Renaudot composa à l'âge de vingt-cinq ans a été inséré dans le troisieme volume de son traité de la perpétuité de la foi sur l'Eucharistie. » Ce » seroit, dit M. Arnauld, dans la préface de ce livre, » manquer tout-à-fait à la reconnoissance & à la justice » que de ne pas rendre un témoignage public de l'obli- » gation qu'on a à celui qui a rendu ces actes utiles à » l'église par la traduction qu'il en a faite, & la peine » qu'il a prise d'extraire lui-même des livres orientaux » tous les passages qui sont rapportés dans cet ouvrage. » C'est M. l'abbé Renaudot dont la modestie ne permet » pas d'en dire davantage ; mais la diversité de ces ac- » tes & des livres dont ces extraits ont été tirés, qui » sont écrits les uns en grec vulgaire, les autres en ara- » be, les autres en syriaque, les autres en copte, les » autres en éthiopien font assez connoître l'intelligence » extraordinaire qu'il a de toutes ces langues.

Cet ouvrage de la perpétuité de la foi de l'église catholique sur les sacremens & sur tous les autres points de religion & de discipline que les premiers réformateurs ont pris pour prétexte de leur schisme, prouvée par le consentement des églises orientales, renferme cinq

volumes dont le dernier fut publié en 1713. Le premier est une réfutation des calomnies & des fauffetés
qui fe trouvent dans un livre intitulé : *Monumens authentiques de la religion des Grecs* compofé par Jean
Aymon.

Ce miférable écrivain après avoir été ordonné prêtre
fut aumônier d'un evêque de Maurienne qu'il fuivit
dans un voyage de Rome, où il acquit un titre de pro-
tonotaire apoftolique, & deffervit quelque tems une
cure de campagne. Il quitta enfuite l'églife Romaine
pour embraffer le Calvinifme & paffa en Hollande,
d'où il vint à Paris en 1706, fous prétexte de rentrer
dans le fein de l'églife. Il s'acquit par-là de la protection,
& eut un libre accès à la bibliotheque du roi, où abu-
fant de la liberté qu'il avoit de parcourir les manufcrits
précieux qui y font, il en mutila quelques-uns &
vola l'original d'un fynode de Jerufalem tenu en 1672,
qu'il emporta en Hollande, & qu'il y fit imprimer avec
des notes de fa façon fous le titre de *monumens authentiques* de la religion des Grecs. Ce fut ce livre que M. Renaudot entreprit de réfuter, ce qu'il fit avec autant de
folidité que d'érudition.

Ce fçavant abbé nous a encore donné l'hiftoire des
patriarches d'Alexandrie Jacobites, les homélies de Gen-
nadius patriarche de Conftantinople, de Melece d'A-
lexandrie, de Nectaire de Jerufalem, de Syrigus & de
quelques autres fur l'Euchariftie, une collection de liturgies orientales & d'anciennes relations des Indes & de
la Chine de deux voyageurs Mahométans du neuvieme
fiecle traduites de l'Arabe. Mais il paroît, comme le pere
de Premare Jéfuite le démontre dans le dix neuvieme
recueil des lettres curieufes édifiantes, que M. l'abbé
Renaudot auroit dû ne pas croire auffi légérement, qu'il
a fait, ce qui eft rapporté par ces deux voyageurs Mahométans dont les relations font un tiffu de fauffetés
& de contradictions.

Le grand nom que M. l'abbé Renaudot s'étoit fait

dans la république des lettres lui obtint en 1689 une place à l'académie françoise ; & deux années après il fut reçu à celle des inscriptions. En 1700 il fit le voyage de Rome avec le cardinal de Noailles & entra avec lui au conclave ; Clement XI qui y fut élu, informé depuis longtems du mérite de cet illustre sçavant, lui donna plusieurs audiences particulieres, & l'engagea à demeurer encore sept à huit mois à Rome après le départ du cardinal ; le prieuré de Froffay en Bretagne étant venu à vaquer, le pape lui conféra ce bénéfice que M. l'abbé Renaudot n'accepta qu'après s'en être défendu longtems.

S'il avoit été reçu à la cour de Rome avec les marques de distinction les plus glorieuses, il le fut encore plus honorablement à celle de Florence. Le grand duc ayant été informé du jour de son arrivée envoya ses principaux officiers au-devant de lui, & voulut qu'il logeat dans son palais ; après l'y avoir retenu un mois, & l'avoir comblé de présens, il lui donna des felouques pour le ramener à Marseille. Un honneur au quel M. l'abbé Renaudot ne fut gueres moins sensible, fut celui qu'il eut d'être reçu dans la sçavante académie de la Crusca pendant le séjour qu'il fit à Florence.

De retour en France il recommença à se livrer à l'étude avec plus d'ardeur que jamais. L'académie des inscriptions avoit pris alors une nouvelle face ; chaque conférence qui s'y tenoit étoit marquée par quelque sçavante dissertation.

M. l'abbé Renaudot en donna plusieurs qui ont été insérées dans les mémoires de cette illustre compagnie ; sçavoir de l'origine de la sphere, de celle des lettres grecques, des observations sur les explications que les Anglois ont données de quelques inscriptions de Palmyre, des éclaircissemens sur le nom de Septimia joint à celui de Zenobia dans quelques médailles de cette princesse, & cinq lettres à M. Dacier sur les versions syriaques & arabes d'Hypocrate.

Mais M. l'abbé Renaudot qui regrettoit tous les momens qu'il ne donnoit pas à la composition de ses ouvrages sur les matieres de la religion obtint en 1711 le titre de véteran, & discontinua dès-lors d'assister aux assemblées de l'académie.

Son principal objet étoit de rétablir en France les impressions en langues orientales; il avoit eu sur ce sujet plusieurs conférences avec M. Colbert, de même qu'avec M. le duc d'Orléans régent du Royaume, qui tous deux étoient convenus de l'utilité de ce projet, mais divers changemens arrivés dans le gouvernement le firent échouer.

Peu de tems après que M. de Pontchartrain eut abdiqué la chancellerie, M. de Voisin qui lui succéda ôta à M. Renaudot la pension qu'il avoit sur le sceau dès le tems de M. Boucherat; mais cet illustre sçavant qui n'étoit animé que du seul désir de se rendre utile à l'église n'en continua pas ses travaux avec moins d'ardeur; il donna une traduction latine de la vie de S. Athanase écrite en arabe qui a été insérée dans l'édition des œuvres de ce pere publiées par dom Montfaucon.

Si M. l'abbé Renaudot travailla avec succès pour le bien de l'église, il eut aussi la gloire de rendre d'importans services à l'état dans les différentes affaires où il fut employé, & où il travailla conjointement avec les ministres, principalement en celles de Rome, d'Angleterre & d'Espagne.

Cet excellent homme mourut le premier Septembre 1720, âgé de soixante-dix-sept ans. Il fut inhumé dans l'église de l'abbaye de S. Germain-des-Prés, à qui il laissa sa bibliotheque composée de huit à neuf mille volumes, mais plus considérable encore par un grand nombre de rares manuscrits en langues orientales.

Dans l'éloge que M. de Bôze nous a laissé de cet illustre sçavant, il dit " qu'il étoit d'un jugement net & " solide, que sa critique étoit sûre, d'un tour aisé & na- " turel, quoique méthodique & pressante. L'austérité

» de ſes mœurs , loin de le ſéqueſtrer de la ſociété ci-
» vile ne ſervoit qu'à le rendre plus cher & plus déſiré
» dans celle des gens capables & vertueux. Il ne ſe dé-
» fendoit pas d'y être le fleau des eſprits forts , des eſprits
» vains & des hypocrites, parce qu'il croyoit qu'il étoit du
» bien public de les démaſquer , & perſonne n'étoit plus
» heureux que lui à leur appliquer à chacun dans ſon eſ-
» pece , ces qualifications qui peignent les caraĉteres
» d'après nature. Dans le commerce de l'amitié , il
» étoit d'une tendreſſe & d'une fidélité à toute épreuve;
» ſa piété marquée dans tous ſes ouvrages, l'étoit encore
» bien plus dans ſa conduite. Il avoit d'abord eu un ap-
» partement à S. Denis , puis à S. Germain-des-Prés ,
» où ſuivant les ſaiſons il ſe retiroit le ſamedi & la
» veille des grandes fêtes pour y aſſiſter avec les reli-
» gieux aux offices du jour & de la nuit. Tous les mois
» on diſtribuoit chez lui des aumônes conſidérables , &
» perſonnellement il ne refuſoit jamais un pauvre , ni ne
» le laiſſoit aller ſans lui avoir donné ces inſtructions &
» ces avis que les malheureux ne reçoivent bien que de
» ceux qui ſoulagent leur miſere.

PIERRE

PIERRE-DANIEL HUET.

PIERRE-DANIEL HUET, fous-précepteur de monfeigneur le Dauphin, évêque d'Avranches, & mort doyen de l'académie françoife, prit naiffance à Caen le 8 Février 1630. Il étoit fils de Daniel Huet, écuyer, & d'Ifabelle Pilon de Bertonville ; il n'avoit que dix-huit mois, qu'il perdit fon pere, & fa mere mourut quatre ans après. Mis dans une penfion bourgeoife par fes tuteurs, il y fit fes humanités, & les eut achevées à l'âge de treize ans. Le célebre P. Mambrun fut fon profeffeur de philofophie ; comme il vouloit ainfi que Platon, que fes écoliers commençaffent avant toutes chofes par s'inftruire des premiers principes de la géométrie, M. Huet ne.fe rendit pas feulement habile dans cette partie des mathématiques ; mais il en apprit encore toutes les autres, & en foûtint des thefes publiques.

Au fortir du college, il s'attacha à la philofophie de Defcartes ; mais il n'en fut pas toujours le partifan. Le fameux Bochart, miniftre des Proteftans de Caen, ayant publié fa fçavante géographie toute remplie de grec & d'hébreu, M. Huet plein d'admiration pour la profonde érudition répandüe dans cet ouvrage, ne put s'empêcher de défirer ardemment, que celui qui l'avoit compofée, voulût l'aider du fecours de fes lumieres ; & dans cette vûe il alla lui rendre fes devoirs, & lui demander inftamment fon amitié. L'étude qu'il fit fous la direction de ce grand homme, fut pour lui la fource de cette érudition immenfe qu'il acquit dans la fuite.

Devenu maître de fes biens à l'âge de vingt ans &

Tome I.   X un jour, selon la coûtume de Normandie, il vint à Paris dans le dessein d'y faire connoissance avec ce qu'il y avoit d'hommes les plus sçavans & les plus distingués par leur esprit ; & l'on peut dire qu'il n'y en eut aucun dont il ne s'acquît l'estime. Il eut plusieurs conférences avec les fameux PP. Sirmond & Petau, qui dèslors présagerent qu'il n'iroit pas moins loin qu'eux dans la carriere où ces deux grands hommes se sont rendus si illustres.

Le désir de connoître les sçavans du Nord, engagea deux ans après M. Huet, à se joindre au célebre Bochart, qui étoit appellé en Suede par la reine Christine, mais dont il ne fut pas reçû aussi gracieusement qu'il étoit en droit de se le promettre. La trop grande application que cette princesse apportoit à l'étude, ayant dérangé sa santé, Bourdelot son premier médecin, jugea qu'elle devoit pour se rétablir, s'interdire tout commerce avec les sçavans, ou plûtòt il sçut en habile courtisan profiter de cette circonstance, pour empêcher que la reine ne vît personne, qui pût partager avec lui la confiance dont elle l'honoroit ; mais la grande jeunesse de M. Huet le rendant moins suspect à ce médecin, il lui fut souvent permis de voir cette princesse ; elle lui fit même la grace de le presser de se fixer auprès d'elle ; mais il s'en défendit poliment, & il revint en France après trois mois de séjour à Stokolm, où il copia un manuscrit d'Origene.

En passant par la Hollande, il y fit connoissance avec le fameux Saumaise, dont la femme se vantoit d'avoir pour mari, *le plus sçavant de tous les nobles, & le plus noble de tous les sçavans.*

M. Huet de retour dans sa patrie, se livra à l'étude avec plus d'ardeur que jamais. Reçu dans l'académie des belles-lettres qui avoit été établie pendant son absence, il en fonda une autre de physique. Les momens que ne lui déroboient pas ses fonctions d'académicien, il les employa tous à sa belle traduction d'Origene, qu'il

publia feize ans après fon retour de Suede. Ce fut en
la compofant qu'il eut occafion de travaillet à ces deux
excellens livres, où il traite des regles de la traduction,
& des diverfes manieres des plus célebres traducteurs.

En 1659, la reine Chriftine voulut l'attirer auprès
d'elle à Rome, où elle s'étoit retirée après fon abdi-
cation; & l'année fuivante, il fut follicité de paffer en
Suede, pour y prendre foin de l'éducation du jeune roi,
qui avoit remplacé Charles Guftave fucceffeur de Chriftine; mais ce furent là des offres glorieufes qu'il ne jugea pas à propos d'accepter; & il n'eut pas fujet de
s'en repentir, car en 1670, il fut honoré du titre
de fous - précepteur de monfeigneur le Dauphin. Les
embarras & le tumulte de la cour, ne furent pas capables de rallentir l'ardeur que cet excellent homme eut
toujours pour l'étude. Avare de tous fes momens, il
les confacra tous, ou aux fonctions de fon emploi, ou
à la compofition de fa démonftration évangélique. Il
fut auffi chargé de tracer le plan, & de diriger l'exécution de tous les commentaires qui furent faits à l'u-
fage du Dauphin.

M. Huet avoit réfifté pendant long-tems aux inftances que lui firent plufieurs de fes amis pour l'engager
à demander une place à l'académie; mais enfin il fe
rendit à leurs follicitations, & il fut reçu en 1674 à
la place de M. de Gomberville. M. l'abbé Flechier,
directeur alors de la compagnie, répondit en ces termes à l'éloquent difcours que M. Huet prononça le jour
de fa réception.

» Je fçais, M. lui dit-il, les intentions de l'acadé-
» mie; elle n'entend pas que je vous faffe de fa part
» des exhortations inutiles, elle connoît la paffion que
» vous avez toujours eüe pour les exercices académi-
» ques; apprendre les langues les plus difficiles, con-
» noître les livres & les auteurs, fouiller curieufement
» dans la plus fombre antiquité, ç'ont été vos premiers
» plaifirs, & comme les jeux de votre enfance. Les études

X ij

» continuées de l'un à l'autre soleil, les jours confon-
» dus avec les nuits, l'avidité de tout apprendre & de
» tout sçavoir, les longues lectures où le travail des
» yeux suffisoit à peine au plaisir de l'esprit, ç'ont été
» les emportemens de votre jeunesse.

» Que dirai-je de ces voyages entrepris, non par une
» vaine curiosité de voir des cours étrangeres, ni par
» un désir ambitieux de faire valoir ses talens & d'a-
» vancer sa fortune; mais pour communiquer avec les
» sçavans, & pour voir une reine célebre, qui plus tou-
» chée du désir de sçavoir que du plaisir de régner,
» établissoit la politesse dans des provinces autrefois
» barbares? Que dirai-je de cette modération qui vous
» fit préferer les douceurs de la retraite à l'honneur
» d'instruire ce jeune roi qui remplit aujourd'hui le
» trône du grand Gustave ? Que dirai-je de ces aca-
» démies dont vous avez été un des principaux orne-
» mens, de celles dont vous avez été le chef ? Ne font-
» ce pas autant de gages de l'estime & du zele que
» vous aurez pour l'honneur de cette compagnie, en un
» tems où sa ferveur se renouvelle, & où elle acheve
» ce grand ouvrage qui lui a coûté tant de travaux &
» tant de veilles?

Deux ans après que M. Huet eut été reçu à l'académie, il embrassa l'état ecclésiastique, & prit les ordres sacrés à l'âge de quarante-six ans. Peu de tems
après, sçavoir en 1678, il fut nommé à l'abbaye d'Aunay, où il avoit coûtume de se retirer tous les étés;
ce fut là qu'il composa plusieurs excellens ouvrages,
dont le plus considérable est celui qu'il publia sous le
titre de *Quæstiones Aletanæ*, ouvrage qui seul suffit pour
immortaliser la gloire de cet illustre sçavant.

En 1687, le roi le nomma à l'évêché de Soissons;
mais il n'en prit pas possession, & il n'en avoit pas
même encore les bulles en 1689, lorsque M. Fabio,
Brulart de Sillery nommé à l'évêché d'Avranches, l'engagea à permuter avec lui. M. Huet toujours livré à

l'étude, mena à Avranches la vie qu'il avoit menée dans
sa retraite d'Aunay, c'est-à-dire qu'il se tenoit continuellement enfermé dans son cabinet & dans sa bibliotheque, où il ne souffroit point qu'on vînt le détourner,
c'est ce qui fit dire à quelques-uns de ses diocésains
qui étoient venus pour lui présenter des mémoires, &
auxquels on avoit répondu trois différentes fois, qu'on
ne pouvoit pas voir Monseigneur, parce qu'il étudioit.
Eh pourquoi, dirent-ils, *le roi ne nous a-t'il pas donné un
évêque qui ait fait ses études?* Aussi M. Huet voyant que sa
passion pour l'étude ne pouvoit s'accorder avec les
fonctions de son ministere, se détermina en 1699 à se
démettre de son évêché entre les mains du roi, qui
lui accorda pour dédommagement l'abbaye de Fonte-
nay près de Caen. Il avoit résolu d'y faire son séjour
ordinaire ; mais inquiété par les procès qu'il eut à soû-
tenir, il prit le parti de venir à Paris, & de se loger dans la maison professe des Jesuites, où il passa les
vingt dernieres années de sa vie, partageant son tems
entre la priere & l'étude.

C'étoit sa coûtume de réciter chaque jour le chape-
let en trois fois, un tiers le matin, un tiers à midi, &
un tiers le soir au coup de l'*Angelus* : il avoit aussi ses
heures réglées pour réciter l'office divin ; tous les dimanches, il célebroit le saint sacrifice de la messe, s'y
étant auparavant disposé par le sacrement de pénitence.

Sa principale occupation dans les dernieres années de
sa vie, fut de faire des notes sur la vulgate, c'étoit la
matiere qu'il possedoit le mieux ; aussi dit il lui-même
qu'il avoit lû vingt-quatre fois le texte hébreu, en le
confrontant avec les textes orientaux ; & il ajoute que
depuis 1681 jusqu'à 1712, il n'avoit laissé passer aucun
jour sans donner trois ou quatre heures à l'étude de l'é-
criture-sainte ; s'il la discontinua, ce ne fut que par
une maladie dont il fut attaqué cette année-là, qui
avoit extrêmement affoibli sa mémoire. Cette maladie
donna occasion au pere Brumoy de faire une belle ode

latine , où ce poëte feint qu'Atropos choquée de voir les gens de lettres s'immortalifer en quelque forte malgré fes loix , s'étoit déterminé à les perdre tous. Déja elle fe difpofoit à couper une trame bien précieufe , lorfque toutes les divinités favorables aux fciences , accoururent vers elle. Apollon lui demanda grace pour un poëte célebre , Uranie pour un interprete fameux des divines vérités , l'éloquence pour un orateur favori , Clio pour un fcrutateur de l'hiftoire ancienne.Des graces de tout pays viennent auffi faire leurs demandes ; la Grecque prie pour un Grec, la Romaine pour un Latin , & ainfi des autres. Aucune de ces divinités ne dit le nom de celui pour qui elle s'intéreffe ; ce qui fait croire à la Parque qu'on veut lui enlever une infinité de fçavans ; elle fe courrouce,& ne leur répond que par un refus. Apollon reprend la parole , & dit qu'il ne demande que le feul Huet , & c'eft lui auffi s'écrient tous les dieux pour qui nous vous prions. Atropos fourit , & furprife de fe voir fi agréablement trompée , elle rend ce fçavant à leurs vœux.

Tel étoit en effet le grand homme dont nous faifons l'éloge ; théologien , géometre , philofophe , hiftorien , orateur , critique , grammairien , il étoit encore excellent poëte : voici le jugement qu'en porte Menage. » M. Huet excelle , dit-il , dans la poëfie latine , & la » diction des meilleurs poëtes du tems de Céfar & d'Au- » gufte n'eft pas plus pure que la fienne. On reconnoît » dans fes dix éclogues , qui font autant de chefs-d'œu- » vres d'invention , un agréable mélange du tour d'Ovide » avec celui de Claudien , le caractere de Lucrece dans » l'*Epiphora* , celui de Tibule dans l'élégie du thé , & » dans les deux autres , celui d'Horace dans fon voyage » de Suede & dans fes odes , & enfin celui d'Aufone » dans le petit poëme du fel. Ce qu'il y a de merveil- » leux , c'eft que l'érudition univerfelle de l'auteur n'a » laiffée nulle trace d'obfcurité ni de féchereffe dans au- » cune de fes pieces , qu'on y remarque en toutes la

» même élégance de style & la même vivacité ; en sorte
» que celles qu'il a faites à quatre-vingt ans & plus
» sont aussi pleines de feu que les poësies de sa plus verte
» jeunesse.

Considérablement affoibli par la maladie dont il fut
atteint en 1712 , & qui le mit hors d'état de fournir
dans la suite à un travail qui exigeât beaucoup de con-
tention d'esprit, il s'occupa à écrire sa vie & à jetter
sur le papier ce grand nombre de pensées détachées
que M. l'abbé d'Olivet a données au public sous le titre
de *Huetiana.*

Cet homme célebre mourut à Paris le 26 Janvier
1721 , âgé de quatre-vingt-onze ans.

Ses ouvrages , outre ceux dont nous avons parlé , sont
un traité de l'origine des Romans ; des remarques sur
Manlius & sur les notes de Scaliger ; une critique de la
philosophie de Descartes ; une dissertation sur la situation du paradis terrestre ; de nouveaux mémoires pour
servir à l'histoire du Cartésianisme ; des poësies latines ; une dissertation sur la navigation de Salomon ; des
notes sur l'anthologie des épigrammes grecques ; les
origines de Caen ; une dissertation sur diverses matieres
de religion & de philologie ; une histoire du commerce
& de la navigation des anciens ; un traité philosophique
de la foiblesse de l'esprit humain ; Diane de Castro , ou
le faux Incas , & une traduction latine , mais non imprimée des amours de Daphnée & de Chloé , que M.
Huet composa à l'âge de dix-huit ans , & une réponse
aussi manuscrite à M. Regis sur la métaphysique de
Descartes.

NOEL ALEXANDRE

Noel Alexandre, docteur en théologie de la faculté de Paris, naquit à Rouen le 19 Janvier 1639. Ses premieres années furent marquées par un goût égal pour la piété & pour l'étude, & il fit dans l'une & dans l'autre de rapides progrés. Diftingué de fes compagnons, autant par la facilité de fon génie que par fon application, il fut pour eux pendant tout le cours de fes claffes un fujet d'émulation. Il les eut à peine achevées, que docile à la voix de Dieu qui l'appelloit à l'état religieux, il entra dans l'ordre de S. Dominique où il fit profeffion le 9 Mai 1655.

Deftiné peu de tems après par fes fupérieurs à venir faire fes études de philofophie & de théologie à Paris, il fournit cette double carriere avec tant de diftinction qu'il fut jugé capable de remplacer fes profeffeurs. Cet emploi qu'il remplit pendant douze années confécutives lui fournit d'éclatantes occafions de fignaler la fupério-riorité de fes talens. Des idées nettes & précifes, un grand fond de folidité & de jufteffe dans le raifonnement, un efprit vif, fubtil & pénétrant qui lui préfentoit fur le champ la folution des queftions les plus difficiles, le firent briller dans une infinité d'actes publics auxquels il eut à préfider, de même que dans ceux qui fe faifoient dans les différens colleges de Paris.

Son zéle animé de l'efprit de fa vocation le livra pendant quelque tems au miniftere de la parole qu'il confidéroit comme une fonction effentielle de fon état; & s'il renonça à la chaire, ce ne fut que parce que fes fupérieurs crurent que la profonde capacité qu'il avoit acquife dans la connoiffance de l'écriture, de la tradi-

tion,

tion, des conciles & des peres le mettoit en état de
fervir plus utilement l'églife par fes écrits, & ce fut-là
auffi la feule occupation de ce grand homme pendant
tout le cours de fa vie.

Dirigé par la volonté de fes fupérieurs il fe fixa donc
à l'étude à laquelle ils l'avoient deftiné, & commença
fa licence après avoir foutenu fa tentative avec les plus
grands applaudiffemens. Il reçut le bonnet de docteur
en théologie de la faculté de Paris le 21 de Février
1675, & fut choifi l'année fuivante pour un des conventuels de la maifon de S. Jacques.

L'éclatante réputation que le jeune docteur s'étoit
faite pendant fa licence lui avoit concilié l'eftime des
perfonnes les plus diftinguées par leur rang ou par leur
mérite. M. Colbert miniftre & fécretaire d'Etat, qui
avoit entendu parler avec les plus grands éloges de la
capacité du pere Alexandre, lui fit l'honneur de le choifir
pour affifter aux conférences eccléfiaftiques établies par
ce grand homme pour l'inftruction de M. l'abbé Colbert
fon fils. Ces conférences furent pour le nouveau docteur
une occafion de faire briller la fupériorité & l'étendüe
de fes lumieres, la jufteffe & la pénétration de fon efprit, & plus que tout cela un art admirable à développer, & à éclaircir les matieres les plus obfcures & les plus
épineufes.

Ce fut à la follicitation même du miniftre que le pere
Alexandre qui avoit été chargé de rédiger par écrit tout
ce qui avoit été propofé dans ces conférences entreprit
de donner un corps entier de l'hiftoire de l'églife. Le
premier volume de ce grand ouvrage parut en 1697,
fous le titre de chefs choifis de l'hiftoire eccléfiaftique
avec des differtations hiftoriques, chronologiques, critiques & dogmatiques. Dans ce premier volume eft
renfermé tout ce qui s'eft paffé de plus confidérable dans
le premier fiecle de l'églife, comme les perfécutions
qu'elle a fouffertes, la fuite des papes qui l'ont gouver-
née, les héréfies qui s'y font élevées, les conciles qui

les ont condamnées, les auteurs eccléfiaftiques qui l'ont défendue ou illuftrée par leurs écrits, & enfin les princes, les rois & les empereurs qui ont régné pendant ce premier fiecle; viennent enfuite de fçavantes differtations qui éclairciffent tout ce qui concerne la foi, les mœurs & la difcipline. Le même ordre eft obfervé dans l'hiftoire des fiecles fuivans. Des fçavans de toutes les nations, un grand nombre d'illuftres prélats, plufieurs cardinaux, le pape Innocent XI lui-même encouragerent le travail de l'auteur par les applaudiffemens les plus glorieux. Peut-être le lecteur ne fera-t-il pas fâché de trouver ici une copie de la lettre que le Cardinal Cibo adreffa à ce célebre écrivain pour lui témoigner la fatisfaction de fa fainteté.

» J'avois déja reçu, lui marque cette éminence, les
» livres de l'hiftoire eccléfiaftique que vous avez publiés,
» lorfqu'on m'a encore remis ceux que vous m'envoyez
» pour être préfentés au fouverain pontife. Sa Sainteté
» qui les a reçus avec beaucoup de bonté a témoigné
» combien elle penfoit avantageufement de votre piété
» & de votre zéle pour la foi catholique, étant bien
» perfuadée que vous ne laiffez pas échapper les occa-
» fions de montrer publiquement avec quelle fermeté
» vous demeurez toujours attaché aux fentimens de
» votre très-faint ordre, foit dans les queftions de difci-
» pline ou de doctrine, furtout lorfqu'il s'agit de l'auto-
» rité & de la dignité du faint fiége. C'eft pour quoi Sa
» Sainteté m'a enjoint de vous donner de fa part la bé-
» nédiction apoftolique, comme une preuve de fa bonté
» paternelle à votre égard.

Cette approbation du fouverain pontife n'empêcha pas que l'ouvrage du pere Alexandre ne fût profcrit par un bref du même pape donné le 13 Juillet 1683; & ce qui occafionna cette profcription fut que l'auteur, en parlant des démêlés entre les papes & les empereurs ou autres princes temporels, n'avoit pas craint de traiter ces matieres délicates, non en fimple hiftorien, mais en

théologien & en théologien François, étant bien éloigné
de penser que les papes eussent quelque autorité ou directe ou indirecte sur le temporel des rois. Confirmé
dans les mêmes principes, il continua à défendre avec
le même zéle les droits des rois contre les prétentions
de la cour de Rome.

Le pere Alexandre après avoir mis la derniere main
à son histoire ecclésiastique, renfermée en vingt-six volumes *in*-4°. entreprit de traiter de la même maniere
celle de l'ancien Testament depuis la création du monde
jusqu'à la naissance de J. C. cette histoire est rapportée
de trois façons selon Moyse, selon Josephe, & selon les
auteurs payens; l'auteur fait voir que la vérité pure ne
se trouve que dans la premiere façon, & que dans les
deux autres elle est altérée, ou par les imaginations ridicules des docteurs Juifs, ou par les erreurs grossieres de
la théologie payenne.

A ce nouvel ouvrage succéda une théologie dogma-
tique & morale partagée en cinq livres. Là les dogmes
de la foi & les préceptes de la morale sont traités & ex-
pliqués, non selon les différentes opinions de l'école,
mais selon la doctrine de l'église fondée sur l'autorité de
l'écriture & de la tradition.

Resserrés dans les bornes étroites que nous nous sommes prescrites, nous ne nous étendrons pas sur bien
d'autres écrits qui ont immortalisé la gloire de ce célebre écrivain. Ses réflexions sur la morale de la chaire
& sur les régles de l'éloquence chrétienne, son commentaire sur les évangiles, son abrégé de la foi & de la
morale de l'église, tirée de l'écriture sainte, ses lettres
sur la probabilité, sur la morale & sur la grace, son apologie des Dominicains missionnaires de la Chine, & quantité d'autres ouvrages non moins estimés, ont rendu son
nom illustre dans la république des lettres. » Que l'on
» parcoure, dit l'auteur des réflexions sur les régles &
» sur l'usage de la critique, ce qu'il y a de plus relevé,
» de plus profond & de plus mystérieux dans l'écriture-

Y ij

» fainte,tant du vieux que du nouveau Teftament ; de plus
» épineux, de plus difficile & de plus curieux dans l'hif-
» toire eccléfiaftique & prophane, rien n'a échappé à la
» pénétration de fes recherches.… On peut donc dire,
» ajoute le même critique, que jamais éloge n'a été plus
» jufte que celui des docteurs qui ont approuvé l'hiftoire
» eccléfiaftique de ce grand homme, quand ils l'ont
» appellé une fontaine pure & inépuifable de doctrine,
» où ceux qui font peu avancés, comme les plus fçavans,
» peuvent puifer les eaux de la plus profonde fageffe.
» *Fons eft doctrinæ purus & perennis, exquo non tyronesmodò,*
» *fed & eruditi quique reconditiorem fapientiæ aquam haurire-*
» *poffint.*

Dans une lettre que le pape Benoît XIII adreffe à
cet excellent homme, il lui marque que le tremblement
de terre arrivé à Benevent le 5 Juin 1688, a renverfé
fon palais archiépifcopal & détruit fa bibliothéque, mais
qu'il a heureufement recouvré fes ouvrages, qui lui tien-
nent lieu d'une bibliotheque entiere.

Nous ne rapporterons pas un grand nombre d'autres
témoignages non moins glorieux à la mémoire de cet
illuftre écrivain. Il mourut le 21 d'Août 1724 dans fa
quatre-vingt-fixieme année. Il avoit été pendant quatre
ans provincial de fon ordre,& avoit été honoré d'une penfion par le clergé de France. Il avoit projetté de donner
au public des réflexions fur tous les prophetes ; mais
ayant perdu la vûe fur la fin de fa vie, il fut privé de la
confolation de pouvoir travailler à ce nouvel ouvrage.

PIERRE LE BRUN.

Pierre le Brun, recommendable par la beauté de
son génie, & par son érudition, naquit à Brignole
en Provence, le 11 Juin 1631. Plein d'ardeur pour l'étude
& pour la piété, il fit dans l'une & dans l'autre de
grands progrès dès son enfance. Agé de dix-sept ans,
il entra dans la congrégation des peres de l'Oratoire, dont il devint un des principaux ornemens par
ses vertus & par ses écrits.

Un esprit juste, facile & pénétrant, le rendoit propre à réussir dans les sciences les plus sublimes ; aussi
s'y appliqua-t'il avec les plus glorieux succès. Son cours
de théologie achevé, il fut destiné par ses supérieurs
à aller enseigner la philosophie à Toulon, & il fut
de-là envoyé à Grenoble pour y professer la théologie dans le séminaire établi par M. le cardinal le Camus.

Ce vertueux prélat, juste estimateur du mérite, connut bientôt celui du pere le Brun, & ne tarda pas à
l'honorer de son amitié & de son estime ; & c'étoit là
un tribut que le pere le Brun étoit en droit d'exiger
de tous ceux qui le connoissoient. Une grande innocence de vie, une piété tendre, un zele ardent pour
la gloire de l'église, une humilité profonde, relevoient
dans lui l'éclat de ses rares talens.

En 1690, ses supérieurs l'appellerent à Paris pour y
continuer dans le séminaire de S. Magloire, les mêmes
fonctions dont il s'étoit glorieusement acquitté pendant
deux ans dans celui de Grenoble ; & dans la suite ils
le destinerent à faire des conférences sur l'histoire ecclésiastique, dont le pere le Brun fit pendant toute sa vie

sa principale étude. Ce fut là auffi une science qu'il porta
au plus haut dégré de perfection ; peut-être suffiroit-
il d'en apporter pour preuve les excellentes differtations hiftoriques & dogmatiques que ce fçavant homme a publiées fur les liturgies de toutes les églifes du
monde chrétien, au fujet de la meffe, fur le tems auquel ces liturgies ont été écrites, comment elles fe font
répandües & confervées dans tous les patriarchats, fur
leur uniformité dans tout ce qu'il y a d'effentiel au facrifice, & comment cette uniformité a été abandonnée par les Sectaires.

Quelque vafte que foit un fi grand deffein, il fe trouve
heureufement rempli dans toute fon étendüe. L'auteur
remonte dans cet excellent ouvrage jufqu'à l'origine
des prieres & des cérémonies de la meffe, il en développe le fens & les raifons, & découvre ce qu'elles renferment de plus myftérieux & de plus profond. Le confentement de toutes les églifes chrétiennes fur l'effentiel du facrifice, fur la préfence réelle, fur la tranfubftan-
tiation, fur l'invocation des faints, fur la priere pour les
morts, & généralement fur tous les dogmes exprimés
dans la liturgie de l'églife Romaine, & fur les principales
cérémonies de la meffe ; eft démontré avec une évidence fupérieure à toutes les difficultés qu'on pourroit
oppofer. Cet important ouvrage fut le fruit des plus
exactes recherches & du plus long travail ; le pere le
Brun ne l'ayant compofé qu'après avoir parcouru la
plus grande partie des archives du royaume & de la
Flandre. Il pouffa même fes courfes jufqu'à Cologne ;
& avec la protection des miniftres des affaires étrangeres, & des ambaffadeurs du roi à la Porte, il fit venir de Rome & du Levant un grand nombre de mémoires fur fur les différentes liturgies.

Sur ce que le pere le Brun avoit avancé dans une de
fes differtations, que la confécration de l'euchariftie fe
fait conjointement par les paroles de l'inftitution de

l'euchariftie , & par la priere de l'invocation que le prêtre fait au nom de l'eglife , il fe vit attaqué par plus d'un auteur, ce qui occafionna bien des écrits qui furent publiés de part & d'autre; mais qu'il feroit trop long de rapporter ici.

Les autres ouvrages un peu confidérables du pere le Brun , font fa concordance des tems pour l'intelligence des auteurs eccléfiaftiques des huits premiers fiécles, fon hiftoire critique des pratiques fuperftitieufes , qui avoit été précedée de quelques lettres fur ce que l'on doit penfer de la baguette divinatoire. Le pere le Brun prétend démontrer , ou qu'il n'y a que fourberie dans l'ufage de cette baguette , ou que fi les effets qu'on lui attribüe font réels , ils ne font point naturels , & qu'il faut les attribuer à quelque mauvaife intelligence.

Ce fçavant homme mourut le 6 Janvier 1729 , étant âgé de foixante-fept ans.

SIMON GOURDAN.

SIMON GOURDAN, illuſtre par l'éminence des ſublimes vertus qu'il a conſtamment pratiquées pendant tout le cours de ſa vie, étoit fils d'Antoine Gourdan, ſecrétaire du roi, & de Marie de Villaines. Il naquit à Paris le 27 Mars 1646, & fut baptiſé le lendemain dans l'égliſe paroiſſiale de S. Jean en Greve. La maiſon paternelle fut pour lui une école de ſainteté. Madame ſa mere devenüe veuve avant que de le mettre au monde, & chargée ſeule du ſoin de ſon éducation, donna toute ſon attention à le former à la vertu, & elle y réuſſit plus encore par ſes exemples, que par ſes ſages inſtructions.

On rapporte de cette vertueuſe dame, qu'elle porta ſi loin l'exactitude à remplir dans toute leur étendüe tous les devoirs de la religion, que quoiqu'elle fût d'un tempéramment extrêmement délicat, jamais on ne put la réſoudre à ſe diſpenſer de l'abſtinence des vendredis & des ſamedis pendant le tems de ſa groſſeſſe, ni même pendant celui de ſes couches. Sous une telle mere, le jeune Gourdan fit dès ſes plus tendres années de grands progrès dans la piété. Animé du déſir de ſa perfection, de bonne heure il tourna ſes vûes vers la retraite, & il renonça au monde avant que d'en avoir éprouvé la corrruption; à peine âgé de quinze ans, il entra dans l'abbaye de S. Victor de Paris ſur la fin de l'année 1660, & y fit profeſſion le 16 Avril 1662.

L'eſprit de piété qui l'avoit conduit en religion, lui en fit remplir tous les devoirs avec la ferveur la plus édifiante, & elle redoubla, lorſqu'il fut engagé dans le

ſacerdoce;

ſacerdoce ; ce n'en fut pas aſſez pour lui de la ſcrupuleuſe fidélité avec laquelle il avoit gardé juſqu'alors les
premiers engagemens qu'il avoit contractés ; plus il avançoit dans la perfection , plus augmentoit dans lui le déſir qu'il avoit de s'élever à un plus haut dégré de ſainteté. La nouvelle réforme établie dans l'abbaye de la
Trappe, les exceſſives auſtérités qui s'y pratiquoient,
inſpirerent à M. Gourdan le deſſein d'aller ſe préſenter au ſaint réformateur, pour être reçu dans ſa maiſon , où le pere le Nain ſon confrere s'étoit retiré depuis quelques années , & où il vivoit dans une haute
réputation de vertu.

M. l'abbé de Rancé , non moins diſtingué par ſa prudence , que par la pénitence de ſa vie , ne put refuſer ſon admiration au zele du nouveau proſélyte ; mais
il ne crut pas devoir ſe prêter à ſes déſirs ; il le con-
firma au contraire dans ſa premiere vocation , en lui
repréſentant que c'étoit là l'état où il pouvoit le plus
utilement employer ſes talens à la gloire de Dieu , & à
l'édification du prochain, & les faire en même-tems ſervir à ſa propre ſanctification.

M. Gourdan de retour à S. Victor , y mena une
vie peu différente de celle qu'il s'étoit propoſé de mener
à la Trappe ; enſeveli dans la retraite , il y paſſa ſes jours
dans une entiere abnégation de ſoi-même, dans une auſ-
tere mortification des ſens, & dans la continuelle méditation des grandes vérités du ſalut. Outre le tems
qu'il accordoit chaque jour à la récitation de l'office
divin , & à la célébration de nos ſaints myſteres, il avoit
encore des heures réglées qu'il venoit paſſer aux pieds
des autels ; & là abîmé dans la contemplation, il répandoit ſon cœur dans le ſein de Dieu. Il pouſſa ſi loin
l'amour de la retraite , que depuis ſon retour à S. Victor , il ne lui eſt arrivé qu'une ſeule fois de ſortir de
cette maiſon ; encore cette ſortie fut-elle l'effet de ſon
zele & de ſa ſoûmiſſion à la volonté de ſes ſupérieurs.
Ceux-ci informés qu'un miniſtre de la religion prétendüe

réformée avoit témoigné un défir extrême de s'entretenir avec l'homme de Dieu dont il avoit fouvent entendu loüer l'éminente piété, ajoutant qu'il étoit le feul
homme qui pût opérer fa converfion, s'il étoit vrai
qu'il fût dans l'erreur, ils engagerent M. Gourdan à lui
faire une vifite; mais il n'eut pas la confolation d'en tirer le fruit qu'il s'en promettoit. Il trouva celui qu'il
alloit voir touchant de près à fa derniere heure, & ne
confervant plus aucune connoiffance.

Ce fut par le même efprit de retraite que le faint
homme dont nous parlons s'étoit interdit jufqu'à la
moindre apparition dans le jardin de la maifon. Dans
le même efprit, il s'étoit fait une loi de ne parler à aucune perfonne du dehors, ni les dimanches, ni les fêtes,
ni les jours de jeûne de l'églife, ni pendant tout le tems.
de l'Avent & du Carême.

L'humilité fut toujours une des vertus caractériftiques
des faints; auffi fut-elle la principale vertu de M. Gourdan. Plus fa piété le rendoit grand aux yeux des hommes, plus il s'anéantiffoit devant Dieu. Jamais il ne
voulut accepter ni dignités ni bénéfices, mais ce fut
avec empreffement qu'il fe chargea de l'emploi d'infir-
mier qu'il a rempli depuis l'an 1692 jufqu'à fa mort; &
ce qui lui rendoit cet emploi précieux, c'eft qu'outre
qu'il y trouvoit de fréquentes occafions d'exercer fa
charité, fon affiduité auprès des malades ou des moribonds, l'entretenoit dans la continuelle penfée de la
mort.

L'amour de la mortification fut encore une de fes
vertus chéries. A l'exemple du grand apôtre il réduifoit
fa chair en fervitude pour la rendre plus femblable à
celle d'un Dieu crucifié; le peu d'heures de repos qu'il
prenoit, ce n'étoit jamais que fur une fimple paillaffe
piquée qui compofoit tout fon lit, & toujours il étoit
revêtu d'un rude cilice, & fouvent chargé de divers
inftrumens de pénitence. Sa vie fut un jeûne continuel. Il s'étoit interdit l'ufage de la viande & du vin;

des légumes , quelques œufs formoient son meilleur re-
pas , qui en tout tems n'étoit suivi que d'une collation
bien légere.

Au reste une si grande austérité de vie ne prenoit
rien sur son humeur toujours douce , affable & com-
plaisante , & toujours égale , de façon qu'elle annonçoit
parfaitement le calme & la paix inaltérable qui régnoient
dans son cœur. Sa conversation toujours instructive &
toujours édifiante , & cependant agréable avoit pour ses
jeunes confreres des charmes infinis.

Une piété si sincere & si solide attira à M. Gourdan
la confiance & l'estime des personnes les plus distinguées par l'éclat de leur naissance & par la splendeur
de leur rang ; leurs majestés elles-mêmes lui en ont souvent donné d'éclatantes marques. La haute idée que
l'on avoit de son éminente piété étoit si universellement
répandüe , qu'un grand nombre de personnes de tout
état & de toute condition avoient sans cesse recours à
la sagesse de ses conseils , ou venoient avec confiance
réclamer les secours de ses prieres.

Cet excellent homme couronna par une sainte mort
une vie passée dans le continuel exercice des vertus les
plus précieuses aux yeux de Dieu. Il décéda le 10 Mars
1729 , âgé de quatre-vingt-trois ans , & fut inhumé dans
la chapelle souterraine de la Vierge pour laquelle il eut
toujours la dévotion la plus tendre & la plus affectueuse.

C'est M. le Comte de Châteaurenaud qui a fait poser
la tombe de marbre blanc sous laquelle reposent les os
de ce saint homme. Il a fait aussi graver son portrait au
bas du quel on lit l'épitaphe suivante.

Hic jacet
Pietatis ardentioris ,
Pœnitentiæ severioris ,
Disciplinæ sanctioris ,
Orationum , vigiliarum alacriorum ;
Jejunii asporioris ,

Silentii arctioris,
Solitudinis abditioris,
Vitæ denique castigatioris
   Tenacissimus.
P. Simon Gourdan, Parisinus,
Hujus Abbatiæ sacerdos canonicus professus
   Jubilæus.
Per annos plusquam quinquaginta
   Vix semel egressus;
Postulante moribundo,
Jubente Archipræsule,
Ne domesticum quidem ingressus hortum.
Vel æger vino abstinuit & carnibus.
Inde Victorinos pariter, civesque, ac peregrinos,
Quamdiu vixit,
Tenuit venerabundos.
Obiit annorum plenus meritorumque
Die X Martii M. DCC. XXIX ætatis, LXXXIII,
Professionis LXVII.

On lit sur un des pilliers de la chapelle de la Vierge
une autre épitaphe conçüe dans les termes suivans :

      P. Simonis Gourdan Victorini
         Epitaphium.
Hìc jacet ante aram pietas cui flammea sacrum
Promeruit tumulum, perpetuosque dies
Hic clero, hic populis vixit venerandus & aulæ,
Non alià pietas fronte placere velit :
Sanctum vox populi toto clamavit in orbe,
Si vitam inspicias, vox populi; ipsa Dei.

M. Gourdan a composé plusieurs ouvrages de piété
que l'on peut regarder comme les expressions des sentimens dont son cœur étoit pénétré. Tel est celui qui
a pour titre, le sacrifice perpétuel de foi & d'amour au
très-saint sacrement imprimé à Paris chez la veuve

Etienne 1715. Ce font des élévations à J. C. dans le très-faint facrement, tirées des différens myfteres de fa vie, & des différentes qualités de l'homme-Dieu, avec des afpirations pour la communion, prifes des pfeaumes, graduels, & du cantique des cantiques. On y trouve auffi des élévations fur le facerdoce & le facrifice de J. C. exprimées par les paroles du prophete Malachie en faveur des prêtres.

On a auffi de lui le cœur chrétien formé fur le cœur de Jefus, vol. *in-12.* imprimé à Paris chez Guerin 1722.

Inftruction & pratique pour la dévotion au facré cœur de Jefus *in-12.* à Paris chez Chefnet.

Des méditations en forme d'élévations furtous les livres de l'écriture qui doivent compofer douze volumes dont il n'y en a que deux d'imprimés; le premier en 1727 chez Coignart fur le Pentateuque; ce font des actes d'adoration fur toutes les grandes chofes que Dieu a opérées en faveur de fon peuple, & fur tous les faits rapportés par Moyfe rangés dans le même ordre que dans les livres de la loi, en forte que ce qui eft recit dans l'auteur facré eft ici fentimens & élévations.

Le fecond fur les pfeaumes, a été imprimé en 1729; c'eft comme une paraphrafe perpétuelle fur tous les pfeaumes, rapportée à J. C. dans le S. facrement de l'autel.

On a auffi de M. Gourdan des inftructions & prieres pour la confrairie de S. Jean établie à S. Victor vol. *in-12.* imprimé à Paris chez la veuve Gentil en 1684.

Outre ces ouvrages il a compofé un très-grand nombre d'hymmes & de profes pour différentes fêtes de l'année, & dont plufieurs fe chantent dans l'églife. Il fut chargé par le chapitre général de fon ordre tenu le 29 Août 1690, de compofer un office propre de faint Victor.

On a trouvé parmi fes papiers une traduction des œuvres fpirituelles d'Achard abbé de S. Victor, théologien du XII fiecle.

Il a recueilli en 6 vol. *in-folio* la vie des hommes illuftres de l'abbaye de S. Victor depuis fon origine. Il y parle de fes accroiffemens, des fondations qui y ont été faites, des donations de nos rois, & autres illuftres perfonnages qui y ont donné de leurs biens & y ont choifi leur fépulture. Cet ouvrage n'eft pas imprimé.

JEAN HARDOUIN.

JEAN HARDOUIN, l'un des plus fçavans hommes de fon tems, non moins fameux par la fingularité de fes fentimens, que par la profondeur & l'étendüe de fon érudition, naquit à Quimper en 1646. Après avoir fait fes premieres études avec un fuccès qui répondit à la pénétration & à la facilité de fon efprit naturellement vif & ardent, & en quelque façon univerfel, il entra chez les Jéfuites où il fe propofoit de marcher fur les traces des Sirmonds, des Petaus, des Théophiles Renauds, & des autres hommes célebres qui venoient d'illuftrer cette fçavante compagnie; point de fciences qu'il n'embraffàt, & il fe livra à toutes avec une égale ardeur. Belles-lettres, langues fçavantes, hiftoire, médailles, critique, philofophie, théologie, il voulut tout fçavoir, & l'univerfalité de fon génie jointe à une ardeur extraordinaire pour l'étude lui fit faire des progrès auffi rapides que furprenans dans toutes les fciences auxquelles il s'appliqua.

Les deux premiers ouvrages qu'il publia en 1684 commencerent à établir fa réputation parmi les fçavans. Le premier fut une nouvelle édition des harangues de Thémiftius en grec & en latin, déja données au public par le P. Petau, mais que le P. Hardouin aug-

menta de treize harangues, & qu'il enrichit d'excellentes notes. Son second ouvrage fut de sçavantes dissertations sur les anciennes médailles des peuples &
des villes, accompagnées d'explication dont la singularité souleva contre lui les plus célèbres antiquaires, les Vaillant, les Morel, les Toinard, les Noris,
& quantité d'autres sçavans illustres dans ce genre de
littérature.

Des ouvrages dans le goût d'une érudition toute différente succéderent à ces premieres productions. En
1687 le P. Hardouin fit paroître un écrit qui contient
trois questions sur le baptême. Dans la premiere il recherche le véritable sens de ces paroles de S. Paul dans
le chapitre 15 de la premiere épître aux Corinthiens.
Que feront ceux qui sont baptisés pour les morts. Il prétend
que l'on doit entendre ceux des Juifs & des payens qui
à la vûe des maladies & des morts subites qui étoient
alors fréquentes se hâtoient de recevoir le baptême ;
ainsi selon cet auteur, être baptisé pour les morts ne
signifie autre chose qu'être baptisé à cause du grand
nombre des morts.

La seconde dissertation est sur le baptême donné
avec du vin, qui est une des dix neuf réponses du pape
Etienne II qui dit *qu'un prêtre n'ayant point d'eau s'est
servi de vin pour baptiser un enfant qui étoit en danger de
mort, il n'a fait en cela aucune faute, & que les enfans de-
meureront ainsi baptisés.* Le P. Hardouin soutient que
parmi ces réponses il y en a plusieurs de supposées, &
que celle-ci est du nombre.

La troisieme dissertation est sur la validité du baptême qui auroit été conféré au seul nom de Notre-Sei-
gneur. Le pape Nicolas & avant lui S. Ambroise semblent avoir assuré que les apôtres ont quelquefois ad-
ministré le baptême au seul nom de J. C. mais le sentiment du P. Hardouin est qu'ils n'ont rien voulu dire
autre chose sinon que ceux qui avoient été baptisés
avoient invoqué le nom de J. C. quoique les apôtres

en les baptifant euffent prononcé le nom des trois perfonnes de la Trinité.

Ces trois differtations furent fuivies de l'édition de
la lettre de S. Chrifoftome au moine Cefaire avec une
differtation fur le facrement de l'autel que le pere Hardouin publia en 1689. Il fit paroître l'année fuivante
un autre écrit fous le titre de défenfe de la lettre de
faint Chrifoftome. Ce fut dans ce livre que le P. Hardouin commença à infinuer fes idées fingulieres fur les
auteurs. Il dit qu'il eft convaincu *que Facundus Liberatus,
Marius Mercator, Victor de Tunone, Caffiodore, Ifidore que
l'on veut être l'auteur du livre des écrivains eccléfiaftiques ; que
tous ces prétendus Affricains, Italiens, Efpagnols avec
quelques autres font nés en France, & qu'ils ne font pas à
beaucoup près fi vieux qu'on les croit.* Il ajoute, *que de
tous les ouvrages qui portent le nom de Juftin il n'y a que le
dialogue contre Triphon qui foit véritablement de lui, & que
tout le refte eft fuppofé.* Il paroîtra fans doute furprenant
que l'extravagance d'un fyftême auffi fingulier & auffi
bizarre ait pu échapper à la pénétration d'un auffi grand
homme. Dans fa differtation fur les médailles des Héro-
diades qu'il publia en 1693 il avance encore d'autres
paradoxes non moins infoutenables ; il prétend qu'à la
réferve des ouvrages de Ciceron, de l'hiftoire naturelle
de Pline, des géorgiques de Virgile, des fatyres & des
épîtres d'Horace, généralement tous les autres ouvrages des auteurs profanes, qui jufqu'à préfent ont paffé
pour anciens, ont été fabriqués dans le XIII fiecle.

Un pareil fyftême ne pouvoit manquer d'exciter dans
la république des lettres un foulevement général contre fon auteur. Le P. Hardouin ne trouva même parmi
fes confreres que des cenfeurs qui le défavouerent & le
condamnerent. Mais la fociété ne s'en tint pas là ; elle
exigea que le P. Hardouin donnât une rétractation publique qu'il ne put refufer.

Long-tems avant l'éclat que fit fon fyftême, ce célebre écrivain avoit donné en 1685 Pline le naturalifte

à

à l'ufage de monfeigneur le Dauphin, & en 1723 il en
donna une nouvelle édition en plufieurs volumes *in-
folio*, enrichie d'une quantité prodigieufe d'excellentes
notes marquées au coin de l'érudition la plus vafte & la
plus profonde.

Un autre ouvrage immenfe de ce grand homme fut
fa nouvelle édition des conciles en douze volumes *in-
folio* qu'il publia en 1715, & qu'il avoit entreprife à la
follicitation du clergé du royaume dont il recevoit une
penfion annuelle.

Les autres ouvrages de ce célebre écrivain font en
trop grand nombre & font en même tems trop connus
pour que nous entrions fur ce fujet dans un plus long
détail. Agé de quatre-vingt trois ans, & toujours livré
à l'étude, il travailloit à une réfutation des différens
écrits que le P. Courayer chanoine régulier de la congrégation de fainte Genevieve avoit publiés fur la validité des ordinations des Anglois, lorfqu'il mourut le
3 de Septembre 1729.

MICHEL LE QUIEN.

MICHEL LE QUIEN, l'un des plus grands ornemens de l'ordre de S. Dominique, naquit à Boulogne-fur-mer, le 8 Octobre 1661. Son pere riche négociant de cette ville donna tous fes foins à fon éducation, & le jeune le Quien de fon côté répondit à ces foins par des mœurs douces & réglées, & par une grande application à fes devoirs. Après avoir fait avec beaucoup de fuccès fes humanités dans fa patrie, il fut envoyé à Paris pour y faire fon cours de philofophie au college du Pleffis. Bientôt il fe diftingua de fes condifciples autant par fa fageffe que par fon ardeur pour l'étude. L'un d'entre eux, M. l'abbé de Lorraine mort évêque de Bayeux, ne dédaigna pas de rechercher fon amitié, & l'a depuis conftamment honoré de fa confiance & de fon eftime.

Le jeune le Quien dont toutes les vûes furent toujours tournées vers la piété, ne confulta qu'elle feule dans le choix de l'état de vie qu'il devoit embraffer. Plein de vénération pour l'ordre de S. Dominique, qu'il regardoit comme une excellente école de toutes les vertus, il demanda avec ferveur d'y être reçu; fa perféverance lui obtint l'accompliffement de fes vœux. Agé de vingt ans, il entra au noviciat, & fournit cette premiere carriere de la religion avec la plus édifiante piété; il ne fe diftingua pas moins dans le cours de fes études. Le célebre pere Maffoulié fi connu par l'excellent ouvrage qu'il a publié fur le dogme de la grace efficace par elle-même, cultiva avec foin les heureufes difpofitions que le pere le Quien avoit pour les langues, & commença par lui apprendre l'hébreu; à cette étude

notre fçavant Dominicain joignit celle du grec & de
l'arabe , & fe livra enfuite tout entier à la lecture
de l'écriture-fainte, des conciles & des peres,fans négliger
la critique où il fe rendit fi habile , que n'étant âgé
que de trente ans, il ofa entrer en lice avec le fçavant pere Pezeron, qui avoit entrepris de rétablir la
chronologie du texte des Septante, & de la foûtenir
contre celle du texte hébreu de la Bible. Les fçavans
écrits que le pere le Quien publia pour réfuter l'opinion de fon adverfaire, font regardés encore aujour-
d'hui comme la plus excellente défenfe du texte hébreu,
& de la fupputation ordinaire des chronologiftes.

Ces effais furent fuivis d'une traduction latine de tous
les ouvrages de S. Jean Damafcene, avec des differtations & des notes remplies d'une érudition, qui feule
fuffiroit pour affurer à l'auteur un rang diftingué parmi
les plus illuftres fçavans de fon fiecle. Une gloire du
moins qu'on ne peut lui refufer, c'eft que fa traduction la plus exacte, la plus complette & la plus intéreffante de toutes celles qui avoient été données jufqu'a-
lors, fera toujours admirée comme un modéle de perfection en ce genre.

La capacité de ce célebre écrivain ne fe fait pas moins
fentir dans un autre ouvrage, que fon zéle pour la
gloire de l'églife Romaine lui fit entreprndre. C'eft la
réfutation du livre de Nectaire patriarche de Jerufalem , touchant la primauté du pape. On trouve dans
l'écrit de ce patriarche, un auteur fin & fubtil qui fçait
donner à la plûpart de fes preuves & de fes raifonnemens un tour artificieux & impofant ; auffi ne peut-on
nier que les charmes trompeurs de fon éloquence, n'ayent
beaucoup contribué à fortifier lesGrecs dans leur fchifme ;
c'en fut affez pour animer le zéle du pere le Quien.
Trop pénétrant pour ne pas fentir le piége qui étoit
tendu à la crédulité des Grecs fchifmatiques, il tâcha
de le découvrir , & de montrer la foibleffe même des
rufes de fon auteur ; & il faut convenir qu'il l'a fait
avec fuccès.   A a ij

Ce fut par un même principe de zéle qu'il s'éleva vivement contre le sentiment du pere le Courayer, qui soûtenoit la validité des ordinations anglicanes. Quelque jugement que l'on puisse porter sur les ouvrages que produisit cette longue dispute, » on ne peut nier, » dit le continuateur de M. Dupin, que l'on ne trouve » dans ceux du pere le Quien, de l'érudition, de l'a- » dresse, du tour, de la subtilité, & tout ce qu'une » imagination heureuse & féconde peut fournir de con- » jectures.

Cet illustre écrivain nous a encore laissé des dissertations sur S. Nicolas évêque de Myre, sur Annius de Viterbe, & sur le *Portus jecius*, avec une histoire abrégée de la ville de Boulogne-sur-mer, & des observations sur le livre intitulé *Petra fidei*, composé par Etienne Javorsky dernier patriarche de Constantinople.

Les divers écrits dont nous venons de parler, étoient pour l'auteur un espéce de délassement qu'il se permettoit dans le tems qu'il travailloit avec une ardeur infatigable au grand ouvrage qui l'occupoit depuis plusieurs années, & dans lequel il se proposoit de donner une notion exacte & détaillée de l'état passé & de l'état présent de toutes les églises de l'Orient, renfermées sous les quatre grands patriarchats de Constantinople, d'Alexandrie, d'Antioche & de Jerusalem, avec une description géographique de chaque diocèse, & des villes épiscopales. On devoit encore trouver dans cet ouvrage, l'origine de ces mêmes églises, leur établissement, leur étendüe, leur jurisdiction, leurs droits, leurs prérogatives, leurs prétentions, la succession & la suite de leurs évêques, leur gouvernement politique, & les divers changemens qui y sont arrivés ; dessein le plus vaste qui pût être conçu, & qui a cependant été exécuté dans toute son étendüe, avec une érudition qui ne laisse rien à désirer pour la parfaite intelligence de l'histoire sacrée & profane de ces immenses régions.

Ce fut dans le commencement de l'impreſſion de ce grand ouvrage, que l'auteur mourut le 12 Mars 1733, étant âgé d'environ ſoixante-douze ans. Sa vie fut toujours ſimple & uniforme, la priere & l'étude en partagerent tous les momens; prodigue de louanges en faveur de la vertu & du mérite, il ne pouvoit ſouffrir celle que l'on ne pouvoit refuſer à la ſupériorité de ſon mérite; on lui a ſouvent oüi dire que la véritable ſcience enſeignoit à être humble; il aimoit à apprendre de tout le monde, & ſouvent il avouoit avec ſimplicité qu'il s'étoit mépris.

RENÉ-JOSEPH DE TOURNEMINE.

L'Eloge de cet illuſtre ſçavant inſeré dans les mémoires de Trévoux, ſort d'une plume trop délicate, pour que nous oſions entreprendre d'en compoſer un autre qui ne vaudroit pas aſſurément celui que nous allons tranſcrire, & que le lecteur verra ſans doute avec autant de plaiſir que nous en avons à le lui offrir.

» René-Joseph de Tournemine, né à Rennes le 26 Avril 1661, d'une des plus anciennes & des » plus illuſtres maiſons de Bretagne, apporta avec lui » en venant au monde ces qualités précieuſes, qui ſe-» roient l'appanage immuable d'une grande naiſſance, » ſi la nature régloit toujours ſes faveurs ſur les diſtinc-» tions que le bon ordre des ſociétés a établi parmi » les hommes. Une mémoire heureuſe, une imagination » vive, féconde, un goût également ſûr & délicat, un » eſprit étendu & pénétrant, diſpoſerent le pere de » Tournemine à ſe faire un grand nom dans la litté-» rature.

» Le goût de la vertu & de l'étude tourna de bonne

» heure ſes vûes du côté de la ſociété des Jeſuites. Il
» y entra en 1680 à l'âge de dix-neuf ans, après avoir
» fini ſa philoſophie. Il y fournit avec diſtinction les
» différentes carrieres, où le cours des emplois pro-
» pres de ſon état l'engagerent ſucceſſivement : tour à
» tour humaniſte, rhétoricien, philoſophe, théologien,
» il forma dans ces divers genres des diſciples qui firent
» honneur à ſes leçons, comme ils ſe faiſoient gloire
» de devoir à ſes inſtructions le bon uſage de leurs
» talens.

» C'eſt dans ces fonctions variées qu'il puiſa cette
» multiplicité de connoiſſances diverſes, dont la réunion
» forme le ſçavant univerſel. Les belles-lettres, l'élo-
» quence, la phyſique, la morale, la métaphyſique,
» toutes les parties de la théologie, l'hiſtoire ancienne
» & moderne, ſacrée & profane, les médailles, la chro-
« nologie, la géographie, la fable, tout devint de ſon
» reſſort.

» Une moindre érudition entée ſur un diſcernement
» auſſi juſte que celui du pere de Tournemine, auroit
» ſuffi pour former un habile critique. Ses ſupérieurs
» démêlerent aiſément ce qu'il pouvoit en ce genre ;
» & pour le mettre à portée d'exercer cet utile talent,
» ils le chargerent de travailler aux Journaux de Tré-
» voux, ce qu'il fit avec ce grand ſuccès auquel le pu-
» blic a juſtement applaudi. Un ſtyle aiſé, naturel, no-
» ble, nerveux, ſans rudeſſe, brillant ſans affectation,
» varié ſans être inégal ; l'ordre, la netteté avec la-
» quelle il expoſoit ſes idées, relevoient le prix de ſes
» obſervations, & donnoient de la dignité, de l'agré-
» ment même aux diſcuſſions épineuſes où ſon ſujet l'o-
» bligeoit ſouvent d'entrer.

» Ce travail le mit bientôt en correſpondance avec
» tout ce qu'il y avoit de ſçavans de quelque nom en
» Europe. La maniere dont il ſoûtenoit ce commerce,
» ajoutoit à ſa réputation ; & ſes lettres qui étoient
» ſouvent des eſpéces de traités, redoubloient l'eſtime

» que fes autres écrits avoient déja infpiré pour fa per-
» fonne.

» Son ardeur pour le progrès des fciences ne fe bor-
» noit point à en étendre le goût par fon exemple, à
» en approfondir les objets par fes recherches, il fa-
» crifioit le plaifir délicat de réuffir lui-même, à celui
» de faire réuffir les autres. Apôtre de la littérature,
» qu'on me permette ce mot, il fe livroit fans ména-
» gement au plaifir de feconder les talens, & les efforts
» de ceux qui cherchoient à fe fignaler dans cette car-
» riere. Plus empreffé à fe former, à fe préparer un
» jour des rivaux; que les autres ne le font à les écar-
» ter, il applaudiffoit avec plus de joie aux premiers
» effais d'un mérite naiffant, ou aux chefs - d'œuvres
» d'un génie fupérieur & déja mûr, que l'envie n'inf-
» pire de vivacité pour les cenfurer.

» Avec de pareilles difpofitions, il n'eft point furpre-
» nant que le pere Tournemine ait été pendant plus
» de quarante ans le confeil, l'ami, le partifan déclaré
» de la plûpart de ceux, qui dans cet intervalle ont
» travaillé à fe faire un nom dans la république des
» lettres. Un abord facile, des manieres nobles &
» aifées, une converfation vive & intéreffante, un fond
» de complaifance inaltérable, la générofité avec laquelle
» il faifoit fans réferve part de fes lumieres à quiconque
» cherchoit à s'inftruire, rendoient fon commerce
» également utile & agréable. Voilà ce qu'étoit chez
» le pere de Tournemine, l'homme de lettres.

» Mais il n'oublioit pas que cette qualité dans un
» homme de cette profeffion, doit être fubordon-
» née à des vûes encore plus relevées, & n'être envi-
» fagée que comme un moyen de rendre au public des
» fervices plus intéreffans, que celui de former des fça-
» vans. Le pere de Tournemine fçavoit l'art de mé-
» nager fans contrainte & fans affectation dans les
» entretiens ordinaires, & dans fon commerce lit-

» téraire, les intérêts de Dieu & de la religion, de
» ramener naturellement les esprits à ces vérités, ou
» qui confondent l'incrédule, ou qui touchent le pé-
» cheur. On sentoit dans ces rencontres que le cœur
» seul parloit chez lui, & qu'on devoit ces pieuses ré-
» flexions à ses sentimens, & non pas aux bienséances
» de son état.

» Tandis qu'il vécut dans des colleges de sa compa-
» gnie, il fut toujours chargé du soin de ces assem-
» blées qui s'y forment pour élever d'une maniere plus
» particuliere les jeunes gens dans le goût de la piété.
» Persuadé de l'obligation que lui imposoit son état de
» travailler à la sanctification de la jeunesse, il en fit
» toujours le principal objet de son zéle. Il ne bornoit
» pas même ses instructions à cette partie de la jeunesse
» qui fréquente les colléges, il l'étendoit aux séminai-
» res, aux académies, à ces corps où la jeune noblesse
» commence à se former aux exercices militaires. Dans
» toutes les situations où la providence les plaçoit ils
» trouvoient en lui les secours qu'inspire un zéle vrai-
» ment apostolique. Les retraites annuelles qu'il donnoit,
» les exhortations fréquentes qu'il leur faisoit, le grand
» nombre de confessions qu'il entendoit ont produit
» plus d'une fois dans les consciences des changemens
» dont les heureux effets subsistent encore chez plus d'un
» de ses disciples, & dont on trouveroit au besoin des
» garans bien respectables.

» Ce n'étoit pas seulement auprès d'une jeunesse dont
» l'éducation & les sentimens préparoient à son zéle
» un succès plus sûr & plus flatteur qu'il se plaisoit à
» l'exercer ; les provinces, le simple peuple en deve-
» noient l'objet, dès que la volonté de ses supérieurs
» & les souhaits de plus d'un illustre prélat l'appelloient
» dans leurs diocèses. Il se livroit dans ses missions à
» tous les travaux qu'on peut attendre du courage d'un
» ouvrier de l'évangile. Un fond d'éloquence vive, na-

turelle,

» turelle, pathétique, une facilité d'esprit étonnante,
» une constitution robuste & infatigable le mettoient
» en état de suffire à tout.

» Plus sévere pour lui-même que pour les autres, il
» commençoit par pratiquer la morale qu'il leur annon-
» çoit. Sa vie fut toujours dure & laborieuse ; il ne con-
» nut jamais ces douceurs innocentes, ces intervalles
» de repos & d'amusement que les plus gens de bien
» ne craignent pas de se permettre quelquefois, il ne
» se délassoit d'un espece de travail qu'en se livrant à
» un autre.

» Ce caractere de vertu ne le rendoit cependant pas
» farouche ou insensible ; un cœur naturellement tendre
» & compatissant l'intéressoit vivement au malheur
» d'autrui : c'étoit assez qu'on eût besoin de son secours
» pour qu'on en fût assuré. Il comptoit en quelque sorte
» pour un service l'occasion qu'on lui fournissoit d'en
» rendre quelqu'un. Ami délicat & solide, il sçavoit
» joindre à un attachement sincere ces attentions &
» ces soins qui font l'agrément & le charme de l'ami-
» tié ; aussi avoit-il des amis partout ce qu'a la France
» de plus distingué pour l'esprit, la vertu & le rang.

» Un épanchement de bile le fit languir les trois der-
» niers mois de sa vie. Il vit de loin, sans s'en effrayer,
» la mort venir à lui ; il l'envisagea avec fermeté, & ne
» pensa qu'à se préparer au moment où elle décideroit
» de son sort. Il avoit toujours eu l'esprit trop occupé
» de toutes les grandes vérités de la religion pour ne
» pas se livrer dans ces momens aux vives impressions
» qu'elles devoient faire sur un cœur comme le sien.
» L'usage fréquent des sacremens, les sentimens d'une
» patience inaltérable, d'une humble résignation, d'une
» ferme confiance en Dieu & d'une reconnoissance
» tendre pour toutes ses bontés, le disposerent à trou-
» ver grace auprès du pere des miséricordes. Il mourut
» le 16 Mai 1739 dans la soixante-dix-neuvieme année
» de son âge.

Tome I.   B b

Ses ouvrages font 1o un grand nombre d'extraits &
de differtations fur toutes fortes de fujets répandus dans
les Mémoires de Trévoux, non-feulement pendant le
tems qu'il étoit chargé d'y travailler, mais encore dans
des tems poftérieurs.

2°. Des réflexions fur l'athéïfme.

3°. Une differtation fur l'origine des fables.

4°. Une differtation fur l'origine des François.

5°. Une autre enfin fur la derniere cene de Jefus-
Chrift.

6°. Une épître en vers à M. le prince de Dombes.

7°. Un panégyrique de S. Louis prêché devant l'académie françoife.

8°. Un fyftême de chronologie fur toute l'écriture.

9°. Douze differtations qui roulent toutes fur quelque
point de chronologie facrée, fur les années des patriarches, fur les 70 femaines de Daniel, fur les années de
Jefus Chrift.

1o°. Une differtation fur le fameux paffage de Jo-
fephe touchant Jefus-Chrift.

EDMOND MARTENNE.

EDMOND MARTENNE, religieux de la congrégation de S. Maur, illustre par le grand nombre de sçavans écrits qu'il a donnés au public, naquit à S. Jean de Losne, petite ville du duché de Bourgogne en 1654. Ses études achevées avec tout le succès que lui assuroit son application & la facilité de son génie ; âgé de dix-sept ans il entra dans la congrégation de saint Maur, & fit profession dans l'abbaye de S. Remi à Reims le 8 Septembre 1672.

L'extrême passion qu'il eut toujours pour l'étude ne rallentit point sa piété ; s'il s'appliqua à enrichir son esprit des connoissances les plus utiles & les plus variées, son premier soin fut de former son cœur par la pratique des plus excellentes vertus, & surtout de celles qui pouvoient le plus contribuer à lui faire acquérir la perfection de son état ; & ce fut même là la fin qu'il se proposa dans ses premieres études. Pour mieux connoître toute l'étendüe des obligations que sa régle lui prescrivoit, il la commenta après en avoir fait pendant long-tems le sujet de ses méditations. » Cet excellent com- » mentaire que dom Martenne publia en 1690 est tout » ensemble littéral, moral & historique, parce que l'au- » teur, dit M. Dupin, y explique la régle par l'autorité » de plusieurs écrivains qui n'étoient presque connus » que de nom, qu'il y appuie les sentimens de S. Benoit » par la doctrine des saints peres, & qu'il confirme les » faits par la pratique constante des plus anciens reli- » gieux.

Dom Martenne fit paroître la même année un autre ouvrage qui avoit un rapport essentiel au précédent ;

B b ij

ce font deux volumes fur les rites, les ufages, les coûtumes, les ftatuts des plus anciens monafteres. Là font
traités dans un détail également curieux & inftructifs
généralement tous les points qui concernent la difcipline monaftique.

Un autre ouvrage plus intéreffant encore fortit peu
de tems après de la plume de ce célebre écrivain ; il
avoit épuifé la premiere matiere qu'il avoit traitée, &
il épuifa de même celle fur laquelle il s'exerça enfuite.
Je parle de fes fçavans traités fur les anciens rites &
fur l'ancienne difcipline de l'églife ; ouvrage où l'auteur
a fait entrer des découvertes qui ont étonné fon fiecle,
& qui étonneront toute la poftérité ; auffi ne peut-on
nier que ce ne foit le meilleur livre qui ait paru en ce
genre, & c'eft-là le fentiment de ceux-là mêmes qui
font le plus verfés dans la fcience des antiquités eccléfiaftiques. Dom Martenne ne fe contente pas de rapporter fur chaque cérémonie ce qu'il en a trouvé de
marqué dans les canons des anciens conciles, dans les
décrets des papes & dans les divers ouvrages des auteurs eccléfiaftiques, il donne encore de longs extraits
des anciens pontificaux, des facramentaires, des rituels,
des miffels, des bréviaires & autres monumens qui
concernent les cérémonies & les ufages de différentes
églifes.

Ce fut par un fi grand travail, fruit des plus longues
& des plus judicieufes recherches que dom Martenne
fe prépara à en entreprendre un autre qui demandoit
qu'il eût toutes les grandes connoiffances qu'il avoit déja
acquifes. Sa congrégation s'étant chargée à la priere
de plufieurs illuftres prélats du royaume de donner une
nouvelle édition du grand ouvrage que MM. de Sainte-
Marthe avoient publié fous le titre de *Gallia Chriftiana*,
dom Martenne fut choifi par fes fupérieurs pour voyager
dans la plus grande partie des provinces de France, &
y vifiter les archives, afin de rectifier par des actes authentiques un grand nombre de fautes qui s'étoient glif-

fées dans l'ouvrage dont nous venons de parler. Plein d'ardeur pour un travail que fon zele pour le bien de l'églife lui faifoit entreprendre, il parcourut feul en 1708 le Poitou, le Berri, le Nivernois, & une partie de la Bourgogne ; les années fuivantes il vifita avec dom Durand, affocié à fes travaux, la Champagne, la Franche-Comté, le Blaifois, l'Orléanois, le Dauphiné, la Provence, le Languedoc, la Guienne, le Limofin, le pays Meffin, l'Alface, la Lorraine, la Picardie & la Flandre.

Le fruit de tant de fçavantes courfes fut un recueil de plus de deux mille pieces rares qui ont fervi à former la meilleure partie des cinq volumes *in-folio* que dom Martenne publia en 1717 fous le titre de *Tréfor nouveau de pieces anecdotes.* " On peut affurer, difent les " les Journaliftes de Hollande, que ce tréfor, la plus am- " ple des collections qui ait encore paru, fera recherché " tant qu'il y aura des gens de lettres ; & il le fera par- " ticulierement par ceux qui voudront étudier folide- " ment l'hiftoire facrée & l'hiftoire profane, & qui vou- " dront former une chaîne exacte de la tradition des " peres & des auteurs eccléfiaftiques.

De nouvelles courfes que ces deux fçavans religieux entreprirent en 1719, les enrichirent de nouvelles connoiffances ; ce qui les mit en état de donner une collection beaucoup plus ample & non moins utile que celle qu'ils avoient publiée.

Ils ont auffi donné une relation de leurs voyages littéraires qui eft d'autant plus intéreffante que le lecteur y trouve une relation exacte de tout ce qu'il y a de plus curieux dans les différentes provinces où leurs courfes les avoient conduits.

La fcience de l'homme célebre dont nous venons d'ébaucher l'éloge fut toujours éclairée par une piété folide & par un zele attentif à remplir jufqu'aux moindres obfervances de la religion : au milieu des travaux immenfes auxquels il fe livroit, & qui fembloient devoir

remplir tout son tems, il trouvoit celui d'assister régulierement à tous les offices du jour & de la nuit; son
amour pour la retraite la lui faisoit garder avec une
exactitude exemplaire, & c'est par-là qu'il trouvoit le
moyen de suffire à ses entreprises. L'esprit de pénitence
le guidoit dans la pratique de sa régle, & le faisoit en-
cherir sur les austérités qu'elle prescrit. Il étoit aimé &
estimé des gens de lettres, qui n'admiroient pas moins
en lui la simplicité des mœurs que la vaste étendüe de
ses connoissances. Il travailloit à donner deux tomes
des actes des saints de l'ordre de S. Benoît pour servir
de continuation au recueil de dom d'Acheri & de
dom Mabillon; & il espéroit de publier de suite le recueil de la vie & des lettres de S. Thomas de Cantor-
bery, lorsqu'un attaque subite d'apoplexie l'enleva de
ce monde le 20 Juin 1739, âgé de quatre-vingt-cinq
ans dans l'abbaye de S. Germain-des Prés. Il a laissé
manuscrits des mémoires pour servir à l'histoire de la
congrégation de S. Maur, & pour celle de l'abbaye de
Marmoutier.

CHARLES DUPLESSIS D'ARGENTRÉ.

CHARLES DUPLESSIS D'ARGENTRÉ , docteur
de la maison & société de Sorbonne, aumônier
du roi & evêque de Tulles , naquit au Château du Pleſſis ,
dioceſe de Rennes , le 16 Mai 1673 , d'Alexis Dupleſſis
d'Argentré , mort doyen de la nobleſſe des états de Bretagne , & de Margueritte de Tanoarn iſſüe d'une noble
& ancienne famille de la même province.

Un goût extrême pour l'étude fut dès ſon enfance
ſa paſſion dominante , ou plutôt ce fut-là ſa ſeule paſſion
pendant toute ſa vie ; après avoir fait avec éclat ſes humanités dans ſa patrie , il fut envoyé à Paris en 1688
pour y commencer ſa philoſophie au college de Beauvais ſous le célebre M. Vittement , depuis lecteur des
enfans de France , & enſuite ſous-précepteur du roi. Le
jeune philoſophe ſe diſtingua par la pénétration & la
vivacité de ſon eſprit , & brilla encore plus ſur les bãncs
de Sorbonne. Pour être aggrégé à cette illuſtre maiſon ,
pour laquelle il eut toujours une vénération ſinguliere ,
il profeſſa pendant deux ans la philoſophie au college
Dainville , & il commença enſuite ſa licence quil fit
avec tant de diſtinction , qu'aujourd'hui même encore ,
lorſque l'on parle de quelque theſe ſçavante , on croit
en faire le plus ſublime éloge , en diſant que *c'eſt le petit
d'Argentré* , tant fut grande la réputation qu'il ſe fit par
la theſe qu'il ſoutint en 1699 , quelques mois avant que
de recevoir le bonnet de docteur.

Sa piété , bien plus que ſa curioſité , lui fit entreprendre l'année ſuivante le voyage de Rome , où il eut la
ſatisfaction d'être témoin de l'élection & du couronne-

ment du pape Clément XI dont il fut reçu avec toutes les marques de bonté & d'estime les plus flatteuses.

Dès l'année précédente M. d'Argentré avoit été nommé par le roi à l'abbaye de Sainte-Croix de Quincamp, & il obtint en 1702 le doyenné de Laval. Une distinction bien plus glorieuse fut quelques années après la récompense de la supériorité de ses talens, & surtout de son zele à combattre les nouvelles erreurs par un grand nombre d'excellens ouvrages qui sortirent successivement de sa plume. Tels sont ses sçavans élémens de théologie, son analyse de la foi divine, son traité de l'église, & quantité d'autres écrits qui firent considérer leur auteur comme un des plus profonds théologiens de son siecle. L'on peut dire aussi que ce fut à l'éclat seul de son mérite qu'il dut la charge d'aumônier du roi dont il fut pourvu en 1709 ; avec cette distinction glorieuse pour lui, qu'il fut le premier à qui une place si honorable eût été donnée gratuitement.

Uniquement occupé de l'étude, dont il fit pendant toute sa vie ses plus cheres délices, il continua à enrichir le public du fruit de ses veilles. Mais sans faire ici l'énumération des ouvrages de ce célebre écrivain, ce qui nous meneroit trop loin, il nous suffira de dire qu'il est peu d'années de sa vie qui n'ayent été marquées par quelque production considérable de sa façon, qu'il a épuisé presque toutes les matieres de théologie les plus épineuses & les plus difficiles ; qu'ennemi irréconciliable de l'erreur, il l'a combattüe avec succès presque dans tous ses écrits ; peut-être suffiroit-il d'en apporter pour preuve sa grande collection des divers jugemens & condamnations portées généralement contre toutes les erreurs qui se sont élevées depuis le commencement du douzieme siecle jusqu'au siecle présent.

Ce fut en 1715 que M. l'abbé d'Argentré publia cet excellent ouvrage, & il fut sacré la même année evêque de Tulles, dignité dont il remplit les saintes fonctions avec un zele & une édification qui retraçoit la ferveur

&

& la fainteté des premiers pafteurs de l'églife: Les momens que ce vertueux & fçavant prélat ne donnoit pas à l'étude, il les employoit à entendre les confeffions, à vifiter les malades, à affifter les moribonds dont plufieurs réclamoient fa charité, à rompre le pain de la parole de Dieu. Méditations, exhortations, homélies, fermons, panégyriques, fon zele embraffoit tout & fuffifoit à tout.

» Mais le foin qu'il prenoit de fon clergé l'emportoit » fur tout le refte, dit l'auuteur de fon éloge, l'abbé du » Mabaret; de-là l'attention qu'il donnoit à fon féminai- » re, les retraites qu'il établit pour fes curés & pour fes » prêtres, les vifites affidües qu'il faifoit tous les ans dans » divers quartiers de fon diocèfe; de-là ce zele pour re- » médier aux abus, pour ranimer le bon ordre & la » difcipline, pour maintenir chacun dans la fainteté de » fon état, ou pour l'y appeller. Zele vif, zele ardent, » mais auffi zele fans aigreur & fans amertume, zele » au contraire toujours accompagné de patience, plein » de cordialité, foutenu de manieres polies & engagean- » tes, & animé d'une douceur à qui rien ne réfiftoit.

» Tous les vendredis de l'année, il faifoit manger à fa » table un pauvre de l'hôpital, trait qui feul doit faire » juger du cas qu'il faifoit des miférables, & jufqu'où » alloit fa charité.

» Ce que le S. Efprit a dit de Moyfe qu'il étoit cheri » de Dieu & des hommes, on pouvoit le dire de M. de » Tulles. Le meilleur homme du monde, & de la plus » grande fimplicité; parfaitement honnête homme, & » d'une droiture raviffante, bon chrétien, & d'une inno- » cence de mœurs qui ne s'eft jamais démentie en au- » cune rencontre, grand prélat, & avec toutes les qua- » lités que l'apôtre demande.

Cet homme illuftre fupérieur aux plus grands éloges, mourut le 17 Octobre 1749, étant âgé de foixante-dix-fept ans.

BERNARD DE MONT-FAUCON.

BERNARD DE MONT-FAUCON, membre honoraire de l'académie des inscriptions & belles-lettres, issu d'une noble & ancienne famille *(a)* du Languedoc, distinguée dans la province depuis le treizième siécle, eut pour pere Timoleon de Mont-faucon, seigneur de Roquetaillade & de Conillac au diocèse d'Alet, & pour mere Flore de Maignan, fille du baron d'Albieres; il naquit le 17 Janvier 1655 au château de Soulange en Languedoc, où ses parens avoient été appellés par quelques affaires, & fut élevé au château de Roquetaillade.

Après avoir fait ses premieres études dans la maison paternelle, il fut envoyé à Limoux pour les y continuer sous les peres de la doctrine chrétienne. Animé du désir de marcher sur les traces de ses ancêtres qui avoient glorieusement servi leurs princes & la patrie dans la profession des armes, il en prit le parti dès qu'il fut sorti du college, & fut reçu dans le régiment de Perpignan en qualité de cadet; mais il ne fit qu'une ou deux campagnes. La mort inopinée de ses parens, celle d'un officier de distinction, sous lequel il servoit, & qui étoit pour lui un protecteur zélé; & quelques autres événemens fâcheux qui se succéderent de près les uns aux autres, dégoûterent ce jeune guerrier du service, & lui firent tourner ses vûes du côté de la retraite. Le premier état qu'il avoit embrassé, n'avoit point rallenti son ardeur pour l'étude; & ce fut là le motif qui régla son choix. En 1675 il entra dans la

____

(a) Sa famille avoit pour tige les anciens seigneurs de Mont-faucon-le-vieux, premiers barons de Cominges.

congrégation de S. Maur, où les sciences étoient cultivées avec succès, & il fit profession le 13 Mai de
l'année suivante dans le prieuré de Notre-Dame de la
Daurade.

Le jeune profès ne fut pas long-tems sans donner
d'éclatantes preuves de la supériorité de ses talens. L'u-
niversalité de son génie lui fit faire de rapides progrès
dans toutes les études auxquelles il se livra successivement ; belles-lettres, philosophie, théologie, langues
sçavantes & critiques, histoire sacrée & profane, tout
fut de son ressort. Le premier essai qui parut de sa capacité, fut un volume de divers opuscules grecs, qui
n'avoient point encore été imprimés, & dont il donna
une traduction latine, conjointement avec deux de ses
confreres dom Lopin & dom Pouget. On trouve dans
ce recueil, la regle que l'impératrice Irene composa
pour un monastere de religieuses qu'elle avoit fondé.
Le traité de Hieron le géometre, sur les mesures anciennes & nouvelles, la logarique d'Alexis Comnene,
où il est parlé des monnoies, des tributs, des droits
des officiers, & des divers caracteres dont on se servoit
anciennement pour marquer toutes choses ; & enfin
les vies de S. Euthyme, de S. Cyriaque & de S. Etienne
le jeune.

A cet ouvrage qui parut en 1688, succéda deux ans
après l'histoire de Judith, remplie de sçavans éclaircissemens sur l'empire des Medes & des Assyriens. Dans
la derniere partie de ce traité, l'auteur prouve que l'histoire qu'il donne au public, n'est point une histoire
allégorique ou fabuleuse, comme l'ont prétendu quelques écrivains Protestans.

Un ouvrage beaucoup plus vaste que les précédens,
remplissoit depuis quelques années tout le loisir de ce
sçavant religieux, & il le donna enfin en 1698 ; c'est sa
nouvelle édition des œuvres de S. Athanase, dédiée au
pape Innocent XII, & précédée d'une préface où l'auteur traite de la vie de ce saint docteur, de ses écrits,

de ſa doctrine, de ſon zéle à combattre l'erreur, & de la diſcipline de ſon tems.

Dom de Mont-faucon encouragé par le prodigieux ſuccès qu'eut ce grand ouvrage, ne ſongea qu'à acqué-rir de nouvelles lumieres; & dans ce deſſein, il partit pour l'Italie, réſolu d'y faire une étude particuliere des manuſcrits grecs les plus rares, d'où il eſpéroit de tirer de grands ſecours, pour rendre plus parfaites en-core les nouvelles éditions qu'il méditoit de donner au public. Cette étude cependant ne l'occupa pas tout entier ; non moins habile dans la ſcience des antiques, que dans la connoiſſance des langues ſçavantes, il con-ſacra une partie de ſon tems à ſe perfectionner dans ce premier genre de littérature. On trouve dans la re-lation que ce ſçavant religieux a donnée de ſon voyage, la deſcription exacte d'une infinité de monumens pré-cieux, avec les catalogues d'un grand nombre de ma-nuſcrits qui avoient été l'objet de ſes recherches.

Ce fut pendant ſon ſéjour à Rome, où durant deux ans il exerça les fonctions de procureur général de ſa congrégation, qu'il prit la défenſe de la nouvelle édi-tion des œuvres de S. Auguſtin, qui avoit été publiée par quelques-uns de ſes confréres, & qui fut attaquée par différens écrits.

De retour en ſa patrie après trois ans d'abſence, il ne fut pas long-tems ſans faire part au public des ri-ches découvertes qu'il avoit faites dans les bibliothéques d'Italie. Un nouveau recueil d'ouvrages d'anciens écri-vains Grecs traduits en latin, & publiés en deux vo-lumes *in-folio*, en fut le premier fruit. Dans ces deux volumes ſont renfermés les commentaires d'Euſebe de Céſarée ſur les pſeaumes, & ſur le prophete Iſaïe, la topographie chrétienne de Côme d'Egypte, & quelques opuſcules de S. Athanaſe qui n'avoient point encore été donnés au public. Les notes, les diſſertations, les préfaces dont cet excellent ouvrage eſt accompagné, en font le plus grand prix. Là ſont diſcutées avec autant de ſagacité que d'érudition, toutes les queſtions qui peuvent intéreſſer la curioſité du lecteur au ſujet des auteurs dont on lui donne la traduction. On lui fait connoître leur génie, leur ſtyle, leur doctrine, les héréſies qu'ils ont combattües, les conciles où ils ont aſſiſté, & on lui expoſe dans un grand jour, généralement tout ce qu'il peut y avoir d'obſcur dans leurs ſentimens & dans leurs ouvrages.

La paléographie grecque que notre ſçavant Bénédictin publia en 1708, renferme une érudition encore plus étendüe & plus variée. Il y traite non-ſeulement des caracteres grecs, mais auſſi des inſtrumens dont on ſe ſervoit pour écrire, du papier ſur lequel on écrivoit, des écrivains, de leur maniere d'écrire & de leurs obſervations. On trouve dans cet ouvrage les figures des plus anciens caracteres de la langue grecque, des anciens manuſcrits, des obſervations ſur les différentes lettres de l'alphabet grec & ſur leurs liaiſons, des alphabets où tous les caracteres ſont repréſentés ſuivant qu'ils ont été formés en différens ſiécles; & enfin les abbréviations & les notes en uſage pour toute ſorte d'arts & de ſciences. Ce ſçavant ouvrage eſt terminé par une deſcription du mont Athos, & par celle de vingt-deux monaſteres qui ſont ſur cette montagne, publiée en grec vulgaire par le célebre Jean Commene, & traduite en latin par le pere de Mont-faucon.

Cet excellent homme publia l'année ſuivante une traduction en françois, du traité de Philon ſur la vie contemplative, & il y joignit de ſçavantes obſervations, où il prétend faire voir que les Thérapeutes dont il eſt parlé dans cet ouvrage, étoient chrétiens; opinion ſinguliere qui fut vivement combattüe par le ſçavant M. Bouhier de l'académie françoiſe, à qui le pere de Mont-faucon avoit envoyé un exemplaire de ſa traduction de Philon.

Les autres ouvrages de ce célebre écrivain ſont, une édition de tout ce qui nous reſte des hexaples d'Origene, toutes les œuvres de S. Chryfoftôme, les monumens de la monarchie françoife, & l'antiquité expliquée & repréfentée en figures. Il eft traité dans cet ouvrage, des faux dieux, du paganifme, de leurs temples, de leurs autels, de leurs facrifices, des habits & des inftrumens militaires, & généralement de tout ce qui peut fervir à répandre du jour fur l'antiquité profane. Les dix premiers volumes de ce grand ouvrage augmenté depuis de cinq autres volumes *in-folio*, parurent en 1719, & méritèrent à leur auteur une place d'honoraire dans l'académie des infcriptions & belles-lettres; choix glorieux que les fçavantes differtations dont le pere de Mont-faucon a depuis enrichi les mémoires de cette illuftre compagnie, ont pleinement juftifié.

Ce grand homme non moins illuftre par fes vertus, que par fes rares talens & fa profonde capacité, mourut prefque fubitement dans l'abbaye de S. Germain des Prez, le 21 Décembre 1741, étant âgé de quatre-vingt-fix ans.

En 1718, lorfque le premier volume de S. Jean Chryfoftôme parut, le pape Clement XI envoya au pere de Mont-faucon une médaille d'or.

En 1722, l'empereur Charles VI, à qui dom Bernard de Mont-faucon avoit envoyé les quatre premiers volumes de S. Chryfoftôme, écrivit de fa propre main à ce religieux une lettre latine, à laquelle il joignit une médaille d'or de la valeur de 800 livres. Le Comte de Windifgratz, plénipotentiaire de l'empereur au congrès de Cambrai, chargé de faire tenir cette lettre & la médaille au pere de Mont-faucon, lui écrivit en ces ues : *Vous recevrez ci-jointe une médaille de l'empereur mon très augufte maître, & une réponfe de fa main facrée, grace que fa majefté ne fait pas à beaucoup de grands feigneurs; mais que vous méritez autant qu'homme du monde.*

La lettre de Charles VI fait également honneur à la mémoire de ce monarque & à celle de ce religieux. L'empereur dit, en parlant de S. Jean Chrifoftome,

Præstantissimi scriptoris hujus lectione ideo præ cæterisdelecta-
mur quòd acutus non minùs sit sacrarum litterarum interpres ,
quàm formator morum eximius , & docentes æquè ac impe-
rantes instruat.

La fin de la lettre est en ces termes. *Cæterùm non mi-*
reris evenisse sæpius ut mentio de te fieret , ubi de re litterariâ
& eruditorum existimatione sermo nobis fuit. Hoc enim præ-
claræ quæ de te est famæ , editisque tuis debetur quà ut
diu fruaris valde optamus , & gratiam nostram Cæsaream
tibi hisce abundanter deferimus. Viennæ 26 mensis Decembris
1722. Carolus.

En 1725 dom Bernard de Monfaucon reçut de Benoît
XIII une médaille d'argent, accompagnée d'un bref
du 3 Octobre qui roule sur les services que ce religieux
rend à l'église par les lumieres qu'il répand sur les ouvrages des saints docteurs, & en particulier par l'excellente édition de S. Jean Chrysostôme.

Le vaste sçavoir du pere de Montfaucon l'avoit rendu
comme le centre de l'Europe littéraire. Il s'est fait de
son tems très-peu d'ouvrages d'érudition & de critique
sur lesquels on n'ait pas demandé ou pressenti son avis.
On le consultoit de toute part avec d'autant plus de
confiance qu'il joignoit à un goût sûr & à un fond prodigieux de connoissances la bonté du cœur, une modestie naturelle, une douce franchise, & une simplicité
de mœurs que les étrangers surtout ne se lassoient point
d'admirer dans un homme de sa réputation. Les Anglois
dans les lettres qu'il en recevoit fréquemment, l'appelloient *hominum & amicorum optimus.* Ils lui écrivoient
qu'il leur enlevoit la palme dans la carrière de l'érudition.

L'illustre M. Prior en lui recommandant M. Sherrard
grand antiquaire qui avoit parcouru tout l'Orient :
Comme nous voyons , dit-il , avec autant de plaisir que d'ad-
miration tout ce que vous avez déterré & mis dans un si grand
jour des antiquités Grecques & Romaines , nous sommes con-
traints d'avouer que vous avez un droit seigneurial sur tout
ce qui pourra y appartenir.

Aucun fçavant n'a donné au public une auffi grande quantité d'ouvrages que dom Bernard de Montfaucon. Les feuls *in-folio* font au nombre de 44, perfonne depuis le renouvellement de la belle littérature n'a mieux poffédé la langue Grecque ; il avoit auffi appris pour l'intelligence des livres faints l'Hébreu, le Syriaque, le Chaldéen, le Samaritain, & le Copte. Il avoit entrepris l'Arabe ; mais cette langue lui parut demander trop de tems pour le peu de fruit qu'il y avoit à en tirer. Il avoit lu de fuite, & fans rien oublier de ce qu'il s'étoit propofé de retenir, tous les auteurs Grecs & Latins de l'antiquité profane, tous les écrivains eccléfiaftiques des premiers fiecles, tous les hiftoriens de la monarchie françoife, les principaux de ceux des autres nations qui ont écrit en Latin, en Italien, ou en Efpagnol, tous les voyageurs, les meilleurs ouvrages des fçavans fur l'hiftoire ancienne & moderne, & tout ce qui concerne les beaux arts. De cette multitude de connoiffances réfultoit en lui une fupériorité de vûes, de critique & de goût qui l'élevoit au-deffus des préjugés que donne ou que laiffe ordinairement une étude particuliere & bornée.

Ces anecdotes que nous venons de rapporter, & que nous n'avons fait que tranfcrire nous ont été communiqués par un fçavant Bénédictin (*a*) qui pendant plufieurs années a été affocié aux travaux littéraires du pere de Montfaucon.

(*a*) Dom Brice.

Fin du premier Livre.

DISCOURS
SUR LES PROGRÈS
DE L'ÉLOQUENCE DE LA CHAIRE
SOUS LE REGNE
DE LOUIS XIV.

S I nous avons vu les arts & les sciences se perfectionner sous le regne glorieux dont nous donnons l'Histoire littéraire, la perfection qu'ils ont acquise ne doit être regardée que comme l'effet d'une gradation successive de progrès plus ou moins rapides ; mais il n'en a pas été de même par rapport à l'Eloquence de la chaire. Un subit changement la fit passer de l'état le plus obscur à l'état le plus brillant. Et en effet, qu'étoit l'Eloquence sur la fin du XVI siècle ? Pour juger du haut degré de perfection où elle s'éleva presque tout à coup, nous n'avons qu'à comparer ceux d'entre nos Orateurs sacrés qui ont le plus illustré le regne de Louis XIV, avec ceux qui se sont fait le plus grand nom sous les regnes précédens. Le paralelle est aisé à faire. Nous avons les ouvrages des uns & des autres. Les écrits des premiers ravissent encore aujourd'hui notre admiration, & feront des modéles dans tous les siècles où régnera le goût de la vraie Eloquence ; & en parcourant les ouvrages des derniers, ne sommesnous pas tentés de nous demander à nous-mêmes, s'il est possible que

Tome I. Liv. II. Pag. 208.

*le ministere de la parole ait été profané au point que l'on se soit
attaché en quelque façon à en faire un art de divertir le peuple
& de l'amuser? Et n'est-ce pas là le but que semblent s'être proposé nos anciens Orateurs chrétiens?*

Oubliant que la gravité doit être inséparable du caractere d'un
Ministre de l'Evangile, ils ne cherchoient qu'à plaire & à faire
rire, prostituant honteusement leur ministere, en le faisant servir
à la satyre, à la raillerie, à la médisance & au divertissement
du peuple. Ainsi la chaire de la vérité se trouvoit érigée en théâtre.
Les discours que l'on y entendoit n'étoient ordinairement qu'un tissu
de plaisanteries, de bouffoneries, de grossiéretés, d'allusions indécentes, de pensées extravagantes, de comparaisons basses & ram-
pantes, d'équivoques & de jeux de mots souvent non moins contraires à la modestie, qu'à la gravité. Des mouvemens convulsifs,
des contorsions ridicules, des gestes bouffons accompagnoient ces sortes
de discours; & comme ce n'étoit ni au cœur, ni à l'esprit, mais
aux sens & à l'imagination que le prédicateur vouloit parler, il
n'employoit gueres que les seules impressions de la machine pour
toucher ses auditeurs. Familier avec eux, pour mieux se communiquer,
il leur parloit, pour ainsi dire, de plein pied; il descendoit à une popularité basse & grossiere, indigne de la gravité de la chaire chrétienne,
où tout doit se ressentir de la majesté & de la grandeur du caractere
d'Ambassadeur de Jesus-Christ & de Ministre de l'Evangile.

Au reste, l'on s'imagine assez que les prédicateurs de ce tems-
là ne respectoient pas assez leurs auditeurs pour se croire obligés
d'apporter beaucoup de soin à polir & à orner leurs discours. Avan-
turiers dans le métier de la chaire, ils y montoient presque sans aucune
préparation, dans la folle persuasion que le Saint-Esprit parleroit par
leur bouche, comme s'ils auroient dû ignorer qu'avant que de parler,
le Saint-Esprit doit être consulté par la priere, par la lecture des
livres saints, par la méditation profonde des vérités chrétiennes, &
que quiconque attend à penser à ce qu'il faut dire à l'heure &
au moment qu'il le faut dire, tente le Seigneur, & s'expose à être
abandonné à son propre esprit. Or quel ordre, quelle méthode, quelle
dialectique pouvoit régner dans des discours où l'Orateur livré au
feu de son imagination, saisissoit indifferemment tous les objets
qu'elle lui présentoit? De-là ces digressions sans fin qui faisoient
perdre de vue le sujet qu'il s'étoit proposé de traiter.

Ajoutons un autre défaut dont peu de prédicateurs du XVI siécle ont été exempts. Outre qu'ils vouloient être plaisans, agréables, & que par-là ils déshonoroient leur ministere, ils le profanoient encore par une vaine ostentation de sçavoir & de lecture : leur manie étoit d'entasser citations sur citations, & très-souvent sans s'embarrasser si elles pouvoient servir de preuves ou de confirmations aux vérités qu'ils avoient à démontrer ; & ces citations, c'étoient indifféremment & les auteurs sacrés, & les auteurs profanes qui les fournissoient. Après avoir fait parler les Apôtres ou les SS. Peres, on rapportoit de longs passages des philosophes payens ; on citoit même ces derniers & plus souvent, & plus volontiers que S. Paul & que Jesus-Christ même : c'est ainsi que la pédanterie fut portée jusques dans la chaire chrétienne.

Tels furent les Orateurs sacrés du XVI siécle. Auroit-on soupçonné que l'Eloquence eût pu s'élever non par degré, mais presque tout à coup, à ce haut point de perfection où elle est parvenue sous le regne de Louis XIV ? On commença à bannir de la chaire ce vain étalage d'une érudition profane & toujours déplacée, ces plaisanteries indécentes, ces farces bouffonnes, qui déshonoroient la parole divine.

Le langage des Ministres de l'Evangile ne fut plus le langage du peuple ; ce fut un langage tout composé de termes, d'expressions, de tours, de figures, d'images tirées de l'Ecriture-Sainte & des Peres ; sources sacrées où nos Orateurs chrétiens commencerent à puiser ces brillantes lumieres, ces grands mouvemens, cette onction sainte, ces sublimes pensées, ce pathétique, qui faisoient sur le cœur de leurs auditeurs les plus vives impressions : le cœur étoit touché, & la raison éclairée, parce que l'on ne s'attacha plus qu'à parler au cœur & à la raison.

Deux Orateurs illustres, le P. de Lingendes & le P. Senaut, tous deux également recommandables & par l'ardeur de leur zéle, & par la supériorité de leurs talens, travaillerent avec un égal succès à rendre à l'Eloquence chrétienne sa premiere dignité. Le premier né avec toutes les heureuses dispositions qui forment les grands Orateurs, dut moins à l'art, qu'à son zéle & à son génie, qui naturellement élevé lui fournissoit les mouvemens les plus pathétiques & les plus touchans. Le second compta moins sur son génie ; aussi l'Eloquence de la chaire fut-elle pendant toute sa vie le principal objet de ſes études. Les grandes connoiſſances qu'il acquit, il les tranſmit à d'illuſtres Eleves qu'il prit ſoin de former, & qui devenus eux-mêmes de grands maîtres acheverent de rendre à la chaire ſon premier luſtre. Et eſt-il quelque genre d'Eloquence dans lequel ils n'ayent excellé ? Car quoique l'Eloquence n'ait qu'un ſeul but, qui eſt de toucher & de perſuader, elle n'a cependant pas toujours la même forme, ni le même caractere ; la différence des talens & des diſpoſitions particulieres la diverſifie ; tantôt elle s'inſinüe par la douceur de ſes charmes, & tantôt elle triomphe, elle accable par l'abondance & la force des raiſonnemens. Les Bourdaloüe, les la Rüe, les Flechier, les Maſſillon, les Cheminais, quels maîtres, quels modéles chacun dans leur genre ! Le premier ſur-tout ne fera-t-il pas le prédicateur de tous les tems & de toutes les nations ? Et où trouverat-on quelqu'un qui ait poſſédé dans un plus haut degré que lui tous les grands caracteres de la vraie Eloquence, la ſimplicité du diſcours chrétien avec la majeſté & la grandeur, le ſublime avec l'intelligible & le populaire, la force avec la douceur, la véhémence avec l'onction, la liberté avec la juſteſſe, l'ardeur la plus vive avec la lumiere la plus pure ? Avec quelle facilité ne dévelopoit-il pas les plus profonds myſteres de la Religion ? Dans quel beau jour ne mettoit-il pas les vérités de la morale ? Rien n'échappoit à la vivacité & à l'étendüe de ſon imagination. Quel feu dans toute ſon action ſans emportement & ſans violence ! Quelle rapidité, & quel torrent ſans confuſion & ſans déſordre ! Il emportoit, il entraînoit, il enlevoit ; il falloit ſe laiſſer perſuader, ſe laiſſer convaincre ; le libertinage même n'oſoit lui réſiſter ; la raiſon & la Religion étoient en lui de concert. Egalement raiſonnable & chrétien, on le voyoit avec une eſpece d'étonnement déployer toute la force d'une raiſon pure & éclairée, & étaler en même tems tout ce que la Religion a de plus grand, de plus élevé & de plus myſtérieux, pour abbattre & pour captiver la plus fiere & la plus orgueilleuſe raiſon ſous l'obéiſſance d'une foi humble & ſincere. Ami de la vérité juſqu'au trône, jamais la flatterie ne lui ouvrit, ni ne lui ferma la bouche. Avec quelle liberté ſage & modeſte, ſans aucune ombre d'orgueil & de préſomption, au milieu des applaudiſſemens publics, n'exhortoit-il pas, ne conjuroit-il pas, ne reprenoit-il pas ?

Nous trouvons dans les autres Orateurs qui ont le plus illuſtré le

regne de *Louis XIV* de grands maîtres, qui selon la diversité de
leur génie, ont excellé dans divers genres d'Eloquence ; Eloquence
au reste toujours impérieuse & toujours efficace, soit par l'onction,
soit par la force. Les *Cheminais*, les *la Roche* ont porté au plus
haut point de perfection l'art de toucher le cœur & de l'attendrir par
les charmes d'une Eloquence douce & coulante ; les *la Rüe*, les *Mas-*
sillon seront dans tous les tems proposés comme des modéles d'une Eloquence mâle & vigoureuse pour le sublime & le pathétique qui regne
dans tous leurs discours.

  Il étoit encore réservé au siécle de *Louis XIV* de former de
grands maîtres dans un autre genre d'Eloquence qui jusqu'alors
avoit été l'écueil des plus célébres Orateurs chrétiens ; l'on devine
assez que je veux parler ici des Oraisons funebres que l'Eloquence
consacre à la mémoire des rois, des princes, des héros & des autres
hommes illustres qui par leurs vertus ont immortalisé leurs noms.
Est-il un art qui demande plus d'habileté ? Quelle difficulté n'y
a-t-il pas à allier le caractere de *Panégyriste* à celui d'Orateur
chrétien ? « Une Oraison funebre, dit l'Auteur de l'Eloquence
» chrétienne, est un mélange du sacré & du profane ; il faut
» que le sacré ne fasse jamais perdre de vûe le héros qu'on a entre-
» pris de louer, & que le profane ne fasse jamais disparoître l'Ora-
» teur chrétien. » Ne craignons pas de le dire. L'Orateur qui loüe
un héros, s'il veut le louer dignement, doit être lui-même un
héros dans l'art de louer ; & tels ont été les *Flechier*, les *Mas-*
caron, les *Bourdaloüe*, les *la Rüe*. Quelle grandeur, quelle
majesté, quelle force, quelle véhémence n'admire-t-on pas dans
les excellens discours consacrés à la mémoire des héros qu'ils ont
loüés ! Là se trouve réuni tout ce qu'il y a de plus élevé dans
les sentimens, de plus sublime dans les pensées, de plus exact & de
plus pur dans le style, de plus magnifique dans les expressions.

  Ces grands maitres qui sous le regne de *Louis XIV* ont été
les restaurateurs de l'Eloquence de la chaire, on se les propose
encore aujourd'hui pour modéles ; mais plus on s'efforce de les imiter,
plus on s'apperçoit qu'ils sont inimitables ; & de là vient que souvent on les abandonne, parce que l'on désespere de pouvoir atteindre
au point de perfection où ils sont parvenus ; & qu'arrive t il de là ?
c'est que l'on s'égare dès que l'on ne s'attache plus à suivre des guides
si surs. Le goût de la bonne & vraie Eloquence se perd insensible-

ment : on laisse le sublime, le pathétique & le touchant, la véhémence ou l'onction des sentimens, la force & l'abondance des raisonnemens pour courir après de faux brillans, de faux ornemens, qui
ne servent qu'à éblouir le peuple, & à l'amuser. On veut réjouir
l'imagination par des descriptions fleuries, plaire à l'esprit par des
expressions & des figures brillantes, chatouiller l'oreille par des
périodes harmonieuses, par des phrases où tous les mots sont comptés,
toutes les syllabes pesées, c'est-à-dire, que l'on cherche à suppléer
au défaut des pensées par l'abondance & le choix des paroles ;
& pourquoi cela ? c'est qu'il est plus aisé de parler que de penser.
On employe les traits les plus fins, les couleurs les plus vives, les
termes les plus recherchés, les mouvemens du cœur les plus déliés
& les plus imperceptibles pour faire des portraits où personne ne
se reconnoît, & qui ne sont bons qu'à faire admirer l'habileté
du peintre, la délicatesse de sa main, la finesse de son pinceau.
Il y a une popularité qui doit être regardée comme une partie
essentielle de la vraie Eloquence, & qui est autant pour le grand
monde que pour le peuple ; cette popularité consiste à dire des choses
proportionnées aux idées & aux sentimens communs, & à les dire
d'une maniere convenable aux façons communes de penser & de s'exprimer ; & cette popularité que l'on peut dire être souvent liée au véritable sublime, on la néglige, on la méprise. Combien de prédicateurs qui à force de raffiner, de subtiliser, de vouloir dire les choses
d'une maniere extraordinaire, les dépaysent si fort que l'auditeur
n'y comprend rien, & n'y reconnoît plus aucune trace de la nature ?

    Mais n'entrons pas dans un plus grand détail ; souvenons-
nous seulement, que si l'on parle mal, ce n'est que parce que l'on
veut trop bien parler, & que si l'on ne dit que des mots, c'est que
le tems que l'on met à les arranger dérobe tout celui que l'on
devroit employer à penser aux choses que l'on devroit dire.

HISTOIRE LITTERAIRE
DU REGNE
DE
LOUIS XIV.

ÉLOGES HISTORIQUES
Des Orateurs Sacrés.

LIVRE SECOND
HARDOUIN DE PEREFIXE.

ARDOUIN DE PEREFIXE, archevêque
de Paris, commandeur & chancelier des
ordres du roi, proviseur de Sorbonne, &
l'un des quarante de l'Académie Françoise
où il fut reçu en 1654, tiroit son origine
d'une noble & ancienne famille du royaume
de Naples ; mais qui depuis plus d'un siecle étoit établie
dans le Mirebalais. Un esprit sublime & pénétrant,
aidé d'une grande solidité de jugement, lui facilita les
progrès qu'il fit dans l'étude de la philosophie & de la

Tome I.   D d

théologie , il cultiva auffi avec fuccès le talent qu'il avoit
pour l'éloquence.

Après avoir reçu en Sorbonne le bonnet de docteur ,
il fe dévoua à la chaire , & mérita de tenir un rang
illuftre parmi les orateurs facrés les plus célebres de fon
tems ; il dût à la haute réputation que lui acquirent fes
rares talens l'honneur qu'il eut d'être fait précepteur
de Louis XIV. Ce fut pour former ce grand roi à
la vertu qu'il compofa fon livre intitulé : *Inftitutio principis*, ouvrage où fe trouvent généralement toutes les
maximes qui renferment les devoirs d'un roi enfant. Un
autre ouvrage plus important encore eft la belle hiftoire
de Henri IV , écrite avec autant de pureté que d'élégance ; mais ce qui en fait le plus grand mérite , c'eft
que l'auteur femble ne s'être attaché qu'à raffembler
dans cette hiftoire les exemples les plus capables de
faire impreffion fur le cœur & fur l'efprit du prince incomparable , dont l'éducation lui avoit été confiée. La
trrduction qui a été faite de cet ouvrage en Anglois ,
en Allemand & en Hollandois en fait affez l'éloge. De
malins critiques ont ofé avancer que M. de Perefixe
avoit emprunté la plume de Mezerai pour cette hiftoire ;
mais pour peu que l'on veuille faire attention à la différence des ftyles , on demeurera convaincu que c'eft-là
une fauffeté témérairement avancée.

Peu de tems après que M. de Perefixe eût été fait
précepteur du roi , fa majefté le nomma évêque de Rho-
dez , & il fut depuis nommé à l'archevêché de Paris ;
élevé à cette premiere dignité du clergé de France , il
en remplit tous les devoirs avec autant d'édification que
de fermeté. Il recouvra la jurifdiction fpirituelle du
fauxbourg S. Germain , acquit celle de Verfailles , & fit
pour fon églife beaucoup d'autres chofes importantes
que l'on trouvera détaillées dans les mémoires du clergé
de France.

L'illuftre M. de Perefixe mourut le 31 Décembre de
l'année 1670.

JEAN-FRANÇOIS SENAULT.

JEAN-FRANÇOIS SENAULT, général de la congrégation de l'Oratoire, le restaurateur de l'éloquence de la chaire, naquit à Anvers en 1599 de Pierre Senault, sécretaire du roi, fameux par le malheur qu'il eut d'être un des plus zelés partisans de la Ligue. Il s'en fallut bien que son fils héritât de ses sentimens, & c'est une justice que la reine Anne d'Autriche lui rendit souvent, qu'elle ne connoissoit personne en France qui portât plus loin que lui l'attachement à la personne de ses légitimes souverains.

Les heureuses dispositions qu'il avoit reçu du ciel en naissant le distinguerent dans le cours de ses études qu'il commença dans l'université de Douay, & qu'il vint achever dans celle de Paris. Un goût marqué pour les sciences, un grand amour de la vertu le rendirent cher au cardinal de Berule, qui fut charmé de recevoir un si excellent sujet dans l'illustre congrégation qu'il venoit d'établir, & il présagea dès-lors que ce jeune homme seroit un jour un des plus grands ornemens de cette compagnie naissante. Il y fut d'abord employé à professer les humanités & la rhétorique dans différens colleges, & il le fit avec un éclat qui lui attiroit chaque jour de nouveaux disciples. Cette premiere carriere fournie avec les plus heureux succès, le pere Senault se livra tout entier à l'étude de la théologie, & s'appliqua particulierement à la lecture de l'écriture sainte, des conciles & des peres. Ce fut dans ces sources sacrées qu'il puisa ce grand fond de doctrine qui l'a depuis tant fait admirer pendant plus de quarante ans qu'il a passé dans l'exercice du ministere évangelique; la plus grande gloire

D d ij

de cet homme illuftre a été de bannir de la chaire ce
vain étalage d'érudition profane, ces plaifanteries indécentes, ces jeux de mots, ces fades équivoques, qui
deshonoroient la majefté de la parole divine, & que
cependant les orateurs chrétiens les plus féveres fe
croyoient permis, ou pour réveiller l'attention de leurs
auditeurs ou pour fe concilier leur bienveillance. Le
pere Senault fçut trouver l'art de rendre à l'éloquence
facrée cette grandeur, cette dignité, cette nobleffe, cette
fublimité qui en doit être le caractere. Doué de toutes
les qualités qui forment les grands orateurs, pendant
quarante années confécutives, il annonça fans interruption la parole de Dieu à la cour & dans les plus grandes chaires du royaume, & les charmes de fon éloquence toujours perfuafive lui attirerent de toute part un
concours prodigieux d'auditeurs, les reines mêmes furent prefque toujours de ce nombre, toutes les fois
qu'il eut à prêcher dans l'églife de l'Oratoire ; touché,
pénétré plus que fes auditeurs mêmes des grandes vérités qu'il leur annonçoit, il leur arrachoit des larmes
bien plus flatteufes pour lui que n'euffent été les témoignages infructueux d'une ftérile admiration. Le vice,
eût-il été fur le trône même, il l'attaquoit avec toute
la véhémence qui doit caractérifer le zele d'un digne
prédicateur de l'évangile. La régularité de fes mœurs,
l'innocence de fa vie, fon parfait défintéreffement au-
torifoient cette fainte liberté qui ne fervit qu'à le rendre encore plus eftimable dans l'efprit même des cour-
tifans. Ce fut envain qu'il fut vivement follicité d'accepter deux des premieres dignités de l'églife qui lui
furent offertes par la reine mere & par le cardinal de
Mazarin ; fon humilité, fa modeftie les lui firent refufer
conftamment, & il avoua depuis que c'étoit pour lui la
plus douce de toutes les confolations d'avoir perfifté jufqu'à la fin dans un fi généreux refus.

Continuellement animé du défir de rendre fes talens
utiles au falut du prochain, une de fes principales occu-

pations, dès qu'il eut été élu supérieur de S. Magloire fut de
former de jeunes ecclésiastiques, à qui il tranfmit les grandes lumieres que lui avoit acquifes la longue étude qu'il
avoit faite de l'éloquence de la chaire. C'eft de l'école
d'un fi excellent maître que font fortis les le Boux, les
Mafcaron, les Soanen, les Hubert, les de la Roche &
quantité d'autres orateurs célebres qui ont porté au
plus haut point de perfection l'éloquence chrétienne.

C'eft ainfi que l'homme célebre dont nous faifons
l'éloge a fçu, pour ainfi dire, perpétuer fes talens en les
tranfmettant à d'illuftres éleves. Nous devons encore à
fon zele pour la fanctification du prochain les admirables ouvrages que fa piété nous a laiffés, fon traité de
l'ufage des paffions traduit en toutes fortes de langues,
fa paraphrafe de Job, qui, en confervant toute la majefté
& toute la grandeur de fon original, en éclaircit toutes
les difficultés, fon livre de l'homme criminel, celui du
chrétien, fon traité des devoirs du fouverain & un
grand nombre de panégyriques, d'oraifons funebres &
de vies de faints.

Mais les talens de cet homme illuftre ne fe bornoient
pas à inftruire, il excelloit encore dans la fcience du
gouvernement, pendant dix ans qu'il exerça les fonctions de fupérieur général de fa congrégation par les
charmes raviffants de fa douceur, par fa fageffe, par fa
bonté il fçut gagner l'eftime, la confiance, l'amour, la
tendreffe même de fes inférieurs. Auffi fa conduite à leur
égard fembloit-elle être moins celle d'un fupérieur que
celle d'un ami & d'un pere ; il les aidoit de fes confeils,
les foulageoit dans leurs peines, les confoloit dans leurs
afflictions, fe faifoit un devoir d'entrer dans le détail
de tous leurs befoins, il pouffoit même l'indulgence jufqu'à preffentir leur inclination & leur goût lorfqu'il avoit
quelque emploi à leur confier. Le fruit d'un fi fage gouvernement fut que les membres agiffant de concert avec
leur chef, & n'ayant tous qu'une même vue, qui étoit
de rendre leurs travaux utiles, & le chef & les membres

servirent utilement l'église, tandis qu'ils l'édifioient par leur union & par la pureté de leurs mœurs.

Une attaque d'apoplexie enleva de ce monde l'homme célebre dont nous venons de parler. Sa mort arriva le 3 Août 1672, étant âgé de soixante-douze ans; un de ses anciens disciples, M. l'abbé Fromentieres, depuis evêque d'Aire, prononça son oraison funebre en présence de plusieurs grands prélats, & d'un grand nombre d'autres personnes illustres par leur mérite ou par leur rang.

CLAUDE DE LA COLOMBIERE.

CLAUDE DE LA COLOMBIERE, issu d'une famille distinguée dans le parlement de Grenoble, naquit à S. Symphorien, petite ville du Lyonnois en 1641. Dès ses plus tendres années, toutes ses inclinations parurent se tourner vers la piété & vers l'étude. Après avoir fait avec succès ses humanités & sa rhétorique à Lyon dans le college des peres Jesuites, âgé de quinze ans, il entra dans la société, & s'y distingua plus encore par l'éminence de ses vertus, que par la supériorité de ses talens. Fidele à la grace de sa vocation, il en remplit constamment tous les devoirs avec la ferveur la plus édifiante; mais il poussa encore plus loin le zele de la perfection.

Après un certain nombre d'années employées, ou à à l'instruction de la jeunesse, ou à ses propres études, le pere de la Colombiere fut destiné par ses supérieurs à faire une troisiéme année de noviciat selon l'usage ordinaire de la société. Ce fut là où il forma ces résolutions héroïques, dont l'exécution devoit le conduire à la plus éminente sainteté. Quelques gênantes, & quelque multipliées que fuſſent les obligations que la regle lui impoſoit, il s'en preſcrivit à lui-même de nouvelles, & s'engagea par un vœu à les remplir dans toute leur étendue. Une entiere abnégation de ſoi-même, une continuelle mortification des ſens, la pratique de toutes les vertus religieuſes portées au plus haut dégré de perfection; tels étoient les engagemens que ce ſaint homme contractoit, & qu'il ne pouvoit remplir ſans un ſecours extraordinaire de la grace; auſſi marque-t'il dans un écrit qu'il remit entre les mains de ſon directeur. *Je ne m'appuye ni ſur ma réſolution ni ſur mes propres forces; mais ſur la bonté de Dieu, laquelle eſt infinie, & ſur ſa grace qu'il ne manque jamais de communiquer abondamment & d'autant plus, qu'on s'efforce de faire davantage pour ſon ſervice.*

Tel étoit par rapport à la piété, l'homme illuſtre dont j'ébauche l'éloge, & cette pieté étoit accompagnée des talens de l'eſprit les plus eſtimables. Un génie vif & ſubtil, un jugement ſolide, fin & pénétrant, une ame noble, des ſentimens élevés, une façon de penſer qui lui faiſoit enviſager les choſes avec tant de juſteſſe, qu'elles ſe perfectionnoient dans ſon eſprit par le tour qu'elles y prenoient; s'il penſoit finement, il s'exprimoit avec une pureté de langage qui l'a fait conſidérer comme l'homme de ſon ſiecle qui entendoit le mieux les beautés de notre langue; c'eſt le témoignage que lui rend un grand maître dans l'art de parler & d'écrire, le célebre M. Patru, avec qui il a long-tems entretenu un commerce de lettres.

Le pere de la Colombiere envoyé à Paroi après ſa troiſiéme année de noviciat, y vécut en apôtre, & les peuples de la province l'honorerent comme un ſaint. Il ſçut ſi bien profiter de leur confiance & de leur reſpect, qu'il eut la conſolation de gagner à Dieu tous les eſprits & tous les cœurs que ſa bonté, ſa douceur, & la ſainteté de ſes diſcours & de ſes exemples, lui avoient gagné à lui même. Bientôt ſes ſupérieurs ouvrirent un plus vaſte champ à ſon zele. Son alteſſe royale madame la ducheſſe d'Yorck ayant déſiré d'avoir un prédicateur Jeſuite, le révérend pere de la Chaiſe, à qui l'on s'étoit adreſſé pour en choiſir un, plein d'eſtime pour le pere de la Colombiere, le deſtina à remplir un emploi ſi important.

Ce ſaint homme trouva à Londres de nouveaux ſujets d'exercer les ſublimes vertus à la pratique, deſquelles il s'étoit engagé par le vœu dont nous avons parlé. S'il brilla par ſon éloquence qui l'a rendu un des plus célebres orateurs chrétiens de ſon ſiecle, il ſe fit encore plus admirer par ſa pieté & par la vivacité de ſon zele. Les converſions ſans nombre qu'il opéra, ne pouvoient guéres manquer de lui attirer la haine des religionnaires. Accuſé d'être entré dans la chimérique conſpiration qui fut le prétexte de tant d'injuſtices, il fut jetté dans les priſons publiques, où il demeura environ un mois; & enfin par un arrêt du parlement, il fut condamné à un exil perpétuel; il eſt vrai cependant que dans l'interrogatoire qu'on lui fit ſubir, on ne put alleguer contre lui, que les converſions qui avoient été le fruit de ſon zele.

De retour en France, après avoir édifié pendant dix-huit mois la Cour où il venoit d'annoncer la parole de Dieu avec tant de fruit, il ne fit plus que languir dans de continuelles infirmités qui furent une ſuite des rigueurs de ſa pénitence, & des travaux de ſon apoſtolat. Après quatre ans de ſouffrances, il termina par une mort ſainte une vie paſſée dans l'exercice des plus ſublimes vertus. Il mourut à Paroi en 1682, n'étant âgé que de quarante-un an.

Un grand maître dans l'éloquence chrétienne, le célebre pere de Lingendes, (*a*) dont les ſermons venoient

(*a*) Claude de Lingendes, iſſu d'une noble & ancienne famille, naquit à Moulins en 1591. A l'âge de ſeize ans, il entra dans la compagnie de Jeſus, où il ſe fit un grand nom par ſon éloquence & par la profondeur de ſon érudition; il fut un des premiers de ſa compagnie qui eût l'honneur de prêcher devant le feu roi; & il le fit avec tant de ſuccès, que ce grand

d'être

d'être publiés, lorsque le pere de la Colombiere commença à se consacrer à la chaire, fut le modele qu'il se proposa d'imiter, sur-tout pour la force & la solidité des
raisonnemens & l'élévation des pensées? Mais ce qu'il
y a de plus touchant dans les sermons de ce grand homme, c'est une onction qui se fait sentir à l'ame, & qui
la pénetre des sentimens de la dévotion la plus tendre
& la plus affectueuse.

Les ouvrages du pere de la Colombiere, sont deux volumes de lettres spirituelles, une retraite, quatre volumes de sermons, & un cinquiéme volume, contenant des réflexions morales, & les harangues latines
qu'il prononça lorsqu'il professoit la rhétorique à Lyon.

prince dans les dernieres années de sa vie, parloit encore avec éloge des rares
talens de ce sçavant homme, & sembloit même le préferer à ceux qui ont depuis
rempli la même carriere. Le pere de Lingende gouverna pendant onze ans le college de Moulins, fut ensuite chargé de l'administration de sa province, &
fut trois fois député à Rome pour y assister aux assemblées générales de la
société. Il mourut à Paris supérieur de la maison professe le 12 Avril 1660,
étant âgé de soixante-neuf ans. Sa coûtume étoit d'écrire en latin le plan
de ses sermons, & de s'abandonner ensuite à son zele & à son éloquence
qui lui fou nissoit les pensées les plus sublimes & les mouvemens les plus
pathétiques & les plus touchans ; aussi fut-il considéré comme le premier
grateur chrétien de son tems.

JEAN-LOUIS DE FROMENTIERES.

JEAN-LOUIS DE FROMENTIERES, des Etangs, évêque d'Aire, illuftre par l'éclat de fa naiffance, le fut encore plus par l'éminence de fes vertus & la fupériorité de fes talens. Un goût marqué pour la chaire fe fit remarquer dans lui dès fes plus tendres années ; à peine la raifon eut-elle commencé à éclairer fon efprit, qu'on le vit fe faire un plaifir d'écouter les prédicateurs & de les imiter : il en étudioit les geftes, il en obfervoit les mouvemens, & répétoit avec des graces infinies ce qu'il avoit retenu de leurs fermons. N'étant encore âgé que de fept ans, il apprit par cœur un fermon de la compofition de fon précepteur, & le prononça dans l'églife de fa paroiffe avec une action & une préfence d'efprit que l'on ne pouvoit gueres attendre d'un jeune enfant de fon âge.

Un talent fi marqué fit changer fa deftination ; fes parens ne fongerent plus à le faire recevoir chevalier de Malthe, ainfi qu'ils en avoient eu le deffein. Pour le mettre à portée de cultiver avec fuccès fes heureufes difpofitions, ils confierent le foin de fon éducation aux peres de l'Oratoire du Mans. Sa piété, la beauté de fon génie, une extrême avidité d'apprendre le diftinguerent bientôt de fes condifciples.

Ses premieres études achevées avec une diftinction finguliere, fes parens l'envoyerent à Paris pour y faire fon cours de philofophie & de théologie, nouvelle carriere qu'il fournit avec de nouveaux fuccès ; mais ce fut dans celle de la chaire que la fupériorité de fes talens fe fit le plus admirer, & ce fut-là le fruit des leçons qu'il avoit reçües d'un grand maître en éloquence le pere

Senault supérieur du séminaire de S. Magloire, & depuis général de l'Oratoire.

M. de Fromentieres profita si bien des lumieres de
cet excellent homme, que comme lui il devint un des
plus grands ornemens de la chaire : la force & la justesse du raisonnement, la noblesse & la pureté de l'expression, le feu & la vivacité de l'action furent les mêmes dans ces deux célebres orateurs. Leurs raisonnemens
n'avoient point cette sécheresse qui fait perdre quelquefois
l'onction au discours, & leur façon de s'exprimer ne tenoit rien de cette élocution trop étudiée, qui souvent
affoiblit le discours à force de le polir ; & pour tout dire
en un mot, l'on reconnoissoit la composition du maître
dans celle du disciple ; mêmes succès aussi les accompagnerent dans l'exercice de leur ministere.

M. de Fromentieres avoit rempli avec éclat les chaires les plus considérables de la capitale, & il avoit eu
plusieurs fois l'honneur de prêcher devant le roi, lorsqu'il fut nommé à l'évêché d'Aire. De toutes les lettres
de félicitations qu'il reçut sur sa nouvelle élévation,
celle qui lui fut plus agréable, & qu'il conserva jusqu'à
sa mort fut la lettre que lui écrivit madame la duchesse
de Longueville, & qui étoit conçüe en ces termes.

*Je ne me réjouis pas avec vous, Monsieur, de la dignité où
vous venez d'être élevé : plus j'ai de considération & d'estime
pour ceux que Dieu y appelle, plus je les plains dans ces
occasions. Je ne vous dirai point les raisons qui me donnent
ces sentimens, & qui m'inspirent cette conduite ; votre piété
doit vous en faire sentir le poids.*

Le nouvel evêque le sentit, & il en trembla. Résolu
de se donner tout entier à la conduite du troupeau que
l'on venoit de lui confier, il se prépara à l'exercice de
son ministere par une retraite de dix jours qu'il fit dans
la maison des peres de la Doctrine Chrétienne. Son zele,
sa charité, ses fréquentes exhortations, ses instructions,
ses remontrances eurent bientôt fait changer de face à
son diocèse ; & ce qui rendoit son zele plus efficace,

c'eſt qu'il y joignoit la force du bon exemple. »Il nè
» reſſembloit pas, dit l'auteur de ſon éloge, à ceux
» dont parle S. Bernard, qui par la magnificence de
» leur train, le nombre de leurs officiers, la pompe de
» leur équipage, l'ornement mêmę & la délicate pro-
» preté de leurs perſonnes paſſeroient plutôt pour l'é-
» pouſe, que pour quelques-uns de ceux qui ſont com-
» mis à ſa garde. Tout étoit chez lui dans une modeſtie
» & une ſimplicité chrétienne ; ce que l'on donne ſou-
» vent à la vanité & au plaiſir il le conſacroit au ſoula-
» gement des pauvres pour qui il eut toujours une ten-
» dreſſe de pere.

Une humilité profonde fut encore une des vertus ca-
ractériſtiques de ce vertueux prélat. Par une des clauſes
de ſon teſtament il avoit ordonné qu'on l'entéreroit ſans
pompe dans le cimetiere, voulant que ſes cendres fuſſent
mêlées avec celles des pauvres, & qu'on ne diſtinguât
l'endroit où il ſeroit inhumé que par un marbre noir
ſans nom & ſans armes où ſeroient gravées les paroles
du pſeaume XXVI. *Seigneur, j'ai aimé la beauté de votre*
maiſon & le lieu où réſide votre gloire, ne perdez pas, mon
Dieu, mon ame avec les impies.

Ce grand homme qui retraça dans lui les vertus des
premiers paſteurs de l'égliſe naiſſante, mourut au mois
de Décembre de l'année 1684 dans la cinquante-deu-
xieme année de ſon âge.

TIMOLEON CHEMINAIS.

TIMOLEON CHEMINAIS, de Montaigu, issu d'une noble & ancienne famille distinguée dans la robe, naquit à Paris le 3 Janvier 1652. Agé de quinze ans il entra chez les Jésuites, & s'y fit bientôt admirer plus encore par sa piété que par la beauté de son génie. Après un certain nombre d'années employées avec succès ou, à l'instruction de la jeunesse, ou à ses propres études il se dévoua au ministere de la parole, & s'y fit en peu de tems la réputation la plus éclatante. Aussi avoit-il reçu du Ciel tous les rares talens qui servent à former un orateur parfait ; un génie heureux, facile & pénétrant, une imagination vive & brillante, toujours réglée par un jugement solide, une facilité merveilleuse pour inventer, une façon de s'exprimer noble & aisée tout ensemble ; mais ce qui le distinguoit le plus c'étoit l'art admirable qu'il avoit de parler au cœur, de répandre dans tous ses discours une onction particuliere qui faisoit sur l'esprit de ses auditeurs les plus vives impressions, & qui les remplissoit des sentimens de cette dévotion tendre & affectueuse dont il étoit lui-même pénétré, & qui éclatoit jusques sur son extérieur. Bien éloigné de l'éloquence profane, il se souvint toujours qu'il prêchoit l'évangile de J. C. & qu'il devoit par conséquent chercher à édifier, à toucher & à instruire, & non à plaire ; il dédaigna aussi toujours ces vains ornemens indignes de la noble simplicité de la parole de Dieu. Il s'étoit même proposé une maniere de prêcher toute simple sans division & sans ornement, mais touchante & pathétique dont on a trouvé le projet parmi ses papiers.

A peine eut il commencé à briller dans les chaires de Paris qu'on voulut l'entendre à la cour ; mais fes infirmités qui augmenterent alors ne lui permirent pas de prêcher l'Avent pour lequel il avoit été nommé. Cependant, quoique l'exercice du miniftere de la parole le fatiguât infiniment, emporté par l'ardeur de fon zele il lui fit un facrifice de fa fanté ; & ce fut en particulier au pénible travail auquel il fe livra pour fe mettre en état de prêcher tous les dimanches de Carême , que l'on attribua la derniere maladie qui l'enleva de ce monde.

Réduit dans un état qui ne lui permettoit aucune application d'efprit , il ne voulut pas pour cela fe priver de la confolation d'annoncer la parole de fon divin Maître ; les pauvres de la campagne devinrent dès-lors l'objet de fon zele , & on le vit , tout languiffant qu'il étoit , empreffé à aller les inftruire tous les dimanches. Il s'étoit encore attaché à former les mœurs d'un grand nombre de jeunes gens dont il avoit gagné la confiance , & qui touchés du défir de leur perfection s'étoient mis fous fa conduite.

De continuelles fouffrances éprouverent la patience de ce faint homme , plus eftimable encore par l'éminence de fes vertus que par la fupériorité de fes talens ; il mourut enfin le 15 Septembre 1689, n'étant âgé que de trente-neuf ans. Ses fermons ont été publiés par les foins du pere Bretonneau fon confrere , connu lui-même par fes prédications. » Le pere Cheminais, dit-il dans » l'avertiffement mis à la tête des fermons de cet » homme illuftre , a été regretté de tout le monde , » & il a mérité de l'être ; car outre fes vertus chré- » tiennes & religieufes & fon rare talent pour la pré- » dication , on peut dire qu'il avoit toutes les qualités » qui rendent un homme très-aimable ; une probité » exacte , un naturel obligeant , une candeur admi- » rable ; une humeur douce & gaie , jufques dans le » fort de la douleur , une converfation charmante ,

» mais toujours accompagnée de beaucoup de sagesse &
» de modestie ; qu'il étoit enfin un ami généreux, un
» très-bel esprit, & un parfaitement honnête-homme.

JULES MASCARON.

JULES MASCARON, evêque d'Agen, l'un des
plus éloquens prédicateurs du dix-septiéme siécle,
prit naissance à Marseille au mois de Mars de l'année
1634. Son pere avocat au parlement d'Aix, & qui étoit
un des plus grands ornemens du barreau, lui transmit
le rare talent qu'il avoit pour l'éloquence ; héritage
précieux que son fils cultiva avec un soin extrême.

Le cours de ses premieres études finies avec beaucoup de distinction, il entra dans la congrégation des
peres de l'Oratoire, où animé par l'exemple des grands
hommes qui illustroient alors cette compagnie naissante,
il se distingua bientôt lui-même par la beauté de son
génie, soûtenüe d'une ardeur extrême pour le travail.
Les belles-lettres eurent pour lui un attrait particulier,
& il en fit d'abord sa principale étude ; ce fut avec tant
de succès, que n'étant encore âgé que de vingt-deux
ans, ses supérieurs le destinerent à remplir une chaire
de professeur en rhétorique dans le college du Mans.
Là il se lia d'une amitié étroite avec le célebre Cof-
tart, qui enchanté des heureufes dispositions du jeune
professeur, se fit un plaisir de les cultiver, & en particulier celles qu'il avoit pour l'éloquence.

Une étude peut-être moins agréable, mais plus utile
que celle des belles-lettres, fut pendant quelques années l'unique occupation du jeune Oratorien. Dans le
dessein où il étoit de se dévoüer tout entier au ministere de la parole, il crut que pour être un parfait

orateur chrétien, il devoit commencer par puiser dans l'étude de la théologie, dans la lecture de l'écriture-sainte, des conciles & des péres, ce grand fonds de doctrine qu'il sçavoit lui être nécessaire pour expliquer des mysteres de notre religion, les dogmes de la foi & les saints préceptes de la morale de l'évangile. Ainsi préparé, il ne craignit pas de se livrer tout entier à l'ardeur de son zele. Son premier essai fut accompagné des plus glorieux succès. L'église de Saumur où il commença à prêcher s'étant trouvée trop petite pour contenir la prodigieuse affluence d'auditeurs que son éloquence attiroit de toute part, l'on fut obligé de dresser des échafauts qui ne suffirent pas encore. Catholiques, hérétiques, tous accouroient en foule, & les uns & les autres publioient à l'envi les louanges du jeune prédicateur. Le fameux Taneguy-le-Fevre ne put lui même lui refuser son estime, & fut des premiers à faire son éloge. L'evêque du Mans ne s'en tint pas à de simples applaudissemens: résolu d'attacher un si habile prédicateur à sa cathédrale, il le destina à remplir la chaire de théologie; mais le pere Mascaron, dont la réputation fut bientôt répandüe dans toute la France, ne put se refuser aux désirs de plusieurs grandes villes du royaume. Aix, Marseille, Nantes, voulurent tour-à-tour le posseder, & il eut par-tout les mêmes succès. Paris ne fut pas long-tems sans l'enlever à la province, & ce fut là le théâtre où son éloquence brilla avec le plus d'éclat. La cour empressée de l'entendre, le demanda pour l'Avent de 1666, & tout de suite pour le Carême de 1667; mais ce qui paroîtra peut-être incroyable, c'est que pendant six années consécutives qu'il a eu l'honneur de remplir la même carriere, & toujours avec les mêmes applaudissemens, la fécondité de son génie ait pû suffire pour diversifier tellement ses piéces, que rarement il lui soit arrivé de donner les mêmes.

Un mérite aussi éclatant que celui de ce grand homme,
ne

pouvoit manquer de l'élever aux honneurs les plus diftingués ; déja depuis plufieurs années, la voix publique l'avoit nommé aux premieres dignités de l'églife,
lorfqu'en 1671, le roi lui confera l'évêché de Tulles.

Le zele du nouveau prélat ne fe borna pas à l'inftruction de fon peuple, il l'étendit encore fur fes voifins. Les villes de Bordeaux & de Touloufe, empref-
fées de l'entendre , eurent la confolation de le poffeder. D'autres villes confidérables du royaume auroient
voulu jouir du même avantage ; mais M. l'évêque de Tulles étoit devenu en quelque façon néceffaire
à la cour, elle le demanda pour le Carême de 1675,
qui fut fuivi de celui de 1677 ; & au commencement
de l'année fuivante , Sa Majefté le nomma à l'évêché
d'Agen. Il en eut à peine pris poffeffion, qu'il fut rappellé à la cour pour y prêcher l'Avent de 1679 , &
quatre ans après il fut redemandé pour l'Avent de 1683 ,
& pour le Carême de 1684. Cet homme illuftre enfin
que le ciel fembloit avoir formé exprès pour annoncer
les vérités de l'évangile aux grands de la terre , prêcha pour la derniere fois l'Avent de 1694 , fon éloquence lui mérita cette même année-là , d'être choifi
pour faire l'ouverture de l'affemblée du clergé de
France.

M. d'Agen retiré dans fon diocèfe qu'il étoit réfolu
de ne plus quitter, fe livra tout entier à l'ardeur du
zele qui l'animoit pour la converfion des Religonnaires
répandus en grand nombre dans l'Agenois. Son affabilité , fa douceur , fa charité , lui gagnerent d'abord leur
confiance, ce qui les mit dans l'heureufe difpofition
de profiter de fes inftructions ; celles qu'il leur fit, &
ces inftructions revenoient plufieurs fois le jour ,
opererent les plus merveilleux changemens. De trente
mille hérétiques qui fe trouvoient dans fon diocèfe,
lorfqu'il vint en prendre poffeffion , vingt-huit mille
abjurerent leurs erreurs.

Tel fut le fruit du zele de ce grand homme , dont

Tome I.   F f l'éloquence étoit d'autant plus perfuafive que fes difcours furent toujours appuyés du poids du bon exemple. Chargé de mérites il mourut au milieu de ce cher troupeau qu'il avoit eu la confolation de faire rentrer dans le bercail de J. C. Il expira le 16 Décembre 1703 dans les mêmes fentimens de piété qu'il avoit tant de fois infpirés aux autres, inftituant pour fes héritiers les pauvres, qui pendant fa vie avoient été l'unique objet de fa tendreffe.

On n'a d'imprimé des fermons de cet homme illuftre que fes oraifons funébres qui font celles de la reine-mere, de Madame, du duc de Beaufort, du Chancelier Seguier, & de M. de Turenne.

LOUIS BOURDALOUE.

LOUIS BOURDALOUE, l'orateur chrétien le plus célebre que la France ait vû naître, & à qui l'on peut juftement attribuer l'éloge que Quintilien faifoit de Cicéron, lorfqu'il difoit que c'étoit par le goût que l'on trouvoit à lire les ouvrages de cet illuftre Romain que l'on devoit juger des progrès que l'on avoit faits dans l'éloquence, a laiffé après lui un nom qui tient lieu des plus pompeux panégyriques.

Ce grand homme iffu d'une des familles des plus confidérables de Bourges, naquit dans cette ville le 20 Août 1632. Les heureufes difpofitions qu'il apporta en naiffant furent pour fes parens un motif de donner une attention particuliere à fon éducation. Son pere, homme de lettres, auroit bien voulu qu'il fe fût deftiné à briller dans le barreau; mais comme il fe reprochoit de n'avoir pas fuivi la voix du Ciel, qui dans fa jeuneffe fembloit l'avoir appellé au même état que fon fils vouloit embraffer, il ne crut pas devoir s'oppofer à fon deffein.

Ainſi il lui permit d'entrer dans la compagnie de Jeſus ;
charmé que ſon fils fût en quelque façon deſtiné à le
remplacer.

Un génie ſupérieur accompagné d'une ardeur extraordinaire pour l'étude fit briller ce jeune Jéſuite dans
tous les emplois dont il fut chargé. Il profeſſa ſuccef-
ſivement les belles-lettres, la philoſophie & la théologie avec le même ſuccès qu'il les avoit lui-même étu-
diées. Quelques ſermons qu'il prêcha & qui lui mériterent les plus glorieux applaudiſſemens déciderent du
genre d'occupation qui devoit le fixer ; une illuſtre princeſſe ſon alteſſe royale Mademoiſelle, devant qui il eut
l'honneur de prêcher dans la ville d'Eu daigna l'encou-
rager à ſuivre l'attrait particulier qu'il avoit pour la
chaire.

En peu de tems le pere Bourdaloüe ſe fit une réputation qui détermina ſes ſupérieurs à l'appeller à Paris
en 1669 pour y fournir la carriere ordinaire de toute
une année dans leur égliſe de la maiſon profeſſe. L'éloquence du nouveau prédicateur brilla avec un éclat qui
étonna, que rien depuis n'a pû effacer, & dont on conſervera long-tems le ſouvenir. De tout Paris, de la cour
même on accourut en foule pour entendre & pour admirer, & les grands, les ſçavans, le peuple, tous furent
également charmés.

Sur le récit qui fut fait au feu roi d'un ſi prodigieux
ſuccès, Sa Majeſté fit au pere Bourdaloüe l'honneur de
le deſtiner à prêcher à la cour l'Avent de l'année ſuivante, & il fut tout de ſuite nommé pour le Carême
de 1672. Plus on entendit ce grand homme, & plus on
eut du goût pour l'entendre ; goût qui ſe ſoutint dans le
même dégré de vivacité après cinq Carêmes & un plus
grand nombre d'Avents, prêchés à la cour la plus brillante & la plus éclairée de l'Europe. Paris, la Province
eurent le même empreſſement que la cour ; toutes les
chaires de la capitale retentirent des ſermons de ce célebre orateur ; & qui pourroit dire les grands prodiges

F f ij

de converſion qu'il a opérés pendant plus de trente-quatre ans qu'il a exercé le ſaint miniſtere de la parole? Ce fut ſurtout dans les miſſions qu'il fit par ordre du roi dans le Languedoc après la révocation de l'édit de Nantes, que ces prodiges éclaterent davantage. Les nouveaux & les anciens catholiques eurent la même avidité de l'entendre, & tous profiterent également des fruits de ſon zele.

L'on ne doit pas au reſte être ſurpris que l'éloquence de ce grand homme ait été ſi généralement & ſi conſtamment applaudie ; car fondée ſur la raiſon, comme elle l'étoit, elle ne pouvoit manquer d'être de tous les goûts & de tous les tems. Tous les talens qui forment un orateur parfait étoient réünis dans cet homme illuſtre. » Il avoit reçu du Ciel un fonds de raiſon, qui joint » à une imagination vive & pénétrante, lui faiſoit trou- » ver d'abord dans chaque choſe le ſolide & le vrai : » c'étoit-là proprement ſon caractere ; & ce fut avec les » lumieres de la foi, cette raiſon qui le dirigea dans tous » les ſujets de la morale chrétienne & dans les myſteres » de la religion qu'il eut à traiter ; c'eſt auſſi ce qui donne » à ſes ſermons une force toujours égale. Leur beauté » ne conſiſte point préciſément en quelques endroits » bien amenés, où l'orateur épuiſe tout ſon art & tout » ſon feu, mais dans un corps de diſcours où tout ſe » ſoutient parce que tout eſt lié & bien aſſorti. Ses divi- » ſions juſtes, ſes raiſonnemens ſuivis & convaincans, » ſes mouvemens pathétiques, ſes réflexions judicieuſes, » & d'un ſens exquis ; tout va à ſon but, & malgré l'a- » bondance des choſes que lui fourniſſoit un admirable » fécondité, & qu'il ſçavoit ſi bien renfermer dans un » même deſſein, il ne s'écartoit pas un moment de ſa » propoſition ; qu'une penſée ſoit commune il ne la » rejette point, c'eſt aſſez qu'elle ſoit vraie, & qu'elle » lui ſerve de preuve : il l'approfondit & il la creuſe, & » par-là même il la met dans un tel jour que de com- » mune qu'elle étoit, elle lui devient particuliere, de

» forte qu'en penfant ce que les a utres ont penfé avant
» lui , il penfe néanmoins tout autrement que les autres ;
» que s'il oppofe une difficulté, il y fait une réponfe à
» laquelle il n'y a point de réplique, & quelquefois il
» tire de l'objection même de quoi la réfoudre, & il
» convainc l'auditeur par fes propres fentimens ; s'il cite
» l'écriture ou les peres, il les cite en maître, jufqu'à
» faire le précis de tout un traité pour l'appliquer à la
» vérité qu'il prêche. Du refte ce ne font pas tant les
» paroles des peres qu'il rapporte, que leur doctrine &
» leurs raifons ; il les développe, & furtout il les place fi
» à propos, & les fait tellement entrer dans fon fujet,
» qu'on diroit que les peres n'ont parlé que pour lui.
» Des auteurs facrés il eut à ce qu'il paroit plus affidue-
» ment devant les yeux Ifaïe & S. Paul, & des peres
» Tertullien, S. Auguftin & S. Jean Chryfoftôme, par-
» ce qu'il y trouvoit plus d'énergie & plus de grandeur.

» Son expreffion répond parfaitement à fes penfées ;
» elle eft noble & naturelle tout enfemble : il parle
» bien, & ne fait pas voir qu'il veut bien parler ; quand
» il s'éleve ce n'eft point avec emphafe, c'eft avec une
» certaine magnificence, où fans qu'il y ait rien d'outré,
» tout eft majeftueux & grand ; & quand il fe commu-
» nique, c'eft toujours avec la même dignité ; & dans
» les plus petits détails, il n'a rien de petit ni de ram-
» pant.

» Ce qu'il y eut encore de fingulier dans cet excellent
» homme c'eft la maniere dont il traite la morale ; nul
» autre prédicateur ne lui avoit fervi en cela de mo-
» dele, & l'on peut dire qu'il en a fervi lui-même à
» tous ceux qui font venus après lui. Perfuadé que le
» prédicateur ne touche qu'autant qu'il intéreffe, qu'il
» applique, & que rien n'intéreffe davantage, & n'at-
» tire plus l'attention qu'une peinture fenfible des mœurs,
» où chacun fe voit lui-même, & fe reconnoit, il tour-
» noit là tout fon difcours, non qu'il négligeât d'expli-
» quer les plus hauts myfteres & les plus difficiles quef-

» tions de la foi. Il en parloit avec habileté, & même
» avec d'autant plus d'autorité qu'il poſſédoit parfaite-
» ment ces ſortes de matieres, & qu'il croyoit devoir
» prendre alors plus d'aſcendant ſur les eſprits pour con-
» fondre le libertinage, pour faire reſpecter la reli-
» gion ; mais après avoir donné aux points les plus obſ-
» curs tout l'éclairciſſement néceſſaire, il paſſoit à ce
» qu'ils ont d'inſtructif & de moral, & c'eſt-là que lui
» ſervoit infiniment la connoiſſance qu'il avoit du monde
» & du cœur de l'homme. Car il ne diſoit rien qu'il ne
» connût, ni qui portât à faux.

» C'eſt de-là même que ſes explications ſont ſi vraies,
» & ſes portraits ſi reſſemblans. Pour peu qu'on ait
» d'uſage du monde & qu'on ſçache comment vivent
» les hommes, on les voyoit peints ſous les traits les
» plus marqués ; auſſi avec quelle attention ſe faiſoit-il
» écouter, & combien de fois s'eſt on écrié dans l'audi-
» toire qu'il avoit raiſon, & que c'étoit-là en effet
» l'homme & le monde ? Certains ſentimens, certains
» tours élevés, touchans & nouveaux, le feu dont il ani-
» moit ſon action, ſa rapidité en prononçant, ſa voix
» pleine, réſonnante, douce & harmonieuſe.

A ce portrait tracé par une main habile (*le P. Breto-
neau l'éditeur des ſermons du P. Bourdaloüe*) il n'eſt perſonne qui ne reconnoiſſe l'homme célebre dont nous
parlons ; ſon zele au reſte n'étoit pas borné à l'exercice
aſſidu du miniſtere de la parole. La direction des conſ-
ciences fut encore une de ſes principales occupations ;
une infinité de perſonnes de tout état, de toute condition touchées de ſes prédications voulurent l'avoir
pour guide dans la vie ſpiruelle. Grands & petits, pauvres & riches, tous lui parurent également dignes de
ſon zele ; les gens de la plus baſſe condition trouverent
en lui les mêmes ſecours pour leur ſanctification que les
perſonnes du plus haut rang. Nulle conſidération ne fut
capable d'altérer ſa franchiſe & ſa ſincérité, il ſoutint
toujours la liberté de ſon miniſtere, & n'en avilit jamais
la dignité.

Un de ses talens étoit encore celui d'assister les malades. Appellé de toute part il auroit voulu pouvoir se reproduire ; sans ménagement pour sa santé, combien de fois ne l'a-t'on pas vû passer de la chaire au lit d'un moribond ? C'étoit dans ces précieux momens où toute la vivacité de son zele sembloit se réveiller ; toutes ses paroles étoient accompagnées d'une onction qui touchoit l'ame, & qui la remplissoit des sentimens de la plus vive confiance, ou du plus sincere repentir.

Cependant tout occupé de la sanctification des autres il ne négligea pas la sienne propre ; & ce fut pour y vaquer uniquement que dans les dernieres années de sa vie, il demanda avec les plus vives instances à ses supérieurs qu'il lui fût permis de se retirer dans quelque maison de la province où il pût donner tous ses soins à la grande affaire de son salut. S'il ne put obtenir ce que le zéle de sa perfection lui faisoit désirer ardemment, il eut du moins la consolation de mourir, pour ainsi dire, les armes à la main. Tourmenté depuis quelque tems par un rhume violent, il ne laissa pas que de prêcher un sermon de vêture, & pendant huit jours il continua son assiduité auprès des malades & au tribunal de la confession ; cependant ses forces s'affoiblissoient, & il fut obligé de se mettre au lit. Le dimanche jour de la Pentecôte, après avoir célébré nos saints mysteres, il ne se cacha point le danger qui menaçoit ses jours, & dès le lendemain il se prépara à la mort par une confession de toute sa vie, & il reçut le même jour les derniers sacremens avec tous les sentimens de la piété la plus tendre & la plus affectueuse ; sur le soir la fievre redoubla, & il expira le mardi matin 13 Mai 1704 dans la soixante-douzieme année de son âge.

Ajoutons à l'éloge de cet homme illustre quelques traits que nous fournit encore l'auteur que nous avons déja cité.

» Etroitement resserré dans les bornes de sa profes-
» sion, il joignoit aux talens de la prédication & de la

» direction des ames, le véritable esprit d'un religieux,
» & les vertus que demandoit de lui sa compagnie, sur-
» tout un parfait mépris du monde & de ses grandeurs,
» sans manquer à rien néanmoins de ce qu'il devoit aux
» grands ; un dévoüement inviolable au service de l'égli-
» se, & une soumission entiere aux puissances ecclésiasti-
» ques, une estime de sa vocation dont il se déclaroit
» partout, & un attachement à son état, capable de l'af-
» fermir contre les offres les plus avantageuses ; un zele
» sincere & vif pour le bon ordre, & un soin exact de
» s'y conformer lui-même & de le suivre.....

» Il avoit encore toutes les vertus qui font l'honnête
» homme selon le monde. La probité, la droiture, la fran-
» chise, la bonne-foi, ne disant jamais les choses autre-
» ment qu'il les pensoit, ou si par sagesse il ne les pou-
» voit dire telles qu'il les pensoit, ne disant rien ; beau-
» coup de prudence & de pénétration dans les affaires,
» mais en même tems beaucoup de retenüe pour ne
» s'y point ingérer de son mouvement propre, n'y en-
» trant qu'autant qu'on l'y faisoit entrer, proposant ses
» vües comme un ami, sans entreprendre de décider en
» maître, cherchant à servir & à se rendre utile, & non
» à se faire valoir & à dominer ; bien de l'agrément
» dans la conversation, un air engageant, des manieres
» aisées, quoique respectueuses & graves, une douceur
« qui devoit lui coûter, du tempérament dont il étoit,
» mais par-dessus tout une modestie qui lui attiroit d'au-
» tant plus d'éloges, qu'il avoit plus de peine à les en-
» tendre, les fuyant, bien loin de les rechercher, élevant
» volontiers les autres, & ne parlant jamais de lui-même.

ESPRIT

E S P R I T   E L É C H I E R.

ESprit Fléchier évêque de Nîmes, l'un des
quarante de l'académie françoise, naquit à Per-
nes, ville près d'Avignon dans le Comtat-Venaiſſain,
le 10 Juin 1632. Neveu du pere Hercules Audifret,
géneral des peres de la doctrine chrétienne, il fut élevé
dans cette congrégation, y prit l'habit, & y profeſſa
pendant quelques années les humanités; mais en étant
ſorti, il vint à Paris, & s'y fit admirer autant par ſon
génie pour la poëſie, que par ſon goût pour l'éloquence. Une ſuperbe deſcription du Carouſel en vers
latins, fut le premier ouvrage qui commença d'établir ſa
réputation; il compoſa auſſi en vers latins une piéce ſur la
paix entre la France & l'Eſpagne, & un excellent poëme
ſur la naiſſance de monſeigneur le Dauphin, & en vers
françois un poëme ſur le Quiétiſme, & deux odes,
une ſur la maladie du roi, & l'autre ſur les conquêtes
de ce grand monarque.

Mais c'eſt par ſon talent extraordinaire pour la chaire,
que ce grand homme s'eſt le plus diſtingué. C'eſt l'é-
loquence elle-même qui paroît avec toutes ſes beautés
dans les panégyriques, & dans les oraiſons funébres
que nous a laiſſés cet illuſtre écrivain. » L'oraiſon fu-
»nébre, dit M. Mongin dans un de ſes diſcours aca-
»démiques, étoit avant M. Flechier, l'art d'arranger
» de beaux menſonges; un art tout profane, où ſans
» égard, ni à la vérité, ni à la religion, on conſacroit
» les fauſſes vertus des grands, & ſouvent l'abus de la
»grandeur même; mais le ſage Fléchier ne ſongea dans
» les éloges des morts, qu'à faire des leçons aux vivans,
» qu'à déplorer les grandeurs humaines par la vanité

Tome I.   G g

» qui les accompagne , ou par la mort qui les détruit.
» Il ne fuffifoit pas d'être né grand , de poffeder de
» grandes dignités., ou de lui propofer de grandes ré-
» compenfes pour avoir place parmi fes héros immor-
» tels. Pour ne point trahir la vérité , il n'a loué que
» la vertu ; pour ne point flatter fes portraits, il n'a
» travaillé que d'après la nature , & tous fes héros font
» des modéles, comme toutes fes piéces font des chefs-
» d'œuvre. C'eft-là qu'on eft étonné de voir dans un
» feul homme, l'ame univerfelle de plufieurs grands hom-
» mes , l'ame du guerrier , l'ame du fage , du grand ma-
» giftrat & de l'habile politique ; là il s'éleve , il change,
» il fe multiplie , & prend toutes les formes différen-
» tes du mérite & de la vertu. La féduction eft fi forte ,
» qu'on croit voir tout ce qu'on ne fait que lire ou
» qu'entendre. Avec un livre à la main , vous êtes tranf-
» porté dans des fiéges & dans des batailles, c'eft l'ora-
» teur qui vous charme , & vous n'êtes occupé que du
» héros ; c'eft Fléchier qui parle, & vous ne voyez que
» le grand Turenne ; l'art cache l'orateur , & ne mon-
» tre que le grand capitaine ou le grand magiftrat.

Voici un éloge moins pompeux , mais plus détaillé
du mérite & des rares talens de cet homme célebre.
» L'amour de la politeffe & de la jufteffe du ftyle , dit
» le pere la Rüe dans la préface de fes fermons , avoit
» faifi M. Fléchier dès fes premieres études. Il ne for-
» toit rien de fa plume, de fa bouche, même en con-
» verfation , qui ne fût , ou qui ne parût travaillé , fes
» lettres & fes moindres billets avoient du nombre &
» de l'art. Les beaux arts ayant été fa premiere occu-
» pation , principalement la poëfie, il s'étoit fait une
» habitude & prefque une néceffité de compaffer tou-
» tes fes paroles , & de les lier en cadence. Le feu qui
» éclate dans fon ftyle , & qui en releve par-tout la grace
» & la dignité , femble manquer de véhémence, & fa
» prononciation traînante & peu animée , favorifant
» par fa lenteur la fidélité de fa mémoire , donnoit à

» l'auditeur tout le loifir de fuivre aifément la délica-
» teſſe de ſes penſées, & de ſentir le plaiſir d'en être
» charmé. Comme ce fut d'abord par les éloges fu-
» nebres qu'il commença à ſe diſtinguer, la gra-
» vité des ſujets fort avantageuſe à la peſanteur natu-
» relle de ſa voix & de ſon action, & la beauté des
» choſes qu'il diſoit, en firent inſenſiblement goûter
» la maniere, & traveſtirent même en talent un défaut,
» qu'en d'autres ſujets moins triſtes, on auroit eu peine
» à ſupporter ; c'eſt ce qui parut dans ſes ſermons de
» morale, car au lieu que la véhémence & l'impétuoſité
» doivent y regner, le ſon de ſa voix qui avoit quelque
» choſe de lugubre, y répandoit ſon froid ſur le feu de
» ſes expreſſions, & la liberté de ſon eſprit lumineux,
» y étoit, pour ainſi dire, à l'attache de ſa mémoire.

La premiere oraiſon funebre que fit M. Fléchier, fut
celle de madame la ducheſſe de Montauſier qu'il prononça en 1672, & l'année ſuivante il fut reçu à l'académie. Les ſermons qu'il avoit prêchés à la cour, lui
y avoient fait une trop grande réputation, pour que
l'on ne cherchât pas à l'y attacher par quelque glorieux
emploi. L'eſtime particuliere dont l'honoroit M. le duc
de Montauſier, fit qu'il fut nommé pour être lecteur de
monſeigneur le Dauphin, & peu de tems après, il obtint
l'abbaye de S. Severin.

Son auguſte éleve s'étant marié en 1680, M. Fléchier
fut fait aumônier ordinaire de madame la Dauphine,
& en 1685, Sa Majeſté le nomma à l'évêché de Lavaur, d'où il fut transferé deux années après à celui
de Nîmes. Ce fut dans ce dernier poſte, que M. Fléchier eut de continuelles occaſions de ſignaler toute
l'ardeur de ſon zele ; la révocation de l'édit de Nantes avoit rempli ſon diocèſe de nouveaux convertis ;
mais il s'en falloit bien que la converſion de tous ces
nouveaux catholiques eut été ſincere ; la douceur, la
prudence, le zele, & plus que tout cela la charité
de M. Fléchier, corrigerent ce qu'il y eut d'abord

G g ij

de défectueux dans ces converfions. On voit dans fes inftructions & dans fes lettres paftorales, principalement dans celles qui font adreffées aux nouveaux convertis de fon diocèfe, l'effufion du cœur d'un vrai pafteur qui ne veut que le falut de fes oüailles, & qui fe fert des voies les plus capables de les perfuader, de les inftruire & de les toucher; mais rien n'approchoit de fa charité envers les pauvres; elle éclata furtout dans de malheureufes années de difette, où pour foulager la mifere de fon pauvre peuple, il ne craignit pas de s'endetter, après s'être dépouillé généralement de tout ce qu'il avoit de plus précieux. Après avoir foutenu prefque feul pendant plufieurs années l'hôpital de Nîmes, par des aumônes confidérables, il voulut encore que cette maifon héritât à fa mort d'une partie de fes biens, & l'autre partie qui confiftoit en plus de vingt mille écus, fut diftribuée aux pauvres.

Ce faint prélat plus illuftre encore par fes vertus, que par la fupériorité de fes talens, mourut le 16 Février 1710, dans la foixante & dix-huitiéme année de fon âge.

 Nous avons de lui l'hiftoire de Théodofe le Grand compofée pour l'inftruction de monfeigneur le Dauphin, la vie du cardinal Commendon, l'hiftoire du cardinal Ximenès, une courte defcription des antiquités de Nîmes, fes panégyriques, fes oraifons funebres, fes fermons de morale prêchés devant le roi, avec les difcours fynodaux qu'il a prêchés aux Etats de Languedoc & dans fa cathédrale, & des œuvres mêlées, contenant fes harangues, complimens, difcours, & fes poëfies latines & françoifes.

COSME ROGER.

DOM Cosme Roger, supérieur général de la congrégation des Feuillans, mort evêque de Lombez dans la quarantieme année d'un épiscopat que ce grand homme illustra également, & par sa doctrine, & par ses éminentes vertus, naquit à Paris en 1615 de parens plus distingués encore par leur piété que par l'éclat d'une noble & ancienne origine. Formé de bonne heure à la vertu, ses vües se tournerent vers la retraite, dès qu'il eut connu les dangers où son salut seroit exposé dans le monde. N'étant âgé que de seize à dix-sept ans il entra dans la congrégation des Feuillans dont il devoit être un jour un des plus grands ornemens. Rien n'égala l'ardeur avec laquelle ce jeune religieux travailla à acquérir les vertus propres de son état, & à cultiver en même tems les merveilleuses dispositions qu'il avoit pour les sciences.

Ses études achevées avec un succès qui répondit à la beauté & à la facilité de son génie, soutenües d'une application constante; plein d'un zele ardent pour la sanctification des ames, il se dévoüa tout entier au ministere de la parole qu'il exerça pendant une longue suite d'années avec un éclat qui lui acquit la réputation d'un des plus excellens orateurs de son siecle. La province, Paris, la cour admirerent tour à tour son éloquence, & recueillirent les précieux fruits de son zele. Tout dans ce grand homme annonçoit la piété dont son cœur étoit rempli, & portoit l'édification partout. Il pensoit & parloit en apôtre, aussi ses discours nourris des paroles de l'écriture, & remplis des principes des saints peres, qui lui étoient familiers, étoient comme autant de traits de flâme qui diffipoient les ténébresde l'ignorance & de l'erreur, & qui allumoient dans les cœurs les feux de l'amour divin ; pendant cinq ans qu'il eut l'honneur de prêcher devant le plus grand roi de la terre il fut par fon éloquence un objet d'admiration pour toute la cour, & ce fut chaque année nouvel empreffement de l'entendre.

Au talent de la prédication ce grand homme joignoit les lumieres d'une prudence confommée, qui fouvent lui mérita l'honneur d'être employé par le feu roi dans des négociations extrêmement délicates ; & en particulier dans celle où il eut à travailler à la réconciliation de Cofme troifieme, grand duc de Tofcane avec la duchefle fon époufe.

Il y avoit cinq ans que fon mérite l'avoit élevé à la dignité de fupérieur général de fa congrégation, lorfque le feu roi pour récompenfer fes fervices le nomma à l'évêché de Lombez (*a*). Son élévation ne fervit qu'à enflammer encore plus le zéle ardent dont il fut toujours animé pour le falut des ames. La conduite du nouveau troupeau qui venoit de lui être confié l'occupa tout entier ; à peine fut-il arrivé dans fon diocefe, qu'on le vit fe livrer avec ardeur aux pénibles fonctions de l'apoftolat. Convaincu que le premier devoir d'un évêque eft de rompre à fes oüailles le pain de la parole de Dieu, il prêcha, il cathéchifa, il inftruifit, & ce fut avec un fruit d'autant plus grand, que la haute idée que l'on avoit de fa vertu rendoit fes inftructions plus perfuafives & plus touchantes.

Vivement follicité d'accepter d'autres bénéfices plus confidérables qui lui furent offerts, il demeura fidéle à fa premiere époufe, & lui fut même fi attaché, que pendant quarante ans d'épifcopat il ne lui eft arrivé qu'une feule fois de s'éloigner de fon diocefe ; encore y fut-il obligé par la néceffité de fe trouver à l'affemblée générale du Clergé.

(*a*) En 1671.

Plein d'une charité tendre & compatiſſante pour les pauvres il ſacrifia à leur ſoulagement juſqu'aux bienſéances de ſon état. Ses revenus ne pouvant ſuffire à ſes aumônes, il en vint juſqu'à ſe défaire de ſon équipage pour pouvoir plus abondamment fournir à leurs beſoins.

La mort de cet homme illuſtre arriva le 20 Décembre 1710 dans la quatre-vingt-quinzieme année de ſon âge & la ſoixante-dix-huitiéme de ſa profeſſion dans l'état religieux.

JEAN DE LA ROCHE.

JEAN DE LA ROCHE, prêtre de l'Oratoire, l'un des plus grands ornemens de cette congrégation, naquit en Bretagne dans le dioceſe de Nantes en 1654, de Pierre de la Roche capitaine d'infanterie, & de N. Merrey originaire de Troyes en Champagne. Dès qu'il fut en âge de commencer ſes études, un de ſes oncles le pere Jean Merrey prêtre de l'Oratoire, homme diſtingué par ſa piété & par ſon érudition, le prit auprès de lui & donna tous ſes ſoins à ſon éducation ; ſous un ſi excellent maître le jeune de la Roche doué d'un eſprit excellent fit en peu de tems de grands progrès dans ſes études qu'il commença à Nantes, & qu'il vint achever à Condom. La tendreſſe, les ſoins de ſon oncle, ſes ſages inſtructions le gagnerent à l'Oratoire où il fut reçu en 1668.

Après ſon année d'épreuves il fut renvoyé de Paris à Condom auprès de ſon oncle pour y enſeigner les humanités, & il paſſa de-là à Nantes où il profeſſa la rhétorique avec beaucoup de diſtinction. Toujours dirigé dans ſes études par un maître dont il étoit tendrement chéri, & qui étoit plein de zele pour ſon inſtruction, aidé du fecours de fes lumieres il fe diftingua dans tou-tes les fciences auxquelles il s'appliqua. Comme le pere Merrey avoit un talent particulier pour l'éloquence de la chaire il s'attacha principalement à cultiver les heu-reufes difpofitions que fon jeune neveu avoit pour cet art. Il fit plus en fa faveur, il le mit en poffeffion d'une ample collection qu'il avoit faite des plus beaux mor-ceaux d'éloquence répandus dans les écrits des peres ; fruit précieux d'une longue & pénible étude, dont le pere de la Roche fçut profiter avec d'autant plus de fuccès, qu'il poffédoit dans le plus haut dégré tous les talens qui forment les grands orateurs.

Après différens effais qui commencerent à établir fa réputation, nommé pour prêcher le Carême à Condom, il fournit cette premiere carriere avec un éclat qui fit naître à plufieurs grandes villes le défir de le pofféder ; ce fut partout mêmes fuccès, & même approbation. Appellé à Paris en 1680 pour y prêcher dans l'églife de l'Oratoire il y mérita encore de plus grands applau-diffemens. Les chaires les plus confidérables de cette capitale il les remplit fucceffivement, & partout il eut autant de panégyriftes que d'auditeurs. Un de fes plus zélés partifans fut le célebre M. Racine à qui l'on a fou-vent entendu dire qu'il trouvoit plus de beautés dans les fermons du pere de la Roche, qu'il n'en trouvoit lui-même dans fes propres ouvrages ; rien auffi dans ces élo-quens difcours qui ne tende, ou à toucher le cœur, ou à perfuader l'efprit ; les grandes vérités de la religion y font propofées d'une maniere également forte & touchante. Partout on fent que l'orateur étoit lui-même vivement pénétré, & de la vérité des maximes qu'il annonçoit, par la folidité des preuves qu'il en donne, & de leur grandeur par l'énergie & la nobleffe des expreffions qu'il employe ; ce qui venoit moins de l'art que de la forte impreffion que l'importance des fujets qu'il traitoit avoit faite fur fon efprit.

Comme la réputation que ce célebre orateur s'étoit
faite

faite dans la province l'avoit fait connoître à Paris , la
réputation qu'il fe fit dans la Capitale le fit connoître &
fouhaiter à la cour où il eut l'honneur de prêcher deux années de fuite , & ce fut avec tant de fatisfaction de la
part du feu roi , que ce grand prince ayant été obligé
de partir dans le cours du Carême pour l'ouverture de
la campagne , il eut la bonté de dire à fon prédicateur :
Mon pere , je fuis très-content de vous , & édifié de vos fer-
mons ; je fuis fâché de ne pouvoir en profiter pour le préfent ,
mais le bien de mon royaume m'appelle ailleurs : cependant je
ne veux pas me priver de vos inftructions , je vous retiens
pour l'année prochaine. Nouvelle carriere que le pere de
la Roche fournit avec l'approbation générale de toute
la cour.

Cependant fa fanté qui s'affoibliffoit chaque jour le
mit dans la néceffité de modérer l'ardeur de fon zele.
Obligé de prendre le lait au Printems & en Automne il
acheta près de Surenne une maifon de campagne où il
paffa les dernieres années de fa vie dans la priere &
dans la méditation des grandes vérités qu'il avoit fi
fouvent annoncées avec autant d'édification que de fuccès. Ses infirmités cependant ne l'enleverent pas entierement à la chaire, on l'y vit paroître encore quelquefois ; mais il n'y avoit que fon zele feul qui pût l'arracher de fa chere retraite qui avoit pour lui d'autant plus
d'attrait, qu'il la regardoit comme un azile contre la féduction du monde. Ce fut-là qu'il termina fa glorieufe
carriere l'an 1711 , étant âgé de cinquante-fept ans.

FABIO BRULART DE SILLERY.

FÁBIO BRULART DE SILLERY, docteur de Sorbonne, évêque de Soissons, & l'un des quarante de l'académie, issu d'une des plus nobles & des plus illustres familles du royaume, naquit au château de Pressigny en Touraine le 25 Octobre 1655, de Louis Brulart, marquis de Sillery & de Puysieulx, & de Catherine-Elisabeth de la Rochefoucaut. Destiné à l'église il travailla de bonne heure à acquérir les sciences & les vertus qui devoient le mettre en état de remplir dignement les fonctions de l'état dont il avoit fait choix. Après avoir achevé ses humanités, il fut envoyé à Paris où il fit son cours de philosophie au college de la Marche, & il étudia ensuite en Sorbonne où il reçut le bonnet de docteur à l'âge de vingt-six ans. A ces différentes études il joignit celle de l'histoire sacrée & des langues sçavantes, ne voulant rien négliger de tout ce qui lui paroissoit nécessaire à une plus parfaite intelligence de l'écriture-sainte & des peres de l'église. Tant de connoissances né suffirent pas à la vaste étendüe de son génie ; il s'appliqua encore à l'éloquence de la chaire & à la poësie, & montra qu'il n'avoit pas moins de talent pour l'une que pour l'autre. Son ode sur la paix, celle qu'il a adressée à M. de Segrais, & une troisieme qu'il a composée sur l'amitié, toutes trois insérées dans divers recueils de vers choisis, sont admirables par le tour aisé & délicat, par le naturel charmant, & par la noblesse & l'élégance de l'expression qui y régne.

Deux lettres que M. de Sillery écrivit au pere Lami Bénédictin qui dans son livre de la connoissance de soi-même n'avoit pas plus épargné l'éloquence de la

chaire & du barreau que la rhétorique du college, renferment tout ce qui fe peut dire de plus inftructif fur
ces différens genres d'éloquence ; mais le fçavant auteur de cet ouvrage ne s'en tint pas à la théorie de ce
bel art : il y voulut encore joindre la pratique , & il
le fit avec des fuccès furprenans ; il annonça la parole
de Dieu dans les plus célebres chaires de Paris , & ce
fut toujours avec un concours prodigieux d'auditeurs.
S'il perfuadoit l'efprit par la force du raifonnement , il
touchoit le cœur par l'onction qui fe faifoit fentir dans
tous fes difcours , il ne lui manqua qu'un tempérament
plus robufte pour briller long-temps dans ce faint exercice.

Ce fut à une fi grande fupériorité de mérite que
l'abbé de Sillery dut les honneurs où il fut élevé. En
1685 il fut député du fecond ordre à l'affemblée du
clergé , & en 1689 il fut nommé à l'évêché d'Avranches , mais avant que fes bulles fuffent expédiées , il
obtint du roi l'agrément de permuter avec le célebre
M. Huet qui avoit été nommé à l'évêché de Soiffons.
Les brouilleries qui étoient furvenües entre la cour de
Rome & celle de France furent caufe que M. de Sillery
ne put être facré qu'en 1692.

Paffionné autant qu'il l'étoit pour les fciences il fut
charmé de trouver à Soiffons une académie , qui formée fur le plan & fous les yeux de l'académie françoife confacroit comme elle tous fes travaux à l'avancement des lettres & à la perfection du langage. Ce
n'en fut pas affez pour ce fçavant prélat de favorifer &
de protéger cette académie naiffante , il fe fit encore
un plaifir d'en ranimer les exercices par fa préfence , &
de lui confacrer tous les momens que les fonctions de
fon miniftere lui laiffoient de libres.

La haute réputation que M. de Sillery s'étoit acquife
d'être un des plus éloquens orateurs de fon fiecle , lui
procura l'honneur d'être choifi par l'affemblée du
clergé pour haranguer Jacques II roi d'Angleterre ,

H h ij

qui obligé de se retirer en France, vint établir sa cour à S. Germain-en-Laye en 1695 ; ce fut dans cette action d'éclat que M. de Soissons fit briller toute la force & tous les charmes de son éloquence ; jamais harangue ne fut autant applaudie que celle qu'il fit dans cette occasion , aussi fut-elle presque aussitôt traduite en plusieurs langues & répandüe dans toutes les cours de l'Europe.

Un discours non moins éloquent & plus rempli d'érudition fut celui que M. de Soissons prononça le jour de sa réception à l'académie françoise où il succéda à M. Pavillon mort en 1705. Tout ce qui se peut dire de plus ingénieux sur le génie des langues & sur le caractere de l'éloquence & de la poësie se trouve rassemblé dans ce sçavant morceau.

M. de Sillery ne fit pas moins admirer son érudition dans l'académie des inscriptions où il fut reçu en 1701 en qualité d'academicien honoraire. Chaque fois qu'il assistoit aux assemblées de cette célebre compagnie il avoit à lui faire part de quelque nouvelle découverte qui étoit le fruit de ses sçavantes recherches , & de la grande connoissance qu'il avoit des monumens antiques. On peut voir là-dessus ses remarques sur le dessein de deux colomnes milliaires ornées d'inscriptions, sur les sépultures des premiers chrétiens dans les Gaules , sur un bas-relief de marbre que l'on croit être le dessus du tombeau que le peuple appelle à Soissons *le trou de l'oracle d'Isis.*

Mais ce n'est que par la lecture des doctes ouvrages que cet illustre prélat a laissé manuscrits que l'on pourra connoître quelle étoit l'immense étendüe de ses connoissances : versé en toute sorte de genre de littérature , il n'en est presque point où il n'ait excellé. Parmi ses ouvrages non imprimés se trouvent des poësies latines & françoises de toutes les especes , des homélies, des sermons, divers traités de morale , des commentaires sur quelques épîtres de S. Paul , & sur celle de S. Clément pape, aux Corinthiens, & un grand nombre de fçavantes diſſertations ſur différens ſujets de littérature.

Les qualités du cœur étoient dans ce grand homme plus eſtimables encore que celles de l'eſprit. Rien qui égalât ſa pitié compatiſſante envers les pauvres : peu content de ſacrifier chaque année la plus grande partie de ſes revenus à leur ſoulagement, ſouvent il lui eſt arrivé dans des années de diſette de ſe charger lui-même de dettes pour ſecourir ſon pauvre peuple dont les beſoins furent toujours la meſure de la charité de ce vertueux prélat. Les écoles, les ſéminaires, les hôpitaux qu'il a établis dans ſon diocèſe ſeront d'éternels monumens de ſa piété & de ſon zele.

Cet homme illuſtre que ſa ſcience & ſes vertus ont rendu ſupérieur aux plus grands éloges, mourut le 20 Novembre 1717 dans ſa ſoixante-unieme année.

MATHIEU HUBERT.

MATHIEU HUBERT, plus illuſtre encore par l'éminence de ſes vertus, que par la ſupériorité de ſes talens, naquit à Châtillon, petite ville du pays du Maine en 1640, de parens peu accommodés des biens de la fortune ; mais diſtingués par une probité peu commune. Leur premier ſoin fut d'élever leurs enfans dans la crainte du Seigneur, & de les former de bonne heure à la pieté. Le jeune Hubert, que mille qualités aimables leur rendoient cher, devint l'objet de leur prédilection, & les grandes eſpérances qu'ils en conçurent, furent pour eux un motif de donner une attention particuliere à ſon éducation. La modicité de leur fortune ne les empêcha pas de l'envoyer au Mans pour y faire ſes études dans le college des peres de l'Oratoire. Un de ſes maîtres, fut le célebre Jules Maſcaron, que la ſupériorité de ſon mérite éleva depuis à la dignité d'évêque d'Agen. Enchanté des heureuſes diſpoſitions de ſon diſciple, il les cultiva avec un ſoin extrême, & il en parla avec éloge aux ſupérieurs de la congrégation : ſur le témoignage de ce grand homme, le jeune Hubert fut reçu à l'Inſtitution de Paris, où il entra en 1661 âgé de vingt & un ans, après avoir glorieuſement achevé ſon cours de philoſophie.

Deſtiné au ſortir de l'Inſtitution à profeſſer les belles-lettres, il ſçut inſpirer à ſes diſciples une égale ardeur pour l'étude & pour la pieté ; & il eſt vrai que jamais maître ne poſſéda dans un plus haut dégré, le talent de former la jeuneſſe dans les principes d'une éducation véritablement chrétienne.

Le pere Hubert, après avoir fourni avec éclat cette

premiere carriere, ne s'occupa plus pendant quelques années que de sa propre instruction. L'étude de la théologie, la lecture assidüe de l'écriture-sainte & des peres, déroberent tous ses momens; étude à laquelle il se livra avec d'autant plus d'ardeur, qu'il la jugeoit d'une utilité extrême pour remplir dignement les fonctions du ministere auquel il se destinoit, & qu'il a exercé pendant tant d'années dans les provinces, à Paris & à la cour; mais avec quel succès? Peut-être suffiroit-il pour en juger, de rapporter ici l'approbation qui se trouve à la tête des sermons de ce célebre orateur.

» En lisant ces discours, je me suis ressouvenu, dit
» le censeur, de cette grande réputation que l'auteur
» s'est acquise pendant sa vie, lorsqu'il préchoit, & que
» ses pieds vénérables alloient d'une chaire à l'autre
» dans les principales églises de cette capitale du royau-
» me, à la cour devant le roi, & le plus grand de nos
» rois : réputation la plus célebre, autant par sa
» probité & la sainteté de ses mœurs, que par la beauté
» de ses discours & l'éclat de son éloquence. Des ins-
» tructions si belles, si sçavantes, si sublimes, si mé-
» thodiques, si pures dans le dogme, si correctes & si
» édifiantes dans la morale, méritent sans doute de
» passer à la postérité la plus reculée. Le choix des ma-
» tieres, l'excellente maniere de les traiter, fondée sur
» l'écriture-sainte, tirée des SS. peres & des docteurs de
» l'église les plus sûrs dans leurs décisions, la force des
» raisonnemens, l'élégance & la politesse chrétienne
» qui en font les ornemens, le zele, la pieté, l'onction
» qui éclatent de toutes parts, & tant d'autres perfec-
» tions qu'elles renferment, les rendront également
» cheres & utiles au public.

Les grands succès au reste, qui accompagnerent constamment cet excellent homme dans l'exercice de son ministere, on doit peut-être moins les attribuer à ses talens, quelques grands qu'ils fussent; qu'à sa solide pieté, qui donnant une merveilleuse onction à ses paroles, faisoit passer dans le cœur de ses auditeurs, les sentimens dont il étoit lui-même pénétré. Plein d'un respect profond pour la sainteté de la parole qu'il annonçoit, il auroit cru que c'eût été l'avilir, que de la faire servir à éblouir, ou à amuser agréablement l'esprit ; son but fut toujours de parler au cœur, de le toucher & de le convertir ; & ce qui rendoit son éloquence plus touchante & plus persuasive, c'est la haute idée que l'on avoit de sa sainteté : les vertus qu'il prêchoit, l'on sçavoit qu'il les pratiquoit dans toute leur perfection. Nous n'entrerons pas dans le détail de toutes ces vertus, contentons-nous de rapporter quelques traits édifians de sa profonde humilité. Ayant un jour rencontré dans une compagnie une personne de distinction, qui après l'avoir embrassé, le fit souvenir qu'il avoit été autrefois son condisciple : *Je n'ai garde, Monsieur*, lui répondit humblement le pere Hubert, *de l'oublier jamais, je m'en souviens toujours avec plaisir & avec reconnoissance : vous aviez la bonté de me fournir des livres, de me donner de vos habits & semblables secours, sans quoi j'aurois eu bien de la peine à faire mes études ; & je fais gloire de l'avouer ici devant tant d'honnêtes gens qui me font l'honneur de m'aimer, afin qu'ils m'aident à m'acquitter auprès de vous de ce que je vous dois.*

Dans les dernieres années de sa vie, le prédicateur destiné pour le Carême de S. Jean en Greve étant venu à manquer, & le pere Massillon devant prêcher cette même année-là le Carême à S. Gervais, la proximité des deux églises, la concurrence d'un voisin redoutable qui avoit pour lui les charmes de la nouveauté, & peut-être la supériorité des talens ; n'empêcherent pas que le pere Hubert ne remplît la station qui lui étoit offerte, *content*, disoit-il, *de prêcher aux gens de livrée, qui ne pouvoient trouver de place avec leurs maîtres aux sermons de son illustre voisin ;* mais l'éloquence de ce grand homme fut, comme elle l'avoit toujours été, généralement applaudie.

Epuisé

Epuisé par les fatigues d'une longue suite d'années consacrées aux travaux apostoliques, il termina sa glorieuse carriere le 22 Mars de l'année 1717, étant âgé de soixante & dix-sept ans.

CHARLES DE LA RÜE.

CHARLES DE LA RÜE, l'un des plus grands orateurs, & des plus excellens poëtes de son siécle, naquit à Paris en 1673. La beauté & l'élévation de son génie lui firent de bonne heure un nom illustre dans la république des lettres. Etant entré à l'âge de seize ans dans la compagnie de Jesus, il s'y distingua bientôt par la supériorité de ses talens ; il les fit surtout briller avec éclat dès qu'il eut commencé à professer les humanités à Paris. Le beau poëme latin qu'il composa en 1667 sur les conquêtes de Louis XIV, fut jugé si excellent, que le célebre Pierre Corneille se fit un honneur d'en donner une traduction en françois ; & lorsqu'il la présenta à Sa Majesté, il n'hésita pas de lui dire, qu'il s'en falloit bien que cette traduction offrît les mêmes beautés qui se trouvoient dans l'original ; & ce fut-là le commencement de l'estime singuliere dont le feu roi honora depuis constamment le pere de la Rüe.

Cependant le jeune Jésuite, plein de l'esprit de sa vocation, brûloit du désir d'aller signaler son zele dans les missions du Canada : il en sollicita la permission avec les plus vives instances ; mais ses supérieurs qui avoient sur lui d'autres desseins, refuserent constamment de se prêter à ses vœux.

Sa passion pour les belles-lettres le suivit en théologie, & il trouva bien des momens pour la contenter.

Ce fut en ménageant ainſi ſon tems, qu'il donna ſon interprétation de Virgile enrichie de ſçavantes notes.

Son cours de théologie fini, ſes ſupérieurs le deſtinerent à profeſſer la rhétorique à Paris ; emploi qui le mettoit à portée de cultiver avec ſuccès le rare talent qu'il avoit pour l'éloquence & pour la poëſie. Ses tragédies latines & françoiſes furent généralement applaudies , & en particulier du grand Corneille, qui ne put s'empêcher de dire , que *c'étoit dommage que le pere de la Rüe fût d'une profeſſion à ne pouvoir ſe donner tout entier aux piéces de ce genre ; qu'il ne voyoit que lui qui pût ſoûtenir la noble majeſté du théâtre françois.* Poëte excellent, il ne fut pas moins bon orateur ; ſes harangues , les catéchiſmes même qu'il faiſoit en latin à ſes diſciples , furent regardés comme des modéles.

Après pluſieurs années paſſées dans les exercices du college , le pere de la Rüe réſolu de ſe dévouer tout entier au miniſtere de la parole divine , ne s'occupa plus que de l'étude de l'écriture-ſainte & des peres. » Ce » fut dans ces ſources ſacrées , dit l'auteur qui nous four- » nit l'extrait que nous donnons ici , que le pere de la » Rüe puiſa ces idées magnifiques ; ces vives peintures » du vice & de la vertu, ces nobles ſentimens de l'hé- » roïſme chrétien, ce ſublime de la religion dont il en- » richit ſes ſermons : ſes panégyriques des ſaints, ſes ad- » mirables éloges funebres n'étoient ni moins édifians , » ni moins pathétiques que ſes diſcours de morale. C'é- » toit toujours un homme qui gardoit ſon caractere de » prédicateur de l'évangile , qui ſembloit parler en pro- » phete , qui ſe ſervoit avantageuſement du beau feu » d'une imagination féconde en traits enlevans, pour » intimider les cœurs les plus endurcis ; qui ſans ſe ren- » dre toujours eſclave de ſa mémoire , prenoit quelque- » fois l'eſſor , & ſe livroit aux ſaintes ardeurs de ſon » zele. De-là , ces fruits immenſes d'un miniſtere de » près de quarante ans, qui le firent paſſer pour un des » plus excellens prédicateurs de ſon tems ; il le fut aux

» yeux de tout Paris; il le fut à la cour , où plus on
» l'entendit , plus on voulut l'entendre.

» Ce fut après qu'il eut prêché plufieurs Avents &
» plufieurs Carêmes, que le feu roi toujours animé de
» cet efprit de religion qui le diftingua pendant fa
» vie , & qui rendit fa mort fi chrétienne , voulut procu-
» rer à fes fujets rebelles du Languedoc, un moyen de
» falut qui pût les faire rentrer dans le fein de l'églife.
» Le pere de la Rüe fut deftiné à aller faire des mif-
» fions dans cette province , & pendant trois ans entiers
» qu'il y demeura , il y opéra des converfions fans nom-
» bre; mais il dit lui-même que le bien qu'il fit , on
» ne dut l'attribuer avec la bénédiction du ciel, qu'à la
» liberté qu'il fe donna de s'abandonner aux mouve-
» mens de fon génie , & fes plus beaux fermons n'y eu-
» rent point de part. A l'occafion de divers événemens ,
» & des fcenes tragiques qui fe paffoient fous fes yeux,
» il fit fouvent des difcours , où les tranfports de fon
» zele, fecondés de fon talent , lui fourniffoient les ima-
» ges les plus vives , & les plus fortes expreffions ; tant
» il eft vrai, difoit-il, qu'une étude recherchée des gra-
» ces de la langue ; qu'une jufteffe fcrupuleufe de mé-
» moire , énerve l'éloquence chrétienne , & ne fert qu'à
» lui faire perdre fon fruit.

» Refpectueux envers les grands fans être gêné de
» leur grandeur , il trouvoit auprès d'eux un accès fa-
» cile, qui le faifoit entrer jufques dans leur cœur.
» Affable & plein de bonté pour les petits, il daignoit
» fe familiarifer avec eux ; toujours fage , toujours
» édifiant dans fa conduite, il fe prêtoit au monde,
» fans oublier les bienféances de fon état ; agréable ce-
» pendant & poli dans fes manieres religieufes. Le
» monde le voyoit avec d'autant plus de plaifir, qu'ayant
» du goût pour les arts, & pouvant parler de tout,
» on trouvoit dans fes entretiens , & de quoi pouvoir
» apprendre , & de quoi pouvoir s'édifier.

» Des perfonnes les plus diftinguées par leur mérite,

I i ij

»par leur naiſſance, par la ſainteté de leur profeſſion,
»lui remirent leur conſcience entre les mains. Madame
»la Dauphine d'abord, & enſuite M. le duc de Berry,
»lui firent l'honneur de le choiſir pour leur confeſſeur;
»& l'on peut dire que jamais homme ne fut dans les
»fonctions de ce miniſtere, moins attentif à ſa propre
»gloire, moins ſuſceptible de jalouſie.

»M. le Dauphin ſi recommandable par une pieté
»dont toute l'Europe fut édifiée, ſe faiſoit un plaiſir
»de l'entretenir, & ſembloit n'avoir rien de ſecret pour
»lui; le feu roi ſur-tout le voyoit auſſi volontiers en
»particulier, qu'il l'entendoit en public; il avoit pour
»lui tout ce qu'un grand roi peut avoir de conſidé-
»ration pour un ſujet.

»Au comble de tout ce qu'un homme de ſa pro-
»feſſion pouvoit eſperer en ce monde de ſuccès, d'a-
»grémens, de diſtinction, il ſe vit précipité dans un
»état, où ſes infirmités ne purent lui laiſſer en par-
»tage que la retraite. Celle de Pontoiſe étoit ſon ou-
»vrage, & elle faiſoit ſes délices; il fut obligé d'y re-
»noncer, & de venir s'enſevelir dans la ſolitude du
»college. Tandis qu'il avoit pû offrir le ſaint ſacrifice,
»il n'y manqua pas; inconſolable de ne l'avoir pû de-
»puis près d'un an, ſi juſqu'à la mort il n'avoit pas eu
»la conſolation de communier tous les jours régulié-
»rement.

»Il s'étoit levé le matin à ſon ordinaire; & déja
»faiſant un dernier effort, il ſe préparoit à la com-
»munion, lorſque ſa foibleſſe l'obligea de ſe remettre
»au lit. A peine y fut-il, qu'il tomba dans une entiere
»défaillance; bien-tôt il parut ne reconnoître plus per-
»ſonne, & n'entendit plus rien. Les yeux levés au
»ciel, & ſourd à tout ce qu'on lui diſoit, il fut plus
»d'une heure à réciter certaines prieres qu'il s'étoit
»rendües familieres. On en entendit aſſez pour juger qu'il
»falloit que cette grande ame dans ces derniers momens,
»eût intérieurement ranimé toute ſa ferveur. Il ne

» cessa de prier de la sorte, que lorsque n'en pouvant
» plus, il entra dans une douce agonie qui l'enleva de
» ce monde le 27 Mai 1725, âgé de quatre-vingt-deux
» ans.

PIERRE FRANÇOIS D'AREREZ
DE LA TOUR.

PIERRE FRANÇOIS D'AREREZ DE LA TOUR,
supérieur général de la congrégation de l'Oratoire, l'un des plus grands hommes de son siecle, issu
d'une famille plus distinguée encore par les vertus qui
y étoient héréditaires que par l'éclat de son ancienne
noblesse, naquit à Paris le 21 Avril 1653, de messire
Henri d'Arerez, seigneur de la Tour & de Thuy, conseiller & maître d'hôtel ordinaire du roi, capitaine &
gouverneur pour Sa Majesté du château de Tonquile,
& de dame Marie Sybille Fautrier de Malleval.

Dès ses plus tendres années il laissa appercevoir dans
lui les plus heureuses dispositions pour les sciences, accompagnées d'un naturel docile & d'un goût marqué
pour le travail. La réputation d'un maître habile le célebre M. Cailly, qui le premier osa enseigner publiquement la nouvelle philosophie dans l'université de Caen,
attira le jeune de la Tour en cette ville. La beauté de
son génie l'avoit distingué dans ses humanités, & il
brilla encore plus dans cette nouvelle carriere; les theses
publiques qu'il soutint à la fin de son cours lui mériterent les plus glorieux applaudissemens. Mais quelque
grande qu'eût été jusqu'alors son application, elle redoubla lorsqu'il fut passé à l'étude de la théologie. L'attrait qu'eut pour lui cette science dont la sublimité sembloit s'accorder si parfaitement avec celle de son esprit,

ne fit qu'augmenter pendant toute sa vie ; aussi s'y livra-
t-il tout entier. On jugera des progrès qu'il y fit par la
gloire qu'il a eüe d'être consulté par les plus grands prélats du royaume comme un des hommes de son siecle
qui possédoit le mieux les matieres de la foi , & qui
étoit le plus versé dans la science de l'écriture - sainte ,
des conciles & des peres.

Les avantages que lui promettoit l'éclat d'une naif-
sance illustre soutenüe de toutes les qualités les plus propres à le faire briller dans le monde ne purent l'empêcher de suivre l'attrait de la grace qui l'appelloit à la
retraite. Destiné par la providence à être l'ornement
& l'appui d'une société illustre , âgé de dix-neuf ans il
entra dans la congrégation de l'Oratoire le 15 Août de
l'année 1672. S'il y brilla par la supériorité de ses talens , il ne s'y fit pas moins admirer par l'éminence de
ses vertus. Après avoir enseigné avec distinction pendant quelques années les humanités dans différens colleges de sa compagnie , il fut envoyé à Soissons pour y
professer la philosophie. Ce fut-là qu'il commença à
donner d'éclatantes preuves du rare talent qu'il avoit
pour l'éloquence de la chaire ; on en jugera par la lettre
que le P. Duguet supérieur de la maison de Soissons ,
écrivit en 1680 au R. P. de Sainte - Marthe supérieur
général de l'Oratoire. Nous · la transcrirons ici toute
entiere parce qu'elle peut seule tenir lieu du plus grand
éloge. Voici dans quels termes elle est conçüe.

» Le pere de la Tour qui enseigne ici la philosophie
» vient de faire paroître en deux ou trois sermons un
» talent si prodigieux & si complet, que je ne sçache
» point de prédicateur qu'il ne puisse égaler en très-peu
» de tems. C'est , comme vous sçavez , un parfaitement
» homme de bien , d'une piété solide , d'une humilité
» profonde , & qui mene une vie de Chartreux parmi
» nous , sans pourtant s'y distinguer par aucune singu-
» larité ; il sçait tout ce qu'on peut sçavoir à son âge ,
» sur-tout pour la doctrine des saints peres & pour la

» difcipline eccléfiaftique; il a le jugement mur, rien de
» faux dans l'efprit; la mémoire du monde la plus fûre
» & la plus heureufe, ajoutez à cela une compofition
» jufte, nette, vive, fleurie, & avec tout cela pleine
» d'onction, toujours proportionnée aux perfonnes à qui
» il a à parler; mais ce qu'il y a de plus admirable c'eft
» la prononciation qu'il a fi belle, fi animée, fi infi-
» nuante, fi dégagée qu'encore qu'il n'ait prêché que
» trois ou quatre fois, je connois peu de gens de ceux-
» mêmes qui brillent dans la chaire depuis quinze ou
» vingt ans que je vouluffe lui préférer. Vous ne fongiez
» apparemment à lui que pour une philofophie ou une
» théologie. C'eft un emploi pour lequel vous trouverez
» affez de gens; il n'en eft pas de même de la prédica-
» tion pour laquelle vous en trouverez peu qui ayent
» tant de talens; ce n'eft pas au refte un homme à fe
» déterminer de lui-même à aucun emploi, il eft trop
» humble & trop détaché pour cela; mais je puis vous
» répondre, pour l'avoir tâté, que fi vous le déterminez
» à cet emploi, il pourra dès cet été, fans faire tort à
» fa claffe, au-deffus de laquelle il eft infiniment, fe
» mettre en état de commencer au plûtôt. Vous ufe-
» rez, comme il vous plaira, de cet avis; mais je vous pro-
» tefte que rien ne m'a porté à vous le donner que le
» zele que j'ai pour le fervice de l'églife & pour l'hon-
» neur de la congrégation.

Cette lettre décida de la deftination de l'homme célebre dont je fais l'éloge. Ses fupérieurs qui fouhaitoient
qu'il confacrât fes talens au miniftere de la parole l'appellerent à Paris en 1680; les charmes de fon éloquence
lui firent bientôt un grand nom dans la nouvelle carriere où il entroit. Un ftyle pur fans affectation, noble
fans enflure, égal fans monotonie, une compofition réguliere fans être génée, plus nourrie de l'écriture fainte
& de la lecture des peres qu'abondante en ornemens &
en defcriptions fleuries; une déclamation douce, un ton
gracieux, un gefte naturel caractériferent fes difcours, &

le firent écouter avec une approbation générale ; mais trop humble pour être senfible aux applaudiffemens les plus flatteurs, il ne fut touché que du fruit qu'il plût à Dieu d'opérer par fon miniftere.

La profonde connoiffance qu'il avoit acquife des matieres eccléfiaftiques ayant engagé fes fupérieurs à le choifir pour faire des conférences à S. Magloire, tout Paris accourut pour l'entendre ; de grands prélats, des théologiens célebres, d'illuftres magiftrats s'emprefferent à groffir la foule de fes auditeurs.

Au refte le zele de ce grand homme ne fut pas borné au feul exercice du miniftere de la parole. Un nombre infini de perfonnes de tout état & de toute condition touchées de l'onction de fes difcours voulurent l'avoir pour guide dans la voie du falut; & quel homme poffédа dans un plus haut degré le talent de la direction? Peut-être fuffiroit il d'en rapporter pour preuve le choix que firent de lui deux grands princes (*a*) pour les affifter à la mort, & la confiance dont l'honorerent deux illuftres princeffes (*b*) en remettant entre fes mains les intérêts de leur confcience.

A tant de rares talens ajoutons celui du gouvernement. On peut fe rappeller dans quelle circonftance de tems le pere de la Tour fut chargé de l'adminiftration générale de fa congrégation. Il eut befoin de toute fa fageffe pour empêcher que le vaiffeau qu'il conduifoit n'allât brifer contre les écueils qui fembloient l'environner de toute part. Son affabilité, fa douceur, fa charité lui gagnerent le cœur de tous fes inférieurs ; s'il commandoit, fes ordres étoient accompagnés de tant de politeffe qu'ils pouvoient plutôt paffer pour des prieres que pour des commandemens. Rien qui égalât fa tendreffe pour les malades ; il les vifitoit fouvent, s'informoit avec foin de ce qui pouvoit leur manquer, vouloit

(*a*) Henri-Jules de Condé & le prince de Conti fon oncle.
(*b*) La reine d'Angleterre époufe du roi Jacques II, & la princeffe de Condé femme de Henri-Jules de Condé.

qu'on

qu'on n'épargnât rien pour le rétabliſſement de leur
ſanté qui lui étoit mille fois plus chere que la ſienne propre.

Quelqu'étendües , quelque multipliées que fuſſent les
fonctions de ſa charge , qui tenoit à des détails immenſes , il vouloit tout voir & tout connoître par lui-même ,
ſans que la multitude des affaires jettât aucune confuſion
dans ſes idées ou dans ſes deſſeins. Conſulté au dehors
& au dedans , il répondoit à toutes les queſtions avec
une netteté & une préciſion toujours admirées. Admis
au conſeil des premiers prélats (a) du royaume, une ſupériorité de vuës , une fécondité de reſſources , une merveilleuſe habileté à prendre des tempéramens juſtes entre
des avis oppoſés faiſoient que ſouvent l'on s'en tenoit
au parti qu'il propoſoit.

La ſageſſe de ſes déciſions ſur toutes les queſtions
difficiles étoit ſi connüe qu'il étoit la reſſource ordinaire
de ceux qui dans la néceſſité d'agir avoient de la peine
à calmer leurs doutes. Ce qui donnoit tant de force &
un ſi grand poids à ſes déciſions étoit la profonde connoiſſance qu'il avoit acquiſe des loix & de leurs principes,
de la morale & de ſes ſources.

Les grands du royaume, les premiers magiſtrats , le
Nonce (b) de Sa Sainteté l'honorerent de leur confiance
& de leur eſtime. Sa Majeſté elle-même , le feu roi , a
ſouvent parlé avec éloge de la ſageſſe de cet excellent
homme , & quelle preuve plus certaine d'un vrai mérite
que le témoignage d'un auſſi grand roi ?

Ses vertus le rendoient encore plus eſtimable que ſes
talens. Simple , humble , modeſte il ne pouvoit ſouffrir
aucun reſpect ſervile ; il ſe déroboit autant qu'il pouvoir
aux marques de diſtinction que lui attiroit ſon mérite.
On ſçait que ſon humilité lui fit refuſer les premieres
dignités de l'égliſe (c). Attaché à une régularité conſ-

(a) Des cardinaux de Noailles, de Biſſy, de Fleury & de Rohan.
(b) Le cardinal Gualteri.
(c) Le pere de la Tour refuſa d'abord l'évêché d'Evreux, & enſuite l'ar-
chevéché de Rouen. On aappris ce fait de M. l'abbé d'Orſane , ſécrétaire du

tante, il évita toute singularité, & on n'en remarqua
point d'autre en lui que celle de marcher d'un pas toujours égal dans le chemin de la vertu. La multiplicité
de ses occupations ne lui fit jamais rien retrancher du
tems qu'il consacroit chaque jour à l'oraison. C'étoit
dans ses fréquentes communications avec Dieu qu'il se
délassoit de ses fatigues ; & qu'il prenoit de nouvelles
forces pour soutenir le poids d'un travail continuel. Depuis son entrée dans le sacerdoce il n'avoit laissé passer aucun jour sans célébrer nos divins mysteres ; la veille même
du jour qu'il fut enlevé de ce monde il avoit offert le
saint sacrifice de la messe.

Chargé d'années & plus encore de mérites, il mourut
subitement le 13 Février 1733 dans la quatre-vingt-
unieme année de son âge.

Son extérieur sembloit avoir été fait pour annoncer
les qualités d'une belle ame. Il avoit une taille avanta-
geuse, les traits réguliers, & une de ces physionomies
heureuses qui sont comme les images de l'esprit, & les
premiers garens de la vertu. Il suffisoit de l'envisager pour
être prévenu en sa faveur. Lorsqu'il entreprenoit d'insinuer quelque chose, son mérite extérieur avoit déja
préparé les voies à la persuasion.

conseil de conscience pendant la régence. Ce fut lui qui dit au pere de la Borde
de l'Oratoire qu'il avoit eu ordre d'inscrire le peré de la Tour sur la feuille des
bénéfices pour cette prélature ; mais jamais on ne put le persuader de consentir
à cette destination. M. le Cardinal de Noailles qui y avoit beaucoup contribué
a souvent confirmé la même chose ; mais ce qui fait encore plus d'honneur au
pere de la Tour, c'est que sa modestie lui a fait garder un profond silence, &
sur cette nomination, & sur le refus qu'il avoit constamment opposé aux pres-
santes instances de M. le cardinal de Noailles.

HONORÉ DE QUIQUERAN
DE BEAUJEU.

Honoré de Quiqueran de Beaujeu, évêque de Castres, honoraire de l'académie des inscriptions & belles-lettres, issu d'une des plus nobles & des plus anciennes familles de Provence, naquit à Arles le 29 Juin 1655, de Honoré de Quiqueran, baron de Beaujeu, & de Thérèse de Grille d'Estoublon. Ses ancêtres avoient successivement rempli à la cour des rois de Naples, comtes de Provence, les charges les plus honorables ; & depuis que cette province avoit été réünie à la couronne de France, on vit la même famille élevée aux plus grandes dignités de l'état & de l'église.

Pierre de Quiqueran de Beaujeu n'étoit encore âgé que de dix-huit ans, lorsqu'il mérita par son sçavoir extraordinaire d'être nommé à l'évêché de Senez sous le regne de François I. Il mourut en 1550 âgé de vingt-six ans, & fut enterré dans une chapelle de l'église des grands Augustins de Paris. Au bas de son mausolée où il étoit représenté en marbre blanc, soutenu par une renommée au milieu des attributs des arts & des sciences, on lisoit l'épitaphe suivante :

Dum juvenilis honos primà lanugine malas
  Vestit, & in calido pectore fervet amor,
Me rapuit quæ cuncta rapit, mors invida doctis ;
  Hei mihi! cur vitæ tam brevis hora fuit.
Cur brevis hora fuit, rerum sic volvitur ordo,
  Alternatque suas tempus & hora vices.
Si fera longævæ tribuissent fata senectæ,

K k ij

Tempora, venturis poma dediffet ager,
Flos periit, periere fimul cum cortice fruttus,
Aridaque ante fuos poma fuere dies,
Nemo tamen lacrymis, nec triftia funera fletu,
Fœdet, cur? volito dotta per ora virûm.

Paul-Antoine de Quiqueran de Beaujeu, chevalier de Malte, oncle de M. l'évêque de Caftres, s'étant acquis par fon intrépidité & par fa valeur la réputation d'un des plus grands hommes de fon tems; attaqué & invefti en 1660 dans un miférable port de l'Archipel où la tempête l'avoit jetté, il fe défendit pendant un jour entier contre trente galeres de Rhodes commandées par le capitan-bacha Mazamamet. Chargé de fers il étoit conduit efclave à Conftantinople, lorfqu'il s'éleva une fi furieufe tempête, que la flotte turque auroit été perdüe fans reffource, fi le chevalier de Beaujeu n'eût eu l'adreffe de la fauver par l'habileté de fa manœuvre. Le capitan-bacha fenfible à la générofité de fon prifonnier, fupprima fon titre de chevalier, & le confondit avec les plus vils efclaves, dans le deffein de lui rendre la liberté dès qu'il feroit arrivé à Conftantinople; mais cette précaution fut inutile. Le grand Vifir informé de ce qui venoit de fe paffer, & à qui on avoit fans doute fait le portrait du chevalier, voulut voir tous les efclaves, & démêla aifément le chevalier; fur le champ il fut conduit au château des fept Tours, fans qu'on voulût entendre parler de fa rançon. Ce fut en vain que le roi de France le redemanda, & que la république de Venife voulût le faire comprendre dans le traité de Candie, M. de Beaujeu feroit mort dans l'efclavage, fi un de fes neveux, frere de M. l'évêque de Caftres, n'eut entrepris de lui rendre la liberté. Etant donc paffé à Conftantinople avec M. de Nointel qui y alloit en qualité d'ambaffadeur, il y vit M. fon oncle; car on ne refufoit à perfonne la liberté de le voir, attendu que l'on fe croyoit bien affuré qu'il ne pouvoit s'é-

chapper du lieu où il étoit. Son jeune parent fut exact
à lui porter chaque fois qu'il l'alloit voir, une certaine
quantité de cordes dont il s'entouroit le corps. Quand
il jugea qu'il en avoit suffisamment porté, l'oncle &
le neveu convinrent du jour, de l'heure & du signal.
Le signal donné, le chevalier descendit, & la corde
se trouvant de trois ou quatre toises trop courte, il
s'élança dans la mer qui mouille le pied du château :
le bruit qu'il fit en tombant fut entendu de quelques
Turcs qui passoient dans un brigantin, & ils allerent
droit à lui ; mais son libérateur arrivant à force de ra-
mes dans un esquif bien armé, les écarta, & conduisit le chevalier à bord d'un vaisseau du roi que mon-
toit le comte d'Apremont, qui le ramena heureusement
en France ; & à son retour, il fut nommé à la commanderie de Bordeaux, il avoit été onze ans prison-
nier.

L'évêque de Castres neveu de ce grand homme,
& non moins vif que lui, ne fit usage de sa vivacité,
que par rapport à l'étude ; de bonne heure il s'y livra
avec ardeur, & y fit les plus rapides progrês, & sur-
tout dans les langues sçavantes, dans la théologie &
dans l'éloquence. Agé de dix-sept ans, il entra dans
la congrégation des peres de l'Oratoire, & s'y distingua bientôt par la supériorité de ses talens. Il n'étoit
pas encore prêtre, que ses supérieurs le destinerent à
enseigner la théologie à Arles, & ensuite à Saumur ; il
prêcha depuis quelques Dominicales avec les plus glorieux succès ; ce n'est pas cependant qu'il donnât beaucoup de tems à la composition de ses sermons, il avoit
reçu du ciel le rare talent de parler sur le champ avec
plus de force & plus d'onction, que ne le font ordinairement les orateurs sacrés, dont l'éloquence est le
fruit d'un long travail. Il se contentoit de bien méditer les sujets qu'il avoit à traiter, il en traçoit le plan
sur le papier ; il avoit même l'attention de l'écrire en
latin pour ne point s'assujettir aux termes. De-là vient,

que de trois Carêmes qu'il a prêchés à Aix, à Paris
& à la Rochelle, on n'a pas plus de deux ou trois
sermons de sa façon écrits exactement.

Son éloquence naturelle engagea ses supérieurs à
l'employer dans les missions du Poitou & du pays d'Aunis; il y travailla avec tant de fruit, que M. Fléchier
évêque de Nîmes crut devoir l'attirer dans son diocèse; & pour se l'attacher, il le nomma à un canonicat de sa cathédrale, le fit son grand Vicaire, & lui
donna bientôt toute sa confiance.

M. l'abbé de Beaujeu eut peu de tems après une
occasion éclatante, de montrer jusqu'à quel point il
possédoit le précieux don de la parole. Sur l'avis que
M. le maréchal de Montrevel avoit reçu, que les Fa-
natiques du Languedoc devoient s'assembler le Dimanche des Rameaux dans un moulin des fauxbourgs de
Nîmes, il le fit investir par cinq cens dragons, & l'on
dit qu'il leur avoit en même-tems donné ordre de brûler cette maison. C'en fut assez pour répandre l'allarme
dans toute la ville, les habitans effrayés coururent aux
armes, & vinrent se renfermer dans l'église résolus de
s'y défendre jusqu'à la derniere extrémité; l'éloquence
de l'abbé de Beaujeu dissipa le tumulte, il monta en
chaire, & prêcha avec tant de force & d'onction, qu'il
rétablit un calme parfait.

Député du second ordre, il ne fit pas moins éclater
son éloquence dans les assemblées du clergé de 1693
& de 1700. Le célebre M. Bossuet & M. l'abbé Bignon,
en furent frappés au point, qu'ils n'oublierent rien pour
engager l'abbé de Beaujeu à se fixer à Paris. On lui
proposa pour cet effet une place d'associé à l'académie
des inscriptions qu'il accepta; mais sans cesse rappellé
par son zele aux exercices ordinaires de son ministere,
il parut rarement aux assemblées de l'académie. Le roi
informé des grands fruits de conversion que M. de Beaujeu opéroit dans le diocèse de Nîmes, le nomma en
1705 à l'évêché d'Oleron, & le fit passer la même année à celui de Castres.

Le nouvel évêque plein de tendreſſe pour le nouveau troupeau qui venoit de lui être confié, ſe hâta
d'en aller prendre ſoin. & fixa ſon départ au lendemain du jour même qu'il devoit prêter ſerment de fidélité entre les mains du roi, qui lui dit, lorſqu'il
prit congé de lui : *C'eſt bien-tôt ; mais c'eſt bien fait.*

Son arrivée à Caſtres fut marquée par l'établiſſement d'un ſéminaire, où ſe formerent ſous ſes yeux
de vertueux eccléſiaſtiques, dont l'inſtruction devint
le principal objet de ſon attention. Point de fonctions de
ſon miniſtere qu'il ne remplît avec autant de ferveur que
de pieté. Trop inſtruit de ſes devoirs pour ignorer que
la diſtribution du pain de la parole divine doit être particuliérement réſervée à un évêque, il faiſoit ceder
toute occupation à celle de prêcher lui-même ſes oüailles, de les cathéchiſer & de les inſtruire. Un prédicateur nommé pour prêcher le Carême dans ſa cathédrale, ayant annoncé qu'il ne prêcheroit que trois fois
la ſemaine. M. de Caſtres ſe leva, & promit de prêcher les autres jours, il tint parole, & l'on accourut
de toute part pour l'entendre.

Depuis ſa nomination à l'évêché de Caſtres, juſques
en 1711, il n'avoit encore fait aucune apparition à
la cour. Il y vint cette année-là chargé de la préſentation du cahier des Etats. Le diſcours qu'il fit au roi
fut d'autant plus applaudi, que tout y paroiſſoit marqué au coin d'une éloquence où l'art n'avoit point
de part.

Il mérita les mêmes applaudiſſemens dans une autre
occaſion qui ſe préſenta bientôt après. M. l'évêque de
Lavaur étant mort pendant la tenüe des Etats du Languedoc, l'on ne ſçavoit, ſi ſelon l'uſage ordinaire, l'on
devoit faire ſon oraiſon funebre, parce que les Etats
étoient ſur le point de ſe ſéparer, & qu'il n'y avoit pas
apparence que l'on pût trouver quelqu'un, qui dans
un intervalle ſi court, voulût ſe charger de la compoſition de cette piéce. Ce fut-là un ſoin que M. de

Caſtres prit ſur lui, & il ne demanda pas même de délai. Le jour même des obſéques de M. de Lavaur, il prononça l'oraiſon funebre de ce prélat, & peut-être jamais piéce n'a été plus applaudie.

Le dernier voyage que M. de Caſtres fit à Paris, fut en 1715, année malheureuſe qui enleva à la France, un roi dont le ſouvenir vivra éternellement dans le cœur de ſes ſujets, & qui ſera éternellement le ſujet de leurs regrets, comme il a été pendant toute ſa vie l'objet de leur admiration & de leur tendreſſe. Ce grand roi étant mort dans le tems de la tenüe de l'aſſemblée générale du clergé, M. l'évêque de Caſtres qui en étoit, fut choiſi pour faire l'oraiſon funebre de ce monarque, dont les louanges étoient depuis long-tems le chef d'œuvre ou l'écueil des orateurs du premier ordre. M. de Caſtres ne conſentit à abandonner ſa piéce à l'impreſſion, que parce qu'elle lui avoit donné occaſion de faire éclater les ſentimens diſtingués de vénération dont il étoit pénétré pour la mémoire d'un prince à qui la monarchie françoiſe doit ſon plus grand luſtre.

Les autres ouvrages de ce ſçavant prélat qui ont été rendus publics, & qui ne l'ont été que parce qu'il étoit néceſſaire d'en répandre des copies uniformes dans toute l'étendüe de ſon diocèſe; ce ſont ſes mandemens & ſes inſtructions paſtorales. Ces écrits imprimés en différens tems roulent ſur l'établiſſement de ſon ſéminaire, ſur les maladies contagieuſes de Provence & de Languedoc, ſur l'incendie de Caſtres, ſur les abus de la mendicité, ſur la légende de Grégoire VII, ſur le concile d'Embrun, & ſur quelques autres points de doctrine.

Son amour pour ſa famille, ne tenoit que le ſecond rang dans ſon cœur, ſa tendreſſe pour les pauvres y occupoit la premiere place : *Recevez*, diſoit-il à ſes parens, *ce que je puis en conſcience prendre ſur moi pendant ma vie, je ne vous laiſſerai point de dettes ; mais point de richeſſes : ne vous reſſouvenez de votre ancienne ſplendeur,*

deur, que pour faire un meilleur usage de la médiocrité actuelle de votre fortune : ne regardez tout l'éclat de la noblesse, que comme une obligation plus essentielle de ne jamais rien faire qui n'en soit digne; c'est une espece de vernis qui releve les graces d'une peinture exquise, & rend plus sensibles la rudesse & les inégalités d'un pinceau vulgaire.

Agé de plus de quatre-vingt ans, il voulut se procurer pour la derniere fois la consolation de revoir sa famille; mais ce voyage lui coûta la vie. Il fut surpris en chemin d'une fièvre qui redoubla, lorsqu'il fut arrivé à Arles, & qui fut suivie d'une fluxion de poitrine dont il mourut le 26 Juin 1736.

ANTOINE ANSELME.

ANTOINE ANSELME, abbé de S. Sever Cap de Gascogne, pensionnaire vétéran de l'académie des inscriptions & belles-lettres, l'un des plus célebres prédicateurs de son siecle, naquit le 13 Janvier 1652 à l'Isle-Jourdain petite ville du comté d'Armagnac, de Pierre Anselme chirurgien de cette ville.

Le jeune Anselme fut élevé dès sa plus tendre enfance par un de ses oncles qui étoit curé aux environs de l'Isle-Jourdain. Après lui avoir appris les premiers élémens de la langue latine, il l'envoya faire ses classes à Gimont chez les peres de la Doctrine Chrétienne, & le fit passer de-là à Toulouse pour y étudier en philosophie & en théologie. Son talent particulier étoit pour la chaire : aux graces de la diction, il joignoit une mémoire si prodigieuse, que n'étant encore âgé que de douze à treize ans, il lui suffisoit d'entendre un sermon pour le répéter presque mot à mot. Il cultiva avec un

égal succès l'éloquence & la poësie ; & deux fois il eut
la gloire de voir ses poësies couronnées aux jeux flo-
raux ; mais dès qu'il eut fini son cours de théologie, il ne
s'occupa plus que du ministere de la parole évangélique.
Gimont fut la premiere ville où il vint l'annoncer, &
ce fut avec tant d'éclat qu'on ne le nomma plus que le
petit prophete ; il vint peu de tems après prêcher dans
une des premieres églises de Toulouse. M. le marquis
de Montespan enchanté de l'éloquence du jeune prédicateur crut devoir lui confier le soin de l'éducation de M. le
Marquis d'Antin son fils, qui n'étoit alors âgé que de dix
ans. M. l'évêque de Tarbes qui avoit des vües sur l'abbé
Anselme essaya de se l'attacher ; & pour cet effet il lui
conféra l'archipretré de Bagnieres, mais l'abbé Anselme
après être allé prêcher dans ce bénéfice les fêtes de la
Toussaints, remercia son bienfaiteur, & partit presque
aussitôt après pour Paris avec son jeune éleve.

Chacun sçait quels furent les glorieux succès d'une
si brillante éducation. Les heureuses dispositions du disciple, les soins & l'habileté du maître en furent la mesure.

Cette éducation finie M. l'abbé Anselme, reprit le
ministere de la prédication, & personne n'ignore quels
applaudissemens & quelle réputation l'ont accompagné.
Point de grande chaire dans Paris où il n'ait prêché
des Avents & des Carêmes ; il falloit même le retenir
des quatre à cinq années d'avance. En 1698 il fut nommé
pour prêcher l'Avent à la cour, & il fut encore choisi
pour y prêcher le Carême en 1709.

Voici comment madame de Sevigné s'explique dans
une de ses lettres écrite à madame la comtesse de Gri-
gnan sa fille, & qui est datée du huitieme Avril 1689,
jour du Vendredy saint.

» J'ai été ce matin à une très-belle passion à S. Paul :
» c'étoit l'abbé Anselme ; j'étois toute prévenüe contre
» lui, je le trouvois Gascon, & c'étoit assez pour m'ôter
» la foi en ses paroles ; il m'a forcée de revenir de cette

» injufte prévention. Je le trouve un des meilleurs pré-
» dicateurs que j'aye jamais entendu : de l'efprit, dè la
» dévotion, de la grace, de l'éloquence, en un mot je
» n'en préfere gueres à lui.

Un autre témoignage plus glorieux encore eft celui
du cenfeur royal qui revit les fermons de M. l'abbé Anfelme avant qu'ils fuffent donnés à l'impreffion. Il dit
dans fon approbation, » qu'il a eu le bonheur d'affifter
» à ces fermons, d'être témoin des juftes applaudiffe-
» mens qu'un nombreux auditoire leur prodiguoit tou-
» jours, & qu'il trouve le public heureux de pouvoir
» recueillir par la voie de l'impreffion les grandes vérités
» du falut que ce célebre prédicateur annonçoit alors
» dans la chaire, & qu'il méditoit encore dans fa re-
» traite.

Ses oraifons funébres & en particulier celle de la
feüe reine Marie - Thérefe , celle de mademoifelle de
Montpenfier, & celle du roi Jacques II ne furent pas
moins applaudies que fes fermons & fes panégyriques.

Il y avoit déja près de trente ans que M. l'abbé Anfelme exerçoit avec les plus glorieux fuccès le miniftere
facré de la parole, lorfqu'il fe rendit enfin aux preffantes follicitations de M. le duc Dantin, qui depuis long-
tems l'invitoit à revenir dans fon hôtel pour y jouir du
repos qu'il avoit acheté par une longue fuite d'années
paffées dans les pénibles fonctions de l'apoftolat. Mais
il s'étoit fait du travail une habitude trop grande pour
qu'il pût aifément y renoncer; tout ce qu'il put gagner
fur lui fut de mefurer fes occupations à fon âge & à
fes forces. Revenu à l'hôtel d'Antin il fe réduifit à ne
plus prêcher que quelques fermons pour des vêtures &
des profeffions religieufes, & pour des affemblées de
charité, & quelques panégyriques. Il fe fit auffi une occupation de l'étude des belles-lettres pour lefquelles il
avoit toujours confervé beaucoup de goût ; fon penchant
pour les beaux arts engagea l'académie de peinture à le
mettre au rang de fes amateurs honoraires, & prefque

L. l ij

dans le même tems il fut nommé hiſtoriographe des bâtimens ; un titre plus glorieux encore & qu'il déſiroit avec la plus vive ardeur étoit celui d'aſſocié à l'académie royale des inſcriptions & belles-lettres. Il y fut enfin reçu en 1710, & il n'y eut jamais d'académicien qui ſe ſoit montré plus zélé que lui pour la gloire & les intérêts de ſa compagnie. Il avoit été décidé après la mort de Louis XIV, que ce ſeroit par M. le duc d'Antin que l'académie recevroit les ordres du roi. L'abbé Anſelme tout puiſſant auprès de ce ſeigneur l'engagea à prévenir l'académie & l'amena à la premiere aſſemblée publique, & enſuite à celle où ſelon l'uſage on ſe rendoit compte des travaux du dernier ſemeſtre. Ce que l'abbé Anſelme avoit prévu arriva ; M. le duc d'Antin ſaiſi d'admiration donna à la compagnie les plus grandes louanges, applaudit à ſes travaux, l'exhorta à les continuer, & lui promit de la favoriſer de tout ſon crédit ; l'académie de ſon côté infiniment ſenſible aux bons offices que M. l'abbé Anſelme venoit de lui rendre lui accorda par une délibération unanime le titre de penſionnaire ſurnuméraire avec l'aſſurance de la premiere penſion qui viendroit à vaquer.

Il continua juſqu'en 1424 à ſe rendre aſſidüement à toutes les aſſemblées de l'académie ; & rarement il y paroiſſoit les mains vuides. On trouve de lui dans les mémoires de cette compagnie pluſieurs ſçavantes diſſertations, telles ſont celles qu'il a publiées ſur les monumens qui ont ſuppléé au défaut de l'écriture, & ſur ceux qui ont ſervi de mémoires aux premiers hiſtoriens, des recherches ſur ce que le paganiſme a publié de plus merveilleux, & ſur le Dieu inconnu des Athéniens, des réflexions ſur l'opinion des ſages du paganiſme touchant la félicité de l'homme, & des mémoires où l'on prouve que les lettres ont été cultivées dès les premiers tems, & principalement dans les Gaules.

M. l'abbé Anſelme âgé de ſoixante & douze ans demanda & obtint la vétérance. Depuis quelque tems ſes

vûes s'étoient tournées du côté de la retraite ; enfin en
1724 il se détermina à aller passer les dernieres années de sa vie dans son abbaye de S. Sever Cap de Gascogne à laquelle il avoit été nommé par le feu roi en
1699. Là il ne s'occupa plus que de ses livres & d'œuvres de piété, répandant sur les paroisses qui dépen-
doient de son abbaye la plus grande partie de ses revenus.

Il fit encore deux voyages à Paris. Au premier il
avoit soixante & dix-neuf ans, & au second quatre-vingt-
un ; il les fit tous deux en poste, & aussi légérement
que s'il eût été à la fleur de son âge ; mais le plaisir de
se montrer encore à l'académie & de revoir son illustre
éleve, M. le duc d'Antin, lui prêtoit des forces. La
mort de ce seigneur l'affligea si sensiblement qu'il en
tomba malade ; la fievre le prit & l'emporta au troisieme
accès. Il mourut le 8 Avril 1738, étant âgé de quatre-
vingt-six ans.

JEAN-PAUL BIGNON.

JEAN-PAUL BIGNON, abbé de Saint-Quentin en l'Isle, ci-devant doyen de S. Germain l'Auxerrois, conseiller d'état ordinaire, & doyen du conseil, bibliothécaire du roi, l'un des quarante de l'académie françoise, & honoraire des académies des sciences & des inscriptions & belles-lettres, naquit le 19 Septembre 1662, & fut baptisé le même jour dans l'église de S. Nicolas du Chardonnet à Paris. Sa famille originaire d'Anjou, distinguée par son ancienneté l'est encore davantage par les grands hommes qu'elle a produits ; Roland Bignon qui vivoit dans le seizieme siecle fut un des plus sçavans hommes de son tems. Il porta dans le barreau les grandes lumieres que ses études lui avoient acquises, & se contenta d'y paroître en qualité d'avocat ; titre qu'honoroient alors les personnes les plus illustres par leur naissance, & les plus recommandables par leur mérite, inviolablement attachées à la modération des anciennes mœurs, & prévenües d'une espece d'aversion contre la vénalité qui s'étoit introduite dans les charges.

Son fils, l'illustre Jerôme Bignon, avocat général du parlement de Paris, conseiller d'état & bibliothécaire du roi, digne de tous les éloges que peuvent mériter l'érudition la plus profonde & la probité la plus constante, fut un de ces génies extraordinaires que les derniers siecles peuvent hardiment opposer aux plus grands personnages de l'antiquité : il n'eut point d'autre maître que son pere ; & ce fut sous cet homme célebre con-

fommé dans toutes fortes de fciences, que le jeune
M. Bignon apprit les langues, les humanités, l'éloquence, la philofophie, les mathématiques, l'hiftoire,
la jurifprudence & la théologie. Plein de ces connoiffances qu'il avoit épuifées avec rapidité, il fit part au
public des fruits furprenans de fes méditations, dans un
âge où les autres enfans ont à peine jetté les premiers
fondemens de leurs études. A dix ans il publia fa chorographie ou defcription de la Terre - fainte, beaucoup
plus exacte que celles qui jufqu'alors avoient été mifes
en lumiere ; & trois ans après il donna deux traités,
l'un des antiquités Romaines, enfuite celui des élections des papes. Ces derniers ouvrages firent grand bruit
parmi les fçavans : déja furpris de fon coup d'effai on
vit les plus illuftres d'entr'eux s'empreffer à l'envi d'entrer en commerce avec un jeune homme dont les lumieres pouvoient contribuer à l'inftruction des vieillards
même les plus avancés. Mais pourquoi répéter ici ce
que l'on trouve bien au long dans l'éloge que nous avons
déja fait de ce grand homme ?

Son fils, Jerôme II du nom, le digne héritier de fes
vertus auffi bien que de fes charges, joignit à un grand
fond d'érudition un plus grand fond encore de religion,
de probité & de droiture. De fon mariage avec Sufanne
Phelypeaux de Pontchartrain il laiffa quatre fils dont le
puîné fut le célebre abbé Bignon.

Dès fon enfance il marcha fur les traces de fon illuftre
ayeul, le fameux Jérôme Bignon, dont nous avons parlé.
Les maladies & les infirmités dont il fut continuellement
accablé pendant les dix premieres années de fa vie ne
purent l'empêcher de fe livrer avec ardeur au penchant
extraordinaire qui le portoit aux fciences : en vain tâcha-
t'on de modérer fa trop grande application, elle ne
faifoit qu'augmenter par les obftacles mêmes qu'on y
oppofoit. Son extrême avidité de fçavoir ne lui laiffoit
perdre aucun moment ; & cette avidité s'étendoit à

tout, hiſtoriens, poëtes, orateurs, il dévoroit tout ; & ce qui augmentoit ſon goût pour l'étude, c'eſt qu'il s'appercevoit chaque jour des nouveaux progrès qu'il y faiſoit. Il les devoit en partie à l'excellence de ſa mémoire ſi fidéle qu'elle ne laiſſoit rien échapper de tout ce qu'il lui confioit. Il vint un tems où elle étoit devenüe pour lui une bibliotheque vivante.

Deſtiné, & par ſa propre inclination, & par le choix de ſes parens à l'état eccléſiaſtique, il s'attacha principalement à l'étude des ſciences convenables à cet état : ce fut pour les cultiver avec plus de tranquillité, & par conſéquent avec plus de ſuccès qu'il prit le parti d'entrer dans la congrégation des peres de l'Oratoire ; mais encore trop expoſé dans cette retraite aux viſites de ſes parens & de ſes amis, il en choiſit une autre qui lui procura un plus grand recueillement. Là il n'eut plus d'autre occupation & plus d'autre amuſement que l'étude : les quatorze heures qu'il y employoit chaque jour lui paroiſſoient un tems trop court ; & combien de fois ne lui eſt il pas arrivé de prendre ſur ſon ſommeil le tems qu'il donnoit à de profondes méditations ? L'étude de l'écriture-ſainte & des ſaints peres, la théologie, la juriſprudence, la philoſophie, la critique, autant de ſciences, qui venoient chacune à leur tour, & qui avoient chacune leur heure marquée pour occuper le ſçavant abbé. Ce ne fut qu'après avoir fait une ſi ample moiſſon de connoiſſances qu'il ſe dévoua à la prédication ; miniſtere dans lequel il ſe fit bientôt le plus grand nom. Des Avents & des Carêmes prêchés dans les principales égliſes de Paris avec autant de fruit pour l'auditeur que de gloire pour le prédicateur lui mériterent l'honneur d'être deſtiné à prêcher devant le roi ; & il fut retenu en l'état & charge de prédicateur de Sa Majeſté par lettres du 17 Février 1693. Dans un même jour il prononça un panégyrique de S. Louis à la chapelle du Louvre devant l'académie françoiſe, & un autre tout différent dans

l'égliſe

l'églife des peres de l'Oratoire devant les académies des
fciences & des infcriptions.

Mais ce n'eft point dans ces panégyriques , dans ces
fermons d'apparat où régne un ordre févere & une correction de ftyle qui ne fçauroient être le fruit que de
la méditation & du travail ; mais dans ceux qu'il prononçoit de l'abondance du cœur, & que lui dictoit la
vivacité de fon zele, que la véhémence de fon éloquence
paroiffoit avec le plus d'éclat. Tels furent les fermons
qu'il fit à S. Germain l'Auxerrois pendant tout le tems
qu'il en fut doyen , c'eft-à-dire depuis 1710 jufqu'en
1721.

La merveilleufe facilité qu'avoit M. l'abbé Bignon
de parler fans préparation fe fit encore admirer dans
les affemblées publiques de l'académie où il préfidoit
ordinairement ; il faifoit en peu de mots une ana-
lyfe exacte de tout ce qui avoit été lû , & toujours
elle étoit tournée à l'avantage de l'ouvrage & de l'auteur.

Sa réception à l'académie françoife (le 15 Juin 1693)
fut encore une de ces occafions qui lui firent le plus
d'honneur. Il en étoit au milieu de fon remercîment,
lorfque M. de Harlai archevêque de Paris , qui poffédoit
lui-même dans le plus haut dégré le précieux don de
parler fur le champ, entra dans l'affemblée ; M. l'abbé
Bignon interrompit fon difcours , attendit que le prélat
fut placé , & fit dans le moment une récapitulation de
tout ce qu'il venoit de dire en lui adreffant la parole à
différentes reprifes. C'étoient des politeffes pour monfieur l'archevêque & un tour nouveau dans ce qu'il
avoit déja dit , après quoi il reprit le fil de fon difcours.

La même année il affifta à l'affemblée du clergé, &
il fe trouva encore à celles de 1694 & de 1695 , tantôt
comme député de la province de Paris , & tantôt en
qualité de promoteur. Il fut député deux fois de la part

de l'assemblée vers le roi, & à la seconde députation Sa Majesté témoigna publiquement combien elle étoit satisfaite du compte qu'il lui avoit rendu, & lui donna bien-tôt après l'abbaye de S. Quentin.

En 1701 il fut fait conseiller d'état, & ensuite chef du bureau des affaires ecclésiastiques du royaume, & dans tous ces postes il se montra supérieur à toutes les fonctions qui y étoient attachées, & quelle facilité, quelle universalité de génie ne demandoient-elles pas ?

Mais ce qui a acquis à M. l'abbé Bignon une gloire immortelle, c'est la constante protection qu'il a accordée aux arts & aux sciences. Combien de personnes qui ont fait honneur aux lettres seroient demeurées inconnües sans lui, il les accueilloit dès qu'il les connoissoit, il les protégoit & travailloit à les rendre utiles & à les mettre en état de l'être. Point de science, point d'art qu'il n'ait favorisé de tout son crédit, & que n'a-t-il pas fait pour leur avancement. C'est au zele de ce grand homme que les deux académies des sciences & des belles-lettres doivent leur renouvellement ; il étoit aussi de celle de peinture & de sculpture, & il ne se contenta pas de l'aider de ses lumieres & de ses conseils, dans mille occasions il montra combien il s'intéressoit pour cet établissement si digne de marcher après les sciences & les lettres.

La mort de M. le président Cousin, qui depuis plusieurs années présidoit au Journal des sçavans avoit interrompu cet important ouvrage, M. l'abbé Bignon toujours attentif à tout ce qui concernoit la gloire & la perfection de la littérature le rétablit en 1702. Trois ans avant que la garde de la bibliotheque du roi lui eut été confiée, on n'y comptoit que soixante & dix mille volumes, & il s'y en trouve aujourd'hui plus de cent trente-cinq mille, dont près du quart sont manuscrits ; prodigieuse augmentation, & en quelque façon incroyable, düe aux soins infatigables de ce grand homme.

Il fit faire des recherches dans toutes les parties du monde pour déterrer tout ce qu'il y avoit de plus curieux & de plus rare tant en manuscrits qu'en livres. Dans cette vûe il obtint que l'on envoyeroit deux membres de l'académie des inscriptions & belles-lettres dans la Grece, & dans les autres parties du Levant où les sciences avoient le plus fleuri. Une multitude infinie d'ouvrages inconnus qu'ils rapportèrent fut le fruit de leurs voyages. Ce fut encore à la sollicitation & sur les remontrances de M. l'abbé Bignon que la bibliotheque du roi fut transférée de la rue Vivienne, où elle étoit fort à l'étroit, dans le vaste & superbe hôtel où elle est placée aujourd'hui.

Ce ne fut qu'en 1718, après la mort de M. l'abbé de Louvois que M. l'abbé Bignon obtint de son altesse royale, M. le duc d'Orléans, la charge de bibliothécaire du roi telle qu'elle est aujourd'hui, mais qui comprenoit autrefois deux charges séparées & distinctes, la premiere & la plus honorable créée par François I, étoit celle de maître de la Librairie, & la seconde celle d'intendant ou garde du cabinet des livres, manuscrits, médailles & raretés antiques & modernes, & garde de la bibliotheque du roi. On accorda encore à M. l'abbé Bignon en 1720 la garde du cabinet particulier des livres du Louvre qu'avoit M. Dacier, & celle de la bibliotheque de Fontainebleau vacante depuis quatorze ans depuis la mort de M. de sainte-Marthe.

La charge de maître de la Librairie avoit été donnée au fameux Jerôme Bignon, & son fils pere de M. l'abbé Bignon l'avoit aussi possédée ; il étoit naturel que cette importante charge ne sortit pas d'une famille si digne de la posséder, elle en sortit cependant & fut accordée en 1684 à M. l'abbé de Louvois déja revêtu de la charge de garde de la bibliotheque du roi. Voici comment cela arriva, c'est M. l'abbé Bignon qui nous apprend lui-même cette anecdote. Un jour qu'il étoit

feul dans fa chambre, M. fon pere y étant entré bruf-
quement, *mon fils*, lui dit-il, *je devrois me mettre à ge-
noux devant toi pour te demander pardon du tort irréparable
que je te viens de faire ; je viens de donner ma démiſſion de
la charge de maître de la Librairie , charge que je te deſti-
nois , & que tu aurois remplie avec honneur , mais M. le
marquis de Louvois me l'a demandée pour l'abbé de Louvois fon fils , & il m'a fait une eſpece de violence à laquelle
je n'ai pû réſiſter ;* là-deſſus il embraſſa l'abbé Bignon &
fe retira les yeux baignés de larmes.

C'eſt ainſi que les charges de maître de la Librairie
& de garde de la bibliotheque du roi furent réunies en
faveur de M. l'abbé de Louvois ; il eut, comme nous l'a-
vons dit, M. l'abbé Bignon pour ſucceſſeur dans ces deux
charges , mais les fonctions qu'elles demandoient , quelque multipliées qu'elles fuſſent ne l'occuperent pas tout
entier. M. le Comte de Pontchartrain fon oncle , chancelier de France , ayant pris fous fa protection l'académie des fciences fe déchargea fur fon neveu de tout ce
qui concerne la littérature du royaume , & lui confia le
foin d'une infinité d'autres affaires d'eſpece toute différente.

Après tant de travaux , ſupportés pendant une longue
fuite d'années , M. l'abbé Bignon déja prefque octogé-
naire fongea à fe procurer quelque repos , & fe retira
pour cet effet en 1741 à fon château de l'Iſle-belle près
de Meulan. Il y mourut le 14 Mars 1743 dans la quatre-
vingt-unieme année de fon âge. C'étoit la cinquantième
de fa réception à l'académie françoiſe , & la cinquante-
deuxieme depuis qu'il étoit entré dans celle des fciences. En 1701 au renouvellement de l'académie des inſcriptions & belles-lettres le roi le nomma préſident de
cette compagnie.

On a trouvé parmi fes papiers pluſieurs de fes fermons , & un grand nombre de lettres de ſçavans, &
les minutes de fes réponſes. Parmi les lettres du ſça-

vant Gifbert Cuper publiées par M. Beyer fon petit neveu, & imprimées à Amfterdam en 1742, il y a de
fuite cinquante - deux lettres adreffées à M. l'abbé
Bignon.

Il avoit trois freres qui font morts avant lui, l'aîné
étoit Jerôme Bignon confeiller d'état ordinaire, & ancien prevôt des marchands ; le fecond Louis Bignon
ancien capitaine aux gardes & infpecteur général de
l'infanterie, & le troifieme Armand - Rolland Bignon
confeiller d'état & intendant de la généralité de Paris.
Ce dernier eft le feul qui ait laiffé des enfans ; c'eft le
pere de M. Bignon bibliothécaire du roi & le feul qui
refte du nom.

JEAN-BAPTISTE MASSILLON.

JEAN BAPTISTE MASSILLON, évêque de Clermont, l'un des quarante de l'académie françoise où il fut reçu le 23 Février 1719, naquit à Hieres en Provence en 1663. Jeune encore, il entra dans la congrégation des peres de l'Oratoire, dont il devint un des plus grands ornemens par la supériorité de ses talens. Après un certain nombre d'années consacrées à sa propre instruction & à celle de la jeunesse, il fut appellé à Paris par ses supérieurs pour y faire des conférences au séminaire de saint Magloire. Le principal fruit qu'il tira de cet emploi, fut d'achever de se perfectionner dans la science de l'écriture - sainte & des peres, étude à laquelle il se livra avec d'autant plus d'ardeur, que le ministere auquel il se destinoit la lui rendoit plus nécessaire. Comme il avoit un talent supérieur pour l'éloquence de la chaire, il s'y exerça de bonne heure ; mais ce fut en se frayant une route nouvelle, où il ne suivit pour guide que son seul génie. Interrogé par le révérend pere de la Tour supérieur général de l'Oratoire, sur ce qu'il pensoit des prédicateurs qui étoient alors les plus suivis : *Je leur trouve*, répondit-il, *bien de l'esprit & des talens ; mais si je prêche, je ne prêcherai pas comme eux.*

Il exceptoit cependant le pere Bourdaloüe, dont il fut pendant toute sa vie un des plus zelés panégyristes, & comment auroit-il pû refuser son admiration à la supériorité des talens de ce grand homme, duquel il est vrai de dire, comme Quintilien le disoit de Ciceron : *qu'il faut juger du progrès que l'on a fait dans l'éloquence, par le goût que l'on trouve à la lecture de ses ouvrages.*

On sçait avec quel succès l'orateur célebre dont nous parlons, a rempli pendant plus de vingt ans de suite les chaires les plus distinguées de Paris & celle de la cour. » Il s'étoit fait, dit l'éditeur de ses sermons, » une maniere de composer qu'il ne dut qu'à lui-même ; » & sans autre guide que ce talent original qu'il avoit » reçu de la nature, il sçut se garantir des défauts » qu'il avoit cru remarquer dans les autres. Chez lui » rien d'inutile & de superflu, dès la premiere phrase sup- » posant les principes, ou les établissant en deux mots, » il cherche les raisons sur lesquelles chacun en particu- » lier, sans contester l'existence de la loi, ni la né- » cessité de lui obéir, se met dans le cas de la dispense. » Il cherche ces raisons dans le cœur de ceux qui l'é- » coutent, dans l'attache à ces passions, dont les inté- » rêts nous font malheureusement plus chers que notre » salut ; passions ausquelles nous voudrions bien ne pas » renoncer, sans être forcés cependant de nous regar- » der comme infracteurs de la loi. C'est-là qu'il décou- » vre la source intarissable de tous ces frivoles pré- » textes, & de ces tempéramens que l'homme ima- » gine pour allier Dieu & le monde.

» Que fait le pere Massillon ? afin de dissiper ces té- » nebres, qui pour être volontaires, n'en sont pas moins » épaisses, il vous met votre propre cœur sous les yeux, » il vous force de vous y trouver tel que vous êtes, & tout » autre que vous ne croyez être, c'est-à-dire, le jouet dé- » plorable de mille passions ; il vous force de reconnoître, » que ce n'est pas de ce fonds de lumiere & de droiture » naturelle que Dieu a mis en vous, encore moins des » lumieres de l'évangile, que vous tirez les raisons par » lesquelles vous prétendez être dispensé de la loi ; que » le langage que vous tenez est le langage des passions, » & qu'elles seules vous inspirent ; & lorsqu'après avoir

» démafqué les rufes & les artifices de l'amour propre,
» il en montre dans tout leur jour la mifere & la fauf-
» feté; avec quelle force & quelle véhémence ne les
» combat-t-il pas ?

   » C'eft un torrent impétueux qui renverfe tout ce
» qu'il rencontre, c'eft, pour ainfi dire, un déluge de
» raifons toutes convainquantes, toutes intéreffantes,
» qui, à l'appui les unes des autres, viennent coup fur
» coup confondre & accabler le pécheur; & ce qui
» forme le caractere diftinctif de l'éloquence du pere
» Maffillon, c'eft que tous fes traits portent droit au cœur;
» c'eft de ce côté-là qu'il dirige tous fes coups; ce qui
» eft fimplement raifon & preuve dans les autres, prend
» dans fa bouche la teinture du fentiment; non feu-
» lement il convaint, mais il touche, il remue, il at-
» tendrit; auffi lorfqu'il eut prêché fon premier Avent
» à Verfailles, le feu roi lui dit ces paroles remarqua-
» bles: *Mon pere, j'ai entendu plufieurs grands prédicateurs dans*
» *ma chapelle; j'en ai été fort content, pour vous toutes*
» *les fois que je vous ai entendu, j'ai été très-mécontent*
» *de moi-même*, éloge parfait qui honore également le
» goût & la piété du monarque, & le talent du pré-
» dicateur.

   » Son ftyle au refte, quoique noble & digne de la
» majefté de la chaire, n'en eft pas moins fimple & à
» la portée du peuple. La vivacité de fon imagination
» ne prête à fes expreffions que ce qu'il faut d'agré-
» ment pour fatisfaire l'homme d'efprit, fans que la
» multitude foit réduite à admirer ce qu'elle n'entend
» pas.

   » Ennemi de tout ce qui reffent l'affectation dans le
» ftyle, il l'étoit encore plus de ces penfées qui n'ont
» d'autre mérite que le brillant, qui ne font qu'amu-
» fer l'efprit, & le détourner de l'attention qu'il doit
» aux vérités importantes qu'on lui annonce.

   » En 1704, le pere Maffillon parut pour la feconde
fois

» fois à la cour. Louis XIV après lui avoir témoigné
» dans les termes les plus gracieux, son extrême sa-
» tisfaction, ajouta, *& je veux mon pere vous entendre*
» *déformais tous les deux ans.* Sur le champ le pere Maf-
» fillon forma le deffein de ne revenir à Verfailles qu'a-
» vec des fermons nouveaux, mais ce projet n'eut point
» de fuites.

Nommé à l'évêché de Clermont en 1717, il fut
deftiné l'année fuivante à venir à la cour pour la troifiéme fois. Il crut qu'en cette occafion il devoit prêcher pour le prince lui-même, & pour l'inftruire des
devoirs de la royauté ; dans cette vue, il compofa en
fix femaines dix difcours, où le ftyle, l'inftruction,
tout étoit proportionné à l'inftruction du jeune monarque. » Les applaudiffemens, dit l'approbateur, que la
» cour a donnés à ces fermons, lorfqu'elle les a en-
» tendus prononcer, répondent de ceux qu'ils recevront
» du public. Le célebre Orateur y expofe à l'augufte
» monarque, les devoirs d'un roi chrétien dans toute leur
» étendue, la doctrine fainte dans toute fa pureté, les
» vœux de la France & les tendres fentimens des peu-
» ples pour fa perfonne facrée dans toute leur force ;
» enfin M. Maffillon paroît exercer avec une égale di-
» gnité dans ces éloquens difcours, le glorieux minif-
» tere d'un prédicateur accompli de l'évangile, & d'un
» fidele interprète de la nation.

En 1723, M. Maffillon prononça à S. Denis en France,
l'oraifon funebre d'Elifabeth - Charlotte de Baviere, Ducheffe douairiere d'Orléans. Depuis ce tems-là, il ré-
fida prefque toujours dans fon dioçèfe, où il donna
tous fes foins à la conduite du troupeau qui lui avoit été
confié, s'appliquant à inftruire fon peuple, autant par
fes exemples, que par fes difcours. Après vingt-quatre
ans d'épifcopat paffés dans l'exercice du zele le plus ardent, & de la plus folide piété, ce digne prélat mourut le 28 Septembre 1742 âgé de foixante & dix-neuf ans,

Le recueil des ouvrages de cet homme illuſtre, raſ-
ſemblés en quatorze volumes, & imprimés à Paris én
1745 & en 1746, contient plus de cent ſermons, dont
pluſieurs même n'ont jamais été prononcés ; un Avent
& un Carême complet, avec le petit Avent prêché
devant le roi en 1718, pluſieurs oraiſons funebres,
pluſieurs diſcours & panégyriques, les conférences eccléſiaſtiques qu'il fit dans le ſéminaire de S. Magloire,
& celles qu'il a faites pendant ſon épiſcopat, & ſes
oraiſons ſynodales avec des paraphraſes ſur une partie
des pſeaumes.

Fin du ſecond Livre. 

DISCOURS

SUR LES PROGRÈS

DE L'ELOQUENCE

DU BARREAU,

ET

SUR CEUX DE LA JURISPRUDENCE,

SOUS LE REGNE DE LOUIS XIV.

ANS le discours précédent nous avons fait voir Eloquence. l'heureuse révolution de l'éloquence de la Chaire sous le Regne de Louis XIV. Celle du Barreau eut la même destinée, on les vit l'une & l'autre marcher d'un pas égal vers la perfection. Brutes & informes auparavant, travesties ridiculement, elles commencerent à se montrer avec toutes les graces & tous les ornemens qui leur convenoient, mais qu'elles ne connoissoient plus.

La politesse, le bon goût, l'étude des meilleurs Orateurs

Mémoires communiqués à l'Auteur par M. Terrasson, Ecuyer, Avocat au Parlement.
Tome I. Livre III. Page 283.

 # DISCOURS

*de l'ancienne Grece & de l'ancienne Rome bannirent ces baf-
feffes , ces groffieretés , ces indécences , ces plaifanteries bouffonnes , cette popularité rempante , ce langage barbare , qui
depuis fi long tems deshonoroient le Barreau. On apprit à parler dès que l'on fe fut appliqué à penfer & à raifonner.*

*Il reftoit cependant un défaut dont nos Orateurs prophanes
ne fe corrigerent que bien difficilement , c'étoit le goût des citations ; à quelque prix que ce fut on vouloit être fçavant ou
du moins le paroître. Un difcours n'étoit brillant & ne faifoit
honneur à l'Orateur qu'à proportion de l'érudition qu'il y éta-
loit. Les preuves les plus folides , les raifonnemens les plus convainquans , les décifions des Jurifconfultes anciens les plus
refpectables , & confultés comme des oracles , tout cela pour
être de quelque poids devoit être appuyé d'un grand nombre de
paffages d'Auteurs Grecs ou Latins , facrés ou prophanes ; ce
goût qui avoit principalement dominé fous les Regnes de Henry III. de Henry IV. & de Louis XIII. n'eut encore que trop
de charmes pour les Orateurs qui parurent au commencement
du Regne fuivant. Le célébre M. le Maître qui pour la pureté
du langage , l'élégance du ftyle , le choix des expreffions , la
force & la nobleffe des penfées doit être confideré comme le
reftaurateur de l'éloquence du Barreau , nous a laiffé des plaidoyers remplis de paffages tirés indifféremment & de l'Ecriture-Sainte & des Peres , & des meilleurs Auteurs Grecs &
Latins de l'antiquité ; mais auffi il faut avouer que ces paffages font diftribués avec tant d'art qu'ils paroiffent naître des
faits mêmes de la caufe que cet Orateur a à défendre.*

*Son fucceffeur dans la même carriere , l'illuftre M. Patru
ne bannit point du Barreau les citations , même celles de l'E-
criture-Sainte ; mais quel talent n'eut-il pas à les placer de
façon qu'elles ferviffent tout à la fois & d'ornemens & de
preuves à fon difcours. Ce grand homme négligea encore moins
les citations des Loix , & fes plaidoyers font remplis d'une
érudition peu commune en ce genre , mais ce fut une érudition
brillante & toute pleine de charmes , qui loin de furcharger
fa caufe , étoit préfentée comme y étant abfolument néceffaire
pour intéreffer davantage l'Auditeur.*

M. Gautier remit sur la scene les citations des Poëtes Grecs & Latins aussi-bien que des Historiens & des Peres de l'Eglise, & il brilla pendant bien des années au Barreau, non par la beauté de son style qui étoit diffus, mais par une imagination vive & féconde, un génie sublime & plein-de feu, une merveilleuse présence d'esprit, qui toujours le servit heureusement par les repliques ingénieuses qu'elle lui fournissoit à propos.

Les Fourcroy, les Poucet de Montauban, les Pageau, les Nivelle, les Erard pàrurent ensuite & prêterent à l'éloquence de nouveaux charmes. Le dernier sur tout doué de tous les talens qui forment les grands Orateurs, sçut porter son art au plus haut point de perfection. S'il brilla, ce ne fut point par le vain étalage d'une érudition pédantesque. Content de placer à propos les citations des textes de Droit & de Coutume que sa cause exigeoit, il les appuyoit de raisonnemens qui entraînoient la conviction. Son éloquence quoique simple & naturelle étoit sublime, véhémente, persuasive & ornée d'une grande pureté de style, dépouillée cependant de toute affectation. Il présentoit les faits d'une maniere intéressante & exposoit ses moyens avec autant de force que de solidité, mettant toujours dans ses plaidoyers beaucoup d'esprit, non de cet esprit qui se fait chercher & après lequel on court, mais de cet esprit que la nature donne, & qui brille sans qu'on pense à le faire briller.

Tels furent les progrès de l'éloquence du Barreau sous le Regne de Louis XIV. Eloquence mâle, vigoureuse, sublime. Un modele en ce genre fut l'illustre Chrétien-François de Lamoignon. Pendant vingt-cinq ans que ce grand homme remplit avec éclat l'importante Charge d'Avocat Général, avec quelle admiration ne se fit-il pas écouter dans tant d'excellens discours qu'il prononça à l'ouverture du Parlement? Ce n'étoit pas assez du plaisir de l'entendre ; à mesure qu'il parloit, des copistes écrivoient ; & c'est ainsi que ces éloquens discours étoient rendus publics par l'impression, & avec quelle avidité ne les recherchoit-on pas?

Si nos Orateurs du siecle de Louis XIV. excellerent dans leur art, c'est qu'ils s'appliquerent plus à acquérir une par-

faite connoiſſance de l'éloquence des choſes que de celle des pa-
roles : Des preuves ſolides, des raiſonnemens convainquans,de
grands mouvemens capables de faire ſur le cœur & ſur l'eſ-
prit les plus vives impreſſions leur parurent préférables à ces
antitheſes, à ces jeux d'eſprit, à ces périodes harmonieuſes
faites avec un travail infini, à ces penſées ſi délicates & qui
dépendent tellement du tour & de la fineſſe de l'expreſſion,
qu'après avoir charmé dans le moment, elles s'effacent preſ-
qu'auſſitôt de l'eſprit ; & en effet ne ſonger qu'à polir ſes
phraſes, qu'à donner de l'harmonie à ſes paroles ; n'eſt-ce pas
faire conſiſter l'éloquence dans l'arrangement des mots ? En-
core ſi on ſe rendoit intelligible, mais à force de vouloir raffi-
ner, on donne dans un phœbus, dans un galimatias où l'O-
rateur ſe perd ſouvent lui-même, on devroit dire des choſes,
& on ne dit ſouvent que des mots vuides de ſens. On s'exhale
en vaines ſubtilités, on abandonne la réalité pour courir après
des ombres & des figures ; on tâche enfin de ſuppléer par des
paroles à ce qui manque de lumiere pour bien penſer les
choſes.

Si nous voulons remonter à la cauſe des progrès de l'élo-
quence ſous le Regne de Louis XIV. nous trouverons que les
hommes illuſtres qui brillerent alors dans le Barreau, ne de-
vinrent excellens Orateurs que parce qu'à une parfaite con-
noiſſance des Loix, ils joignirent une grande étude de la Dia-
lectique, non de cette Dialectique qui ſe plaît à chicaner ſur
tout, & qui ne cherche qu'à ſurprendre par des ſophiſmes
ſpécieux ; mais de cette Dialectique qui nous apprend à dé-
mêler ſûrement le vrai du faux, à diſtinguer avec une exacte
préciſion ce qui eſt du ſujet de tout ce qui lui eſt étranger, qui
va toujours au but propoſé & court à ſa fin ; ſans tous ces dé-
tours, ces inutiles digreſſions qui font perdre de vûe l'objet
principal, qui ôte aux expreſſions & aux penſées toute obſcu-
rité, toute équivoque, qui détermine le véritable ſens de cha-
que choſe par une idée claire & diſtincte, qui remonte aux
premiers principes & en tire des conſéquences néceſſaires & évi-
dentes, qui n'admet enfin jamais de preuves qui ne ſoit con-
cluante & invincible. Cette Dialectique ne la néglige-t-on pas

parce que l'on n'en connoît pas tout le prix. Paſſons aux pro-
grès que fit la Juriſprudence ſous le même Regne, & commen-
çons par le Droit Romain.

Lorſque Louis XIV. parvint à la Couronne, le Droit Ro- Droit Ro-
main.
main s'obſervoit dans un certain nombre de Provinces du
Royaume, nommées Pays de Droit Ecrit, & on l'enſeignoit
dans les Univerſités de ces Provinces, de même que dans celles
des Pays Coutumiers; il n'y avoit que la ſeule Univerſité de
Paris, où conformément à la Decretale ſuper ſpecula & à
l'article 69 de l'Ordonnance de Blois, il fût défendu de l'enſeigner. Nous nous diſpenſerons d'examiner ici les motifs qui
avoient donné lieu à cette défenſe, & il eſt également étranger à notre ſujet d'approfondir, ſi au préjudice de cette défenſe, les Profeſſeurs en Droit de la Faculté de Paris (qui n'é-
toient alors que Profeſſeurs en Droit Canon) avoient continué d'enſeigner le Droit Romain ſans y être autoriſés.

Il nous ſuffira d'obſerver que l'étude du Droit Civil étant
interrompue depuis pluſieurs ſiécles dans l'Univerſité de Paris,
& que cette même étude ayant été extrêmement négligée dans
les Univerſités mêmes où il étoit permis de l'enſeigner, le Roi
Louis XIV. par ſon Edit du mois d'Avril 1679, enregiſtré
au Parlement le 8 Mai ſuivant, expoſa qu'il a reconnu que
l'incertitude des Jugemens qui eſt ſi préjudiciable à la
fortune de ſes ſujets, provient principalement de ce
que l'étude du Droit Civil a été preſqu'entierement négligée depuis plus d'un ſiécle dans toute la France, &
que la Profeſſion publique en a été diſcontinuée dans
l'Univerſité de Paris; & pour remédier aux inconvéniens
expoſés dans ce préambule, Sa Majeſté ordonne que doréna-
vant les Leçons publiques du Droit Romain ſeront rétablies
dans l'Univerſité de Paris conjointement avec celles du Droit
Canonique, nonobſtant l'article 69 de l'Ordonnance de Blois,
& aux autres Ordonnances & Arréts à ce contraires.

Un ſi ſage Reglement ne pouvoit manquer de ranimer l'é-
tude d'une ſcience ſi long tems négligée, & qui auroit dû être
cultivée avec les plus grands ſoins. Le Droit Civil devint dès-
lors le principal objet de l'application de nos plus habiles Ju-

risconsultes, & quelles lumieres leurs sçavans écrits n'ont-ils pas répandu sur cette premiere partie de la Jurisprudence? Combien de points intéressans qu'ils ont éclaircis par d'excellentes notes; mais ils se proposerent un objet plus étendu; le Droit Romain tout entier, ils s'appliquerent à le mettre dans le plus grand jour, à en résoudre toutes les difficultés, à nous faire connoître l'origine de ce Droit, à en développer l'Histoire, à montrer la liaison, la conformité qui se trouve entre la plupart des Loix Romaines & celles du Droit François. Dans ce glorieux genre de travail se sont distingués les Fabrot, (a) les de Roye, (b) les Doujat, (c) les Domat, (d) les Taisand, (e) les de Ferriere (f): d'autres se sont attachés à des matieres particulieres & les ont épuisées. Le Traité de l'abus par Fevret, celui des Donations, du Don mutuel & des Substitutions par Ricard; du Droit de Patronage par de Roye; du Ban & de l'arriere-Ban par de la Lande; des Hypotheques par Basnage; du Droit d'amortissement & de celui des Francs-Fiefs par de Lauriere, autant d'ouvrages excellens qui ne laissent rien à desirer pour l'éclaircissement des matieres qui y sont traitées.

L'Edit de Cremieu, l'Ordonnance de Villers-Cotterets, l'Edit des Présidiaux, l'Ordonnance d'Orleans, celle de Roussillon, celle de Moulins, l'Edit d'Amboise & quelques autres Ordonnances faites sous les Regnes précédens, avoient commencé à regler la compétence des Juges, la diversité des actions & les formalités de la Procedure; mais c'étoit là un ouvrage qui n'avoit encore été qu'ébauché. Il étoit réservé au Regne de Louis XIV. d'y mettre la derniere main, & ce fut

Droit Fran-
çois.

(*a*) Il nous a donné des notes sur Justinien, & une traduction des Basiliques ou Loix Romaines, dont l'usage s'étoit conservé dans l'Orient, & celles que les Empereurs de Constantinople avoient faites.

(*b*) Nous avons de lui un Livre des institutions du Droit Canonique.

(*c*) Il a composé divers ouvrages sur le Droit Civil & le Droit Canon.

(*d*) Il est Auteur d'un nouveau corps de Droit Romain où les matieres distribuées dans des classes particulieres sont rangées selon l'ordre naturel qu'elles doivent avoir.

(*e*) Il a publié une Histoire du Droit Romain.

(*f*) Il a donné les instituts du Droit François, contenant l'application du Droit François aux instituts du Droit Romain.

là le premier objet. des soins de ce grand Prince, dès qu'il eut commencé à prendre les rênes de l'Empire.

On vit en effet paroître dès le mois d'Avril de l'année 1667 cette fameuse Ordonnance appellée le Code Civil qui contient un Reglement Général pour la Procedure en matiere civile & l'établissement d'un style uniforme dans toutes les Cours & dans tous les Siéges du Royaume.

Deux années après fut donnée une Ordonnance concernant les Reglemens des Juges, les Committimus & les Evocations, & l'on publia la même année, sçavoir le 13 Août 1669, un Reglement sur les matieres qui doivent être portées devant les Juges des Eaux & Forêts, & sur les choses qu'ils doivent observer dans l'exercice de leurs Charges.

L'année 1670 fut marquée par la publication du Code criminel, qui est un Reglement général touchant l'instruction de la Procedure & la compétence des Juges dans ces sortes de matieres.

Au mois de Janvier 1673 parut un Reglement fait par le Roi pour être observé dans son Conseil d'Etat, & au mois de Mars de la même année fut publiée l'Ordonnance du Commerce ou le Code Marchand. Les Aydes & les Gabelles furent l'objet du Reglement donné en 1680.

Mais la plus belle Ordonnance qui ait été faite sous ce Regne est celle qui est connue sous le titre d'Ordonnance de la Marine (g) publiée en 1681 ; enfin parut en 1687 un Reglement concernant la procédure dans toutes les affaires qui se traitent au Conseil de Sa Majesté, soit pour les Finances, soit pour les Parties.

De célébres Auteurs, Messieurs l'Ange, de Ferriere, Couchot, Gauret s'employerent avec succès à réduire la procedure & la pratique en systéme par d'utiles ouvrages qui sont d'un usage journalier dans les Tribunaux & dans les Jurisdictions.

Si le Droit Coutumier ne fut point réformé, il fut du moins Droit Coutumier.

(g) Cette Ordonnance fixe la Jurisprudence des Contrats maritimes & la Juridiction des Officiers de l'Amirauté, elle regle les différends qui naissent entre les Négocians & gens de mer, & elle établit la police dans les ports, côtes & rades qui sont dans l'étendue de la domination du Roi ; c'est M. Vayer de Boutigny qui a fait la réduction de cette Ordonnance.

éclairci & perfectionné par un grand nombre de Commentaires (h) bien supérieurs à ceux qui avoient été faits sous les Regnes précédens.

(*h*) Louis le Grand a donné la Coutume du Baillage de Troyes, Ricard celle d'Amiens, Hevin celle de Bretagne, de la Lande celle d'Orleans, Taïsand celle du Duché de Bourgogne, Basnage celle de Normandie, de Livoniere celle d'Anjou & du Maine, de la Thaumassiere celle du Berry ; Auzanet, Duplessis & le Maître celle de Paris.

HISTOIRE LITTERAIRE
DU REGNE
DE
LOUIS XIV.

ÉLOGES HISTORIQUES

Des Orateurs Profanes & des Jurisconsultes.

LIVRE TROISIEME.
PIERRE DUPUY.

PIERRE DUPUY, conseiller du roi en ses conseils & garde de sa bibliotheque, l'un des plus sçavans hommes de son siécle, & que son zele pour la gloire & les intérêts de l'état n'a pas moins illustré que la vaste étendue de ses lumieres, naquit à Paris en 1578, de Claude Dupuy, conseiller au parlement, & de Claude Sanguin.

Son pere confommé dans toutes les fciences fecondæ avec un foin extrême l'heureufe facilité que fon fils avoit pour l'étude , & le jeune Dupuy s'y livra avec tant d'ardeur que par fon affiduité au travail , foutenu d'un génie facile, vif & pénétrant il devint bientôt habile dans toutes les différentes parties qu'embraffe la littérature. Aux qualités de l'efprit il joignit les qualités du cœur les plus eftimables , des mœurs douces & réglées , un parfait défintéreffement , un grand fond de droiture & de probité, un généreux penchant à obliger, & fur-tout un amour inconcevable pour fa patrie. Tant de vertus accompagnées des plus rares talens lui gagnerent la confiance & l'eftime de M. le préfident de Thou fon allié , celle du célebre Nicolas Rigault , de plufieurs autres illuftres fçavans avec qui il lia l'amitié la plus étroite. Un voyage qu'il fit à la fuite de M. Thumeri de Boiffife , envoyé par le roi en Hollande , lui donna occafion de renouveller celle que M. fon pere avoit entretenüe pendant longtems avec tout ce qu'il y avoit de gens habiles dans les Pays-bas.

Ce fut au retour de ce voyage que M. Dupuy commença à travailler à ces excellens ouvrages qui feront des monumens éternels du zele & de l'amour de ce grand homme pour fa patrie. De fa plume féconde fortirent fucceffivement fon traité des droits du roi , fes recherches pour montrer que plufieurs provinces & villes du royaume font du domaine de Sa Majefté „ fon mémoire du droit d'Aubeine , fes preuves des libertés de l'églife Gallicane , fon traité des contributions que les eccléfiaftiques doivent au roi , fes confidérations fur les fameux traités de Madrid , de Cambrai & de Crefpy , fon hiftoire du différent entre le pape Boniface VIII & Philippe le Bel , fes preuves pour montrer que le domaine de la couronne eft inalienable , fes fçavans traités de la loi Salique , des appanages des enfans de France , des régences & des majorités des mêmes princes parvenus à la couronne , de la confifcation pour crime de lèze-Majesté ; son histoire de la pragmatique sanction, celle du concordat de Boulogne entre le pape Leon X, & le roi François I, & quantité d'autres ouvrages tendans tous au même but, c'est-à-dire à la gloire & au bien de l'état.

M. Dupuy s'étoit mis en état de donner sur tant de différentes matieres des ecclaircissemens que l'on ne pouvoit attendre que de sa seule capacité. Chargé au retour de son voyage de Hollande de travailler à la recherche des droits du roi sur les trois évêchés de Metz, Toul & Verdun, il ne s'étoit pas contenté d'épuiser cette matiere ; pour se mettre au fait de toutes les justes prétentions de la France, il s'étoit appliqué avec un soin infatigable à dresser l'inventaire du trésor des chartes ; travail qui lui avoit acquis une parfaite connoissance de notre histoire, aussi fut-il toujours consulté comme l'oracle des jurisconsultes de son siecle, sur-tout lorsqu'il s'agissoit des droits du roi. Naturellement porté à obliger, & en particulier les hommes de lettres, il se faisoit un plaisir de communiquer à ceux qui travailloient sur cette importante matiere tout ce qui se trouvoit de plus curieux dans l'immense recueil de mémoires qu'il avoit ramassés depuis cinquante ans.

La mort de cet homme illustre arriva le 26 Décembre 1651 dans la soixante-neuvieme année de son âge. Le célebre Henri de Valois fit son oraison funebre, & le sçavant Nicolas Rigault a écrit sa vie ; & Jacques Dupuy son frere, prieur de S. Sauveur, son successeur dans la charge de garde de la bibliotheque du roi, a publié ses ouvrages posthumes.

À
JERÔME BIGNON.

LE célebre JERÔME BIGNON, la lumiere du Barreau, l'ornement de son siecle & de sa patrie par l'immense étendüe, & par la surprenante variété de son érudition, naquit à Paris en 1590, de Rolland Bignon, l'un des plus sçavans hommes que la France ait produit, & de Marie Ogier, fille de Christophe Ogier avocat au parlement de Paris.

Son enfance fut marquée par des progrès qui sembloient ne pouvoir être le fruit que d'une longue suite d'années consacrées au travail le plus assidu. Né avec une facilité extraordinaire pour réüssir également dans toutes les sciences, de bonne heure il les étudia toutes, & il n'y en eut aucune dans laquelle il n'excellât. Un seul maître lui suffit pour cultiver ses heureuses dispositions, ce fut le célebre Roland Bignon son pere, qui crut ne devoir se reposer que sur lui seul du soin de l'éducation d'un fils favorisé des plus précieux dons de la nature. Sous un si excellent maître le jeune Bignon apprit les langues sçavantes, les belles-lettres, l'histoire, l'éloquence, la philosophie, les mathématiques, la jurisprudence, la théologie, & ce fut avec tant de rapidité & tant de succès, que dès l'âge même où les autres enfans ont à peine jetté les premiers fondemens de leurs études il commença à enrichir le public du fruit de ses sçavantes méditations.

Agé de dix ans il fit paroître sa chorographie ou description de la Terre-sainte, & trois ans après il publia son livre des antiquités Romaines avec un traité de l'élection des papes. » Ces ouvrages, dit l'ingénieux au-
» teur de l'eloge de ce grand homme firent beaucoup

» de bruit parmi les sçavans déja surpris de son coup
» d'essai. On vit les plus illustres d'entre eux s'empresser
» à l'envi d'entrer en commerce avec un jeune homme
» dont les lumieres pouvoient être très-utile aux vieil-
» lards mêmes les plus avancés ; la réputation de mon-
» sieur Bignon vola même jusques dans les cours des
» souverains. Le pape Paul V l'honora des témoignages
» de sa bienveillance, & le roi Henri le Grand prévenu
» pour lui d'une tendre estime, après l'avoir goûté dans
» quelques conversations crut devoir le placer en qualité
» d'enfant d'honneur auprès de monseigneur le Dauphin
» qui fut depuis le roi Louis XIII.

» M. Bignon parut dans ce nouveau poste avec des
» manieres tout-à-fait aisées & polies. L'austérité d'une
» étude assidüe n'avoit point obscurci les dispositions
» naturelles qu'il avoit pour le grand monde ; le tumulte
» & les engagemens de la cour ne furent pas capables
» d'affoiblir l'inclination qu'il se sentoit pour les sciences.
» On en eut des preuves sensibles à l'occasion d'un ou-
» vrage *in-folio* publié en 1602 par Diegue Valdez, con-
» seiller de la chambre royale de Grenade, pour établir
» la préséance imaginaire des rois d'Espagne sur les au-
» tres souverains. Le traité de l'excellence des rois &
» du royaume de France où le système de l'auteur Espa-
» gnol étoit absolument renversé, sortit en 1610 de la
» plume de M. Bignon, qui n'étoit encore que dans sa
» dix-neuvieme année, & lui attira de grands applau-
» dissemens. Il dédia ce livre au roi Henri IV qui l'en-
» gagea par ordre exprès à le pousser plus loin ; mais
» la mort funeste de ce prince, arrivée peu de tems
» après, interrompit ce projet, & détermina même
» M. Bignon à se retirer de la cour. Ce ne fut pas pour
» longtems ; il y fut rappellé à la sollicitation de M. le
» Fevre nouveau précepteur du jeune roi Louis XIII, &
» ne pût se défendre d'y demeurer jusqu'à la mort de
» cet ami arrivée le 4 Novembre 1612.

» M. Bignon profita de cet intervalle pour travailler

» à l'édition des formules de Marculphe , qu'il mit au
» jour en 1613 avec des notes très-fçavantes ; ouvrage
» incomparable où l'auteur ne fe fait pas moins aimer
» par fon caractere naturel d'honnête homme , & d'ama-
» teur de la juftice , qu'il s'y fait admirer par la pro-
» fondeur de fon érudition inconcevable dans un homme
» de cet âge.

» En 1614, dans un voyage qu'il fit en Italie , il pra-
» tiqua ceux qui s'y diftinguoient entre les plus habiles ,
» & les convainquit par fa préfence de ce que la renom-
» mée leur avoit annoncé de plus incroyable en fa fa-
» veur. Le pape Paul V lui donna des preuves convain-
» cantes de fon eftime ; le cardinal de fainte Sufanne ,
» qui n'étoit alors que fécretaire des brefs , établit avec
» lui un commerce d'amitié très-étroit ; & le célebre
» *Frapaolo* , charmé de fa converfation , l'arrêta quelque
» tems à Venife pour en profiter.

» Au retour de ce voyage M. Bignon fe dévoua tout
» entier aux exercices du Barreau , où fes premieres ac-
» tions furent fuivies d'un très-grand fuccès. M. fon pere
» jufte eftimateur de fa capacité le fit pourvoir en 1610
» d'une charge d'avocat général au grand confeil , & la
» réputation qu'il s'acquit dans ce pofte fut fi éclatante
» que le Roy, quelque tems après, le nomma confeiller
» d'état ; & enfin avocat général au parlement de Paris
» l'an 1626. Toute la France applaudit à ce choix , le
» Clergé même , qui avoit réfolu de folliciter auprès du
» roi la nomination d'un de fes membres , fuivant l'an-
» cien ufage , ne fe contenta pas de renoncer à fes pré-
» tentions en faveur de ce digne magiftrat ; on députa
» vers Sa Majefté pour lui faire des remercimens , &
» vers M. Bignon pour le féliciter. En effet jamais cette
» importante dignité n'avoit été remplie plus digne-
» ment , car fans parler de fes talens naturels , qu'on y
» vit briller dans toute leur étenduë , il fignala dans mille
» occafions fa vigueur à foutenir la dignité du parlement,
» fon zele inviolable pour la juftice , & fa fermeté d'ame
                                        inébranlable ,

» inébranlable, contre toutes les attaques de la faveur,
» vertus dont ſes envieux entreprirent de lui faire des
» crimes, après la harangue ſincere, quoique reſpec-
» tueuſe qu'il prononça devant le roi Louis XIII ſéant
» dans ſon lit de juſtice l'an 1635 pour la vérification
» de quelques édits.

» Mais ce prince juſtement prévenu en faveur de
» M. Bignon oppoſa la parfaite connoiſſance qu'il avoit
» de ſes intentions aux complots & à l'avidité des gens
» d'affaire déchaînés contre ſa trop grande probité. En
» 1641 il réſolut de ne plus vacquer qu'aux emplois qui
» l'occupoient dans le conſeil d'état ; il céda ſa charge
» d'avocat général à Etienne Briquet ſon gendre, & ne
» la reprit qu'après ſa mort en 1645.

» Dans cet intervalle le cardinal de Richelieu, quoique
» aſſez mal intentionné pour M. Bignon, le fit nom-
» mer grand maître de la bibliotheque du roi, perſuadé
» que c'étoit l'unique voie de ſe réconcilier avec les
» honnêtes gens & les ſçavans, indignés de la mort de
» M. de Thou qui avoit poſſédé cette charge.

» L'amour que M. Bignon conſervoit pour les belles-
» lettres la lui fit accepter, & ſon déſintéreſſement lui
» fit refuſer dans la ſuite celle de ſur-intendant des finan-
» ces. Il n'eut jamais en vue que les intérêts de l'état
» dont il mania les affaires les plus épineuſes, ſoit do-
» meſtiques, ſoit étrangeres.

» On ſçait combien il eut de part à l'ordonnance de
» 1639, & avec combien d'équité il exerça les commiſ-
» ſions de l'arriere-ban, des amortiſſemens, & des do-
» maines qui lui furent confiées en différens tems. La
» reine Anne d'Autriche l'appella pendant ſa régence
» aux conſeils les plus importans ; ce fut lui qui accom-
» moda les différens de MM. d'Avaux & Servien, plé-
» nipotentiaires à Munſter, & qui travailla avec MM. de
» Brienne & d'Emeri au traité d'alliance avec la Hol-
» lande en 1649. Il fut auſſi choiſi en l'année 1651 pour
» régler la grande affaire de la ſucceſſion de Mantoüe,

» & en l'année 1654 pour conclure le traité avec les
» villes anféatiques. Enfin ce grand homme qui avoit
» toujours fait fervir la piété de bafe aux vertus qu'il
» avoit conftamment pratiquées, finit par une mort pré-
» cieufe devant Dieu le cours d'une vie fi glorieufe aux
» yeux des hommes. Ce fut le feptieme jour d'Avril de
» l'année 1656.

POMPONNE DE BELLIEVRE.

POMPONNE DE BELLIEVRE, II du nom, confeiller d'Etat & premier préfident au parlement
de Paris, naquit à Paris en 1607, de Nicolas de Bellievre, préfident à mortier, & de Claude Brûlart, fille
puînée du célebre Nicolas Brûlart de Sillery, chancellier de France. La famille de Bellievre, illuftre pour
avoir été revêtue pendant plufieurs fiécles des premieres
dignités de la robe, (*a*) eft plus illuftre encore par
les fignalés fervices (*b*) qu'elle a rendu à l'Etat, dans

(*a*) Cette famille a eu la gloire de donner un chancelier à la France, plufieurs préfidens à mortier, & un premier préfident au parlement de Paris,
deux premiers préfidens à celui de Grenoble, & deux archevêques à la ville de
Lyon.

(*b*) Le célebre Pompone de Bellievre, chancelier de France, l'un des plus
grands hommes de fon fiécle, loüé par tous les fçavans de fon tems, fut employé dans les plus importantes affaires par Charles IX, puis par Henri III, &
enfuite par Henri IV. La profonde connoiffance qu'il avoit acquife du droit civil qu'il étoit allé étudier dans les univerfités de Touloufe & de Padouë, lui mérita d'être pourvû à l'âge de vingt-deux ans d'une charge de confeiller au parlement de Chamberi. La Savoye ayant été reftituée au duc de ce nom, en vertu
du traité du Château-Cambrefis, M. de Bellievre fut envoyé en qualité d'ambaffadeur du Corps Helvétique par le roi Charles IX, il obtint pendant fon ambaffade une levée de fix mille Suiffes, & c'eft en partie à leur valeur, que doit
être attribué le gain de la bataille de Dreux. Une charge de confeiller d'Etat, à
laquelle M. de Bellievre fut nommé en 1570, fut la récompenfe de ce premier
fervice, deux ans après il eut ordre de repaffer en Suiffe, pour y travailler à appaifer les Cantons Proteftans, qui irrités du maffacre de la Saint-Barthelemy,

des tems où les grands du royaume armés contre leur légitime souverain, ne cherchoient qu'à secouer le joug de la dépendance & de la soumission.

L'excellent homme dont j'entreprends l'éloge, se proposa pour modele le célebre Pompone de Bellievre, chancelier de France son grand pere, & comme lui il se distingua par les mêmes vertus & les mêmes talens. Destiné à la magistrature, il s'attacha particuliérement à l'étude de la jurisprudence, & y devint habile en peu de tems : n'étant encore âgé que de vingt-deux ans, il fut pourvû d'une charge de conseiller au par-

paroissoient disposés à prendre les armes en faveur de ceux de leur religion ; peu de tems après il fut destiné à accompagner Henri III en Pologne en qualité d'ambassadeur du roi Charles IX ; il fut aussi envoyé auprès de l'empereur Maximilien II, pour detourner ce prince du dessein qu'il auroit pû avoir de faire arrêter Henri III, lorsque ce prince passa par l'Allemagne pour revenir en France prendre possession de la couronne que lui laissoit la mort de Charles IX son frere. Pour reconnoître les services que lui avoit rendus M. de Bellievre, il le fit surintendant des finances, & l'honora depuis d'une charge de président à mortier, & le nomma successivement son ambassadeur en Angleterre & en Hollande.

Il servit encore plus utilement sous le regne de Henri IV, par son éloquence il vint à bout de persuader aux Suisses, qui étoient à la solde de la France, de ne pas abandonner le nouveau roi dans un tems où il avoit le plus besoin de leurs secours, ils le servirent en effet avec beaucoup de courage & de fidélité, & se signalerent principalement à la mémorable bataille d'Arques & à celle d'Yvry. En 1598 M. de Bellievre fut envoyé à Vervins pour y traiter de paix avec les députés d'Espagne ; & l'on peut dire qu'il eut la meilleure part à la conclusion de ce fameux traité. Henri IV, pour le récompenser, l'éleva en 1599 à la dignité de chancelier de France, vacante par la mort de M. de Chiverni. Ce grand homme distingué par le rare talent qu'il avoit pour les négociations, ne l'étoit pas moins par son érudition ; il avoit une parfaite connoissance des belles-lettres, & aimoit ceux qui en faisoient profession. Il se trouva à la conférence de Fontainebleau entre Jacques Davi du Perron, depuis cardinal, & Philippes du Plessis-Mornai, & il fit par ordre du roi la relation de ce qui s'étoit passé en cette dispute. Il quitta les sceaux en 1605, & demeura chef du Conseil. Il mourut le   Septembre 1607, âgé de soixante & dix-huit ans, & fut inhumé en l'eglise de S. Germain l'Auxerrois, où l'on a consacré à sa mémoire l'épitaphe suivante :

D.   O.   M.

Pomponio Bellievræo Franciæ cancellario, pietate, doctrina, magnitudine animi, summâ in principem fide clarissimo, qui sub quinque regibus honoribus amplissimis ac variis laboriosissimisque legationibus pro republica gestis, pace domi, forisque difficillimis temporibus confecta, cum diu ærario publico carcanis imperii, legibus & sigillo principis integerrimè præfuisset, gloriâ, non opibus cumulatus, obiit anno salutis 1607, ætatis 78.

O o ij

lement, emploi qu'il remplit avec tant de diftinction, qu'après quelques années d'exercices, le roi lui fit l'honneur de créer en fa faveur une charge de maître des requêtes, & le nomma prefque auffi-tôt après à l'intendance du Languedoc ; fa prudence & fes foins eurent bientôt rétabli le calme & la tranquillité dans la province. Plein de zele pour la gloire & les intérêts de fon fouverain, il fçut par fa fermeté rendre à l'autorité royale fon premier éclat, en faifant rentrer les factieux dans le devoir, & en les mettant hors d'état de caufer de nouveaux troubles ; mais il en eut trop coûté à la bonté de fon cœur, fi l'exercice de fa charge n'eût dû être marqué que par des exemples de févérité ; pour les rendre plus efficaces, il n'y eut recours que rarement, & ce fut toujours à regret. Sa tendreffe pour le peuple fe fignala par les foins qu'il fe donna pour le foulager dans fes befoins, par l'ardeur avec laquelle il s'empreffa à ménager fes intérêts en les conciliant avec ceux de la cour.

La réputation qu'il s'étoit faite d'un homme confommé dans le maniement des affaires les plus difficiles, lui procura les marques de diftinction les plus glorieufes. N'étant âgé que de trente-huit ans, le roi Louis XIII le nomma fon ambaffadeur en Italie, & le fit enfuite paffer en Angleterre, avec ordre d'y travailler à détourner l'orage dont les catholiques de ce royaume étoient menacés.

De retour à Paris, après avoir donné d'éclatantes preuves de fon habileté dans ces deux ambaffades, il fut reçu préfident à mortier, charge dont M. fon pere Nicolas de Bellievre, qui venoit d'être fait confeiller d'état, fe démit en fa faveur en 1642.

Cependant l'homme illuftre dont nous parlons, avoit trop bien réuffi dans les importantes négociations qui lui avoient été confiées, pour que la cour ne fût pas empreffée à lui fournir de nouvelles occafions de fignaler fon habileté. De nouveau il reçut ordre de repaffer en

Angleterre avec la qualité d'ambaſſadeur, & peu de tems
après, il fut deſtiné à remplir les mêmes fonctions en
Hollande. Ce fut au rětour de ces deux dernieres am-
baſſades, qu'il fut élevé par le feu roi à la dignité de
premier préſident du parlement, on le vit dans ce poſte
éminent, ſe diſtinguer par toutes les vertus qui forment les grands magiſtrats. Aux qualités eſſentielles à
ſa profeſſion, cet homme illuſtre joignit la charité la
plus tendre & la plus ardente pour les pauvres, &
elle ne s'étendit pas aux ſeuls beſoins du corps, elle
eut encore pour objet ceux de l'ame. » Il avoit remar-
» qué, dit M. Perraut, qu'il y a ſur la terre une na-
» tion qui ne connoît preſque point de Dieu, qui ne
» ſe ſoucie ni des princes, ni des loix, qui a pour regle
» de faire tout ce qu'elle peut faire impunément, &
» qui n'eſt retenüe ni par la pudeur ni par l'honnêteté.
» M. de Bellievre entreprit de civiliſer cette nation fa-
» rouche & brutale, & de lui donner de la religion,
» des loix & de la pudeur ; projet dont l'exécution paroiſſoit impoſſible ; mais eſt-il quelque obſtacle qu'une
charité bien vive ne ſurmonte aiſément ? L'hôpital général dont M. de Bellievre avoit formé le plan, fut établi, & ſera un monument éternel de la charité de ce
grand homme. Il avoit trop aimé les pauvres pendant
ſa vie, pour les oublier dans ſes derniers momens ; il
leur laiſſa par ſon teſtament juſqu'au lit où il expira.

Sa mort arriva le 13 Mars 1657, n'étant âgé que de
cinquante ans ſix mois & dix jours.

ANTOINE LE MAISTRE.

ANTOINE LE MAISTRE, non moins recommandable par l'éminence de ſes vertus que par ſa
grande éloquence & la profondeur de ſon érudition,
naquit à Paris le 2 Mai 1608 d'Iſaac le Maiſtre, maître
des comptes, & de Catherine Arnaud, ſœur de M. Dan-
dilly, de M. Arnaud évêque d'Angers, & de M. Arnaud
docteur de Sorbonne.

Né avec un talent particulier pour l'éloquence, il
en fit dès ſes premieres années ſa principale étude. Un
goût délicat ſoutenu d'un eſprit juſte & naturellement
élevé lui fit ſentir tous les défauts que la barbarie de nos
peres avoit introduit dans le bel art de la parole, & il
entreprit de lui rendre ſa premiere dignité & ſa premiere grandeur. Les plus célebres orateurs de l'ancienne
Grèce & de l'ancienne Rome furent les ſeuls modeles
qu'il ſe propoſa d'imiter, & il profita ſi bien de la lecture des ouvrages de ces grands maîtres de l'éloquence,
qu'il devint bientôt la lumiere & l'oracle du Barreau;
il commença à y briller dès l'âge de vingt & un ans, &
ſa réputation s'accrut au point, & avec tant de rapidité,
qu'au bout de quelques années d'exercice, il ſe vit
chargé preſque ſeul de toutes les actions d'éclat. Pour
juger ſi cet homme célebre a mérité le grand nom qu'il
s'eſt fait par ſon éloquence, d'autant plus admirable qu'il
ne la devoit en quelque façon qu'à ſon génie ſeul, il n'y
a qu'à jetter les yeux ſur les excellens plaidoyers qu'il
nous a laiſſés; depuis plus d'un ſiecle qu'ils ſont compoſés, le tems ne leur a rien fait perdre de leur beauté;

on y admire encore aujourd'hui une pureté de langage, une élégance de style, un choix d'expressions, une force, une noblesse de pensées qui feroient honneur aux meilleurs écrivains de nos jours.

Le parlement, le grand conseil, & la cour des aides se rappellent encore avec admiration les harangues éloquentes que M. le Maître prononça lorsqu'il leur présenta les lettres de chancelier de France données en faveur de M. Seguier, qui l'avoit choisi pour cette éclatante action; choix que M. le Maître justifia si glorieusement, que le nouveau chancelier, touché de l'honneur qu'il lui fit dans cette occasion, sollicita & obtint pour lui un brevet de conseiller d'état, & lui offrit même la charge d'avocat général au parlement de Metz; mais ce fut enfin qu'il le pressa de l'accepter.

De si glorieuses marques de distinction ne touchèrent que foiblement celui qui les recevoit, & elles ne furent pas capables de retarder l'exécution du grand projet qu'il méditoit depuis quelque tems. Ses vües s'étoient tournées du côté de la retraite, & il choisit pour renoncer au monde le tems même où il auroit dû ce semble s'y attacher davantage. On fut assez injuste pour croire que l'ambition avoit la meilleure part à son dessein, & que s'il quittoit le Barreau, ce n'étoit que pour se livrer à la chaire, dans la vue de s'ouvrir par-là un chemin aux premieres dignités de l'église; mais on rendit bientôt plus de justice à la pureté de ses intentions. Le désir seul d'assurer son salut avoit été le motif de son renoncement au monde, c'est ce qu'il marqua à M. le chancelier en lui renvoyant ses lettres de conseiller d'état. Sa conduite a depuis prouvé qu'il étoit bien éloigné des vües d'ambition qu'on lui avoit prêtées; sa vie depuis sa retraite a été constamment celle d'un homme qui n'est occupé que de la salutaire pensée de l'éternité. On le vit pendant vingt ans s'exercer dans la pratique des plus excellentes vertus, de l'humilité la plus profonde, de la charité la plus tendre & la plus ardente, de la pénitence la plus auftere. La piété fanctifia toutes fes études ; dans le deffein où il étoit de donner une vie des faints purgée de toutes les fables que l'ignorance, la crédulité ou le peu d'exactitude de quelques auteurs ont laiffé gliffer dans les anciennes légendes, il ramaffa avec un foin extrême tout ce qu'il put déterrer d'actes originaux de la vie & du martyre des faints ; & il commença par publier celles de S. Ignace évêque d'Antioche, de S. Jean Climaque & de ;S. Bernard, avec une traduction du traité du facerdoce par S. Jean Chryfoftôme, & une autre traduction des paffages des peres recueillis dans la tradition de l'églife touchant la pénitence & la communion.

La continuation de la vie des faints l'occupoit tout entier, lorfqu'il fut attaqué de la maladie qui l'enleva de ce monde. Dans ces derniers momens, pénétré des fentimens d'une profonde humilité, il dit à quelques-uns de fes amis que Dieu, qui lui avoit infpiré ce grand projet, ne lui avoit pas permis de le confommer, *parce que la vie des faints devoit être écrite de la main d'un faint.* Il mourut le 4 Novembre 1658, âgé de cinquante ans dans des fentimens d'une piété digne de la vie pénitente qu'il avoit menée depuis plus de vingt ans, qu'il s'étoit retiré à Port-Royal.

CHARLES

CHARLES ANNIBAL FABROT.

CHARLES ANNIBAL FABROT, l'un des plus
habiles jurisconsultes du dernier siecle, célebre par
l'étendüe & la variété de son érudition, naquit en 1681
à Aix en Provence, où son pere zélé Catholique & originaire de Nismes étoit venu chercher un azile contre la
persécution des Calvinistes.

Son fils apporta en naissant les plus heureuses dispositions pour les sciences, & de bonne heure il les cultiva
avec une ardeur extrême; les langues sçavantes, les
belles-lettres, la jurisprudence furent tour à tour l'objet
de son application, & ce furent là autant de connoissances dans lesquelles il excella. Agé de vingt-cinq ans
il prit le bonnet de docteur en droit, & se fit recevoir
la même année avocat au parlement d'Aix. La supériorité de son mérite lui gagna l'amitié & l'estime du célebre Nicolas Fabri seigneur de Peiresc, & celle de
M. le premier président du Vair, qui élevé en 1617 à
la dignité de garde des sceaux, attira à Paris M. Fabrot
à qui il avoit procuré dès l'année 1609 une chaire de
professeur en droit dans l'université d'Aix.

Cet illustre magistrat étant mort en 1621, M. Fabrot
privé d'un protecteur généreux se détermina à retourner l'année suivante en Provence pour y reprendre ses
fonctions de professeur. Il les remplit avec distinction
jusqu'en 1637 qu'il vint à Paris pour y faire imprimer
des notes de sa façon sur les instituts de Justinien para-
phrasées en Grec par Théophile. Cet ouvrage qu'il dédia
à M. le chancelier Seguier fit à son auteur un grand nom
dans la république des lettres; les universités de Valence

& de Bourges lui offrirent une premiere chaire de profeſſeur en droit, & le preſſerent vivement de l'accepter ; mais les engagemens qu'il avoit pris avec le miniſtre ne lui permirent pas de ſe rendre à leurs vœux. M. le chancelier plein d'eſtime pour le mérite de ce grand homme voulut qu'il ſe fixat à Paris & qu'il y travaillat à la traduction des baſiliques, & dans cette vüe il lui avoit obtenu de Sa Majeſté une penſion de deux mille livres.

Cet ouvrage immenſe, le fruit d'un travail de dix années, parut en 1647 en ſept volumes *in-folio*, & mérita à M. Fabrot une charge de conſeiller au parlement de Provence, dont il fut qualifié par le feu roi, qui avoit érigé ce parlement en ſemeſtre. Mais les gueres civiles ayant exigé d'autres arrangemens, cet établiſſement fut abrogé, & M. Fabrot ne put par conſéquent jouir de la récompenſe qui lui avoit été accordée.

Cependant ce grand homme animé du ſeul déſir de rendre ſes talens utiles au public continua de ſe livrer au travail le plus opiniâtre. Peu de tems après avoir donné ſa ſçavante traduction des baſiliques, qui contient les loix Romaines dont l'uſage s'étoit conſervé dans l'Orient, & celles que les empereurs de Conſtantinople avoient faites, il fit paroître une édition des œuvres de Cedrene, de Nicetas, d'Anaſtaſe le bibliothéquaire, de Conſtantin Manaſſès & de Théophilacte Simocatte, qu'il enrichit de notes & de diſſertations.

Il avoit publié longtems auparavant un traité contre Claude de Saumaiſe qui combattoit pluſieurs maximes de droit, des obſervations ſur quelques traités du Code Théodoſien & diverſes exercitations latines qui roulent toutes ſur le droit, & auxquelles il avoit ajouté quatorze loix qui manquoient dans les digeſtes.

Ce fut en 1652 que cet infatigable écrivain commença à revoir les œuvres de Cujas qu'il corrigea sur divers manuscrits, & qu'il fit paroître ensuite en dix volumes *in-folio* avec d'excellentes notes de sa façon, & avec divers traités qui n'avoient point encore été donnés au public.

La trop grande application qu'il donna à ce grand ouvrage lui causa une maladie dont il mourut au mois de Février 1659 étant âgé de soixante-dix-huit ans. Il fut inhumé dans l'église de S. Germain l'Auxerrois sa paroisse.

On trouva parmi les papiers de ce sçavant homme des commentaires sur les instituts de Justinien, des notes sur Aulu-Gelle, & le recueil des ordonnances ou constitutions ecclésiastiques qui n'avoient point encore été publiées en Grec. Ce dernier ouvrage a été inséré dans la bibliotheque du droit canon publiée en 1661 par MM. Voët & Justel.

CLAUDE HENRYS.

CLAUDE HENRYS, iſſu d'une honnête & ancienne famille du Foreſt, apporta en naiſſant un
génie vif, facile & pénétrant, qui aidé d'une mémoire
prodigieuſe, le fit briller dans toutes ſes études. N'é-
tant âgé que de ſix ans, il vint les commencer à Lyon,
& les y continua juſqu'à ſa philoſophie, où il ſe diftingua encore plus qu'il n'avoit fait dans ſes humanités. Deſtiné au barreau autant par ſa propre inclination, que par les vûes de ſes parens, il commença ſon
cours de droit, & ce fut-là l'étude à laquelle il ſe livra tout entier. De rapides progrès furent le fruit de
ſon application, jeune avocat il plaida avec beaucoup
de diſtinction au préſidial de Lyon, & y donna pendant quelques années de ſi éclatantes preuves de ſon
habileté & de ſon éloquence, que Louis XIV, informé
de ſon rare mérite, le nomma à la charge d'avocat du
roi dans le préſidial nouvellement érigé en Foreſt. Dix
années après, ce même ſiége ayant été ſupprimé, il
fut dit dans l'édit donné ſur ce même ſujet par ſa Majeſté, que M. Henrys conſerveroit la charge d'avocat
du roi au baillage, & qu'il en rempliroit les fonctions
conjointement avec celui qui les exerçoit déja auparavant.

Une marque de diſtinction ſi glorieuſe, accordée
par un grand roi juſte eſtimateur du mérite, fut pour
celui qui la recevoit, un motif puiſſant de ſe livrer
avec une nouvelle ardeur à l'exercice de ſa profeſſion.
Devenu l'oracle de ſa province, il fut bientôt celui de
toute la France ; peu d'affaires importantes ſur leſquel-

les il ne se vit consulté ; sa réputation alla encore plus loin. Comme il étoit également versé dans la jurisprudence civile & canonique, & dans la science des intérêts des princes, de même que dans celle de l'histoire & du droit public, les ministres de plusieurs grands princes de l'Europe lui firent souvent l'honneur de le consulter sur des affaires d'Etat ; & ce qui augmentoit la confiance que l'on avoit dans la capacité de ce grand homme, c'est que l'on étoit assuré que sa probité, sa prudence & sa discrétion, répondoient à ses lumieres ; aussi les affaires les plus secrettes des familles lui étoient-elles souvent confiées.

Ses conseils au reste, n'eurent jamais l'intérêt pour objet, & peut-être jamais homme ne poussa plus loin que lui le désintéressement. Le pauvre, la veuve, l'orphelin, trouvoient dans lui un défenseur zélé, ardent à défendre leurs droits. *Les riches, disoit-il, ne manqueront jamais d'avocats empressés à les servir ; & cependant la récompense que l'on peut s'en promettre, peut-elle entrer en comparaison avec celle dont est assuré celui qui sert le pauvre en vûe de Dieu.* Ainsi pensoit ce sçavant homme, que l'éminence de ses vertus n'a peut-être pas moins illustré que la supériorité de ses talens.

Trop humble pour s'imaginer que ses productions méritassent l'approbation qu'elles ont reçüe du public, elles seroient demeurées ensevelies dans les ténebres, si quelques-uns de ses amis n'eussent profité de son absence pour en procurer l'édition ; ainsi c'est à cette espece de larcin que nous devons ses plaidoyers, avec ses observations sur un nombre infini d'arrêts qu'il avoit recüeillis, & qui parurent pour la premiere fois en 1651 en deux volumes *in-folio* ; ce recueil fut depuis imprimé en 1662, & l'a été encore depuis en 1708, par les soins de M. Bretonnier qui y a joint ses remarques ; & enfin M. Terrasson en a procuré une quatriéme édition avec des additions & d'excellentes notes.

Voici l'ordre que l'auteur a suivi dans cet excellent

recueil, après avoir fixé l'état de la queſtion dont il s'agit ; il expoſe les moyens des parties, dans des diſſertations où la matiere ſe trouve épuiſée, & chaque arrêt il l'accompagne encore de réflexions judicieuſes, qui ſervent à en montrer le rapport aux loix Romaines, ou à en juſtifier l'exception. Comme les faits ſur leſquels ces arrêts ſont intervenus, contiennent quelquefois des circonſtances intéreſſantes, M. Henrys donne à ces circonſtances, quand elles le méritent, toute l'étendüe néceſſaire, & ſouvent il y ſéme à propos des traits utiles de littérature. Dans le premier volume, il traite les queſtions ſuivant les principes de droit, & dans le ſecond ſuivant les déciſions des arrêts ; de-là vient qu'il n'eſt pas toujours uniforme dans ce qu'il décide.

D'autres ouvrages ſortis de la plume de cet illuſtre écrivain, prouvent également, & l'étendüe & la variété de ſes connoiſſances, & ne ſont pas peu d'honneur à ſa piété. Parfaitement inſtruit de ſa religion, il nous a laiſſé divers écrits ſur cette matiere, entr'autres un excellent traité, intitulé, *L'homme Dieu, ou parallele des actions divines & humaines de Jeſus-Chriſt.*

Cet excellent homme mourut en 1661 ou 1662.

Trois oraiſons funebres prononcées à ſa mort, ſont des témoignages peu ſuſpects de la haute idée que l'on avoit de ſa piété & de ſes autres vertus.

CHARLES FEVRET.

CHARLES FEVRET, orateur & jurisconsulte célebre, naquit à Semur capitale de l'Auxois le 16 Décembre 1583. Son pere Jacques Fevret, conseiller au parlement de Bourgogne, distingué par sa profonde capacité dans la jurisprudence, prit un soin d'autant plus grand de son éducation, que de bonne heure il remarqua dans ce jeune enfant de merveilleuses dispositions, accompagnées d'une extrême avidité d'apprendre. Après avoir commencé ses études dans sa patrie, il vint les continuer à Dijon, puis à Dole où il fit ses humanités & sa philosophie avec un égal succès. Les universités de Paris, d'Orléans & de Bourges le virent ensuite successivement briller dans l'étude du droit. Mais quelque progrès qu'il eut fait dans cette science, il en connoissoit trop l'étendüe pour se borner à ces premiers succès.

De retour à Dijon il s'y fit recevoir avocat au parlement en 1602, & la même année il s'arracha du sein de sa famille pour aller continuer ses études de droit dans une des plus célebres universités de l'Allemagne, mais ce ne fut qu'après avoir fait divers séjours dans plusieurs villes considérables de l'empire. (a) La haute répu-

(a) M. Taisand dans son histoire des Jurisconsultes anciens & modernes dit que M. Fevret parcourut les principales cours de l'Allemagne avec le célebre M. Bongars résident du roi de France auprès des électeurs de l'empire, il ajoute que ce fut cet illustre sçavant connu par sa belle histoire latine intitulée, *gesta Dei per Francos* & par ses excellentes notes sur Justin, qui conseilla à M. Fevret d'aller finir ses études de droit à Heidelberg sous le fameux Denis Godefroi, & qu'il ne revint à Dijon que sur la fin du mois d'Octobre de l'année 1607. Le pere Niceron au contraire & les continuateurs de Moreri disent qu'il fit ses études à Strasbourg, & que dès l'an 1604, il étoit de retour dans sa patrie. Mais nous avons crû devoir nous en tenir au témoignage de M. Taisand, auteur contemporain de M. Fevret, & de plus l'ami particulier de sa famille.

tation du célebre Denis Godefroi profeſſeur en droit à Heidelberg y attira M. Fevret. Diſciple d'un ſi excellent maître qui prit un ſoin particulier de ſon inſtruction, il profita ſi bien de ſes leçons qu'en peu de tems il ſe vit en état de ſoutenir avec éclat des theſes publiques ſur tous les différens traités qui forment un corps de droit entier.

S'il ſe fit admirer par ſon habileté, il ſe fit encore plus aimer par la politeſſe & la douceur de ſes manieres. Son alteſſe madame la princeſſe Palatine qui l'honoroit d'une eſtime particuliere voulut l'attacher au prince Frédéric ſon fils, élu depuis roi de Bohème, en qualité de ſécretaire, mais plein de zele pour ſa patrie & réſolu de lui conſacrer ſes talens, pour ne point accepter l'emploi avantageux qui lui étoit offert, il prétexta des affaires preſſantes, qui le rappelloient inceſſamment en Bourgogne.

Il y revint en 1607, & peu de tems après ſon retour il épouſa mademoiſelle Brunet de Beaune dont il eut dix-neuf enfans. Orateur & Juriſconſulte il ne brilla pas moins par ſon éloquence que par ſa profonde capacité dans la juriſprudence ; de grands princes l'honorerent de leur confiance & de leur eſtime. En 1626 Henri de Condé gouverneur de Bourgogne lui envoya des *lettres de proviſion de l'état & office de conſeiller & intendant ordinaire de ſes affaires*, honneurs qui lui furent continués par le grand Condé.

Quelques années après M. Fevret eut une éclatante occaſion de ſignaler la ſupériorité de ſes talens. Le roi Louis XIII étant venu à Dijon pour y punir les auteurs d'une ſédition populaire, M. Fevret choiſi par le magiſtrat pour parler en faveur des coupables, il le fit avec tant d'éloquence, que non-ſeulement il obtint leur pardon, mais que Sa Majeſté voulut encore que le diſcours de l'orateur fut imprimé, & elle ordonna qu'on le lui envoyât à Lyon. Une marque de diſtinction encore plus glorieuſe fut la récompenſe de l'éloquence de ce grand homme ;

homme ; elle lui mérita d'être nommé par le roi à une
charge de conseiller au parlement de Dijon de nouvelle
création ; mais trop dévoué au bien public pour abandonner le Barreau, où ses talens étoient si utilement employés, il refusa d'exercer la charge dont il avoit été
gratifié par Sa Majesté, & voulut bien se contenter de
celle de sécretaire de la cour, qui lui fut conférée gratuitement avec des appointemens annuels de 900 livres.

Au milieu des occupations multipliées à l'infini, que
lui attiroit de toute part la haute idée que l'on avoit de
sa profonde capacité, il se ménageoit chaque jour quelques momens de loisir qu'il consacroit ordinairement à
l'étude des belles-lettres pour lesquelles il eut toujours
une forte passion ; & l'on ne peut nier qu'il ne s'y soit
exercé avec succès. Son dialogue des orateurs les plus
célebres du Barreau de Bourgogne ; son commentaire sur
les quatrains de Pibrac, ses vers à la louange du célebre
Naudé, son poëme latin, où il fait lui-même l'histoire
de sa vie, sont autant de pieces marquées au coin d'un
goût fin & délicat. Mais l'ouvrage qui a immortalisé la
gloire de ce grand homme & qui est encore considéré
aujourd'hui comme un chef-d'œuvre où la matiere est
épuisée, c'est son excellent traité de l'abus réimprimé
quatre fois, & qui depuis qu'il a paru a servi constamment d'oracle & de régle à tous les tribunaux, aussi ne
peut-on disconvenir que ce ne ne soit l'ouvrage le plus
sçavant & le plus nécessaire que nous ayons sur les matieres ecclésiastiques.

L'auteur de cet admirable ouvrage mourut à Dijon
le 22 Août 1661 âgé de près de soixante & dix-huit ans.
Recommandable par une probité à toute épreuve qui
fut toujours sa vertu caractéristique, il avoit pris les mots
suivans pour sa devise : *conscientiâ virtuti satis amplum
theàtrum est*, la conscience est un théâtre assez vaste
pour la vertu. L'un de ses fils, conseiller, clerc au parlement de Dijon fit élever en l'honneur de cet illustre

Tome I.   Q q

défunt un magnifique tombeau où on lit l'épitaphe suivante :

Hîc jacet clariſſimus vir Carolus Fevret ſenatorum filius & parens, ſenatoriam tamen dignitatem haud geſſit ; quippe qui à rege ultro bis oblatam recuſavit, & in patronorum ordine manere maluit. Orator enim ut in foro, ſic in aula maximus, & Ludovicum XIII patriæ offenſum exoravit ; & Condæos principes pro ſenatu ſæpe adiit, nunquam ſine laude dimiſſus ; ſacri prophænique juris ſcientiſſimus ; pontificiæ ac regiæ proteſtati, editis de abuſu libris metas poſuit utrinque probatas, claros temporis ſui autores poſteritati commendavit ; Pibracum gallum latino ſplendore reddidit ; doctrinam in eo pietas, pietatem doctrina illuſtravit, vir immortalitate dignus! poſuit gratus & mœrens patri Petrus Fevret ſenator 1701 monumentum.

Carolus Fevret orator eloquentiſſimus, abuſum notavit & expunxit. Ex Anna Brunet conjuge 19 liberos genuit & auxit purpuratam gentem duobus ſenatoribus, totidem nepotibus & genero. Obiit pridie idus ſextilis anno ſalutis 1661, ætatis ſeptuageſimo octavo.

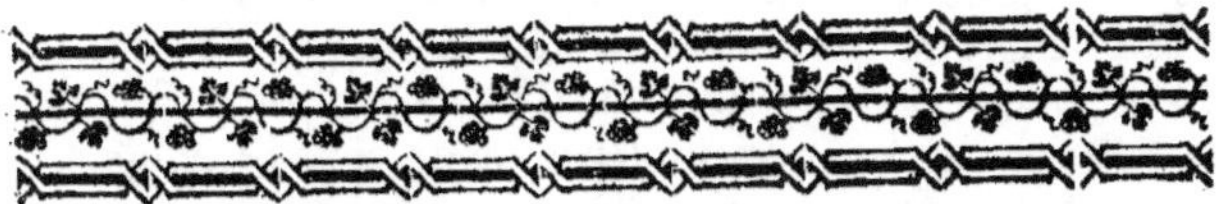

LOUIS LE GRAND.

LOUIS LE GRAND, Orateur non moins éloquent que jurifconfulte profond, né à Troyes en 1588, eut pour pere Nicolas le Grand, écuyer, & pour mere Claudine-de-Villeprouvée, d'une noble & ancienne famille alliée aux premieres maifons du royaume.

Après avoir fait avec fuccés fes premieres études dans fa patrie, il fut envoyé à Paris pour y commencer fon cours de philofophie. Un efprit fubtil, vif & pénétrant le diftingua parmi fes condifciples, & lui concilia l'amitié & l'eftime de fes profeffeurs, qui ne pouvoient eux-mêmes s'empêcher d'admirer fa merveilleufe facilité à réfoudre les queftions les plus difficiles.

Son cours achevé, fes parens qui le deftinoient à la magiftrature, le firent paffer à Bourges pour y étudier en droit. Le célebre Edmond Merille compatriote & parent du jeune le Grand, & l'ami particulier de fa famille, occupoit alors avec diftinction une chaire de profeffeur dans l'univerfité de cette ville. Sa tendreffe pour fon jeune parent, fut la mefure des foins qu'il prit pour cultiver fes heureufes difpofitions, le difciple par fon application répondit parfaitement aux foins du maître, & puifa dans les leçons de celui-ci, cette profonde connoiffance du droit Romain, qu'il a depuis répandüe dans les excellens écrits dont il a enrichi le public.

De retour dans fa patrie, il s'attacha au barreau, & s'y fit admirer par fon érudition & fon éloquence. L'étude, les fonctions de fa profeffion, qui fe multi-

Qq ij

plioient à mesure que sa réputation prenoit de nouveaux accroissemens, déroberent dès-lors tous ses momens. M. de Villeprouvée son oncle maternel étant mort en 1627, M. le Grand lui succeda dans la charge de conseiller au baillage & présidial de Troyes, & fut installé le 18 Février de l'année suivante avec tous les éloges dûs à la supériorité de son mérite.

Le loisir que lui procuroit cette nouvelle charge, il le consacra à l'utilité de sa patrie. Il commença alors à former le projet d'un nouveau commentaire sur la coûtume de Troyes. Le célebre Pierre Pithou, dont les grands talens avoient été long-tems renfermés dans le barreau de cette ville, avoit fait pour son usage particulier des notes sur cette coûtume. Depuis sa mort elles avoient été publiées par les soins de François Pithou son frere, qui y avoit ajouté une conférence sur chaque article ; mais cet ouvrage quoique digne de la profonde capacité des deux hommes illustres qui y avoient successivement travaillé, n'avoit pas à beaucoup près toute l'étendüe que l'on auroit dû lui donner.

M. le Grand entreprit donc d'épuiser la matiere, en discutant chaque article par les principes du droit Romain, par l'autorité des coûtumes semblables, & par la jurisprudence des arrêts ; mais comme l'exécution d'un si vaste projet demandoit un homme tout entier, M. le Grand pour pouvoir donner plus de tems à ce travail, se détermina en 1646 à se défaire de sa charge de conseiller ; plus libre alors, il travailla sans relâche à amasser des matériaux propres à remplir dans toute son étendüe, le plan de l'important ouvrage, que depuis bien des années il projettoit de donner au public. Pour en pressentir le goût, il fit paroître en 1655 un premier essai de son travail, sous le titre de *Traité de restitutions*. Rassuré par le favorable accueil que les plus habiles jurisconsultes firent à cet essai, il ne balança point à faire paroître l'ouvrage en entier, il fut imprimé en 1661, & il y en a eu depuis une seconde édi-

tion fous le titre fuivant : *Coûtume du baillage de Troyes,
avec les commentaires* de M. Louis le Grand, confeiller
au préfidial de Troyes , *dans lefquels eft conféré le droit
Romain avec le droit François & Coûtumier , qui s'obferve
dans toutes les provinces du royaume, où l'on remarque ce qui
eft en ufage , & où les difpofitions particulieres des coûtumes
qui paroiffent contraires , fe trouvent conciliées.*

L'auteur ne furvécut pas longtems à la gloire que
lui avoit acquis un fi grand travail. Il mourut le 10
Janvier 1664 âgé de foixante & feize ans. Il fut inhumé dans la chapelle des avocats en l'églife paroif-
fiale de la Magdeleine, où l'on a confacré à la mémoire l'épitaphe fuivante :

> *Ludovicus le Grand*
> *In præfidiali Trecarum curia confiliarius*
> *Hic jacet*
> *Qualis vixerit famam confule ,*
> *Quandiu vixerit faxum vide.*
> *Obiit an. R. S. 1664., die 10 menfis Jan. ætatis 70.*

La haute idée que l'on avoit de fa capacité , & plus
encore de fa probité & de fon défintéreffement, l'a-
voit rendu l'arbitre de tous les différends qui s'élevoient
parmi fes concitoyens ; & rien n'égaloit le zele avec
lequel il travailloit à les accommoder. Simple dans fes
mœurs comme dans fes manieres , tout annonçoit dans
lui la candeur & la franchife ; jugeant des fentimens
des autres par les fiens propres , il ne connoiffoit
ni foupçon, ni défiance. Son extérieur , fa maifon,
fon domeftique , tout refpiroit l'antique fimplicité. Ses
vertus enfin étoient celles d'un homme , qui engagé
par fon état dans le monde, y vit fans en avoir éprouvé
la corruption. Uniquement attaché à l'étude, il a toujours vécu dans le célibat.

CLAUDE GAUTIER.

CLAUDE GAUTIER, l'un des plus fameux Orateurs de son siécle, célebre en particulier par la force de son éloquence, qui l'a rendu une des plus grandes lumieres du barreau, naquit à Paris en 1596. S'il reçut du ciel tous les talens néceſſaires pour briller dans la profeſſion à laquelle il étoit deſtiné, ces talens il les cultiva de bonne heure avec un soin extrême. Jeune encore, il se rendit familiers les plus célebres Orateurs de l'ancienne Grece & de l'ancienne Rome, & ce fut dans leurs écrits, qu'il puiſa ces grands traits d'une éloquence vive & perſuaſive qui l'ont depuis tant fait admirer.

Ses études achevées avec les plus glorieux succès, il commença un cours de droit; & ce fut-là la ſcience qui eut pour lui le plus d'attrait, auſſi s'y dévoua-t-il tout entier. Reçu avocat au parlement de Paris, il ne fut pas long-tems ſans faire briller dans le barreau le rare talent qu'il avoit pour l'éloquence, les plus grands maîtres dans cet art ne purent refuſer leur admiration à ſes premiers eſſais; & l'on conjectura dèslors, qu'il égaleroit, ou que même il ſurpaſſeroit bientôt ceux qui s'étoient le plus diſtingués dans la même carriere. Différentes actions d'éclat dont il fut chargé ſucceſſivement, ajouterent un nouveau luſtre à la réputation qu'il s'étoit faite par ſes premiers plaidoyers; ſa gloire enfin s'accrut au point, que devenu redoutable par la véhémence de ſon éloquence, la crainte ſeule de l'avoir pour adverſaire, lui attira la plupart des grandes cauſes qu'il eut à défendre.

Les talens qui diftinguerent le plus ce célebre Orateur, furent une imagination brillante & féconde, un
génie vif & plein de feu, une merveilleufe préfence
d'efprit, qui toujours le fervit heureufement par les
répliques ingénieufes qu'elle lui fourniffoit à propos.

M. Gueret dans la préface qu'il a mife à la tête
du fecond volume des plaidoyers de ce fçavant homme,
dit, » que le beau feu dont M. Gautier animoit fes pen-
» fées, fembloit être au-deflus de l'homme, & que fa
» préfence d'efprit aux répliques, a été un préciput fi
» avantageux, que fouvent il a furpaffé toute l'étude
» & toute la méditation des autres ; que s'il refpecta
» la grandeur, ce fut fans la craindre ; que plein de
» zele pour la défenfe de la vérité, il lui facrifia toute
» confidération humaine ; que les traits de fa fatyre
» étoient fi piquans, que fouvent ils firent trembler l'in-
» juftice, l'oppreffion, la violence & le défordre.

L'humeur aigre & fatyrique de cet Orateur, eft exprimée dans les deux vers fuivans de la neuviéme fatyre de M. Defpreaux :

Dans vos difcours chagrins, plus aigre & plus mordant,
Qu'une femme en furie, ou Gautier en plaidant.

Vigneul-Marville dans fes mélanges d'hiftoire & de
littérature, dit, » que l'éloquence de M. Gautier, fem-
» blable à celle de ceux qui ont du feu à l'excès, n'é-
» toit pas des plus réglée, qu'à l'attaque il ne valoit
» rien ; mais qu'à la repartie, plus fougueux qu'un che-
» val indompté qui a fenti l'éperon, il jettoit les fers
» en l'air, & rempliffoit la carriere de crainte & d'ef-
» froi. Ses faillies, ajoute-t-il, étoient agréables ; & il
» en avoit quelquefois de furprenantes : en voici une
rapportée par le même auteur.

» M. le marquis de Crevecœur revenoit par requête
» civile contre M. de Maine-villette fur l'achat d'une
» terre confidérable, M. le Vayer jeune avocat, qui

» fe piquoit d'une éloquence pompeufe & fardée, em-
» ploya tout fon tems à faire un long & ennuyeux éloge
» de la maifon de Crevecœur. Il dit à cet égard tout
» ce qui fe pouvoit dire de la nobleffe, des richeffes, de la
» bravoure & des autres qualités ou avantages des feigneurs
» de cette ancienne maifon. M. Gautier écouta tout ce dif-
» cours fort paifiblement; mais quand ce vint à la ré-
» plique, il apoftropha la cour en ces termes : *Mef-*
» *fieurs, de la nobleffe, des ancètres, des richeffes, de la bra-*
» *voure, des combats, des victoires, des palmes & des lauriers,*
» *font-ce des moyens de requète civile ?* Ces cinq ou fix lignes
comme un coup de foudre, abbatirent toutes les machines que M. le Vayer avoit élevées à grands frais ;
& ce qui acheva de le déconcerter, c'eft qu'il ne lui
fut que trop facile de s'appercevoir, qu'il s'en falloit
bien que les rieurs fuffent de fon côté.

Une autre anecdote que nous apprend l'auteur que
nous venons de citer, eft que M. Gautier avoit amaffé
plus de quatre cens mille livres à plaider, & qu'à fa
mort on ne lui trouva qu'une piece de trente fols.

Cet excellent homme conferva jufqu'à la fin de fes
jours, tout le feu de l'imagination la plus vive. La
même année qu'il mourut, il plaida encore deux ou
trois caufes célebres avec toute la force de cette éloquence victorieufe, qui pendant une longue fuite d'années, lui avoit mérité tant de glorieux applaudiffemens.

M. Gautier mourut le 16 Septembre 1666, âgé de
foixante & feize ans. Nous avons de lui deux volumes
de fes plaidoyers, l'un qu'il publia pendant fa vie, &
l'autre qui a été donné après fa mort, par les foins
de M. Gueret célebre avocat au parlement de Paris.

PIERRE

PIERRE SEGUIER.

PIERRE SEGUIER, chancelier de France, duc de Villemor, comte de Gien, pair de France, & & garde des sceaux des ordres du roi, naquit à Paris le 29 Mai 1588 de Jean Seguier (*a*) seigneur d'Autry, maître des requêtes, & de Marie Thudert fille de Claude Thudert, seigneur de la Bournaliere, conseiller au parlement & de Nicole Hennequin.

La maison des Seguiers, l'une des plus nobles & des plus anciennes familles du Querci, féconde depuis bien des siecles en hommes illustres, qui se sont également distingués & dans la magistrature & dans la profession des armes, a donné des chanceliers d'Armagnac & des sénéchaux d'épée, qui se sont immortalisés par leur bravoure dans les longues guerres que la France a eu à soutenir contre les Anglois. Nos histoires font surtout une honorable mention du célebre Artau Seguier seigneur de S. Geniers qui a été la tige des différentes branches qui se sont établies à Toulouse & à Paris.

Gerard Seguier, le premier de sa famille qui ait prit le parti de la robe, fut fait conseiller au parlement de Paris vers l'an 1469 sous le régne de Louis XI. Parmi

---

(*a*) Pierre Seguier sixieme fils de Pierre Seguier premier du nom, président au parlement, & de Louise Boudet, fut d'abord conseiller au parlement, puis maître des requêtes, & enfin lieutenant civil en la prevôté de Paris. Après avoir rendu d'importans services au roi Henri III, il suivit la fortune de Henri IV son successeur, qui lui ordonna d'exercer la justice à Mantes & à S. Denis, comme il auroit fait à Paris. Il contribua beaucoup à ramener cette capitale sous l'obéissance de son souverain ; il y rétablit la justice, & se donna des mouvemens excessifs pour arrêter le cours d'une maladie contagieuse qui dépeuploit cette grande ville, & dont il mourut lui-même, ayant mieux aimé sacrifier sa vie que d'abandonner ses concitoyens.

Tome I.   R r

ceux de ſes deſcendans qui embraſſerent la même profeſſion que lui, on comptoit dès l'an 1700 un chancelier de France, cinq préſidens à mortier, onze conſeillers, deux avocats généraux, & ſept maîtres des requêtes.

L'homme célebre dont je vais ébaucher l'éloge réunit
dans ſa perſonne toutes les grandes qualités qui avoient le
plus illuſtré ſes ancêtres. La facilité & la pénétration de
ſon génie ſe fit remarquer par les grandsprogrès qu'il fit
dans toutes ſes études ; & en particulier dans celle des
différentes parties dont eſt compoſée la juriſprudence
civile & canonique.

Après avoir ſucceſſivement rempli avec une égale
diſtinction les charges de conſeiller au parlement & de
maître des requêtes, ſon oncle le célebre Antoine Seguier (a) le fit recevoir en ſurvivance le 17 Avril 1624.
Les éclatantes preuves qu'il donna de ſa capacité & de
ſon zele pour la gloire & les intérêts de ſon ſouverain
pendant neuf ans qu'il remplit cette derniere charge,
le firent nommer garde des ſceaux en 1633, & deux
années après il fut élevé à la dignité de chancelier de
France.

Nous ſerions infinis ſi nous voulions entrer dans le
détail des grandes choſes, qui ont illuſtré ſon miniſtere

(a) Antoine Seguier fils de Pierre Seguier premier du nom, préſident à mortier, que M. Scevole de Sainte-Marthe appelle l'une des plus brillantes lumieres
du temple des loix, fut conſeiller au parlement ſous charles IX., maitre des requêtes, puis lieutenant civil en la prevôté de Paris, enſuite conſeiller d'état,
& enfin avocat général ſous Henri III. Henri IV l'honora d'une charge de
préſident à mortier, & le nomma ſon ambaſſadeur auprès de la république de
Veniſe. Par ſon habileté il vint à bout d'empêcher que cette république ne joignit ſes forces à celles du duc de Savoye à qui la France venoit de déclarer la
guerre au ſujet du marquiſat de Saluces, dont ce prince ne vouloit point ſe
déſaiſir. Ce fut au retour de cette ambaſſade qu'Antoine Seguier ſe démit de ſa
charge de préſident à mortier en faveur de Pierre Seguier ſon neveu. Il mourut
ſur la fin de l'année 1624 ſans avoir été marié, ayant laiſſé par ſon teſtament
plus de trente mille livres de rente pour être employées en aumônes & fondations, entre leſquelles, celle qu'il fit de l'hôpital de la miſéricorde au fauxbourg
de S. Marcel pour l'éducation de cent pauvres filles orphelines, eſt une des
plus conſidérables. Il fut inhumé en l'égliſe de S. André des Arcs où eſt la ſépulture de ſa famille.

pendant près de trente-neuf ans qu'il a eu la gloire de remplir la premiere charge du royaume. Jugé feul capable de pouvoir travailler avec fuccès à appaifer les émotions populaires qui s'étoient élevées en Normandie, il eut ordre de paffer dans cette province fur la fin de l'année 1639, avec cette diftinction finguliere & unique, que le commandement des troupes, qui y furent envoyées fous la conduite de M. de Gaffion, lui fut auffi confié. Par un heureux mêlange de douceur & de févérité, de hardieffe & de circonfpection il rétablit par-tout l'ordre & la tranquilité.

Les baricades de Paris lui fournirent quelque temps après une éclatante occafion de fignaler cette intrépidité qui lui faifoit braver les plus grands dangers, lorfqu'il y alloit de la gloire ou des intérêts de fon fouverain. Obligé de fe rendre au parlement pour y déclarer les intentions de Sa Majefté il fut arrêté & forcé de defcendre de carroffe. Le péril où il expofoit fa vie ne fut pas capable de l'effrayer & ne put l'engager à retourner fur fes pas, tandis qu'il veut fe faire jour à travers une populace furieufe, il fe fait plufieurs décharges, & il voit fans s'étonner le lieutenant du grand prevôt tué à fes cotés; le roi informé du danger où le livroit fon zele fait marcher à fon fecours le maréchal de la Meilleraye à la tête des gardes françoifes & des gardes Suiffes. M. le chancelier de retour au palais royal, où le parlement mandé par Sa Majefté venoit de fe rendre, eut à répondre prefque dans le même moment à la harangue de cette illuftre compagnie, & à lui déclarer les intentions de fon maître; ce qu'il fit avec tant de force, tant d'éloquence, & tant de fang froid, que l'on connut bien que fa grande ame avoit été peu effrayée du danger auquel il venoit d'être arraché.

Verfé en toute forte de littérature il s'empreffa à faire fervir le crédit que lui donnoit la prééminence de fon rang à l'avancement des arts & des fciences. Ami des des fçavans il les recevoit chez lui, fe plaifoit à avoir avec eux de fréquentes conférences où il se faisoit ad-mirer par l'étendüe de ses lumieres & par la délicatesse de son esprit. Ceux d'entre eux qui étoient moins bien partagés du côté de la fortune que de celui de la nature, il les encourageoit par les graces qu'il leur obtenoit, & plus souvent encore par les bienfaits qu'il répandoit sur eux, & qu'ils ne devoient qu'à sa seule générosité. Ho-noré après la mort du cardinal de Richelieu du titre de protecteur de l'académie françoise, il n'eut pas moins de zele que ce grand ministre pour la gloire & les inté-rêts de cette illustre compagnie; sa maison en avoit été pour ainsi dire le berceau, & elle continua d'y tenir ses assemblées jusqu'au moment fatal qui lui enleva cet homme illustre. L'académie royale de peinture & de sculpture perdit aussi dans sa personne un protecteur généreux non moins zelé à faire fleurir les arts que les sciences.

La mort de ce grand homme arriva le 28 Janvier 1672 étant âgé de 84 ans. Il décéda à S. Germain en Laye, & fut inhumé à Pontoise dans l'église des Car-melites où madame sa sœur étoit supérieure.

Il avoit épousé Magdeleine Fabri fille de Jean Fabri, seigneur de Champauzé, trésorier de l'extraordinaire des guerres, & de Marie Buatier. Deux filles furent le fruit de ce mariage; l'aînée fut mariée en premieres nôces à Pierre César du Cambout, marquis de Coislin, colonel général des Suisses, & en secondes nôces à Gui, marquis de Laval, lieutenant général des armées du roi. La cadette épousa Maximilien de Béthune, duc de Sully, pair de France, & étant devenüe veuve elle eut pour second mari Henri de Bourbon duc de Verneuil, pair de France, chevalier des ordres du roi & gouverneur du Languedoc.

BARTHELEMY AUZANET.

NOus donnerons ici l'éloge de cet homme illuſtre
tel qu'il a été écrit par ſon ami & ſon confrere
le célebre M. de Fourcroy.

M. Auzanet, ancien avocat au parlement de Paris,
conſeiller d'état honoraire étoit un homme né juſte.
Il avoit été rempli des principes du droit avant que de
les apprendre ; ſon érudition étoit ſolide & profonde
ſans être opiniâtre, elle ne conſiſtoit point dans l'amas
confus de pluſieurs connoiſſances inutiles ; il la devoit autant à ſes réflexions qu'à ſes lectures, dans leſquelles
tout avoit été choiſi ; ſa conception étoit aiſée, & rien
n'égaloit la juſteſſe de ſon eſprit que la droiture de ſon
cœur. Il avoit eu part dans toutes les affaires éclatantes
jugées de ſon tems ou décidées par la voie de l'arbitrage, & il avoit bien ſçu profiter des ſecours de l'expérience.

Qu'eſt-ce qui n'a point appris de la voix publique que
les familles les plus conſidérables du royaume ont trouvé
dans la prudence & dans la ſageſſe de ſes conſeils la
défenſe de leurs intérêts, l'appui de leur innocence,
la ſûreté de leur fortune,& leur repos? Ceux des magiſtrats
qui cherchoient l'équité croyoient la ſuivre en ſuivant
ſes conſultations. Sans entêtement pour ſon ſçavoir, ni
pour ſes ſentimens, il n'avoit pas même de jalouſie de
voir ſes confreres mériter avec lui une gloire que le
partage ne diminue point.

Il ne manquoit pas non plus des graces de la voix &
de la déclamation. Il rapporte pluſieurs arrêts où lui-

avec eux de fréquentes conférences où il se faisoit admirer par l'étendüe de ses lumieres & par la délicatesse
de son esprit. Ceux d'entre eux qui étoient moins bien
partagés du côté de la fortune que de celui de la nature,
il les encourageoit par les graces qu'il leur obtenoit, &
plus souvent encore par les bienfaits qu'il répandoit sur
eux, & qu'ils ne devoient qu'à sa seule générosité. Honoré après la mort du cardinal de Richelieu du titre de
protecteur de l'académie françoise, il n'eut pas moins
de zele que ce grand ministre pour la gloire & les intérêts de cette illustre compagnie; sa maison en avoit été
pour ainsi dire le berceau, & elle continua d'y tenir ses
assemblées jusqu'au moment fatal qui lui enleva cet
homme illustre. L'académie royale de peinture & de
sculpture perdit aussi dans sa personne un protecteur
généreux non moins zelé à faire fleurir les arts que les
sciences.

La mort de ce grand homme arriva le 28 Janvier
1672 étant âgé de 84 ans. Il décéda à S. Germain en
Laye, & fut inhumé à Pontoise dans l'église des Car-
melites où madame sa sœur étoit supérieure.

Il avoit épousé Magdeleine Fabri fille de Jean Fabri,
seigneur de Champauzé, trésorier de l'extraordinaire
des guerres, & de Marie Buatier. Deux filles furent le
fruit de ce mariage; l'aînée fut mariée en premieres
nôces à Pierre César du Cambout, marquis de Coislin,
colonel général des Suisses, & en secondes nôces à Gui,
marquis de Laval, lieutenant général des armées du roi.
La cadette épousa Maximilien de Béthune, duc de Sully,
pair de France, & étant devenüe veuve elle eut pour
second mari Henri de Bourbon duc de Verneuil, pair
de France, chevalier des ordres du roi & gouverneur
du Languedoc.

BARTHELEMY AUZANET.

Nous donnerons ici l'éloge de cet homme illustre tel qu'il a été écrit par son ami & son confrere le célebre M. de Fourcroy.

M. Auzanet, ancien avocat au parlement de Paris, conseiller d'état honoraire étoit un homme né juste. Il avoit été rempli des principes du droit avant que de les apprendre ; son érudition étoit solide & profonde sans être opiniâtre, elle ne consistoit point dans l'amas confus de plusieurs connoissances inutiles ; il la devoit autant à ses réflexions qu'à ses lectures, dans lesquelles tout avoit été choisi ; sa conception étoit aisée, & rien n'égaloit la justesse de son esprit que la droiture de son cœur. Il avoit eu part dans toutes les affaires éclatantes jugées de son tems ou décidées par la voie de l'arbitrage, & il avoit bien sçu profiter des secours de l'expérience.

Qu'est-ce qui n'a point appris de la voix publique que les familles les plus considérables du royaume ont trouvé dans la prudence & dans la sagesse de ses conseils la défense de leurs intérêts, l'appui de leur innocence, la sûreté de leur fortune, & leur repos ? Ceux des magistrats qui cherchoient l'équité croyoient la suivre en suivant ses consultations. Sans entêtement pour son sçavoir, ni pour ses sentimens, il n'avoit pas même de jalousie de voir ses confreres mériter avec lui une gloire que le partage ne diminue point.

Il ne manquoit pas non plus des graces de la voix & de la déclamation. Il rapporte plusieurs arrêts où lui-

même avoit porté la parole, mais sans charger ses difcours de ces ornemens qui affoiblissent souvent la force
des raisons. Son style naturel se soutenoit par sa netteté;
il ne se servoit que de ces termes si surs de mener à la conviction; sincere dans le récit des faits, juste dans le choix
des maximes, toujours mesuré sur son sujet, il sacrifioit
la gloire de dire de belles choses à la louange de ne dire
que celles qui conviennent, & qui sont nécessaires; les
qualités de son ame ne le faisoient pas moins estimer
que celles de son esprit; formé sur le modéle des anciennes mœurs, il avoit dans les siennes une candeur
& une simplicité qui représentoit l'innocence des premiers siecles, un extérieur vénérable, une douce gravité,
jettoient dans le cœur à sa premiere vüe de ces impressions qui le saississent agréablement.

Plus le public, qui le regardoit comme l'oracle & l'arbitre de ses différens, l'honoroit d'une confiance sans
bornes, plus il se rendoit sociable à ses confreres. Il aï-
moit à voir s'avancer au Barreau, ceux que ses exemples & les entretiens qu'il ne leur refusoit jamais, exci-
toient à se soutenir dans cette pénible carriere.

Personne ne souffroit plus tranquillement que lui
qu'on eut des opinions opposées aux siennes. Dépouillé
de tout amour propre il cédoit aux meilleures raisons;
amateur de la vérité quand elle étoit favorable à ses
sentimens, il la reveroit quand elle lui étoit contraire.
Dans ces occasions rares où pour un tems elle se cachoit à sa pénétration, il la reconnssoioit bientôt, s'il la
combattoit, c'étoit moins pour lui résister que pour achever de se convaincre, oubliant pour lors ce qu'il avoit
pensé en secret; il souscrivoit publiquement à ce qu'il
auroit dû penser.

L'assiduité de son emploi ne l'empêchoit pas d'être
attentif aux devoirs de la vie civile. Tendre & charitable pour les pauvres il partageoit avec eux le fruit de
ses travaux. Exempt des passions violentes, il n'étoit
touché que de la gloire de sa patrie. Il n'étoit sensible

qu'à la joie de se dérober quelquefois lui-même à la foule de ceux qui l'environnoient ; afin de cacher aux yeux des hommes quelques œuvres de sa charité & de sa religion. Chacun publioit un mérite qu'il ne s'empresfoit point de montrer, ce qui le faisoit connoître aux autres ne le fit jamais méconnoître à lui-même ; & il sçut acquérir la réputation d'homme sçavant sans perdre celle d'homme modeste. Il a joui pendant sa vie (*a*) de sa propre réputation , & de la gloire de ses longs travaux ; honneur très-rare & que l'envie n'accorde qu'après la mort, à ceux-même , qui ont le plus justement mérité cette récompense.

Ses excellentes notes sur la coûtume de Paris , ses mémoires, ses réflexions & arrêts sur les questions les plus importantes de droit & de coûtume donnés au public en 1708 seront des monumens éternels de sa profonde capacité & de son ardeur infatigable pour le travail. On peut regarder les réformations qu'il propose comme une interprétation des endroits obscurs , des endroits douteux & imparfaits & les nouveaux articles qu'il a dressés , doivent passer presque tous pour le précis des questions que la jurisprudence & l'usage avoient decidées de son tems.

Outre ce grand ouvrage, M. Auzanet a encore laissé des apostils sur son coûtumier , & un grand nombre de consultations sur nos coûtumes en plusieurs volumes manuscrits qui étoient restés entre les mains de M. de Brilhac son petit-fils, que la supériorité de son mérite avoit élevé à la dignité de premier président au parlement de Bretagne.

Quoique M. Auzanet fut parvenu à un âge où il semble que l'homme ne soit plus qu'infirmités & que

(*a*) C'est à sa profonde connoissance du droit , & à la haute réputation qu'elle lui avoit acquise, que M. Despreaux fait allusion dans ces deux vers de sa seconde épître.

Crois-moi , dit Auzanet t'assûrer du succès ,
Abbé , n'entreprend point , même un juste procès.

douleur, il jouissoit néanmoins de toute la pureté de
sa raison. La vieillesse n'avoit point épuisé les forces de
son corps, ni abbatu la vigueur de son esprit ; il soutenoit encore le poids des affaires, & l'application laborieuse des consultations à l'âge de quatre-vingt-deux
ans ; mais enfin après une vie utile à la justice & honorable au Barreau, il mourut le 17 Avril 1673. Il avoit
reçu par un brevet de conseiller d'Etat, une marque
singuliere de l'estime que le feu roi faisoit de sa capacité & de ses services.

GUILLAUME

GUILLAUME DE LAMOIGNON.

GUILLAUME DE LAMOIGNON, marquis de Bâville, comte de Launay-Courson, baron de Saint-Yon, premier président au parlement de Paris, naquit dans cette ville le 23 Octobre 1617, de Chrétien de Lamoignon, seigneur de Bâville, de Launay-Courson, de Folleville, les Thuilleries, de Breuilpont & de Loré, président au parlement, & de Marie de Landes, fille de Guillaume de Landes, seigneur de Sagy & de Magnanville, conseiller au parlement, & de Bonne de Vitry vicomtesse de Meaux.

La famille de l'homme illustre dont je vais ébaucher l'éloge, l'une des plus nobles & des plus anciennes du Nivernois, distinguée dans les emplois militaires, avant même le regne de S. Louis, & honorée depuis des premieres dignités de la robe, a soutenu dans le parlement la gloire qu'elle avoit acquise par les armes.

Charles de Lamoignon, seigneur de Bâville, l'une des plus grandes lumieres de son siécle, conseiller du roi en son conseil d'Etat & privé, fut le premier de sa famille qui se consacra à la magistrature. Après s'être perfectionné dans l'étude du droit sous les plus habiles jurisconsultes qui brillassent alors en France, il passa en Italie, où il eut pour maître le fameux Alciat. De retour en sa patrie, après avoir pris en 1543 le bonnet de docteur dans l'université de Ferare, il se fit recevoir avocat au parlement de Paris. Ses premiers essais dans le barreau lui acquirent tant de gloire, que le roi François I par un brevet du 14 Novembre 1545, lui promit de le pourvoir du premier office de conseiller qui viendroit à vaquer dans le même parlement ; ce ne fut que fous le regne de Charles IX, que ce grand homme reçut toutes les marques de diftinction dûes à la fupériorité de fon mérite. Ce prince qui vouloit l'attacher à fa perfonne, & l'employer dans les plus grandes affaires, le pourvut d'un office de maître des requêtes en 1564, & le nomma quelques années après, fçavoir en 1572, confeiller d'Etat. Il lui accorda encore la même année des lettres-patentes, pour qu'il pût avoir féance & voix délibérative dans tous les parlemens, chambre des comptes & cour des aydes du royaume. M. de Lamoignon ne joüit pas long-tems des honneurs que lui avoient mérité les importans fervices qu'il avoit rendus à l'Etat. Il mourut au mois de Novembre 1573, emportant dans le tombeau les regrets d'un grand roi, qui après lui avoir fait l'honneur de le vifiter plufieurs fois durant fa maladie, témoigna lorfqu'il apprit fon décès, qu'il perdoir dans fa perfonne un fujet digne de remplir les premieres charges du royaume. Son fils Chrétien de Lamoignon mort préfident à mortier le 18 Janvier 1636, fut pere de l'homme célebre dont nous allons parler.

Héritier des vertus de fes ancêtres, & furtout de leur zele pour la gloire & les intérêts du fouverain, il marcha fur leurs traces, & fe fignala comme eux dans la même carriere, avec cette diftinction glorieufe, qu'il dut à fon mérite de plus grands honneurs encore. Privé dans fes jeunes ans des inftructions d'un pere dont il n'avoit fait qu'entrevoir les bons exemples, il fut élevé par une mere, qui pendant toute fa vie fut celle des pauvres, & qui de bonne heure s'appliqua à lui infpirer ces grands fentimens de piété & de religion, qui furent depuis l'ame & la regle de toutes fes actions. Deftiné à remplir les premieres charges de la robe, il reçut du ciel toutes les qualités qui forment les grands magiftrats ; un cœur droit, noble & généreux, tendre & compatiffant pour les malheureux, ferme & capable de tout entreprendre pour réprimer la fraude & la licence, un amour extrême de la vérité, une modération qui sembloit l'élever au-dessus de toutes les passions, une douceur, une affabilité qui lui gagnoit tous les cœurs ; ajoutons un génie facile & pénétrant, avide de tout sçavoir, & qui pouvoit aisément tout apprendre ; & avec quelle ardeur ne cultiva-t-il pas cette merveilleuse facilité ? belles-lettres, philosophie, histoire sacrée & profane, droit civil & canonique, aucune de ces parties qui lui fût étrangere. Il acquit de tout une connoissance si parfaite, que n'ayant encore que dix-huit ans, il fut reçu conseiller au parlement avec un applaudissement universel. Dès ce moment on le vit livré tout entier aux devoirs de son état, consacrer les jours & les nuits à l'étude, s'appliquer à acquérir une connoissance profonde des loix & de la coûtume, un usage familier des formalités & des procédures. Pour juger de l'étendüe des lumieres de ce grand homme, il n'y a qu'à parcourir les remontrances qu'il a faites, & les harangues qu'il a prononcées à la tête du plus auguste parlement du monde, le procès-verbal des ordonnances des mois d'Avril 1667 & mois d'Août 1670, & tant de doctes arrêtés qu'il a faits sur plusieurs matieres du droit francois.

Mais ce n'est pas assez qu'un juge soit éclairé, ses intentions doivent être droites, & n'avoir pour objet que le triomphe de l'équité, dont les intérêts soient seuls capables de le toucher. Voici une preuve bien marquée du zele ardent qu'eut pour la justice l'homme illustre dont j'ebauche le portrait. Des armateurs François contre la liberté des mers & la fidélité du commerce, avoient enlevé les richesses & le vaisseau de quelques marchands étrangers, qui étoient venus des bords du Levant négocier en Europe. L'injustice étoit manifeste, & cependant à peine ces malheureux furent-ils écoutés ; mais enfin le zele d'un juge incorruptible s'alluma en leur faveur. M. de Lamoignon

le chargea de défendre leur caufe, & il le fit avec tant
de force, il parla avec tant de netteté & de précifion,
qu'il fit reftituer à ces étrangers ce qu'ils croyoient avoir
perdu.

Ce fut en 1644 que M. de Lamoignon fut fait maître des requêtes, & il fut peu de tems après nommé
commiffaire aux états de Bretagne. On fe rappelle encore avec quel zele & avec quel fuccès ce grand homme travailla à concilier les intérêts du prince avec ceux
de la province. Les éclatantes preuves qu'il avoit données en mille occafions de la fupériorité de fes talens
& de fon mérite, follicitoient pour lui les premieres
dignités de la robe, & ce fut à cette feule follicitation,
qu'il dut fa nomination à la charge de premier préfident du Parlement. C'eft le témoignage glorieux que
lui rendit le cardinal Mazarin, lorfque M. de Lamoignon vint le remercier de ce qu'il avoit bien voulu s'intéreffer en fa faveur : *Monfieur*, lui répondit le miniftre,
*fi le roi avoit pû trouver dans tout fon royaume un plus
homme de bien que vous, il ne vous auroit pas donné cette
charge.* Chacun fçait avec quelle application il la remplit. L'utilité publique fût la regle de toutes fes actions,
& l'équité feule préfida à tous fes jugemens. Amitié,
refpect, confidérations humaines, il n'eft rien qu'il ne
lui facrifiât. Plein d'une pitié compatiffante qui l'intéreffoit dans tous les befoins du peuple, il ne craignit
pas d'en faire une peinture touchante, & toujours fes
remontrances eurent l'heureux effet qu'il s'en promettoit. Dans ces occafions délicates il auroit cru trahir
fon miniftere, s'il n'eut parlé felon les regles de fa confcience. Il ne faut pas au refte s'imaginer que jamais
il ait fongé à fe faire honneur de fon zele, il s'acquitta de fes devoirs pour la feule fatisfaction de s'en être
acquitté, le plaifir délicat de faire le bien, fut l'unique
récompenfe qu'il fe propofa en le faifant.

Livré aux fonctions de fa charge qui l'occupoit tout
entier, il en portoit feul tout le fardeau quelque acca-

biant qu'il fût. Il s'étoit fait un devoir d'écouter les raisons des parties, de lire avec attention tous leurs mémoires quelques longs & ennuyeux qu'ils fussent, ne croyant pas que pour s'instruire à fond des causes sur lesquelles il devoit juger, il pût s'en rapporter à de simples extraits quelquefois mal digérés & très-souvent infideles. En vain lui représentoit-on que son trop grand zele le livroit à un travail qui l'épuisoit, il répondoit à ceux qui le pressoient de se ménager, *que sa santé & sa vie étoient au public & non pas à lui.* Accessible à tout le monde, même aux indiscrets & aux importuns, jamais il ne laissa échaper aucune marque d'ennui ou d'impatience dans les longues & fréquentes audiances qu'il donnoit; il écoutoit avec bonté, & répondoit avec douceur sans jamais rebuter personne. *N'ajoutons pas,* disoit-il, en parlant des plaideurs, *au malheur qu'ils ont d'avoir des procès, celui d'être mal reçus de leurs juges, nous sommes établis pour examiner leurs droits, & non pas pour éprouver leur patience.* Son affabilité alloit jusqu'à consoler ceux à qui il ne pouvoit être favorable. Ami de la paix, il auroit voulu que tous les procès eussent pû se terminer par des accommodemens à l'amiable, sans que les parties eussent à essuyer ces lenteurs éternelles, que la chicane semble n'avoir imaginées que pour dépouiller également, & celui qui perd, & celui qui gagne sa cause. Ce fut aussi avec un zele extrême, que M. de Lamoignon s'employa à faire de ces sortes d'accommodemens, qui rétablissoient la paix & l'union dans des familles qui sembloient ne devoir jamais se réconcilier.

Tel fut ce grand homme dans l'exercice de la premiere charge de la magistrature. A tant d'autres qualités essentielles à sa profession, il joignit un amour singulier pour les belles-lettres; & est-il quelque genre d'érudition où il n'ait excellé? Il se faisoit écouter avec admiration dans ces assemblées qui se tenoient chez lui, & qui étoient composées de tout ce

qu'il y avoit de perfonnes diftinguées par leur fçavoir
& par leur mérite. Sur quelque matiere de littérature
que tombât le difcours, il en parloit avec autant de facilité & de conoiffance, que s'il en eût fait pendant
toute fa vie fon unique étude. Sa Majefté lui ayant
fait l'honneur de lui envoyer tous les livres de l'académie des arts & des fciences, où fe touve tout ce
qu'il y a de plus curieux dans les mathématiques, dans
la phyfique, dans la chymie & dans toutes les fciences
les plus épineufes & les plus abftraites, il parcourut ces
livres en préfence de celui qui les lui préfentoit, &
en parla de façon à faire juger qu'il poffédoit parfaitement toutes les matieres qui y étoient traitées.

Mais ce qui acheve l'éloge de cet homme illuftre,
c'eft que les plus excellentes vertus relevoient dans lui
l'éclat des qualités les plus eftimables. Rien qui égalât
l'ardeur de fa charité : outre les aumônes extraordinaires qu'il diftribuoit dans les calamités publiques, il
s'étoit fait une loi de confacrer à la fubfiftance du pauvre, ce qu'il retiroit tous les ans du travail actuel du
palais. Sa piété fut pure & fincere, & éloignée de toute
oftentation, il ne montra de fes bonnes œuvres, qu'autant qu'il en falloit pour l'édification des peuples ; la
multiplicité des occupations dont il étoit accablé, ne
lui fit rien perdre de fon ardeur pour la priere, à laquelle il confacroît ordinairement des heures entieres
qu'il déroboit au fommeil. Il animoit fa ferveur par la
lecture affidue des livres faints, & par l'ufage fréquent
des facremens. Son zele pour la gloire & les intérêts
de la religion, fe fignala par fon empreffement à feconder les travaux des ouvriers évangéliques, par la
protection qu'il leur accorda conftamment, & par les
foins qu'il prit pour rappeller les anciens ordres religieux à la premiere ferveur de leur inftitut.

Averti par un preffentiment fecret, que fa derniere
heure approchoit, il s'y prépara par un redoublement
de ferveur & de piété, & ne voulut plus s'occuper que

de la falutaire penfée de l'eternité ; il couronna enfin
par une mort fainte, une vie paffée dans l'exercice de
toues les vertus chrétiennes. Il déceda le 10 Décembre 1677, dans la foixante uniéme année de fon âge.

JEAN-MARIE RICARD.

JEAN-MARIE RICARD, que la fupériorité d'un
mérite perfonnel n'a pas moins illuftré que les excel-
cellens ouvrages dont il a enrichi le public , naquit à
Beauvais vers l'an 1628. Ses études achevées avec beaucoup de fuccès il fe dévoua à la jurifprudence qui fut
pendant toute fa vie le principal objet de fon application. Reçu avocat au parlement de Paris , il fréquenta le
Barreau pendant quelque tems ; mais le peu de facilité
qu'il avoit à parler en public, fa répugnance à fe charger d'affaires douteufes, & peut-être auffi la trop grande
étendüe de fes lumieres qui l'empêchoient de pouvoir fe
décider aifément furent autant de motifs qui le déterminerent à fe confacrer aux confultations. La haute
idée que l'on avoit de fon habileté foutenüe d'une probité , d'une candeur & d'une franchife qui le rendoient
plus eftimable encore que fa profonde doctrine , lui attira
des affaires de toute part. Les premieres maifons du
royaume le choifirent pour leur confeil, & ne craignirent pas de lui abandonner le foin de leurs intérêts.
Honoré de la confiance des premiers magiftrats , il en
fut fouvent confulté , & fes décifions ou fes avis ré-
gloient ordinairement leurs jugemens.

Mais c'eft par les ouvrages que ce fçavant homme
nous a laiffés que l'on doit juger fi fa capacité répondoit au haut dégré de célébrité où il eft parvenu. Peut-
être fuffiroit-il de citer fon excellent traité des dona-

tions confidéré encore aujourd'hui comme un chéf-d'œuvre de l'art. » Les oracles du palais, dit l'éditeur » de cet ouvrage, l'ont cité du vivant de fon auteur » avec des éloges qui offenfoient fa modeftie, & les » juges l'ont fouvent fait apporter fur le bureau pour en » tirer la décifion des difficultés qui fe font préfentées » fur cette matiere. Les parlemens qui fuivent la dif- » pofition du droit écrit, n'en ont pas fait moins d'ef- » time à caufe de la folidité des maximes & de la net- » teté avec laquelle les loix les plus difficiles y font ex- » pliquées par rapport à leur ufage. C'eft ce qui en a » fait connoître le mérite aux étrangers qui en ont » trouvé les réfolutions fi judicieufes, qu'ils croiroient » contrevenir à leurs propres loix, s'ils s'en écartoient.

Les autres ouvrages de ce célebre jurifconfulte font un traité du don mutuel, & un traité des fubftitutions, la conférence de la coûtume de Paris avec les autres coûtumes de France, un commentaire fur la coûtume de Paris, & un autre fur la coûtume d'Amiens.

Ces ouvrages, le fruit d'une application continuelle au travail, mériterent à leur auteur un rang diftingué parmi les plus fçavans jurifconfultes de fon fiecle ; mais fa trop grande application avança la fin de fes jours. Il mourut en 1678, étant à peine âgé de cinquante-fix ans. La gloire de fe rendre utile fut l'unique récompenfe qu'il voulut obtenir ; il porta le défintéreffement jufqu'à refufer généralement tout ce qui lui étoit offert fous le titre d'honoraire, ou fous celui de reconnoiffance. Em-preffé à profiter des occafions qui fe préfentoient de rendre des fervices fouvent effentiels à ceux qui avoient recours à fon miniftere, il fe croyoit bien abondamment récompenfé de fon travail par le plaifir délicat qu'il goû-toit en les obligeant.

OLIVIER

OLIVIER PATRU.

OLIVIER PATRU, avocat au parlement, & mort doyen de l'académie françoise, naquit à Paris en 1604. Après avoir fait ses humanités avec succès il étudia la philosophie, mais ce fut sans aucun goût ; parce qu'il ne pouvoit s'accommoder de la barbarie des termes de l'école. Sa mere dont il étoit idolâtré, témoin de l'aversion qu'il avoit pour ses cahiers les jettoit elle-même au feu, & se faisoit un plaisir de lui mettre entre les mains les romans qu'elle jugeoit les mieux écrits. La lecture qu'il en fit ne lui fut pas inutile ; elle lui découvrit une partie des beautés d'une langue dont il fit pendant toute sa vie sa principale étude. Mais il ne s'en tînt pas là ; comme il se destinoit au Barreau il tâcha de former son goût sur Cicéron qu'il se rendit familier de bonne heure, & dont il traduisit une des plus belles harangues.

Dès qu'il se fut fait recevoir avocat, il lui prit envie de faire le voyage d'Italie. Il est dit dans l'éloge qui est au-devant de ses plaidoyers, qu'il rencontra à Turin M. d'Urfé qui venoit de donner son Astrée au public, & que M. Patru lui parla de cet ouvrage d'une maniere si intelligente que ce seigneur qui passoit alors pour l'auteur françois le plus spirituel, & le plus poli l'engagea à passer au retour par sa maison de Forêt pour l'entretenir à fond de son Astrée & lui en expliquer le mystere, mais le jeune voyageur apprit la mort de M. d'Urfé en repassant par Lyon.

Tome I.   T t

De retour à Paris il recommença à fréquenter le Barreau, mais ce fut avec bien plus de gloire que de profit. L'honneur d'être considéré, & d'être consulté comme l'oracle des meilleurs écrivains François, lui tint lieu de la plus brillante fortune.

La belle préface qu'il mit au-devant du nouveau monde de Laet, imprimé par les Elzevirs fut lüe avec admiration par le cardinal de Richelieu qui lui destina dès-lors une place à l'académie, & où il fut en effet reçu en 1640. » Le remerciment qu'il prononça fut trouvé si beau, & on en demeura si satisfait, nous dit » M. Pellisson, qu'on a obligé tous ceux qui ont été reçus » depuis d'en faire autant.

La réputation que ce grand homme avoit de parler & d'écrire plus poliment que personne en France étoit si bien établie, que les plus habiles grammairiens ne craignoient pas de s'en rapporter à ses décisions comme à autant d'oracles. M. Vaugelas avoüe qu'il lui devoit les lumieres qui lui manquoient pour la composition de son excellent livre des remarques qu'il nous a données sur la langue françoise. *M. Patru étoit*, selon le pere Bouhours, *l'homme du* royaume qui sçavoit le mieux notre langue. » Quant aux beautés de l'élocution, ajoute » ce sçavant Jésuite, la gloire d'en traiter est réservée » toute entiere à une personne (M. Patru) qui médite » depuis quelque tems notre rhétorique, & à qui rien ne » manque pour exécuter un si grand dessein; car on peut » dire qu'il a été nourri & élevé dans Athenes & dans » Rome comme dans Paris, & que tout ce qu'il y a » d'excellens dans ces trois fameuses villes a formé son » éloquence.

Au talent qu'avoit M. Patru d'écrire avec autant de pureté que d'élégance, il joignoit encore celui d'être un excellent maître en matiere de goût & de critique. M. Despreaux qui le consultoit dans tous ses ouvrages a voulu parler de lui, lorsqu'il a dit dans son art poétique :

Faites choix d'un censeur solide & salutaire,
Que la raison conduise, & le sçavoir éclaire,
Et dont le crayon seur d'abord aille chercher
L'endroit que l'on sent foible, & qu'on veut se cacher.

Mais ce qui mettoit le comble à la gloire de cet excellent homme, c'est qu'il étoit peut-être plus estimable
encore par les qualités de son ame que par celles de
son esprit. » Il avoit dans le cœur, nous dit le P. Bou-
» hours, une droiture qui se sentoit de l'innocence des
» premiers siecles, & qui étoit à l'épreuve de la cor-
» ruption du monde. Il n'y eut jamais un homme de
» meilleur commerce, ni un ami plus tendre, plus
» fidele, plus officieux, plus commode & plus agréable.
» La mauvaise fortune qu'il a éprouvée selon la destinée
» de la plûpart des hommes de lettres qui ont un mérite
» extraordinaire, ne put altérer la gayeté de son humeur
» ni troubler la sérénité de son visage. Les malheurs
» d'autrui le touchoient plus que les siens propres ; & sa
» charité envers les pauvres qu'il ne pouvoit voir sans
» les soulager, lors même qu'il n'étoit pas trop en état de
» le faire, lui a peut-être obtenu du Ciel la grace d'une
» longue maladie pendant laquelle il s'est tourné tout-à-fait
» vers Dieu. Car après avoir vêcu en honnête homme &
» un peu en philosophe, il est mort bon chrétien dans la
» participation des sacremens de l'église, & avec les
» sentimens d'une sincere pénitence. La mort de ce
grand homme arriva le 16 Janvier de l'année 1681 étant
âgé de soixante & dix-sept ans.

Le roi qui faisoit un cas particulier de son mérite,
touché de sa triste situation lui envoya une gratification
de cinq cent écus pour le soulager pendant sa maladie.
Son indigence fut telle que pour satisfaire un de ses créan-
ciers il se vit obligé de vendre ses livres à un très-vil
prix ; M. Despreaux l'ayant apprit en offrit la moitié de
plus ; encore eut-il la générosité de mettre dans son mar-
ché que ces livres ne lui appartiendroient qu'après la

mort de M. Patru à qui ils demeureroient pendant sa vie.

Le foin extrême que ce célebre écrivain prenoit de retoucher fes écrits ne lui a pas permis d'en donner un grand nombre au public ; nous n'avons de lui que fes plaidoyers, quelques obfervations fur les remarques de Vaugelas , un traité manufcrit des libertés de l'églife Gallicane , & une réponfe du curé à la lettre du marguillier fur la conduite de M. le coadjuteur.

M. Tallemant des Reaux , l'ami particulier de M. Patru a confacré à la mémoire de cet homme célebre l'épitaphe fuivante.

> *Le célebre Patru fous ce marbre repofe.*
> *Toujours comme un oracle, il s'eft vû confulter,*
> *   Soit fur les vers , foit fur la profe ,*
> *Il fçut jeunes & vieux au travail exciter ,*
> *   C'eft à lui qu'ils doivent la gloire*
> *De voir leurs noms gravés au temple de mémoire ,*
> *   Tel efprit qui brille aujourd'hui,*
> *N'eut eu fans fes avis que lumieres confufes :*
> *L'on n'auroit point befoin d'Apollon ni de Mufes.*
> *Si l'on avoit toujours des hommes comme lui.*

MICHEL LE TELLIER.

MICHEL LE TELLIER, tréforier des ordres du roi, fécrétaire d'état & chancelier de France, fupérieur par fon mérite à tant de titres glorieux, naquit à Paris le 19 Avril 1603, de Michel le Tellier feigneur de Chaville, confeiller en la cour des aydes, & de Claude Chauvelin. Les heureufes difpofitions qu'il apporta en naiffant furent cultivées avec un foin extrême, & il y répondit par une application férieufe & conftante. De l'étude des belles-lettres qui eurent toujours pour lui un attrait particulier, il paffa à celle de la jurifprudence qu'il jugea digne de toute fon application; les rapides & furprenans progrès qu'il y fit fuppléérent aux années qui lui manquoient pour entrer dans la magiftrature; âgé de vingt-un ans il fut pourvu d'une charge de confeiller au grand confeil, & fut fait quelques années après procureur du roi au châtelet. La grande capacité qu'il fit paroître dans l'exercice de ce fecond emploi lui obtint en 1638 une charge de maître des requêtes, & il fut affocié l'année fuivante à M. le chancelier Seguier, & à M. Talon confeiller d'état pour examiner avec eux les procédures qui avoient été faites contre les auteurs des féditions qui s'étoient élevées en Normandie. Cette commiffion fut pour M. le Tellier une occafion de donner de nouvelles preuves de fon habileté dans le maniment des affaires les plus difficiles; nommé en 1680 à l'intendance du Piedmont, il remplit cet emploi avec tant de prudence & de dextérité que M. le cardinal Mazarin, dont il s'étoit concilié l'eftime, s'intéreffa vivement auprès de Sa Majefté pour lui faire obtenir la place de miniſtre de la guerre, vacante par la démiſſion volontaire de M. des Noyers.

Les malheureuſes diviſions dont fut ſuivie la mort du roi Louis XIII ne fournirent que trop d'occaſions à M. le Tellier de ſignaler ſon zele pour la gloire & les intérêts de l'état dans un tems où les grands du royaume ſembloient n'être occupés que du ſoin d'en troubler la tranquilité. Il fut preſque ſeul chargé de toutes les affaires les plus importantes qui ſe paſſerent pendant la minorité, & quel tems plus orageux que celui-là. Laiſſé auprès de ſon alteſſe royale M. le duc d'Orléans durant les voyages que leurs Majeſtés firent en Normandie, en Bourgogne & en Guyenne il porta tout le poids du gouvernement, & n'en fut pas accablé.

Le parti des Factieux ayant prévalu en 1651, & le cardinal miniſtre ayant été obligé pour le bien de la paix de ſe retirer hors du royaume, M. le Tellier toujours prêt à ſacrifier les intérêts de ſa fortune à ceux de l'état demanda qu'il lui fut permis de s'éloigner de la cour. Ce ne fut qu'avec peine que la reine mere y conſentit ; encore ne fut-ce pas pour longtems. L'abſence de M. le Tellier ne ſervit qu'à faire ſentir davantage à leurs Majeſtés combien les conſeils de ce grand homme leur étoient néceſſaires pour travailler avec ſuccès à l'extinction des troubles & au rétabliſſement de l'autorité royale. Rappellé à la cour après quelques mois de retraite il ſe dévoua de nouveau aux fonctions du miniſtere, & par ſa prudence & ſa dextérité il vint à bout de faire ſigner à ſon alteſſe royale M. le duc d'Orléans un traité par lequel ce prince conſentoit à ſe retirer dans ſon appanage, & à ne revenir à la cour que lorſqu'il ſeroit rappellé par un ordre exprès de leurs Majeſtés. Ce fut à peu près dans ce tems-là que le cardinal Mazarin, qui s'étoit une ſeconde fois exilé volontairement revint en France ; & M. le Tellier pour récompenſe de ſes importans ſervices fut revêtu de la charge de tréſorier des ordres de Sa Majeſté.

Cependant la France délivrée des troubles qui l'a-
voient agitée si longtems commençoit à jouir d'une
tranquilité dont elle étoit en partie redevable au zele
& aux soins infatigables de l'homme illustre dont je fais
l'éloge. Associé aux travaux du cardinal ministre il fut
laissé seul auprès de Sa Majesté, lorsque cette éminence
partit pour S. Jean de Luz où la paix générale & le
mariage du roi avec Marie Therese infante d'Espagne
devoient se conclure. C'étoit à M. le Tellier qu'étoient
addressées les relations des conférences tenües avec dom
Louis de Haro pour qu'il en rendit compte à leurs Majestés dont il recevoit ensuite les ordres qu'il devoit
envoyer au cardinal pour finir cette double négociation.

Après la mort de cette éminence, le roi résolu de
gouverner par lui-même, choisit M. le Tellier pour un
de ses principaux ministres, & l'honora depuis de la
confiance la plus intime. Il continua d'exercer la charge
de sécretaire d'état jusqu'en 1666 qu'il la remit au
marquis de Louvois son fils aîné qui l'avoit en survivance. Sa démission volontaire ne l'éloigna pas du conseil; il conserva le titre & les emplois de ministre, &
il en remplit les fonctions avec tout le zéle & toute
l'application d'un homme qui ne connut jamais d'autres
intérêts que ceux du bien public, & qui depuis une longue suite d'années s'étoit fait un devoir de lui consacrer ses forces, sa santé & ses talens. Tant de services
rendus à l'état dans les circonstances de tems les plus
critiques ne pouvoient être trop glorieusement récom-
pensés; aussi le feu roi qui avoit souvent comblé M. le
Tellier des témoignages d'une estime & d'une affection
distinguée lui en donna de nouvelles marques en 1677
en l'élevant à la dignité de chancelier & de garde des
sceaux vacante par la mort de M. d'Aligre. *Il y a long-
temps monsieur, lui dit obligeamment Sa Majesté, que je
vous destinois cette premiere charge; je la devois à vos ser-*

vices, & *je suis bien assuré qu'il n'y a personne dans mon royaume qui puisse la remplir avec plus de dignité que vous;* Sire, lui répondit le nouveau chancelier âgé alors de soixante & quatorze ans, *votre Majesté en illustrant ma famille vient de couronner mon tombeau;* mais malgré son grand âge il trouva dans son zele de nouvelles forces pour satisfaire à tous les devoirs de cette importante charge à l'exercice de laquelle il se livra tout entier. *Si je ne puis juger partout,* disoit souvent ce grand homme, *je suis du moins obligé de répandre partout l'esprit de la justice,* & *je ne dois rien oublier pour la faire régner dans tous les tribunaux de la monarchie.* Le même zele qui avoit signalé les premieres années de la vie de cet homme illustre en signala les dernieres momens. Peu de jours avant sa mort, il eut la consolation de signer la révocation de l'édit de Nantes, dernier coup par lequel le feu roi acheva d'exterminer l'hérésie dans ses états. *Il ne me reste plus rien à désirer,* dit M. le Tellier transporté de joie lorsqu'il eut signé ce fameux arrêt, & *sans peine je quitterai la vie, puisqu'avant que de mourir j'aurai vu l'exercice public de la religion prétendüe-réformée banni du royaume.*

Ce grand homme que ses éminentes vertus n'ont pas moins distingué que la supériorité des plus rares talens mourut le 28 Octobre 1685 étant âgé de quatre-vingt-deux ans six mois & onze jours. Regretté de son prince il le fut encore de toute la France & des étrangers mêmes; plein de confiance dans les misericordes de son Dieu il vit sans effroi approcher l'heure de sa mort. Il expira entre les bras de M. l'archevêque de Rheims son fils en prononçant ces paroles consolantes du prophete roi, *misericordias Domini in æternum cantabo.*

M. le Tellier avoit épousé mademoiselle Elizabeth Turpin, fille de Jean Turpin conseiller d'état; il eut de ce mariage Michel-François le Tellier marquis de Louvois, ministre & sécretaire d'état. On ne sçauroit

mieux

mieux faire fon éloge, felon la remarque de M. Bayle, qu'en difant que toute l'Europe fut perfuadée que la mort de ce grand homme feroit plus utile aux affaires des alliés que le gain d'une bataille rangée, & que la conquête de deux ou trois places. Le fecond fils de M. le Tellier fut M. l'abbé de Louvois archevêque, duc de Rheims, premier pair du royaume, commandeur de l'ordre du Saint-Efprit, docteur & provifeur de la maifon de Sorbonne, confeiller d'état ordinaire; prélat qui a été également recommandable par la profondeur & l'étendüe de fon érudition, par fon attachement inviolable à la faine doctrine, & par l'ardeur de fon zele pour l'entretien de la difcipline eccléfiaftique. M. le Tellier a encore eu une fille qui fut mariée à Louis-Marie d'Aumont, duc d'Aumont, pair de France, chevalier des ordres du roi & premier gentilhomme de fa chambre.

ROLLAND VAYER DE BOUTIGNY.

ROLLAND VAYER DE BOUTIGNY, avocat
au parlement de Paris, puis maître des requêtes, & enfin intendant de Soiſſons, iſſu d'une noble
& ancienne famille, naquit au Mans au mois de Novembre 1627. Son pere René de Vayer, conſeiller d'E-
tat, & qui fut le premier intendant de l'Artois & des
autres pays que la France avoit conquis en Flandre,
donna tous ſes ſoins à cultiver par une bonne éducation, les heureuſes diſpoſitions que ce jeune enfant,
qui étoit ſon troiſiéme fils apporta en naiſſant. Son goût
ſe tourna d'abord vers la poëſie, & il y fit de ſi rapides progrès, que n'étant encore âgé que de ſeize ans,
il donna deux piéces de théâtre, l'une intitulée le *grand
Selim*, & l'autre *Manlius*, qui toutes deux mériterent
quelques applaudiſſemens. La beauté de ſon génie ſoutenüe d'une imagination vive & féconde, ſe fit encore
plus admirer dans deux autres ouvrages en proſe, qui
furent reçus avec une approbation générale. Ce ſont
deux romans fort ingénieux, dont l'un parut en quatre volumes ſous le titre de *Mithridate*, & l'autre ſous
celui de *Tarſis* & de *Zelie* en ſix volumes ; mais ces
différentes productions, qui ſont de glorieuſes preuves
de l'univerſalité de ſon génie, ne doivent être regardées
que comme les amuſemens de ſes premieres années. Une
étude plus ſérieuſe & plus digne de toute ſon application l'occupa tout entiér. S'étant attaché au barreau,
il y parut d'abord avec tant d'éclat, que bientôt il
ſe vit chargé de plus grandes cauſes. Senſible à la gloire
qu'il acquéroit dans ſa profeſſion, il ne ſongea qu'à

y briller toujours plus, quoique le mariage avantageux qu'il avoit contracté avec une riche héritiere, l'eût mis en état de se pourvoir d'une des premieres charges de la magiftrature.

Sa réputation qui prenoit chaque jour de nouveaux accroiffemens, fit défirer à M. Fouquet de l'avoir pour défenfeur. Ce fut dans le cours de cette caufe célebre, que M. de Boutigny compofa deux excellens traités, l'un fur la peine du péculat, fuivant les loix & ufages de France, & l'autre fur la preuve par comparaifon d'écritures. Un autre ouvrage qui ne fut pas reçu moins favorablement du public, fut le fçavant traité que M. de Boutigny publia en 1669 fur l'autorité du roi, touchant l'âge néceffaire à la profeffion religieufe, ouvrage qui tendant du moins indirectement à diminuer le nombre des moines, ne pouvoit gueres être du goût des ordres réguliers ; auffi fut-il vivement attaqué, mais ce fut moins par de bonnes raïfons, que par de groffieres injures qui furent répandües dans un écrit intitulé, *Contre la nouvelle apparition de Luther & de Calvin, fur les réflexions faites fur l'édit touchant la réformation des monafleres, avec un échantillon des fauffetés & des erreurs contenües dans le traité de la puiffance politique, touchant l'âge néceffaire à la profeffion folemnelle des religieux* ; mais l'auteur content d'avoir établi la vérité fur des fondemens folides, dédaigna de répondre à cette méprifable critique.

Cependant preffé dépuis longtems par M. Colbert d'abandonner le barreau pour prendre une charge de maître des requêtes, il fe rendit enfin aux follicitations du miniftre, & fut reçu au confeil en 1671, nouvelle carriere où la fupériorité de fes talens, & en particuli er la profonde connoiffance qu'il avoit acquife du droit public, brillerent avec un nouvel éclat. Confidéré comme une des plus grandes lumieres du confeil, il y obtint les plus glorieufes marques de diftinction ; ce fut à lui que fut confiée la réduction de la nouvelle ordon-

V u ij

nance de la marine, qui parut en 1677, commiſſion
dont il s'acquitta avec tant de capacité, qu'il fut nommé procureur-général de la chambre des étapes, & l'un
des ſix maîtres des requêtes ſervans au conſeil-royal de
juſtice.

Le dernier ouvrage de l'homme célebre dont nous
faiſons l'éloge, fut ſon traité de l'autorité de nos rois
dans l'adminiſtration de l'égliſe Gallicane, qui fut imprimé à Cologne en 1682 ſous le titre ſuivant : *Differtations ſur l'autorité légitime des rois en matiere de re-
gale.* » Cette autorité, dit M. Bretonnier dans ſes obſer-
» vations ſur le deuxiéme plaidoyer de M. Henrys,
» a été établie très-ſolidement par M. le Vayer maître
» des requêtes, dans ſon excellent traité de l'autorité
» du roi dans l'adminiſtration de l'égliſe Gallicane. Ce
» ſçavant magiſtrat avoit puiſé ce grand fond de doc-
» trine au barreau, qu'il avoit fréquenté pendant plus
» de vingt ans avec beaucoup de gloire & de ſuccès.
» Il quitta ce noble exercice pour ſe faire maître des re-
» quêtes, y étant invité par un grand miniſtre ; il
» eut enſuite l'intendance de Soiſſons, où il ſe com-
» porta comme un très-ſage & très-habile magiſtrat ;
» mais voyant qu'il ne pouvoit pas y faire tout le bien
» qu'il ſouhaittoit, il quitta cet emploi & ſa charge de
» maître des requêtes, pour s'appliquer uniquement à
» l'importante affaire de ſon ſalut. Avant que de ſe re-
» tirer, il me fit l'honneur de me venir voir, & m'ex-
» cita fortement à m'appliquer à l'étude du droit, com-
» me la plus propre à former les juriſconſultes & les
» honnêtes gens, & éleva la profeſſion des avocats au-
» deſſus de toutes les dignités ; il me dit qu'il s'étoit
» toujours repenti de l'avoir quittée, & me raconta un
» trait de M. de Mezerai, bien digne de la franchiſe
» de ce vénérable & ſincere hiſtorien. Quelques jours
» après que M. le Vayer eut été pourvû de la charge
» de maître des requêtes, il rencontra M. de Meze-
» rai qui étoit de ſes amis, & l'aborda ; mais l'autre le

» falüa froidement & le quitta en lui difant. *Ah ! que*
» *vous êtes déchu.*

Ce fut en 1684, deux ans après avoir été nommé
à l'intendance de Soiffons, que M. de Boutigni fe défit
de fa charge de maître des requêtes, mais il obtint des
lettres d'honoraire. Il mourut le cinq Décembre de
l'année fuivante, étant âgé de cinquante-huit ans, &
fut inhumé le lendemain à faint Benoît.

FRANÇOIS DE ROYE.

FRANÇOIS DE ROYE, célebre pour ne s'être
pas moins diftingué dans l'étude du droit que dans
celle des belles-lettres, né à Angers au commencement
du dernier fiecle, eut pour pere Claude Roye confeiller
au préfidial de cette ville. Ses études achevées avec les
plus merveilleux fuccès, il fe dévoua à la jurifprudence
qui avoit pour lui un attrait particulier ; auffi y fit-il en
peu de tems de fi grands progrès, que jeune encore il
parut avec éclat à deux concours qui fe firent à Bourges
& à Orléans pour une chaire de profeffeur en droit.
Etant venu en difputer une à Angers il l'emporta avec
cette diftinct'on glorïeufe, que tous les fuffrages fe réünirent en fa faveur, ceux-mêmes qui étoient entrés avec
lui en lice n'ayant pu lui refufer les éloges les plus flatteurs.

Le mérite du nouveau profeffeur lui attfra bientôt
un concours prodigieux de difciples. S'il fçut fe les attacher par fa douceur, par fon affabilité, par la politeffe
de fes manières, il les charma par fa capacité, & plus
encore par le rare talent qu'il avoit de porter la clarté

dans l'esprit de ceux devant qui il parloit. Des idées
nettes & précises, une diction pure & élégante, beaucoup d'ordre, beaucoup de méthode dans les matieres
qu'il traitoit & que toujours il approfondissoit ; rien ne
lui manquoit pour former d'excellens disciples ; ajoutons
que son zele pour leur instruction ne pouvoit être porté
plus loin. Des infirmités habituelles qui furent une suite
de sa trop grande application ne l'empêchérent presque
jamais de continuer ses leçons. Il ne les bornoit pas
même à celles qu'exigeoit le devoir de son emploi.
C'étoit pour lui la plus agréable de toutes les récréa-
tions de conduire ses disciples à la promenade, & là
dans des entretiens familiers, il prenoit plaisir à éclaircir leurs doutes & à répondre aux différentes questions
qu'ils lui faisoient. Mais leur avancement dans les sciences n'étoit pas ce qui l'intéressoit le plus. Sa principale attention étoit de les former à la piété & à la
vertu, de leur inspirer un grand amour de la justice,
& un zele ardent à défendre la veuve & l'orphelin.
Aussi pendant plus de quarante ans que ce grand homme
a rempli avec une approbation générale les fonctions
de professeur il a eu la consolation de voir sortir de
son école quantité de magistrats illustres plus distingués encore par leur intégrité & leurs vertus que par
leur profonde capacité.

Les ouvrages de ce célebre jurisconsulte ont tous
été reçus favorablement du public. En 1656 il donna
un livre où il traite de la vie, de l'hérésie & de la pénitence du fameux Berenger archidiacre d'Angers, &
dans lequel il justifie Eusebe Brunon evêque de cette
ville, que l'on avoit voulu enveloper dans les erreurs
de son archidiacre. Plusieurs années après, sçavoir en
1665 M. de Roye fit paroître un ouvrage où il prend
la défense de toutes les universités de droit du royaume,
tant contre les entreprises de celle de Paris, qui donnoit des degrés en droit civil, que contre les merce-
naires qui l'enseignoient en particulier. Deux années

après il publia son traité du droit de patronage & des droits honorifiques, estimé comme un des plus parfaits ouvrages que nous ayons en ce genre. On doit porter le même jugement de son livre des institutions du droit canonique, qui doit être consulté comme la régle de la jurisprudence ecclésiastique. Nous avons encore du même auteur un ouvrage intitulé, *de missis dominicis, eorum officio & potestate* : M. de Roye traite dans ce livre des officiers que nos rois de la premiere & de la seconde race envoyoient quelquefois dans les provinces pour y régler ce qui regardoit la justice, la police & les finances, & dont les fonctions étoient différentes de celles qu'ont en ce rems-ci les intendans des provinces.

En 1681 le feu roi ayant donné des réglemens pour les universités de son royaume, en vertu desquels M. de Roye se vit obligé de céder au professeur du droit françois la seconde place qu'il occupoit ; cet excellent homme plus modeste encore qu'il n'étoit sçavant, & qui ne consulta jamais dans toutes ses actions que le seul intérêt du bien public, fit lui-même l'éloge de ces sages réglemens, s'y soumit avec joye & parut se livrer avec une nouvelle ardeur à l'instruction de ses disciples, dont le nombre croissoit chaque jour.

L'éclat avec lequel cet habile professeur remplissoit depuis une longue suite d'années les fonctions de sa charge lui mérita d'être nommé par le feu roi à une chaire dans la faculté de Paris renouvellée par Sa Majesté en 1685 ; mais M. de Roye s'excusa sur les infirmités, fruit glorieux de ses longs travaux, aussi disoit-il lui-même qu'elles ne lui étoient pas moins honorables que les blessures à un homme de guerre, quoique ce genre de mérite ne fut pas si éclatant.

La grande part qu'il avoit eu à l'établissement de l'académie d'Angers lui obtint une place dans cette nouvelle compagnie, mais il mourut l'année suivante, sçavoir en 1686 sans avoir fait aucune fonction d'académicien. Il n'avoit point été marié.

JEAN BOSCAGER.

JEAN BOSCAGER, né à Beziers le 23 Août
1601, reçut du ciel en naiſſant un eſprit propre
à réuſſir dans toutes les ſciences; belles lettres, philoſophie, théologie morale, juriſprudence, il devint
habile dans toutes ces connoiſſances. Après avoir achevé
avec ſuccès ſes études dans ſa patrie, jeune encore,
il ſe rendit à Paris dans le deſſein de prendre des dégrés en Sorbonne; mais il changea bientôt de réſolution.

Un heureux hazard lui ayant appris qu'il avoit à Paris, un parent qui y enſeignoit le droit avec diſtinction, il ne balança point à l'aller voir, & ce fut avec
bien de l'empreſſement qu'il accepta la propoſition
qu'il lui fit de venir demeurer chez lui.

L'exemple de ſon oncle, quelques leçons qu'il en
reçût, lui inſpirerent tant de goût pour l'étude des
loix, qu'il s'y dévoua tout entier; il y fit en peu de
tems de ſi rapides progrès, que M. la Forêt, (c'eſt le
nom de ſon oncle) étant tombé malade au bout de
ſix mois, le jeune Boſcager qui n'étoit âgé que de vingt-
deux ans, ſe vit alors en état de remplir ſa place de
profeſſeur. La comparaiſon qui ſe fit de l'oncle avec
le neveu, ne fut pas à l'avantage du premier, dont
l'érudition profonde, à la vérité, n'étoit accompagnée d'aucun autre talent, & le neveu poſſédoit tous ceux qui pouvoient le faire briller dans ſon
nouvel emploi. Une merveilleuſe facilité à s'exprimer
en latin, des idées claires, nettes & préciſes, une diction

rion pure & élégante, un esprit juste & méthodique, autant de qualités qui se trouvoient soutenües dans lui par une grace inexprimable à s'énoncer. Son vieux parent revenu en santé, ne s'apperçut que trop aisément qu'il s'étoit donné un substitut peu propre à le faire regretter, la jalousie qu'il en conçut, ne put demeurer secrette; & c'est ce qui engagea son neveu à prendre le parti de s'éloigner. Déja connu par la supériorité de ses talens, M. le comte d'Avaux nommé à l'ambassade de Venise, se fit un plaisir de l'attacher à sa suite, & le conduisit avec lui en Italie.

M. Boscager fit quelque séjour à Padoüe, & fut reçu avec distinction dans l'université de cette ville. L'ingénieuse devise qu'il fit sur le nom d'*academia del Bove*, que portoit cette université, fut généralement applaudie. Cette devise exprimée dans les paroles suivantes qui faisoient allusion à la fable d'Isis, *ex Bove facta dea est*, fut trouvée si belle, qu'on la fit graver sur la porte en lettres d'or, avec ces mots au-dessous: *posuit Joannes Boscager en Gallia occitanus, ex occitania Biterensis.* Il prononça aussi un excellent discours, où après avoir prouvé la nécessité du travail dont le bœuf est le symbole, il montra que le travail élevoit l'homme au-dessus de la condition mortelle, & le rendoit égal aux Dieux, ce qui étoit figuré par le changement d'Isis en Déesse, & ce qui se trouve vérifié par la gloire qui suit ceux qui l'ont méritée par leurs travaux.

De retour en France, il y reprit avec ardeur ses études chéries, & bientôt après son parent étant mort, il lui succéda dans l'emploi de professeur; mais ce fut avec cette distinction glorieuse pour le neveu, que l'éclat de sa réputation lui attira en peu de tems pour disciples, les personnes les plus distinguées par la splendeur de leur naissance ou de leur rang; tels furent M. le prince de Turenne, M. de la Meilleraye, M. le marquis de Seignelay, fils de M. Colbert. Ce fut en particulier pour l'instruction de

ce jeune seigneur, que M. Boscager traduisit en françois divers traités qu'il avoit composés, & qui ont été
donnés au public sous le titre d'*Institution du droit Romain & du droit François*.

Au reste, la méthode que ce sçavant homme suivoit en enseignant, ne pouvoit manquer d'accroître sa
réputation, & de grossir le nombre de ses disciples.
Tout le droit Romain, il l'avoit réduit à un certain
nombre de principes sûrs & incontestables; & de ces
principes il tiroit des conséquences qui comprenoient
généralement tout ce qui pouvoit se dire sur chaque
matiere. Son sentiment étoit que l'étude la plus inutile,
étoit celle des commentaires, qui au lieu d'éclaircir les
matieres, ne servent bien souvent qu'à les embrouil-
ler; il ajoutoit, que le droit ayant pris sa source dans
les seules lumieres de la raison, & étant principalement fondé sur l'équité naturelle, il suffisoit de relire
souvent le texte, pour entrer parfaitement dans le sens
de la loi; aussi de tous les commentateurs, M. Godefroi étoit le seul pour qui il eut quelque estime particuliere: nous n'avons de ce sçavant homme qu'un
seul ouvrage, que M. le Saché, le dépositaire de ses
papiers, fit imprimer en 1689 sous le titre suivant:

*Joannes Boscagerius, J. C. clarissimus de justitia & jure,
in quo exquisitissima juris utriusque principia accuratissime pro-
ponantur, luculentissimisque exemplis è scriptura, conciliis,
patribus & jurisconsultis summa cum fide depromptis, illus-
trantur. Origo & progressus juris civilis canonici & franco-
gallici, & singulorum species omnes indicantur, autores,
interpretes & collectores laudantur.*

Ses ouvrages manuscrits, sont le plan d'un ample
traité de jurisprudence divisé en deux parties, dont l'une
devoit traiter du droit particulier, & l'autre du droit
public. Divers discours sur les instituts de Justinien, &
sur les principaux titres du digeste & du code, des
préparations sur quantité de loix, & sur plusieurs
chapitres des décretales du pape Gregoire IX; autant

d'écrits compofés avec beaucoup d'art, & où regne une grande érudition, jointe à une merveilleufe netteté dans l'expreffion.

Un accident funefte enleva de ce monde l'homme célebre dont nous venons de parler. Se promenant un foir feul aux environs de fa maifon d'Homonvilliers à fix lieües de Paris, il tomba malheureufement dans un foffé, d'où n'ayant pas eû la force de fe tirer, il y demeura jufqu'au lendemain matin ; il ne fut trouvé par fes gens qui le cherchoient de tous côtés, que lorfqu'il eut perdu prefque toute connoiffance. Tous les fecours qu'on put lui donner, ne prolongerent fa vie que de quelques jours. Il mourut le 15 Septembre 1687, âgé de quatre-vingt-fix ans.

Doux, officieux, complaifant, c'étoit l'obliger que de lui fournir quelque occafion d'obliger les autres. Éloigné de toute vüe d'intérêt & d'ambition, jamais il ne fongea à faire fervir à l'avancement de fa fortune, la faveur où il étoit auprès du miniftre. Jufqu'à la fin de fes jours, il joüit de la fanté la plus ferme, n'ayant jamais reffenti aucune infirmité ; & lorfqu'on lui en faifoit compliment, il répondoit qu'il ne continuoit à fe bien porter, que parce qu'il avoit toujours eu foin d'éloigner de lui les deux plus grands ennemis de la vie, qui felon lui étoient les médecins & le chagrin.

GABRIEL GUERET.

GABRIEL GUERET, célebre pour ne s'être pas moins diftingué dans l'étude des belles-lettres que dans celle de la jurifprudence, naquit à Paris en 1641 d'une honnête famille de cette ville. Un efprit fin & délicat, accompagné d'un jugement folide le fit briller dans toutes fes claffes. N'étant âgé que de quinze à feize ans, il commença un cours de droit, mais il ne rompit pas pour cela tout commerce avec les mufes; il continua de les cultiver, & ce fut avec les plus heureux fuccès. Il ne voulut cependant jamais fe faire honneur dans le public des faveurs qu'il en recevoit, & il n'y eut que quelques amis particuliers à qui il voulut bien faire part de fes amufemens poëtiques; ce n'eft pas cependant qu'il redoutât le nom d'auteur. Mais engagé dans la profeffion d'avocat il ne crût pas que ce titre pût s'accorder avec celui de poëte.

S'il refufa de donner fes poëfies au public, il n'en fut pas de même par rapport à fes autres ouvrages de littérature, qui tous furent admirés pour la pureté & l'élégance du ftyle dont ils font écrits; dès l'année 1662 il fit paroître fon livre, intitulé, le caractere de la fageffe payenne dans les vies des fept fages de la Grece, & l'anné fuivante il donna la carte de la cour, pièce fort ingénieufe, & écrite avec une fineffe inexprimable. Elle fut fuivie de trois entretiens fur l'éloquence de la chaire & fur celle du Barreau; ouvrage où l'auteur expofe dans un grand jour les différentes qualités néceffaires pour former un orateur parfait. A ces entretiens fuccéderent le parnaffe réformé, & un autre ouvrage fous le titre de guerre des auteurs entre les anciens & les mo-

dernes, qui eſt une critique fine & judicieuſe des ouvrages d'un grand nombre d'auteurs. M. Gueret avoit
compoſé dans le même goût une ſatyre qu'il avoit intitulée la promenade de S. Cloud, mais qu'il ne fit point
paroître par la crainte qu'il eut d'offenſer une perſonne
d'un rang diſtingué, repréſentée dans cette ſatyre ſous
des traits trop reſſemblans pour qu'on pût la méconnoître.

Ces divers ouvrages qui ſe ſuccéderent de près les
uns aux autres acquirent à leur auteur l'amitié & l'eſtime
des écrivains les plus polis de ſon ſiecle. Sécretaire de
l'académie qui ſe tenoit chez M. l'abbé d'Aubignac, il
s'y fit admirer par deux excellens diſcours qu'il prononça, l'un intitulé : *L'orateur*, & l'autre : *Si l'empire de
l'éloquence eſt plus grand que celui de l'amour.*

Mais ces différentes productions quelques parfaites
qu'elles ſoient dans leur genre, M. Gueret ne les regarda
dans la ſuite que comme les amuſemens de ſa jeuneſſe,
& par ſon application à un travail plus ſérieux & plus
conforme à ſa profeſſion, il tâcha de réparer le temps
qu'elles lui avoient dérobé. L'étude du droit civil &
canonique devint dès-lors ſon unique occupation ; &
juſqu'à la fin de ſes jours il lui conſacra tous ſes momens.

Le premier ouvrage de juriſprudence qu'il donna au
public fut un ſecond volume des plaidoyers de M. Gautier mort en 1666. Ces plaidoyers laiſſés imparfaits furent revûs par l'éditeur, & reçurent en paſſant par ſes
mains cette pureté, cette élégance & cette nobleſſe de
ſtyle qui caractériſe tous ſes écrits.

M. Gueret donna peu de tems après, ſçavoir en 1672,
le premier volume d'un autre ouvrage trop intéreſſant
pour qu'il ne fut pas reçu favorablement du public.
C'eſt ſon excellent Journal du palais, c'eſt-à-dire, le
recueil des principales déciſions de tous les parlemens,
& cours ſouveraines de France. Il aſſocia à ſon travail

son ami particulier M. Blondeau , & ils donnerent conjointement onze volumes de cet ample recueil.

» Ils étoient nés l'un & l'autre , *dit le journaliste des*
» *sçavans*, avec un génie heureux & solide ; & ils avoient
» joint l'étude de la politesse avec celle de la jurispru-
» dence, en sorte que les questions les plus épineuses
» sortoient de leurs mains dépouillées de ce qu'elles ont
» de sec & de barbare. Ces deux amis par un commerce
» très-étroit s'étoient tellement accoûtumés à raisonner
» de la même maniere, que l'on voyoit régner le même
» esprit dans l'ouvrage qu'ils faisoient en commun. Quel-
» ques-uns prétendoient remarquer quelque chose de
» plus vif & de plus égayé dans ce qui partoit de la
» plume de M. Gueret, & quelque chose de plus ferme
» & de plus noble dans le style de M. Blondeau ; mais
» cette différence n'étoit pas sensible à la plûpart.

Le même auteur a encore augmenté & enrichi de
notes sçavantes les questions notables de droit qui
avoient auparavant été publiées par M. le Prêtre.

Une mort prématurée enleva de ce monde l'homme
célebre dont nous venons de parler. Il mourut le 22
Avril 1688, n'étant âgé que de quarante-sept ans.

La douceur de sa conversation, l'égalité de son humeur, sa gaieté naturelle que son infatigable application
à l'étude ne fut jamais capable d'altérer , le rendirent
cher à tous ceux avec qui il fut en quelque liaison. Il
s'étoit marié en 1677 , & il eut pour fils M. Gueret docteur de la maison & Société de Sorbonne, grand vicaire
de monseigneur l'archevêque de Paris & curé de saint
Paul.

JEAN DOUJAT.

JEAN DOUJAT, l'un des plus sçavans hommes de son siecle, mort doyen de l'académie, & de la faculté de droit, prit naissance à Touloufe l'an 1609. Louis Doujat un de ses ancêtres, le premier avocat général que le grand conseil ait eu vers l'an 1515 se fit par son érudition & son éloquence un grand nom dans le barreau; Jean Doujat s'y distingua encore davantage. Un esprit vaste & pénétrant, une imagination vive & féconde, une mémoire prodigieuse le firent exceller dans toutes les sciences auxquelles il s'appliqua. Après avoir fait avec succès ses humanités & son cours de philosophie; il s'attacha à l'étude du droit où il fit encore de plus grands progrès. En 1637 il prêta serment d'avocat au parlement de Touloufe, & deux ans après il vint à Paris où il se fit aussi recevoir avocat.

M. Chapelain dans une de ses lettres à M. de Balzac dit qu'il n'étoit pas possible de rien apprendre au sçavant M. Doujat dans les langues grecque, latine, italienne, espagnole, qu'il avoit de même beaucoup de connoissance de l'esclavonne, de l'allemande & de l'hébraïque.

La grande réputation que s'acquit cet homme célebre par sa profonde érudition, lui mérita d'être honoré en 1650 d'une chaire de professeur en droit-canon au collège royal, & la même année il fut reçu à l'académie, à la place de M. Baro; & quatre ans après il obtint encore une autre chaire de docteur-régent dans la faculté de droit.

Mais une preuve plus éclatante du mérite de cet excellent homme, c'est le choix que l'on fit de lui pour donner à monseigneur le Dauphin les premieres teintures de l'histoire & de la fable. Ce fut pour répondre à une si glorieuse distinction que M. Doujat composa plusieurs beaux ouvrages de littérature qui devoient servir au jeune prince dont l'instruction lui avoit été confiée. Ces ouvrages sont un abrégé de l'histoire grecque & romaine, en partie traduit de Velleius Paterculus, une nouvelle édition de Tite-Live enrichie de notes sçavantes, les éloges en vers des personnes illustres de l'ancien Testament, avec une géographie historique & politique.

Des ouvrages d'une bien plus grande importance, & qui demandoient une érudition bien plus vaste, sont ceux que le sçavant M. Doujat a composés sur le droit-civil & le droit-canon, matiere dans laquelle il étoit d'autant plus assuré de réussir qu'il en fit pendant toute sa vie sa plus sérieuse étude; aussi ces ouvrages lui obtinrent-ils de la cour & du clergé des pensions considérables, il ne tint pas même à M. de Marca, dont il étoit singulierement estimé, qu'il ne fut envoyé à Rome avec la qualité d'auditeur de Rote pour la France.

» Mais ce qui met le sceau à la gloire de ce grand » homme, c'est qu'aux talens les plus estimables, il joignoit » une rare modestie, une exacte probité, & un parfait » désintéressement. Jouissant par son travail d'un revenu » considérable, il ne songea jamais à faire des acquisi- » tions, ni à amasser des richesses; content d'en tirer » une honnête subsistance, il employa tout le superflu » au soulagement des pauvres. Ainsi finit l'éloge du cé- lebre M. Doujat inséré dans le Journal des sçavans de l'année 1689.

Cet illustre écrivain mourut le 27 Octobre 1688 dans la soixante & dix-neuvieme année de son âge. On peut voir le catalogue de ses ouvrages imprimés & de ceux qui ne le sont pas dans la bibliotheque du pere le Long.

BONA-

BONAVENTURE DE FOURCROY.

BONAVENTURE DE FOURCROY, qu'un talent supérieur pour l'éloquence du barreau, n'a pas moins distingué, que sa profonde capacité dans la science du droit, naquit à Noyon au commencement du dernier siécle. Touché des charmes de la poësie, il en fit ses délices dans ses premieres années : nous avons de lui divers sonnets adressés à M. le prince de Conty, une piéce en vers latins sur la mort de Scevole de Sainte-Marthe, les sentimens de Pline le jeune sur la poësie, une Comédie intitulée *Sancho Pancha*, une piéce en vers françois qui a été insérée dans le recueil donné par le pere Bouhours, & divers autres morceaux de poësies, mais qui n'ont pas fait un grand nom à leur auteur ; aussi ne doivent-ils être considérés que comme les amusemens de sa jeunesse. Il s'appliqua depuis à mieux connoître ses talens, & il les consacra à une étude plus sérieuse. Doué de toutes les qualités qui forment les grands Orateurs, il s'attacha au barreau, & il en devint bientôt un des principaux ornemens.

» M. de Fourcroy, dit l'auteur de la préface des
» œuvres du célebre M. Auzanet, avoit un esprit vaste
» & élevé, un discernement droit & exquis, un ju-
» gement supérieur & décisif. Versé dans l'étude de
» toutes sortes de loix, il s'appliquoit principalement
» à la science du droit public, elle qui semble mettre
» celui qui la possede audessus des autres hommes. Ora-
» teur vif & animé, homme fort en persuasion, il
» ne disoit rien qui ne tînt de ce noble caractere, si

*Tome I.*Y y

» propre à relever les penſées & les expreſſions.

» Il faiſoit paroître dans ſes plaidoyries de ces traits
» brillans qui ſaiſiſſent, qui tranſportent, & laiſſent dans
» l'eſprit de l'étonnement & de l'émotion. Partout on
» remarquoit une hardieſſe de langage, un ſtyle ſublime
» qui ſe formoit des choſes qu'il devoit exprimer. La
» grandeur des matieres découvroit celle de ſa péné-
» tration, il s'abandonnoit aiſément à la beauté de ſon
» feu, ſans en craindre les excès ; mais toujours maî-
» tre de lui, l'impétuoſité de ſon éloquence réuſſiſſoit
» mieux que la juſteſſe d'une compoſition arrangée ; dans
» ces heureuſes irrégularités, plus belles que les regles
» mêmes, dans ces fieres ſaillies de l'eſprit qui ont ſou-
» vent ſurpris le palais, les paroles & les ſentimens
» ſe précipitoient en abondance ; l'auditeur entraîné
» par la ſolidité d'un diſcours véhément qui le frappoit,
» reſpectoit malgré lui les termes puiſſans qui ſça-
» voient le vaincre & le conduire à la vérité ; & cette
» force de raiſonnement, cette fermeté preſque inflé-
» xible, qui ſembloit choquer ceux qu'elle attaquoit,
» devenoit bientôt l'objet de leur admiration. Sa viva-
» cité n'ôtoit rien à ſon diſcernement, elle ne ban-
» niſſoit que les lenteurs d'une trop longue réflexion,
» ſans en affoiblir la ſageſſe. De ſi rares qualités qui
» lui avoient fait remplir une des premieres places du
» barreau, l'avoient fait choiſir par M. de Lamoignon
» premier préſident au parlement de Paris, pour être
» du nombre de ceux qui travailloient aux nouvelles
» ordonnances, & à la réduction des édits.

A meſure que je travaillois à des mémoires, dit M.
Auzanet dans une de ſes lettres, *en même-tems M. le
premier préſident les mettoit entre les mains de M. de Fourcroy pour s'en inſtruire, mettre les matieres par ordre, &
y ajouter comme il fit quantité de queſtions qui méritent
une déciſion, à quoi il travailla avec une grande exactitude & aſſiduité, nonobſtant ſes plus grands emplois dans
le barreau.*

Plufieurs plaidoyers de ce célebre Orateur ont été donnés au public, de même que fes réflexions fur la décrétale du pape Innocent III, touchant l'élection du patriarche de Conftantinople. On trouve auffi trois de fes difcours dans les recueils de l'académie Françoife. Il mourut doyen des avocats le 25 Juin 1691, & fut inhumé dans l'églife de S. Cofme, où l'on voit fon épitaphe.

FRANÇOIS PINSSON.

3

FRANÇOIS PINSSON, célebre pour fa profonde capacité dans les matieres bénéficiales, & par les excellens ouvrages dont il a enrichi la jurifprudence, naquit à Bourges le 5 Août 1612, de François Pinffon, doćteur & profeffeur en droit dans la même ville, & de Marie Bengy, fille d'Antoine Bengy, confeiller en la prevôté de Bourges, qui fut auffi doćteur & profeffeur dans l'univerfité de Bourges.

Le jeune Pinffon réunit dans lui tous les talens qui avoient diftingué ces hommes célebres, & comme eux il les cultiva avec un foin extrême. Ses études achevées avec beaucoup de diftinćtion, deftiné au barreau, il s'appliqua à la jurifprudence, qui fut depuis fon étude favorite, ou plutôt fon unique étude. Inftruit à l'école de fon pere, fi fameufe alors, que l'on y comptoit jufqu'à cinq ou fix cens écoliers; il y fit des progrès d'autant plus grands, que des leçons domeftiques qui n'avoient pour but que fon inftrućtion particuliere, précédoient toujours celles qu'on lui faifoit publiquement.

Y y ij

Licentié en droit , il vint à Paris en 1633 , & s'y fit recevoir avocat le 5 Décembre de la même année. Le Châtelet fut le premier théâtre où il fit briller son éloquence ; dès l'entrée de sa carriere il plaida avec tant de distinction , qu'on le regarda dèslors , comme devant être un jour l'ame des plus grandes lumieres du barreau ; il s'attacha depuis au Palais , où il se fit en peu de tems un si grand nom , que malgré son assiduité au travail , il pouvoit à peine suffire à la prodigieuse quantité d'affaires que son mérite lui attiroit de toute part ; il fut en particulier consulté comme l'oracle de son siécle , sur tout ce qui concerne les matieres bénéficiales , & c'étoit-là aussi la partie dans laquelle excelloit ce grand homme , comme on peut en juger par les excellens ouvrages qu'il nous a laissés sur ce sujet.

Dès l'année 1654 , il fit paroître un ample traité latin des bénéfices , que le célebre Antoine Bengy son ayeul maternel avoit enseigné dans l'université de Bourges ; mais qu'il n'avoit pû achever , & que M. Pinsson continua depuis le chapitre *de oneribus & immunitatibus ecclesiarum*. Quelques années après , il publia la pragmatique sanction de S. Louis , & celle de Charles VII , avec de sçavans commentaires. En 1673 , il eut l'honneur de présenter au feu roi des notes sommaires sur les indults accordés à Sa Majesté par les papes Alexandre VII & Clement IX , avec une préface historique ; & quantité d'actes qui forment une collection extrêmement utile.

Mais de tous les ouvrages de ce sçavant homme , le plus considérable , & qui seul doit lui mériter un rang distingué parmi les plus célebres jurisconsultes de son siécle , c'est son admirable traité des régales , ou des droits du roi sur les bénéfices ecclésiastiques , accompagné d'excellentes instructions sur les matieres bénéficiales. Traité singulier & original rempli de sçavantes recherches , & enrichi d'un grand nombre d'actes

originaux qui font d'une utilité extrême pour l'étude
du droit.

Le même auteur a auffi travaillé à la révifion des
œuvres du fçavant de Mornac & de celles du célebre du
Moulin accompagnées d'excellentes notes fur le corps
du droit canonique.

M. Pinffon mourut fous-doyen de la compagnie des
avocats le 10 Octobre 1691 âgé de foixante-neuf ans.
En 1688 il avoit été reçu l'un des vingt-quatre docteurs
honoraires de la faculté en droit.

PIERRE HEVIN.

LA vie de ce célebre jurifconfulte fe trouve à la
tête du premier volume de fes notes fur la coûtume
de Bretagne, ainfi nous allons la donner ici telle qu'elle
a été écrite par M. Poulain du Parc avocat au parlement
de Rennes.

Pierre Hevin, troifieme du nom, naquit à Rennes en
l'année 1621. Ses ancêtres n'étoient pas originaires de
Bretagne ; d'anciens mémoires de fa famille apprennent
que Jean Hevin fon bifayeul, forti d'Irlande fa patrie,
d'origine noble, vint s'établir à Arras en 1537. Il y
époufa demoifelle margueritte Morieux. Tous leurs enfans prirent le parti des armes, & moururent au fervice
du roi, à l'exception de Pierre Hevin, fieur de Mellery,
premier du nom qui embraffa la profeffion des lettres,
où il réuffit.

Il fut l'un des membres de l'univerfité de Paris, & il
parvint à être recteur de S. Maxent en Poitou, où les
fciences fleuriffoient alors. Il fe maria le 12 d'Avril 1586

avec demoiselle Magdeleine Texier, fille de François Texier , seigneur de la Guillontiere , avocat du roi à Poitiers. Ils eurent de leur mariage deux garçons; l'un entra chez les PP. Jésuites , fut l'un des célebres prédicateurs de son tems, & il nous reste de lui quelque ouvrage de morale; l'autre aussi nommé Pierre Hevin second du nom, professeur en droit, & rempli de riches connoissances de la littérature fut reçu dans sa jeunesse à l'académie des humoristes de Rome. Il y connut Jean Barclay, qui en étoit un des plus rares ornemens.

Ce célebre auteur étoit aussi d'Irlande , professeur en droit, & de race noble ; même patrie, même naissance, même profession formerent entre eux les liens d'une estime & d'une amitié mutuelle. Barclay confia à Hevin tous les secrets de son Argenis , il le consulta sur les principaux événemens de ce roman politique , le seul des livres de son espece , dont l'illustre M. Despreaux aimoit la lecture ; & qui mérita l'attention de Louis XIII auquel il fut dédié.

Dans une des lettres de Barclay , dattée de Rome le 9 d'Octobre 1618 , il s'expliquoit avec Hevin en ces termes : » Toutes choses sont demeurées au même repos » où vous les avez laissées hormis *Selenissa & Rodiroba-* » *nes* (personnages de l'Argenis) qui sont tous deux » morts , car je suis parvenu au milieu du dernier livre. » Je prétens vous envoyer le tout en un an , si vous êtes » encore à Paris , & le laisser à votre disposition.

L'ami de Barclay étoit en effet à Paris, il y avoit été reçu avocat , & il se proposoit d'en faire la profession en cette ville , lorsqu'un établissement l'appella à Rennes ; il y arriva au commencement de l'année 1620, & le 12 d'Avril de cette même année , il épousa demoiselle Julienne Billefer, d'une très-ancienne famille, & alliée de familles distinguées dans la magistrature.

Son mariage l'ayant fixé à Rennes, il y fréquenta le barreau; mais peu versé dans les principes de la coûtume de Bretagne, & ignorant les usances particulieres à chaque ville, & à plusieurs des évêchés de cette province, il s'appliqua particulierement à professer le droit-civil, dont il avoit fait le fond de ses études. Retiré dans une province que le reste de la France regardoit alors comme peu propre au séjour d'un sçavant, il entretint le commerce de lettres qu'il avoit toujours eu auparavant avec les auteurs les plus estimés en ce tems, & principalement avec M. de Peiresc, le protecteur de Barclay dont la mort fut pleurée par tant de poëtes & en tant de langues, & qui suivant M. Bayle, mit en deuil *pompeusement* les humoristes de Rome.

Pierre Hevin, troisieme du nom, fils de l'ami de Barclay parut sombre dans ses commencemens. Il n'avoit pas de talens extérieurs, & quoi qu'il eut été reçu avocat le 19 Juin 1640 n'étant âgé que de dix-neuf ans, & que l'amour du travail lui tint lieu de toutes les passions, il ne promettoit pas de faire de grands progrès dans la profession à laquelle il étoit destiné : un air pésant qu'il avoit puisé dans une application continuelle recelloit son heureux génie, son pere y fut même trompé ; il s'en plaignit un jour à un de ses amis durant une maladie qui l'empêchoit de continuer ses leçons aux étudians, qui faisoient leur cours de droit sous lui. Cet ami qui avoit vu le jeune Hevin au milieu des étudians, & qui avoit été frappé de sa méthode claire, facile & précise à enseigner rassura le pere sur la défiance qu'il avoit des talens de son fils ; un pere craint toujours d'être flatté, celui du jeune Hevin voulut juger par lui-même de sa capacité. Il se cacha dans un lieu d'où il l'entendit, & il en fut charmé ; son éducation lui devint plus chere, il l'envoya à Paris auprès des sçavans dont il cultivoit l'amitié.

Le célebre Hevin n'y brilla pas, mais il y profita beaucoup ; de retour à Rennes il s'attacha au barreau qu'il fréquenta avec assidüité. Ses commencemens n'y furent pas heureux, parce qu'il ne pouvoit pas s'accommoder au genre d'éloquence qui y régnoit, & qui char-

geoit les plaidoyers de trop de citations, & d'ornemens
étrangers.

C'étoit un esprit juste, exact, & qui ne perdoit jamais de vûe son objet, on pensa d'abord qu'il étoit sec
& stérile, parce qu'il étoit simple dans ses plaidoyers,
& qu'il n'y employoit ni expressions fort neuves, ni
figures brillantes & hardies, mais à peine eut-il développé son érudition dans les causes où il eut à combattre l'opinion des plus fameux jurisconsultes, & à ramener les juges au véritable esprit des loix, qu'il se fit
admirer de ses confreres même. Ils trouvoient en lui
un orateur qui dédaignant les graces & les ornemens,
s'attache à convaincre par l'abondance des raisons solides.

Le troisieme Mars 1658 il épousa demoiselle Perrine
Louis, fille de Jean Louis, ecuyer sieur du Vivier. Aucun mariage n'a été mieux assorti par la sympathie des
humeurs de deux époux; une égale douceur dans leurs
mœurs, une même inclination à la vertu, & une émulation mutuelle au bien de leurs enfans les rendirent
parfaitement heureux; un garcon & deux filles furent
le fruit de leur mariage. Les deux filles épouserent deux
gentilshommes de grande considération, tant par leur
maison que par leur mérite. Le garçon aussi nommé
Pierre suivit le parti des armes, & entra dans la maison
du roi, mais ayant été blessé dangereusement à la bataille de Stinkerque il revint à Rennes, où il suivit la
profession de son pere, quoique d'ailleurs il fut conseiller au présidial de cette ville. Il s'y maria avec demoiselle Jeanne Lemoine, qui augmenta ses alliances
dans la haute magistrature & dans l'épée. Leur union
fut suivie de la naissance de trois garçons & d'une fille.
L'aîné a embrassé la profession de ses peres, le second
est mort à Lintz au service du roi, & le troisieme est
capitaine d'infanterie.

M. Hevin qui dans l'étude du droit civil avoit puisé
des principes dont il s'étoit heureusement servi à combattre

battre quelques-unes des opinions de M. d'Argentré,
chercha à acquérir de plus vastes connoissances, afin
de le mieux combattre encore, & de déraciner du
barreau les erreurs que ce grand jurisconsulte y avoit
transmises, par l'explication qu'il avoit donnée à l'assise
du comte Geffroy sur une copie défectueuse de cette
ancienne ordonnance, & par la fausse interprétation de
quelques articles de l'ancienne coûtume.

Rempli d'un dessein si utile au public, il étudia avec
une application continuelle la moyenne antiquité, &
la basse latinité. La conversation des sçavans est nécessaire dans cette étude ; il alla donc à Paris en 1662.
Il y eut de longs entretiens avec de sçavans antiquaires, & les plus célebres avocats qui lui ouvrirent à
l'envi leurs cabinets & rechercherent son amitié. Ce
fut dans le cabinet de M. Sevin fameux avocat au
parlement de Paris, qu'il découvrit une ancienne traduction faite de l'assise du comte Geffroy sur l'exemplaire qui en avoit été donné au seigneur de Dinan.

Son étude de la moyenne antiquité lui facilita l'intelligence des anciennes constitutions des ducs de Bretagne, des Chartres & de la très-ancienne coûtume de
la même province, dont il ne laissa passer aucun mot,
aucune expression, sans qu'il en eut pénétré le véritable
sens.

Le fruit de tant de veilles & de tant de recherches si
pénibles est répandu dans tous ses ouvrages. Sa modestie, & la défiance qu'il avoit de son sçavoir l'empêcherent de mettre au jour d'autres productions que le recueil d'arrêts sur la coûtume, imprimé à la fin des plaidoyers de M. Frain, & ses annotations sur les plaidoyers
du même auteur ; encore se plaignoit il dans son aver-
tissement au lecteur sur la troisieme édition de ce que
l'imprimeur y avoit mis son nom, & il demanda grace
pour son style, craignant *qu'il n'eut donné du dégoût.* Cependant aucun jurisconsulte n'a eu une maniere de s'exprimer ni plus forte ni plus claire.

Tome I.   Z z

Au milieu de ses grandes occupations il entretenoit un commerce de lettres avec les plus célebres avocats & les plus sçavans magistrats du royaume. M. de Pontchartrain étant parvenu au ministere, lui continua l'estime singuliere dont il l'avoit honoré en Bretagne, pendant qu'il y avoit été premier président. Devenu ministre il ne cessa point de le consulter.

» Non, monsieur, lui disoit-il, dans une lettre datée » de Versailles le premier de Juin 1688, je n'oublierai » ni la Bretagne, ni vous, ni vos ouvrages. Vous ne » pourrez me faire plus de plaisir que de m'envoyer tout » ce que vous faites, & que de me parler de vous & de » votre province.

Dans un autre lettre de la même année il lui écrivoit en ces termes : » C'est vous assurément qui avez » les vingt légions & beaucoup plus encore; ainsi, mon-» sieur, c'est à vous à qui l'on doit céder, & personne » ne le fait plus volontiers & avec plus de justice que » je le fais. Si vous voulez travailler sur la réformation » de votre coûtume, & faire sur chaque article vos re-» marques, de ce qui seroit à conserver, à changer, à » diminuer ou à ajouter, ce seroit un ouvrage aussi » glorieux pour vous qu'utile au public, car il n'est pas » impossible que cette réformation n'arrive, & per-» sonne n'y peut servir plus que vous ; vous me ferez un » singulier plaisir de me communiquer titre par titre » ce que vous ferez, & comme j'y travaille aussi de » mon côté, je vous ferois voir volontiers mes imagi-» nations. Songez je vous prie, & croyez, bien toujours » que personne ne vous aime & ne vous estime plus par-» faitement que je fais.

On seroit tenté de croire à la lecture d'une lettre datée du 8 Février 1689, que M. Hevin fit une partie de la réformation à laquelle M. de Pontchartrain l'avoit encouragé. » J'ai reçu votre lettre, monsieur, disoit ce » ministre, & votre ouvrage commencé, dont malgré »vos humbles & séveres pronostiques, je suis assuré que

» je ferai content. Souvenez-vous toujours, je vous prie,
» de Dargentré , de la bonne & correcte impreſſion, &
» du *Fatum mundi* ; & cependant comme M. Hevin n'a
laiſſé dans ſes papiers aucune trace de cette réformation , & que d'autres lettres apprennent qu'il envoyoit
à M. de Pontchartrain des ouvrages en différens gén-
res, on ne peut pas aſſurer qu'il ait travaillé ſur la réformation , ni qu'il ait fait d'autres notes que celles
qui ont été rendües publiques.

Ce juriſconfulte , auſſi modeſte que ſçavant , mourut
le 15 Novembre 1692. Il avoit porté pendant quarante
ans le poids des plus grandes affaires dans une province où leur affluence y ſurchargeoit tous les tribunaux, & ſembloit interdire tout repos aux avocats. Pendant ſa vie il a eu pour témoins de ſes travaux des magiſtrats reſpectables, qui par l'eſtime & la conſidération
dont ils aimoient à l'honorer, commençoient cette juſtice exacte dont ils étoient redevables à tous, & le ſou-
tenoient dans les agitations continuelles de l'eſclavage
qu'il avoit contracté avec le public. Un autre charme
l'y ſoutenoit encore, c'étoit le plaiſir de penſer que
l'utilité de ſes ſervices devoit lui ſurvivre à lui-même ,
& laiſſer à des enfans dignes de lui un patrimoine d'honneur la plus noble partie de ſes biens.

Ouvrages de M. Hevin.

Annotations ſur les plaidoyers de M. Frain imprimées chez Pierre Garnier à Rennes , 2 *vol. in*-4°.
1684.

Conſultations & obſervations ſur la coûtume de Bretagne , parmi leſquelles on en a inſéré quelques-unes
du fils de l'auteur. L'impreſſion en a été faite chez Guillaume Vator imprimeur du roi à Rennes , 1 *vol. in*-4°.
1743.

Queſtions & obſervations concernant les matieres

féodales par rapport à la coûtume de Bretagne imprimées à Rennes chez le même, 1 *vol. in-*4°. 1736.

Notes & arrêts fur la même coûtume imprimés cy-
après.

****

JEAN DAUMAT.

JEAN DAUMAT, avocat du roi au préfidial de
Clermont en Auvergne, naquit en cette ville, le
30 Novembre 1625. Il n'avoit encore que huit ans,
lorfque le célebre pere Sirmond Jefuite fon grand oncle, engagea les parens du jeune Daumat à l'envoyer
à Paris pour y faire fes études, promettant de prendre un foin tout particulier de fon éducation ; & quel
progrès ne dut-il pas faire fous un fi excellent maître ?

Le pere Sirmond charmé de trouver dans fon jeune
parent les plus heureufes difpofitions pour les fciences,
un génie facile & pénétrant, une mémoire merveilleufe, une grande ardeur pour l'étude, fe fit un plaifir de cultiver avec foin ces précieux dons. Le jeune
Daumat dirigé dans fes études par ce fçavant homme,
fit dans toutes de furprenans progrès. Il brilla dans
fes humanités par la beauté & la délicateffe de fon
génie, & fe fit encore plus admirer en philofophie,
par la pénétration & la fubtilité de fon efprit. Des
thefes publiques qu'il foutint à la fin de fon cours, lui
mériterent une approbation générale ; & ce qui rendit cet acte plus éclatant, fut que M. Daumat eut l'honneur d'en partager la gloire avec un condifciple illuftre, fon alteffe féréniffime le prince de Conty.

Aux études ordinaires que l'on fait dans les colleges, M. Daumat joignit celle des langues, & en
peu de tems il apprit parfaitement l'Efpagnol & l'Ita-

lien. Il s'appliqua auſſi à la géométrie ; & ce fut-là une ſcience dans laquelle il ne ſe rendit pas moins habile, que dans les belles-lettres.

De retour en ſa province, il y fut conſidéré comme un prodige d'érudition. Ses parens enchantés des progrés qui l'avoient ſuivi dans toutes ſes études, le deſtinerent au barreau, perſuadés que c'étoit-là la profeſſion où il pourroit faire briller avec le plus d'éclat la ſupériorité de ſes talens, ils ne furent pas trompés dans leurs eſpérances.

M. Daumat envoyé à Bourges pour y étudier en droit, fournit cette nouvelle carriere avec les plus glorieux ſuccès. Le célebre M. d'Emmerville un de ſes profeſſeurs, & qui préſida aux theſes que M. Daumat ſoutint pour ſa licence, ne put s'empêcher de faire publiquement ſon éloge.

Ses premiers eſſais dans le barreau, furent généralement applaudis, & l'on commença dès-lors à juger qu'il effaceroit bientôt ceux qui auroient vieilli dans la même profeſſion. Jeune encore, il fut pourvû de la charge d'avocat du roi au préſidial de Clermont, emploi qu'il a exercé pendant une longue ſuite d'années avec les plus glorieuſes marques de diſtinction. Devenu l'oracle de ſa compagnie, pluſieurs fois elle le députa à Paris pour la conduite des affaires les plus importantes & les plus difficiles, étant bien perſuadée qu'elle ne pouvoit remettre ſes intérêts en de meilleures mains ; mais ſes confreres ne furent pas les ſeuls qui l'honorerent de leur confiance & de leur eſtime. Les magiſtrats envoyés en Auvergne en 1664 pour y tenir les grands jours, ne l'eurent pas plutôt connu, que charmés également & de ſa probité & de ſon ſçavoir, ils ne craignirent pas de lui confier les affaires les plus délicates & les plus ſecrettes, & dont la réuſſite étoit le principal objet de leur commiſſion. M. Daumat aſſocié à leurs travaux, leur en facilita le ſuccès par l'étendüe de ſes lumieres & la ſageſſe de ſes conſeils.

Cependant un travail immenfe rempliſſoit depuis bien des années tout le loiſir de ce ſçavant homme. Son deſſein étoit de donner un nouveau corps de droit Romain, où les matieres diſtribuées dans des claſſes particulieres, fuſſent rangées ſelon l'ordre naturel qu'elles doivent avoir. Il devoit commencer par donner des définitions qui offriſſent une idée claire & diſtincte de chaque choſe, & finir enſuite par les principes & les regles, en faiſant obſerver leurs exceptions ; & pour que chaque matiere fût parfaitement développée, il ſe propoſoit d'apporter ſur toutes des déciſions précédées de tout ce qui pouvoit ſervir à une plus grande intelligence du ſens de la loi. L'utilité qui devoit revenir de l'exécution d'un ſi vaſte projet, étoit de rendre l'étude du droit Romain plus méthodique, & par conſéquent plus facile.

L'auteur en formant le plan de cet ouvrage, ne s'étoit d'abord propoſé que ſon inſtruction particuliere ; mais ſes amis à qui il fit part de ſon deſſein, perſuadés qu'un ſi grand travail ſeroit pour le public d'une utilité extrême, engagerent M. Daumat à entreprendre le voyage de Paris, ne doutant pas que ſon projet ne dût être approuvé par tout ce qu'il y avoit de perſonnes zélées pour l'avancement de l'étude des loix Romaines.

M. Daumat ainſi encouragé, vint à Paris en 1683, & il eut tout ſujet de ſe féliciter du ſuccès de ſon voyage. M. le Pelletier alors controlleur-général à qui il préſenta quelques cayers de ſon ouvrage, ne ſe contenta pas de l'exhorter à le continuer ; mais il lui promit encore d'en rendre compte à Sa Majeſté ; & peu de tems après il lui obtint une penſion de deux mille livres de la cour ; mais ce fut à condition qu'il reſteroit à Paris, & qu'il y travailleroit ſous les yeux du miniſtre.

Le zele du public, bien plus que la récompenſe qui venoit d'être accordée à ce ſçavant homme, anima ſa plume. Œconome de ſon tems, il en conſacra tous les momens à l'exécution du vaste projet qui l'occupoit depuis plus de vingt ans. A la fin de l'année 1689, conduit par son illustre protecteur M. le Pelletier, il eut l'honneur de présenter à Sa Majesté le premier volume de son ouvrage, précédé d'une préface qui fut admirée comme un chef-d'œuvre, tant pour la noblesse des pensées, que pour la pureté & l'élégance du style. L'auteur eut de même l'honneur d'offrir quelque tems après au roi, le second & le troisiéme volume de cet ample recueil, & il reçut de la bouche même de ce grand prince, les louanges les plus flatteuses sur le rapport qui avoit été fait à Sa Majesté, de l'excellence & de l'utilité de ce grand ouvrage:

M. Daumat n'eut pas la consolation d'en voir paroître le dernier volume, qui ne fut donné au public que deux années après sa mort. Mrs ses fils, l'un chanoine de la cathédrale de Clermont, & l'autre conseiller en la cour des Aydes de la même ville, eurent l'honneur de le présenter à Sa Majesté en 1697.

L'homme illustre dont nous venons de parler, mourut sur la fin de Février de l'année 1695, étant âgé de soixante-dix ans. Recommandable par son érudition & par ses talens, il le fut encore plus par ses vertus. Un grand fond de religion & de piété, un zéle ardent pour la justice, une droiture, une probité qu'il portoit jusqu'au scrupule, une charité tendre pour les pauvres, & si compatissante, que souvent il lui arrivoit de s'incommoder pour les soulager dans leurs besoins, formoient le caractere de cet excellent homme. Pendant plus de dix huit ans qu'il exerça dans sa patrie l'emploi d'avocat du roi au présidial, il remplit les fonctions de sa charge avec un désintéressement d'autant plus admirable, que sa fortune n'étoit rien moins que brillante: Ami de la paix, il lui sacrifioit toute vuë d'intérêt; presque tous les différends, il les terminoit, ou par des accommodemens, ou par des arbitrages; & lorsqu'on le forçoit de recevoir quelques présens, c'étoient

toujours les pauvres qui en profitoient ; pendant plusieurs années il fut chargé de l'administration des hôpitaux de la ville, & sa charité industrieuse lui fit trouver les moyens d'augmenter considérablement les revenus de ces maisons de charité, dont l'interêt lui fut
toujours plus cher que celui de sa propre famille.

JACQUES DE LA LANDE.

JACQUES DE LA LANDE, seigneur de Lumeau,
Mazeres, Lavau, Montaran, issu de la noble & ancienne famille des de la Lande de Bretagne, conseiller
au bailliage & siége présidial d'Orléans, docteur & professeur de l'université de la même ville, a été un de ces
hommes illustres que l'éminence de leurs vertus & de
leurs talens rend supérieurs aux plus grands éloges. Il
naquit à Orléans le 2 Décembre 1622 de Daniel de
la Lande conseiller en la prévôté de cette ville, & de
Michelle le Gendre. Dès ses plus tendres années il fit admirer dans lui un génie heureux pour les sciences, &
un grand amour de la vertu ; sa jeunesse fut exempte
des passions qui semblent comme attachées à cet âge.
Uniquement occupé de l'étude il s'appliqua constamment à cultiver les heureuses dispositions qu'il avoit
pour y réussir ; aussi y fit-il les plus merveilleux progrès.

Ses classes finies avec une distinction singuliere, il
se dévoua à la jurisprudence, qui fut depuis l'unique
objet de son application. Il parut d'abord avec éclat
dans le barreau, mais il ne le suivit pas longtems.

Il épousa en 1651 Margueritte Davezan fille de
M. Jean Davezan gentilhomme de l'Armagnac, doyen
des docteurs & professeurs en droit des universités d'Orléans & de Paris, & conseiller d'état ; & il fut pourvu
en

en 1652 d'une charge de conseiller au bailliage & au
siége présidial d'Orléans. Une chaire de professeur en
droit dans l'université de cette ville étant venüe à vacquer l'année suivante, M. de la Lande jeune encore osa
la disputer, & il eut la gloire de l'emporter.

Le nouveau professeur livré tout entier aux fonctions
de son emploi, s'y fit admirer autant par l'étendüe de
ses lumieres que par l'ardeur de son zele pour l'instruction
de ses disciples.

La haute idée que l'on avoit de son intégrité, de sa
sagesse & de son dévouement au bien public, le fit nommer en 1691 à la charge de maire de la ville d'Orléans.
Son amour pour ses concitoyens, les soins continuels &
infatigables qu'il prit pour assurer leur tranquillité, la
bonté naturelle de son cœur, sa pitié compatissante, qui
en le rendant sensible aux besoins du pauvre, le rendoit en même tems ingénieux à le soulager, mériterent à ce grand homme le titre glorieux de pere du
peuple.

Les ouvrages de cet homme illustre sont un traité du
ban & de l'arriere-ban, un excellent commentaire sur
la coûtume d'Orléans en deux volumes *in-folio.* Ces
deux ouvrages sont écrits en françois ; les suivans sont
en latin :

*Exercitationes utriusque juris ad titulum de ætate qua-
litate & ordine præliciendorum, apud Gregorium IX, cum
brevi tractatu de nuptiis clericorum vetitis aut permissis, &
ad titulum secundum libri 28 digestorum de liberis & posthu-
mis heredibus instituendis aut exheredandis.*

*Prælectiones in titulum trigesimum libri tertii decretalium
de decimis, primitiis & oblationibus.*

*Juris dissertatio de ingressu in secretaria judicum, & cum
his considendi societate, viris honoratis competente, & de ho-
norariis dignitatibus.*

*Juris dissertatio ad novellum imperatoris Justiniani de tran-
situ militum eorum que anona.*

Specimen juris Romani gallici ad pandectas.

Tome I.   A 3

C'eſt un eſſai d'un grand ouvrage que M. de la Lande avoit entrepris, & qu'il a achevé, mais lequel eſt encore manuſcrit.

Ce célebre juriſconſulte mourut le 5 Février 1703, âgé de quatre-vingt-cinq ans.

ETIENNE GABRIAU DE RIPARFONT.

ETIENNE GABRIAU DE RIPARFON ecuyer, conſeiller du roi, reçu avocat au parlement de Paris le 13 Juin 1661, mourut le 5 Décembre 1704 & fut inhumé à S. Benoît. (a)

Nos recherches n'ayant pu nous procurer aucun mémoire ſur la vie de cet homme illuſtre, pour ſuppléer à ce défaut nous tranſcrirons ici la belle inſcription latine que M. Froland avocat a compoſée en ſon honneur, la voici :

Quam vides hìc bibliothecam,
Sibi carriſſimo patronorum ordini
Teſtamento dedit
Dominus GABRIAU DE RIPARFONT
Origine nobilis
Ingenio, doctrinâ, virtute, famâ
Præcellens
Conſiliarius prudentiſſimus ;
Facili difficultatum ſolutione inſignis ;
Sæculi ſui deſiderium, futuri invidia.

(a) M. de Riparfont étoit né à Poitiers, il eut pour pere N. Riparfont qui fut d'abord conſeiller au parlement de Rennes, & qui fut enſuite pourvu de la charge de lieutenant particulier au préſidial de Poitiers. M. de Riparfont fut marié à Anne-Marie Durideau, dont il n'eut point d'enfans.

Tot funt venerati homines, quot noverunt,
Tot mirati quot in confiliis audierunt :
Hunc fibi dynaftæ & patronum & amicum effe volue-
     runt,
Hos fama primum clientes fecit,
     Virtus fubinde amicos.
Utebantur fenatus clariſſima lumina,
     Confiliario peritiſſimo.
Sociis proderat exemplo, neque his unis proderat,
     Habebat unde prodeffet omnibus.
Totum dum vixit omnibus fe præbuit ;
          Dum moritur, res inter fanguinem & amicitiam
               fortitur,
          Patrimonium propinquis,
Libros & manuſcripta
     Nobiliorem animi ac fortunæ partem,
     Nominis & fcientiæ thefauros
Sociis amare de focii fato querentibus
          Relinquit
Quifquis es, tam bene meriti teftatoris nomen
     Ama, memento, cole,
     Vivens ab omnibus cultus,
Moriens ab omnibus defideratus.

Nous ajouterons ici l'épitaphe qui a été confacré à la mémoire de cet homme illuſtre.

Æternæ memoriæ.

Viri clariſſimi D. GABRIAU DE RIPARFONT *Pictavienfis, in fenatu patroni, de litteratis quot funt, quotque erunt in pofterum hominibus, ac præcipuè de fuis fodalibus bene ex tefta- mento meriti.*

Qui refponfa dabat, prudens examine reEti,
     Hic vir, hic eft doEtus, gloria prima fori.
Donavit libros, cur res fit publica, quæris
     Teftator populo, totus & ipfe fuit.
. Sic quoque morte juvat focios miferofque clientes,
     Æternum ftudiis, numen adeffe precor.

A 3 ij

Paſſant , tu vois ici le buſte
D'un avocat ſçavant & juſte ,
Qui fut entre les conſultans
L'oracle & l'honneur de ſon tems.

Le préſent qu'il a fait te ſemble magnifique ,
   Mais ſi tu veux ſçavoir pourquoi
Cette bibliotheque , il a rendu publique ,
C'eſt que lui-même fut au peuple plus qu'à ſoi.

Il veut juſqu'au tombeau , ſoulager ſes confreres ,
   Et les pauvres cliens qu'il plaint dans leurs procès,
Que le Ciel à jamais ſenſible à nos prieres ,
   D'un ſi noble deſſein aſſure le ſuccès.

CHRETIEN-FRANÇ. DE LAMOIGNON.

CHRÉTIEN-FRANÇOIS DE LAMOIGNON, premierement avocat - général, depuis préfident à mortier du parlement de Paris, fils aîné de Guillaume de Lamoignon, premier préfident du même parlement, & de Magdeleine Potier, fille de Nicolas Potier, feigneur d'Oequerre, fécretaire d'Etat, naquit à Paris le 26 Juin 1644.

Un efprit fublime, vafte, pénétrant, folide, propre à tout; un air noble, une voix forte & agréable, une éloquence naturelle, à laquelle l'art eut peu de chofe à ajouter, une mémoire qui tenoit du prodige, un cœur jufte, ferme & généreux, ne furent qu'une partie des précieux dons qu'il reçut du Ciel; & pour les cultiver, le Ciel lui donna encore les plus grands maîtres. Son illuftre pere fut le premier. Cet excellent homme, l'objet de l'admiration de fon fiécle, ne dédaigna pas de defcendre jufques dans les moindres détails de l'éducation & des premieres études de fon fils, & il ne fe déchargea de ce foin, que lorfque le jeune M. de Lamoignon fut capable de la rhétorique. On le mit alors au college des Jéfuites, & on lui choifit le célebre pere Rapin pour directeur de fes études. Les progrès du difciple répondirent parfaitement aux foins & à l'habileté de fon nouveau maître, les mêmes fuccès le fuivirent en philofophie dont il fit un cours dans le même college.

Son cours fini, il voulut voyager, ne doutant pas que ce ne fût-là une forte d'étude qui ne pouvoit être remplacée par les livres. Il alla donc en Angleterre & en Hollande, & eut pour témoins & pour admirateurs des progrès qu'il avoit faits, les plus illustres sçavans de ce pays-là. Charles II qui étoit alors élevé sur le trône de la Grande-Bretagne, & qui étoit rempli d'estime pour M. de Lamoignon le pere, en conçut beaucoup pour le mérite naissant de son illustre fils, & se fit un plaisir de lui en donner des marques. Les universités d'Oxfort, d'Utrecht & de Leyde qu'il visita successivement, s'empresserent à lui faire la réception la plus honnorable, & parurent également surprises, & des grandes connoissances qu'il avoit déja acquises, & de l'insatiable désir qu'il avoit de les augmenter.

M. de Lamoignon de retour en France, y devint par sa capacité un objet d'admiration, pour ceux-là-mêmes que la France admiroit dans les assemblées qui se tenoient réguliérement chez M. son pere. Déja Charles Patin étoit surpris de la connoissance qu'il avoit de l'antiquité & de l'habilité qu'il faisoit paroître, & dans le choix & dans l'explication des médailles. Le sçavant pere Rapin son ancien maître, l'estimoit au point de le consulter sur ses ouvrages, & nos meilleurs poëtes se rapportoient à son goût de la perfection de leurs piéces. Ces diverses connoissances n'étoient néanmoins que le fruit de ses amusemens; l'étude de la jurisprudence étoit sa principale & presque son unique occupation. Et quels rapides progrès ne devoit-il pas faire dans cette science ? Quel oracle n'avoit-il pas à consulter ? Les circonstances les plus favorables contribuerent encore à son avancement. Les plus célebres avocats s'assembloient alors deux fois la semaine chez M. son pere, pour y travailler sous ses yeux à la réformation des ordonnances. M. de Lamoignon ne pouvoit manquer de profiter infiniment du fruit d'un si grand travail, qui des mains de son pere, passoit immédiatement entre les siennes.

On ne fera pas fans doute furpris qu'avec de fi grands
fecours, il ait paru avec éclat dans le barreau, & que
fes premiers plaidoyers y ayent été tant admirés; mais
ce n'eft pas en dire affez, nous pouvons hardiment
ajouter que l'éloquence leur dut en partie la perfection
où elle a été portée depuis.

Ce ne fut qu'après avoir exercé pendant deux ans
les fonctions de fimple avocat des parties, que M. de
Lamoignon fe fit recevoir confeiller au parlement. Son
entrée dans cette illuftre compagnie, fut marquée par
d'importantes commiffions dont il fut chargé. Nous ne
parlerons que de celle qu'il exerça en 1668. La pefte
affligeoit Soiffons, & ce terrible fleau commençoit à
répandre au loin la terreur & l'effroi; le remede ne
pouvoit être trop prompt. M. de Lamoignon fut choifi
pour aller fur les lieux donner les ordres qu'il jugeroit
les plus convenables, emploi qui étoit une preuve glorieufe de la haute idée que l'on avoit de la fermeté &
& de la fageffe du jeune confeiller, alors âgé feulement
de vingt-quatre ans; mais emploi qui d'un autre côté
fe trouvoit être extrêmement périlleux. Heureufement
M. de Lamoignon étoit d'une famille, qui depuis bien
des fiécles, dévouée à l'utilité publique, fe faifoit un
honneur de braver les dangers où il falloit s'expofer
pour la procurer, ainfi il partit le lendemain de l'arrêt
qui le chargeoit d'une fi dangereufe commiffion, & il
montra dans l'ufage qu'il en fit, autant de prudence
qu'il avoit fait voir de courage en l'acceptant.

M. de Lamoignon fut peu de tems après pourvû d'une
charge de maître des requêtes, & avec quel éclat n'en
exerça-t-il pas les fonctions? Le feu roi qui fouvent l'a-
voit entendu rapporter différentes affaires d'une extrême
importance, lui fit l'honneur de le deftiner à être du
nombre des commiffaires dont il voulut prendre le confeil, quand après la mort du chancelier Seguier, Sa
Majefté tint le fceau elle-même pendant quelque tems.

Quelque brillant que fût un poste si relevé, il ne fournissoit à M. de Lamoignon, que des occasions peu fréquentes de faire briller sa grande capacité, encore n'étoit-ce presque qu'en secret. Une charge d'avocat-général qu'il obtint en 1674, lui procura la gloire de paroître tout ce qu'il étoit. Pendant vingt-cinq ans, il eut l'honneur de remplir cette importante place avec tout l'éclat & tout le succès que l'on pouvoit se promettre de ses rares talens.

Avec quelle admiration ne se faisoit-il pas écouter? Quels charmes & quelle force ne prêtoit-il pas à tous ses discours toujours trop persuasifs pour ne pas entraîner les esprits? point de matiere qui ne fût de son ressort, & qu'il ne possédât parfaitement. Jurisconsulte, historien, orateur, théologien, naturaliste; il étoit tout. Universalité de connoissances, qui le rendit pendant long-tems l'oracle de sa compagnie. Ce fut sur ses remontrances que le parlement abolit pour toujours la honteuse épreuve, qui depuis plus d'un siécle décidoit en beaucoup de rencontres de la validité des mariages. Une autre fois il fit revenir les juges d'un avis pour lequel ils s'étoient unanimement déclarés.

Mais c'étoit particuliérement dans les discours qu'il prononçoit à l'ouverture du parlement, que son éloquence brilloit avec le plus d'éclat. Tout Paris accouroit pour l'entendre, des copistes répandus çà & là, écrivoient à mesure qu'il parloit. C'est ainsi que les harangues de cet illustre Orateur étoient rendues publiques en peu de jours. On les imprimoit; & quoiqu'elles ne fussent pas à beaucoup près sur le papier, telles qu'elles avoient été prononcées, il suffisoit que l'on y eût conservé quelques-uns des traits qui caractérisoient le génie de ce grand homme, pour que le public les recherchât avec avidité.

Ce fut en 1690, que M. de Lamoignon obtint de Sa Majesté l'agrément pour une charge de président à mortier; mais trop dévoué au bien public pour vouloir

loir ceffer fi-tôt de lui être utile, il exerça encore pendant huit ans les laborieufes fonctions d'avocat-général, & ne fongea au repos, que lorfque fa fanté le lui
eut rendu néceffaire.

En 1704, il remplaça M. le duc d'Aumont dans la
place de Membre honoraire de l'académie royale des
infcriptions & belles-lettres, & il en fut nommé préfident pour l'année fuivante. » Nous n'oublierons ja-
» mais, dit l'ingénieux fécretaire de cette académie,
» la maniere noble & agréable avec laquelle M. de La-
» moignon remplit les fonctions de cette premiere char-
» ge académique. Il difcutoit une difficulté littéraire,
» prefque auffi facilement qu'il eut fait un point de jurif-
» prudence ; & lorfqu'il parloit de la dignité de ces
» monumens qui ont tranfmis jufqu'à nous la mémoire
» des grands hommes, il en parloit avec une certaine
» élévation, qui, fans qu'il y penfât, marquoit affez l'in-
» térêt qu'il y devoit prendre.

Il ne joüit pas longtems du repos qu'il ne s'étoit procuré que lorfque fes forces eurent commencé à diminuer confidérablement, encore avoit-il fallu que fa
famille dont il étoit tendrement chéri, & en quelque
façon adoré, employât les plus preffantes inftances pour
l'engager à renoncer au travail. En 1707, il fe démit de fa charge de préfident à mortier en faveur de
fon fils aîné, & il obtint la même année des lettres
de préfident honoraire.

Cependant une maladie de langueur le confumoit infenfiblement. Préparé à la mort, il en vit approcher le
moment avec toute la fermeté & toute la grandeur d'a-
me d'un héros chrétien. Ce qui le faifoit le plus fouffrir, c'étoit la défolation de fa famille. Il tâchoit lui-
même de la confoler, & fe faifoit violence pour lui
cacher une partie des maux qui l'accabloient. La veille
même de fa mort, voulant informer M. de Bâville fon
frere de l'état où il fe trouvoit, il fe contenta de lui
marquer : *Vous fçaurez dans peu ma deftinée.* Ses dernieres

paroles furent d'éternels adieux qu'il fit à Madame de Lamoignon , après l'avoir remercié de tous les foins qu'elle lui avoit rendus pendant fa maladie. Il fe tourna vers fon confeffeur , & prononça ces paroles : *Dilecta uxor, æternum vale*, affectant de parler latin , & de tourner fes regards. d'un autre côté , pour ne pas l'accabler de douleur par ce dernier adieu , & il expira peu de momems après. La mort de ce grand homme arriva le 7 du mois d'Août de l'année 1709, étant âgé de foixante-cinq ans.

PIERRE TAISAND.

PIERRE TAISAND., tréforier de France & ancien avocat au parlement de Bourgogne, naquit à Dijon le 7 Janvier 1644 de Jean Taifand, conseiller au bailliage de cette ville, & de Margueritte Vallot sœur d'Antoine Vallot célebre avocat.

Agé de douze ans il fut envoyé à Pont-à-Mousson pour y faire ses études au college des Jésuites. Un esprit vif & plein de feu, une mémoire qui tenoit du prodige, jointe à un défir extrême d'apprendre le firent briller dans toutes ses classes. Après avoir glorieusement fourni cette premiere carriere, de retour dans sa patrie il consacra deux années à l'étude du droit ; son oncle le sçavant M. Vallot donna tous ses soins à son instruction, & ce fut avec les plus heureux succès. Cependant quelque progrès que le jeune Taifand eut fait sous un si habile maître, ses parens voulurent qu'il allât à Toulouse pour y continuer la même étude dans l'université de cette ville. Il y demeura deux ans, & passa de là à Orléans où il prit ses degrés n'étant âgé que de dixhuit ans ; les theses qu'il soutint lui mériterent les plus glorieux applaudissemens. *Si eodem pede pergas*, lui dit le chancelier en lui remettant ses lettres de docteur, *non tantùm eris decus facultatis quin imo totius orbis.* Prédiction que l'on peut dire avoir été vérifiée par le grand nom que s'est fait dans le monde sçavant l'homme célebre dont nous faisons l'éloge.

Ses premiers essais dans le barreau lui concilierent

une eftime générale, & la réputation qu'il fe fit par fa capacité & fon éloquence lui attira bientôt prefque toutes les caufes d'éclat. L'on a inferré dans les journaux du palais quelques-uns des plaidoyers de ce fçavant homme ; c'eft en les lifant que l'on pourra fe former une jufte idée de la fupériorité de fes talens.

Ils parurent avec éclat dans un voyage qu'il fit à Paris en 1672. Plufieurs caufes qu'il plaida au parlement le firent confidérer comme un des plus grands orateurs de fon fiecle ; fes amis, le célebre M. Boffuet fon parent, le prefferent vivement de s'établir à Paris. M. le premier préfident de Lamoignon lui fit l'honneur de l'inviter à affifter aux conférences qui fe tenoient dans fa maifon, où s'affembloient ordinairement les perfonnes les plus diftinguées par leur érudition. Celle de M. Taifand fe fit admirer ; un difcours académique fur la fcience du falut qu'il prononça dans une de ces affemblées, & que M. de Lamoignon fit depuis imprimer fut regardé par les maîtres même de l'art comme un chef-d'œuvre de la plus fublime éloquence.

Cependant l'accueil gracieux que l'on faifoit partout au mérite de ce grand homme, l'efpérance d'une fortune brillante ne purent lui faire oublier qu'il fe devoit à fa patrie. Il y revint en 1673, & il époufa la même année mademoifelle Dubois iffue d'une honnête famille de Dijon.

Après une année d'abfence M. Taifand recommença à paroître dans le barreau, & ce fut avec un nouvel éclat. Choifi en 1674 par M. d'Aligre, nommé chancelier de France pour préfenter au parlement fes lettres patentes il prononça en préfence de fon alteffe féréniffime monfeigneur le duc de Bourbon, gouverneur de la province un difcours qui fut généralement applaudi. Il en fut de même de celui qu'il prononça l'année fuivante, lorfqu'il préfenta au même parlement lés lettres patentes de M. le Comte de Rouſſillon nommé par Sa Majeſté lieutenant général au gouvernement de Bourgogne.

Cependant M. Colbert, alors contrôleur général dés finances, informé du mérite diſtingué de l'homme illuſtre dont je ne fais qu'ébaucher l'éloge l'ayant deſtiné à à enſeigner le droit à meſſieurs ſes fils l'invita à ſe rendre à Paris avec ſa famille ; mais M. Taiſand dont la ſanté étoit conſidérablement altérée ne put profiter des offres du miniſtre.

Hors d'état de remplir dans le barreau lés fonctions dont il s'étoit ſi glorieuſement acquitté pendant une longue ſuite d'années il ne laiſſa pas que de ſervir utilement le public par l'ardeur avec laquelle il ſe livra à la compoſition des excellens ouvrages qu'il nous a laiſſés. Dès l'année 1678 il fit paroître ſon hiſtoire du droit Romain dédiée au ſçavant M. Boſſuet alors précepteur de monſeigneur le Dauphin. Deux années après il traita d'une charge de tréſorier de France dans la généralité de Bourgogne. Cé fut alors qu'il ferma le projet du ſçavant commentaire qu'il nous a laiſſé ſur la coûtume générale des pays & duché de Bourgogne. Cet ouvrage devoit être ſuivi d'un autre où l'auteur approfondit un grand nombre de queſtions de droit civil & canonique, coûtumier & françois décidées par dés édits & déclarations du roi, des arrêts du conſeil d'état, des parlemens & du grand conſeil ; mais cet ouvrage eſt demeuré manuſcrit de même que pluſieurs autres dönt on peut voir lá liſte dans la vie de l'auteur écrite par dom Taiſand religieux de Cîteaux, qui nous a auſſi procuré l'édition dés vies des plus célebres juriſconſultes de toutes les nations tant anciens que modernes.

Au commencement de l'année 1715 M. Taiſand ayant fait préſenter au feu roi quelques ouvrages manuſcrits qu'il avoit compoſés en l'honneur de lá famille royale, ce grand prince les reçut avec bonté, & envoya à l'auteur un beau médaillon d'or où ce prince

étoit repréſenté avec ces mots : *Ludovicus rex chriſtia-
niſſimus* , & ſur le revers les quatre princes ſes fils &
petit-fils avec cette légende , *felicitas domus Auguſtæ.*
Mais M. Taiſand mourut avant que de recevoir ce préſent , témoignage glorieux de l'eſtime dont l'honoroit le
plus granddes rois. Il décéda le 12 Mars 1715 âgé de
ſoixante & douze ans. Il fut inhumé dans l'égliſe de
S. Etienne. On lit ſur ſon tombeau l'épitaphe ſuivante :

D. O. M.

*Petrus Taiſand regi à conſiliis , apud Burgundos , Sebuſia-
nos que Galliæ quæſtor ; qui poſt oratas olim feliciter cauſas
in ſenatu Divionenſi , & peraſtum in leges municipales Bur-
gundiæ commentarium , per multis aliis operibus tam in jure
canonico quam in civili , ac præſertim vitis juriſconſultorum
ſcribendis vitam propriam inſumpſit. Quapropter à chriſtianiſ-
ſimo rege Ludovico XIV numiſmate aureo inſignitus.
Tandem pietate in Deum, charitate in proximum , miſericordiâ
in pauperes aliiſque virtutibus Chriſtianis ornatus emiſit ſpi-
ritum.*

Sa phyſionomie annonçoit toutes les qualités dont
ſon ame étoit ornée. Affabilité , douceur , candeur ,
franchiſe , généreux penchant à obliger , il avoit toutes
les vertus qui concilient l'amitié & l'eſtime ; la beauté
de ſon génie , la politeſſe de ſes manieres , les charmes de ſa converſation le faiſoient rechercher des perſonnes de la premiere diſtinction. Sa modeſtie égaloit
ſa profonde capacité & relevoit l'éclat de ſes autres
vertus ; auſſi l'amour du travail fut pendant toute ſa vie
ſon unique paſſion ; ſes connoiſſances furent en quelque façon univerſelles. Droit civil & canonique , langues grecque , latine , italienne & eſpagnole , morale ,
phyſique , antiquités , hiſtoire ſacrée , & profane , poëtes
anciens & modernes , aucune de ces parties qu'il ne
poſſédât parfaitement. Les manuſcrits qu'il a laiſſés ſur

toute forte de genre de littérature prouvent combien
étoit variée, & combien étoit étendüe l'érudition de ce
fçavant homme, & ce qui acheve de faire fon éloge
c'eft que la religion & la pieté ont toujours fanctifié
toutes fes études.

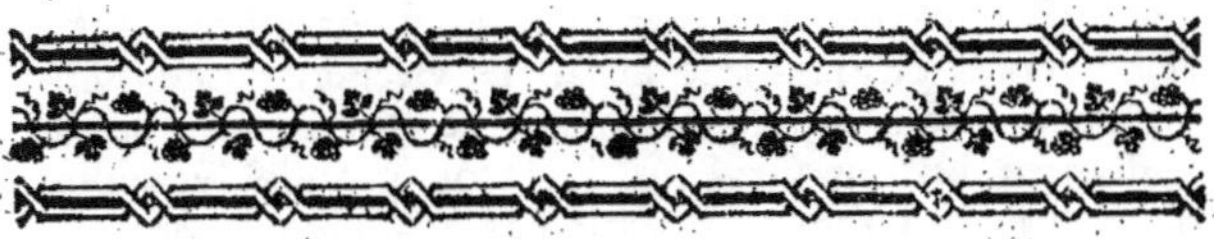

CLAUDE DE FERIERRE.

CLAUDE DE FERIERRE, ancien profeffeur
en droit civil & en droit françois à Rheims, docteur aggregé en la faculté de droit à Paris, naquit dans
cette ville le 6 Février 1639 d'une honnête famille &
affez accommodée des biens de la fortune. Il fit le
cours ordinaire de fes études fans s'y être beaucoup appliqué, parce qu'il ne crut pas que les fciences lui
fuffent fort néceffaires pour réuffir dans les finances qui
étoient la profeffion à laquelle il fe deftinoit, mais un
changement imprévû arrivé dans fa famille dérangea fes
projets, & lui fit fentir que l'étude devoit être fon unique reffource.

M. fon pere intéreffé dans les fous-fermes ayant été
enveloppé dans la difgrace d'une perfonne d'un rang
diftingué qui l'honoroit de fa protection, ce fut une néceffité pour M. de Ferierre le fils alors âgé de dix-fept
à dix-huit ans de fonger à être lui-même l'artifan de fa
fortune, puifqu'il fe voyoit malheureufement déchu de
toutes les efpérances qu'il avoit ofé fe promettre du côté
de fa famille.

Ses premieres vües fe tournerent vers la jurifprudence, & il prit le dégré de docteur en droit dans la faculté de Paris; réfolu de fe livrer tout entier à cette

profeſſion, mais trop ſtérile pour lui procurer une ſituation aiſée, il ſe détermina bientôt après à y joindre
celle d'avocat, & enfin celle d'auteur; projet qui pour-
être trop étendu n'étoit gueres propre à enrichir celui
qui l'avoit formé. Auſſi M. de Ferierre eut-il longtems
à lutter contre ſa mauvaiſe fortune; elle ne l'empêcha
cependant pas de s'engager dans les liens du mariage,
& en moins de quatorze ans il ſe vit pere d'une nombreuſe famille compoſée de quatorze enfans dont quatre
ſeulement lui ont ſurvêcu. La trop grande fécondité
de ſa premiere femme n'avoit pas à beaucoup près ra-
commodé ſes affaires, peu de tems après l'avoir perdüe il épouſa une riche veuve déja avancé en âge, mais
les biens qu'elle devoit lui apporter l'engagerent dans
de longs procès, qui furent à la vérité jugés en ſa faveur; & ſa ſituation n'en devint pas cependant meilleure à cauſe des emprunts ruineux que la pourſuite de
ces mêmes procès lui avoit rendu néceſſaire. Ainſi ne
pouvant plus compter que ſur la féconde facilité de ſa
plume il continua l'infructueux métier d'auteur; mais ce
fut avec ſi peu de profit que celui qu'il en tiroit le dé-
dommageoit à peine du tems qu'il ſacrifioit à la compoſition de ſes ouvrages, quoique l'on ne puiſſe pas
aſſurément l'accuſer d'avoir outré ce ſacrifice. Cependant la précipitation forcée avec laquelle il compoſoit
n'a pas empêché que la plûpart de ſes productions
n'ayent été favorablement reçües du public. Peut-être
ſuffiroit-il d'apporter pour preuves du mérite de ces ouvrages les éditions multipliées qui en ont été faites,
& ce qui en démontre l'utilité, c'eſt que ceux-là même
qui ſe font le plus attachés à les critiquer n'ont pas laiſſé
que de les faire ſervir à leur propre inſtruction; tout
ce qu'il y auroit eu à déſirer c'eſt que l'auteur eut ap-
porté un peu plus de circonſpection à décider quelques-
unes des queſtions dont il donne la ſolution, qu'il eut
mis plus de ſoin à vérifier les citations qu'il indique, &
que ſes déciſions fuſſent appuyées d'un plus grand nombre

bre de preuves. On remarque au refte dans les ouvrages
de cet écrivain beaucoup d'érudition tant par rapport
au droit romain qu'au droit coûtumier, des plans bien
imaginés, beaucoup d'ordre & de méthode dans l'arrangement des matieres, & une grande pureté de ftyle. On
trouve dans les vies des jurifconfultes par M. Taifand
un catalogue exact des ouvrages de M. de Ferierre. Les
plus confidérables font un nouveau commentaire fur la
coûtume de la prevôté & vicomté de Paris ; une compilation de tous les commentaires anciens & modernes fur
la même coûtume, une nouvelle inftitution coûtumiere
contenant les régles du droit coûtumier, fondées fur
les difpofitions de toutes les coûtumes de France, & fur
l'ufage établi par les arrêts ; une nouvelle introduction
à la pratique, la fcience parfaite des notaires, les inftituts du droit françois contenant l'application du droit
françois aux inftituts du droit romain, le nouveau pra-
ticien françois, & divers traités fur les fiefs, fur les droits
de patronage, de préfentation aux bénéfices de préféance & droits honorifiques.

M. de Ferierre livré à la compofition de tant de grands
ouvrages ne s'occupa gueres des moyens d'avancer fa
fortune. Dès l'année 1684 il lui auroit été facile d'obtenir
une place de docteur aggregé dans la faculté de Paris,
& il négligea d'en poftuler une, ce ne fut qu'en 1690
qu'il parvint à une de ces places ; mais comme elle l'af-
fujetiffoit à un travail ennuyeux & fatiguant il n'en remplit les fonctions que jufqu'en 1694 qu'il la fit avoir à
fon fils aîné, qui a été depuis doyen de la faculté en
droit. La même année une chaire de profeffeur en droit
dans la faculté de Bourges étant venüe à vaquer, M. de
Ferierre prit le parti de l'aller difputer ; mais le concours
fut à peine ouvert qu'il fut appellé à Reims pour y remplir une place de profeffeur en droit-civil & en droit-
canon ; & prefque dans le même tems il fut nommé par
M. le chancelier Boucherat à une chaire de profeffeur
en droit-françois dans la même univerfité.

Tome I.   C 3

Réconcilié avec la fortune, il commença enfin à jouir d'une tranquillité qui jusqu'à la fin de sa vie ne fut troublée par aucun accident fâcheux, il jouit de même d'une santé ferme & robuste,& parvint jusqu'à l'âge de soixante-seize ans sans avoir ressenti aucune des incommodités qui accompagnent ordinairement la vieillesse. Une malheureuse saignée de précaution dans laquelle on lui coupa l'artere l'enleva de ce monde le 11 Mai 1715.

Il ne lui manquoit aucune des qualités propres à le faire réussir dans les sciences. Un esprit vif, un jugement solide, un goût exquis, une mémoire heureuse étoient accompagnés dans lui d'une si grande ardeur pour le travail, que pendant plusieurs années il n'a pas laissé passer un jour sans donner dix ou douze heures à l'étude ; mais l'éclat de tant de belles qualités étoit en quelque façon effacé par une hauteur & une présomption insupportable, par une prévention outrée pour ses propres sentimens, & par une critique aigre & mordante de ceux des autres.

PHILIBERT COLLET.

PHILIBERT COLLET, jurisconsulte, philosophe & historien, avocat au parlement de Bourgogne, & substitut du procureur - général au parlement de Dombes, juge & maire de Châtillon-lès-Dombes, naquit dans cette ville le 11 Février 1643, de Pierre Collet, procureur d'office, & de Susanne Girard de Montrevel.

Il apporta à l'étude toutes les dispositions nécessaires pour y faire de grands progrès ; aussi se distingua-t-il dans toutes ses classes. Deux de ses professeurs, le pere Menestrier & le pere de la Chaise, seconderent avec empressement le désir qu'il avoit d'entrer dans leur societé. Il y fut reçu en 1659, & fut envoyé à Avignon pour y commencer son noviciat.

Ses épreuves finies, il vint à Dole enseigner la grammaire, & alla de-là à Roüane continuer les mêmes fonctions ; mais ce ne fut pas pour longtems. Agé de vingt-deux ans, il sortit de la compagnie, & rentra dans le monde où il étoit rappellé par des affaires de famille indispensables. Bientôt après, quelques disgraces qui lui survinrent, mais dont il se tira avec honneur, lui firent prendre le parti de quitter sa patrie. Son amour pour les sciences le suivit dans tous ses voyages, & le fruit qu'il en tira, fut d'avoir profité des lumieres d'un grand nombre d'illustres sçavans des pays étrangers. A Londres, il fit connoissance avec le célebre Boyle, le fameux Thomas Willis, & avec quantité d'autres hommes illustres par leur érudition, & par la supériorité de leurs talens. Chéri & estimé de

C 3 ij

tous, il ne s'en fépara, que lorfqu'il ne put plus tenir contre l'amour qui le rappelloit dans fa patrie, il y revint enfin en 1679, & la même année il époufa Jeanne Guichenon, fille d'un médecin du pays. Peu de tems après, il fut pourvu de la charge de fubftitut du procureur-général au parlement de Dombes, emploi qui lui fournit fouvent d'éclatantes occafions de faire briller l'étendüe de fes lumieres, & furtout celles qui avoient la jurifprudence pour objet.

Le public ne fut pas longtems fans recueillir le fruit des veilles de ce fçavant homme. Son premier ouvrage fut un traité des excommunications qu'il publia en 1689, dans le tems qu'il fe trouvoit être lui-même dans les cenfures, pour avoir empêché avec quelque violence, que l'on n'inhumât une perfonne dans une chapelle dont il étoit patron. L'auteur intéreffé perfonnellement à approfondir cette importante matiere, remonte jufqu'à la fource, & fuit fidélement la tradition de chaque fiécle au fujet des excommunications, c'eft ce que le pere Mabillon obferve dans fon traité des études monaftiques, où il parle de cet ouvrage avec éloge.

Le zéle de quelques miffionnaires à prêcher contre un ufage reçu en Breffe, & autorifé par un arrêt du confeil, qui eft de pouvoir ftipuler dans une obligation des intérêts d'une fomme exigible, fournit à M. Collet le fujet de fon traité de l'ufure qu'il publia en 1690, & dans lequel il fait voir que le confentement du fouverain, juge du bien public, eft un ufage immémorial fuffifant pour autorifer ces fortes de pratiques.

Une matiere non moins intéreffante, fut le fujet du troifiéme ouvrage que ce fçavant jurifconfulte fit paroître en 1693. Quelques converfations qu'il avoit eües avec le célebre M. Talon avocat-général, dans un voyage qu'il fit à Paris, lui avoient donné occafion de difcuter la queftion des dixmes. De retour en fa province, il travailla fur cette matiere, & bientôt après il fit paroître fon ouvrage, intitulé : *Entretiens fur les dixmes, aumônes & autres libéralités faites à l'église.* Son but est de prouver, que les dixmes qui se payent aujourd'hui au clergé, ne sont ni de droit divin, ni de droit ecclésiastique, mais de droit domanial ; & que nos rois de la premiere race les avoient données aux ecclésiastiques pour récompense des services qu'ils en avoient reçus, comme les empereurs Romains donnoient à leurs soldats les terres décumanes pour récompense après une victoire.

Aux entretiens sur les dixmes, succéderent des entretiens sur la clôture religieuse que l'auteur combat fortement. L'année suivante, sçavoir en 1698, M. Collet donna son excellent commentaire sur les statuts de Bresse, ouvrage qui fut le fruit du travail de plusieurs années.

Mais les matieres de droit n'occupoient pas seules le loisir de ce sçavant homme ; philosophe, historien, critique, naturaliste, il nous a laissé divers ouvrages qui prouvent les progrès qu'il avoit faits dans ces différentes sciences. Nous avons de lui une histoire de la raison, qui devoit être suivie d'une histoire des mœurs, & d'un autre de la nature ; deux lettres sur l'histoire des plantes de M. de Tournefort, un catalogue des plantes les plus considérables qu'on trouve à l'entour de la ville de Dijon, quelques lettres concernant l'histoire de Dombes. Les manuscrits de ce célebre écrivain, sont une critique de l'histoire de Bresse par Guichenon, une histoire de Dombes, & une histoire naturelle de Bresse, des entretiens de table, & une critique de quelques mémoires de Trévoux.

M. Collet mourut le 31 Mars 1718 dans sa soixante-seiziéme année. Si ses ennemis ont eû à lui reprocher de n'avoir pas toujours eu pour la religion tout le respect convenable, les sentimens de piété qu'il a fait paroître longtems avant sa mort, lui avoient rendu toute l'estime que des discours un peu trop libres, mais auxquels le cœur n'eut jamais de part, lui avoient fait perdre. Avant que de recevoir les derniers sacremens, il demanda pardon à Dieu & à tous ceux dont il avoit intéreſſé la réputation par des chanſons ou des billets ſatyriques ; & ſur ce que M. ſon frere lui demanda, s'il ne ſe repentoit pas d'avoir propoſé dans ſes ouvrages, des opinions ſingulieres qui avoient eu des partiſans : Non, dit-il, je ne m'en repens pas, car je les ai ſoumiſes à l'égliſe, & je les ſoumets encore à ſes déciſions.

» Au reſte, ajoute M. Papillon qui nous fournit cet » extrait, la nature paroiſſoit avoir ménagé ſes efforts » en faiſant la taille de ce ſçavant, elle étoit au-deſ- » ſous de la médiocre ; il avoit le corps comme le vi- » ſage, ſans aucun air qui pût prévenir en ſa faveur, » les jambes ne répondoient pas à la groſſeur du corps, » la tête y répondoit davantage ; tout annonçoit dans » cet homme, un perſonnage qui ne reſpiroit que la » liberté gauloiſe, ou bien un philoſophe à ſyſtême, qui » à force de vouloir s'éloigner des opinions populaires, » donnoit ſouvent dans ce qu'une belle imagination lui » préſentoit de nouveau, & ſentoit un peu l'original. » Selon d'autres, il paroiſſoit être fait pour l'ancienne » académie, ou plutôt pour l'école d'Epicure ; mais je » ne ſçais ſi ce maître auroit avoué un tel diſciple. Quoi- » que M. Collet ſe donnât quelquefois cette qualité, » malgré la variété de ce caractere, on découvroit chez » lui une mémoire bien remplie, beaucoup d'eſprit & » de pénétration ; & ce qui vaut encore mieux, c'eſt » qu'en mille occaſions, il a montré qu'il étoit docile, » ami ſincere, & toujours prêt à rendre ſervice.

NICOLAS-JOSEPH FOUCAULT.

Nicolas-Joseph Foucault, fils de M. Foucault fécretaire du confeil d'état, & de Marie Metezeau fille du célebre Metezeau intendant des bâtimens du roi qui imagina & fit exécuter la fameufe digue de la Rochelle, naquit à Paris le 8 Janvier 1643.

Né avec un efprit vif & brillant que l'on cultiva avec foin il fit fa philofophie & fon droit avec éclat, & quand il parut au barreau, ce fut avec tant de diftinction, que par fon éloquence il mérita d'être mis en paralelle avec les plus célebres avocats de ce tems-là.

Un mérite fi éclatant l'éleva fucceffivement aux charges de procureur général aux requêtes de l'hôtel, d'avocat général au grand confeil, de maître des requêtes, & enfin de chef du confeil de fon alteffe royale Madame.

Pendant qu'il n'étoit encore que procureur général aux requêtes de l'hôtel, le roi lui donna la commiffion extraordinaire de procureur - général de la commiffion établie pour la recherche de la nobleffe.

Etant maître des requêtes il eut fucceffivement trois intendances, celle de Montauban, celle de Pau, & celle de Caen, & dans toutes les trois il laiffa d'éclatantes marques de fon zele, de fa prudence & de fa fermeté.

Il étoit intendant de Pau lors de la révocation de l'édit de Nantes. Par fa modération, par fa fageffe & fa dextérité il fçut fi bien contenir, défarmer, changer même les Religionnaires fans y employer d'autres armes que celles de la perfuafion & de la douceur, que les états de Bearn en ont éternifé la mémoire par une médaille frappée en son honneur, au revers de laquelle sont représentés des députés qui viennent en foule signer à la face des autels, dans des regiſtres publics l'abjuration de leurs erreurs. La légende & l'éxergue de cette médaille portent ces mots : *Religio reſtituta in Bearnia publicis civitatum deliberationibus.*

La religion Catholique rétablie dans le Bearn par des délibérations publiques de toutes les villes.

Ce fut auſſi par les mêmes voies de douceur & d'inſinuation qu'il vint à bout de faire enregiſtrer au parlement l'ordonnance de 1667 & de 1670, quoique ce parlement l'eut refuſé juſqu'alors, & qu'il eut ſouffert pour ce refus les lettres de juſſion, les menaces, l'interdiction même.

Le Poitou fut de toutes les provinces de France celle où les Religionnaires pouſſerent plus loin la rébellion, & ce fut pour cette raiſon que M. Foucault fut mis à la tête de cette province dont l'adminiſtration demandoit un mélange ſingulier & preſque unique de douceur & de ſévérité, de hardieſſe & de circonſpection. L'eſpérance de la cour ne fut pas trompée ; le nouvel intendant rétablit le calme dans la province qui venoit de lui être confiée, & ne s'y rendit pas moins utile à l'état qu'à la religion.

Du Poitou M. Foucault fut envoyé dans la baſſe Normandie où il avoit tout ſujet de craindre que les nouveaux Catholiques, dont la converſion n'étoit pas encore bien affermie ne profitaſſent de la révolution arrivée en Angleterre pour ſecouer le joug de la ſoumiſſion, en favoriſant les entrepriſes des flottes ennemies ; mais par ſa vigilance & par ſes ſoins, M. Foucault ſcut rendre inutiles toutes les tentatives des flottes alliées.

Mais ſon attention ne ſe bornoit pas à maintenir la ſureté des provinces dont l'adminiſtration lui étoit confiée & à y rétablir l'ordre & la tranquilité. Il n'épargnoit rien pour s'inſtruire à fond du véritable état de ces provinces

vinces ; il faifoit lever la carte de chaque élection, il
en vérifioit le nobiliaire, il prenoit le deſſein des édifices conſidérables, anciens & modernes, & y joignoit
enſuite ſes remarques particulieres ſur la force & les
avantages naturels des lieux, ſur leur commerce & leurs
productions.

Son zéle pour les intérêts du roi ſon maître, ne lui
faiſoit pas oublier ceux du peuple, il en repréſentoit
les beſoins ; & ſes remontrances étoient toujours ſui-
vies d'un heureux ſuccès. Divers établiſſemens d'hôpitaux, de ſéminaires & d'autres maiſons de retraite ou
d'inſtruction, une infinité de ponts, de ports, de ha-
vres, de canaux, de réparations & de conſtructions
même de grands chemins, ſeront d'éternels monumens
de ſon amour pour le bien public.

Les villes de Montauban, de Cahors, de Pau, de
Poitiers & de Caën, lui doivent des places publiques,
ornées la plûpart de ſtatues ou de fontaines, des portes élevées en arcs de triomphes, des cours artiſtement
plantés, des lieux mêmes uniquement deſtinés aux jeux
de la populace. On lui doit mille réglemens utiles pour
les univerſités ou les facultés particulieres, des chaires
de droit françois & de droit public, inſtituées dans la
ville de Cahors, des lieux d'exercices pour la jeune
nobleſſe établis à Montauban, des chaires d'hydrogra-
phie & de mathématiques, fondées à Poitiers & à Caën,
& des diſtributions de prix dans les principaux colleges de toutes ces villes. Il y répandoit par lui-même
le goût d'une érudition ſolide, ou d'une loüable curioſité ; il y aſſembloit les gens de lettres, il y établiſſoit
des académies en forme, ſa bibliotheque & ſes cabinets
de médailles & de figures antiques, étoient ouverts à
ceux qui pouvoient en faire uſage, ou ſeulement en connoître le prix.

Ce fut lui qui en 1704, fit la découverte de l'ancienne ville des Viducaſſiens à deux lieües de Caën, &
qui en envoya à l'académie une relation exacte & ſça-

vante avec quantité d'infcriptions , & le deffein d'un
gymnafe complet. Ce fut lui encore qui découvrit dans
l'abbaye de Moiffac en Quercy , le fameux ouvrage *de
mortibus perfecutorum* , attribué à Lactance , & que l'on
ne connoiffoit que par une citation de faint Jerôme ;
enfin on lui eft redevable de la confervation *des origines de la langue françoife* , imprimées fur fon manufcrit à
la fin du dictionnaire étymologique de Menage.

Tant de traits glorieux fuppofoient dans M. Foucault ,
une paffion de tendreffe pour les lettres ; auffi n'avoit-
il rien plus à cœur que leur avancement : les longs &
importans fervices qu'il avoit rendus dans fes différentes intendances , ayant été récompenfés par une place
de confeiller d'état qui le rappelloit à Paris , il fe fit
un plaifir de fon affiduité à l'académie , où il avoit été
reçu honoraire dès 1701 , lors du renouvellement de
cette compagnie. » Dans les fonctions de préfident qu'il
» a fouvent partagées avec un confrere digne de les rem-
» plir toujours , on l'auroit moins pris , dit M. de Boze ,
» pour le chef d'une compagnie affemblée par les or-
» dres du roi , & toute compofée de différens fujets ,
» que pour le pere d'une famille aimable , quoique nom-
» breufe , & dont il fçavoit exciter , réunir & faire va-
» loir les talens.

Cet homme célebre mourut le 7 Février 1721 , âgé
de plus de quatre-vingt ans. Il étoit depuis huit ou neuf
ans chef du confeil de fon alteffe royale Madame , qui
fut fi affligée de fa mort , qu'elle ne put s'empêcher de
lui donner des larmes , tribut précieux de fon eftime pour
un ferviteur zélé , en qui elle connoiffoit une auftere
vertu , jointe aux mœurs les plus douces , & un profond
fçavoir orné de toutes les graces.

ELOGE

DE

M. D'ARGENSON.

MARC-RENÉ DE VOYER DE PAULMY, chevalier marquis d'Argenson, vicomte de Mouze, baron de Weil, seigneur de la Baillotiere de Draché, ministre d'état, président du conseil des finances, garde des sceaux de France, grand croix, chancelier de l'ordre royal & militaire de S. Louis, l'un des quarante de l'académie françoise, & honoraire de celle des sciences, fut un de ces hommes extraordinaires que la France pourroit hardiment opposer aux plus grands personnages de l'ancienne Grece ou de l'ancienne Rome. Il naquit à Venise le 4 Novembre 1652, de René de Voyer de Paulmy, chevalier comte d'Argenson, conseiller d'état, & ambassadeur de France près de cette république, & de dame Margueritte Houlier de la Poyade, dame de Rouffiac, une des plus riches héritieres de l'Angoumois.

La famille de Voyer, l'une des plus illustres & des plus anciennes maisons de la Touraine doit son premier lustre au fameux Basile de Voyer, chevalier, qui vers l'an 866, sous le régne de l'empereur Charles le Chauve eut la gloire de sauver la Touraine de l'invasion des Normands. Ce grand capitaine eut pour récompense d'un service si important la terre de Paulmy que l'em-

D 3 ij

pereur lui accorda, & qu'il tranfmit à fes defcendans, dont la gloire la plus folide eft celle de s'être toujours diftingués par le zele le plus ardent pour la défenfe de la religion, (*a*) & par leur inviolable attachement pour leur prince légitime dans les tems mêmes où l'héréfie & la rebellion corrompoient les fujets les plus fidéles.

Conrad fils de Bafile eut pour fucceffeur dans la terre de Paulmy Othon de Voyer fon fils qui vivoit vers l'an 935, fous le régne de Louis III. Aimard de Voyer l'un des fucceffeurs d'Othon figna l'an 1083 avec les principaux feigneurs de fa province dans un titre d'Ifambert evêque de Poitiers pour l'abbaye de Montierneuf; fon héritier Geoffroi de Voyer eut pour fils Hué de Voyer, pere du célebre Etienne de Voyer, l'un des plus grands capitaines qui acompagnerent le roi S. Louis dans fes deux voyages d'Outremer.

Depuis cet Etienne, qui immortalifa la gloire de fon nom, on voit la famille de Voyer élevée aux premieres charges militaires, honorée depuis plufieurs fiecles par

(*a*) Témoins les grands hommes que cette illuftre famille a donnés à à l'ordre de Malte.

Bertrand de Voyer, chevalier de l'ordre de S. Jean de Jerufalem, fut préfenté par le grand prieur de Cluys fon grand oncle, & reçu au grand prieuré de France en 1474. Il fe trouva à Rhodes en 1480, lors du fiege de cette capitale par l'armée du Sultan Mahomet II, & il y donna d'éclatantes preuves d'une bravoure extraordinaire.

Hardouin de Voyer de Paulmy fut reçu chevalier de minorité en 1610, fe rendit à Malte en 1640 & y fervit utilement la religion pendant plufieurs années. La commanderie de Chenailles de la Guerche fut la récompenfe de fes longs fervices.

Marc Antoine de Voyer de Paulmy, non moins diftingué par fon intrépidité & fon courage, fut grand fauconnier du grand maître de Malte, gouverneur de l'ifle de Gofe, & nommé à la commanderie de Nantes. Il avoit fait fes preuves en 1666; il mourut à Paris le 24 Septembre 1700, & fut inhumé le lendemain en l'églife du grand prieuré du Temple.

Jacques de Voyer de Paulmy, reçu chevalier de minorité en 1658, fut capitaine d'une galere de fa religion, envoyé au fecours de Meffine en 1684, & fe fignala dans cette expédition par les plus glorieux exploits. A fon retour à Malte il obtint la bulle des honneurs & prérogatives de fon ordre en 1686, fut depuis commandeur de Frette & de S. Lo d'Angers, & receveur du tréfor commun de l'ordre au grand prieuré d'Aquitaine.

des gouvernemens de villes & de provinces, (*b*) & illuftrée par quantité d'alliances (*c*) avec les premieres
maifons du royaume.

René de Voyer, fils de Pierre de Voyer grand baillif
de Touraine, & d'Elifabeth Hurault de Chiverni, niece
du chancelier de ce nom, fut le premier de fa famille
qui vers le commencement du régne de Louis XIII
prit le parti de la robe. Son mérite l'éleva aux premieres dignités de la magiftrature, & fes defcendans y
ont depuis foutenu la gloire que leurs ancêtres avoient
acquife par les armes (*d*).

(*b*) Pierre de Voyer qui a formé la branche des marquis & comtes d'Argenfon, reçu chevalier de l'ordre du roi le 27 Mars 1569, enfeigne de cinquante
hommes d'armes des ordonnances, gentilhomme ordinaire de la chambre de
Sa Majefté, fut gouverneur de Saintes & des villes & château de Poitiers, &
commandant de Niort.

René de Voyer, gouverneur de Henri de Bourbon, prince de Dombes,
commanda en 1568 une bande de deux cens arquebufiers à cheval qu'il avoit
affemblés par ordre du roi fous le titre de Moufquetaires à cheval. Il étoit grand
Bailly du pays & duché de Touraine & gouverneur des ville & château de
Loches.

Jacques de Voyer, chevalier vicomte de la Roche de Gennes & de Paulmy,
capitaine de cinquante hommes d'armes des ordonnances du roi, obtint en
1638 le gouvernement des ville & château de Châtelleraut, & reçut ordre en
1652 de lever cent hommes de pied pour la garde de Châtelleraut.

Jean Armand de Voyer fon fils lui fuccéda dans les mêmes gouvernemens.

(*c*) Etienne de Voyer, chevalier feigneur de Paulmy, époufa Agathe de
Beauveau de l'illuftre famille de ce nom, que l'on croit defcendre des anciens
comtes d'Anjou. En 1144 il fcella de fon fceau chargé de deux lions paffant
l'un fur l'autre l'acte d'une donnation qu'elle avoit faite à l'abbaye de Notre-
Dame de Beaugerais de l'ordre de Cîteaux en Tourraine où elle avoit choifi
fa fépulture.

Jacques de Voyer, I du nom, fut marié en 1438 à Françoife de Beauvau fille
de Jacques de Beauveau lieutenant général en Poitou, & d'Ifabelle de Cler-
mont-Tonnerre.

Guillaume de Voyer eut pour femme Philippe de Laval, fille de Gui de
Laval de Montmorancy, & de Jeanne de Brienne.

Radegonde de Mauroy mariée en premieres nôces à Jean-Armand de
Voyer contracta une feconde alliance avec François de Cruffol comte d'Uzès.

René de Voyer, chevalier comte de Paulmy & de Monzé, mort à Paris
en 1709 avoit époufé Anne-Marie de Wirtemberg.

(*d*) Jean de Voyer, III du nom, feigneur de Paulmy, d'Argenfon, de
Rippon, de Balefme, & de la Roche de Gennes donna d'éclatantes preuves de
fa valeur à la journée de Pavie en 1624 & à la bataille de Cerifoles en 1544.
Le roi Charles IX le nomma chevalier de fon ordre en 1568. Peu content de
fervir de fa perfonne il eut encore la générofité de fervir de fes biens, en
s'obligeant pour emprunt d'une fomme de cinquante mille livres fur la ville de

En 1620 il fut reçu conseiller au parlement, & fut pourvû peu de tems après d'une charge de maître des requêtes. Plusieurs fois il fut choisi pour rapporter devant le roi, & ce furent-là autant d'occasions qu'il eut de faire briller dans le conseil l'étendüe de ses lumieres, la sagesse de ses conseils, la pénétration de son esprit, & plus que tout cela encore une éloquence d'autant plus persuasive, que l'art y avoit moins de part.

Tant de rares talens ne pouvoient être trop employés pour le bien de l'état ; aussi presque point d'année de la vie de ce grand homme qui n'ait été marquée par quelque nouvelle commission importante dont il étoit chargé, & qui demandoit qu'il fût tout ce qu'il étoit. Il falloit rétablir la tranquillité dans les provinces non moins agitées par les mouvemens des grands que par ceux des Religionnaires, & ce fut pour cette raison que l'on fit passer successivement M. d'Argenson à l'intendance de la plûpart des provinces du royaume,

Tours sous la reconnoissance du duc d'Anjou frere du roi, pour être employés au payement de l'armée commandée par ce prince. Charles IX lui en écrivit une lettre de remerciment le 25 Janvier 1569. Pour reconnoître ses services il érigea la terre de la Roche de Gennes & les fiefs & seigneuries du Plessis-Ciran en vicomté.

René de Voyer, I du nom, grand baillif de Touraine se rendit également illustre par sa valeur dans les combats & par son habileté dans les négociations. Il obtint pour récompense de ses signalés services la réunion des fiefs & seigneuries de Paulmy, de la Voyerie, de la Grange, du Mouton, de Cluys, du Puy, d'Attilly, du Riveau, de la Barge, de la Racincliere, de la Thibaudiere & du Bois du Plessis relevant de sa Baronnie de la Haye pour ne former à l'avenir qu'une seule & même châtellenie.

François de Voyer, chevalier seigneur & baron de Boizé, lieutenant d'artillerie, mourut en 1640 à Pignerol des blessures qu'il avoit reçües au siege de Turin.

Jean-Armand de Voyer, I du nom, brigadier des camps & armées du roi se distingua par une bravoure extraordinaire à la bataille de Senef où il fut mortellement blessé & mourut peu de jours après à Charleville.

Dans la même bataille fut tué Louis-Joseph de Voyer de Paulmy, chevalier comte de Doré.

Pierre de Voyer vicomte d'Argenson, gentilhomme ordinaire de la chambre du roi, grand baillif de Touraine, gouverneur pour le roi dans l'étendüe du fleuve de S. Laurent dans la nouvelle France, donna de grandes marques de sa valeur aux sieges de Porttolongone, de la Bassée & d'Ypres, à la bataille de Lens & au siege de Bourdeaux où il reçut plusieurs blessures.

parce que l'on étoit perfuadé que par fa dextérité &
fa fageffe, il fçauroit fuppléer à ce qu'il eut été dangéreux de commettre à la force ouverte.

En 1630, il fut nommé à l'intendance du Dauphiné,
& paffa en 1633 à celle des provinces de Berri, Touraine, Angoumois, Limofin, haute & baffe Marche,
haute & baffe Auvergne, Saintonge & Poitou ; & dans
toutes ces provinces, il laiffa d'éclatantes preuves de
fon zéle, de fa prudence & de fa fermeté. Forcé dans
les commencemens à faire des exemples de févérité,
il en fit d'affez marqués, pour n'être pas obligé à en
faire un trop grand nombre. Auffi heureux qu'habile à
réüffir dans tout ce qui étoit du fervice du prince, il
fçut en rendre partout l'autorité refpectable ; mais s'il
étoit l'homme du roi, fa bonté naturelle ne lui permettoit pas d'oublier qu'il devoit être auffi l'homme du
peuple ; il en repréfentoit les befoins, s'empreffoit à lui
procurer des graces, qui accordées à propos, levoient
quelquefois toute l'amertume des charges publiques.

M. d'Argenfon après s'être ainfi diftingué dans l'intendance de tant de différentes provinces, fe fit encore plus admirer dans celles des armées. En 1635,
il fut employé dans celle que le roi devoit commander en perfonne, eut l'année fuivante l'intendance de
celle que commandoit le maréchal de la Force, & fut
fait en 1737, intendant de celle d'Italie, où il fervit
jufqu'en 1640, qu'il fut fait prifonnier & conduit à
Milan. Pendant le tems de fa prifon qui dura fix mois,
il fe choifit un genre d'occupation qui prouvoit, que
même au milieu du bruit des armes où il avoit fervi,
autant de fa perfonne & plus de fon efprit qu'un homme
de guerre ordinaire, il avoit fçu conferver cette haute
piété qui relevoit l'éclat de fes autres vertus, il tradui-
fit le livre de l'Imitation de J. C. & compofa un traité
de la fageffe chrétienne.

L'intérêt de l'Etat revendiquoit ce grand homme. La
Catalogne venoit de fe donner à la France, & l'admi-

niſtration de cette nouvelle province demandoit un homme, dont la fermeté égalât la ſageſſe. M. d'Argenſon,
dont le roi venoit de payer la rançon, y fut envoyé avec
la qualité d'intendant du pays, auſſi bien que des armées de terre & de mer.

Une commiſſion non moins délicate & plus importante, dont la cour chargea M. d'Argenſon, fut celle
de traiter au nom du roi avec le pape, le grand duc
de Toſcane, le duc de Modene, & quelques autres
princes d'Italie, au ſujet de la ligue offenſive & défen-
ſive que la France avoit conclue avec ces différentes
puiſſances. L'habile négociateur fut peu de tems après
nommé pour aſſiſter à l'aſſemblée des états du Languedoc.

Après tant d'emplois & tant de travaux, M. d'Argenſon ne demanda pour toute récompenſe de ſes importans ſervices, que la liberté de pouvoir conſacrer
le reſte de ſes jours à la retraite. Devenu veuf depuis
l'an 1638, il n'avoit différé l'exécution du deſſein qu'il
avoit formé d'embraſſer l'état eccléſiaſtique, que parce que ſon zéle pour le bien de l'Etat, ne lui avoit pas
permis de ſe refuſer aux emplois qui lui avoient été
confiés. Se croyant enfin quitte envers ſa patrie, il prit
les ordres ſacrés. Sa ſageſſe, ſa grande capacité dans le
maniement des affaires les plus difficiles étoient trop
reconnues, pour qu'on les laiſſât oiſives long-tems. La
France s'étant cru intéreſſée à ménager la paix du Turc
avec Veniſe, M. d'Argenſon fut nommé pour aller en
qualité d'ambaſſadeur auprès de cette république; mais
il obtint qu'il ne demeureroit qu'un an dans cette ambaſſade, & qu'au bout de ce terme, ſon fils aîné, qui
fut fait alors conſeiller d'Etat, viendroit le remplacer;
il y vint bien plutôt. A peine le nouvel ambaſſadeur
fut-il arrivé à Veniſe, qu'il fut ſaiſi en diſant la meſſe,
d'une fiévre violente, dont il mourut au bout de quinze
jours le 14 Juillet 1651. La république lui fit faire de
ſuperbes funérailles, & le fit inhumer dans l'égliſe de
ſaint Job du grand couvent des Dominicains, où René
de

de Voyer de Paulmy fon fils aîné , & fon fucceffeur
dans l'ambaffade de Venife , lui érigea un magnifique
maufolée.

Héritier des vertus de fon pere , il fut comme lui
élevé aux premieres dignités de la magiftrature. N'é-
tant encore âgé que de vingt-un ans , il fut pourvu en
1643 d'une charge de confeiller au parlement de Rouen,
fut fait l'année fuivante intendant fubdélégué du pays
d'Aunis , de l'Angoumois & de la Saintonge , obtint
une charge de maître des requêtes en 1649 , fut fait
confeiller d'Etat une année après , & nommé prefque
en même tems ambaffadeur à Venife. Pendant cinq
ans que dura cette ambaffade , il fe foutint dans ce
pofte éclatant avec une fplendeur & une magnificence
digne du grand roi qu'il avoit l'honneur de repréfenter. La république de Venife , pour lui témoigner fa
parfaite confidération , voulut être la maraine de fon
fils aîné qui vint au monde le 4 Novembre 1652 , &
le fénat lui permit & à toute fa poftérité , de mettre fur le tour de leurs armes, celles de la république
avec la devife & le lion de faint Marc pour cimier.
Ces honneurs diftingués qui prouvoient la fatisfaction
que l'on avoit de l'ambaffadeur, furent prefque la feule
récompenfe que lui procura fon ambaffade , pendant
laquelle cependant il n'avoit pas craint de facrifier la
plus grande partie de fa fortune pour faire honneur au
glorieux titre dont il étoit revêtu.

De retour en France , il y confacra fes jours à la
retraite, & ne voulut plus s'occuper que du foin de
fon falut, & de celui de l'éducation de fa famille.

Marc-René de Voyer fon fils aîné , qui avoit reçu
du Ciel tout ce qui pouvoit le difpofer à être un jour
un grand homme , ou dans l'épée , ou dans la robe ,
fe décida d'abord pour le parti des armes , & fut reçu
chevalier de l'ordre de Notre-Dame de Mont-carmel
& de faint Lazare de Jerufalem en 1677 ; mais quelqu'attrait qu'eût pour lui la profeffion à laquelle il fe

deſtinoit, il ne put ſe refuſer aux déſirs de ſa famille, qui vouloit qu'il ſe conſacrât à la magiſtrature. Il y entra donc en 1679, & fut pourvû la même année de la charge de lieutenant-général au préſidial d'Angoulême, qui lui venoit de ſon ayeul maternel, Helie Houllier de la Poyade. On ne fut pas long-tems à s'appercevoir que ſon génie & ſes talens ſe trouvoient trop à l'étroit ſur un ſi petit théâtre ; & ce fut le jugement qu'en porterent les magiſtrats envoyés par la cour pour tenir les grands jours dans quelques provinces. Ils n'eurent pas beſoin de faire uſage de tout leur diſcernement, pour ſentir combien M. d'Argenſon ſe trouvoit déplacé ; l'intérêt de l'Etat demandoit que des talens tels que les ſiens, fuſſent employés plus utilement qu'ils ne l'étoient ; auſſi ne les laiſſa-t-on pas long-tems dans l'inaction.

M. d'Argenſon étant venu à Paris pour quelques affaires dont il devoit donner connoiſſance à M. de Pontchartrain, alors controlleur-général, eut avec lui pluſieurs conférences, & c'en fut plus qu'il n'en falloit pour lui gagner l'eſtime du miniſtre, qui dès-lors commença à ſe décharger ſur M. d'Argenſon, d'une partie des ſoins qu'exigeoit l'adminiſtration des finances. En 1692 il fut établi par un arrêt du conſeil d'état, procureur-général de la commiſſion, deſtinée à juger des priſes faites par les vaiſſeaux portans pavillon de France. Peu de tems après, M. d'Argenſon devenu maître des requêtes, fut encore mis à la tête de la commiſſion que la cour établit en 1696, pour la recherche des francs-fiefs & des uſurpateurs du titre de nobleſſe.

Juſte eſtimateur du mérite, Louis XIV connoiſſoit trop bien celui de M. d'Argenſon, pour craindre de lui confier les emplois les plus difficiles. Ce fut auſſi pour le faire briller dans un poſte où il pût paroître tout ce qu'il étoit, qu'en 1697, Sa Majeſté le nomma lieutenant-général de police de la ville de Paris.

Les talens que demandoit un emploi ſi difficile par

ſes fonctions M. d'Argenſon les poſſédoit tous. Un parfait déſintéreſſement, un dévouement entier à l'utilité
publique, une grande exactitude, une fermeté à toute
épreuve, une droiture inflexible dans l'adminiſtration
de la juſtice, une bonté naturelle, une pitié compatiſſante, qui en le rendant ſenſible aux beſoins du peuple
le rendoit en même tems ingénieux à le ſoulager. Tel
étoit l'homme public dans M. d'Argenſon.

Environné dans ſes audiences d'une foule de peuple
il ne marqua jamais ni inattention ni dédain. Il écoutoit avec bonté, répondoit à tous avec affabilité, ne
dédaignoit pas d'entrer dans les plus petits détails. Il
avoit l'heureux ſecret de faire entendre raiſon à ceux
qui la connoiſſoient le moins, & dans les différends qu'il
terminoit, s'il employoit la voie de l'autorité, ce n'é-
toit que lorſque celle de la conciliation n'avoit pû lui
réuſſir. Pour punir utilement il ne puniſſoit que rarement, & peut-être par-là rendit-il plus reſpectable l'autorité que ſon emploi lui donnoit ſur le peuple.

C'eſt ce qui parut dans une occaſion qui fait trop
d'honneur au courage & à l'intrépidité de ce grand
homme pour ne pas en parler ici. Les malheureuſes années de 1709 & de 1710 furent l'époque d'une cala-
mité publique dont le triſte ſouvenir ſe conſervera long-
tems. L'affreuſe diſette qui déſola tout le royaume ſe
fit ſentir plus vivement encore dans la capitale. Quelques grands & quelques multipliés que fuſſent les ſoins
que la vigilance & la ſenſibilité de M. d'Argenſon lui
avoient fait prendre pour ſoulager la miſere du peuple,
il ne put cependant échapper à l'injuſtice de ſes murmures. Les choſes furent encore pouſſées plus loin à
ſon égard; du murmure l'on paſſa à la ſédition, une
troupe nombreuſe oſa venir l'aſſieger dans une maiſon
où elle menaçoit de mettre le feu. M. d'Argenſon ſûr
de la confiance que cette populace, quoique furieuſe
avoit en lui, & ne doutant pas que ſa préſence ſeule
ne ſuffît pour la faire rentrer dans le devoir, & la

contenir dans le respect, ordonne qu'on ouvre les portes, se présente, parle & appaise tout. Cette hardiesse qui auroit été témérité dans tout autre magistrat moins chéri & moins respecté, ne surprit point ceux qui sçavoient jusqu'à quel point M. d'Argenson étoit l'un & l'autre.

Son intrépidité ne se bornoit point à braver les périls où l'exposoit quelquefois nécessairement l'exercice de ses fonctions. Il y en avoit de volontaires qu'il ne craignoit pas d'affronter ? & combien de fois ne l'a-t'on pas vû accourir des premiers aux incendies, ne se contentant pas d'y donner les ordres pour le secours, mais servant lui-même de sa personne dans les endroits où le besoin étoit le plus pressant, & souvent le péril plus grand. Nous n'en apporterons qu'un exemple.

On se souvient encore de l'affreux incendie qui réduisit en cendre une grande partie des chantiers de la porte de S. Bernard. Il n'y avoit qu'un moyen pour empêcher que l'embrasement ne devînt général ; c'étoit de se frayer un chemin parmi les flâmes. Les plus courageux d'entre les soldats aux gardes commandés dans cette occasion, effrayés par la grandeur du péril, hésitent, reculent ; M. d'Argenson leur parle, les anime, se met à la tête des plus braves, s'en fait suivre, traverse le premier cet espace de chemin qui étoit occupé par les flâmes, & ne songe à prendre du repos que lorsque l'incendie est arrêté. Un si grand homme étoit fait, dit un ingénieux académicien, pour être Romain, & pour passer du sénat à la tête d'une armée.

Depuis douze ans que M. d'Argenson exerçoit avec une approbation générale les pénibles fonctions de lieutenant-général de police ; par sa vigilance & par ses soins, la propreté, la sureté & la tranquilité de la ville avoient été portées à un si haut dégré que l'étranger comme le citoyen en paroissoient également surpris. La voix publique l'avoit nommé depuis longtems.

à une place plus élevée, lorsqu'en 1709 le feu roi lui conféra une charge de conseiller d'état, mais en lui continuant l'administration de la police qui étoit trop bien entre ses mains pour qu'on songeât sitôt à le décharger d'un si pésant fardeau.

Cependant quelque accablant qu'il eut été pour tout autre, M. d'Argenson le portoit légerement & suffisoit même à bien d'autres occupations que lui procuroit l'intime confiance dont Sa Majesté l'honoroit, & que M. d'Argenson avoit méritée autant par la supériorité de ses talens que par son tendre & inviolable attachement pour la personne du roi. Passion extrême qu'il avoit reçüe de ses ancêtres, qu'il a fidelement conservée & qu'il a eu soin de transmettre dans toute son illustre famille. M. d'Argenson aimoit le roi d'une tendresse indépendante de toute vüe d'intérêt & d'ambition, & le servoit avec un transport qui faisoit bien connoître la sensibilité de son cœur.

L'esprit de pénétration & de sagesse qui présidoit à ses jugemens, la précision & la netteté qui accompagnoient ses idées, l'étendüe & la justesse de ses lumieres avoient rendus ses avis en quelque façon nécessaires, lorsqu'il s'agissoit d'affaires d'état qui demandoient des expédiens prompts.

L'esprit de conciliation & de ménagement étoit encore du caractere de M. d'Argenson, & c'est ce qui lui procura souvent l'honneur d'être appellé à la cour par le feu roi, pour travailler à des accommodemens entre personnes d'un rang distingué & dont les brouilleries devoient demeurer ensevelies dans le secret.

Son altesse royale M. le duc d'Orléans, régent du royaume eut dans M. d'Argenson la même confiance, & lui témoigna la même estime dont l'avoit honoré le feu roi, & il devint bientôt le ministre secret de ce prince, comme il l'avoit été de Louis XIV.

Son altesse royale, après avoir utilement employé M. d'Argenson dans les affaires les plus importantes &

les plus délicates de l'état, crut devoir récompenfer fes
fervices par une des premieres dignités du royaume,
& ainfi elle le fit garde des fceaux en 1718, & le
nomma la même année préfident du confeil des finances.

Les fceaux demandoient un homme dont la fermeté
égalât la prudence. La premiere de fes qualités étoit
néceffaire pour foutenir avec vigueur l'autorité d'un roi
mineur. La feconde pour faire un jufte difcernement
des graces dépendantes du fceau qu'il convenoit d'accorder, & de celles qui devoient être refufées, & c'é-
toient-là les deux qualités caractériftiques du nouveau
garde des fceaux.

A la tête des finances, dès la premiere année de fon
adminiftration, il y mit un ordre qui fembloit ne pouvoir être le fruit que du plus long travail. Seize millions
d'arrérages des rentes de la ville furent acquittés, &
cependant la dépenfe de l'année courante n'excéda pas
la recette de la même année. Les régies qu'il établit
firent entrer dans le tréfor royal des revenus que le
prince avoit jufqu'alors partagés avec des efpeces d'affo-
ciés. De fi heureux commencemens auroient eu des
fuites encore plus heureufes fi on avoit laiffé à M. d'Argenfon la liberté & le tems d'exécuter les projets qu'il
avoit formés pour acquitter par des rembourfemens
effectifs généralement toutes les dettes de l'état; mais
traverfé dans fes vües il fe démit des finances au commencement de 1720, n'ayant pas cru que le zele qui
l'animoit pour l'intérêt public lui permît de s'accommoder du nouveau fyftême qui fut alors propofé par un
étranger, & qui fut malheureufement faifi avec une
avidité dont on ne tarda pas à fe repentir.

M. d'Argenfon déchargé de l'adminiftration des finances fut élevé à la dignité de miniftre d'état, & honoré
d'une penfion de vingt mille livres par Sa Majefté, qui
dans le même tems répandit encore fes bienfaits fur
toute l'illuftre famille de ce grand homme.

Divers changemens arrivés dans les affaires, & qui

furent une fuite du fyftême dont nous avons parlé parurent demander que M. d'Argenfon remît les fceaux
entre les mains du Prince régent du royaume. Il les
remit le 7 Juin 1720 , mais ce fut avec cette diftinction glorieufe que par un brevet datté du même jour
on lui conferva tous les honneurs attachés à cette
dignité.

L'année précédente il avoit été honoré de la charge
de chancelier & garde des fceaux de l'ordre royal &
militaire de S. Louis, créée exprès pour lui, & pour laquelle il prêta ferment le 16 Avril 1719.

Son goût pour les fciences , la généreufe protection
qu'il leur accorda conftamment, l'avoient fait nommer
en 1716 membre honoraire de l'académie des fciences , & en 1718 il avoit été reçu à l'académie françoife.

Rendu à lui-même après une longue fuite d'années
paffées dans l'exercice des emplois les plus difficiles par
leurs fonctions, il crut pouvoir dire un éternel adieu
aux tumultueufes occupations du fiecle, pour ne fe plus
remplir que des grandes vües de l'autre vie. Attaqué de
la maladie qui l'enleva de ce monde il n'attendit pas
qu'on l'avertît du danger qui menaçoit fes jours ; il ne
penfa plus dès-lors qu'à mettre à profit pour le tems &
pour l'éternité tous les momens qui lui reftoient. Il
mourut le huit Mai 1721 dans la foixante-neuvieme année de fon âge.

On fentoit dans fes difcours les plus ordinaires la
jufteffe, la folidité, la pénétration & la vivacité de fon
efprit qui étoit telle que fouvent il lui arrivoit de dic-
ter à trois ou quatre fécretaires à la fois des lettres dont
chacune paroiffoit demander toute fon application.

Rien qui égalât fon zele pour le bien public. Il ne
croyoit pas que ce fut affez de le préférer à tout , de
lui facrifier fon tems & fon repos ; il y ajoutoit, quand
il le falloit , fon propre bien. C'eft ainfi qu'il deftina au

payement des penfions des officiers de l'armée une fomme de cent mille écus qui lui revenoit d'un renouvellement de bail.

Il a toujours rempli avec un zele égal tous les devoirs de la vie civile. Bon pere, bon mari *, ami généreux & fidele, cœur tendre & compatiffant, toujours occupé à rendre de bons offices, ne croyant y avoir jamais fi bien réuffi que quand il en avoit dérobé la connoiffance à ceux à qui il les avoit rendus.

* En 1693 M. d'Argenfon époufa mademoifelle Margueritte le Fevre de Caumartin, feconde fille de meffire Louis François le Fevre de Caumartin, confeiller du roi en tous fes confeils, & au confeil d'état & direction des finances, & de Catherine-Magdeleine de Verthamon fa feconde femme. De ce mariage font fortis Catherine-Magdeleine-Margueritte de Voyer mariée en 1715 à meffire Thomas le Gendre de Collande, commandeur de l'ordre militaire de S. Louis, & mort lieutenant-général des armées du roi, René Louis de Voyer de Paulmy marquis d'Argenfon, confeiller d'état & ancien miniftre des affaires étrangeres, & Pierre-Marc de Voyer de Paulmy comte d'Argenfon, fécretaire d'état & miniftre de la guerre.

NICOLAS

NICOLAS DE LA MARE.

NICOLAS DE LA MARE, avocat au parlement & ancien commissaire au châtelet de Paris, naquit dans cette ville en 1641. Recommandable par son érudition, il le fut encore plus par son intégrité & par un zele ardent pour la gloire & l'intérêt de l'état, zele universellement reconnu, & qui souvent lui mérita d'être chargé par le ministre des commissions les plus importantes & les plus délicates. Sa sagesse, sa vigilance, la merveilleuse facilité qu'il avoit à imaginer les expédiens les plus propres à assurer le succès des entreprises les plus difficiles lui gagnerent la confiance & l'estime de M. Colbert qui l'employa utilement à la perquisition & au recouvrement des meubles de la couronne, & qui voulut qu'il travaillât à redresser divers abus qui s'étoient glissés dans la marine & dans les finances.

M. de la Mare fut aussi associé aux travaux du lieutenant général de police, & on le vit dans les années de disette signaler son zele par les soins extrêmes qu'il se donna pour dérober la capitale à une affreuse famine. Dans les années 1693, 1699, 1700 & 1709, il fut successivement chargé de parcourir les provinces de Brie, du Hurepoix, de Bourgogne & de Champagne ; si ses courses ne ramenerent point l'abondance, la diminution de la cherté des grains en fut du moins l'heureux effet.

Ces importans services rendus à l'état avoient été précédés de plusieurs autres pour lesquels M. de la Mare

avoit été gratifié par le feu roi d'une penfion de mille
livres dès l'an 1684, & l'année fuivante cette penfion
avoit été augmentée du double ; une autre marque de
diftinction & de confiance dont M. de la Mare fut honoré par Sa Majefté fut que ce prince le nomma intendant de la maifon de M. le comte de Vermandois.

Ce fut au milieu des occupations multipliées attachées
aux divers emplois que M. de la Mare eut fucceffivement à remplir qu'il compofa fon excellent traité de la
police qui comprend trois volumes *in-folio*, dont le premier fut imprimé en 1705, le fecond en 1710, & le
troifiéme en 1719.

L'auteur après avoir expofé quelle étoit la police des
Hébreux, des Grecs & des Romains traite à fond de
celle des Gaulois, & pour cet effet il remonte à ce qui
s'eft paffé parmi ces peuples dans les fiecles les plus reculés, fait voir quelles ont été les différentes formes de
leur gouvernement, & pouffe fes recherches jufqu'au
gouvernement préfent. Chaque page de ce grand ouvrage offre quelque trait d'une érudition profonde ; on
y admire furtout la connoiffance exacte que l'auteur
avoit acquife du droit romain, de l'origine & des principes du droit françois, des capitulaires, des édits &
ordonnances de nos rois & de tous les écrivains du
moyen fiecle.

Il s'en faut cependant de beaucoup que cet ouvrage
ait toute l'étendüe qu'exigeroit l'importance de la matiere qui y eft traitée ; auffi M. de la Mare fe préparoit à
donner la fuite de cet excellent traité, lorfqu'il fut attaqué de la maladie dont il mourut le 15 Avril 1723 dans
la quatre-vingt-deuxiéme année de fon âge.

HENRI BASNAGE.

HENRI BASNAGE, l'un des plus habiles & des plus éloquens orateurs du dernier siecle, naquit à Sainte-Mere église en basse Normandie le 16 Octobre 1615. Il étoit petit-fils de N. Basnage ministre de Norwich en Angleterre & puis de Carentan en Normandie, & fils du célebre Benjamin Basnage qui se consacra à la profession de son pere, & passa comme lui sa vie dans l'exercice du ministere. Il assista en 1623 & en 1631 au synode national de Charenton en qualité de député de la province de Normandie, fut élu en 1637 modérateur de celui d'Alençon, & député en 1644 vers la Reine mere, il fut aussi député au roi Jacques, & passa en Ecosse où il rendit de grands services aux églises de la religion-prétendüe réformée, il est l'auteur d'un traité de l'église fort estimé par ceux de son parti. Il mourut en 1652 âgé de soixante & douze ans. Antoine Basnage son fils aîné fut ministre de Bayeux; âgé de soixante & quinze ans il fut arrêté au Havre de Grace pour les affaires de la religion, & ne fut remis en liberté qu'en 1685 lors de la révocation de l'édit de Nantes; il se retira alors enHollande, & mourut ministre à Zutphen en 1691, âgé de quatre-vingt-un ans. On a de lui trois volumes *in-folio* d'annales ecclésiastiques, & une critique latine des annales de Baronius. Samuel Basnage son fils, sieur de Flottemanville fut de même ministre à Bayeux & à Zutphen, & a aussi composé une histoire ecclésiastique, & une suite de la critique des annales de Baronius.

Henri Basnage fils puîné de Benjamin Basnage suivit

le barreau & se fit un grand nom dans sa profession. En
1636 il se fit recevoir avocat au parlement de Normandie
& commença dès-lors à plaider avec beaucoup de succès.
En peu de tems sa réputation s'accrut au point qu'il se
vit presque seul chargé de toutes les causes les plus célebres. Député de la province de Normandie pour l'affaire du tiers & danger, il vint à Paris pour défendre
cette cause, & ce fut lui qui dressa les mémoires de la
province ; quelques conférences qu'il eut avec M. le
chancelier le Tellier lui concilierent l'estime de ce premier magistrat ; & il est certain qu'il le destina à travailler à la révision générale du droit coûtumier de France,
mais ce projet ne fut point exécuté.

En 1677 M. Basnage fut nommé commissaire pour
les affaires de religion, emploi dont il s'acquitta avec
beaucoup de dignité.

Ce fut l'année suivante qu'il donna son excellent
commentaire sur la coûtume de Normandie, qu'il dédia
dans la suite à M. de Montholon premier président du
parlement de Rouen qui eut toujours pour lui une estime
singuliere. Nous avons encore du même auteur un traité
des hypotheques, qui de même que son commentaire a
été imprimé plusieurs fois. Agé de soixante & dix-neuf
ans il revit la derniere édition qui se fit de ces deux ouvrages en 1694, & mourut le 20 Octobre de l'année
suivante ayant conservé jusqu'au dernier moment de sa
vie toute la force de son jugement.

» Si ce grand homme, dit M. Bayle, n'eut pas la joie
» de voir ses enfans les dernieres années de sa vie, ce
» fut du moins une grande consolation pour lui que d'ap-
» prendre la gloire qu'ils acquéroient dans les pays étran-
» gers par leurs beaux ouvrages. Il eut aussi la consola-
» tion d'apprendre que M. Baudri son gendre professeur
» en histoire sacrée à Utrecht, où il mourut au mois de
» Février 1716, s'étoit fait fort estimer par ses leçons,
» & par un bon commentaire sur le traité de Lactance,
» *de mortibus persecutorum.*

M. Basnage eut deux fils qui tous les deux ont trop illustré la gloire de leur pere pour n'en pas faire ici l'éloge.

Jacques Basnage l'aîné naquit à Rouen le 8 Août 1653. Etant encore fort jeune il fut envoyé à Saumur pour y faire ses études sous le fameux Tannegui le Fevre brouillé alors vivement avec les ministres de sa religion ; aussi n'oublia-t-il rien pour faire perdre à son jeune disciple le penchant qu'il se sentoit pour le ministere. » Vous ne connoissez, lui disoit-il souvent, cet état que » par son beau côté, & vous ignorez combien il est » dégénéré de sa premiere origine. Croyez-moi, vous » êtes trop honnête homme pour être ministre. Vous » avez trop de candeur pour exercer cette charge » comme on l'exerce aujourd'hui, & votre franchise » vous feroit des ennemis de la plûpart de vos colle-» gues.

Mais ces avis réïtérés n'empêcherent pas que M. Basnage n'embrassât la vocation à laquelle il se croyoit appellé. Devenu habile dans les langues sçavantes, & sçachant outre cela parfaitement l'italien, l'espagnol & l'anglois, âgé de dix-sept ans il passa de Saumur à Geneve pour y commencer ses études de théologie qu'il alla ensuite achever à Sedan.

De retour à Rouen il y fut fait ministre en 1676, n'étant âgé que de vingt-trois ans. En 1684 il se maria, & épousa Susanne du Moulin fille du célebre Pierre du Moulin : le fameux édit de Nantes ayant été révoqué l'année suivante M. Basnage prit le parti de se retirer à Roterdam où il fut ministre pensionnaire jusqu'en 1691 qu'il fut nommé pasteur ordinaire de l'église Wallone de cette ville ; & en 1709 il fut appellé à la Haye pour y remplir les mêmes fonctions, mais ses occupations ne se bornerent point à celles qui étoient attachées à son ministere. M. le pensionnaire Heinsius qui connoissoit l'étendüe de ses lumieres & la supério-

rité de ses talens se servit utilement de lui dans plusieurs affaires importantes ; il fut en particulier employé
avec succès pour une négociation secrette avec M. le
maréchal d'Uxelles plénipotentiaire du roi au congrès
d'Utrecht. Peu de tems après M. l'abbé Dubois, depuis
cardinal & premier ministre, étant venu à la Haye pour
y négocier une alliance défensive entre la France, l'Angleterre, & les Etats généraux, M. Basnage qui conserva
toujours un zele ardent pour la gloire & les intérêts
de sa patrie la servit si utilement dans cette occasion
qu'il obtint pour récompense la restitution de tous les
biens qu'il possédoit en France.

Les qualités du cœur répondoient dans lui aux talens de l'esprit. Sa candeur, sa sincérité, sa franchise lui
gagnoient la confiance de tous ceux avec qui il étoit en
quelque liaison. Poli, affable, prévenant, officieux il
n'avoit point de plus grand plaisir que celui d'en faire
aux autres, & d'employer son crédit en faveur des mi-
sérables. Catholiques, Protestans ; il obligeoit indifféremment tous ceux à qui ses services pouvoient être utiles, aussi fut-il généralement regretté. Il mourut à la
Haye le 22 Septembre 1723 dans sa soixante & on-
zieme année.

Ses principaux ouvrages sont son traité sur la nécessité
& les moyens de communier dignement ; une histoire
de la religion des églises réformées, un traité de la
conscience, l'histoire de l'église, celle de l'ancien & du
nouveau Testament & celle des Juifs ; deux volumes de
sermons sur divers sujets de morale, de théologie & de
l'histoire sainte, un trésor de monumens ecclésiastiques,
les antiquités judaïques, les annales des provinces-unies,
& des instructions pastorales aux réformés de France sur
l'obéissance düe au souverain.

Henri Basnage, sieur de Bauval, frere puîné de
l'homme célebre dont nous venons de parler, & non
moins illustre que lui dans la république des lettres,

naquit à Rouen le 7 Août 1656 ; il marcha pendant quelque tems fur les traces de fon pere , & s'étoit déja fait un grand nom dans le barreau , lorfque la révocacation de l'édit de Nantes le détermina à fe réfugier en Hollande. L'année précédente , fçavoir en 1684, il avoit publié fon livre intitulé , tolérance des religions, ouvrage écrit avec autant de vivacité que de délicateffe. Trois années après il publia fon premier volume de l'hiftoire des ouvrages des fçavans qu'il a continuée jufqu'en 1709 ; les démêlés qu'il eut avec M. Jurieu le détournerent fouvent de cet ouvrage, & produifirent de part & d'autre divers écrits fort vifs & fort piquants. Le même auteur nous a encore donné une nouvelle édition du dictionnaire univerfel de Furetiere confidérablement augmenté , & il travailloit à y faire de nouvelles additions , lorfqu'il fut attaqué de la maladie dont il mourut le 29 Mars 1710 âgé de cinquante-quatre ans.

MICHEL LE PELLETIER DE SOUZY.

MICHEL LE PELLETIER DE SOUZY, conseiller au conseil royal, & doyen du conseil d'état, membre honoraire de l'académie royale des inscriptions & belles-lettres, naquit à Paris le 12 Juillet 1640, de Louis le Pelletier, qui par sa probité & la supériorité de ses talens, s'étoit acquis la confiance & l'estime de M. le chancellier le Tellier son parent, & de Marie Leschassier, petite fille & unique héritiere du fameux Pierre Pithou.

L'on prit un si grand soin de son éducation, que n'étant encore âgé que de douze à treize ans, il étoit déja reçu avec distinction dans les compagnies qui s'assembloient chez le fameux Jerôme Bignon, à qui il rendoit compte de ses études, & avec qui il prenoit insensiblement, de même que ses deux freres aînés Claude & Jerôme, les principes des grands sentimens, & le goût de la plus sublime jurisprudence.

Les trois freres embrasserent le parti de la robe, & tous trois s'y distinguerent. Le cadet moins touché des honneurs de la magistrature, que du désir de s'y rendre utile, se consacra aux simples fonctions d'avocat; & il n'auroit point eu d'autres occupations pendant toute sa vie, si les instances réïtérées de sa famille, jointes à l'autorité de M. le Tellier, ne l'avoient comme forcé d'acquérir la charge d'avocat du roi au châtelet; il l'exerça pendant cinq ans avec un applaudissement universel, il s'y seroit encore fixé, si de nouvelles instances & de nouveaux ordres ne l'avoient obligé

de

de se pourvoir d'une charge de conseiller au parlement.

L'année suivante, sçavoir en 1666, le feu roi le nomma avec M. son frere Jerôme le Pelletier, pour l'exécution des arrêts des grands jours tenus à Clermont en Auvergne. Le zéle, la sagesse, la capacité avec laquelle il s'acquitta de cette commission, lui valurent d'être choisi en 1668, pour aller établir l'intendance de Franche-Comté dont Sa Majesté venoit de faire la conquête; mais qui fut rendue à l'Espagne par le traité conclu à Aix-la-Chapelle, le 2 de Mai suivant.

De retour de cette premiere intendance, il fut nommé à celle de Lille; & de toutes les conquêtes que le roi avoit faites en Flandres, aussi bien que des armées que Sa Majesté y entretenoit, & comme si tant d'occupations n'avoient pû suffire à son activité, on le mit encore à la tête de la commission établie pour le réglement des limites, en exécution des traités d'Aix-la-Chapelle & de Nimegue. Une place de conseiller d'état à laquelle M. le Pelletier fut nommé en 1683, fut la récompense de ses services & de son zéle.

M. Colbert étant mort la même année, M. le Pelletier l'aîné fut nommé pour remplacer ce grand homme dans la charge de controlleur-général, emploi qu'il n'accepta qu'à condition qu'on lui laisseroit la liberté d'associer à ses travaux, M. le Pelletier de Souzy son frere, en qualité d'intendant des finances. Il en remplit dignement les fonctions jusqu'en 1701, qu'il eut l'agrément de les remettre entre les mains de M. le Pelletier-des-Forts son fils.

M. le Pelletier fut nommé la même année à une place de conseiller au conseil royal, & fut fait directeur général des fortifications de toutes les places de terre & de mer, avec cette distinction glorieuse, que le roi voulut qu'il lui en rendît compte à lui-même, & à lui seul une fois la semaine.

Ce ne fut qu'après la mort de Louis XIV, que M. de Souzy fut déchargé du soin des fortificatons; on voulut lui continuer les appointemens d'une place où il avoit rendu de si longs & de si importans services ; mais toutes les instances qu'on put lui faire pour l'engager à les accepter, ne purent vaincre son désintéressement. Content de l'honneur qu'on lui avoit fait de l'appeller au conseil de régence, il ne demanda à son altesse royale que la consolation de l'instruire de l'immensité du travail, de l'étendüe & des difficultés du département, & de lui en remettre à elle-même tous les plans & tous les mémoires.

Homme de lettres, au milieu de tant d'occupations qui paroissoient le demander tout entier, il connoissoit tous les auteurs des bons siécles ; il les avoit lus avec tant de fruit & d'application, que dès qu'on lui en indiquoit quelque endroit remarquable, il le rapportoit communément dans les termes de l'original. Ciceron, Horace & Tacite étoient les compagnons inséparables de ses voyages, & il sçavoit presque tout le dernier par cœur.

Il parloit aisément & avec grace l'Italien & l'Espagnol, & possédoit parfaitement les meilleurs auteurs qui ont écrit dans ces deux langues ; ainsi, comme l'a remarqué un célebre académicien, M. de Tourreil, on pourroit justement appliquer à M. de Souzy ce que Velleïus Paterculus disoit de Scipion l'Affricain, que personne n'avoit jamais mieux sçu entremêler aux affaires un loisir délicat & plein de charmes.

Lors du renouvellement de l'académie des inscriptions & belles-lettres en 1701, M. le Pelletier fut demandé par cette compagnie pour y remplir une place d'honoraire, & il a montré plus d'une fois combien son érudition le rendoit digne d'un tel choix. Témoins les sçavantes recherches qu'il fit à l'occasion des Curiosolites, anciens peuples de l'Armorique dont il est parlé dans les commentaires de César. »Comme ce n'est »que par conjecture, dit M. de Bose, qu'une partie »des commentateurs a dit que c'étoit Cornoüaille, un

» autre Quimper, & que quelques académiciens qui
» connoissoient le pays, se persuadoient que ce pour-
» roit bien être le village de *Courseuilt* près de Dinant,
» où l'on remarque encore les indices d'une grande
» ville, & dont le nom moderne, très-analogique à
« l'ancien, a retenu jusqu'à présent toutes les lettres
» qui forment celui de Curiosolite; M. le Pelletier de
» Souzy y envoya exprès un ingénieur de S. Malo, qui
» chargé d'examiner pas à pas les vestiges indiqués, en fit
» ensuite un rapport exact, & tel qu'il a été inséré dans
» les mémoires de l'académie.

M. le Pelletier âgé de quatre-vingt ans, dont il en
avoit passé plus de soixante dans l'administration des
affaires publiques, ne songea plus qu'à s'occuper des
grandes vües de l'éternité. Animé par les grands exemples d'un saint esprit de retraite qu'il trouvoit dans sa
famille (*a*), il renonça à tout emploi, & ce fut sur
les conseils de ce saint pénitent, que M. le Pelletier régla
dès-lors sa conduite. En 1698 il demanda au prieur des
Chartreux de Paris la cellule de S. Bruno qui est au-
dessus du réfectoire, & il y a passé douze Carêmes de
suite, assistant tous les jours à l'office divin. Le cardinal d'Estrée, M. le duc de Beauvilliers & le maréchal
de Catinat, y alloient souvent dîner avec lui. Il pas-

(*a*) Claude le Pelletier, controlleur-général des finances & ministre d'é-
tat, quitta la cour en 1697, pour ne plus s'occuper que du soin de son
salut. Il étoit alors âgé de soixante-six ans, il vint établir sa demeure à Villeneuve, où François d'Aligre abbé de Provins, si connu par la sainteté de
sa vie & de sa mort, vint le trouver; & après l'avoir félicité du courage
que Dieu lui avoit donné de s'arracher aux grandeurs du siécle, il l'excita
à profiter de sa retraite, pour ne plus travailler que pour l'éternité, quitta
la cour, & vint demeurer à l'abbaye de S. Victor, où il vécut près de six
ans dans la pratique de toutes les vertus chrétiennes. Il mourut d'une goute
remontée le 10 Décembre 1725 dans la quatre-vingt-sixiéme année de son
âge.

Une année après la mort de ce grand homme, M. le Pelletier son fils
premier président du parlement de Paris, étant presque à la fleur de son âge,
prit aussi le parti de consacrer le reste de ses jours à la retraite.

Une sœur de M. le Pelletier, abbesse de l'abbaye de Notre Dame de
Troyes, la quitta plusieurs années avant sa mort, pour reprendre le simple
état de religieuse dans le couvent de la Ville-l'Evêque.

G 3 ij

soit le reste de l'année à sa terre de Villeneuve, dont il a fait la description en latin, adressée au célebre M. Rollin.

La retraite de ce grand homme a encore produit deux autres ouvrages fort estimés, & écrits avec beaucoup d'élégance, l'un intitulé *Comes senectutis*, le manuel d'un vieillard, & l'autre *Comes juridicus*, le manuel d'un juriste. Cinq ans avant sa retraite, il en avoit publié un autre sous le titre de *Comes rusticus*, le manuel d'un homme qui est à la campagne. M. le Pelletier a aussi fait les Mémoires de la vie du fameux Jerôme Bignon, ceux du célebre Matthieu Molé, premier président & garde des sceaux, & la vie de quelques autres personnes illustres. Il s'amusa aussi à faire des inscriptions, genre de littérature pour lequel il avoit beaucoup de goût. Ce fut au milieu de ces occupations, & des exercices particuliers d'une vie vraiment chrétienne, qu'il mourut le 10 d'Août 1711, âgé d'un peu plus de quatre-vingt ans, & il fut enterré dans l'église de S. Gervais. On lit sur son tombeau l'épitaphe suivante :

> *Hic jacet*
> *Claudius le Pelletier ;*
> *Regni administer,*
> *Vir clarus gestis honoribus*
> *Clarior spretis ac relictis.*
> *In quarta inquisitionum classe,*
> *Senator primùm, deinde præses,*
> *Complures annos jus sancte dixit.*
> *Præfectus urbi,*
> *Præclaris operibus Lutetiam auxit*
> *Et ornavit,*
> *Factus inde consistorianus comes*
> *Ad restituenda jurisprudentiæ studia ;*
> *Operam & autoritatem feliciter contulit,*
> *Mox ad ærarii, regnique administrationem*

Vocatus
Et titulo præsidis insulati auctus
Inter summas dignitates,
Veterem modestiam,
Inter lucri contagia,
Nobilem pecuniæ abstinentiam;
Retinuit.
Adhuc integer animo, florensque gratiâ;
Sed meliora meditans,
Ærarii curam lubentiùs abjecit,
Quam susceperat.
Tandem aulâ sponte, & cupide cessit
Ut Deo ac sibi liberiùs vacaret,
Otium dulce, nec in glorium.
Inter selectos amicos,
In sacrarum litterarum meditatione;
Ac pietatis officiis
Consumpsit.
Patriæ tamen & principis semper
Memor;
Utrique ad exitum percarus,
Viribus paulatim deficientibus,
Octogenario major obiit ann. 1711,
Mense August. X.
Lud. le Pelletier, S. P. R.
Cæterique superstites liberi,
Optimo parenti,
Mærentes ac memores
Posuere.

GUILLAUME BLANCHARD.

GUILLAUME BLANCHARD, orateur auſſi éloquent qu'habile juriſconſulte, eut pour pere François Blanchard, écuyer, l'auteur des éloges des préſidens à mortier du parlement de Paris, depuis l'an
1331 juſqu'en 1642. Nous avons encore du même écrivain les éloges des premiers préſidens du même parlement, depuis qu'il fut rendu ſédentaire, juſqu'en 1645.
M. Blanchard fut aidé dans ce ſecond ouvrage par M.
l'Hermite-Souliers, chevalier de l'ordre du roi, & gentilhomme ordinaire de ſa chambre. Ce fut dans le fils
même goût que dans le pere pour le même genre de
littérature. L'étude particuliere qu'il s'étoit faite de l'hiſtoire généalogique, non ſeulement des principales maiſons de France, mais encore de celles du reſte de l'Europe, le mit en état de continuer les derniers éloges
dont nous venons de parler; il a auſſi travaillé à une
hiſtoire, où il traite des chanceliers, des gardes des
ſceaux, des avocats & des procureurs-généraux du par-
ment juſqu'en 1724, & une hiſtoire des maîtres des
requêtes; mais ces deux ouvrages manuſcrits ſont demeurés entre les mains de M. ſon fils avocat au parlement.

Ce travail qui ne pouvoit être le fruit que des plus
ongues recherches, ne fut cependant pour M. Blanchard, qu'une eſpece de délaſſement d'une étude plus
ſérieuſe, & des pénibles occupations attachées à la profeſſion à laquelle il s'étoit deſtiné.

Reçu avocat en 1674, il ne fut pas long-tems ſans

se faire dans le barreau un grand nom par sa capacité & son éloquence. Quelques causes célebres qu'il plaida, augmenterent sa réputation, & lui attirerent des affaires sans nombre; cependant son amour extrême du travail, lui fit trouver assez de tems pour se livrer à des recherches également curieuses & utiles. Bientôt il se vit en état de donner au public un excellent abrégé des ordonnances, édits, déclarations & lettres - patentes des rois de France, qui concernent la justice, la police & les finances, avec la date de leurs enregistremens dans les greffes des compagnies souveraines, depuis 1115 jusqu'en 1688, tems auquel fut imprimée cette table chronologique des ordonnances, mais ce n'étoit là qu'un essai. La promptitude avec laquelle fut enlevée cette premiere édition engagea l'auteur à augmenter considérablement son ouvrage & à le perfectionner. Après un travail de plusieurs années, il en donna enfin en 1715 une seconde édition, sous le titre de compilation chronologique, contenant un recueil des ordonnances, édits, déclarations & lettres-patentes des rois de France, qui concernent la justice, la police & la finance, avec la date de leur enregistrement.

» On ne sçauroit, dit l'auteur du journal des sça-
» vans, parcourir cette compilation, sans être étonné
» du grand nombre de livres de registres, tant des par-
» lemens que des autres cours supérieures, & des mé-
» moires que l'auteur a été obligé de lire pour cette
» seconde édition; cependant M. Blanchard a fait de
» nouvelles recherches depuis 1715, & il a trouvé de
» quoi y faire un grand nombre d'additions très-impor-
» tantes. Son dessein étoit d'y ranger les titres des lettres-
» patentes par ordre des matieres, & d'y faire entrer
» les édits & les déclarations, depuis 1715, jusqu'au
» tems où il feroit publier cette nouvelle édition. Pour
» se livrer à cette espece de travail très utile, mais
» qui paroît peu agréable, même à la plûpart des ju-

» rifconfultes, il faut être né avec un goût particulier
» pour ces fortes de recherches, & joindre à beaucoup
» de conftance un grand zele pour le progrès de la
» jurifprudence.

M. Blanchard fe difpofoit à donner cet ouvrage au
public avec les augmentations dont nous venons de parler, lorfqu'épuifé par de longs travaux continués fans
relâche, il tomba dans une maladie de langueur qui
l'enleva de ce monde le 24 Septembre de l'année 1724.

CLAUDE POCQUET DE LIVONNIERE.

CLAUDE POCQUET DE LIVONNIERE, fécretaire perpétuel de l'académie royale d'Angers,
& ancien profeffeur en droit dans cette ville, y prit
naiffance en 1652. Il eut pour pere Guillaume Pocquet
iffu d'une honnête & ancienne famille de la Province,
& pour mere Marie Quentin, qui mourut en le mettant au monde.

Une merveilleufe facilité de génie jointe à une grande
application, le diftinguerent dans toutes fes claffes. Il
fit en particulier de fi grands progrès dans la poëfie,
qu'un de fes régens le célebre pere Hubert de l'Oratoire, ayant exigé qu'il fît un poëme fur le corail, le
jeune de Livonniere qui n'étoit alors qu'en feconde,
fe livra au travail avec tant d'ardeur, qu'il le commença & l'acheva dans un feul jour.

Devenu orphelin à l'âge de quatorze ans, fes parens
fûrs de fa fageffe, convinrent de le faire émanciper,
ne craignant pas de fe repofer fur lui feul du foin de
fa propre conduite ; & elle fut telle en effet, qu'elle

auroit

auroit pû être proposée pour modéle aux jeunes gens
de son âge. Ce fut comme auparavant même modestie, même retenüe, même application à remplir tous
ses devoirs. Des theses publiques qu'il soutint à la fin
de son cours de philosophie, lui mériterent les plus
glorieux applaudissemens, & il ne se distingua pas moins
dans l'étude du droit; cependant quelqu'heureuses dispositions qu'il eut pour y exceller, il l'abandonna pour
embrasser le parti des armes, nouvelle carriere où il
se signala par son courage; mais rappellé au barreau
par l'amour extrême qu'il conserva toujours pour les
sciences, il reprit ses premieres vües, & ne songea plus
qu'à se perfectionner dans la science du droit; il s'y
livra avec tant d'ardeur, que souvent il lui arrivoit de
prolonger bien avant dans la nuit le tems de son travail. Les progrès les plus surprenans furent le fruit d'une
application si constante, jointe à une facilité extraordinaire. La premiere fois que notre jeune avocat parut dans le barreau, ce fut dans une action d'éclat,
où il osa mesurer ses forces contre le célebre le Brun,
un des plus sçavans jurisconsultes de son siécle.

M. de Livoniere se fit bientôt après connoître par
un ouvrage, dont la lecture de Quintilien, qui étoit
son auteur favori, lui avoit fait imaginer le plan; c'é-
toient les portraits des plus fameux avocats du parlement de Paris; s'il en relevoit les bonnes qualités, il
n'en cachoit pas aussi les défauts, & malheureusement cette trop grande sincérité ne plut pas également
à tous les intéressés, ce qui engagea l'auteur à supprimer cet ouvrage, qui fut d'ailleurs généralement applaudi pour la beauté & l'élégance du style dont il étoit
écrit, & pour les traits vifs & brillans qui y étoient
répandus.

Cependant la réputation de l'homme célebre dont
je fais l'éloge, croissoit chaque jour, & sembloit devoir le conduire à la fortune la plus éclatante, lorsque
l'amour de la patrie le rappella à Angers. Il y revint

auroit pû être proposée pour modéle aux jeunes gens
de son âge. Ce fut comme auparavant même modestie, même retenue, même application à remplir tous
ses devoirs. Des theses publiques qu'il soutint à la fin
de son cours de philosophie, lui mériterent les plus
glorieux applaudissemens, & il ne se distingua pas moins
dans l'étude du droit; cependant quelqu'heureuses dispositions qu'il eut pour y exceller, il l'abandonna pour
embrasser le parti des armes, nouvelle carriere où il
se signala par son courage; mais rappellé au barreau
par l'amour extrême qu'il conserva toujours pour les
sciences, il reprit ses premieres vûes, & ne songea plus
qu'à se perfectionner dans la science du droit; il s'y
livra avec tant d'ardeur, que souvent il lui arrivoit de
prolonger bien avant dans la nuit le tems de son travail. Les progrès les plus surprenans furent le fruit d'une
application si constante, jointe à une facilité extraordinaire. La premiere fois que notre jeune avocat parut dans le barreau, ce fut dans une action d'éclat,
où il osa mesurer ses forces contre le célebre le Brun,
un des plus sçavans jurisconsultes de son siécle.

M. de Livoniere se fit bientôt après connoître par
un ouvrage, dont la lecture de Quintilien, qui étoit
son auteur favori, lui avoit fait imaginer le plan; c'é-
toient les portraits des plus fameux avocats du parlement de Paris; s'il en relevoit les bonnes qualités, il
n'en cachoit pas aussi les défauts, & malheureusement cette trop grande sincérité ne plut pas également
à tous les intéressés, ce qui engagea l'auteur à supprimer cet ouvrage, qui fut d'ailleurs généralement applaudi pour la beauté & l'élégance du style dont il étoit
écrit, & pour les traits vifs & brillans qui y étoient
répandus.

Cependant la réputation de l'homme célebre dont
je fais l'éloge, croissoit chaque jour, & sembloit devoir le conduire à la fortune la plus éclatante, lorsque
l'amour de la patrie le rappella à Angers. Il y revint

en 1680, & fut pourvû la même année d'une charge
de confeiller au préfidial de cette ville. La fupériorité
de fon génie, l'étendüe de fes lumieres, lui gagnerent
bientôt l'eftime de fa compagnie, & elle fut empreffée
à lui fournir de fréquentes occafions de faire briller
l'éminence de fes talens. Choifi en 1684 avec trois des
plus anciens confeillers, pour affifter à une conférence
qui devoit fe tenir chez M. de Harlai procureur-général du parlement, & où l'on devoit régler de longs
différends, qui depuis plus de dix ans entretenoient
la difcuffion entre le préfidial d'Angers & la prevôté
cette ville; différends au refte, d'autant plus difficiles
à terminer, qu'ils formoient plus de foixante chefs de
conteftations, cependant M. de Livoniere chargé de
porter la parole, expofa les prétentions de fa compagnie avec tant de netteté & de précifion, & les mit
dans un fi grand jour, qu'un arrêt décifif donné conformément à fon opinion, mit fin à ces conteftations
qui fembloient devoir durer toujours.

Le fruit qu'il recueillit de ce premier fuccès, fut
qu'il fut depuis chargé de la conduite de toutes les
affaires les plus importantes.

Etant venu à Paris l'année fuivante pour y folliciter
la tranflation de l'hôpital-général d'Angers, à l'Eviere
prieuré de l'ordre de S. Benoît, quelques conférences qu'il eut avec M. le chancelier Boucherat, lui gagnerent fi bien l'eftime de ce premier magiftrat, qu'une
chaire de profeffeur en droit françois dans l'univerfité
d'Angers étant venue à vaquer, il ne balança pas à
nommer M. de Livoniere pour la remplir.

Ce fut cette même année que furent accordées les
lettres-patentes pour l'établiffement d'une académie
royale à Angers, M. de Livoniere qui avoit été chargé
de les aller folliciter, eut encore l'honneur d'être choifi
pour dreffer les ftatuts de la nouvelle académie, &
on fe repofa auffi fur lui du foin de la remplir de fujets diftingués par leur érudition & par leurs talens. Il

avoit eu trop de part à l'établissement de cette sçavante
compagnie, pour que l'on ne fût pas empressé à l'y
voir remplir les premieres places. Il y occupa aussi successivement celles de directeur & de chancelier, & enfin celle de sécretaire perpétuel. Peu content de remplir dans toute leur étendüe, les fonctions de ces divers emplois, il consacroit une partie de son tems à
faire des recherches propres à enrichir les mémoires
de sa compagnie.

Mais l'académie d'Angers ne fut pas le seul théâtre
où brilla son éloquence. En 1688 il composa un discours où il proposoit de montrer, que les académies
des belles-lettres sont non seulement établies pour apprendre à bien parler, mais encore pour apprendre
à bien vivre. Ce discours couronné par l'académie de
Villefranche, mérita à l'auteur un brevet d'académicien, dont étoit accompagnée la médaille qui lui fut
envoyée.

Cependant son zéle à animer par son exemple les
exercices académiques, ne lui fit pas oublier qu'il avoit
un autre avantage à remplir qui sembloit le demander
tout entier ; & ce fut à cet emploi qu'il sacrifia ses
forces & sa santé. Obligé de redoubler ses travaux pour
s'acquitter des fonctions de sa charge de professeur,
d'une maniere qui répondît à sa grande réputation, il
se livra à l'étude avec tant d'ardeur, que sa santé en
fut considérablement altérée. Un peu de repos cependant lui rendit une partie de ses forces ; mais ce fut
envain que sa famille le pressa d'attendre qu'elles fussent parfaitement rétablies, pour reprendre le fruit de
ses occupations : un épuisement total causé par une
continuité de travail l'ayant mis hors d'état de remplir
ses fonctions de professeur, il fut obligé en 1711 de
rappeller de Paris son fils aîné, & de l'établir son substitut jusqu'à ce qu'il l'eut fait pourvoir de cet office,
ce qu'il exécuta en 1720.

La modestie de cet excellent homme égaloit son

H 3 ij

érudition. Un grand nombre d'éloquens difcours qu'il
avoit prononcés, ou à l'académie, ou dans l'univerfité,
lui avoient mérité les plus glorieux applaudiffemens,
& jamais on ne put le réfoudre à les donner au public. Plus de vingt ans fe pafferent, avant qu'on eus
pu le déterminer à publier les obfervations qu'il avoit
faites fur l'admirable commentaire du célebre Gabriel
du Pineau. M. de Livoniere a enrichi ce commentaire,
qui contient le droit municipal de l'Anjou & du Maine,
de judicieufes & fçavantes remarques qui indiquent les
changemens arrivés dans la jurifprudence depuis la mort
de l'auteur. Ses décifions au refte, ne font pas toujours conformes à celles du commentateur ; mais il reconnoît avec beaucoup de modeftie, qu'*il n'a pris la
liberté de contredire cet illuftre jurifconfulte, que quand il a
été foutenu par des autorités capables de le contrebalancer.*

Ce commentaire de M. du Pineau augmenté par M.
de Livoniere, fut donné au public en 1725, en deux
volumes *in-folio*, & ce ne fut qu'après la mort de ce
dernier, fçavoir en 1729, que parut fon excellent traité
des fiefs, & l'année fuivante l'on donna au public fes
regles du droit françois, ouvrage à la compofition duquel fon fils aîné avoit eu la meilleure part.

M. de Livonniere étant venu à Paris pour y folliciter le jugement d'un procès qu'il n'avoit pû éviter,
& qu'il gagna, mourut dans cette ville le 13 Mai 1726,
âgé de foixante-quatorze ans, & fut enterré dans l'é-
glife de S. Severin.

Généralement toutes les vertus qui forment l'honnête-homme & le parfait chrétien entroient dans fon
caractere. Ami fidéle & généreux, il alloit au devant
de tout ce qui pouvoit faire plaifir à ceux qui le touchoient par les liens de la confraternité du fang &
de l'amitié. Attaché fcrupuleufement au moindre de
fes devoirs, il ne négligeoit rien, & fon exactitude s'é-
tendoit à tout. Plein de tendreffe pour les pauvres, il
les foulageoit dans leurs miferes, les aidoit de fes con-

feils , accommodoit leurs différends , & ce fut presque
là sa seule occupation dans les dernieres années de sa
vie.

JERÔME BIGNON.

JERÔME BIGNON , membre honoraire de l'académie royale des inscriptions & belles-lettres , conseiller d'état & prevôt des marchands , naquit à Paris
le 20 Août 1658 de Jerôme Bignon , conseiller d'état , &
de Suzanne Phelyppeaux de Pontchartrain.

Il fut d'abord mis en pension au college de Harcourt pour y commencer ses études ; mais dès que sa
santé eut commencé à se fortifier , M. son pere qui
vouloit entrer dans le détail de son éducation & y
présider le rappella à la maison , & lui fit cependant
continuer ses études dans le même college.

Son cours de philosophie achevé , il étudia en droit ,
& après s'être fait recevoir avocat il en fit pendant
quelque tems les fonctions avant que de passer à la
place d'avocat du roi au Châtelet. Quatre ans après
il fut pourvu d'une charge de conseiller au parlement ,
& fut enfin maître des requêtes ; cette place lui valut
plusieurs fois l'honneur de rapporter devant le roi &
de recevoir de sa bouche des éloges qui justifioient
ceux qu'on lui avoit prodigués dans tous les tribunaux.

En 1693 M. Bignon fut encore plus heureusement
placé pour faire briller tous ses talens. Il fut nommé à
l'intendance de Rouen , & malgré l'affreux embarras
où la stérilité de cette année-là jettoit toute la France ,
il eut le bonheur de ménager les intérêts du roi , l'estime
des cours souveraines & l'affection du peuple.

Une autre intendance non moins difficile , à laquelle il paſſa l'année ſuivante fut celle de la Picardie & de l'Artois , deux provinces qui ſe trouvoient extrêmement foulées par le paſſage continuel des troupes. Le nouvel intendant après s'être exactement informé de leur état préſent oſa préſenter des mémoires à la cour pour en obtenir une diminution d'impôts ſur ces provinces ; mais ſon zele qu'animoit ſa pitié compatiſſante pour le peuple ne s'en tint pas là ; vivant lui-même ſur le fond de ſon patrimoine, il ſacrifia généreuſement au ſoulagement des plus malheureux ſes appointemens & ſon propre revenu.

Continué dans l'adminiſtration des mêmes provinces il donna de plus grandes marques encore de ſon zele durant le cours de la longue & cruelle guerre qu'alluma la ſucceſſion à la couronne d'Eſpagne. » L'argent déja » rare depuis pluſieurs années avoit totalement diſparu » à la vüe des billets de monnoie ; un expédient na » quit des entrailles du malheur même : au lieu de l'ar » gent que l'on ſçavoit bien qu'il étoit impoſſible d'a » voir, il ſembla qu'on ſe fût donné le mot dans la pro » vince pour demander les propres billets de M. l'in » tendant ; & comme perſonne ne s'aviſa de penſer » qu'en pareil cas ſes billets ne devoient pas mieux va » loir que d'autres , il ne conſulta pas non plus dans des » engagemens qui excédoient de beaucoup ſa fortune. » Les recrües, les approviſionemens , toutes les fourni » tures ſe firent , & le roi touché d'un zele dont » l'exemple pouvoit avoir en bien ou en mal des ſui » tes d'une extrême conſéquence , fit rembourſer les » billets de M. Bignon , comme la dette de l'état la plus » privilégiée.

Depuis plus de quinze ans M. Bignon étoit chargé de l'intendance de la province d'Artois , lorſqu'en 1708 il fut nommé prevôt des marchands de la ville de Paris ; les états de cette province qu'il avoit gouverné avec tant de ſageſſe , d'intelligence , & ſi on oſe le dire, d'amitié, étant alors affemblés lui envoyerent des députés pour lui témoigner que la feule idée de fon prochain départ étoit le fujet d'un deuil public. M. l'evêque d'Arras qui portoit la parole au nom des états ajouta, *que femblable députation ne s'étoit encore jamais faite à aucun intendant, & qu'ils avoient unaniment arrêté de marquer dans leurs regiftres qu'elle ne pourroit tirer à conféquence.*

Le commencement de fa prevôté fut marqué par l'affreufe difette qui en 1709 défola toute la France. Elle fe fit vivement fentir à Paris malgré les foins extrêmes qu'apporta le nouveau prevôt des marchands pour foulager la mifere du peuple; mais s'il ne put avoir la confolation de voir fon activité & fa vigilance fuivies des heureux effets qu'il s'en promettoit, il eut du moins celle d'échapper aux murmures du peuple tout injufte qu'il eft lorfqu'il fouffre.

M. Bignon fe trouva encore en 1713 dans une conjoncture extrêmement difficile par rapport à la rareté du bois, & il eut à foutenir une partie de la follicitude & des fatigues que lui avoit caufées la difette des grains; mais dans l'une & dans l'autre de ces calamités il ne borna pas fes vües à remédier au mal préfent, il fit d'amples mémoires fur les mefures qu'on pouvoit prendre pour s'en garantir à l'avenir.

Ce fut fon zele pour la gloire & le bonheur de fes concitoyens qui lui infpira le deffein de faire travailler à une nouvelle hiftoire de Paris, dont il imagina lui-même le plan.

Mais les occafions où ce zele ardent paroiffoit avec le plus d'éclat, c'étoit lorfque cet illuftre magiftrat à la tête du corps de ville en portoit au pied du trône les hommages & les vœux. Son éloquence naturellement tendre & affectueufe s'exprimoit par les fentimens les plus touchans, auffi lorfqu'en 1712 il eut l'honneur de haranguer le roi fur la mort des princes, Sa Majefté dit, en fe tournant vers fa cour; *cet homme ne*

me parle jamais qu'il ne m'attendriſſe , & que je ne ſois
touché de ce qu'il me dit.

M. Bignon avoit été reçu membre honoraire de
l'académie des ſciences en 1709, & c'étoit-là une eſ-
pèce de violence qui avoit été faite à la modeſtie de
ce grand homme. S'il ſe prêta aux empreſſemens de
l'académí ; ce ne fut, dit l'ingénieux auteur de ſon
éloge M. de Boze, » que par la crainte d'être le pre-
» mier de ſon nom qui eut refuſé quelque choſe aux
» lettres. Il joignoit à la plus exacte probité un abord
» facile, des mœurs douces quoiqu'auſteres , une poli-
» teſſe quelquefois exceſſive , mais jamais fauſſe , une
» fidélité inviolable dans le commerce, & un tel amour
» du bien public & particulier, que c'étoit encore un
» homme que notre ſiecle pouvoit ſérieuſement oppo-
» ſer au récit ſuſpect des plus heureux tems.

Il mourut après une troiſieme attaque d'appoplexie
le 5 Décembre 1726, étant âgé de ſoixante-ſept ans.

BARTHE-

BARTHELEMY-JOSEPH BRETONNIER.

BARTHELEMY-JOSEPH BRETONNIER, naquit le 24 Février 1656 à Montrotier à quatre lieües de Lyon, de Jean Bretonnier médecin fort eſtimé dans ſa profeſſion. Envoyé à Lyon pour y faire ſes études il s'y diſtingua par une grande facilité de génie ſoutenüe d'une conſtante application.

Agé de vingt-deux ans il vint à Paris pour y étudier en droit, & à la fin de ſon cours il ſe fit recevoir avocat au parlement. Perſuadé qu'il devoit commencer par acquérir une parfaite connoiſſance du droit écrit qu'il préféra toujours au droit coûtumier, il remonta à l'origine des loix, parcourut les plus anciens hiſtoriens, & fit une étude ſérieuſe des plus habiles commentateurs.

A ce travail il en joignit un autre qui ne lui parut pas moins utile. Pour mieux approfondir généralement tout ce qui a quelque rapport au droit écrit, qui doit être conſidéré comme un aſſemblage de principes tirés de la juriſprudence Romaine, & accommodés aux principes fondamentaux du droit françois, tel qu'on l'obſerve dans les pays qui ne ſont point ſoumis aux coûtumes ; M. Bretonnier s'appliqua particulierement à connoître les loix civiles & canoniques introduites dans le royaume par nos rois de la premiere & de la ſeconde race, de même que les anciennes ordonnances des rois de la troiſieme. Il lut auſſi attentivement les meilleurs auteurs qui ont travaillé ſur le droit écrit relativement aux différentes provinces qui y ſont ſoumiſes.

Ce ſçavant homme plein d'amour pour ſa patrie & animé du déſir de lui conſacrer les premiers fruits de son travail passa de cette étude générale à une étude plus particuliere, qui eut pour principal objet la connoissance des différens privileges de toutes les communautés tant ecclésiastiques que séculieres répandües dans les diverses provinces qui composent le gouvernement du Lyonnois. Les grands progrès qu'il fit dans cette derniere étude le rendirent l'oracle de ces provinces, & bientôt il se vit chargé des affaires les plus importantes. Les excellens mémoires qu'il composa furent admirés comme autant de sçavantes dissertations non moins instructives pour le public qu'avantageuses aux parties qui lui avoient confié le soin de leurs intérêts ; il est vrai qu'il eût été à désirer que cet écrivain se fut un peu plus attaché à polir son style, mais c'étoient-là des ornemens qui lui paroissoient superflus ; s'il faisoit triompher la vérité ce n'étoit pas par les charmes d'une éloquence souvent trompeuse, mais par la justesse, par la force & la solidité des raisonnemens & des preuves qu'il employoit, & qui presque toujours lui assuroient le gain des causes dont il avoit entrepris la défense.

Cependant malgré les occupations multipliées que lui attiroit de toute part la réputation qu'il s'étoit faite d'un des plus habiles jurisconsultes de son tems ; persuadé de l'utilité que le public tireroit d'une nouvelle édition des œuvres du célebre M. Henrys, il se dévoua à ce nouveau travail, auquel il ne consacra cependant que ses heures de récréation, c'est à-dire tous les momens qu'il pouvoit dérober aux fonctions ordinaires de son emploi.

Dans cette nouvelle édition qui parut en 1708, enrichie d'un grand nombre de sçavantes & judicieuses observations, M. Bretonnier s'attache à faire remarquer les divers changemens qui sont arrivés dans la jurisprudence depuis la mort de l'auteur ; il a aussi approfondi quantité de questions intéressantes que M. Henrys n'avoit point traitées ou qu'il s'étoit contenté d'effleurer. Mais les observations de ce sçavant homme ont un objet

encore plus étendu ; son but principal est de concilier
la jurisprudence des provinces du ressort du parlement
de Paris, soumises au droit écrit, avec celle des autres
parlemens du royaume qui suivent le même droit ; travail d'une difficulté extrême, soit à cause de la diversité
de jurisprudence qui régne entre les différens parlemens, soit par la contrariété qui se rencontre souvent
entre les arrêts & les auteurs d'un même parlement.
L'éditeur tâche de concilier les uns & les autres, en
faisant remarquer la diversité des tems auxquels les
arrêts ont été rendus, & les tems où les auteurs ont
écrit ; & quand il ne peut les concilier, il suit les sentimens des auteurs les plus célebres & les plus récens.

Ce grand ouvrage est précédé d'une sçavante préface
qui contient l'éloge du droit romain, & une dissertation
pour montrer que ce même droit est le droit commun
de la France.

M. Bretonnier encouragé par le favorable accueil que
le public fit à cette nouvelle édition travailla à l'augmenter considérablement. Ses nouvelles observations
ont été inserrées dans la derniere édition des œuvres de
M. Henrys, publiée en 1738 par les soins de M. Terrasson.

Nous devons encore au travail de ce sçavant homme
un autre ouvrage non moins utile, quoique moins étendu.
C'est son recueil par ordre alphabétique des principales
questions de droit qui se jugent diversement selon les
différens tribunaux du royaume. On trouve dans cet
ouvrage, que M. Bretonnier entreprit à la sollicitation
de M. Daguesseau, & qu'il publia en 1718 tous les principes du droit écrit avec un abrégé des plus célebres
arretistes.

M. Boucher d'Argis a donné en 1742 une seconde
édition de cet ouvrage avec les additions posthumes de
l'auteur qui mourut le 21 Avril 1727 âgé de soixante
& onze ans.

I 3 ij

EUSEBE-JACOB DE LAURIERE.

EUSEBE-JACOB DE LAURIERE, né à Paris
le 31 de Juillet 1659 , de Jacob de Lauriere ,
chirurgien établi dans cette ville, mais originaire de
Loudun, ne s'eſt pas ſeulement diſtingué par la grande
connoiſſance qu'il avoit acquiſe de la juriſprudence ,
mais encore par une profode érudition dans divers genres de littérature. A peine fut-il ſorti du college , qu'il
ſe dévoua tout entier à l'étude du droit, ce n'eſt pas
cependant qu'il eut deſſein de ſuivre le barreau, il lui
préfera une occupation plus tranquille, & dont il ſe
promettoit de tirer de plus grands avantages , & pour
ſa propre inſtruction , & pour l'utilité du public, auquel il vouloit conſacrer ſes talens.

Ce fut le 6 Mars de l'année 1676 , qu'il ſe fit recevoir avocat, n'étant alors âgé que de dix-ſept ans ;
on le vît dès ce moment n'avoir plus de commerce
qu'avec ſes livres. „ Dès ce moment, dit l'ingénieux
„ auteur de ſon éloge, M. ſecouſſe, on vit ce jeune
„ homme ſe livrer ſans réſerve aux recherches les plus
„ épineuſes. Il approfondit toutes les parties de la ju-
„ riſprudence ; remonta juſqu'à l'origine des loix, les
„ ſuivit dans leurs progrès & dans leurs divers chan-
„ gemens, ſe rendit familiers les uſages tant anciens que
„ modernes de preſque tous les royaumes de l'Europe.

„ Pour mieux réuſſir, il avoit appris les langues ſça-
„ vantes, & celles d'entre les modernes qui ſont les
„ plus néceſſaires. Il s'étoit appliqué à la critique, &
„ même à la connoiſſance des livres, qui fait en
„ quelque ſorte une ſcience à part, & ſur ce dernier

» point, il pouſſoit ſon attention juſqu'à recueillir quan-
» tité de faits anecdotes & fugitifs, qui ne lui étoient
» pas d'un petit ſecours dans l'occaſion. Il avoit fait
» encore de grands progrès dans l'écriture-ſainte, ſur-
» tout par rapport à la critique.

» Mais le droit françois fut toujours l'objet principal
» de ſes études. Le déſir qu'il avoit de ne rien igno-
» rer de ce qui pouvoit contribuer à l'éclaircir, le fit
» remonter juſqu'aux ſiécles les plus reculés de la mo-
» narchie ; il dépouilla tous les livres qui traitent de
» la juriſprudence françoiſe, il fouilla dans les cabinets
» des particuliers, & dans les dépôts publics, il tira
» de la pouſſiere des piéces curieuſes & inſtructives ;
» il rechercha avec un ſoin extrême dans tous les mo-
» numens, les veſtiges & les traces les plus légeres de
» notre droit. Il débrouilla le cahos de l'ancienne pro-
» cédure, démêla avec une ſagacité merveilleuſe l'o-
» rigine obſcure de nos coûtumes, qui n'ont été rédi-
» gées par écrit, qu'après avoir été obſervées long-
» tems ſur la foi d'un uſage incertain ; & d'une
» tradition ſouvent peu conſtante, il lut avec atten-
» tion les hiſtoriens ; en un mot, prenant le droit fran-
» çois dans ſa ſource, il en ſuivit le cours pas à pas
» pour en examiner ſcrupuleuſement les variations &
» les progrès.

» Tant de recherches guidées par un diſcernement
» juſte & une critique ſûre, ne pouvoient manquer de
» rendre celui qui les faiſoit très-utile à ſa patrie, &
» ne lui parle-t-il pas encore dans les ſçavans ouvrages
» dont il l'a enrichie ? On le regardoit avec raiſon, com-
» me un homme qui avoit amaſſé un tréſor immenſe
» de connoiſſances rares & ſingulieres. On avoit re-
» cours à lui comme à une reſſource aſſurée, & quel-
» fois unique dans les matieres, & dans les queſtions
» qui ne ſont pas renfermées dans le cercle des affai-
» res courantes & ordinaires. Les plus ſçavans magiſ-

» trats & les premiers en dignité comme en lumieres,
» l'honoroient d'une eftime finguliere; le confultoient
» fouvent dans les matieres, & ils ont mis quelque-
» fois en œuvre des morceaux qu'ils lui avoient de-
» mandés.

» M. de Lauriere avoit été affocié aux études de
» feu M. Dagueffeau chancelier de France. Il avoit
» affifté aux conférences qui fe tenoient chez ce jeune
» magiftrat, & il a recueilli avec foin, & fait paffer
» dans plufieurs de fes ouvrages, les nouvelles décou-
» vertes que M. Dagueffeau faifoit fouvent dans ces con-
» férences. Il s'étoit lié avec tous les fçavans de fon
» tems, & avec tous ceux qui fe diftinguoient par
» leurs talens dans quelque genre que ce fût, entre
» autres avec Mⁱˢ Baluze & de la Monnoye, & avec M.
» Berroyer célebre avocat au parlement de Paris, avec
» qui il a partagé le travail & l'honneur de plufieurs
» ouvrages qui ont été favorablement reçus du public.

Les ouvrages de M. de Lauriere, font un traité de
l'origine du droit d'amortiffement, où l'auteur traite
auffi du droit des francs-fiefs, le texte des coûtumes
de la vicomté & prevôté de Paris, & les anciennes
conftitutions du châtelet de la même ville; une differtation fur le tenement des cinq ans, les traités de M.
du Pleffis avec des notes & des differtations de Mⁱˢ Berroyer & de Lauriere, une bibliotheque des coûtumes
avec une differtation fur l'origine du droit françois;
un gloffaire du droit françois par M. Raqueau, mis en
meilleur ordre par M. de Lauriere; les inftituts coû-
tumiers de M. de Loifel avec des notes & corrections;
un traité des inftitutions & fubftitutions contractuel-
les; une table chronologique des ordonnances faites
par les rois de France de la troifiéme race par Mⁱˢ
Berroyer, de Loger & de Lauriere. Ce dernier a donné
feul le premier volume de ces ordonnances, & le fecond qui étoit achevé à fa mort, a été publié par les

foins de M. Secouſſe. Nous avons encore du même auteur des notes ſur Villon, qui ont été imprimées dans
l'édition de ce poëte, donné à Paris en 1723.

Ce ſçavant homme mourut le 9 Janvier 1728, âgé
de ſoixante-huit ans cinq mois & dix jours.

MATTHIEU TERRASSON.

MATTHIEU TERRASSON, écuyer, iſſu d'une
famille célebre dans la république des lettres (a),
naquit à Lyon le 13 Août 1669 de parens nobles. Un
génie facile, vif & plein de feu lui fit faire ſes premieres
études avec les plus glorieux ſuccès; les Jéſuites, qui
de bonne heure avoient cultivé ſes heureuſes diſpoſitions parurent empreſſés à le recevoir dans leur ſociété,

(a) Jean Terraſſon ſon pere, avocat célebre, & juge du comté de Lyon,
ne s'eſt pas moins diſtingué par ſon érudition que par ſa droiture & ſa probité.
Deux de ſes couſins André Terraſſon & Gaſpar Terraſſon, prêtres de l'Oratoire, ſe ſont tous les deux rendus recommandables par leur heureux talent
pour la chaire. Un troiſieme couſin, Jean Terraſſon, l'un des quarante de
l'académie françoiſe, que la mort vient d'enlever, s'eſt fait par les excellens
ouvrages qu'il nous a laiſſés un nom qui éterniſera ſa mémoire parmi les ſçavans.
    Le premier que l'on connoiſſe de cette famille eſt un Pierre Terraſſon,
qui vivoit ſous le régne de François ſecond en l'année 1560, & dont il eſt parlé
dans l'hiſtoire de France du pere Daniel, tome 8, page 305.
    Les ſermons d'André Terraſſon ont été imprimés en 4 volumes in-12 en
l'année 1726, & réimprimés en l'année 1736: ceux de Gaſpard Terraſſon ont
été imprimés en 4 volumes in-12. en l'année 1749.
    Jean Terraſſon de l'académie françoiſe, étoit auſſi de celle des ſciences,
dont il a même été ſous-ſécretaire pendant plus de 20 années. Ses ouvrages
ſont: 1º *Diſſertation critique ſur l'Iliade d'Homere*, où à l'occaſion de ce poëme
on cherche les régles d'une poétique fondée ſur la raiſon, deux volumes in 12:
Sethos, hiſtoire ou vie tirée des monumens de l'ancienne Egypte, trois volumes
in-12: 3º *Diodore de Sicile*, traduit du grec en françois avec des notes, ſept
volumes in-12.

& on sçait quel est leur discernement dans le choix des sujets qu'ils admettent parmi eux ; mais M. Terrasson le pere qui avoit d'autres vües sur M. son fils ne crut pas devoir se prêter à leurs désirs.

Le jeune Terrasson après avoir achevé son cours de philosophie fut envoyé à Valence pour y étudier en droit, & il alla de-là à Paris, où il fut reçu avocat au parlement le 27 Mars 1691. Le seul désir de sa propre instruction le rendit assidu au barreau, & il ne le suivit pas longtems sans avoir de fréquentes occasions de se faire admirer par son éloquence. Quelques causes d'éclat qu'il plaida lui concilierent l'estime des premiers magistrats ; son dessein cependant n'étoit pas de se fixer à Paris, mais M. Portail alors avocat général, & mort depuis premier président le conserva à la capitale comme étant le seul théâtre qui convint à la supériorité des talens de ce jeune homme ; & pour lui faire perdre le désir de retourner dans sa patrie, il lui fit épouser une des filles de M. Tuffier l'un des plus habiles avocats de ce tems-là.

M. Terrasson livré tout entier à l'exercice de sa profession s'y fit un si grand nom que bientôt il ne put suffire à la prodigieuse quantité d'affaires que son mérite lui attiroit des diverses provinces du royaume, & en particulier de celle du Lyonnois ; son ardeur pour le travail augmenta avec ses occupations. Obligé de faire une étude suivie du droit écrit, il s'y rendit si habile que tout ce qu'il y avoit de chapitres distingués dans sa province le choisirent pour leur conseil, & ne balancerent point à lui confier le soin de leurs intérêts. Chargé tout à la fois & de ceux des officiers municipaux de la ville de Lyon & de ceux des comtes de la même ville, il sçut par sa sagesse les concilier parfaitement pendant un tems ; quoique ces divers intérêts fussent entre eux extrêmement opposés ; mais une nouvelle contestation qui paroissoit ne pouvoir souffrir d'accommodement ayant brouillé les deux parties, M. Terrasson dont les vües

eurent

eurent toujours l'équité seule pour objet, crut devoir se déclarer pour MM. les comtes, dont les prétentions lui sembloient mieux fondées ; & ceux-ci pour reconnoître son zele ne bornerent point leur générosité à un simple honoraire ; une pension qu'ils assurerent à M. Terrasson lui prouva combien ils étoient sensibles aux services qu'ils en avoient reçus.

Peut-être aura-t-on de la peine à comprendre que cet homme illustre ait pu suffire aux occupations multipliées qu'entraîne ordinairement une profession exercée avec éclat ; mais ce qui paroîtra plus difficile à concevoir, c'est qu'au milieu de tant d'occupations, il ait pu trouver assez de tems pour cultiver le goût singulier qu'il avoit pour la belle littérature, & en particulier pour l'éloquence ; témoins les excellens discours qu'il nous a laissés sur divers sujets, sçavoir sur la profession d'avocat, sur l'esprit & la science, sur l'amour du bien public, sur la gloire, sur la religion & sur le gouvernement. De ce nombre est encore la superbe harangue que prononça ce célebre orateur, lorsqu'il eut l'honneur de présenter à la cour des aydes les lettres-patentes de M. Daguesseau, que Sa Majesté venoit d'élever à la premiere dignité du royaume. Dans le même volume qui renferme ces éloquens discours, on trouve encore les consultations & les sçavans plaidoyers du même auteur, autant de morceaux où l'on admire une justesse, & une solidité de raisonnemens, une élégance & une noblesse de style, une force d'expressions, un naturel, un pathéthique qui entraînent la persuasion.

Un autre ouvrage aussi considérable de ce sçavant homme consiste en un certain nombre d'additions aux observations sur les œuvres de M. Henrys. Pour répondre aux épithetes de confrere, de compatriote & d'ami, que M. Bretonnier lui donne en plusieurs endroits de ses observations, il voulut bien se charger du soin de les revoir & d'y mettre la derniere main. Mais malheureusement il l'entreprit dans un tems où les occupations

<table>
<tr><td>Tome I.</td><td style="text-align:right">K 3</td></tr>
</table>

que son merite lui avoient toujours procurées n'étoient pas diminuées. Quoique sa santé délicate par elle-même se fût encore affoiblie par de longs travaux, & par une vie trop sédentaire, il parcourut d'abord le manuscrit de feu M. Bretonnier, & étant ensuite passé à l'examen de ses observations, il en plaça quelques-unes qui lui parurent achevées, & à l'égard des autres qui n'étoient que des projets, ou qui étoient défectueuses par les lacunes, il remplit les citations, en ajouta quelques nouvelles qu'il accompagna de divers arrêts, & retoucha quelques observations, qui n'étoient qu'ébauchées, conservant ce qui étoit de M. Bretonnier, dont il s'étoit principalement proposé d'achever le travail plutôt que d'en faire un nouveau. Après ce premier travail, il enrichit le même ouvrage de nouvelles observations tirées des affaires auxquelles il avoit eu quelque part ou qu'il avoit vu juger, fit divers extraits de plaidoyers & de mémoires auxquels il joignit les extraits des arrêts intervenus, & souvent les arrêts tout entiers.

M. Terrasson livré tout entier à ce grand travail que la vûe seule de l'utilité publique lui avoit fait entreprendre n'eut pas la consolation de l'achever : il se préparoit à donner de nouvelles observations, lorsqu'il fut attaqué de la maladie dont il mourut le 30 Septembre 1734 étant dans sa soixante sixieme année.

Distingué par une érudition peu commune, il avoit été associé pendant cinq ans au travail du Journal des Sçavans, & il avoit de même exercé pendant quelques années les fonctions de censeur royal des livres de jurisprudence & de littérature.

Aux plus rares talens de l'esprit cet excellent homme joignit les qualités du cœur les plus estimables, une modération, une affabilité, une douceur qui lui concilioit l'amitié de tous ceux qui le connoissoient ; une droiture, une probité qui fut la régle de toutes les actions de sa vie, un désintéressement si parfait, que toujours il parut content de ce que ses cliens lui offroient, quoique sou-

vent au-deſſous du juſte honoraire qu'il auroit pû prétendre de ſon travail. Honoré de l'eſtime & de la confiance des grands , jamais il ne ſongea à faire ſervir la
faveur où il étoit à l'avancement de ſa fortune. Ennemi
de tout faſte, éloigné de toute vüe d'ambition , pendant toute ſa vie il n'aſpira qu'à la ſeule gloire de briller
dans ſa profeſſion , & de rendre chaque jour ſes travaux plus utiles au public.

De ſon mariage avec Catherine Tuffier il n'a laiſſé
qu'un fils, Antoine Terraſſon auſſi écuyer , avocat au
parlement, cenſeur royal des livres , & auteur d'une *hiſtoire de la Juriſprudence Romaine* , qu'il vient de faire imprimer en un volume *in-folio*, à la fin du quel on troûve un
recueil des contrats , teſtaments & autres actes judiciai-
res des anciens Romains.

Nous nous ſommes étendus ſur l'article qui concerne
Matthieu Terraſſon, parce que nous y trouvons l'occaſion de remarquer que lui & ſes parens nous fourniſſent
le premier exemple qu'il y ait eu juſqu'à préſent, de
ſept gens de lettres dans une même famille. Matthieu,
Antoine, André, Jean & Gaſpard Terraſſon ſont cinq
auteurs du même nom, & tous pere, fils, freres & couſins les uns des autres. Ils ont eu auſſi pour couſins
M. l'abbé Duguet connu par un grand nombre d'ouvrages de piété ; & le ſieur Gayot de Pitaval auteur de l'ouvrage qui a pour titre les cauſes célebres.

PIERRE-JACQUES BRILLON.

PIERRE-JACQUES BRILLON, ecuyer, avocat au parlement de Paris, intendant de son altesse séréníssime monseigneur le duc du Maine, son conseiller au conseil souverain de Dombes, auditeur général des Bandes Suisses, & ancien échevin de la ville de Paris, naquit dans cette ville le 15 Janvier 1671. Ses parens, riches négocians, donnerent tous leurs soins à son éducation, & ils eurent la consolation de l'y voir répondre par une sérieuse application à remplir tous ses devoirs. Les belles-lettres eurent pour lui un attrait particulier, & il en fit pendant plusieurs années son étude chérie.

Placé chez un notaire au sortir du college, il n'y prit aucun goût pour la profession à laquelle ses parens le destinoient ; la belle littérature continua de dérober tous ses momens. Jeune encore il fit paroître divers ouvrages en ce genre qui furent favorablement reçus du public ; tels sont ses portraits sérieux, galans & critiques, un supplément aux caracteres de la Bruyere, l'apologie de cet auteur, & le Théophraste moderne.

M. Brillon, jusqu'alors indécis sur le parti qu'il prendroit ne soupçonnoit pas qu'une étude plus sérieuse que celle des belles-lettres dût bientôt l'occuper tout entier. La mort de son frere aîné qui suivoit le barreau, fit changer la destination du cadet ; ses parens qui lui avoient d'abord destiné une charge de notaire voulurent qu'il embrassât la profession d'avocat. Agé de vingt quatre à vingt-cinq ans il commença donc à étudier en droit,

& par son application soutenüe d'un esprit facile, vif
& pénétrant il y fit en peu de tems de grands progrès.

Ce fut en 1696 qu'il se fit recevoir avocat au parle-
lement. S'étant d'abord attaché au grand-conseil, il y
débuta par des plaidoyers qui furent généralement applaudis, & qui commencerent à établir sa réputation ;
son éloquence & sa capacité se firent admirer dans plusieurs causes d'éclat dont il fut successivement chargé,
& qui lui donnerent occasion d'entrer en lice avec les
plus célebres orateurs de son tems.

Après avoir brillé pendant quelques années dans le
barreau, il fut pourvu de la charge de substitut de M. le
procureur-général au grand-conseil, emploi qu'il remplit avec beaucoup de distinction ; & il ne se distingua
pas moins pendant les huit années consécutives qu'il
exerça les fonctions d'avocat-général.

Le grand nom qu'il s'étoit fait dans ces différentes
places engagea son altesse sérénissime, monseigneur le
duc du Maine, à le mettre à la tête de sa maison, & à
le faire un de ses conseillers au conseil souverain de
Dombes ; & pour se l'attacher encore plus étroitement,
il lui conféra l'importante charge d'auditeur général des
Bandes Suisses.

Les occupations multipliées attachées à ces divers emplois n'empêcherent pas que M. Brillon ne formât le
projet d'un ouvrage immense. Il se proposa de donner
au public un dictionnaire qui traitât par ordre alphabétique généralement de toutes les matieres qui ont quelque rapport à la jurisprudence. L'auteur a-t-il exécuté
ce vaste projet dans toute son étendüe ? le lecteur peut
en juger par l'analyse suivante.

» Cet ouvrage, dit M. de Ferierre dans ses additions
» aux vies des jurisconsultes données par M. Taisand,
» contient par ordre alphabétique les matieres bénéfi-
» ciales, civiles & criminelles, les maximes du droit
» ecclésiastique, du droit romain, du droit coûtumier,
» & même du droit public.

» M. Brillon commence par indiquer fous chaque
» terme tous les textes du droit civil & canonique qui
» y ont rapport ; il cite enfuite les ordonnances, les
» édits, les déclarations & les auteurs qui ont traité de
» cette matiere. Il explique les principes généraux, dé-
» veloppe les conféquences que l'on en peut tirer, rap-
» porte les exceptions de ces mêmes principes, & il ap-
» puie tout ce qu'il avance des raifons les plus propres
» à autorifer fes décifions. Il finit chaque article par la
» citation des loix & des auteurs dont cet article eft tiré.
» En un mot il n'y a point de titre intéreffant qui n'ait
» l'utilité & la forme d'un traité méthodique.

» L'auteur s'eft furtout attaché à approfondir les ma-
» tieres les plus importantes, & celles qui font d'un plus
» grand ufage. Il n'omet rien en particulier de tout ce
» qui concerne le droit public ; il développe non-feule-
» ment les loix du royaume, mais encore celles des au-
» tres états & fouverainetés. Ainfi ce n'eft point en
» hiftorien ou en géographe qu'il parle des royaumes
» voifins & étrangers, c'eft en jurifconfulte. Il défigne
» ce qui eft particulier à chaque parlement & à chaque
» cour fouveraine, tels que le grand-confeil, les cham-
» bres des comptes, les cours des aydes, &c.

» Pour rendre fon ouvrage utile généralement à tou-
» tes les conditions, il détaille ce qui eft de juftice, de
» police & de finance, parle de toutes les villes pour
» en faire connoître les privileges & les jurifdictions ; &
» pour ne rien laiffer à défirer au lecteur, il traite auffi
» de tous les corps laïcs, féculiers & réguliers, de tous
» les ordres, de tous les états, & de toutes les commu-
» nautés du royaume.

» Quand il rapporte quelque arrêt, il fait connoître
» les motifs, auffi bien que les circonftances effentielles
» qui ont déterminé les juges à le rendre. Enfin il indi-
» que non-feulement fur chaque matiere principale les
» édits & déclarations qui peuvent y fervir de régle-
» mens, mais il marque auffi leurs révocations ou leurs

» rétablissemens pour que l'auteur ne soit pas exposé à
» tomber dans des erreurs grossieres.

» Il seroit cependant à souhaiter, ajoute le même cri-
» tique, que les extraits que M. Brillon fait des auteurs,
» eussent été mieux vérifiés, de même que les citations;
» que les renvois fussent moins fréquens, & que l'auteur
» eût supprimé quantité de réflexions qui paroissent fort
» déplacées.

Cet ouvrage parut d'abord en trois volumes *in-folio*,
& fut ensuite augmenté de trois autres volumes.

M. Brillon mourut le 29 Juillet 1736, âgé de soixante-
cinq ans, & fut inhumé dans l'église de S. Gervais. Une
grande pureté de mœurs, une piété solide, un généreux désintéressement, une charité tendre & compatissante envers les pauvres furent pendant toute sa vie ses
vertus caractéristiques. Eloigné de tout détour, de toute
dissimulation, de tout artifice, il se fit admirer par une
candeur, & par une franchise qu'il porta peut-être un
peu trop loin.

COURTES NOTICES

SUR UN GRAND NOMBRE

DE CÉLEBRES JURISCONSULTES.

LEs recherches que nous avons faites, quelques exactes & quelques longues qu'elles ayent été, n'ayant pu nous procurer tous les éclairciſſemens que nous aurions pû déſirer, nous nous voyons obligés de nous en tenir aux courtes notices qui nous ont été communiquées par un des premiers avocats du parlement de Paris *, l'une des plus grandes lumieres du barreau, & honoré de l'eſtime & de la confiance des premiers magiſtrats. Nous aurions voulu que ces notices euſſent pû s'étendre à tous les grands hommes qui auroient mérité de trouver place dans ces éloges ; mais combien dont on ne connoît plus que les noms, ou qui font tout au plus connus par leurs ouvrages ſans qu'on ſçache aucune particularité de leur vie !

℣ M. Prevôt.

SENTIMENS

SENTIMENS DE M. POCQUET,

Profeſſeur de Droit à Angers, ſur quelques célebres Avocats qui ſe ſont diſtingués dans le barreau ſur la fin du dernier ſiecle.

RENÉ PAGEAU.

Onſieur Pageau a une éloquence naturelle qui plaît d'autant plus qu'il y paroît moins d'art ; une facilité d'eſprit merveilleuſe pour tourner bien un fait, & une heureuſe abondance de paroles & de raiſons dont la douceur & la force charme & enleve l'auditeur. Son diſcours eſt net, fluide & inſinuant, il emprunte peu d'ornemens des auteurs anciens, tout paroît de ſon fond ; & s'il ſe ſert quelquefois des penſées des autres, il ſçait ſi bien ſe les approprier qu'on ne les reconnoît plus. Il évite avec ſoin toute façon de parler faſtueuſe & ampoulée, & tout ornement recherché ; il eſt égal dans ſon ſtyle, modeſte dans les figures & juſte dans les penſées.

On peut faire de cet orateur & de M. de Fourcroy la même comparaiſon que l'on faiſoit de Démoſthene & de Ciceron ; M. de Fourcroy par la force de ſon raiſonnement, & par la véhémence de ſon diſcours emporte & enleve l'eſprit de ſes auditeurs, ſemblable à un torrent qui entraîne tout ce qu'il rencontre & que rien ne peut arrêter ; M. Pageau au contraire eſt comme un fleuve tranquille, qui renfermé dans ſon lit & roulant doucement, porte la fécondité dans les campagnes voi-

<table><tr><td>Tome I.</td><td align="right">L 3</td></tr></table>

fines , & réjouit les habitans qui font fur fes bords. Il s'infinüe dans les efprits par la douceur de fon ftyle , & les charme par la netteté de fon raifonnement , & divertit les juges en les enfeignant. Il fe renferme dans les bornes de la droite raifon, il s'éleve fans emportement, & s'abbaiffe fans perdre fa dignité. Cette grande uniformité de ftyle n'empêche pas qu'il ne foit pathétique, il fçait émouvoir les paffions à propos, & il fe rend maître des affections d'autant plus facilement que fon artifice eft caché, & qu'on eft moins préparé à s'en défendre. On peut ajouter à cela une prononciation agréable, un gefte libre , naturel & engageant qui prévient les auditeurs en fa faveur, avant qu'il ait ouvert la bouche pour parler.

S'il a les qualités propres pour le barreau, il a encore celles qui font néceffaires dans la fociété civile. Il eft obligeant, facile, enjoué au milieu des plus grandes affaires, galand avec les femmes, agréable avec fes amis, il aime le plaifir & la joïe, leur donnant tout le tems qu'il peut dérober à fes affaires, & y contribuant plus qu'aucun autre. Il eft tel enfin qu'on peut l'imiter, & dans fa vie privée, & dans fes actions publiques ; plus heureux & plus grand peut-être par fes vertus domeftiques que par la gloire qu'il s'eft acquife dans le barreau.

Cet orateur eft mort le 7 Juillet 1683 dans un âge peu avancé.

AUGUSTIN DES HAGUAIS.

AUGUSTIN DES HAGUAIS, d'une honnête famille de Caen, célebre avocat au parlement de Paris, plaida sa premiere cause à l'âge de dix-huit ans. Il a joint à la science du palais une grande connoissance des belles-lettres, & en particulier de la poësie ; il s'en aide fort à propos & avec beaucoup de justesse. Son style est pur, net & fleury, il y a beaucoup d'imagination dans toutes ses pieces, son expression est élégante, & il tourne une raillerie fort ingénieusement ; il a d'ailleurs de la force & de la solidité, & toujours beaucoup d'élévation ; son éloquence & sa grande habileté dans les affaires lui obtinrent un brevet de conseiller d'état. Il mourut à Paris en 1666, âgé de soixante-trois ans.

POUCET DE MONTAUBAN.

PEu de personnes ont reçu de la nature les qualités qui sont propres à former un orateur dans l'excellence qu'il les a eües ; un esprit vif & pénétrant, une imagination féconde & ingénieuse, une mémoire heureuse ; il a cultivé ces talens par l'étude des belles-lettres & des sciences humaines. Dans son avénement au Palais il parut avec beaucoup d'élat, & fit plusieurs pieces qui lui attiroient l'estime & l'admiration de tout le monde. Il faut avouer qu'il réussit parfaitement dans les sujets susceptibles de déclamation. Depuis on a vu qu'il avoit plus de brillant que de solidité ; qu'il cherchoit plus

dans fes caufes à faire paroître fon efprit qu'à perfuader les juges ; & pour dire ce que j'en penfe, je me
fouviens d'en avoir été charmé quand je l'ai entendu
parler dans des fujets où il pouvoit donner l'effor à
fon imagination, & y mêler de la littérature, mais je
le trouve vuide & foible dans les queftions de droit &
de procédure. Il a quelquefois des faillies admirables,
& par un enchaînement de belles penfées, il tient l'efprit de l'auditeur dans une efpece d'extafe. D'ailleurs
il eft agréable avec fes amis, fa converfation eft fpirituelle & fçavante, quand on le met fur des matieres
d'érudition ; il a auffi un génie particulier pour la poëfie.

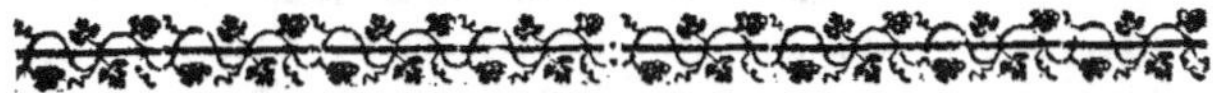

VAUTIER.

MOnfieur VAUTIER a l'efprit vif & pénétrant, la
conception heureufe, la mémoire fi admirable
que je l'ai vu fouvent plaider deux heures entieres fans
extrait ni mémoire ; fes narrations font pompeufes, fes
peroraifons véhémentes, & tout fon difcours eft par-
femé de fleurs, & particulierement d'hyperboles & de
métaphores qui font fes figures favorites. Son expreffion eft riche & fon ftyle eft élevé ; mais avec tout cela
il faut avouer que fouvent l'on y remarque une inégalité prodigieufe. Ses divifions font ingénieufes & éclairciffent les affaires les plus embarraffées, mais elles font
trop fréquentes ; la bonne opinion qu'il a de lui-même
fe fait trop fentir dans toutes fes pieces ; fes exordes
font fouvent trop recherchées, & toujours trop remplies de confiance & de préfomption. On peut dire de
lui ce qu'on difoit autrefois de *Caffius Severus*, qu'il
parle mieux fur le champ qu'après une longue préparation.

Il quitta le barreau pour prendre la charge d'inten-

dant de M. le prince de Monaco , & après dix ans d'abfence il reparut avec autant d'éclat que s'il eut toujours
continué à remplir les fonctions de fa premiere profeffion.

N I V E L L E.

N I V E L L E a du génie & du bon fens ; il y a beaucoup de clarté & de netteté dans fes difcours &
une grande force dans fes raifons ; il fçait bien débrouiller une procédure embarraffée & un fait intrigué.
Il a l'action belle, la voix forte, le gefte libre ; il dé-
clame avec chaleur, fait bien le choix des raifons ; il
les débite avec beaucoup d'ordre & de vigueur : ce
qu'on peut dire contre lui , c'eft que dans les endroits préparés fon ftyle eft trop empoulé.

L E V E R I E R.

I L eft fçavant & ingénieux ; il fçait donner un tour
avantageux à fes caufes, il fait bien valoir ce qui eft
en fa faveur ; pallie & détourne adroitement ce qui lui
eft contraire ; il y a beaucoup de chaleur dans fon action,
il invente heureufement ; & lorfqu'il fe défie de la force
de fes preuves ; il les entaffe l'une fur l'autre avec tant
de rapidité, que s'il n'emporte pas les efprits par la folidité de fes argumens, il les acccable par le grand nombre.

N O U E T.

NOUET sçait se renfermer dans sa matiere, & cherche plutôt à instruire qu'à plaire. Il est sçavant dans le droit romain & coûtumier, & il entend encore mieux les matieres ecclésiastiques & bénéficiales. Il plaide nettement & solidement, mais avec peu d'agrément ; l'accent de sa province qu'il a retenu tout entier rend sa prononciation désagréable.

S A C H O T.

IL est universel, très-versé dans le droit-civil & canonique, habile dans la coûtume & dans les matieres bénéficiales ; il sçait parfaitement le grec & le latin, & a une grande connoissance des auteurs de l'une & de l'autre langue. Son érudition est soutenüe par de grandes ouvertures d'esprit ; il ne plaide cependant pas bien : son style est dur, ses discours sont sans construction & sans ordre, parce qu'il apporte peu de préparations dans la plûpart des causes dont il est chargé.

DE GAUMONT.

Monsieur DE GAUMONT, diftingué par fon éloquence & fon érudition, a un efprit folide, vif & pénétrant. Il a été fort employé dans le barreau, mais il fut obligé de le quitter à caufe de la foibleffe que lui avoit laiffée une grande maladie. Il reprit pourtant fes fonctions d'avocat fous M. le premier préfident de Lamoignon qui l'honoroit de fon amitié; enfin il a de la peine à fuffire à fes emplois dans le palais & ailleurs. Il eft en grande confidération auprès des perfonnes du plus haut rang.

EXTRAITS COMMUNIQUÉS*.

GASPARD THAUMAS
DE LA THAUMASIERE.

Gaspard Thaumas de la Thaumasiere, ecuyer, feigneur de Serifay, d'Arcayde, Puy-Ferrand, vicomte de l'Eftens, né à Bourges en 1649, mérite de tenir un rang diftingué parmi les plus célebres jurifconfultes pour les excellentes notes qu'il a laiffées fur la coûtume de Berry. Les fçavans auteurs de la bibliotheque des coûtumes s'expriment ainfi en parlant de

* Par M. Prevôt.

celle de Berry. » La compilation que M. de la Thau-
» mafiere a donnée des chartes & coûtumes de Berry
» avec d'excellens commentaires ne laiffent plus rien à
» défirer pour l'hiftoire & l'intelligence des mêmes coû-
» tumes. Il feroit à fouhaiter (difent auffi ces auteurs)
» que dans chaque pays il fe trouvât quelqu'un qui fût
» animé du même zele qu'eut M. de la Thaumafiere
» pour fa patrie. La prompte recherche que l'on feroit
» comme lui de toutes les pieces, mettroit en état de don-
» ner bientôt le nouveau coûtumier général, & de voir
» cette grande compilation portée à un tel point de
» perfection, qu'il ne fût prefque pas poffible de crain-
» dre qu'on y eût rien omis.

On a encore du même écrivain une hiftoire de Berry,
en douze livres, où il éclaircit avec beaucoup d'exactitude & de méthode l'hiftoire tant eccléfiaftique que
politique de cette province ; M. de la Thaumafiere mourut en 1712, âgé de foixante-trois ans.

JULIEN BRODEAU.

JULIEN BRODEAU, fils de François Brodeau,
doyen des avocats du parlement de Paris, a donné
de fçavans & amples commentaires fur les arrêts de
M. Louet, confeiller au même parlement. On a auffi
de lui une vie du célebre Charles du Moulin ; il mourut en 1653.

ETIENNE

ETIENNE BARDET.

ETIENNE BARDET, reçu avocat le 17 Avril 1617, né le 15 Décembre 1591, & mort le 20 Septembre 1685 à Moulins en Bourbonnois sa patrie, où il s'étoit retiré, est l'auteur d'un recueil d'arrêts rendus à l'audiance du parlement de Paris depuis le 26 Mai 1617 jusqu'au 11 Août 1642. Ils ont été donnés au public en 1690 par Claude Beroyer célebre avocat.

MARTIN HUSSON.

MARTIN HUSSON, reçu avocat le 33 Novembre 1643, mort le 6 du même mois 1695, a publié un célebre Factum touchant les affaires domaniales qu'on regarde comme un trésor de science sur ces matieres, il y a aussi de lui un excellent ouvrage touchant les avocats, intitulé *de Advocato*. Peu de personnes de sa profession qui ayent été plus employées que lui dans les consultations.

CLAUDE JOLY.

CLAUDE JOLY, chantre & official de l'église de Paris, mort doyen des avocats le 12 Janvier 1700, étoit fils de Guillaume Joly avocat, & de Marie Loyfel, fille d'Antoine Loyfel avocat au Parlement, & de Marie Goullas. Il a donné au public les opufcules d'Antoine Loyfel fon ayeul maternel avec le dialogue des avocats, riche fource où l'on peut trouver bien des indications fur ceux qui ont compofé le barreau du parlement de Paris.

JEAN-FRANÇOIS DES HAGUAIS.

JEAN-FRANÇOIS DES HAGUAIS, fils d'Auguftin des Haguais dont nous avons parlé, eut d'admirables talens pour la compofition, & fut fort employé dans les affaires publiques par feu M. Phelypeaux de Pontchartrain, lorfqu'il étoit contrôleur-général avant d'être chancelier de France. Il étoit né le 28 Décembre 1638, & fut reçu avocat le 11 Août 1656.

CHARLES BARRIN DE LA GALLISSONIERE.

CHARLES BARRIN DE LA GALLISSONIERE, iffu d'une noble & ancienne famille de Bretagne fort diftinguée dans la robe, fut reçu avocat le 6 Juillet

1666 , & fubftitut du procureur-général le 5 Janvier 1667. On doit aux immenfes recherches qu'il avoit faites dans les regiftres du parlement , la connoiffance d'une grande quantité d'arrêts & de réglemens.

OMER TALON.

OMER TALON II du nom , fils d'Omer Talon avocat au parlement de Paris, & confeiller d'Etat , obtint en 1632 la charge d'avocat général , par la démiffion de Jacques Talon fon frere aîné. Autant diftingué par l'éminence de fes vertus , que par la fupériorité de fes talens, il fut confidéré comme un des plus grands magiftrats de fon fiécle ; il fit briller tant de zele pour le bien public, tant de défintéreffement & tant de probité , que ceux mêmes dont fa droiture traverfoit les deffeins ambitieux , ne purent lui refufer leur eftime ; & dans les affaires des particuliers, la fageffe & l'équité de fes décifions, le firent regarder avec juftice comme l'oracle du barreau. Il mourut en 1652.

DENIS TALON.

DENIS TALON fon fils , l'héritier de fes vertus & de fes talens, & fon fucceffeur dans la charge d'avocat-général , s'eft fignalé par un long exercice de cette charge , notamment par un très - ample & trèsdocte réquifitoire contre une thefe de Gabriel Drouet de Villeneuve , & une autre inférée dans un arrêt du 29 Juillet 1665 , contre des furprifes pratiquées à Rome

au préjudice de la doctrine foutenuë par l'églife Gallicane, conformément aux traditions de l'églife univerfelle. Il y a auffi des réquifitoires faits par lui en
1688, au fujet des excommunications lancées à l'occafion des franchifes des hôtels des ambaffadeurs de France
à Rome. Y ayant eu un édit de Novembre 1690,
portant création de plufieurs charges au parlement de
Paris, entr'autres de deux de préfidens à mortier, il
fe démit de fa charge d'avocat-général pour prendre
une des charges de préfident où il fut reçu le 10 Janvier 1691. Sa mort arriva en 1698 ; Omer Talon fon
fils, marquis du Boulay, fut colonel du régiment d'Or-
leanois, & mourut en 1709.

Fin du troifiéme Livre.

DISCOURS

SUR

LES PROGRÈS DE L'HISTOIRE

SOUS LE REGNE

DE LOUIS XIV.

'HISTOIRE n'est pas seulement la science des tems, elle est encore celle de tous les hommes. N'est-ce pas elle en effet qui nous fait connoître ce qui s'est fait dans notre propre patrie & dans toutes les autres parties de l'univers ? Cependant quoique nécessaire pour l'instruction, il s'en faut bien qu'elle ait toujours été traitée sur les mèmes principes. Sans remonter aux anciens tems qui nous présentent d'excellens modeles, sans rechercher ce qui s'est fait par les différens peuples, fixons-nous à ce que nous connoissons de notre propre histoire & de nos auteurs.

Une sage curiosité nous a de tout tems porté à nous instruire de ce qui étoit arrivé à nos ancètres ; & cette curiosité a

Mémoires communiqués par M. l'abbé Lenglet du Fresnoi.
Tome I. Liv. IV. Pag. 460.

sa source ou dans notre amour propre, ou dans une louable émulation. L'histoire bien faite nous donne des exemples des plus belles actions en tout genre, & nous avertit même de tendre, s'il est possible, à une plus grande perfection, ou du moins à ne pas dégénérer de la vertu de nos peres. Si c'est là le but de l'histoire, comme nous ne pouvons en douter, il faut convenir que les écrivains n'ont pas toujours réussi à faire naître en nous ces justes & sages idées.

Notre premier historien Gregoire de Tours ne peut gueres servir aujourd'hui que pour des discussions historiques, & peu pour l'instruction. Les écrivains qui sont venus après lui, ne nous ont laissé que de stériles chroniques. Contens de nous montrer l'écorce des grandes actions qu'ils décrivent, ils ne nous en font connoître ni le fond, ni les ressorts ; aussi ne les connoissoient-ils pas eux-mêmes : ajoûtons qu'ils mêloient souvent la fable avec la vérité, & que quelquefois le faux l'emportoit dans leur esprit sur le vrai ; ainsi ce n'est que par des examens critiques & réitérés, que les sçavans peuvent s'assurer des faits historiques répandus dans les écrits de ces anciens auteurs ; ce qui ne peut être contesté, c'est que l'on y trouve beaucoup de matieres pour exercer & souvent pour embarrasser l'esprit, & fort peu pour satisfaire l'imagination & pour former le cœur. C'est de cette maniere qu'ont été faites les Chroniques de saint Denis, la mer des histoires, & les Annales de Nicolas Gilles. Belleforets & Chapuy n'ont pas rémédié par leur examen & leurs continuations aux défauts essentiels de ce dernier écrivain.

L'Histoire des neuf Charles par Belleforets, qui devroit être traitée d'une maniere plus exacte, n'est pas exempte des défauts de son siécle ; il ne s'est pas toujours assez attaché au vrai, & n'a point fait assez connoître l'homme dans les princes dont il écrivoit l'histoire.

Robert Guoguin, Paul Emile & Papire Masson présentent plutôt des squelettes que des corps d'histoire, où l'on n'appuie point assez sur les grands événemens. Ils y sont

*décharnés & privés de leur véritable subftance, & ne décla-
rent pas les vrais motifs des mouvemens d'Etat. Du Tillet
ne laiffa pas de publier dans ce fiécle fes Mémoires où l'on
trouve les véritables fecours qui peuvent fervir à faire connoître tant l'exactitude des dates qui étoient fort négligées,
que les principes du droit public de la nation. Il avoit tiré
du tréfor des chartes de nos rois des vérités dont on tarda
trop à faire ufage. On doit être étonné que du Haillant &
de Serres qui ont écrit après cet habile homme, ayent négligé
de profiter de fes travaux.*

*Ce que nous venons de marquer regarde nos hiftoires géné-
rales ; mais s'il faut remonter aux hiftoires particulieres ; que
de différens caracteres, que d'inégalités ne remarquons-nous
pas dans nos hiftoriens ! Ceux qui inftruifent ne le font que
bien foiblement ; & cependant bornés à un fujet unique, n'auroient-ils pas dû le mieux pénétrer, & ne leur eût-il pas été
facile de le mieux approfondir ?*

*Eginhard qui a donné la vie de l'empereur Charlemagne
auquel il étoit attaché, ne l'a point montré de tous les côtés.
Il écrit en domeftique & non en miniftre. Il a peint l'extérieur de la conduite, fans trop s'embarraffer de l'intérieur d'un
prince qu'il pouvoit mieux repréfenter que perfonne ; & c'eft
précifément cet intérieur, ce font ces vûes fecrettes, ce portrait
de l'ame, qui intéreffent particuliérement la curiofité du lecteur ;
auffi eft-on obligé d'affocier à cet écrivain plufieurs autres
chroniques pour mieux connoître la vie d'un héros que l'on
a toujours propofé à fes fucceffeurs, comme un des plus parfaits
modéles.*

*Le fire de Joinville dans l'hiftoire du roi S. Louis donne
un journal fait avec cette belle & noble ingénuité, qui cara-
ctérife la fimplicité de fon fiécle, & qui fait honneur au
prince dont il dévelope les actions.*

*Froiffart a eu moins d'égard à la vérité, qu'aux penfions
qu'il recevoit des Anglois qui font fes héros ; & qui ne fçait
qu'un héros qui paye, & qui paye auffi-bien que l'a fait*

dans tous les tems la *Nation Britannique* , eſt toujours celui
qui l'emporte dans l'eſprit de bien des écrivains ?

*L'Hiſtoire de Charles V I compoſée par les ordres dès
Abbés de Saint-Denis* Gui de Monceaux *&* Philippe de
Villette *nous préſente un tems rempli de troubles. On y trouve
des faits touchans , expoſés dans un détail très-curieux ; mais
il eſt fâcheux qu'un regne auſſi intéreſſant n'ait pas été écrit
par un homme de la Cour , & qu'il ait fallu en aller chercher
l'hiſtorien dans l'obſcurité d'un cloître.*

Monſtrelet *continuateur de Froiſſart , donne quelque choſe
de plus qu'une chronique , & quelque choſe de moins qu'une
hiſtoire. Il a ſoin de rapporter quelques piéces utiles , ſans
même oublier des ſermons & des diſcuſſions théologiques ; mais
ce n'eſt point encore une hiſtoire.*

Philippe de Commines *fait en habile écrivain l'hiſtoire d'un
roi qui n'a pas eu moins de vices que de vertus. Il laiſſe
ſagement entrevoir ces défauts , & paroît touché de ne pas
trouver dans ſon héros plus d'actions louables. Il dévoile
néanmoins avec prudence l'intérieur d'un prince , qui avoit
quelques-unes des parties qui font les grands rois , & pluſieurs de ces vices , qui décrient les particuliers ; mais ce ne
ſont que de ſimples mémoires de ce qu'il avoit vû. Il ſeroit
cependant à ſouhaiter que nous euſſions un corps d'hiſtoire
générale écrite avec autant de ſens & de raiſon , mais avec
moins de digreſſions morales.*

La Popeliniere *qui étoit de la nouvelle communion , n'a
pû s'empêcher de témoigner l'excès de ſon penchant vers un
parti qui prenoit trop ſouvent les armes , moins pour ſe défendre ,
que pour attaquer ; & par-là il manque à l'équité dont l'hiſtorien ne doit jamais ſe départir.*

D'Aubigné *dont l'hiſtoire s'étend depuis* 1550 *juſqu'en*
1601, *s'eſt diſtingué de nos autres hiſtoriens par un eſprit
de ſatyre qu'il a répandu ſur tout ce qui eſt ſorti de ſa plume.
S'il s'en étoit tenu aux détails de la guerre , il auroit acquis
l'eſtime de la nation : en faveur des choſes on lui auroit*

passé un style peu naturel ; mais il n'a pu se contenir dans les bornes de l'historien, & s'est jetté dans des indécences qui engagèrent le parlement à faire brûler publiquement son histoire.

Davila, *tout étranger qu'il nous étoit, s'est renfermé dans des bornes plus sages ; & dans tout ce qu'il a donné sur nos guerres civiles du XVI siècle, il a peint les hommes par leurs actions, & c'est un moyen sûr de les faire connoître ; mais comme il ignoroit souvent le secret & l'intérieur des chefs de chaque parti, il leur a prêté sa politique, & les a fait penser, comme il auroit pensé lui-même, dans les conjonctures où il les trouve, & dans la situation où il les met.*

Pierre Matthieu *qui s'étend depuis le regne de François I jusqu'au siège de Montauban sous Louis XIII, a sçû répandre un grand intérèt dans son histoire. Il y a des endroits extrémement curieux, & quelques-uns sur lesquels le roi Henri IV lui-même n'avoit pas dédaigné d'instruire cet écrivain. Il ne pousse point la politique à bout ; il se contente de la laisser entrevoir dans les marges de son histoire, & laisse au lecteur le plaisir d'approfondir ce qui ne lui est qu'indiqué. Le style de cet historien est simple & uni ; mais on ne peut nier qu'il ne soit trop diffus.*

On ne commence donc à trouver le vrai dégagé de tout intérèt, que dans la belle histoire de M. de Thou. Il sçait placer dans leur jour les princes & les princesses ; il les montre tels qu'ils sont, & par-là il fait connoître ce qu'ils devoient être : il distingue les vües secrettes de chaque parti. Depuis la mort de cet habile homme nous avons recouvré bien des monumens qui lui étoient inconnus, & qui donneroient un nouveau lustre à son histoire.

Que de peine n'avons-nous pas eu depuis à retrouver un écrivain qui nous empêchât de regretter cet excellent homme ! On voit dans les Mémoires de Charles IX, dans ceux de la Ligue, de Villeroy, de Duplessis-Mornay, & dans les

*Mercures des matériaux informes qu'il faut sçavoir mettre
en œuvre ; ce sont des marbres précieux, mais qu'on doit
tailler avec de justes proportions.*

*Brantome n'a que des morceaux détachés. Il peint un
peu trop naïvement l'intérieur de l'humanité : il représente
d'une maniere séduisante des vices pour lesquels l'homme n'a
que trop de penchant.*

*Grammond dans la continuation de M. de Thou, &
Bernard dans l'histoire de Louis XIII, ont fait peu d'honneur à leur nom. Ils n'avoient d'estimable que leur zéle :
ils ont compté sur leur bonne volonté, & ont négligé de faire
attention à la portée de leurs lumieres & de leur esprit.*

*Dès qu'on avance vers le regne de Louis XIV, on
voit les talens se déveloper : on remarque leur progrès sensible, & on les voit enfin se perfectionner. Sous ce grand
prince paroissent les Godefroy, Theodore, Denis & Jean,
pere, fils & petit-fils, si habiles & si versés dans la recherche & la publication des précieux monumens de notre histoire. Vignier, L'Abbe & le Laboureur se sont distingués par
une sage critique sans laquelle l'habile historien ne peut espérer
d'atteindre à des vérités certaines. Le Cointe, les Valois, &
les Sainte-Marthe sont allé plus loin, & ont enchéri sur ce
que les premiers n'avoient qu'ébauché.*

*Enfin du Fourny, les P P. Ange & Simplicien Augustins,
MM. de Tillemont, de Vertot, Baillet, de Longuerüe, &
D. Jean Mabillon ont porté l'art de la critique en histoire
aussi loin qu'elle pouvoit aller, sans néanmoins donner dans
un excès dangereux, qui sentiroit plutôt l'homme inquiet &
chagrin, que le véritable historien. Tels ont été les trois degrés
qu'on peut remarquer dans la maniere dont on a traité les
matieres historiques sous le regne de Louis le Grand.*

*Scipion Dupleix, Mezerai, & le P. Anselme se sont
formés sur le premier état de cette critique ; aussi l'on reconnoît aisément que leurs ouvrages sont susceptibles d'une plus
grande exactitude. Godeau, Cordemoi, Maimbourg &*

Varillas ont plus de perfection : les deux premiers pour le fond des choses, & les deux autres pour la maniere d'écrire dans le genre historique. Ils ont travaillé conformément au second âge de notre critique, qui cependant n'étoit pas encore arrivée à son période ; aussi trouve-t-on qu'il manque quelque chose à l'excellence de leur travail. Mais c'est au troisiéme âge si exact, si lumineux, qu'il faut rapporter cette précision qu'on admire dans Godefroi Hermant, Tillemont, l'abbé le Grand, Baillet, Pagi, D. Mabillon pour l'examen & la discussion des vérités historiques ; au lieu que les abbés de Vertot, Fleury, & de Choisi ont brillé par leur maniere d'écrire convenable au genre qu'ils s'étoient proposé d'entreprendre. Mais on doit distinguer les PP. d'Orléans & Daniel qui l'ont emporté sur tous les autres par l'élégance de la narration, & par le soin qu'ils ont eu de ne rien dire qu'à propos. L'histoire de ce dernier, quoiqu'exacte, quoique frappée au véritable coin, ne laisse pas de repasser aujourd'hui sous les yeux d'un homme habile, (le P. Griffet Jésuite) qui lui donne le degré de perfection qu'on avoit lieu d'attendre du premier auteur.

Cette critique épurée, ce goût exquis ne s'est pas borné à notre seule histoire : il s'est encore étendu sur celle de nos voisins. C'est ce qui nous a produit l'histoire de Henri VII, & celle du cardinal Ximenès par Marsolier (a), celle du Portugal par le Quien de la Neuville, des Révolutions de Suéde par de Vertot, de la Ligue de Cambrai par

(a) Jacques Marsolier Chanoine Régulier de Sainte Genevieve, puis Prevôt, & ensuite Archidiacre d'Uzès, né à Paris en 1647 d'une bonne famille de Robe, mourut à Uzès le 30 Août 1724 dans sa soixante-dix-huitiéme année. Il nous a donné une Histoire de l'Inquisition & de son origine, la Vie de S. François de Sales, cel'e de D. Armand-Jean le Bouthilier de Rancé, un Traité du mépris du monde, une Apologie d'Erasme, la Vie de Madame de Chantal Fondatrice de l'Ordre de la Visitation, l'Histoire de Henri de la Tour d'Auvergne Duc de Bouillon, & des Entretiens sur les devoirs de la vie civile, & sur plusieurs points de morale.

l'abbé du Bos (a), *& beaucoup d'autres qui ne font pas moins inftructives.*

(*a*) Jean-Baptifte du Bos Sécretaire, & l'un des Quarante de l'Académie Françoife, naquit à Beauvais en 1670 de Claude du Bos, Marchand, Bourgeois & Echevin de cette Ville. Diftingué par le talent particulier qu'il avoit pour réuffir dans les négociations les plus importantes où il fut employé pendant une longue fuite d'années, il ne le fut pas moins par l'étendüe & la variété de fon érudition. Il mourut à Paris, le 23 Mars 1742. Ses principaux ouvrages font l'Hiftoire des quatre Gordiens, prouvée par les médailles, une critique de l'Hiftoire des grands chemins de Bergier, les Intérêts de l'Angleterre mal entendus dans la guerre préfente, des Réflexions critiques fur la poëfie & la peinture, l'Hiftoire de la Ligue de Cambrai, & une Hiftoire critique de l'établiffement de la Monarchie Françoife dans les Gaules.

HISTOIRE LITTERAIRE
DU REGNE
DE
LOUIS XIV.

ÉLOGES HISTORIQUES
Des plus célebres Historiens.

LIVRE QUATRIEME.
THEODORE GODEFROY
ET
DENIS GODEFROY.

THEODORE GODEFROY.

NOUS donnerons de suite la vie de ces deux grands hommes, qui tous les deux ont fourni avec le même éclat la même carriere.

THEODORE GODEFROY issu d'une noble & ancienne famille, alliée à celles de Harlai, de Thou & de Faucher, naquit à Geneve le

17 Juillet 1580 , de Denis Godefroy & de Denyse de Saint-Yon.

M. son pere, pour se dérober aux troubles qui agitoient la France, se retira en Allemagne , où il remplit avec distinction une chaire de professeur en droit à Heydelberg & à Strasbourg. Il mourut dans cette derniere ville le 7 Septembre 1622, âgé de soixante-treize ans. Le plus considérable de ses ouvrages est son corps de droit avec des notes, estimées comme un chef-d'œuvre à cause de la précision , de la clarté & de la profonde érudition qui s'y fait par-tout remarquer.

Son fils le célebre Theodore Godefroy, se fit un plus grand nom encore dans la république des lettres. Après avoir commencé ses études à Geneve , il vint les achever à Strasbourg , où son pere avoit été appellé en 1591 pour y remplir une chaire de professeur en droit.

Agé de vingt-deux ans il vint à Paris , & s'y fit bientôt connoître par la beauté de son génie & par son érudition. Un des motifs qui l'avoit amené en France , étoit le désir qu'il avoit d'éclaircir les doutes qui l'inquiétoient au sujet de la religion qu'il professoit, & dans laquelle il avoit été élevé par ses parens. Quelques conférences qu'il eut avec des théologiens habiles , suffirent pour le détromper de ses erreurs , & le déterminerent à rentrer dans le sein de l'église.

Cette premiere démarche faite, il commença à ne plus s'occuper que de l'étude , qui pendant toute sa vie fit ses plus cheres délices. Habile dans la science du droit , il se fit recevoir avocat au parlément , sans cependant qu'il eût dessein de suivre le barreau. Son application à l'histoire, & principalement à celle de France, avoit pour lui trop d'attrait, pour qu'il ne lui consacrât pas tous ses momens.

Le premier fruit de son travail fut la généalogie des rois de Portugal issus en ligne directe masculine

de la maison de France, que M. Godefroy fit paroître en 1610; & trois ans après, il publia les mémoires touchant la préféance des rois de France sur les
rois d'Espagne, ouvrage qui valut à l'auteur une pension de six cens livres, & qui lui mérita d'être choisi
peu de tems après pour travailler avec le célebre Pierre
Dupuy à l'inventaire du trésor des chartes.

Ce nouveau travail ne l'empêcha pas de donner successivement divers ouvrages, qui tous furent reçus avec
une approbation générale. Tels sont son histoire de
Charles VI, celle de Louis XII, de Charles VIII, d'Ar-
tus III, duc de Bretagne, du maréchal de Boucicaut,
du chevalier Bayard, le cérémonial de France, la généalogie des ducs de Lorraine, & celle des comtes & ducs
de Bar, un traité de la véritable origine de la maison d'Autriche, contre l'opinion de ceux qui la font
descendre en ligne masculine des rois de France de la
race Mérovingienne. Le titre d'historiographe du roi,
avec une pension de trois mille six cens livres dont M.
Godefroy fut honoré par des lettres-patentes données
en 1632, fut la récompense de tant d'excellentes productions.

De nouveaux bienfaits accompagnés de nouvelles
marques de distinction, furent pour ce grand homme
un motif de redoublement de zele pour la gloire &
les intérêts de l'Etat. Choisi en 1634 pour remplir une
charge de conseiller au conseil souverain de Nanci, il
fut commis la même année pour travailler à l'inventaire des titres de Lorraine; & deux années après, il
fut destiné à aller à Cologne, où les ministres des puissances belligérantes étoient assemblés pour y traiter de
la paix. Le congrès ayant été transféré à Munster, M.
Godefroy y fut envoyé en 1643, & fut élevé la même
année à la dignité de conseiller d'état.

Versé autant qu'il l'étoit dans la connoissance des
droits de la France, il eut la gloire de la servir si utilement, qu'après la paix conclüe en 1648, l'on crut

devoir le laiſſer à Munſter pour y veiller aux intérêts du roi ; mais ce fut là un emploi glorieux qu'il ne remplit pas long-tems. Il mourut dans cette même ville le 5 Octobre 1649, étant âgé de ſoixante-neuf ans.

Jacques Godefroi, le frere cadet de l'homme illuſtre dont nous venons de parler, ſe fixa à Geneve où il étoit né le 13 Septembre 1587, & y remplit pendant pluſieurs années avec diſtinction une charge de profeſſeur en droit ; ſon mérite l'éleva à la dignité de conſeiller de cette ville, & lui procura l'honneur d'être employé par la république en différentes négociations. Peu de ſçavans dont l'érudition ait été plus étendüe & plus variée, & ſurtout qui ayent pouſſé plus loin que lui la ſcience de la juriſprudence. Il mourut à Geneve le 24 Juin 1652, âgé de ſoixante-cinq ans. On lit ſur ſon tombeau l'épitaphe ſuivante ;

Jacobi Gothofredi J. C. v. Coſ. exuviæ hìc jacent, unàque jacent quæ patriæ, eccleſiæ, orbi litterato proximè deſtinabat complura, à vulgi erroribus, ab officiis nonnullorum, à præpoſtera demum quorumdam ambitione vindicata, dolenda jaſtura, ſed non ideo dolendus ipſe, qui cœleſti patriæ redditus, cœlitum albo conſcriptus, Dei, opt. max. aſpeſtu, proprià nunc felicitate fruitur, quam tot inter animi mœrores, corporis languores, ſtudiorum labores, negotiorum molem, ſpei plenus, fidei certus, chriſti charitate circumamictus, animo ſemper præcepit vivus, vivus & ipſe ſibi H. T. P.

DENIS

DENIS GODEFROI.

DENIS GODEFROI, hiſtoriographe du roi, non moins célebre par ſon érudition que l'illuſtre Théodore Godefroi ſon pere, naquit à Paris le 24 Août 1615. Une grande facilité de génie, une mémoire merveilleuſe, une extrême avidité de ſçavoir le diſtinguerent dans tout le cours de ſes études; il les eut à peine achevées, qu'il ne s'occupa plus que de l'hiſtoire, & en particulier de celle de ſa patrie, dont il acquit une ſi parfaite connoiſſance que n'étant encore âgé que de vingt-cinq ans il fut honoré du titre d'hiſtoriographe de Sa Majeſté. Aux gages attachés à cette charge, le roi ajouta une penſion de deux mille livres dont M. Godefroi fut gratifié en 1650.

L'année précédente il avoit donné une nouvelle édition du cérémonial de France, & il avoit mis la derniere main à un ouvrage commencé par M. ſon pere. Ce ſont les mémoires de Philippe de Comines contenant l'hiſtoire des rois Louis XI & Charles VIII depuis l'an 1464 juſqu'en 1498, revus & corrigés ſur divers manuſcrits.

A ces deux premiers ouvrages ſuccéda l'hiſtoire de Charles VI, augmentée par l'auteur de pluſieurs mémoires & traités qui n'avoient point encore été imprimés, & d'un grand nombre d'obſervations hiſtoriques & politiques.

Cinq années après, ſçavoir en 1658, M. Godefroi toujours occupé à faire des recherches qui puſſent ſervir à illuſtrer l'hiſtoire de ſa patrie fit paroître celle des connétables, des chanceliers & gardes des fceaux, des maréchaux, des amiraux, fur-intendans de la navigation, & généraux des galeres de France, des grands maîtres de la maifon du roi & des prevôts de Paris.

Nous avons encore de ce célebre écrivain une hiftoire de Charles VII avec des inftructions & mémoires pour fervir dans les négociations & affaires concernant les droits du roi que M. Godefroi compofa par ordre de M. le chancelier Seguier.

Il travailloit à donner une nouvelle édition de l'hifttoire de Charles VIII, enrichie de quantité de mémoires, de titres & de pieces hiftoriques qui n'avoient point encore été imprimées, lorfqu'il fut attaqué de la maladie dont il mourut le 9 Juin 1681 dans fa foixante-fixieme année. En 1668 il avoit été commis à la recherche des archives de la chambre des comptes de Lille, & en 1678 il avoit eu une pareille commiffion pour l'inventaire des titres du château de Gand.

SCIPION DUPLEIX.

SCIPION DUPLEIX, conseiller & avocat du roi
en la sénéchauffée de Gascogne & siege présidial
de Condom, maître des requêtes ordinaires de la reine
Margueritte, & historiographe de France, naquit à
Condom en 1569. Son pere originaire de Languedoc,
& qui étoit venu s'établir dans cette ville, avoit servi
avec distinction sous le maréchal de Montluc ; & s'étoit
surtout signalé pendant le siege de Castel – Jaloux qu'il
eut la gloire de secourir. Attaqué d'une maladie populaire il fut empoisonné aussi bien que son épouse par
un garçon apoticaire de la nouvelle religion en haine
des cruautés que les troupes commandées par le maréchal de Montluc avoient exercées contre les Religionnaires.

La perte que le jeune Dupleix fit de ses parens dans
un âge encore fort tendre n'empêcha pas qu'il ne con-
tinuât ses études avec succès ; & le goût qu'il eut de
bonne heure pour les sciences augmentoit chaque jour
à proportion des progrès qu'il y faisoit ; la beauté de
son esprit & son érudition lui firent bientôt un nom
dans le monde , & lui gagnerent en particulier l'estime
de la reine Margueritte. M. Dupleix remplissoit depuis
quelques années avec éclat la charge d'avocat du roi
dans le siege présidial de Condom , lorsque cette princesse lui fit l'honneur de l'amener avec elle à Paris ,
& bientôt après elle se l'attacha en qualité de maître
des requêtes de son hôtel. La vérité veut que nous

convenions qu'il s'en faut bien que M. Dupleix ait tou-
jous confervé toute la reconnoiffance que méritoient les
bontés de fa généreufe bienfaictrice.

Un des principaux motifs qui l'avoit amené à Paris
étoit l'efpérance d'y travailler avec fuccès à l'avancement de fa fortune ; & comme fes efpérances n'é-
toient fondées que fur la fécondité de fa plume il ne la
laiffât pas oifive longtems. Dès l'année 1602 il avoit
publié un ouvrage intitulé : les loix militaires, touchant
le duel, qui fut reçu affez favorablement du public
pour que l'auteur en donnât une feconde édition en
1611 ; un ouvrage plus confidérable l'occupa dès qu'il
fut arrivé à Paris. Il entreprit de donner en françois
un cours complet de philofophie ; comme c'étoit-là le
premier ouvrage qui eut paru en ce genre, l'édition
que l'on en fit fut promptement enlevée & fut fuivie
de plufieurs autres, dont l'une parut fous les aufpices
d'Antoine de Bourbon, comte de Moret, fils légitimé
du roi Henri IV, qui avoit confié à M. Dupleix l'éducation de ce jeune prince.

En 1619 parurent les mémoires des Gaules, à commencer depuis le déluge jufqu'à l'établiffement de la
monarchie françoife, avec l'état de l'églife & de l'empire
depuis la naiffance de Jefus-Chrift ; & c'eft-là de tous les
ouvrages que l'auteur a donné au public le plus généralement eftimé ; ce n'eft pas que comme tous les autres il ne foit écrit d'un ftyle foible & languiffant,
mais ce qui en fait le plus grand prix, ce font divers
recueils exacts & curieux fur tout ce qui concerne l'ancienne Gaule.

M. Dupleix fit réimprimer ces mêmes mémoires à la
tête de fon hiftoire générale de France, continuée
jufqu'à l'année 1645. Les critiques conviennent que ce
qui regarde les deux premieres races de nos rois eft
écrit avec affez d'exactitude ; mais il n'en eft pas de
même par rapport à la troifieme. » Il y a, dit l'abbé

» Lenglet, dans cette partie de l'hiſtoire des traits ſin-
» guliers, ſurtout par rappport aux déréglemens de la
» reine Margueritte, qu'il a dépeinte d'une maniere
» un peu trop vive, quoiqu'il eut une charge chez cette
» princeſſe ; mais il paroît qu'il avoit quelque ordre
» pour en parler comme il a fait. Il eſt extrêmement
» flatteur dans ſon hiſtoire de Louis XIII ; il fut vive-
» ment cenſuré par l'abbé de Mourgues & par le ma-
» réchal de Baſſompiere.

Ce dernier détenu à la baſtille profita de cette cir-
conſtance de tems pour faire quantité de remarques
judicieuſes ſur les vies des rois Henri IV & Louis XIII.
M. Dupleix répondit à cet écrit par un autre intitulé : *Philotime*, ou examen des notes d'Ariſtarque ſur
l'hiſtoire de Louis XIII. Mais ce qu'il y a de conſtant,
c'eſt qu'il ne pouvoit gueres ſe défendre plus mal ; &
il ne réuſſit pas mieux dans la diſpute qu'il eut à ſoutenir contre l'abbé de Mourgues. Celui-ci avoit fait
paroître un petit ouvrage qui avoit pour titre lumieres de l'hiſtoire de France, pour faire voir les calomnies & autres défauts de Scipion Dupleix. C'étoit-là
une déclaration de guerre en toutes les formes ; M.
Dupleix attaqué courut promptement aux armes,
& lâcha auſſitôt un écrit qu'il intitula, les lumieres de
M. de Mourgues pour l'hiſtoire de France éteintes ;
mais l'honneur du combat fut tout entier pour ſon
agreſſeur.

Son hiſtoire Romaine qu'il publia en 1638 n'eſſuyât
aucune critique, & fut même reçüe du public comme
un des meilleurs ouvrages de l'auteur. Sa fortune n'en
devint pas pour cela meilleure ; le titre d'hiſtoriographe de France fut tout le fruit qu'il recueillit de ſes
travaux littér aires. On prétend qu'il avoit auſſi été honoré du titre de conſeiller d'état, & qu'il en avoit
même exercé la charge ; mais cette marque de diſtinction ne lui procura pas plus de conſidération dans

ſa patrie, où il fut même vû d'aſſez mauvais œil, parce qu'on le ſoupçonnoit d'avoir conſeillé le démembre-
ment du préſidial de Condom en faveur de celui de
Nerac. Le fait eſt qu'il obtint de la cour la permiſſion
de vendre à ſon profit les trois premieres charges du
nouveau préſidial.

Retiré dans ſa province il y travailla pendant quinze
ans ſur les libertés de l'égliſe Gallicane, mais ce fut
inutilement qu'il ſollicita le privilege pour l'impreſſion
de cet ouvrage. Il eut même, dit M. Ancillon, le
chagrin d'apprendre que M. le chancelier Seguier avoit
ordonné que ce manuſcrit fut brulé en ſa préſence;
& c'eſt à la douleur que lui cauſa une ſi cruelle nouvelle, accablante pour un pere tendre, que le même
auteur attribüe la cauſe de ſa mort arrivée au mois
de Mars 1661 dans la quatre-vingt-douzieme année
de ſon âge.

JERÔME VIGNIER.

JERÔME VIGNIER, célebre pour avoir excellé dans un genre particulier de littérature, qui eſt la connoiſſance de l'origine des maiſons ſouveraines de l'Europe, naquit à Blois en 1606, de Nicolas Vignier, ſeigneur de la Motthe, & d'Olympe Belon ſon pere. Zélé Proteſtant & miniſtre de l'égliſe de Blois, il s'étoit fait un grand nom dans le parti, par deux ouvrages remplis de calomnies groſſieres contre l'égliſe romaine; l'une intitulé *Théâtre de l'Ante-Chriſt*, & l'autre qui a pour titre, diſſertation ſur *l'excommunication des Véni-tiens*, écrite contre le cardinal Baronius. Son épouſe auſſi attachée que lui aux erreurs dans leſquelles ils avoient été l'un & l'autre élevés, eut grand ſoin d'inſ-pirer les mêmes ſentimens à ſes enfans. Mais ſi elle réuſſit d'abord également par rapport à tous, le cadet Jerôme Vignier qu'elle aimoit tendrement ne répondit pas toujours à ſon attente.

La facilité de ſon génie lui fit faire de ſi rapides progrès dans ſes études, qu'à l'âge de ſeize ans il avoit déja prit ſes licences en droit, & il avoit même acquis quelque connoiſſance de l'écriture ſainte & des peres: ce fut à cette étude, continuée avec ardeur, qu'il dût les lumieres qui l'arracherent à l'erreur. Il tint cepen-dant ſa converſion ſecrette pendant quelque tems, & ne la déclara que lorſqu'il eût été pourvû de la charge de baillif de Baugency qu'il n'exerça que peu de tems, mais avec une intégrité, une droiture, &

un défintéreffement qui lui concilia une eftime générale.

Cependant animé du défir de fa perfection , il ne
s'en tint pas à la premiere démarche qu'il avoit faite
en rentrant dans le fein de l'églife. Réfolu de faire un
divorce éternel avec le monde , il refufa d'époufer une
demoifelle de la religion prétendüe-réformée à qui fon
pere vouloit le marier, & vint à Paris où il entra
chez les Chartreux. Ses forces ne répondirent point à
fa ferveur ; la délicateffe de fon tempérament ne pouvant s'accommoder des auftérités de ce nouvel état,
il fut obligé de le quitter , mais ce fut fans vouloir rentrer dans le monde. Après quelques réflexions fur l'état
de vie qu'il embrafferoit, il fe décida pour la congrégation de l'Oratoire où il fut reçu avec bien de l'empreffement par le cardinal de Berule qui l'honora bientôt
d'une eftime particuliere.

L'univerfalité de fon génie le fit briller dans tous
les emplois qui lui furent confiés , & il fe diftingua
furtout par un rare talent pour le gouvernement ; auffi
fut-il chargé fucceffivement de l'adminiftration des
maifons de Tours , de la Rochelle , de Lyon & de faint
Magloire.

Plein de l'efprit de fa vocation il travailla avec zéle
au falut des ames ; mais la converfion qui intéreffoit
le plus la bonté de fon cœur, c'étoit celle de fa famille;
pour laquelle il ne ceffoit d'adreffer au Ciel les vœux
les plus ardens ; & c'eft à la ferveur de fes prieres, autant qu'à fes touchantes exhortations, que l'on doit attribuer l'abjuration que fon pere fit de fes erreurs.

Si l'homme célebre dont nous parlons fe diftingua
par fa piété & fes vertus, il ne brilla pas moins par la
variété & par l'étendüe de fes connoiffances. Le grec,
l'hébreux, le chaldéen, le fyriaque, & généralement
toutes les langues fçavantes lui étoient familieres. Antiquaire curieux, il fit dans ce genre des recherches
utiles,

utiles, qui ont servi à répandre du jour sur un grand
nombre de respectables monumens de l'antiquité. La
découverte de quantité de médailles précieuses qui enrichirent le cabinet de S. A. R. M. le duc d'Orléans,
dont les raretés ont passé dans celui du roi, fut le fruit
de son habileté. Ce sçavant homme avoit encore un
goût particulier pour la poësie dont il connoissoit parfaitement toutes les beautés, comme on peut en juger
par les excellentes paraphrases latines qu'il nous a laissées sur quelques pseaumes, & que le cardinal de Richelieu, juge compétent dans cette matiere, préféroit à
toutes celles qui parurent dans ce tems-la. Mais, comme
nous l'avons dit, la science dans laquelle il excella fut
la connoissance de l'origine de toutes les maisons souveraines de l'Europe. Le désir de faire de nouvelles découvertes l'engagea à parcourir la France, la Lorraine
& l'Alsace; voyage qui le mit en état d'entreprendre
l'admirable ouvrage qu'il a composé sur l'origine de
la maison de Lorraine & sur celle de la maison d'Autriche, de Luxembourg, de Bade, d'Alsace & de plusieurs autres.

Il est dit dans le dictionnaire historique que le pere
Vignier trouva à Metz un ancien manuscrit de choses
arrivées dans cette ville, dans lequel il étoit parlé bien
au long de la fameuse Jeanne d'Arcq, dite la Pucelle
d'Orléans. Ce manuscrit porte, qu'elle fut mariée après
l'expédition dont on prétend ordinairement que la fin
lui coûta la vie, avec le sire d'Hermoise chevalier; &
le pere Vignier trouva dans le même tems le contrat
de ce mariage dans le trésor de M. des Armoises,
d'une illustre maison, & de l'ancienne chevalerie. Si
ces deux pieces sont vraies, Jeanne d'Arcq n'a donc
pas toujours été fille, & ce qui est encore plus important, elle n'a donc pas été brulée par les Anglois en
1429.

Mais une découverte plus sûre, & qui ne peut être
contestée, fut celle que le pere Vignier fit à Clairvaux

de deux volumes des ouvrages de S. Auguſtin qui n'avoient point encore été imprimés, & qu'il a publiés avec une concordance des évangéliſtes. On lui attribüe auſſi la découverte d'un traité de S. Fulgence contre Fauſte.

Il étoit depuis quelques années tourmenté par de cruelles douleurs de la pierre, lorſqu'il vint à Paris pour ſe faire faire l'opération, qui ſe fit heureuſement. Ses forces ne furent pas plûtôt rétablies, qu'il retourna à Châlons pour y reprendre le fil ordinaire de ſes études ; y ayant compoſé deux volumes de l'hiſtoire de l'égliſe Gallicane, il fit un ſecond voyage à Paris pour les y faire imprimer ; mais à peine fut-il arrivé dans cette capitale, qu'il fut attaqué d'une hydropiſie accompagnée d'une fievre qui l'enleva de ce monde le 11 Novembre 1661 dans la cinquante-cinquiéme année de ſon âge.

PIERRE DE BOISSAT.

Pierre de Boissat, chevalier & comte Palatin, l'un des premiers membres de l'académie
Françoise, naquit à Vienne en Dauphiné en 1603. Le
talent extraordinaire qu'il eut pour la poëfie, fe mani-
fefta dès fa plus tendre enfance. Chorier, l'auteur de
fa vie, rapporte que lorfqu'on dictoit un thême françois au jeune Boiffat, il le tournoit en vers latins à
mefure qu'on le lui dictoit. Les progrès furprenans qu'il
fit dans les humanités, dans la phifophie & dans les
autres fciences auxquelles il s'appliqua, lui mériterent
le furnom de *Boiffat l'Efprit* ; & il ne fut plus connu
que fous ce nom-là dans toute fa province. L'efpérance de le voir fucceder à André de Valladier fon parent,
abbé de S. Arnoul de Metz, porta fa famille à lui faire
prendre d'abord l'état eccléfiaftique ; mais Pierre de
Boiffat fon pere, lieutenant-général, & vice-baillif de
Vienne, étant mort en 1616, le jeune Boiffat fit choix
d'un autre état de vie. Il s'appliquoit avec fuccès à l'é-
tude du droit, lorfqu'il apprit que le connétable de
Lefdiguieres marchoit avec des troupes contre les Hu-
guenots du Vivarais. Pouffé du défir d'acquérir de la
gloire, il voulut prendre part à cette expédition, oú
il fervit en qualité de volontaire. Les marques éclatantes qu'il y donna de fon intrépidité & de fa bravoure,
lui mériterent des louanges qui le flatterent au point,
qu'il n'eut dès-lors plus de goût que pour le parti des
armes.

Peu de mois après cete expédition qui fe fit en 1622,

O 3 ij

le jeune Boiſſat fut emmené à Malthe par le commandeur du *paſſage* , & il y fut reçu avec mille marques de diſtinction, autant à cauſe de ſon mérite perſonnel, qu'à cauſe de la conſidération que l'on conſervoit pour la mémoire de ſon pere , qui avoit écrit l'hiſtoire de cet ordre illuſtre.

A ſon retour, il fut jetté par une tempête qui dura ſept jours, ſur les côtes de Languedoc. Henri de Montmorency qui étoit gouverneur de cette province le reçut avec bonté, & n'oublia rien pour le fixer auprès de lui; mais le connétable de Leſdiguieres ayant invité la nobleſſe du Dauphiné à ſecourir le duc de Savoye contre les Genois, l'amour martial de M. de Boiſſat ne lui permit pas de laiſſer échapper une ſi belle occaſion qui ſe préſentoit de donner de nouvelles marques de ſon courage. Ce ne fut pas ſeulement par ſa bravoure qu'il ſe diſtingua, il ſe ſignala encore par ſa plume. Les Genois s'étant aviſés de répandre divers libelles , où ils faiſoient un affreux portrait de la conduite des ſoldats François, il publia une apologie en latin qui impoſa ſilence aux Genois; mais on ne ſçait ſi cette piéce qu'il adreſſa au pape Urbain VIII a été imprimée.

Une maladie dangereuſe dont M. de Boiſſat fut attaqué, l'ayant obligé de quitter l'armée, il revint à Vienne pour y rétablir ſa ſanté. Dès qu'il l'eut recouvrée, il vint à Paris où il s'attacha à la perſonne du duc d'Orleans. En 1627 il accompagna le prince à la défenſe de l'iſle de Rhée, & l'année ſuivante il ſe trouva au fameux ſiége de la Rochelle : ſon amour pour les armes ne l'empêchoit pas de cultiver le goût qu'il avoit pour les ſciences. Lors même qu'il étoit à l'armée , il ne laiſſoit paſſer aucun jour ſans apprendre quelque choſe par cœur, & c'étoit ſa coûtume de réciter à haute voix tout ce qu'il apprenoit. Le fruit qu'il recueillit de cette habitude, fut d'acquérir une grande facilité à s'énoncer , & de remplir ſa mémoire d'une

infinité de traits remarquables qu'il sçavoit rapporter
à propos, & qui le faisoient briller infiniment dans
les assemblées de sçavans qui se tenoient chez le duc
d'Orleans.

Ce prince s'étant retiré de France, M. de Boissat l'accompagna en Flandre, en Allemagne & en Lorraine;
& lorsqu'après la bataille de Nortlingue, il se fut réconcilié avec le roi, il revint avec lui à Paris, où il
continua de le servir en qualité de gentilhomme de sa
chambre.

Ce fut peu de tems après son retour en France, que
M. de Boissat fut reçu à l'académie qui ne faisoit que
de naître. Pour répondre à l'obligation où étoient les
académiciens de faire chacun à leur tour un discours
d'éloquence sur telle matiere qu'il leur plairoit, il en
prononça un de l'*amour des corps*, où par des raisons
physiques prises des sympathies & des antipathies, &
de la conduite du monde, il entreprit de faire voir
que l'amour des corps n'étoit pas moins divin que celui
des esprits. M. l'abbé d'Olivet dit, que M. de Boissat
fit ce discours original pour l'opposer à celui qu'un
de ses confreres avoit fait quinze jours auparavant de
l'*amour des esprits*.

Rien n'auroit manqué au bonheur de cet illustre
académicien, s'il eut pû résister à l'envie qu'il eut de
retourner dans sa patrie; ce qui l'exposa malheureusement à la plus cruelle de toutes les avantures. Après
avoir demeuré quelques jours dans le sein de sa famille,
il vint à Grenoble, où il se trouva à un bal que donnoit le comte de Sault lieutenant de roi en Dauphiné.
Déguisé en femme, il crut qu'il pouvoit sans conséquence profiter de la liberté que le masque sembloit
lui donner, pour tenir des discours un peu trop galans
à madame la comtesse de Sault; ce qui irrita si fort
cette dame, qu'elle poussa la vengeance jusqu'à faire
donner le lendemain des coups de bâton à celui par
qui elle s'imaginoit avoir été offensée, & elle employa

pour cet effet ses propres domestiques & les gardes du comte son époux.

Une pareille injure faite à un gentilhomme, souleva toute la noblesse du Dauphiné, & elle en demanda hautement la réparation. Après de longs débats qui durerent plus de seize mois, cette affaire fut enfin accommodée, & M. de Boiffat obtint toute la satisfaction qu'il pouvoit désirer; mais il ne voulut plus depuis reparoître à la cour, & résolut de se livrer tout entier à l'étude. Quelque tems après, il épousa Clémence de Geffans, niéce d'un grand-maître de Malthe, & de ce mariage il eut deux enfans, un fils qui fut tué à sa premiere campagne, & une fille mariée en Savoye au comte de S. Maurice.

M. de Boiffat opposa encore à ses adversités, le secours d'une dévotion solide dont il ne se relâcha point jusqu'aux derniers momens de sa vie; & peut-être pourroit-on dire qu'il la poussa un peu trop loin; du moins est-il vrai que la pénitence à laquelle il se livra, ne paroissoit gueres s'accorder avec ce que les bienséances semblent exiger d'un homme engagé par son état dans le monde. » Il négligeoit ses cheveux, se laissoit » croître la barbe, affectoit de porter des habits grof- » siers, attroupoit & cathéchisoit les pauvres dans les » carrefours, faisoit de fréquens pélerinages à pied; » en un mot, dit l'abbé d'Olivet, il ne vouloit nulle » différence entre les vertus d'un cavalier, & celles d'un » moine.

Chorier raconte que la reine de Suede passant par Vienne, les magistrats de cette ville qui sçavoient que M. de Boiffat étoit connu par les poësies qu'il avoit composées à sa louange, le prierent de se joindre à eux pour l'aller complimenter; que s'étant mis à leur tête, il ne craignit pas de se présenter devant cette princesse avec cet extérieur que nous venons de décrire; & qu'au lieu de compliment, il lui fit un discours pathétique sur les jugemens de Dieu & sur le mépris du monde. *Ce n'est point là*, dit-elle, lorsqu'il se fut retiré, *ce Boissat que je connois*, c'est un prêcheur qui emprunte son nom; aussi tout le fruit que M. de Boissat recueillit de son zele, peut être loüable en soi, mais fort déplacé, fut que la reine de Suede ne voulut plus le revoir pendant tout le tems qu'elle demeura encore à Vienne.

M. de Boissat mourut le 28 Mars 1662 âgé de cinquante-huit ans. Il avoit été reçu à l'académie d'Avignon en 1657, & avoit été fait comte Palatin par Gaspard Lascaris vice-légat de cette ville.

On a de cet auteur une relation des miracles de Notre-Dame de l'Ozier, avec des vers à la louange de la sainte Vierge en grec, en latin, en espagnol, en italien & en françois, une morale chrétienne, une histoire négrépontine, contenant la vie & les amours d'Alexandre de Castriot, arriere-neveu de Scanderberg, les fables d'Esope illustrées de discours moraux, philosophiques & politiques. On ne connoît qu'un seul exemplaire de ses compositions latines, qui est dans la bibliotheque des RR. PP. Jésuites de Lyon. On y trouve en prose les relations des expéditions où M. de Boissat avoit eu part, comme le siége du Poussin, son voyage de Malthe, l'expédition de Genes, la descente des Anglois dans l'isle de Rhée, le siége & la prise de la Rochelle, l'attaque de Bois-le-duc & la prise de la Lorraine. Pour les vers, la piéce la plus considérable, est un poëme épique sur la défaite des Sarrasins par Charles-Martel, que M. Baillet a confondu avec le Charles-Martel en vers françois de M. de Sainte-Garde aumônier du roi; ses autres piéces en vers, font une paraphrase des instituts de Justinien, des sylves, des élégies, des héroïdes, des métamorphoses sacrées, des épigrammes, &c.

JEAN SILHON.

JEAN SILHON, conseiller d'état ordinaire, l'un des premiers membres de l'académie françoise, né à Sog en Gascogne, s'appliqua beaucoup à l'étude de la religion & de la politique. Etant directeur de l'académie françoise en 1638, il proposa le plan d'un dictionnaire pour la langue françoise dont M. Chapelain avoit déja donné un projet que l'académie approuva, mais qui ne fut suivi qu'en partie. Bayle dit que M. Silhon étoit sans contredit l'un des plus solides & des plus judicieux auteurs de son siecle. Gui-Patin lui rend la même justice : *Il est mort ici depuis peu*, dit-il dans une de ses lettres, *un sçavant homme qui parloit bien ; c'est le bon M. de Silhon.* Le placet qu'il présenta au roi, & que nous allons rapporter, suppléera aux mémoires qui nous manquent sur la vie de ce célebre écrivain ; ce placet écrit en 1661 est concu en ces termes :

AU ROI,

» SIRE, j'ai servi dix-huit ans & plus dans les affaires
» les plus importantes de l'état sous les ordres de feu
» M. le Cardinal. Le feu roi votre pere de glorieuse mé-
» moire me mit auprès de lui pour cela ; j'avois l'hon-
» neur d'être connu de ce prince & d'avoir quelque part
» en son estime, par la favorable impression qu'on lui
» avoit donnée d'un ouvrage que j'avois fait pour la
» gloire de son régne. Cet ouvrage avoit paru en deux
» volumes sous le nom de Ministre d'Etat, & fait voir
» que j'avois une passable connoissance de nos affaires,

&

» & que je n'étois pas tout-à-fait novice en l'art d'écrire ;
» sans cela il m'eût été impossible de fournir au long
» travail qu'il me fallut essuyer pendant un assez long
» tems, durant lequel je fus obligé d'écrire par l'ordre
» de son éminence, au-dehors à tous nos alliés, à tous
» les ambassadeurs, résidens & agens de Votre Majesté,
» & au-dedans à tous nos généraux & officiers d'armées,
» à tous les ordres de l'état, & à une infinité de parti-
» culiers. Le souvenir de cet excessif & violent travail
» me fait encore peur, & il m'en a coûté une maladie
» qui me mit à la derniere extrêmité comme toute la
» cour sçait.

» Je ne parlerai point, Sire, de ce que j'ai souffert
» durant les troubles de l'état, des pertes que j'ai faites,
» & des dangers que j'ai encourus pour la bonne cause,
» je dirai seulement que dans la plus grande émotion
» de Paris j'osai publier un livre dans lequel je recueillis
» comme une histoire abrégée ce qui s'étoit fait de plus
» beau & de plus mémorable pendant la régence, soit
» à la guerre, soit dans les négociations. Ce petit livre
» qui vit encore, & qui apparemment aura quelque
» durée fit un effet considérable sur l'esprit même des
» plus mal-intentionnés qui virent que la peinture que
» j'exposois, & que j'avois tirée sur la vérité des choses
» étoit bien différente de celle qu'on répandoit partout
» contre la régence de la Reine votre mere, & l'admi-
» nistration de M. le Cardinal.

» Enfin, Sire, j'ai donné la derniere année de mon
» emploi, qui est l'année 1660, outre l'occupation cou-
» rante que M. le Cardinal me laissoit en son absence ;
» j'ai donné, dis-je, un livre où je traite particulierement
» deux sujets de la derniere importance ; l'un est de la
» vérité de la religion Chétienne contre les impies, dont
» le nombre n'est pas petit en ces tems-cy ; l'autre est de
» l'obéissance que les peuples doivent à leurs souverains,
» où entre autres choses je détruis avec tant d'évidence,
» & si démonstrativement la fausseté de la puissance in-

» directe que quelques-uns attribuent au pape sur le
» temporel des princes Chrétiens, que je suis certain
» que les partisans de cette opinion si contraire à l'in-
» dépendance des princes, & qui a de si dangereuses
» conséquences pour eux n'y sçauroient rien répondre
» qui vaille. Ce service si nécessaire, que personne n'a
» rendu avant moi au point que j'ai fait, est digne de
» quelque considération.

» Je représente ceci, Sire, à Votre Majesté pour justi-
» fier la priere que M. le Cardinal lui fit quelques jours
» avant sa mort, d'avoir la bonté de me continuer ma
» vie durant les appointemens que j'avois coûtume de
» recevoir, & de commander que je les reçusse sans
» peine. Il avoit jugé que m'ayant promis plusieurs fois
» un établissement en considération de mes longs &
» utiles services, il ne pouvoit m'en procurer de plus
» commode ni de plus souhaitable à mon âge, & au des-
» sein que j'avois, & qui ne lui étoit pas inconnu d'em-
» ployer ce qui me resteroit de vie & de santé à servir
» la religion & l'état de ma plume & de ma petite in-
» dustrie.

» Votre Majesté témoigna l'année passée à Fontai-
» nebleau à M. le sur-intendant, qu'elle désiroit que je
» fusse payé à l'accoûtumée, & lui en donna le com-
» mandement exprès. Mais parce que les affaires des
» finances ont depuis changé de face, & que la dispen-
» sation s'en fait d'une autre maniere, je supplie très-
» humblement Votre Majesté d'ordonner ce que sa bonté
» lui inspirera en ma faveur pour l'année 1661 & les
» suivantes; si c'étoit sur les menus plaisirs, la grace
» seroit parfaite.

» Je ne dis rien des arrérages de près de cinq années
» de mes appointemens qui me sont dûs, c'est-à dire des
» cinq années de troubles intestins de l'Etat. Je ne dis
» rien encore du pillage de ma maison qui fut fait en
» ce tems-là, comme toute la cour sçait; ce seroit un
» contre-tems que je n'ai garde de commettre.

» Je demande pardon, Sire, à Votre Majefté, fi par-
» lant de moi je n'ai pas obfervé toutes les loix de la
» modeftie, quoique je puiffe affurer de n'avoir point
» violé celles de la vérité. Je prie Dieu qu'il comble
» Votre Majefté de tout ce que peut lui fouhaiter ce-
» lui qui eft paffionément & avec un extrême refpect.

Ce placet eut l'effet que M. Silhon en efpéroit ; non-
feulement il obtint la continuation des penfions qui lui
avoient été accordées fous le miniftere du cardinal de
Richelieu ; mais Louis XIV lui en donna encore une
autre dont il jouit jufqu'à fa mort, qui arriva au commencement de l'année 1667. Aux ouvrages dont il eft
parlé dans le placet que nous venons de rapporter il faut
ajouter les deux vérités, l'une de Dieu & de fa providence, l'autre de l'immortalité de l'ame ; l'éclairciffement de quelques difficultés touchant l'adminiftration
du cardinal Mazarin ; un difcours de la certitude des
connoiffances humaines ; le traité de Monçon, celui de
l'acquifition de Pignerol, & une relation de la guerre
que la république de Venife a faite aux archiducs de
Gratz, avec divers mémoires concernant les dernieres
guerres d'Italie.

PHILIPPE LABBE.

PHILIPPE LABBE, célèbre par l'étendūe & la variété de son érudition, & par le grand nombre
d'ouvrages instructifs qui en ont été le fruit, naquit
à Bourges le 10 Juillet 1607, de parens qui tenoient
dans cette ville un rang honorable ; l'étude fut dès son
enfance sa passion favorite, & il en fit ses plus cheres
déliees. Envain ses parens qui craignoient que sa trop
grande application ne nuisît à sa santé, essayerent plusieurs fois de l'arracher à ses livres. Ingénieux à trom-
per leur vigilance, il lui arrivoit souvent de prendre
sur son sommeil une partie du tems qu'il consacroit
sécrettement à l'étude. C'est par cette extrême avidité
d'apprendre, accompagnée dans le jeune Labbe, d'une
mémoire prodigieuse & d'un génie également facile &
pénétrant, que l'on doit juger des rapides progrès qu'il
fit dans les sciences. L'attrait qu'elles avoient pour lui,
fut le principal motif qui le détermina à demander d'ê-
tre reçu dans une société, où il étoit assuré de pouvoir les cultiver avec succès. Son cours de philosophie
achevé, il entra dans la compagnie de Jesus le 26 Septembre 1623, n'étant âgé que de seize ans.

On le vit au sortir de son noviciat briller dans tous
les emplois qu'il eut successivement à remplir. Après
avoir enseigné pendant quelques années avec beaucoup
de distinction les humanités & la rhétorique dans sa
patrie, il fut envoyé à Paris pour y commencer son
cours de théologie. Ne jugeant du prix des sciences que
par leur utilité, il n'eut garde de s'amuser à vouloir
approfondir les vaines subtilités de l'école. Des connois-

fances moins frivoles furent l'objet de fon application ; il remonta aux anciennes & véritables fources, je veux dire , à l'écriture-fainte , aux conciles & aux peres ; & ce fut-là qu'il puifa ce grand fond de doctrine, qui le mit en état de donner dans la fuite tant d'excellens ouvrages ; mais il ne fe borna pas à cette feule étude. Il y a entre l'hiftoire facrée & l'hiftoire profane une telle liaifon , qu'elles fe prêtent fouvent des lumieres néceffaires pour leur mutuel éclairciffement ; le pere Labbe s'appliqua à acquérir une parfaite connoiffance de l'une & de l'autre. Langues fçavantes, grammaire , poëfie, éloquence, géographie, chronologie , critique , il embraffa tout ; auffi ne peut-on difconvenir qu'il n'ait été un des écrivains de fon fiécle, dont l'érudition a été la plus variée & la plus étendüe.

Son cours de théologie fini, il fut renvoyé à Bourges pour y profeffer la philofophie , & il y enfeigna enfuite la théologie morale pendant deux ou trois ans. L'éclat avec lequel il remplit cet emploi , engagea fes fupérieurs à l'appeller à Paris pour y continuer les mêmes fonctions.

L'hiftoire de la vie de ce fçavant homme ne nous offre aucun trait fingulier ; des ouvrages fur toutes fortes de matieres , qui n'avoient pour but que l'inftruction , & qui fe fuccéderent de près les uns aux autres , de vaftes projets pour l'avancement des lettres ; fon hiftoire ne nous apprend rien de plus.

Un ouvrage immenfe dont il donna le plan dès l'année 1638 en 12 *vol. in-*12 , eft fon alliance chronologique de l'hiftoire facrée avec la profane , dont il publia depuis divers abrégés.

En 1643 il forma le projet d'un autre ouvrage non moins confidérable , qu'il fit paroître en 1657 fous le titre fuivant. *Nova bibliotheca manufcriptorum librorum , hiftorias , chronica fanctorum fanctarumque vitas , ftemmata , genealogica , ac fimilia antiquitatis præfertim Franciæ monumenta, nunc primùm ex mss. variarum bibliothecarum codicibus eruta repræsentans.*

Mais de tous les ouvrages qui sont sortis de la plume de ce fécond écrivain, le plus vaste & le plus intéressant, est sa nouvelle édition de tous les conciles qui ont été tenus dans l'église, sur celle que le pere Sirmond avoit publiée en 1629, & à laquelle le pere Labbe devoit joindre les conciles depuis l'an 987, où en étoit resté son illustre confrere. Le pere Labbe composa les huit premiers volumes de ce grand ouvrage, qui en renferme dix-sept *in-folio*, avec les commencemens du neuf & du dix ; & après sa mort, le pere Cossart mit la derniere main à tout l'ouvrage.

Cette immense collection de conciles fait le sujet des quatre vers suivans, que le célebre pere Commire Jesuite consacra à la mémoire de son confrere.

Labbeus hìc situs est, vitam mortemque requiris,
Vita libros illi scribere, morsque fuit.
O felix nimium ! qui patrum antiqua retractans
Concilia, accessit conciliis superûm.

On sera sans doute surpris que la vie d'un seul homme ait pû suffire à la composition des ouvrages dont nous venons de parler ; & ce n'est cependant qu'une partie de ceux qu'il nous a laissés, peu de matieres sur lesquelles il ne se soit exercé ; & l'on peut dire qu'il y en a plusieurs qu'il a épuisées. On a de lui divers traités sur les grammaires grecque & latine, un catalogue des écrivains de l'histoire Byzantine par ordre chronologique, une nouvelle traduction du Martyrologe Romain, une notice de l'ancienne Gaule, une geographie royale avec le tableau des villes & des provinces de France, un recueil d'élégies saintes de différens poëtes, une histoire du Berry, un abregé de

la sphere, une généalogie de la maison royale de
France, avec les tableaux généalogiques des six pairies laïques, différentes méthodes pour apprendre la
la géographie, la chronologie & l'histoire; une notice de toutes les dignités & civiles & militaires qui ont
été en usage dans l'Empire, tant en Orient qu'en Occident; des éloges historiques de tous les rois de France depuis Pharamond jusqu'à Louis XII; une bibliotheque chronologique de tous les écrivains ecclésiastiques; mais nous croyons devoir renvoyer le lecteur
au catalogue qui a été publié des ouvrages de cet
illustre écrivain, & qui forme seul un volume *in-4°*.

Il mourut le 25 Mars 1667 dans sa soixantiéme
année.

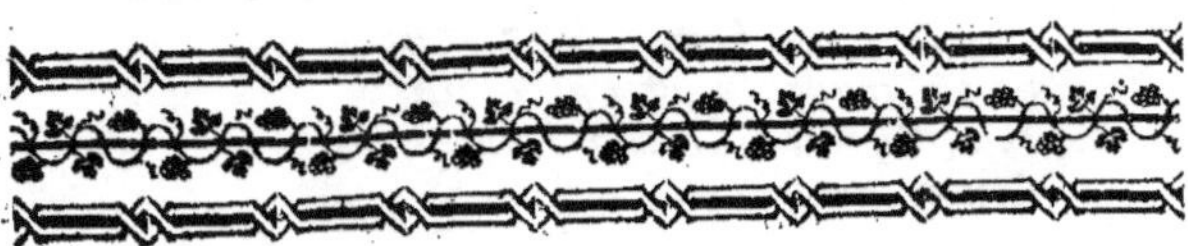

ANTOINE GODEAU.

ANTOINE GODEAU, iſſu d'une des meilleures familles de Dreux, naquit dans cette ville en l'année 1605. Dès les premieres années de ſa vie il conſacra à la gloire de la religion le talent qu'il avoit pour la poëſie. Parent de M. Godeau chez qui il logeoit, loſqu'il venoit de Dreux à Paris, il le conſultoit ſur ſes ouvrages qu'il liſoit ordinairement dans les aſſemblées qui ſe tenoient chez cet illuſtre ſçavant. Ce furent, comme l'on ſçait, ces aſſemblées qui donnerent naiſſance à l'académie françoiſe dont M. Godeau fut un des premiers membres. M. Chapelain le produiſit à l'hôtel de Rambouillet qui étoit une autre eſpece d'académie où l'on ne recevoit que les perſonnes les plus diſtinguées par leur eſprit & par leur mérite. Celui de M. Godeau fut goûté, & il plut ſurtout beaucoup à mademoiſelle de Rambouillet la célebre Julie d'Angennes, qui en parlant de lui dans une de ſes lettres à Voiture, dit : *Il y a ici un homme plus petit que vous d'une coudée, & je vous jure mille fois plus galant.* Ce fut à ce ſujet que Voiture adreſſa à M. Godeau un rondeau qui commence par ces vers :

Comme un galant & brave chevalier,
Vous m'appellez en combat ſingulier
D'amour, de vers, & de proſe jolie ;
Mais à ſi peu mon cœur ne s'humilie,
Je ne vous tiens que comme un écolier ;

Et

Et fuſſiez-vous brave, docte, guerrier,
En cas d'amour n'aſpirez au laurier,
Rien ne déplaît à la belle Julie
Comme un galant.

Il paroît par ces vers que M. Godeau exerça quelquefois ſa muſe ſur des ſujets badins; mais dès qu'il eut embraſſé l'état eccléſiaſtique, il ſe dévoua tout entier à la piété, & commença dès-lors à conſacrer à Dieu le talent qu'il avoit pour la poëſie. En 1636 il donna une paraphraſe du cantique, *Benedicite omnia opera domini domino.* Cette piece qu'il préſenta au cardinal de Richelieu plut ſi fort à cette éminence qu'après l'avoir lüe pluſieurs fois avec plaiſir, elle dit à M. Godeau: M. l'abbé, *vous me donnez le bénédicité, & moi je vous donne Graſſe.* Il lui obtint en effet l'évêché de Graſſe qui étoit alors vacant.

M. Godeau fut ſacré à S. Magloire au mois de Décembre de la même année, par Eleonore d'Etampes, evêque de Chartres, & depuis archevêque de Reims, d'Etienne Puget evêque de Dardanie, & depuis de Marſeille, & de Bernard des Puretz evêque de S. Papoul. Auſſitôt après ſon ſacre il ſe retira dans ſon dioceſe, & s'y fit admirer autant par la pureté de ſes mœurs que par les charmes de ſon éloquence. Uniquement occupé des fonctions de ſon miniſtere, il annonça avec zele la parole de Dieu, tint pluſieurs ſynodes, compoſa différentes lettres paſtorales, & fit quantité de ſages réglemens qui tous ne tendoient qu'au rétabliſſement de la diſcipline eccléſiaſtique. En vertu du droit de patronage, il réünit à l'évêché de Graſſe l'égliſe d'Antibes, qui depuis que le ſiege épiſcopal de Vence avoit été transféré à Graſſe n'avoit été d'aucun dioceſe. Guillaume le Blanc ſon prédéceſſeur avoit obtenu du pape Clément VIII, que l'évêché de Vence ſeroit uni à celui de Graſſe, parce que les revenus de ces deux évêchés montoient à peine à dix mille francs, & qu'enſemble ils ne renfermoient gueres que trente paroiſſes ; M. Godeau obtint du pape Clément X de pareilles bulles d'union pour ces deux évêchés ; mais le peuple & le clergé de Vence ayant paru s'oppoſer à cette union, il eut la généroſité de ſacrifier ſon intérêt au bien de la paix & à la tendreſſe qu'il avoit pour ſes diocéſains qu'il aima toujours en pere.

Il ſignala ſon zele dans les aſſemblées générales du clergé tenües à Paris en 1644 & en 1655 par la vigueur avec laquelle il ſoutint la dignité de l'épiſcopat & la pureté de la morale contre ceux qui les attaquoient.

Il eſt ſurprenant que ce grand homme, occupé autant qu'il l'étoit des fonctions de l'épiſcopat, ait pû ſuffire à la compoſition de ce grand nombre d'ouvrages qu'il a donné au public tant en proſe qu'en vers ; mais outre qu'il écrivoit avec une facilité, qui n'étoit peut-être que trop grande, dès ſa plus tendre jeuneſſe juſqu'à la fin de ſes jours, il ſe fit du plaiſir d'écrire ſes plus cheres délices. Il diſoit » que le paradis d'un au- » teur, c'étoit de compoſer ; que ſon purgatoire c'étoit » de relire & de retoucher ſes compoſitions, mais que » ſon enfer, c'étoit de corriger les épreuves de l'im- » primeur.

Nous ſerions trop longs ſi nous voulions donner un catalogue exact de tous les ouvrages qui ſont ſortis de la plume de cet infatigable écrivain. Les plus conſidérables de ces ouvrages ſont, l'hiſtoire eccléſiaſtique en cinq volumes *in-folio*, les paraphraſes des épîtres de ſaint Paul & des épîtres canoniques, ſa verſion expliquée du nouveau Teſtament, la paraphraſe de tous les pſeaumes en vers françois, un poëme de S. Paul en cinq chants, l'inſtitution du prince chrétien pour le roi Louis XIV, ſes ordonnances & inſtructions ſynodales, les faſtes de l'égliſe pour les douze mois de l'année en vers, des homélies ſur les dimanches & fêtes de l'année, la morale chrétienne, ſes poëſies chrétiennes & morales. Les éloges hiſtoriques des empereurs, des rois, des princes, des impératrices, des reines & des princeſſes qui dans tous les ſiecles ont excellé en piété.

Balzac & Menage ont dit de M. Godeau qu'il a été auſſi bon poëte que bon évêque ; mais ſi ce grand homme eut ſes panégyriſtes, il eut auſſi ſes cenſeurs. » Je ſuis perſuadé auſſi-bien que vous, dit Deſpreaux, » dans une lettre à M. de Maucroix, que M. Godeau » eſt un poëte fort eſtimable. Il me ſemble pourtant » que l'on peut dire de lui ce que Longin dit d'*Hype-* » *ride*, qu'il eſt toujours à jeûn, & qu'il n'a rien qui » remüe & qui échauffe ; en un mot, qu'il n'a point » cette force de ſtyle & cette vivacité d'expreſſions qu'on » cherche dans les ouvrages, & qui les font durer, je » ne ſçais point s'il paſſera à la poſtérité ; mais il faudra » pour cela qu'il reſſuſcite, puiſqu'on peut dire qu'il eſt » déja mort, n'étant preſque plus maintenant lû de per- » ſonne.

M. de Maucroix lui-même ne penſoit pas autrement que Boileau. » Je tombe d'accord, lui écrit-il, que » M. Godeau écrivoit avec beaucoup de facilité, diſons » avec trop de facilité, il faiſoit deux ou trois cent vers, » comme dit Horace, *ſtans pede in uno*, ce n'eſt pas ainſi » que ſe font les bons vers : néanmoins parmi les vers » négligés de M. Godeau, il y en a de beaux qui lui » échappent. Dès notre jeuneſſe nous nous ſommes ap- » perçus qu'il ne varie pas aſſez ; la plûpart de ſes ou- » vrages ſont comme des logogriphes, car il commence » toujours par exprimer les circonſtances d'une choſe, » & puis il y joint le mot, on ne voit point d'autre » figure dans ſon *benedicite*, dans ſon *laudate*, & dans » ſes cantiques.

M. Godeau tomba en apoplexie le jour de Pâques le 17 Avril 1672, & mourut à Vence le 21 du même mois âgé de ſoixante-ſept ans.

Q ꝛ ij

JEAN LE LABOUREUR.

JEAN LE LABOUREUR, prieur de Juvigné, aumônier & bibliothéquaire du roi, commandeur de l'ordre de S. Michel, tiroit son origine d'une famille, où l'amour des lettres semble avoir été héréditaire. Son oncle Claude le Laboureur, ancien prevôt de l'abbaye de l'Isle-Barbe près de Lyon, a laissé divers ouvrages au public, un recueil historique de cette abbaye, un traité de l'origine des armoiries, avec une histoire généalogique de la maison de Sainte-Colombe. Son neveu Louis le Laboureur, & frere de celui dont nous allons parler, se distingua par quelque talent pour la poësie : nous avons de lui un poëme héroïque, intitulé Charlemagne, réimprimé plusieurs fois, la promenade de S. Germain, & les victoires du duc d'Anguien en trois poëmes, avec un traité des avantages de la langue françoise sur la latine ; mais celui qui a le plus illustré cette famille, c'est l'homme célebre dont je vais ébaucher l'éloge.

Jean le Laboureur né à Montmorenci en 1623, eut pour pere le baillif de cette ville, le troisiéme de sa famille qui remplissoit cette premiere charge qu'il laissa en mourant à son fils aîné Louis le Laboureur. Le cadet ne s'occupa gueres que de l'étude, & de bonne heure il y fit de grands progrès. A peine étoit-il sorti du college, qu'il se fit connoître dans le monde par les éloges historiques des personnes illustres, dont les sépultures sont dans l'église des Célestins de Paris. Quoique cet ouvrage n'ait pas à beaucoup près toute la perfection dont il étoit susceptible, il fut cependant reçu si favorablement du public, que l'auteur qui auroit voulu lui-même pouvoir le supprimer, ne put empêcher qu'il n'en parût l'année suivante une seconde édition, qui de même que la premiere fut enlevée assez promtement ; & ce fut sans doute ce premier essai qui procura à M. le Laboureur les marques de distinction dont il fut peu de tems après honoré.

Il étoit à la cour en qualité de gentilhomme servant, lorsqu'en 1644 il fut destiné à faire le voyage de Pologne avec la maréchale de Guébriant, chargée de la conduite de la princesse Marie de Gonzague duchesse de Nevers, mariée à Ladislas IV roi de Pologne. Nous avons la relation de ce voyage publiée en 1697, & c'est un de ces ouvrages où l'utile se trouve par-tout joint à l'agréable. Outre une description exacte de plusieurs villes & états considérables, & quantité d'anecdotes curieuses & intéressantes, l'auteur donne dans cette relation un traité particulier du royaume de Pologne, avec plusieurs tables généalogiques des souverains qui en ont occupé le trône.

Ce fut au retour de ce voyage que M. le Laboureur prit le parti de se consacrer à l'église, & peut-être eut-il été difficile de faire un meilleur choix pour l'avancement de sa fortune ; il parut même que la cour sembloit n'attendre que ce moment pour répandre sur lui ses bienfaits, puisqu'à peine eut il reçu les ordres sacrés, qu'il fut fait aumônier du roi, & qu'il obtint presque dans le même-tems le prieuré de Juvigné.

Il dut en partie ces récompenses aux glorieux témoignages que la maréchale de Guébriant avoit rendus de sa sage conduite ; sa reconnoissance l'engagea à composer l'histoire du fameux maréchal de ce nom mort en 1643 de la blessure qu'il avoit reçue en assiégeant Rotweil. A ces mémoires publiés en 1656, l'auteur ajouta l'histoire généalogique de l'illustre maison des Budes, la tige de celle de Guébriant.

Ces mémoires furent suivis de ceux de Michel de

Caftelnau, feigneur de Mauvifiere, contenant les chofes remarquables qu'il a vûes & négociées en France,
en Angleterre, en Ecoffe, fous les rois François II &
Charles IX, depuis l'an 1559, jufqu'au huitiéme Août
1570. Ces mémoires, dit M. l'abbé Lenglet, font un
des excellens morceaux que nous ayons pour l'hiftoire,
fur-tout depuis que M. le Laboureur (a) les a enrichis
de fçavans commentaires, dans lefquels il a inféré beaucoup de lettres, d'inftructions, d'actes & de mémoires
que nous n'avions pas.

Un autre ouvrage non moins eftimé, & qui a été
le dernier que M. le Laboureur ait publié, eft fon hiftoire de Charles VI, qu'il compofa à la follicitation du
célebre M. Dupuy, garde de la bibliotheque du roi. Cette
excellente hiftoire traduite fur un manufcrit latin, tiré
de la bibliotheque de M. le préfident de Thou, renferme, ainfi qu'il eft marqué dans le titre du livre,
tous les fecrets de l'Etat & du fchifme de l'églife, avec

(a) Voici comment M. le Laboureur s'exprime dans la préface de fon édition.
» Je dirai en faveur de ces mémoires, qu'il n'y en a point de plus véritables,
» & que perfonne ne s'eft mieux acquitté d'un deffein tel que le fien, de donner
» une connoiffance parfaite de l'hiftoire de la France, depuis l'an 1559 jufqu'en
» 1570. Son difcours eft pur & fuccinct, fes fentimens font beaux & juftes; on y
» voit la vérité fans aucun artifice, un fçavoir fans affectation, & une expérience
» fans fafte & fans vanité; auffi M. de Caftelnau eft-il le feul des hiftoriens mo-
» dernes qu'on eftime avoir le moins de paffions; & les Religionnaires contre
» lefquels il a combattu & négocié, n'ont point eu de reproches à lui faire
» contre fes commentaires. Il a fait part au public de toutes fes connoiffances,
» & il n'a rien ignoré des fecrets du gouvernement dont il a été dépofitaire avec
» Jean de Morvillers évêque d'Orleans.

» Leur beauté y a fait trouver un défaut, c'eft qu'il les ait un peu trop abregé,
» & qu'il ne les ait pas pourfuivi plus avant; mais comme fon deffein n'étoit
» que de former le jugement de fon fils, il s'eft contenté de toucher les chofes
» pour lui en donner une connoiffance certaine, malgré les différentes hiftoires
» qui les racontent diverfement; & d'ailleurs il a eu tant d'horreur du maffacre
» de la S. Barthelemy, que ne pouvant parler de cette barbarie fans en découvrir
» les véritables motifs, & fans comprendre dans la complicité d'une fi cruelle
» conjuration, des perfonnes vivantes de la premiere dignité, il aima mieux en
» demeurer au terme de fa décade qui finit à la paix le 8 Août 1570.

» J'ai choifi cet abregé, continue M. le Laboureur, afin de donner fous le
» nom de commentaires & d'additions, la vérité en original de trois regnes fort
» embrouillés, & encore plus confufément écrits felon la paffion des auteurs.

Ce fut le marquis de Caftelnau, maréchal de France, petit-fils de l'auteur
de ces mémoires, qui engagea M. le Laboureur à en donner une édition.

les intérêts & le caractere des princes de la chrétienté,
des papes, des cardinaux, & des principaux seigneurs
de la cour de France. Le commencement du premier
volume de cet ouvrage est enrichi de l'histoire particuliere du duc d'Anjou, depuis roi de Sicile, de Jean
duc de Berry, de Philippe duc de Bourgogne, & de
Philippe duc de Bourbon, qui gouvernerent l'Etat pendant la minorité de Charles VI.

Peu d'ouvrages qui ayent mérité à leurs auteurs une
récompense aussi brillante, que celle dont fut honoré
l'homme illustre dont je fais l'éloge. Quoiqu'engagé
dans l'état ecclésiastique, Sa Majesté l'éleva en 1664
à la dignité de commandeur de l'ordre de S. Michel,
récompense, qui accordée par un grand roi dont les
bienfaits furent toujours la preuve la moins équivoque
du vrai mérite, suffiroit pour faire le plus sublime éloge
de l'historien célebre dont nous venons de parler. Sa
mort arriva au mois de Juin de l'an 1675 dans la cin-
quante-troisiéme année de son âge.

On publia en 1682 ses tableaux généalogiques, ou
les seize quartiers des rois de France depuis S. Louis,
& en 1684 parut son traité de l'origine des armoiries.
Il avoit encore laissé un traité de la pairie de France,
que l'on conserve dans la bibliotheque du roi.

HENRI DE VALOIS.

HENRI DE VALOIS, ecuyer, seigneur d'Orcé, conseiller & historiographe du roi, issu d'une noble & ancienne famille de basse-Normandie, naquit à Paris le 10 Septembre 1603, de Charles de Valois, & de Claudine de la Morliere. A l'âge de dix ans il fut envoyé à Verdun pour y commencer ses études sous les Jésuites, & cinq ans après il vint les continuer à Paris, sous les mêmes maîtres dont le college, qui avoit été fermé par arrêt du parlement, fut de nouveau ouvert en 1618. Le jeune Valois doué d'un esprit excellent, soutenu d'une mémoire heureuse, brilla dans toutes ses classes, & ne se fit pas moins admirer par la beauté de son génie que par son ardeur extrême pour l'étude. Son professeur de rhétorique, le célebre Denis Petau, & le sçavant pere Sirmond, conçurent pour lui une estime particuliere, & ils présagerent dès-lors que ce jeune homme tiendroit un jour un rang distingué parmi les plus illustres sçavans de son siecle.

Son cours de philosophie achevé, ses parens l'envoyerent à Bourges, où pendant deux ans il prit des leçons de droit, & il revint ensuite à Paris se faire recevoir avocat au parlement. Quelque peu d'attrait qu'eut pour lui une pareille profession qu'il embrassa, moins par goût que par complaisance pour sa famille, & dont il ne fit aussi aucune fonction, il ne laissa pas que de suivre assidüement le barreau pendant plus de sept années consécutives; mais les belles-lettres le revendiquerent enfin, & il s'y livra tout entier. Il ne fut plus dès-lors

lors

lors occupé que de la lecture des anciens auteurs Grecs & Latins dont il faifoit des extraits ; mais fa trop grande application affoiblit fi fort fa vûe qu'il perdit l'œil droit, & l'autre lui devint prefque inutile. Le fecours d'un lecteur qui fit en même tems les fonctions de copifte lui étoit néceffaire ; & heureufement les bienfaits du préfident de Mefmes le mirent en état de s'en procurer un ; & il jouit jufqu'à la mort de ce fçavant magiftrat arrivée en 1650, d'une penfion de deux mille livres qu'il lui avoit accordée.

Avant ce tems-là M. de Valois avoit fait paroître différens ouvrages qui avoient déja rendu fon nom célebre parmi les fçavans. En 1634 il donna la traduction des fameux extraits fur les vertus & les vices que l'empereur Conftantin Porphyrogenete avoit fait faire de Polybe, de Diodore de Sicile, de Nicolas de Damas, d'Appien d'Alexandrie, de Dion Caffius & de Jean d'Antioche. En 1636 parut un autre ouvrage qui fit encore plus d'honneur à l'érudition de ce fçavant homme, ce fut une édition des œuvres d'Ammien Marcellin, dont le texte avoit été extrêmement défiguré & corrompu dans une infinité d'endroits ; M. de Valois le rétablit dans fon entier, & l'enrichit de notes remplies d'une érudition profonde. Cet ouvrage fut reçu avec d'autant plus d'approbation du public, que les antiquités romaines de ce tems-là, les loix & les coûtumes, les offices de la maifon de l'empereur, les charges civiles & militaires n'avoient jamais été auffi clairement expliquées. » On ne peut trop admirer, dit M. Adrien de » Valois dans la vie de fon frere, la pénétration, la force » & la fubtilité de fon efprit ; le bonheur extraordinaire » avec lequel il a corrigé les endroits de cet auteur les » plus défefpérés, le grand fond d'érudition dans fes ex- » plications, la fublimité de fon génie, la folidité de fon » jugement, la variété & l'étendüe de fa lecture.

S'il eft peu d'années de la vie de ce grand homme qui n'ayent été marquées par quelque nouvelle production de fa façon, de nouvelles marques de diſtinction ou de nouveaux bienfaits en furent preſque toujours la récompenſe.

En 1650 le clergé de France lui accorda une penſion de ſix cens livres qui fut depuis augmentée, & en 1658 il en obtint une de quinze cens du cardinal Mazarin ; deux années après il fut honoré du titre d'hiſtoriographe de Sa Majeſté avec une penſion de douze cens livres, & en 1663 le roi lui en accorda une autre ſemblable.

L'année ſuivante M. de Valois, alors âgé de ſoixante-un ans, & qui juſqu'à ce tems-là paroiſſoit n'avoir été occupé que de ſes livres, fit connoître que l'étude n'avoit pas encore fermé ſon cœur à l'amour. Une jeune demoiſelle appellée Marguerite Cheſneau lui étoit devenüe chere depuis quelques années, & il ſe détermina enfin à l'épouſer. Ce mariage ne fut pas ſtérile, car dans l'eſpace d'onze ans ſept enfans en furent le fruit.

La mort de cet illuſtre ſçavant arriva le 7 Mars 1676. Il étoit âgé de ſoixante & douze ans ; il fut enterré à Saint Nicolas des Champs où eſt la ſépulture de ſes ancêtres.

Ses ouvrages les plus conſidérables ſont une traduction de l'hiſtoire eccléſiaſtique d'Euſebe, evêque de Ceſarée, de Socrate, de Sozomene, de Théodoret, d'Evagre & celle de Philoſtorge, il a auſſi donné d'excellentes notes ſur Sulpice Severe, Ruffin, Caſſiodore, & quelques autres anciens auteurs latins. On a encore des obſervations de ſa façon ſur le dictionnaire d'Harpocration, & ſur l'édition de M. de Mauſac. Tous ces ouvrages ſont également eſtimés en particulier pour la critique fine & judicieuſe qui y régne partout. Auſſi connoiſſoit-il cet art ſi parfaitement qu'il en avoit compoſé un traité conſidérable, pour faire voir quelle eſt ſon origine, quelles ſont ſes fonctions, ſes reſſorts & ſon utilité, & qui ſont ceux parmi les anciens qui s'y ſont le plus diſtingués.

Le célebre Gronovius dit que le grand talent de M. de Valois étoit de répandre du jour ſur les endroits les plus obſcurs des auteurs qu'il traduiſoit, & d'expliquer tout

ce qu'il y avoit de plus beau dans l'antiquité, ou pour
l'hiſtoire, ou pour la fable; qu'il doit auſſi être conſidéré
comme le ſçavant de ſon ſiecle, qui a le premier tracé
le chemin à la véritable & à la belle érudition, bien différente de celle qu'on puiſe dans les écoles.

M. de Vallois nous a encore laiſſé cinq harangues,
une ſur le couronnement de la reine Chriſtine en 1650,
trois ſur la mort des peres Sirmond & Petau, & ſur celle
de M. Dupuy, & la derniere à la louange du cardinal
Mazarin ſur la paix des Pyrennées conclüe en 1659.

Au reſte l'on remarque dans la plûpart des écrits de
ce ſçavant homme bien des traits d'un orgueil que ſon
érudition, quoiqu'immenſe, ne rend gueres excuſable.
Voici ſur ce ſujet quelques particularités que nous liſons
dans l'hiſtoire de ſa vie écrite par M. ſon frere.

» Quand il avoit dit à quelqu'un la moindre choſe
» concernant les belles-lettres ou quelqu'autre ſcience,
» il vouloit non-ſeulement qu'on lui en ſçût gré, mais
» même qu'on lui en témoignât une reconnoiſſance pu-
» blique dans les livres qu'on imprimoit, & qu'on le fît
» toujours avec de grands éloges, quoique ſouvent il
» n'eût dit qu'un mot en paſſant. Il s'attribuoit arrogam-
» ment tout ce qu'il avoit vu, ou qui lui étoit jamais
» venu dans l'eſprit; & il vouloit s'en rendre tellement
» le maître & le propriétaire, que quand il voyoit dans
» les écrits des autres quelques-unes de ces penſées ou
» de ces mots qu'il s'imaginoit ſottement venir de lui, il
» ſe mettoit tout de bon en colere de ce qu'on ne lui
» en rendoit point l'hommage, & qu'on ne chantoit
» point ſes louanges comme il le demandoit.

» Il étoit d'ailleurs fort avare d'éloges, & par une
» baſſe jalouſie il rendoit rarement aux autres ſçavans
» toute la juſtice qui leur étoit düe. Il ne trouvoit preſ-
» que rien à ſon goût, tant il étoit délicat & difficile;
» & quand il étoit obligé de reconnoître qu'il y avoit
» quelque choſe de bon dans un livre, jamais il ne l'ap-
» prouvoit univerſellement. Il louoit fort peu & blâmoit

R 3 ij

» beaucoup, il aimoit fort à cenſurer les écrits d'autruí,
» mais il ne pouvoit ſouffrir qu'on trouvât la moindre
» choſe à redire aux ſiens, & qu'on ſe donnât la liberté
» d'y rien reprendre, prétendant que la plûpart de ceux
» qui ſe mêlent de cenſurer les ouvrages des autres, ou
» n'y entendent rien, ou ſuivent leur paſſion particuliere,
» & ſe promettant ſans doute que perſonne ne ſeroit
» aſſez hardi pour le mettre de ce nombre.

» Quand il ſe portoit bien, il traitoit de pareſſeux
» ceux de ſes parens que la maladie ou les infirmités
» obligeoient de garder le lit. Mais quand il étoit lui-
» même malade, il falloit des précautions infinies pour
» ne point l'incommoder ; il ne vouloit voir perſonne,
» il ne pouvoit même ſouffrir la lumiere, il pleuroit,
» crioit, ſe lamentoit comme un enfant. La maladie
» paſſée il diſoit que ſon mal avoit été peu de choſe, &
» il falloit pour lui complaire ne lui en parler en aucune
» maniere, mais le féliciter au contraire ſur ſa bonne
» ſanté. A l'âge de ſoixante & dix ans il vouloit paſſer
» pour jeune ; le ſçavant Jacques Gronovius ſon ami lui
» ayant en ce tems-là écrit une lettre où il lui ſouhai-
» toit une longue & heureuſe vieilleſſe, il en fut choqué
» & rejetta la lettre avec indignation, en diſant que
» c'étoit un jeune étourdi. Il avoua depuis qu'avant cela
» il n'avoit jamais penſé qu'il fût vieux.

FRANCOIS BOSQUET.

FRANÇOIS BOSQUET évêque de Montpellier, non moins célebre par l'éminence de ses vertus, que par l'étendüe & la variété de son érudition, naquit à Narbonne le 28 Mai 1605. Un goût marqué pour l'étude, joint à une grande facilité de génie, le distingua dès sa plus tendre enfance. Envoyé à Toulouse pour y commencer sa carriere littéraire dans le fameux college de Foix, d'où sont sortis tant d'hommes illustres, & dans la robe, & dans l'église, il surpassa bientôt tous ses condisciples, & il mérita par son application que ses maîtres prissent un soin particulier de son instruction. Le sçavant *Spigelius Rosembackius* professeur Allemand, témoin des merveilleuses dispositions que le jeune Bosquet avoit pour les langues, l'engagea à apprendre l'hébreu, & en peu de tems il se rendit cette langue aussi familiere que la grecque & la latine, dont il connoissoit parfaitement toutes les beautés.

Le cours ordinaire de ses études achevé avec une distinction singuliere, il commença un cours de droit, & ce fut-là une science dans laquelle il fit des progrès d'autant plus grands, qu'il la jugea digne de toute son application. Il s'appliqua surtout à acquérir une parfaite connoissance du droit canonique & des antiquités ecclésiastiques.

Le public ne fut pas long-tems sans profiter du fruit des études de ce sçavant homme. Dès l'année 1632, il donna une traduction latine de l'ouvrage que Michel

Pfellus , qui vivoit vers l'an 1071, avoit compofé en vers grecs pour l'ufage de l'empereur *Michel Ducas* dont il étoit précepteur. On fçait que cet ouvrage, qui jufqu'alors étoit demeuré enfeveli dans les ténebres, eft un abregé de toute la jurifprudence Romaine, tant ancienne que moderne. Les excellentes notes dont le traducteur a enrichi l'original, les lumieres qu'il répand fur les endroits les plus difficiles, prouvent les grands progrès qu'il avoit déja fait alors dans l'étude du droit.

La même année parut fon hiftoire de la vie des fouverains pontifes qui ont tenu leur fiége à Avignon, & en 1633 l'auteur donna la premiere partie de fon hiftoire de l'églife Gallicane, où il rapporte tout ce qui s'eft paffé de plus mémorable en France, depuis que le chriftianifme s'y eft répandu, jufqu'au tems de la paix rendüe à l'églife par Conftantin le Grand. Dans la feconde partie qui fut donnée au public en 1636, on trouve un ample recueil d'actes de faints martyrs François, dont les principaux font ceux de S. Denis évêque de Paris, & de S. Victor évêque de Marfeille.

M. Bofquet avoit donné l'année précédente quatre livres des épîtres du pape Innocent III, avec des obfervations qui ne font pas moins d'honneur à la judicieufe fagacité de l'auteur, qu'à fa profonde érudition.

Il avoit été revêtu de la charge de juge royal à Narbonne , & depuis plufieurs années il l'exerçoit avec autant de capacité que d'intégrité, lorfqu'un procès qu'il eut à foutenir contre le Viguier de cette ville , l'obligea de venir à Paris. Il foutint dans cette capitale la réputation qu'il s'étoit faite d'un des plus fçavans magiftrats de fon fiécle. M. le préfident de Mefmes connut bientôt toute la fupériorité de fon mérite ; & fur le témoignage qu'il en rendit à M. le chancelier Seguier, ce fage miniftre n'eut garde de laiffer dans l'inaction les talens d'un fi excellent homme : il commença par l'emmener avec lui en Normandie pour y travailler à appaiser une sédition populaire qui s'étoit élevée dans cette province. M. Bosquet s'y employa si utilement, qu'il obtint pour récompense de ses services la charge de procureur-général du parlement de Rouen, qui venoit d'être interdit.

La sédition des partisans lui fournit quelque tems après une nouvelle occasion de rendre de plus grands services encore à l'Etat; la haute idée que l'on avoit de sa capacité, engagea la cour à le nommer à l'intendance de Guyenne, puis à celle de Languedoc; & dans ces deux provinces il laissa d'éclatantes marques de sa fermeté & de son zele, accompagné d'une pénétration & d'une sagacité à qui il dut les expédiens heureux qu'il employa si souvent avec succès dans le maniment des affaires les plus difficiles.

Une charge de conseiller d'état fut la récompense des grands soins qu'il avoit pris pour rétablir l'ordre & la tranquillité dans les provinces, dont l'administration lui avoit été confiée. Son mérite l'éleva peu de tems après à une autre dignité. M. Plantavit de la Pause évêque de Lodeve son ami particulier, & qui connoissoit mieux que personne la supériorité des talens de ce grand homme, l'engagea d'entrer dans l'état ecclésiastique, & se démit en sa faveur de son évêché.

Ce fut le 5 Janvier 1650, que le nouveau prélat fit son entrée à Lodeve. Avec lui monterent sur le siége épiscopal toutes les vertus qui ont illustré les pasteurs des premiers siécles de l'église, un grand amour de la paix, un zele ardent pour la défense de la religion & pour le salut des ames, une piété exemplaire, une continuelle mortification des sens, une charité compatissante, qui fit que les pauvres trouverent toujours dans lui un pere tendre, empressé à les soulager dans tous leurs besoins. Uniquement occupé de la conduite de son diocèse, il eut la consolation de voir les soins qu'il prit pour le renouveller suivis des plus heureux succès, & ces succès il les dut autant à la sainteté de ſes exemples, qu'à la force & à l'onction de ſes diſcours.

Députe du clergé de France en 1665 pour aller à Rome, où l'affaire des cinq fameuſes propoſitions avoit été portée ; & chargé en même-tems par ſa Majeſté du ſoin de veiller aux affaires de France, il fut reçu dans cette cour avec les plus glorieuſes marques de diſtinction, le pape même dans bien des occaſions, parut empreſſé à lui donner des témoignages d'une eſtime ſinguliere. Ce fut pendant ſon ſéjour à Rome, qu'il fut transféré à l'évêché de Montpellier, que lui ceda le cardinal d'Eſt, qui après avoir été nommé à ce ſiége, avoit opté celui de *Regio*.

Ce digne prélat de retour en France, donna tous ſes ſoins à l'inſtruction du nouveau troupeau qui venoit de lui être confié, & fut à Montpellier comme il avoit été à Lodeve, un modéle des plus excellentes vertus. L'aſſemblée générale du clergé tenüe à Paris en 1670, fournit à cet homme illuſtre une éclatante occaſion de ſignaler la vaſte étendüe de ſes connoiſſances. Conſulté comme un oracle, il ſe fit admirer plus encore par ſa modeſtie & ſon humilité, que par ſa profonde capacité. Ayant demandé au roi de lui donner pour coadjuteur M. l'abbé de Pradel ſon neveu, ſa Majeſté le lui accorda de la maniere la plus obligeante.

Les dernieres années de la vie de ce grand homme furent marquées par un redoublement de ferveur pour la piété, & il termina enfin par une mort ſainte, une vie paſſée dans le continuel exercice des plus ſublimes vertus. Une attaque d'apoplexie l'enleva de ce monde le 24 Juillet 1676, étant âgé de ſoixante-onze ans. Il fut enterré dans ſa cathédrale, où on conſacra à ſa mémoire l'épitaphe ſuivante :

D.   O.   M.

Franciſcus Boſquet
Vir ſummà eruditione ac pietate inclytus,

Qui

Qui è patria Narbonensi ad aulam vocatus,
Comes consistorianus ante annos X X X V I,
Aquitaniæ, dein Occitaniæ præfectus
          Annos V I,
Singulari religione ac diligentià
Populorum pacem, regis obsequium promovit.
Mox ad omnia factus, ut omnibus proficeret,
Ad Innocentium X à rege missus,
Regni, religionis, cleri Gallicani
Solus Romæ negotia sustinuit,
Tandem episcopus Lodovensis ac brevi post Monspel-
     liensis,
          Dispersas oves revocavit,
          Profana templa diruit,
          Sacra restauravit,
Gregem verbo & exemplo sedulò docuit,
Largus erga pauperes, sibi parcissimus,
          Omnibus benignus,
Plenus operibus,
Obiit anno reparatæ salutis M. D C. LXXVI,
          Ætatis suæ LXXI. Pontif. XXI.

Aux ouvrages de sa composition dont nous avons
parlé, il faut ajouter la vie de S. Fulcran, évêque de
Lodeve, un discours sur la régale, un éloge historique du cardinal Mazarin, une édition du *Pugio fidei,*
de Raymond Martin, & le plan d'un ouvrage sur les
libertés de l'Eglise Gallicane, trouvé dans les papiers
de cet illustre prélat.

CHARLES LE COINTE.

CHARLES LE COINTE, iſſu d'une honnête & ancienne famille de Champagne, naquit à Troyes le 4 Novembre 1611. Il apporta en naiſſant toutes les diſpoſitions néceſſaires pour exceller dans les ſciences auxquelles il devoit un jour s'appliquer ; une grande vivacité de génie, ſoutenüe d'une mémoire heureuſe & d'un jugement ſolide. A ces talens de l'eſprit il joignit les qualités du cœur les plus charmantes, une grande douceur, une humeur toujours égale, un généreux penchant à obliger, une politeſſe enfin d'autant plus aimable que l'art n'y avoit aucune part.

Après avoir fait une partie de ſes études ſous les yeux de ſes parens, il fut envoyé à Reims pour les y continuer. Henri de Lorraine, duc de Guiſe, qui étudioit dans le même college l'honora d'une amitié particuliere, & voulut même ſe l'attacher ; mais le jeune le Cointe dont toutes les vües étoient tournées du côté de la retraite ſacrifia l'eſpérance d'une fortune brillante au déſir d'aſſurer ſon ſalut. Agé de dix-huit ans il entra dans l'Oratoire, où il fut reçu par le cardinal de Berule, inſtituteur & premier ſupérieur général de cette congrégation.

Les épreuves de ſon inſtitution finies, il vint commencer ſa premiere carriere de littérature à Vendôme, où il enſeigna la grammaire & les humanités, & il paſſa de-là à Nantes, à Angers & à Condom, où il profeſſa ſucceſſivement pendant ſept ans la rhétorique ; emploi qu'il remplit avec d'autant plus de diſtinction qu'il avoit au-

tant de talent que de paſſion pour les belles-lettres. Il
s’appliqua ſurtout à acquérir une parfaite connoiſſance
de la géographie, de la chronologie & de l’hiſtoire.
Une autre étude qui eut pour lui un attrait particulier,
& dans laquelle il excella, fut celle de la politique &
des intérêts des princes. Bientôt il eut occaſion de donner d’éclatantes preuves des progrès qu’il avoit fait dans
cette ſcience.

Il y avoit ſix mois qu’il avoit été envoyé à Vendôme
pour y faire des leçons d’hiſtoire aux penſionnaires, lorſqu’il fut choiſi pour être confeſſeur & chapelain de
madame Servien, dont le mari venoit d’être nommé
plénipotentiaire à Munſter. Ce ſeigneur étoit bien éloigné de ſoupçonner qu’il emmenât avec lui dans la perſonne du pere le Cointe l’homme de France qui pouvoit
le ſervir le plus utilement dans l’importante négociation
dont il étoit chargé ; mais c’eſt ce qu’il connut bientôt.

Des affaires de politique & ſurtout celles qui devoient
ſe traiter à Munſter furent le ſujet ordinaire des con-
verſations qui ſe tinrent durant toute la route entre
M. Servien & un gentilhomme qui l’accompagnoit. Le
pere le Cointe propoſoit quelquefois ſes vües, mais
comme l’on étoit bien éloigné de penſer que ce fuſſent-
là des matieres qui fuſſent de ſon reſſort ; il s’en falloit
bien qu’il fut écouté avec l’attention que méritoit ſa
capacité. Un jour cependant ayant pris la liberté de demander à M. le plénipotentiaire s’il avoit certaines pieces qui étoient abſolument néceſſaires pour la déciſion
d’une affaire importante ſur laquelle rouloit la converſation, M. Servien convint que c’étoient-là des pieces
eſſentielles qui lui manquoient, & qu’il falloit les aller
prendre à Paris ; *& c’eſt-là une peine que je puis heureuſe-*
ment, Monſieur, vous épargner, répliqua le pere le Cointe,
par le ſoin que j’ai eu d’apporter ces pieces avec moi, auſſi-
bien qu’un grand nombre d’autres qui peut-être ne vous ſeront
pas moins utiles.

Ce trait ſuffit pour donner à M. Servien une haute

idée de l'habileté du jeune Oratorien. Il commença à être enchanté des charmes de sa conversation, s'apperçut qu'il avoit une parfaite connoissance de l'histoire, & qu'il n'étoit pas moins versé dans la science de la politique ; aussi eut-il souvent recours à ses lumieres, & il en profita dans les affaires les plus importantes & les plus difficiles.

Mais ce fut à Munster où le mérite du pere le Cointe brilla avec le plus d'éclat. Son habileté lui concilia l'estime des autres plénipotentiaires qui ne dédaignerent pas d'avoir avec lui de fréquentes conférences, & qui lui firent souvent l'honneur de s'en rapporter à ses décisions. Il fut même choisi pour travailler aux préliminaires de la paix, & pour dresser les mémoires qui devoient servir à ce fameux traité, considéré encore aujourd'hui comme un modele en ce genre.

Après un séjour de trois ans à Munster, le pere le Cointe revint reprendre à Vendôme son emploi de professeur en histoire. Un de ses disciples, le fils de M. de Pomereu, premier président du grand-conseil fit sous lui de si grands progrès que M. son pere obtint du supérieur général de l'Oratoire que le pere le Cointe seroit envoyé à Paris dans le séminaire de S. Magloire pour y continuer ses leçons d'histoire. Ce fut-là où ce sçavant homme acheva de mettre en ordre les matériaux qui devoient lui servir à la composition de l'excellent ouvrage dont il avoit formé le plan depuis long-tems. Je parle de ses annales ecclésiastiques de la France imprimées au Louvre par ordre du roi, & divisées en huit volumes *in-folio*.

Cet ouvrage commence au régne de Pharamond fixé par l'auteur à l'an 417, & finit à l'an 845 ; ouvrage d'un travail immense, d'une critique judicieuse & d'une sagacité que l'on ne peut trop admirer. C'est une multitude infinie d'actes rapportés en entier ou en partie, des conciles, des synodes, des fondations d'églises, de monasteres, des vies des rois, d'évêques, d'abbés, & des lettres, des chartes avec de sçavantes dissertations répandües dans tout le corps de l'ouvrage.

Le sentiment du pere le Cointe sur l'époque de l'union des moines de S. Colomban avec ceux de S. Benoît qu'il fixe au commencement du huitieme siecle, l'engagea dans quelques disputes littéraires qu'il eut à soutenir contre trois sçavans bénédictins, dom Mabillon, dom Luc d'Acheri, & dom Philippe Bastide.

Son opinion sur le régne de Dagobert qu'il croit avoir été de seize ans, à commencer seulement depuis la mort de son pere Clotaire II, fut aussi vivement attaquée par le pere Chiflet Jesuite, qui pensoit que ces seize années du régne de Dagobert devoient être comptées depuis que le royaume lui avoit été cédé par Clotaire II. La conclusion de cette dispute fut que M. de Harlai archevêque de Paris, qui voulut en être le juge, se déclara pour le sentiment du pere le Cointe, après avoir entendu ses raisons & celles de son adversaire.

Cette dispute où tout se passa de part & d'autre avec beaucoup de politesse, & où les deux combattans se firent admirer par la fidélité de leur mémoire, & par la solidité de leurs preuves ne servit qu'à accroître l'estime dont M. de Harlay honoroit depuis long-tems le sçavant Oratorien ; mais c'étoit-là un tribut que cet excellent homme sembloit être en droit d'exiger de tous ceux qui le connoissoient. Les ducs de la Trémouille & de Mercœur, le chancelier Seguier, le cardinal Mazarin, le généreux Mecène de tous les sçavans M. Colbert, & M. de Louvois, le cardinal Chigi nonce à Munster ont été ses admirateurs & ses panégyristes. Le feu roi lui-même a parlé souvent avec éloge du mérite de ce grand homme, & lui a fait quelquefois l'honneur de lui dire qu'il le regardoit comme un homme entiérement à lui.

Les grands services qu'il avoit rendus à l'état pendant son séjour à Munster ne demeurerent pas sans récompense, il obtint du cardinal Mazarin une pension de quinze cent livres ; & dans la suite M. Colbert qui l'employa utilement dans des affaires importantes lui en accorda une de fix cent jointe à une autre penfion de cent piftoles qu'il lui avoit obtenüe de Sa Majefté.

Cet excellent homme mourut le 18 Janvier 1681 âgé de foixante-dix ans.

» On n'a gueres vu, dit le pere Gerard Dubois, l'au-
» teur de fon éloge fon confrere & fon ami intime, de
» fçavant plus poli & plus affable. On étoit toujours fûr,
» quand on alloit le voir, d'obtenir fur le champ ce qu'on
» lui demandoit ; il communiquoit fes lumieres avec une
» politeffe & une bonté qui charmoient. Son unique
» plaifir étoit de s'entretenir familierement avec fes
» amis ; rien n'étoit, & plus poli, & plus agréable que fa
» converfation. Tout le tems qu'il ne confacroit pas à
» la priere étoit employé à l'étude.

» Il ne fortoit prefque jamais ; fi cela lui arrivoit quel-
» quefois, c'étoit ou pour rendre fervice à quelqu'un,
» ou pour vifiter quelque fçavant, ou pour confulter
» quelque manufcrit, jamais pour fe délaffer. Il fuivit
» exactement cette maniere de vivre, & jouit toujours
» d'une parfaite fanté aux deux dernieres années près.
» Alors fentant fon corps défaillir tous les jours, & ayant
» befoin de refpirer un bon air, il fortoit très-fouvent ;
» voyant que fa derniere heure approchoit, il s'y pré-
» para férieufement par la réception des facremens. Son
» fupérieur qui les lui adminiftra l'ayant exhorté à de-
» mander pardon à ceux qu'il pouvoit avoir offenfé, il
» lui répondit : *Si j'ai offenfé quelqu'un, ce que je ne crois*
» *pas avoir jamais fait de propos délibéré, je lui demande*
» *très-humblement pardon ; j'ai toujours regardé ceux qui com-*
» *pofent l'Oratoire comme mes freres, & refpecté la congréga-*
» *tion comme ma mere.*

FRANÇOIS EUDES DE MEZERAI.

FRANÇOIS EUDES DE MEZERAI, hiſtoriogra-phe de France, & ſécretaire de l'académie fran-çoiſe, eut pour pere Iſaac Eudes chirurgien établi à Ry, village de baſſe Normandie, ſitué entre Argentan & Falaiſe, où François Eudes prit naiſſance en 1610. Son pere qui étoit aſſez accommodé des biens de la fortune n'oublia rien pour ſon éducation. A peine fut-il en âge d'être appliqué à l'étude qu'il fut envoyé à l'univerſité de Caen pour commencer ſes humanités. Flatté des progrès qu'il y fit, & plus encore de la grande facilité qu'il avoit à faire des vers, il s'imagina qu'il ne lui man-quoit qu'un théâtre pour faire briller un ſi heureux ta-lent. Dans cette penſée il vint à Paris, & s'adreſſa en y arrivant à ſon compatriote le célebre M. des Yvetaux qui avoit été précepteur de Louis XIII. Ce ſage vieil-lard le reçut avec bonté & ſe fit un plaiſir de l'ai-der de ſes conſeils & de contribuer à ſon avancement. La premiere fois que le jeune de Mezerai parut chez lui, il y entendit le récit d'une avanture qui lui parut aſſez ſinguliere pour qu'il lui prît envie d'en faire le ſujet d'une comédie. Plein de cette idée il ſe retira à ſon au-berge où il paſſa la nuit à arranger ſon plan & à verſi-fier, ce qu'il fit avec tant de facilité que le lendemain matin il eut achevé de mettre en vers le premier acte de ſa piece. Surpris lui-même d'une ſi grande diligence, il ne douta pas qu'elle ne lui méritât beaucoup de louan-ges de la part de M. des Yvetaux, à qui il fut charmé de faire part de ſon travail. Mais le juge à qui il s'adreſ-

foit lui vouloit trop de bien , & étoit en même tems
trop éclairé pour ne pas lui faire comprendre qu'une
trop grande facilité à faire en peu de tems beaucoup
de vers n'étoit ordinairement autre chofe qu'une inca-
pacité naturelle à en faire jamais de bons , & que c'é-
toit-là un défaut dont on fe corrigeoit rarement ; l'ayant
enfuite exhorté à s'appliquer plutôt à la politique & à
l'hiftoire, comme étant des connoiffances qui pouvoient
lui être plus utiles , il le congédia après lui avoir promis
de s'intéreffer en fa faveur. Il lui procura en effet peu
de tems après un emploi d'officier pointeur dans l'armée de Flandres ; mais M. de Mezerai ne fit que deux
campagnes. Rappellé à Paris par fon ardeur pour l'étude
il vint s'enfermer dans le college de Sainte-Barbe où il
em loya plufieurs années à arranger les matériaux qui
devoient fervir à la compofition de l'hiftoire de France
qu'il avoit deffein de donner en notre langue, & d'une
maniere utile à la nation & intéreffante pour les lecteurs ; mais il ne commença à écrire cette grande hiftoire, que lorfqu'il eut formé fon ftyle par différentes
traductions. Sa trop grande application au travail lui
caufa une maladie dangereufe dont il ne réchappa qu'a-
vec peine. » Ce fut alors , dit l'abbé M. d'Olivet , que le
» cardinal de Richelieu , appliqué à découvrir tout ce
» qu'il y avoit de mérites cachés dans les galetas de Pa-
» ris , ayant appris en même tems le nom , les projets ,
» la maladie du jeune hiftoriographe , lui envoya fur
» le champ cinq cent écus d'or dans une bourfe ornée
» de fes armes.

Cette libéralité fut pour M. de Mezerai un motif de
redoublement d'ardeur pour le travail. En 1643 il publia le premier volume de fon hiftoire, n'étant alors âgé
que de trente-deux ans ; dans l'intervalle du fecond au
premier il donna une continuation de l'hiftoire des Turcs
depuis 1612 jufqu'à 1649. Son fecond tome de l'hiftoire de France parut en 1646 , & le troifiéme en 1651.

Mais un autre ouvrage qui fit encore plus d'honneur

à

à la capacité de cet illuftre fçavant fut l'abrégé qu'il
donna de cette même hiftoire,& qui fut imprimé en 1668.
Il étoit d'autant plus affuré du fuccès que devoit avoir
cet excellent ouvrage, que les lumieres & les confeils du
célebre M. de Launoi pour l'écléfiaftique, & ceux de
M. Dupui pour le civil n'avoient pas peu contribué à
le perfectionner. Mais malheureufement M. de Mezerai
avoit eu l'imprudence d'inférer dans cet abrégé l'origine
de toutes les différentes efpeces d'impôts qui fe levoient
en France; & ce qui piqua le plus le miniftre, c'eft que
cette differtation étoit accompagnée de réflexions qui
ne paroiffoient gueres propres qu'à aigrir l'efprit du
peuple. M. Colbert fit dire à M. de Mezerai, » que le
» roi ne lui avoit pas donné une penfion de quatre mille
» livres pour écrire avec fi peu de retenüe; que ce prince
» refpectoit trop la vérité pour exiger de fes hiftoriogra-
» phes qu'ils la déguifaffent par des motifs de crainte ou
» d'efpérance, mais qu'il ne prétendoit pas auffi qu'ils
» duffent fe donner la licence de réfléchir fans néceffité
» fur la conduite de fes ancêtres, & fur une politique
» établie depuis long-tems, & confirmée par les fuffrages
» de toute la nation.

Le réfultat de cette remontrance fut, que M. de Mezerai promit de corriger dans une feconde édition ce
qui dans la premiere avoit déplu au miniftre, il le fit
en effet, mais ce fut d'une façon à faire connoître que
des ordres fupérieurs l'avoient forcé de pallier la vérité;
la fuppreffion d'une moitié de fa penfion fut la punition
de cette feconde imprudence; & comme il ne put s'empêcher d'en murmurer, il n'obtint pour fatisfaction que
la fuppreffion de l'autre moitié.

Le parti qu'il prit fut de choifir pour écrire une matiere qui ne pût plus l'expofer à de pareils revers. Il compofa donc alors fon traité fur l'origine des François, ouvrage qui fut reçu avec plus d'approbation encore que
les précédens. La mort de M. Conrart étant arrivée fur

ces entrefaites, M. de Mezerai fut nommé pour le remplacer dans la charge de fécretaire perpétuelle de l'académie; » non qu'elle l'ait jamais regardé comme un » écrivain correct, dit M. l'abbé d'Olivet, mais en ce » tems là fur-tout, cette place ne pouvoit être donnée » qu'à un homme laborieux & de bonne volonté, par- » ce qu'il falloit que le fécretaire fît en fon particulier le » canevas du dictionnaire pour préparer d'une affemblée » à l'autre le travail de la compagnie.

On a fauffement attribué à M. de Mezerai plufieurs fatyres qui parurent en 1652 fous le nom de Sandricourt. Mais ce qui eft encore plus injurieux à la mémoire de ce grand homme, c'eft qu'on ait ofé le repréfenter comme un homme bizarre jufqu'à l'extravagance, & comme un débauché qui n'eut de religion que la veille de fa mort; c'eft ce qui fe trouve dans fa vie imprimée en Hollande en 1628; méprifable libelle contre lequel M. l'abbé d'Olivet s'éleve avec raifon, & qui n'a été que trop exactement copié par le pere Niceron dans fes Mémoires pour fervir à l'hiftoire des hommes illuftres.

Notre hiftorien avoit pris le nom de Mezerai, d'un hameau qui étoit de la paroiffe de Ry; il mourut le 10 Juillet 1683, étant âgé de foixante-treize ans.

GERAUD DE CORDEMOY.

GERAUD DE CORDEMOY, lecteur de M. le
Dauphin, & reçu à l'Académie Françoise le 12
Décembre 1675, ne s'est gueres moins distingué dans
l'éloquence, que dans la philosophie & dans l'histoire.
Issu d'une noble & ancienne famille originaire d'Auvergne, mais établie à Paris, il fit ses études dans cette
capitale, & s'y fit admirer par la beauté de son génie.
Il fut d'abord destiné au barreau ; & quoique jeune, il
y brilla avec éclat ; mais ce fut sans s'attacher à une
profession qu'il n'avoit embrassée que pour se conformer à l'intention de ses parens. Entraîné par l'amour
qu'il avoit pour la philosophie, il s'y livra tout entier,
& en fit son unique étude. Celle de Descartes eut pour
lui les charmes de la nouveauté, & il la préfera à celle
qui pendant une longue suite de siécles, avoit régné
avec empire dans les écoles. Son attachement à la nouvelle philosophie, le rendit cher au célebre M. Bossuet,
l'un des plus zélés partisans de Descartes, qui plaça
M. de Cordemoy auprès de M. le Dauphin en qualité
de lecteur. Il avoit déja donné au public le discernement du corps & de l'ame en six discours, un discours
physique de la parole, & une lettre au pere Cossart,
pour montrer que le systême de M. Descartes, & son
opinion touchant les bêtes, n'ont rien de dangereux,
& que tout ce qu'il en a écrit, semble être tiré de la
Genese.

Ces ouvrages philosophiques avoient déja acquis à
leur auteur la réputation d'un homme de mérite, &

T 3 ij

cette réputation il la foutint dignement dans le glorieux pofte que le fçavant M. Boffuet venoit de lui procurer. M. Fléchier, auffi lecteur de M. le Dauphin, avoit entrepris l'hiftoire de Théodofe. C'en fut affez pour engager M. de Cordemoy à travailler à celle de Charlemagne. La différence qu'il y eut entre les ouvrages de ces deux célebres écrivains, tous deux animés d'un égal défir de contribuer à l'inftruction du jeune prince, c'eft que M. Fléchier plus orateur que critique, eut bientôt achevé fa tâche, au lieu que M. de Cordemoy qui ne vouloit rien avancer que fur de bonnes preuves, s'engagea dans des difcuffions longues & épineufes; ce qui l'obligeant de remonter infenfiblement jufqu'à l'origine de notre monarchie, il arriva que les matériaux qu'il avoit ramaffés, lui fuffirent pour nous donner, non la fimple hiftoire de Charlemagne, mais celle des deux premieres races de nos rois, ouvrage qui eft tout ce que nous avons de plus fçavant & de mieux débrouillé fur ces matieres.

Cet illuftre écrivain mort au mois d'Octobre 1684, a encore enrichi la république des lettres de divers traités de métaphyfique, d'hiftoire & de politique.

LOUIS MAIMBOURG.

LOUIS MAIMBOURG, iſſu d'une noble & opulente famille de Lorraine, naquit à Nanci en 1610. Les precieux dons qu'il reçut de la nature le rendirent l'objet de la prédilection de ſes parens, & furent pour eux un motif de prendre un ſoin extrême de ſon éducation. Ils l'avoient d'abord deſtiné pour le monde ; mais pleins de piété, ils le laiſſerent ſuivre en liberté l'attrait de la grace qui l'appelloit à l'état religieux. Agé de ſeize ans, li entra dans la compagnie de Jeſus où il fut reçu en 1626.

Son noviciat achevé, il fut ſelon l'uſage de la ſociété, deſtiné à enſeigner les belles-lettres, emploi qu'il remplit pendant ſix ans ; & ce ne fut pas-là ſelon lui, le tems de ſa vie le plus utilement employé : il dit dans la préface de ſon hiſtoire du pontificat de S. Grégoire le Grand, qu'il fut dans la néceſſité de conſacrer une partie de ſon tems *à remplir ſon eſprit de fables, de folies, de chimeres, de mille idées profanes des fauſſes divinités, lors, dit il, que j'euſſe pû l'enrichir de belles & utiles connoiſſances qui menent au vrai Dieu ; mais quoi, ajoute-t-il, j'y étois obligé, & c'eſt-là mon excuſe !* Mais l'étude des belles lettres ſeroit-elle donc inutile, & n'eſt-ce pas en les enſeignant qu'on en acquiert une plus grande connoiſſance ? Je doute fort que le pere Maimbourg eut pû acquérir cette pureté & cette élégance de ſtyle qui ſe fait admirer dans tous ſes écrits, ſi les meilleurs auteurs profanes ne lui avoient ſervi de modéle, & ces auteurs profanes n'étoient pas tous de ſimples mythologiſtes dont la lecture ne remplît l'eſprit que de fables & de folies ; mais revenons.

Le pere Maimbourg après avoir employé un certain nombre d'années à l'inftruction de la jeuneffe, ou à fes propres études, fe dévoua tout entier au miniftere de la parole, & pendant vingt ans il fournit avec diftinction cette glorieufe carriere. A l'étude de l'éloquence de la chaire il joignit celle de l'hiftoire eccléfiaftique; & c'eft dans cette derniere étude qu'il fit le plus de progrès, témoins le grand nombre d'excellens ouvrages qu'il nous a laiffés en ce genre.

Deux petits traités de controverfe, l'un de la vraie églife & de la vraie parole de Dieu, & l'autre intitulé, Méthode pacifique pour ramener les Proteftans fur le point de l'Euchariftie, avoient précédé fon hiftoire de l'Arianifme qu'il publia en 1673, & qui fut fon premier ouvrage hiftorique. L'année fuivante il donna l'hiftoire des Iconoclaftes; & en 1675, celle des Croifades, ouvrage rempli de faits également curieux & intéreffans, & écrit avec tout le feu de l'imagination la plus vive & la plus brillante; point de fujet auffi qui parut mieux convenir au génie & au ftyle de ce célebre écrivain. Des guerres, des batailles: des fiéges, des cataftrophes extraordinaires, des prodiges de valeur fans nombre, ouvroient un vafte champ au rare talent qu'il avoit de tracer des portraits, & de faire des defcriptions qui émeuvent l'ame. L'on ne peut nier qu'il n'eût été à fouhaiter que la trop grande vivacité de fon imagination eût été accompagnée d'un peu plus de fagacité dans la difcuffion des faits qu'il rapporte, ce qu'il ne fait pas toujours avec toute l'exactitude & toute la fidélité qu'exige l'hiftoire; mais c'eft affurément pouffer la critique trop loin, que de prétendre que fes ouvrages doivent être plutôt regardés comme des romans hiftoriques, que comme de véritables hiftoires. Les Luthériens & les Calviniftes dont il a écrit l'hiftoire, ont faifi cette idée, & lui ont donné cours; mais le célebre M. Baluze, juge compétent dans cette

matiere , a penfé bien différemment des ouvrages de cet illuftre écrivain. Il affure qu'*il ne feroit pas embar-*
raffé à juftifier tous les évènemens dont cet hiftorien fait men-
tion dans fes ouvrages.

Ils étoient reçus trop favorablement du public, pour que l'auteur ne fût pas encouragé à lui faire de tems en tems de nouveaux préfens; & c'étoit-là une efpece de tribut annuel qu'il fembloit s'être impofé. Il laiffoit paffer peu d'années qui ne fuffent marquées par l'édition de quelque nouvelle hiftoire de fa compofition. En 1677 il donna l'hiftoire du fchifme des Grecs, en 1678 celle du fchifme d'Occident, en 1679 il publia la décadence de l'Empire depuis la mort de Charlemagne ; & en 1680 il commença à faire paroître fon hiftoire du Luthéranifme, qui fut fuivie de celle du Calvinifme, imprimée en 1682.

Ce fut cette même année-là qu'ayant écrit contre la cour de Rome en faveur des propofitions de l'affemblée tenüe cette même année , il fut obligé de fortir de la fociété par ordre du pape Innocent XI. L'autorité du roi auroit pû le protéger puiffamment ; mais l'intérêt de la compagnie qu'il confidéra toujours comme fa mere , & pour qui il eut pendant toute fa vie autant de tendreffe que de refpeʤ, l'obligea de fupplier lui-même Sa Majefté de lui permettre d'en fortir, *pour éviter,* dit-il, *certains fâcheux embarras où les Jéfuites fe feroient trouvés à fon occafion.*

Une penfion dont Sa Majefté le gratifia, lorfqu'il fut forti de la fociété, fut la récompenfe de fon zéle à foutenir la gloire & les intérêts de fa patrie. Retiré à Saint Viʤor il y continua fes travaux littéraires avec une nouvelle ardeur. En 1683 il donna fon hiftoire de la ligue; ouvrage curieux , dit l'abbé Lenglet , on y trouve la piece fondamentale de la ligue , qui eft l'aʤe d'affociation de la nobleffe Françoife.

A cet ouvrage fuccéda l'hiftoire du pontificat de faint Grégoire le Grand , & celle du pape S. Leon ; mais

cette derniere ne fut publiée que quelque tems après la
mort de l'auteur. Son traité hiftorique fur les prérogatives de l'églife de Rome parut en 1685. Dans cet ouvrage il fe propofe de prouver, » 1° que le pape eft le
» véritable chef de l'églife; 2° qu'il n'a point reçu de
» Jefus-Chrift une puiffance fans bornes. Après avoir
» démontré qu'il eft néceffaire que l'églife univerfelle ait
» un chef vifible, qui foit l'origine & le centre de l'unité
» de toutes les églifes particulieres, & que Jefus-Chrift
» a conféré à S. Pierre & aux evêques de Rome fes
» fucceffeurs, cette glorieufe qualité de chef vifible de
» l'églife, il expofe quelles font les prérogatives attachées
» à cette primauté. Il dit, 1° qu'elle donne au pape la
» fur-intendance fur tout ce qui regarde le gouverne-
» ment & le bien de toute l'églife en général; 2° que
» c'eft au pape qu'on doit s'adreffer pour avoir fes ré-
» ponfes fur des difficultés qui peuvent naître en des
» points qui regardent la foi, le réglement des mœurs,
» ou les coutumes générales; 3° que c'eft lui qui a droit
» de convoquer les conciles pour le fpirituel, & d'y
» préfider par lui-même ou par fes légats; 4° que puif-
» que par fa dignité de chef, il eft élevé au-deffus
» de tous les évêques & de tous les fynodes, on
» peut appeller à fon tribunal de tous les évêques &
» de tous les fynodes particuliers; 5° que c'eft à lui
» de juger des caufes majeures; 6° qu'il a le droit de
» juger des caufes des évêques, des métropolitains, des
» primats & des patriarches. Quant à l'infaillibilité du
» pape, l'auteur la combat par l'exemple des papes qui
» ont erré, par les rétractations de quelques-uns, &
» par l'aveu que d'autres ont fait qu'ils étoient fujets
» à l'erreur. A l'égard de la fupériorité du pape fur le
» concile général, il dit que cette queftion n'a été mûe
» que depuis le concile de Pife de l'an 1409; qu'avant
» cela on ne doutoit point que le concile ne fût au-
» deffus du pape. Il le prouve, 1° par ce principe, que
» c'eft le Saint-Efprit, qui dans les définitions de foi,

prononce

» prononce par l'organe du concile, 2.° par divers faits qui
» montrent que les conciles ont examiné les jugemens
» des papes, 3.° par la confession des anciens papes
» qui ont toujours reconnu qu'ils étoient soumis aux
» conciles, & qu'ils étoient obligés de se servir de leur
» puissance selon les canons, 4.° par les décrets des con-
» ciles de Constance & de Bâle. L'auteur montre en-
» suite que le pape n'a aucun droit de déposer les rois,
» & de transférer leurs états à d'autres, quand il le juge
» nécessaire pour le bien de la religion ; que cette pré-
» tention est contraire à la parole de Dieu & au sen-
» timent des anciens papes ; que Gregoire VII a été le
» premier qui ait entrepris la déposition des rois ; en-
» fin il fait voir, ajoute M. Dupin qui nous fournit cet
» extrait, que la puissance de lier & de délier que Je-
» sus-Christ a donnée à l'église, ne regarde que les ames
» & le spirituel.

Ce fut par cet ouvrage que M. Maimbourg termina
sa carriere littéraire. Il travailloit à une histoire du schisme d'Angleterre, quand il fut surpris d'une attaque d'a-
poplexie qui l'enleva de ce monde le 13 Août de l'année 1686, étant âgé de soixante-dix-sept ans.

CESAR VICHARD DE S. REAL.

CESAR VICHARD DE S. REAL , plus connu par ſes ouvrages généralement eſtimés , que par l'hiſtoire de ſa vie , eut pour ayeul un juge-mage de Tarantaiſe , & pour pere un conſeiller au ſénat de Chamberi. Il naquit certainement dans cette derniere ville , où ſa famille connuë ſous le nom de Vichard , tient encore aujourd'hui un rang diſtingué ; mais on ne ſçait ni le jour , ni même l'année de ſa naiſſance , on ignore de même les particularités les plus intéreſſantes de ſa vie. Tout ce que l'on en ſçait , dit l'éditeur de ſes ouvrages , » c'eſt qu'il vint fort jeune en France , & qu'a-
» près y avoir été quelque tems diſciple du fameux Va-
» rillas , avec lequel il ſe brouilla pour certains pa-
» piers que celui-ci prétendoit qu'il lui avoit enlevés ,
» il ne tarda point à ſe faire connoître à Paris. Quel-
» ques ouvrages qu'il y publia , lui acquirent bientôt
» de la réputation , & le firent regarder comme un ha-
» bile écrivain. En 1675 il retourna à Chamberi , &
» paſſa de-là en Angleterre avec la ducheſſe Mazarin ;
» mais il n'y reſta que fort peu de tems , & revint bien-
» tôt à Paris. Il y vécut fort long-tems en ſimple clerc ,
» ſans titre ni dégrés , & uniquement occupé du ſoin
» de ſes études.

» Il y publia divers nouveaux ouvrages , dont quel-
» ques uns lui attirerent des diſputes littéraires avec
» pluſieurs ſçavans , une entr'autres , avec le célebre M.
» Arnauld , dont les diſciples l'accuſerent de Socinianiſ-
» me , & deux autres avec M. Amelot de la Houſſaye ,
» & avec l'auteur des réflexions ſur l'uſage préſent de

» la langue françoife. Il fe retira en Savoye en 1692,
» & mourut la même année à Chamberi , apparem-
» ment affez peu avancé en âge , mais certainement
» auffi peu accommodé des biens de la fortune , que
» le font pour l'ordinaire les gens de lettres.

» C'étoit un homme de beaucoup d'efprit & de pé-
» nétration, grand ennemi de ces éloges intéreffés, dont
» la plûpart des auteurs font entr'eux un commerce fi
» honteux & fi méprifable, mais d'ailleurs un peu trop
» fenfible aux traits de la critique : il aimoit beaucoup
» les fciences , & fur-tout l'hiftoire à laquelle il s'étoit
» particuliérement attaché , & qu'il vouloit qu'on étu-
» diât d'une maniere toute différente de celle dont on
» l'étudie d'ordinaire. Il s'étoit extrêmement appliqué à
» la Romaine, laquelle au jugement d'un excellent cri-
» tique , il étoit très-capable de bien traiter , & dont
» en effet il nous a éclairci divers morceaux d'une ma-
» niere fi fatisfaifante, qu'un des plus polis écrivains
» de nos jours n'a point fait difficulté de fe fervir de
» la plûpart de fes recherches.

» Quelques critiques, à la vérité, lui ont reproché d'a-
» voir employé des anecdotes, non feulement fort fuf-
» pectes, mais même abfolument fauffes ; d'autres fe
» font plaint que quelques-unes de fes réflexions étoient
» trop rafinées & trop recherchées , & d'autres enfin
» ont trouvé quelque chofe à redire dans fon ftyle , &
» particuliérement dans celui de fes œuvres pofthumes,
» qu'il n'a fans doute point eu le tems de revoir & de
» retoucher ; mais en général fes écrits ont toujours
» été très-bien reçus du public, & les perfonnes mêmes
» qui y ont trouvé les défauts dont on vient de parler,
« n'ont pû leur refufer les applaudiffemens qu'ils mé-
» ritoient fi légitimement d'ailleurs , ni difconvenir
» qu'ils ne fuffent remplis de remarques folides & fen-
» fées , & de réflexions utiles & ingénieufes.

Quant au reproche que l'on fait à cet auteur, d'a-
voir employé des anecdotes très-fufpectes, cela doit

s'entendre particuliérement de son histoire de Dom Carlos, & de la conjuration des Espagnols contre Venise.
» Les lecteurs, disent les Journalistes de Trévoux, ne
» sont pas peu surpris de voir développer dans ces his-
» toires les vües les plus secrettes, & les sentimens les
» plus intimes des acteurs qu'on met sur la scene, sans
» que l'auteur cite aucun garant de ce qu'il avance.
» Par-là la vérité se trouve tellement confondüe avec
» les conjectures de l'auteur, ou avec d'autres faits sus-
» pects, qu'il n'est pas aisé de discerner le vrai du faux :
» on dira peut-être qu'il n'a prétendu donner l'histoire
» de Dom Carlos, que comme un roman, & que c'est
» pour cette raison qu'il lui a donné le titre de Nou-
» velle historique; mais si cela est, on aura de la peine
» à comprendre pour quoi il affecte de citer à la tête
» de cet ouvrage, un long catalogue d'historiens, dont
» il assure qu'il a tiré tout ce qu'il raconte, comme si
» en effet il ne racontoit rien que de vrai & d'avéré.

Les Œuvres de M. l'abbé de S. Real imprimées à Paris en 1724, renferment quatre volumes *in*-12.

Le premier contient sept discours sur l'usage de l'histoire, une histoire de la conjuration des Gracques,
une relation des affaires de Marius & de Scylla, des considérations sur Luculle, & des entretiens sur divers sujets de l'Histoire Romaine, qui portent le titre de *Cesarion*.

» M. l'abbé Lenglet, dit que l'on trouve dans le pre-
» mier de ces ouvrages, intitulé *de l'usage de l'histoire*,
» un esprit de réflexion, lequel ayant lieu de n'être pas
» content de la sécheresse avec laquelle on étudie l'his-
» toire, vouloit qu'on ne la regardât pas moins com-
» me un tableau de la sagesse & de la folie des hom-
» mes, que comme le récit de leurs actions & de leurs
» vertus; ainsi ce traité tend à nous faire faire les ré-
» flexions nécessaires sur cela; il seroit à souhaiter que
» les remarques judicieuses dont il est plein, fussent d'un
» style plus serré & plus correct.

Le second volume renferme des considérations sur

divers fujets, fçavoir fur le meurtre de Céfar , fur Le-
pide , fur Marc-Antoine , fur Augufte , fur Livie , fur
Julie , fur l'infidélité des Dames Romaines , fur les fpec-
tacles des Romains , & une vie de Jefus-Chrift qui n'eft
pas à beaucoup près le meilleur des ouvrages de cet
auteur.

Le troifiéme comprend un éclairciffement fur le difcours de Zachée à Jefus-Chrift , l'hiftoire de Dom Carlos , celle de la conjuration des Efpagnols contre Venife , avec divers extraits que quelques écrivains ont fait
de quelques-uns des ouvrages de l'auteur.

Enfin on trouve dans le quatriéme volume divers
traités de philofophie, de morale & de politique , avec
une longue differtation fur la critique.

Le même auteur nous a encore donné les mémoires de madame la ducheffe de Mazarin , un traité excellent de la valeur , les deux premiers livres des lettres de Ciceron à Atticus , traduites en françois avec
des remarques , la relation de l'apoftafie de Geneve ,
l'apologie de Pomponius Atticus , & le panégyrique de
la régence de Madame Royale , Marie-Jeanne-Baptifte
de Savoye.

Quant aux œuvres pofthumes données en trois volumes *in*-12 , fous le nom de M. l'abbé de S. Real ,
plufieurs prétendent que ce fçavant n'y a aucune part ;
& ils les attribuent prefque toutes à M. le marquis de
la B... gentilhomme d'Avignon.

On a donné à Paris en 1745 une nouvelle édition
des ouvrages de ce célebre écrivain en trois volumes
in-4° , en fix volumes *in*-12 , plus correcte & plus ample que les précédentes.

ADRIEN DE VALOIS.

ADRIEN DE VALOIS, non moins illuftre dans la république des lettres, que Henri de Valois fon frere, dont nous avons déja parlé, naquit à Paris le 14 Janvier 1607. Animé par l'exemple de fon frere, il fit comme lui de rapides progrès dans fes études qu'il commença, & qu'il acheva à Paris dans le college des Jefuites. Les pere Sirmond & Petau, Mrs Bignon, Rigault, Florent du Bofquet, Dupuy, & plufieurs autres illuftres fçavans dont il s'étoit concilié l'eftime, fe firent un plaifir de l'aider du fecours de leurs lumieres. Son ardeur à en profiter, jointe aux plus heureufes difpofitions, le rendit habile en peu de tems. Il fe diftingua fur-tout par la parfaite connoiffance qu'il acquit de notre hiftoire.

Ce ne fut qu'après avoir confacré plufieurs années à la recherche des monumens les plus authentiques de cette hiftoire, qu'il entreprit le grand ouvrage, dont le premier volume parut en 1646. Là, il expofe dans un grand jour l'origine des anciens François, & raconte leurs exploits les plus mémorables, depuis l'empire de Valerien, jufqu'au regne du vieux Clotaire, c'eft-à-dire, depuis l'an 254, jufqu'à l'an 752. A la tête de ce premier volume, eft une table chronologique des actions les plus remarquables des François, avec une notice des provinces & des villes les plus confidérables qui compofoient leur empire.

Continuellement livré à la compofition de cet excellent ouvrage, il en fit paroître le fecond & le troifiéme volume en 1658. Dans le second, se trouve une histoire détaillée de tout ce qui s'est passé de plus intéressant depuis la mort du vieux Clotaire, jusqu'au regne de Clotaire le jeune. Même diligence, même exactitude, même érudition dans ce second volume que dans le premier. On remarque que l'auteur ne s'est point toujours rendu à l'autorité de Grégoire de Tours, presque le seul historien de ce tems-là ; souvent il l'abandonne, ou il le redresse, en faisant voir évidemment bien des fautes qui venoient moins de l'ignorance des copistes, que de la négligence de cet historien. M. de Valois s'étoit mis en état de faire ces corrections, par le soin qu'il avoit eu de confronter les œuvres de Fredegaire, les annales de Metz, & quantité d'autres manuscrits, avec les livres imprimés.

Le troisiéme volume composé avec le même soin que les précédens, contient une exposition exacte de tous les événemens les plus mémorables arrivés depuis le regne du jeune Clotaire, jusqu'à la déposition de Childeric.

» Il faut avoüer, dit le pere le Cointe, que cette
» histoire est écrite avec tant de soin & d'élégance,
» qu'elle peut servir d'un excellent commentaire, sur
» ce que Grégoire de Tours, Frédegaire, & d'autres
» anciens auteurs, avoient écrit de notre histoire, d'un
» style rude & tout-à-fait barbare. M. le Gendre ajoute,
» que c'est moins une histoire, qu'un ouvrage de cri-
» tique, rempli de la plus profonde érudition.

Les matériaux que M. de Valois avoit amassés pour la composition de ce grand ouvrage, lui servirent à celle de sa notice des Gaules qu'il publia en 1675. C'est dans cet ouvrage, où l'auteur fait remarquer une foule de fautes qui se trouvent dans la description que Ptolomée nous a laissée des Gaules. M. de Valois, en lisant attentivement les géographes & les historiens grecs & latins, qui traitent de quelque partie de l'histoire de France, avoit eu soin de faire de judicieuses remarques sur tout ce qu'ils disoient des pays, des montagnes, des forêts, des fleuves, des isles, des ports, des villes, des monasteres, des évêchés ; & ce sont ces recueils qu'il a fait entrer dans cette notice , où il n'avance rien qui ne soit appuyé sur les monumens les plus certains de l'antiquité.

Cet ouvrage avoit été précédé d'une dissertation sur l'église de Saint Vincent, que M. de Valois prétend contre M. de Launoy, avoir été un monastere dès son commencement, de même que celle de Saint Denis, & d'un traité historique sur les anciennes églises de Paris. Il avoit aussi procuré l'édition de deux poëmes, dont l'un est un panégyrique de l'empereur Berenger, & le second est une espece de satyre composée par Adalberon, évêque de Laon, contre les vices des religieux & des courtisans. Une gratification dont le roi l'honora en 1664, quatre années après qu'il l'eut nommé son historiographe, lui donna occasion de composer un éloquent discours, où il loüa Sa Majesté d'avoir non seulement rendu par sa clémence la paix à l'Europe, mais encore d'y avoir rétabli par sa libéralité les sciences & les beaux arts.

Deux années après, sçavoir en 1666 , M. de Valois publia un petit traité, où il démontre la fausseté d'un prétendu fragment de Petrone, trouvé à Trau en Dalmatie ; il fait voir que cet auteur étoit Gaulois, & qu'il vivoit sous le regne d'Antonin, & non sous celui de Neron, comme on le croit communément.

Les autres ouvrages de ce célebre historien, sont l'histoire de la vie de M. son frere, une seconde édition des œuvres d'Ammien Marcellin, enrichie de nouvelles notes, & deux dissertations ; l'une où il prétend faire voir contre le pere Chiflet Jesuite, que les seize années du regne de Dagobert, doivent être comptées, non du jour de la mort de Clotaire ; mais de la trente-neuviéme année de son regne ; & dans la seconde, il défend divers endroits de sa notice des Gaules, qu'un savant Bénédictin avoit attaqués.

M.

M. de Valois, à l'exemple de M. son frere, se maria dans un âge fort avancé, & eut deux enfans de son mariage, un fils dont il cultiva l'éducation avec autant de soin que de succès, & une fille morte en bas âge. Cet illustre sçavant mourut le 20 Juillet 1692, dans sa quatre-vingt-cinquième année. Après sa mort, M. son fils fit imprimer un recueil sous le titre de *Valesiana*, qui contient les pensées critiques, historiques & morales, & les poësies latines, avec quelques bons mots de M. de Valois.

MELCHISEDECH THEVENOT.

MELCHISEDECH THEVENOT, garde de la bibliotheque du roi, l'un des plus célebres voyageurs du dernier siécle, naquit à Paris vers l'an 1619. Après avoir fait ses études avec beaucoup de succès, il s'arracha du sein de sa famille pour parcourir les principales parties de l'Europe. Ce fut envain que sa mere, dont il étoit tendrement chéri voulut le retenir : entraîné par la passion extrême qu'il avoit de voir les pays étrangers, il en sollicita la permission avec de si vives instances, que sa mere ne put la lui refuser.

Nous ne le suivrons pas dans tous ses voyages, dont il a donné une ample relation, généralement estimée. Quoiqu'il se fût d'abord proposé de voir l'Europe entiere, il n'en parcourut cependant qu'une partie ; mais s'il mit des bornes si étroites à ses voyages, il n'en mit point au désir de profiter des voyages des autres, en cherchant les occasions d'entretenir ceux qui avoient été aux extrêmités de l'ancien & du nouveau monde, s'informant de ce qu'ils y avoient obfervé de plus rare, & n'oubliant rien de ce qui concerne l'hiftoire natu- relle de chaque pays, la température de l'air, la fer- tilité du terroir, les mines & les métaux, la fource & le cours des rivieres, les diverfes efpéces de plantes & d'animaux, les inclinations & les mœurs des habi- tans, leur gouvernement, leur commerce & leur re- ligion. Ce fut des inftruétions qu'il reçut de leur bou- che, & des Mémoires qu'ils lui communiquerent, qu'il compofa la relation des voyages qu'il donna au public.

Dix ans après, il fit imprimer une fuite de la qua- triéme partie, où entr'autres chofes, on voit la def- cription d'un niveau qu'il a inventé, qui eft beaucoup plus jufte, & plus fûr que tous ceux dont on s'étoit fervi jufqu'alors, & qui d'ailleurs facilite l'obfervation des longitudes, & celle de la déclinaifon de l'aimant.

La grande connoiffance qu'il avoit de la phyfique, lui mérita une place dans l'académie des fciences, où il fut reçu en qualité de Phyficien en 1685.

Mais le mérite de ce grand homme ne fe bornoit pas à cette feule fcience; il en eft peu qu'il n'ait em- braffées, & dont il n'ait fait une étude particuliere. Pendant toute fa vie il ramaffa des livres de toutes fortes de fciences, & principalement de philofophie, de mathématiques, de politique & d'hiftoire. Plus ils étoient rares, plus il étoit animé du défir de fe les pro- curer & de les lire. Lorfqu'il fut chargé de la garde de la bibliotheque du roi, il vérifia, que quoiqu'elle fût une des plus riches de l'Europe, il y manquoit plus de deux mille volumes qui fe trouvoient dans la fienne. Outre les livres imprimés, il acheta quantité de manuf- crits en françois, en anglois, en efpagnol, en italien, en latin, en grec, en hébreux, en fyriaque, en arabe, en turc & en perfan. Il lifoit les manuferits de ces cinq dernieres langues, & en connoiffoit les beautés; fe faifoit un plaifir de les communiquer à ceux qui les entendoient, engagea un de fes amis à en traduire quel-

ques-uns des plus curieux, & ne craignit pas de faire
à ce sujet des dépenses considérables. Les marbres dont
M. de Nointel lui fit présent au retour de son ambassade de Constantinople, & sur lesquels il se voit des
bas-reliefs & des inscriptions de près de deux mille ans,
peuvent être joints aux autres piéces curieuses de sa bibliotheque.

Eloigné de toute vûe d'ambition, presque toute sa
vie se passa sur les livres, sans qu'il songeât à se procurer aucun emploi. Il en eut pourtant deux qu'il dut
uniquement à la supériorité de son mérite & de ses talens; l'un fut d'assister au Conclàve tenu après la mort
d'Innocent X, & l'autre de négocier avec la république
de Genes en qualité d'envoyé du roi.

Son tempérament naturellement robuste, lui procura l'avantage de jouir sans interruption d'une parfaite
santé jusqu'au mois d'Octobre de l'année 1692, qu'il
fut attaqué d'une fiévre double-tierce, dont il espéroit
de guérir par la seule diette; mais sa trop grande ab-
stinence ayant diminué ses forces, à mesure que le mal
augmentoit, il succomba sous sa violence, le mercredi 29
du même mois, dans la soixante & onziéme année de
son âge.

PAUL PELLISSON FONTANIER.

PAUL PELLISSON FONTANIER, conseiller du roi en ses conseils, maître des requêtes ordinaires de son hôtel, abbé de Gimont, & prieur de Saint Orens d'Ausch, naquit à Beziers en 1624. La famille des Pellissons est descendüe par les femmes, de celle de du Bourg, célebre par le grand Anne du Bourg, conseiller au parlement de Paris, & par Antoine du Bourg, chancellier de France sous François I. Cette famille s'est toujours fort distinguée dans la robe; Raimond Pellisson, le bisayeul de l'illustre sçavant dont nous faisons l'éloge, fut maître des requêtes, ambassadeur en Portugal, puis commandant en Savoye, lorsque François I se fut rendu maître de cette province, & enfin premier président du sénat de Chamberi. Le grand pere de M. Pellisson fut conseiller au parlement de Toulouse, & son pere étoit conseiller à la Chambre de l'Edit de Languedoc.

Né d'une mere zélée Calviniste, & qui étoit demeurée veuve fort jeune, il fut élevé dans la Religion prétendüe-réformée; il fit ses humanités à Castres, dans un college mi-parti de régens des deux religions, & qui étoit sous la direction d'un sçavant Ecossois nommé Morus, dont le fils a été le fameux Morus, Ministre de Charenton. M. Pellisson fut ensuite envoyé à Montauban pour y faire son cours de philosophie, & de-là il passa à Toulouse où il étudia en droit. Il n'avoit pas encore dix-neuf ans, qu'il donna une sçavante paraphrase des Instituts de Justinien. Peu de tems après, il vint à Paris, où le célebre Conrat, à qui il avoit été adressé, se fit un honneur de le présenter aux personnes les plus distinguées par la beauté de leur génie, ou par leur érudition.

M. Pellisson ayant été rappellé à Castres par des affaires domestiques, y suivit le barreau pendant quelque tems, & s'y fit admirer par son éloquence; mais une petite vérole qui lui survint, & qui le défigura au point de le rendre méconnoissable à ceux - mêmes avec qui il étoit le plus étroitement lié, l'obligea de se retirer à la campagne avec un de ses amis nommé de Ville-Bressieux. Ce fut pour complaire à cet ami, que M. Pellisson traduisit une partie de l'Odyssée d'Homere, où le bon M. de Ville-Bressieux s'imaginoit de pouvoir trouver le secret de la pierre philosophale.

M. Pellisson étant revenu à Paris, y acheta en 1652 une charge de sécretaire du roi, & fut reçu la même année à l'académie comme surnuméraire, distinction glorieuse que lui mérita la belle histoire qu'il avoit composée de cette illustre compagnie, qui fut si satisfaite de la lecture qu'il fit de cet ouvrage en pleine assemblée, qu'elle lui destina la premiere place qui viendroit à vaquer, & elle voulut qu'en attendant, il eût droit d'assister aux assemblées, & d'y opiner comme académicien. Le zele extrême que ce grand homme avoit pour la gloire du roi, l'engagea de se joindre à deux académiciens, pour donner de deux ans en deux ans, un prix de la valeur de trois cens livres à celui, qui au jugement de l'académie, auroit le mieux réussi à célebrer dans une piéce d'environ cent vers, quelques unes des actions les plus éclatantes de Louis le Grand; c'est-là une dépense que M. Pellisson a faite tant qu'il a vécu, & qui a été continuée par l'académie, jusqu'à ce que M. de Tonnere évêque de Noyon, eût affigné une rente perpétuelle pour y fatisfaire.

M. Fouquet fur-intendant des finances, qui connoiffoit tout le mérite de M. Pelliffon, fut charmé de fe l'attacher, & de l'employer dans les affaires en qualité de fon principal commis ; mais la difgrace de ce miniftre étant arrivée peu de tems après, M. Pelliffon qui avoit eu beaucoup de part à fa confiance, n'en eut que trop à fon infortune ; il fut arrêté & conduit à la Baftille au mois de Septembre de l'année 1661, & n'en fortit que plus de quatre ans après. Cette longue captivité ménagée par la providence, fut pour M. Pelliffon la fource du plus grand de tous les biens ; la lecture affidüe qu'il fit de l'écriture-fainte, des faints peres, & des meilleurs controverfiftes, lui ouvrit les yeux fur fes erreurs, & il réfolut dès-lors d'abjurer la religion dans laquelle il avoit été élevé. Pour fe délaffer d'une étude fi férieufe, il s'amufa à faire un poëme de plus de treize cens vers fous le titre d'Alcimedon ; & comme on ne lui laiffoit ni encre ni papier, il trouva le fecret d'écrire ce poëme tout entier fur des marges de livres avec de petits morceaux de plomb que lui fourniffoient les vîtres de fa chambre. Ce fut dans le tems même qu'il fut détenu à la Baftille, que le fameux le Fevre de Saumur lui dédia fon Lucrece, & fon traité de la fuperftion traduit de Plutarque.

Quelque tems après qu'il eut recouvré la liberté, il fit abjuration dans l'églife foûterraine de la cathédrale de Chartres, entre les mains de M. Gilbert du Pleffis-Praflin, alors évêque de Comminge ; & pour fe préparer à recevoir avec plus de fruit les facremens de Confirmation & d'Euchariftie qui lui furent adminiftrés par le même prélat, il alla faire une retraite de dix jours à l'abbaye de la Trappe ; depuis ce tems-là, il célebra chaque année comme un jour de fête, le jour de fon entrée dans le fein de l'Eglife Romaine, & il célebroit de même le jour de fa fortie de la Baftille, en délivrant chaque année quelques prisonniers.

En 1671, M. Pellisson, directeur alors de l'Académie Françoise, répondit au nom de cet illustre corps au discours que Messire François de Harlai, nommé à l'archevêché de Paris, prononça le jour de sa réception à l'académie. Ce fut dans cette occasion que M. Pellisson fit ce beau panégyrique du roi, qui a mérité d'être traduit en latin, en espagnol, en italien, en anglois & même en arabe par un patriarche du Mont-Liban.

Il avoit été reçu maître des comptes à Montpellier en 1655, après avoir travaillé avec succès au rétablissement de cette compagnie qui avoit été interdite : il fut fait maître des requêtes en 1674, & fut nommé œconome de Cluni & de Saint Germain-des-Prez en 1675, fut proposé à l'administration du tiers des œconomats l'année suivante ; & enfin il fut fait œconome de Saint Denis en 1679. Comme il avoit pris l'ordre de soûdiacre quelque tems après son abjuration, le roi lui donna l'abbaye de Gimont, & l'évêque du Belley vicaire-général de Cluni, le nomma au prieuré de Saint Orens d'Ausch.

Louis XIV qui connoissoit toute la beauté du génie de ce grand homme, l'attacha à sa personne, & le choisit pour écrire l'histoire de son regne ; mais M. Pellisson, convaincu qu'il n'étoit gueres possible qu'un écrivain seul fournît une si vaste carriere, crut devoir se renfermer entre la paix des Pyrennées, & celle de Nimegue.

Nous ne devons pas oublier une marque singuliere de bonté dont Sa Majesté l'honora en 1673. Ce prince ayant appris que l'on avoit volé à M. Pellisson, qui suivoit ordinairement Sa Majesté dans toutes ses campagnes, cent pistoles pendant la nuit, lui envoya le lendemain une pareille somme.

En 1676, M. Pellisson à la tête de l'académie, eut

l'honneur de haranguer ce grand roi fur la rapidité de fes conquêtes.

Outre un grand nombre de poëfies chrétiennes, & autres que nous avons de cet illuftre fçavant, & fes ouvrages en profe dont nous avons déja parlé, nous avons encore de lui la préface des Œuvres de Sarazin, le prologue de la Comédie des Fâcheux de Moliere, des réflexions fur les différences de la religion en quatre volumes, & une efpece de Manuel de courtes prieres pour dire pendant la Meffe. Il travailloit à un traité fur l'Euchariftie, lorfqu'il fut attaqué de la maladie qui termina fa vie, le 7 Février 1693, dans la foixante-neuviéme année de fön âge. S'il ne reçut pas les derniers facremens de l'églife, c'eft que l'extrêmité & & la briéveté de fa maladie ne lui en laifferent pas le tems. Ce qu'il y a de certain, c'eft qu'il avoit communié peu de tems avant fa mort, & que depuis fon abjuration il s'étoit toujours fignalé par un zéle extrême pour la défenfe de la religion.

Chacun fçait l'étroite amitié qui étoit entre ce grand homme, & l'illuftre Mademoifelle de Scuderi, furnommée la Sapho de fon fiécle. Le célebre M. Menage, qui étoit l'ami particulier de l'un & de l'autre, long-tems avant la mort de M. Pelliffon, avoit fait pour lui cette épitaphe fous le nom d'Achante.

Icy gît le fameux Achante,
L'honneur des rivages françois;
Il tiroit après lui les rochers & les bois
Par les fons amoureux
De fa lyre charmante;
Paffant, ne pleure point fon fort,
De l'illuftre Sapho que refpecte l'envie,
Il fut aimé pendant fa vie,
Il en fut plaint après fa mort.

Mademoifelle

Mademoiselle l'Héritier confacra auffi à la mémoire
de cet illuftre fçavant, l'épitaphe fuivante.

Toi, qui de Pelliffon vois ici le tombeau,
Apprens qu'il fut pieux, qu'il fut bon, qu'il fut fage,
Qu'il fut par fon fçavoir, l'ornement de notre àge,
Et qu'il eut le cœur noble, autant que l'efprit beau.
En marchant fur les pas de fes ayeux illuftres,
Il remplit dignement le cours de treize luftres,
Toujours dans la vertu, toujours dans l'équité;
Auffi pour prix de fa droiture,
Le trépas dont fouvent la loi paroît fi dure,
Pour lui n'eft qu'un paffage à l'immortalité.

ROGER DE RABUTIN COMTE DE BUSSI.

ROGER DE RABUTIN COMTE DE BUSSI, lieutenant-général des armées du roi , & son lieutenant en Nivernois , naquit à Epiry le 18 Avril 1618. Le parti des armes qu'il embrassa dès sa plus tendre jeunesse , & où il se distingua par sa valeur, ne l'empêcha pas de cultiver le goût qu'il avoit pour les lettres. La beauté de son génie lui obtint en 1665 une place à l'académie, où il eut pour successeur M. l'abbé Bignon , qui dans le discours qu'il prononça le jour de sa réception, fit de son prédécesseur l'éloge suivant.

» Vous le sçaviez, Messieurs, dit-il , lorsque sans crain-
» dre l'ancienne antipathie des lettres avec les armes,
» avec la cour , vous allâtes y choisir l'illustre acadé-
» micien à qui j'ai l'honneur de succéder ; jamais sça-
» vant nourri dans le doux repos du parnasse , eut-il
» plus de goût & plus d'érudition ! On a mille fois en-
» tendu vanter à la renommée la politesse de son esprit,
» la délicatesse de ses pensées, un noble enjoüement,
» une naïveté fine , un tour toujours naturel & tou-
» jours nouveau, une certaine langue qui fait paroître
» toute autre langue barbare. Pour achever son éloge,
» dois-je ajouter qu'il a gémi de la gloire qu'il s'étoit
» acquise ; & les louanges que d'autres donneroient à
» ses ouvrages , dois-je les donner à l'héroïque repen-
» tir qu'il en a marqué ; ou plutôt, ne puis-je pas es-
» perer qu'un jour nous admirerons ces travaux qu'un
» âge plus mûr lui conseilla, & que cette histoire, digne,
» s'il se peut, de l'auguste sujet à qui il consacra ses

» veilles, lui confervera dans les fiécles à venir une
» réputation auffi pure, que fes talens étoient finguliers?

L'ouvrage que M. l'abbé Bignon veut particuliérement
défigner, & qui fut pour M. le comte de Buffy le fujet
d'un long repentir, c'eft fon Hiftoire amoureufe des
Gaules, écrite avec beaucoup d'efprit & d'élégance,
& dans laquelle on remarque toute la délicateffe &
toutes les fineffes du goût de Petrone. Ce n'étoit point
l'intention de ce feigneur de rendre cette hiftoire publique ; mais en ayant imprudemment confié le manufcrit à une dame qu'il aimoit, & avec qui il fe brouilla
peu de tems après, cette dame pour fe venger, eut la
malice de rendre cet écrit public ; mais ce ne fut qu'a-
près avoir furieufement chargé les portraits des perfonnes de confidération dont il étoit parlé dans cette hiftoire, & qu'elle vouloit animer contre le comte, elle
y réuffit en effet. Sur les plaintes qui furent portées au
roi par les perfonnes qui étoient offenfées dans cet
écrit, M. de Buffy fut mis à la Baftille, & y demeura
huit mois & demi. Y étant tombé malade, on lui permit d'en fortir ; mais on l'obligea de donner la démiffion de fa charge de meftre de camp général de cavalerie, & il fut exilé dans fes terres où il refta dix-
fept ans.

Dans une lettre qu'il écrivit au duc de Saint Agnan
qui s'intéreffoit vivement en fa faveur, il lui dit : » Que
» ne fçachant à quoi fe divertir à la campagne, il fe
» mit à écrire une hiftoire, ou plutôt un roman fa-
» tyrique, dans le deffein feul d'en divertir fes amis, &
» s'attirer de leur part quelque louange de bien écrire ;
» que comme les véritables événemens ne font jamais
» affez extraordinaires pour divertir beaucoup, il eut
» recours à l'invention, & que fans avoir le moindre
» fcrupule du tort qu'il faifoit aux intéreffés, parce qu'il
» ne faifoit quafi cela que pour lui, il écrivit mille
» chofes qu'il n'avoit jamais oüi dire ; il fit des gens heu-
» reux qui n'étoient pas feulement écoutés, & d'autres

» même qui n'avoient jamais fongé de l'être ; & que
» parce qu'il auroit été ridicule de choifir deux femmes
» fans naiffance & fans mérite pour les principales hé-
» roïnes de fon roman, il en prit deux auxquelles nul-
» les bonnes qualités ne manquoient , & qui même en
» avoient tant, que l'envie pouvoit aider à rendre croya-
» ble tout le mal qu'il en pouvoit inventer : je fçai bien,
» ajoute-t-il, qu'il y a dans mon procédé plus d'impru-
» dence que de malice ; mais l'innocence de mes in-
» tentions ne confole pas les gens que j'aflaffine, puif-
» qu'ils font auffi bien aflaffinés que fi j'en avois eu le def-
» fein ; ce qu'on peut dire en deux mots de tout ceci,
» c'eft que le public en me condamnant, doit me plain-
» dre ; mais que les offenfés peuvent me haïr avec
» raifon.

Les preffantes follicitations de M. le duc de Saint
Aignan auprès de Sa Majefté, procurerent à M. de
Buffy la permiffion de venir de tems en tems à Paris ;
& en 1681 , le féjour lui en fut permis pour toujours ;
il fut même rappellé à la cour l'année fuivante, & le
roi le reçut avec bonté ; mais ce fut fans agréer fes fervices. M. de Buffy fit encore différentes autres appari-
tions à la cour , & il écrivit bien des lettres au roi,
pour lui témoigner le défir extrême qu'il avoit de répandre fon fang en fervant Sa Majefté les armes à la
main ; mais les offres réïtérées de fes fervices, ne purent lui obtenir l'unique chofe qu'il défiroit le plus ardemment ; enfin il mourut à Autun le 9 Avril 1693,
âgé de foixante & quinze ans. Il fut enterré dans l'é-
glife de Notre-Dame, où on lit l'épitaphe fuivante confacrée à fa mémoire.

» Ici repofe haut & puiffant feigneur, Meffire Roger
» de Rabutin, chevalier, comte de Buffy, plus confi-
» dérable par fes rares qualités, que par fa grande naif-
» fance , plus illuftre par fes grandes actions qui lui at-
» tirerent de grands emplois, que par ces emplois
» mêmes.

» Il entra aussi-tôt dans le chemin de la gloire, que
» dans le commerce du monde ; & dès la quinziéme
» année, il préfera l'honneur de servir son prince aux
» plaisirs d'une jeunesse molle & oisive.

» Capitaine en même tems que soldat ; il fut d'abord
» à la tête de la premiere compagnie du régiment de
» Leonor de Rabutin, comte de Bussy son pere, &
» bientôt après colonel du régiment, qu'il n'acheta que
» par des périls & par d'heureux succès ; il ne dut aussi
» qu'à sa conduite & à son courage, la lieutenance de
» roi de Nivernois, & la charge de conseiller d'état.

« La fortune d'intelligence cette fois avec le mérite,
» lui fit avoir la charge de mestre de camp de la ca-
» valerie légere, le roi le fit ensuite lieutenant-géné-
» ral de ses armées à l'âge de trente-cinq ans ; une si
» prompte élévation fut l'ouvrage de la justice du sou-
» verain, & non de la faveur d'aucun patron.

» Il joignit toutes les graces du discours à toutes cel-
» les de sa personne, & fut l'auteur d'un genre d'é-
» crire inconnu jusqu'à lui. L'Académie Françoise crut
» s'honorer en lui offrant une place d'académicien.

» Enfin, presqu'au comble de la gloire, Dieu arrêta
» ses prospérités ; & par des disgraces éclatantes, il le
» détrompa du monde dont il avoit été jusqu'alors oc-
» cupé.

» Son courage fut toujours au-dessus de ses malheurs,
» il les soutint en sujet soumis, & en chrétien résigné.
» Il employa le tems de son exil à se bien instruire
» de sa religion, à former sa famille, & à loüer son
» prince.

» Après avoir été longtems éloigné de la cour, il
» y fut rappellé avec agrément, & honoré des bien-
» faits de son maître.

» La mort le trouva dans de saintes dispositions ; on
» le perdit le neuviéme Avril 1693, en la soixante &
» quinziéme année de son âge : Qui que vous soyez,
» priez pour lui.

Louise de Rabutin, comtesse d'Alets, sa chere fille, & sa fille désolée, a voulu par cette épitaphe instruire la postérité de son respect, de sa tendresse & de sa douleur.

Les ouvrages de M. le comte de Bussy, sont deux volumes de Mémoires, sept volumes de lettres, l'histoire en abrégé de Louis le Grand, la vie de Madame de Chantal, & un discours à ses enfans sur le bon usage des adversités, & sur les divers événemens de sa vie.

ANSELME DE LA VIERGE MARIE.

HONNORE CAILLE DU FOURNY.

ANGE DE SAINTE-ROSALIE.

ANSELME DE LA VIERGE MARIE.

NOUS joindrons ici les éloges de trois sçavans illustres, qui, distingués dans le même genre de littérature, ont partagé le travail d'un ouvrage immense, l'un des plus utiles & des plus nécessaires dont la république des lettres ait été enrichie jusqu'à ce jour. C'est la grande histoire généalogique de la Maison Royale de France, & des grands officiers de la couronne, commencée par le pere Anselme, Augustin Déchaussé, puis continuée par M. du Fourny, & ensuite par le pere Ange aussi Augustin.

PIERRE GUIBOURS, connu sous le nom de pere ANSELME, qui étoit son nom de religion, naquit à Paris en 1625. Une ardeur égale pour l'étude & pour la piété, lui fit tourner de bonne heure ses vûes vers la retraite. Agé de dix huit ans, il se consacra à Dieu dans la congrégation des Augustins Déchaussés de France, & entra dans leur couvent de Paris le 3 Mars 1674. S'il se distingua par ses talens, il se fit encore plus admirer par sa ferveur & sa piété; avant que de songer à orner son esprit, il travailla à former son cœur par la pratique de toutes les vertus propres de son état. Il en remplissoit tous les devoirs avec une exactitude qu'il porta souvent jusqu'au scrupule. Simple, humble, modeste, indifférent pour tout ce qui s'appelle marque de distinction, il sembloit craindre de se produire au dehors; enseveli dans la retraite, il y consacra tous ses momens à la priere & à l'étude.

Son goût s'étoit tourné vers l'histoire, & il avoit, pour y réussir, les plus heureuses dispositions; un jugement solide, un esprit méthodique, une critique sûre, une mémoire facile accompagnée d'un amour extrême pour le travail, qui le livroit aux plus longues & aux plus pénibles recherches, sans que l'ennui qui y étoit attaché, fût capable de le rebuter.

Le premier fruit de tant d'heureux talens, fut son ouvrage intitulé, le *Palais de l'honneur*, qu'il publia en 1663. On trouve dans cet ouvrage, les généalogies des maisons de Lorraine & de Savoye, & de quelques autres des plus considérables de France, l'origine & l'explication des armes, devises & tournois, l'institution des ordres militaires, les cérémonies observées au baptême des enfans de France, au sacre de nos rois, & au couronnement de nos reines, quelques entrées solemnelles & pompes funebres, avec un traité du blason.

Le pere Anselme donna l'année suivante un autre ouvrage, sous le titre du *Palais de la gloire*, qui renferme les généalogies historiques des plus illustres maisons de France, & de plusieurs familles de l'Europe.

Ces premiers essais commencerent à répandre dans le monde sçavant, la réputation de leur auteur, & lui gagnererent l'amitié & l'eftime de plufieurs perfonnes zélées pour la gloire & l'avancement des lettres. De ce nombre furent le célebre M. Juftel, M^s Vijon d'Heroual & du Fourny auditeurs des comptes, qui fe firent un plaifir de communiquer au pere Anfelme, un grand nombre de piéces curieufes & intéreffantes, & qui ne fe montrerent pas moins empreffés à l'aider du fecours de leurs lumieres. Ce fut en particulier par les confeils de M. du Fourny, qui devint depuis l'ami particulier du pere Anfelme, que ce laborieux écrivain entreprit fon hiftoire généalogique de la Maifon Royale de France & des grands officiers de la couronne, projet dont l'étendüe ne pouvoit effrayer un homme pour qui le travail fut toujours un des plus doux délaffemens.

En 1674 parut enfin cet excellent ouvrage. L'accueil favorable que lui fit le public, la promptitude avec laquelle fut enlevée cette premiere édition, encouragea l'auteur à en préparer une feconde qui fut confidérablement augmentée. Son deffein étoit d'y joindre l'hiftoire généalogique des anciens ducs, comtes & barons du royaume, matiere qu'il avoit déja ébauchée ; mais épuifé par une application trop affidüe au travail, & par les auftérités d'une vie humble & pénitente, il mourut avant que d'avoir pû exécuter le vafte projet qu'il avoit formé. Il décéda le 17 Janvier 1694, âgé de foixante-neuf ans, dont il en avoit paffé près de cinquante dans la religion, où pendant tout ce tems-là, il fut pour fes freres un modéle de la piété la plus édifiante, de l'humilité la plus profonde, & de la plus exacte régularité. Peu de tems avant fa mort, il avoit fait luimême fon épitaphe conçüe en ces termes : *Cy gît un pauvre religieux d'une fincérité parfaite, qui vécut dans le monde fans intérêt, & dans le cloître fans ambition.* Dans les derniers jours de fa maladie, il remit entre les mains de fon ami M. du Fourny, les amples mémoires qu'il avoit préparés pour une feconde édition, le pria de les revoir, d'y faire les changemens qu'il jugeroit convenables,

nables, ou même de les supprimer, s'il ne croyoit pas qu'ils dussent être donnés au public.

* *

HONORÉ CAILLE DU FOURNY.

HONORÉ CAILLE seigneur du Fourny , naquit à Paris au mois de Septembre 1630. Il eut pour pere Jean Caille , seigneur du Fourny , sécretaire du roi. Sa mere fut Bonne de Mauroy , fille d'Honoré de Mauroy , seigneur de Batilly , de Verieres , de Saint Martin-sur-Seine , sécretaire du roi , & de Bonne le Lievre. Son ayeul , fut Jean Caïlle , auditeur de la chambre des comptes à Paris. M. du Fourny fut maintenu dans sa noblesse par arrêt du conseil d'état du 10 Décembre 1668. La grande connoissance qu'il avoit acquise de l'histoire de France , & de tous les monumens anciens qui y ont quelque rapport , lui mérita d'être choisi par le feu roi pour travailler à l'inventaire des titres de Lorraine , auquel il joignit des tables fort utiles. Il en remit une expédition au trésor des chartes , & les minutes furent portées à la bibliotheque du roi.

Après avoir passé deux années à Metz , il revint à Paris , où il donna tout son tems à la continuation du grand ouvrage dont le public attendoit avec empressement une seconde édition. Il ne se contenta pas de revoir & de corriger avec soin les manuscrits que son ami le pere Anselme lui avoit confiés , il y fit un grand nombre d'additions considérables ; mais ce fut-là un travail dont sa trop grande modestie ne lui permit pas de se faire honneur dans le public. L'histoire généalogique de la Maison Royale de France , & des grands officiers de la couronne , réimprimée en 1712 , parut en deux volumes *in-folio* ; sans que M. du Fourny eût voulu confentir qu'on y mît fon nom. Cet ouvrage dédié au feu roi, fut préfenté à Sa Majefté le 31 Mars 1712, par le pere vicaire-général des Auguftins Déchauffés de la province de France.

Le célebre M. du Fourny mourut le 20 Février de l'année fuivante, âgé d'environ quatre-vingt-deux ans, & fut inhumé dans l'églife de S. Paul fa paroiffe. Il avoit époufé Anne Parent, fille de Jean Parent payeur des rentes, & de Jeanne de Launay. Il eut trois filles de ce mariage, Anne-Bonne Caille, mariée à Eugene de Baugy, feigneur de Fay, capitaine de Dragons dans le régiment de la meftre de camp générale, Marie-Thérefe Caille, femme de Gilbert-René des Vaux-de-Levaré, chevalier, feigneur de Boifberant au Maine, & une troifiéme qui fut religieufe à Chelles.

ANGE DE SAINTE ROSALIE.

LE pere ANGE DE SAINTE ROSALIE, religieux de la congrégation des Auguftins Déchauffés de la province de France, iffu d'une honorable famille de Blois, naquit dans cette ville au mois de Janvier 1665. Son nom dans le monde, étoit François Raffard. Un efprit vif & plein de feu, joint à une application férieufe à l'étude, le diftingua dans toutes fes claffes. Fidele à la grace qui l'appelloit à l'état religieux, il fit de bonne heure à Dieu un généreux facrifice de tout ce qui auroit pû l'attacher au monde. Âgé de dix-fept ans, il quitta la maifon paternelle, & vint à Paris, où il prit l'habit chez les Auguftins Déchauffés au mois de Février 1671, & y fit profeffion le 22 Février de l'année fuivante.

Appliqué par fes fupérieurs à l'étude de la philofophie, puis à celle de la théologie, il fournit cette double

carriere avec les plus glorieux succès ; mais s'il se fit
admirer par la beauté de son génie, il ne se distingua
pas moins par sa ferveur à remplir dans toute leur étendüe tous les devoirs de son état.

Son zele soutenu d'un talent singulier pour l'éloquence
de la chaire, le livra pendant quelques années au ministere de la parole, & par-tout il fut goûté & applaudi.
Plusieurs fois leurs Altesses Royales M. le duc & Madame la duchesse d'Orléans, M. le duc de Chartres
& Mademoiselle, lui firent l'honneur de l'entendre
à Paris & à Versailles, & lui donnerent d'éclatantes marques de leur estime. Madame sur-tout eut toujours pour lui une considération particuliere, & elle lui
fit l'honneur de la lui témoigner dans bien des occasions.

Cependant le pere Ange emporté par la forte passion
qu'il eut toujours pour cette partie de l'histoire, qui
a pour objet les généalogies des grandes maisons, renonça à toute autre occupation pour s'appliquer uniquement à cette étude. Le premier ouvrage qu'il composa en ce genre, fut un nombre considérable de nouveaux articles, qui furent insérés dans le grand Dictionnaire historique de l'édition de 1704, & de celle
de 1707.

Jugé seul capable de pouvoir satisfaire aux désirs du
public, qui paroissoit souhaiter ardemment la suite de
la grande histoire généalogique de la Maison de France,
commencée par le pere Anselme, & continuée par M.
du Fourny, ouvrage dont la seconde édition avoit été
enlevée en bien peu de tems, le pere Ange fut rappellé de la province du Roussillon, & dès qu'il fut arrivé à Paris, on lui remit généralement tous les Mémoires que ses predecesseurs avoient laissés, & dont
ils n'avoient point encore fait usage, ou qui ayant été
employés, le pouvoient être plus utilement, lorsqu'ils
auroient été revus avec soin ; & ce fut-là une des premieres attentions du nouvel éditeur, mais il ne borna
pas son travail à de simples corrections. Les recherches

qu'il fit, & qui étoient toutes appuyées fur des titres authentiques, augmenterent de quatre volumes *in-folio* l'ouvrage dont il s'étoit chargé de donner la continuation.

Le premier volume renferme l'hiftoire généalogique & chronologique de la Maifon Royale de France, corrigée & augmentée avec celle de la Maifon de Portugal, compofée fur les meilleurs auteurs de la nation.

Le fecond contient l'hiftoire des douze anciennes pairies. L'auteur commence par les fix pairies eccléfiaftiques, depuis environ l'an 1179, & il donne l'abrégé de la vie de chaque prélat, fur-tout par rapport à fes fonctions de pair. Si fa maifon a été illuftrée par quelque pairie laïque, ou par quelque charge de celles qui doivent être rapportées dans la fuite de cette hiftoire, il marque fimplement le nom de fes pere & mere, & il indique le chapitre où fa généalogie fera donnée en entier; fi fa maifon n'a pas eu de ces charges, il en donne la généalogie à la fin de fon article. C'eft ainfi qu'il a fçu faire entrer dans cet ouvrage plufieurs maifons illuftres, dont il n'avoit point été fait mention dans les éditions précédentes du même ouvrage.

Le troifiéme & le quatriéme volumes offrent l'hiftoire de toutes les autres pairies qui ont fubfifté, ou qui fubfiftent à préfent; elles font mifes en leur rang, fuivant la date de leur création; après avoir rapporté la généalogie de ceux qui ont poffédé ces pairies, l'auteur rapporte celle des anciens feigneurs qui ont poffédé ces terres avant qu'elles fuffent érigées en pairies.

Dans le cinquiéme & le fixiéme volumes font les fénéchaux, les connêtables, les chanceliers & les gardes des fceaux, les maréchaux de France & autres officiers de la couronne, & grands officiers de la maifon du roi; viennent enfuite les anciens barons qui n'avoient pû avoir de place naturelle dans les autres tomes.

Le dernier volume eft terminé par les ftatuts & le catalogue des chevaliers-commandeurs & officiers de

l'ordre du Saint-Esprit, suivant leur rang de réception,
depuis le 31 Décembre 1578, jour de la premiere promo-
tion, jusqu'à celui de l'impreſſion de l'ouvrage, dont.
les deux premiers volumes étoient ſous preſſe, lorſque
l'auteur mourut preſque ſubitement le 4 Janvier 1726,
âgé de ſoixante & onze ans. Le même ouvrage a été
donné en neuf volumes *in-folio*, par le pere Simplicien, digne ſucceſſeur des grands hommes dont nous
venons de faire l'éloge, & que le pere Ange avoit aſſocié à ſes travaux littéraires.

Le pere Ange a encore donné en 1722 une nouvelle édition de l'état de la France qu'il augmenta de deux volumes, & qu'il eut l'honneur de préſenter à Sa Majeſté,
qui avoit agréé la dédicace de cet ouvrage.

La ſupériorité de ſon mérite l'avoit élevé aux premieres charges de ſa congrégation, & il avoit rempli
avec diſtinction celles de prieur de la maiſon de Paris,
de provincial & d'aſſiſtant-général.

LOUIS-SEBASTIEN LE NAIN
DE TILLEMONT.

LOUIS-SÉBASTIEN LE NAIN DE TILLEMONT,
né à Paris le 30 Novembre 1637, eut pour pere
Jean le Nain, maître des requêtes, & pour mere, Marie le Ragois, tous les deux diſtingués par une piété
exemplaire, leur fils hérita de leur penchant à la vertu,
& il la pratiqua dès ſa plus tendre enfance. Agé de
neuf à dix ans, il fut mis à Port-Royal, pour y être
élevé par les vertueux & ſçavans ſolitaires qui s'étoient
retirés dans cette maiſon. Sous de ſi excellens maîtres,

il fe perfectionna également dans les fciences & dans
la piété. Après avoir glorieufement achevé le cours de
fes études, il fe livra tout entier à la lecture de l'é-
criture fainte & des peres ; & ce fut dans ces fources
facrées, qu'il puifa les lumieres de cette foi vive &
agiffante, qui fut conftamment la regle de fa conduite.

Trop humble pour penfer que fon travail pût fervir à l'inftruction des autres, il recüeillit, dans la feule
vüe de s'inftruire & de s'édifier lui-même, tout ce qu'il
put trouver de faits hiftoriques fur la vie des Apôtres,
& fur celle de leurs fucceffeurs, & il forma le plan de
fon ouvrage fur celui qu'Ufferius a fuivi dans fes annales facrées. Ceux qui le dirigeoient dans fes études, jugerent par le premier effai de fon travail, que c'étoit
là le genre auquel il devoit confacrer fes talens ; mais
comme la matiere étoit trop ample, ils lui confeillerent
de fe renfermer dans les fix premiers fiécles de l'églife,
portion la plus riche, quoique la plus épineufe d'un fi
vafte champ. La liaifon effentielle qui fe trouve entre
les événemens de l'hiftoire de l'empire, & ceux de
l'hiftoire de l'églife, lui avoit appris qu'il falloit commencer par débrouiller les premiers, avant que d'entreprendre d'approfondir les autres ; & c'eft ce qui l'engagea à travailler à fon hiftoire des empereurs, & des
autres princes qui ont regné durant les fix premiers
fiécles de l'églife, & qui fut fuivie de fes Mémoires
pour fervir à l'hiftoire eccléfiaftique, ouvrages tirés du
fein des auteurs originaux, & bien fouvent tiffus de
leurs propres termes.

» Ces Mémoires, dit M. Dupin, font d'une recher-
» che prefque infinie, & compofés avec toute l'exacti-
» tude poffible. L'hiftoire n'eft qu'un tiffu des paffages
» des anciens auteurs, & quelquefois des modernes,
» dont M. Tillemont fait une narration continüe, en
» y ajoutant de courtes réflexions. Les notes qui font
» à la fin de chaque volume, font excellentes & d'une
» critique très-exacte. Il eft modefte dans fes expreffions,

» jufte dans fes citations, retenu dans fes décifions,
» pieux & judicieux dans fes réflexions ; il auroit été
» feulement à fouhaiter qu'il eût fuivi une autre mé-
» thode dans fon hiftoire, & qu'au lieu de compofer
» des vies détachées des faints, des hommes illuftres
» & des empereurs, & de traiter l'hiftoire de l'é-
» glife fous des titres différens ; il eût fait des
» annales à l'imitation de Baronius, ce qui n'empêche
» cependant pas qu'on ne puiffe tirer de grandes lumie-
« res de cet ouvrage, & qu'il ne foit également pro-
» pre à inftruire & à édifier. Les fçavans y trouvéront
» quantité d'obfervations chronologiques & critiques,
» pour exercer leur érudition, & les fimples, un nom-
» bre infini de faits édifians, & de tems en tems de
« courtes réflexions pour nourrir leur piété.

Ajoutons que c'eft dans ces riches fources, qu'ont
puifé du vivant même de M. de Tillemont, M. du Foffé auteur de l'hiftoire de Tertullien & d'Origene, & M. Hermant chanoine de Beauvais, auteur des vies de Saint
Bafile, de S. Grégoire de Nazianze, de S. Chryfoftome
& de S. Ambroife. C'eft encore à ces Mémoires qu'ont
eu recours les fçavans hommes qui nous ont donné les
nouvelles éditions de S. Cyprien, de S. Hilaire, de S.
Ambroife, de S. Auguftin, de S. Paulin, de S. Fulgence, & de plufieurs autres, tant pour l'hiftoire de
la vie de ces Saints, que pour le difcernement & la chronologie de leurs ouvrages. Si ces particularités font demeurées fecrettes pendant la vie de ce grand homme,
c'eft que toujours difpofé à faire part de fes lumieres
à ceux qui y avoient recours, il ne le faifoit qu'à une
condition, qui étoit que ceux qu'il enrichiffoit de fes
connoiffances, fupprimeroient tout témoignage de leur
reconnoiffance ; telle étoit l'humilité profonde de cet illuftre écrivain ; il femble même, que comme elle étoit
la regle de toutes fes actions, elle étoit auffi l'ame de
tous fes ouvrages, où on le voit avec étonnement ne
propofer qu'en doutant, les opinions les plus infaillibles,

& confeſſant ſouvent que ſes lumieres trop bornées, ne lui permettoient pas de baſarder des déciſions qu'il croiroit peu ſûres.

Pénétré d'un ſaint mépris pour ſoi-même, il refuſa long-tems de s'engager dans le ſacerdoce, & il n'y entra que parce qu'il ne put réſiſter aux preſſantes ſollicitations de M. le Maître de Sacy ſon directeur, & à celles de M. Chouart de Buzenval évêque de Beauvais, dans le ſéminaire duquel il demeura quelques années. Il paſſa auſſi cinq ou ſix ans chez le célebre M. Hermant, chanoine de l'égliſe cathédrale de cette ville.

Un de ſes amis avec qui il avoit été élevé, M. Thomas du Foſſé, l'ayant rappellé à Paris, il habita deux ans avec lui. Quoiqu'il menât une vie fort retirée, tous ſes momens étant partagés entre la priere & l'étude; cependant l'attrait qu'il ſentoit pour une plus grande ſolitude, l'engagea à ſe retirer à la campagne dans la paroiſſe de S. Lambert, entre Chevreuſe & Port-Royal.

Ayant été depuis ordonné prêtre en 1676, il ſe fit bâtir un petit corps de logis dans la cour de cette abbaye; mais il n'y demeura que juſqu'en 1679, que les ſolitaires qui habitoient cette maiſon, reçurent ordre de ſe retirer. M. le Nain prit donc alors le parti de venir demeurer à Tillemont près de Vincennes.

Environ trois ans après, le curé de S. Lambert étant tombé dangereuſement malade, lui réſigna ſon bénéfice, que l'humble M. de Tillemont n'accepta que dans la vüe de ſe dévoüer tout entier au ſalut des ames; mais M. ſon pere s'oppoſa à cette deſtination, qui d'ailleurs n'auroit pû avoir lieu, parce que la ſanté du curé de S. Lambert ſe rétablit parfaitement; ainſi M. de Tillemont revint dans ſa ſolitude, où il continua de mêler la mortification d'une vie pénitente aux travaux d'une étude continuelle. Ses exceſſives auſtérités, & ſa trop grande application, minerent enfin ſes forces, & il tomba dans une maladie de langueur, qui l'enleva

de

de ce monde le 10 Janvier 1698 , dans la soixante-
uniéme année de son âge.

Outre les ouvrages dont nous avons parlé , on a
encore de ce sçavant homme , une lettre au pere Lamy
de l'Oratoire , sur la derniere pâque de Jesus-Christ ,
& sur la double prison de S. Jean-Baptiste ; une autre
lettre à M. l'abbé de Rancé , écrite au sujet du refus
que l'on avoit fait à la Trappe , de laisser parler M.
Wallon de Beaupuis à dom le Nain ; des réflexions
sur divers sujets de morale , des mémoires pour la vie
de S. Louis , entreprise par M. de Saci , & achevée par
M. de la Chaise. Ses ouvrages manuscrits les plus considérables , sont la vie de la bienheureuse Isabelle sœur
de S. Louis ; & l'histoire des rois de Sicile de la maison d'Anjou.

PIERRE-JOSEPH D'ORLEANS.

PIERRE-JOSEPH D'ORLEANS , né à Bourges
le 6 Novembre 1641 , a mérité par la politesse &
l'élégance de son style , par la justesse de ses réflexions ,
& par sa judicieuse critique , de tenir un rang distingué parmi les plus célebres écrivains de son siécle. Ses
études finies avec une distinction singuliere , il entra
dans la compagnie de Jesus le 13 Juillet 1659. Il apporta dans la religion toutes les dispositions nécessaires pour en remplir parfaitement les devoirs , un penchant naturel pour la pieté , une ardeur extrême pour
le travail , accompagnée d'une facilité de génie qui le
rendoit propre à réussir dans toutes les sciences ausquelles on voudroit l'appliquer ; il en est peu aussi dans
lesquelles il ne se soit distingué.

Destiné après son noviciat à enseigner les belles-lettres, il les professa successivement en différens colleges, & ce fut par-tout avec le même éclat. Il s'appliqua particuliérement à l'histoire, & de bonne heure il
forma son style sur celui des meilleurs auteurs de l'antiquité.

Ce jeune Jésuite ne brilla pas moins dans ses études de philosophie & de théologie. Après les avoir glorieusement achevées, il fut employé pendant plusieurs
années à professer la rhétorique, nouvelle carriere où
il se fit admirer par le rare talent qu'il avoit pour l'é-
loquence. Ce talent précieux, il le consacra depuis à
la chaire, & ce fut avec les plus heureux succès. Les
sermons qu'il nous a laissés remplis de ces traits frap-
pans qui caractérisent les grands orateurs, se feront
lire autant de tems, que le goût de la véritable éloquence chrétienne se conservera dans toute sa pureté.

Mais le grand nom que cet homme illustre s'est fait
dans la république des lettres, il faut convenir qu'il le doit
principalement aux ouvrages historiques qui sont sortis
de sa plume non moins brillante que solide. Le premier qu'il ait donné, est son histoire des deux conquérans Tartares, Chunchy & Camhy qui ont subjugué la
Chine, imprimée en 1688. Cette conquête de la Chine
par un prince Tartare, & dès-lors étranger à ce vaste
empire, est une des plus considérables qu'il y ait eu
dans cette nation; & nous pouvons ajouter que l'histoire de l'univers entier n'offre gueres de révolution
plus extraordinaire que celle là, ni qui soit remplie d'é-
vénemens plus merveilleux & plus rares; aussi peu d'histoires qui se fassent lire avec plus de plaisir que celle
dont nous parlons.

La même année le pere d'Orleans publia la vie du
pere Coton son confrere; mais selon M. l'abbé Lenglet, l'auteur y a omis plusieurs faits intéressans qui se
trouvent dans la vie du même Jésuite, écrite en latin

par le pere Rouvier, & qui avoit été imprimée à Lyon
en 1660.

A ces deux hiftoires fucceda en 1690, celle de M.
Conftance premier miniftre du roi de Siam, & de la
derniere révolution de cét Etat. Si l'on en croit le même critique, le fond de cette hiftoire écrite en partie
fur les relations & fur les mémoires du pere Tachard
Jéfuite, eft fort équivoque ; du moins eft-il certain
que bien des faits qui y font rapportés, ne paroiffent
gueres s'accorder avec les Mémoires du comte de For-
bin chef d'efcadre, qui avoit connu particuliérement
M. Conftance, & qui n'avance prefque rien dont il
n'ait été ou témoin oculaire, ou dont il n'ait été exactement informé.

Nous avons encore du même auteur, la vie de Marie de Savoye reine de Portugal, & de l'Infante Ifabelle fa fille, la vie du pere Ricer Jéfuite, fameux
miffionnaire de la Chine, & celles de S. Louis de Gor-
zague, & de S. Staniflas ; mais l'ouvrage qui a éternifé fa gloire, & qui a réüni en fa faveur les fuffrages de tous les fçavans, auffi bien des Catholiques que
des Proteftans, c'eft fon admirable hiftoire des révolutions d'Angleterre, depuis le commencement de la
monarchie, jufqu'en 1691, réimprimée plufieurs fois.

Le public a porté le même jugement de l'hiftoire des
révolutions d'Efpagne. On y remarque, comme il eft
» dit dans la préface de cet excellent ouvrage, les mê-
» mes graces & la même naïveté dans le fil des nar-
» rations, le même pinceau & la même fidélité dans
» les portraits, même exactitude dans l'ordre des faits,
» même difcernement dans la critique, même élégance
» & même énergie dans la diction. Si les révolutions
» d'Efpagne ne font ni fi fréquentes, ni fi rapides que
» celles d'Angleterre, elles font en récompenfe plus di-
» verfifiées. On peut dire même que l'hiftoire des révolu-
» tions d'Efpagne a cet avantage fur la premiere, qu'elle
» eft en même-tems une hiftoire fuivie du gouvernement

» de la nation. Chaque année y fait éclorre de nouvel-
» les dynafties, qui s'établiffent fur les ruines de la do-
» mination Sarafine. L'auteur a fçu trouver l'art de rap-
» porter fous un même point de vûe, l'hiftoire de dif-
» férens petits Etats qui fe formerent des débris de l'em-
» pire Mahométan, & de rappeller fans ceffe fon lec-
» teur par l'importance & par la variété des événe-
» mens, par la nouveauté & par la rapidité des objets qu'il
» fait fucceder les uns aux autres; enfin par l'ingénieufe
» fécondité des événemens qu'il prépare. On y retrouve
» avec plaifir l'héroïfme des vertus guerrieres, foutenu
» des plus grands exemples de la magnanimité chré-
» tienne, & les refforts de la plus artificieufe politique,
» quelquefois palliée fous les apparences de la religion,
» & déguifée fous le mafque de l'équité.

L'auteur n'a pas eu la confolation de pouvoir mettre la derniere main à ce grand ouvrage, qui a été
depuis continué par deux de fes confreres, les peres
Arthuis & Biumoy. Le pere d'Orleans n'a compofé que
le premier volume & le deuxiéme jufqu'à la page 449.
Son deffein étoit de pouffer cette hiftoire jufqu'à la
mort de Ferdinand le Catholique incluſivement; mais
une mort trop prompte l'enleva de ce monde le 31 Mars
1698 dans fa cinquante-feptiéme année.

URBAIN CHEVREAU.

URBAIN CHEVREAU, plus illuftre encore par
fon profond fçavoir, que par les glorieux titres
dont il fut revêtu, naquit à Loudun le 20 Avril 1613.
Dès fes premieres années, il eut une application extrême à l'étude, & de bonne heure il y fit de très-

grands progrès. Jaloux de sa liberté, qu'il regarda toujours comme le plus précieux de tous les biens, il passa
la plus grande partie de sa vie à voyager, & par-tout
il fut reçu avec distinction. Peut-être suffiroit-il d'apporter pour preuve de la supériorité de son mérite,
l'honneur qu'il eut d'être fait sécretaire des commandemens de la reine Christine de Suede. De la cour de
Stokolm, il passa successivement à celles de Cassel, de
Copenhague, de Zell, d'Hanovre & de Brunswick,
& dans toutes ces cours, ce fut même empressement
à l'y retenir.

    » Au sortir de Brunswick où j'avois demeuré assez
» long-tems, dit-il lui-même dans le *Chevræana*, je
» fus engagé de passer par Heidelberg, où M. l'Elec-
» teur Palatin me fit l'honneur de me venir voir avec
» toute la maison électorale, & les principaux de son
» conseil. J'y fus retenu avec le titre de conseiller ;
» quand je croyois retourner en France, Madame la
» princesse Palatine douairiere, sœur de la reine de Po-
» logne, ménageoit alors le mariage de Madame la
» princesse Electorale avec Monsieur. Comme elle ne
» pouvoit être Madame en France, sans être de la re-
» ligion Romaine, & que M. l'Electeur n'eut jamais
» souffert qu'un religieux de quelqu'ordre qu'il eût été,
» ou un prêtre fût introduit dans sa cour, & que les
» étrangers ne voyent point les princesses dans leurs
» appartemens, j'eus un moyen sûr de voir celle-là,
» & de plus la joie de la convertir, après avoir pris tou-
» tes les précautions & les mesures que je pouvois pren-
» dre. J'y employai dix-huit ou vingt jours, quatre heu-
» res par jour, sans qu'aucun en eût pû former le moin-
» dre soupçon, & quand Madame la princesse Electo-
» rale n'eut plus de scrupule, ni de doute à m'opposer,
» j'écrivis en France à Madame la princesse Palatine,
» & lui envoyai une copie de l'abjuration, dont j'avois
» laissé l'original à un grand prince, de peur qu'il n'ar-
» rivât quelque changement. M. l'Electeur ayant eu des

» lettres de Madame la princeſſe Palatine, qui l'aver-
» tiſſoit qu'elle étoit ſur ſon départ, lui donna rendez-
» vous à Straſbourg, d'où elle devoit conduire Madame
» la princeſſe Electorale. Elle avoit emmené avec elle
» le pere Jourdan Jéſuite, pour voir ſi rien ne man-
» quoit à la nouvelle converſion ; mais les choſes étoient
» en ſi bon état, qu'il ne trouva plus rien à faire pour
» lui de ce côté-là. J'eus ordre de l'Electeur d'être de
» la ſuite juſqu'à Metz, où M. le maréchal duc du Pleſ-
» ſis-Praſlin épouſa Madame au nom de Monſieur, &
» je retournai à Heidelberg, pour y rendre compte
» de ce qui s'étoit paſſé dans le voyage.

Après la mort de M. l'Electeur Palatin, M. Chevreau
ſe détermina enfin à revenir en France. A peine y fut-
il arrivé, que la ſupériorité de ſes talens lui procura
l'honneur d'être choiſi pour être précepteur de Mgr le
duc du Maine, emploi qu'il remplit ſi dignement, qu'il
mérita depuis d'être revêtu du titre de ſécretaire des
commandemens de ce prince.

La vie tumultueuſe de la cour ne fut point capable de rallentir ſon ardeur pour l'étude qui fut toujours
ſa paſſion favorite. Il avoit déja donné divers ouvrages,
qui tous avoient été reçus favorablement du public.
Ses conſidérations fortuites, traduites de l'anglois de
Joſeph Hall, ſon Ecole du ſage, un volume de lettres, un roman très-ingénieux, intitulé Hermiogene,
le tableau de la fortune, & des remarques ſur les poëſies de Malherbe. De retour en France, il conſacra
tous ſes momens de loiſir à la compoſition de l'admirable hiſtoire qu'il donna en 1686, ſous le titre d'Hiſtoire du Monde. » Il y a, dit M. l'abbé Lenglet, beau-
» coup de ſçavoir dans cet ouvrage, & l'on en peut
» tirer quelque utilité. Ce qui s'y trouve le mieux diſ-
» cuté, ſont l'Hiſtoire Grecque, la Romaine, la Ma-
» hométane, & celle de la Chine. Celle d'Egypte &
» d'Aſſyrie, n'y ont pas reçu tout le jour que l'auteur,
» qui étoit habile, pouvoit donner.

Mais les éditions multipliées qui ont été faites de
cette excellente histoire, en relevent assez le prix. Un autre ouvrage non moins estimé, sont les Œuvres mêlées
de ce sçavant homme. »Il est rare, dit le Journaliste
» des sçavans, de voir en un seul homme les deux qua-
» lités qui regnent également en M. Chevreau. Il a tout
» lu ; mais il a trouvé le secret de ne pas accabler le
» lecteur par un trop grand amas de littérature. Il choisit
» bien les matieres & les difficultés qui méritent notre at-
» tention, & il est si poli, qu'il fait trouver des dou-
» ceurs dans l'examen d'un sujet de critique, tout sec
» & tout rebutant qu'il est de sa nature. Un trop grand
» amas d'autorités est souvent une richesse affectée &
» incommode. Il n'est pas tombé à cet égard dans les
» excès des Giracs, des Costarts & des Ménages. Ces
» Messieurs craignent si fort qu'on n'ignore ce qu'ils
» sçavent, qu'ils ne veulent jamais se produire sans tout
» l'appareil de leur sçavoir. M. Chevreau n'est point
» tombé dans le défaut ordinaire des critiques, qui sont
» peu endurans, & qui méprisent hautement les senti-
» mens & les personnes qu'ils combattent. On ne trouve
» rien de personnel, ni de fâcheux dans ses disputes,
» il ne prend point un ton de maître. Les éclaircisse-
» mens qu'il donne sur les larcins qu'ont fait nos poë-
» tes François, m'ont paru fort curieux. On leur par-
» donneroit les vols faits dans le grec ou dans le pays
» latin ; mais il n'y a gueres de sagesse à voler nos voi-
» sins, les Italiens & les Espagnols. Si M. Chevreau
» imite quelquefois les pensées des autres, il ne se fait
» point honneur de la premiere invention. Sa versifi-
» cation est aisée, sa rime est heureuse, ses pensées sont
» fines & bien tournées ; ses lettres à M. le duc du
» Maine, sont d'un caractere inimitable. Il y débite les
» sentimens d'un véritable honnête-homme, il y mé-
» nage avec art les intérêts de la vérité, & le respect
» qu'il doit à son jeune prince; il y mêle agréablement
» l'enjoué avec le sérieux, on n'y voit point de bassesse,

» ni cette flaterie outrée, qui eſt l'encens dont on par-
» fume ordinairement les maîtres de la fortune.

M. le Fevre, M. Dacier, & d'autres habiles critiques, n'ont pas parlé avec moins d'éloge des ouvrages de cet illuſtre ſçavant, dont la piété égaloit l'érudition. Philoſophe chrétien, il conſacra les vingt dernieres années de ſa vie à la retraite. Une belle maiſon qu'il avoit fait bâtir à Loudun, fut le lieu qu'il choiſit pour y couler le reſte de ſes jours dans un honorable repos. Là, il ne s'occupoit que de la priere & de l'étude; l'unique amuſement qu'il ſe permettoit, étoit de cultiver quelques fleurs rares, plus précieuſes pour lui, que les plus grands tréſors. *Je tiens toujours à la bagatelle*, dit-il dans ſes Œuvres mêlées, *& je fais plus d'état de ſix anemones & de ſix tulipes bien pannachées, que de toutes les fleurs de la rhétorique.*

Préparé à la mort par un long exercice de toutes les vertus chrétiennes, il en vit approcher le moment ſans effroi. Plein de confiance dans les miſéricordes de ſon Dieu, il mourut dans de tendres ſentimens de dévotion le 15 Février 1701, étant âgé de quatre-vingt-ſept ans & quelques mois. La maiſon où il avoit conſacré les dernieres années de ſa vie à la piété, il la conſacra à Dieu en mourant, par le don qu'il en fit aux filles de l'Union Chrétienne, à condition qu'elles recevroient trois religieuſes; & il laiſſa à ſes héritiers une belle bibliotheque extrêmement précieuſe pour le choix des livres dont elle étoit compoſée.

On lit au bas du portrait de cet homme illuſtre les quatre vers ſuivans.

Ære expreſſa vides ſummi polyhiſtoris ora,
Ingenium hoc libro (a) *pinxerat ore ſuum.*
Graias & Latias veneres ubi miſcet in unum,
Et ſi quas Gallis muſa benigna dedit.

(a) Par ce livre, on doit entendre les œuvres mêlées de M. Chevreau. On a encore de lui ſon *Chevræana*, l'un des meilleurs ouvrages qui ait été compoſé en ce genre.

ADRIEN

****

A D R I E N   B A I L L E T.

ADRIEN BAILLET, célebre par le grand nombre d'ouvrages qui font fortis de fa plume, & qui ont été le fruit d'une ardeur infatigable pour le travail, accompagnée d'une extrême facilité à écrire, naquit le 13 Juin 1649, à la Neuville, village fitué à quatre lieües de Beauvais, de parens qui ne devoient leur fubfiftance, qu'au foin qu'ils prenoient de cultiver eux-mêmes un très-petit bien qui leur avoit été tranfmis par leurs ancêtres.

Né de parens fi peu accommodés des biens de la fortune, le jeune Baillet ne laiffa pas que de faire fes études, & il dut cet avantage à l'affection dont s'éprit pour lui le facriftain d'un couvent de Cordeliers, peu éloigné de la Neuville, où ce jeune enfant alloit exactement tous les matins fervir les prêtres à l'autel, & fouvent il lui arrivoit de paffer toute la journée dans le couvent, s'occupant à rendre aux autres religieux tous les petits foins officieux dont ils le jugeoient capable. Son application à profiter des leçons de fon premier maître, les marques qu'il donna d'une grande vivacité de génie propre à réuffir dans les fciences, firent juger au fupérieur de la maifon, qu'un fi excellent fujet feroit une acquifition pour l'ordre de S. François; & dans cette perfuafion il demanda le jeune Baillet à fes parens; mais ceux-ci ayant confulté leur Curé, qui après avoir examiné de près ce jeune enfant, fut charmé de fon efprit; il fut décidé qu'on remercieroit le pere Cordelier de fes bonnes intentions, que le petit Baillet demeureroit chez M. le Curé, qui voulut bien fe charger du foin de fon inftruction. Après lui

Tome I.   B 4

avoir appris les premiers élémens de la langue latine, il l'envoya au college de Beauvais pour y continuer ses études.

M. Baillet en fit de particulieres, dans lesquelles il n'eut pour guide que son génie seul. L'histoire & les langues sçavantes déroberent la plus grande partie de son tems ; & il y fit de si grands progrès, qu'avant qu'il eut achevé sa rhétorique, il avoit acquis une parfaite connoissance de l'hébreu, & s'étoit mis en état de dresser d'excellentes tables de chronologie.

Son goût pour les mêmes sciences le suivit en philosophie ; cependant quoiqu'il s'appliquât peu à cette derniere étude, la facilité de son génie lui tint lieu d'application, & on le vit soutenir avec applaudissement, des thèses publiques à la fin de son cours.

La théologie scholastique eut pour lui peu d'attraits ; mais il n'en fut pas de même de la positive, & il lui fut d'autant plus facile de se perfectionner dans cette partie de la théologie, qu'il avoit déja fait une étude sérieuse de l'histoire ecclésiastique, à laquelle il joignit depuis celles de l'écriture-sainte, des conciles & des peres.

M. Baillet n'avoit été jusqu'alors occupé que de sa propre instruction ; ses études finies, il fut destiné à instruire les autres. Il obtint en 1672 une chaire de professeur dans le college de Beauvais, où il enseigna les humanités pendant quatre années consécutives.

Ce fut après avoir fourni avec succès cette nouvelle carriere, qu'il reçut les ordres sacrés ; & presque immédiatement après son ordination, il fut employé par son évêque à la desserte d'une petite paroisse. Quelque ardeur qu'il eut pour l'étude, il ne lui accorda aucun des momens qu'exigeoient les fonctions de son ministere, & il mit toute son application à former en Jesus-Christ le petit troupeau qui lui avoit été confié.

Cependant au bout de deux ou trois ans, il obtint d'être attaché à une autre paroisse, où déchargé de la

conduite des ames, il pouvoit recommencer à faire
de l'étude sa principale occupation. Un changement
heureux qui se fit l'année suivante dans sa fortune, mit
le comble à tous ses vœux. Ses amis empressés à lui procurer un poste conforme à ses inclinations & à ses talens, réussirent à le placer en qualité de bibliothécaire
chez M. le président de Lamoignon, & c'est dans cette
honorable & laborieuse fonction qu'il a fini ses jours.

Je finirai cet éloge par le jugement que les auteurs
du Journal des sçavans ont porté de ce célebre écrivain.

» Il avoit un esprit très-vif & très-étendu, une fa-
» cilité merveilleuse à démêler la vérité, d'avec ce qui
» n'en avoit que l'apparence, un jugement solide, & un
» goût sûr pour tous les ouvrages d'esprit. Ces qua-
» lités étoient accompagnées d'une ardeur insatia-
» ble pour les sciences.

» Les réflexions qu'il faisoit sur la route qu'il avoit
» tenüe dans sa maniere d'étudier, lui ayant fait dé-
» couvrir qu'on iroit beaucoup plus loin dans les arts
» & les sciences, si on avoit une connoissance certaine
» des livres qu'il faut lire, & de ceux qu'il faudroit lais-
» ser; il consulta les critiques sur le choix qu'on en de-
» voit faire. La lecture des auteurs de ce genre lui fa-
» cilita le chemin des sciences ; mais en même-tems elle
» le rendit lui-même un des plus célebres critiques. Au
» reste ses connoissances n'étoient point bornées à cette
» seule science, ses écrits nous le prouvent assez. Nous
» avons de lui des histoires, des traités ascétiques, &
» des traductions dont le style est aussi naturel qu'elles
» sont exactes. Il avoit des idées très-claires & très-dis-
» tinctes, des questions les plus difficiles de la nou-
» velle philosophie, comme on peut en juger par la
» vie qu'il nous a donnée de M. Descartes.

» La rapidité avec laquelle il marchoit vers le but
» qu'il s'étoit proposé de tout sçavoir, ne lui permet-
» toit pas de donner son tems à polir son style ; il s'ar-
» rêtoit plus aux choses, qu'à la maniere de les dire,

»la premiere expreſſion qui ſe préſentoit à ſon eſprit,
»étoit ordinairement celle dont il ſe ſervoit.

»Quoique M. Baillet ait toujours fort aimé la retraite,
«il avoit cependant un grand nombre d'amis, il les
»ſervoit avec beaucoup de zele & de fidélité dans les
»occaſions, il avoit un attachement ſincere & déſin-
»téreſſé pour ſon illuſtre protecteur, & une exacti-
»tude à remplir ſes devoirs, qui alloit juſqu'au ſcru-
»pule. Rien ne prouve mieux cette derniere qualité,
»que l'ordre qu'il a mis dans la bibliotheque de M.
»de Lamoignon.

»Auſſi-tôt que ce ſçavant magiſtrat lui en eut con-
»fié le ſoin, il mit enſemble tous les livres qui regar-
»dent chaque art & chaque ſcience en particulier,
»& il les arrangea dans leur ordre chronologique ;
»il fit enſuite un catalogue, qui eſt proprement une
»table des matieres. Par le moyen de cette table, on
»trouve ſans peine tout ce que les auteurs qui ſont
»dans cette bibliotheque ont dit ſur une matiere dont
»on veut traiter. Cette table n'indique pas ſeulement les
»auteurs qui ont traité de cette matiere *ex profeſſo* ;
»mais elle marque tous les endroits où les autres en
»ont traité en paſſant, & tout ce qui en a été dit
»dans des piéces volantes, ce catalogue contient trente-
»deux volumes *in-folio*, écrits de la main de M. Baillet.

»Perſuadé de l'inutilité de la plûpart des livres,
»il avoit conclu de-là, que le principal devoir d'un
»bibliothécaire, étoit de connoître ceux dont la lecture
»eſt néceſſaire, c'eſt ce qui lui fit entreprendre de re-
»cüeillir les Jugemens des ſçavans ſur tous les ouvra-
»ges que nous avons.

»Il commença par les grammairiens & les traduc-
»teurs qu'il donna au public en quatre volumes *in-12*
»en 1685. Quoique cet ouvrage ne ſoit qu'une com-
»pilation des penſées des autres, il ne laiſſa pas que
»d'attirer des ennemis à M. Baillet. On fit courir quel-
»ques piéces ſatyriques contre lui ; dans leſquelles on

»lui reprocha la négligence de son style ; il y répon-
»dit par une préface qu'on trouve à la tête de son
»recüeil des poëtes, lequel parut en 1686 en cinq vo-
»lumes *in-12*. Les adversaires de M. Baillet, moins
»contens de ce dernier ouvrage, qu'ils ne l'avoient été
»du premier, mirent au jour deux volumes, auxquels
»ils donnerent le nom d'Anti-Baillet. A la vüe de ce
»livre, M. Baillet conçut deux idées ; la premiere fut
»de ramasser tous les ouvrages qui portent le nom
»d'*Anti*, c'est ce que nous avons en deux volumes *in-12*,
»imprimés sous le titre de Satyres personnelles. Il avoit
»donné au public l'année précédente, un traité *in-12*
»des enfans célebres par leurs études ou par leurs écrits.

»La seconde idée que M. Baillet conçut, fut de dé-
»masquer tous les auteurs qui se sont cachés sous des
»noms étrangers, empruntés, supposés, feints à plai-
»sir, chifrés ; mais il ne donna que la préface de ces
»ouvrages, parce que ses amis lui firent entendre, qu'un
»tel livre feroit un grand nombre de mécontens.

»Il tourna donc ses études d'un autre côté, & don-
»na en 1691 la vie de Descartes, & l'année suivante,
»il en publia l'abrégé ; en 1693 il fit imprimer sous
»le nom de M. de la Neuville son histoire de Hol-
»lande, & un petit traité *in-12* de la dévotion à la
»Vierge.

»Comme ce fut en ce tems-là qu'il commença à tra-
»vailler à ses vies des saints, on fut quelques années
»sans rien voir de lui, à la réserve d'un petit *in-12* in-
»titulé, de la conduite des ames.

»En 1701 il donna les vies des saints en trois vo-
»lumes *in-folio*, deux ans après il y ajouta un autre
»*in-folio*, qui contient l'histoire des fêtes mobiles, les
»vies des saints de l'ancien Testament, la chronologié
»& la topographie des saints ; enfin son dernier ouvra-
»ge qu'il fit paroître en 1705, sont les maximes de
»S. Etienne de Grammont qu'il avoit traduites.

»De grandes infirmités qui sont presque toujours la

» suite d'un travail auffi dur, que celui que M. Ba'llet
» avoit foutenu pendant toute fa vie, le réduifirent à
» l'extrémité, & il mourut âgé de cinquante-fept ans
» moins quelques mois le 21 Janvier 1706.

LOUIS COUSIN.

LOUIS COUSIN, préfident en la cour des Monnoyes, & l'un des quarante de l'Académie Françoife, né à Paris le 12 Août 1627, fe deftina d'abord
à l'état eccléfiaftique, & après avoir fait fes humanités, il étudia en Sorbonne, où il fut reçu bachelier ; ayant depuis changé de fentiment pour le choix
d'un état, il étudia en droit, fe fit recevoir avocat en
1646, & fréquenta le barreau jufqu'en 1657, qu'il
acheta une charge de préfident en la cour des Monnoyes.

Le grand loifir que lui laiffoit cette charge, ne fut
pas pour lui un tems perdu. Entraîné par une forte paffion pour l'étude, il lut avec avidité les meilleurs auteurs
grecs & latins, & il s'attacha enfuite à les traduire ;
ce qui lui fut d'autant plus facile, qu'outre qu'il poffédoit parfaitement ces deux langues, il joignoit à la
pureté & à l'élégance d'un ftyle coulant, la connoiffance de tout ce qu'il y de plus curieux dans les arts &
dans les fciences.

Cet illuftre fçavant a traduit en notre langue plufieurs hiftoriens eccléfiaftiques, fçavoir, Eufebe, Socrate, Sozomene, Theodoret, Evagre, Philoftorge,
& Theodore le lecteur, (a) la plûpart des écrivains de

(a) Le difcours de Clément Alexandrin, pour exhorter les Payens à embraffer la Religion Chrétienne.

l'empire de Conſtantinople , Procope , Agathtias , Me-
nandre le protecteur , Théophylacte , Simocate , Nicephore patriarche de Conſtantinople , Leon le grammairien , Nicephore de Brienne , Alexis Comnene , Nicetas Choniate , George Pachemyre , Jean Cantacuzene ,
Ducas , & quelques auteurs grecs de l'hiſtoire Romaine , comme Xiphilin , Zonare & Zoſime , divers écrivains latins de l'hiſtoire de l'empire d'Occident depuis
Charlemagne , comme Eginhard , Tegan , Nitard , Luit-
prand , Witikind , l'exhortation de Clément Alexandrin aux Gentils , le traité d'Euſebe ſur la fauſſeté
des miracles d'Appollonius de Thiane , & le traité du
cardinal Bona ſur les principes & les regles de la vie
chrétienne.

Dans toutes ces traductions , c'eſt par-tout même
pureté , même élégance de ſtyle , même juſteſſe de critique , même perſpicacité pour diſtinguer le vrai d'avec
le faux , même fidélité à rendre le ſens des auteurs qu'il
traduit. Il dit lui-même dans la préface de ſon premier volume de l'hiſtoire de l'empire de Conſtantinople , qu'il n'a voulu traduire que les écrivains , qui ont
joint les beautés de l'éloquence à la vérité de l'hiſtoire ,
mais il eſt vrai qu'il s'eſt élevé lui-même au-deſſus d'eux ,
& qu'il a ſurpaſſé ſes originaux dans toutes les qualités
qui peuvent donner de la grace & de la force au diſcours. On peut dire qu'il leur a été plus fidéle & plus
exact , qu'ils n'ont été eux-mêmes à leurs matieres , &
que pour cela il falloit être , comme il l'étoit , très-
verſé non ſeulement dans les deux langues , mais encore
dans tous les ſujets traités par les auteurs qu'il a traduits.

Il ne s'eſt pas contenté d'une ſimple verſion , mais
il a encore examiné avec beaucoup de ſolidité & de
pénétration , les ſentimens ſur leſquels il a travaillé ,
& il a remarqué & corrigé leurs fautes hiſtoriques , ſur-
tout celles des écrivains eccléſiaſtiques , avec autant d'intégrité & de déſintéreſſement , que s'ils euſſent été
traduits par un autre , jugeant qu'il eſt du devoir d'un

traducteur également fidéle & habile, non seulement de repréfenter fon auteur tel qu'il eft, mais de découvrir encore en particulier ce qu'il y a de loüable & de blâmable en lui, & de pouvoir s'en rendre tantôt le défenfeur, & tantôt le cenfeur, autant que la juftice & l'utilité publique femblent le demander.

Outre fes traductions, M. le préfident Coufin a encore donné au public, l'hiftoire de plufieurs faints de la maifon de Tonnere & de Clermont.

L'érudition de cet homme célebre, la juftefse & l'exactitude de fa critique, fon attachement à la doctrine de l'églife Gallicane, & des maximes du royaume, le firent choifir pour cenfeur royal, & M. de la Roque ayant difcontinué de travailler au Journal à la fin de l'année 1686, M. Coufin fe chargea de cet ouvrage, & donna la fuite depuis 1687 jufqu'en 1702. Il mérita par tant de beaux ouvrages une place à l'académie, où il fut reçu le 15 Juin 1697.

Une probité fans égale, une grande piété, beaucoup de modeftie, & un zele extrême pour l'intérêt du bien public, furent les vertus caractériftiques de ce grand homme. Par fon teftament il fit une fondation au college de Beauvais, pour l'entretien de fix Bourfiers qui fe deftineroient à l'état eccléfiaftique, & il laifsa fa bibliotheque à l'abbaye de S. Victor, avec un fonds de vingt mille livres, dont le revenu annuel doit être employé à l'augmentation de cette bibliotheque.

Ce fçavant magiftrat âgé de foixante & dix ans voulut apprendre l'hébreu, pour ne s'occuper dans les dernieres années de fa vie, que de la lecture de l'écriture-fainte. Il mourut le 26 Février 1707, dans fa quatre-vingt-huitiéme année. Il avoit été marié; mais il ne laifsa point d'enfans; ce fut principalement à l'occafion de la ftérilité de fa femme, qu'il fut vivement attaqué par M. Menage, & par l'abbé Fraguier, qui irrité de ce qu'il avoit mal parlé dans le Journal des fçavans, d'un des derniers ouvrages du pere Bouhours, lâcha

contre

contre M. le préfident Coufin plufieurs piéces, extrêmement fatyriques.

JEAN MABILLON.

JEAN MABILLON, religieux Bénédictin de la congrégation de S. Maur, l'un des plus fçavans hommes
au dix-feptiéme fiécle, naquit à S. Pierremont dans le
diocèfe de Rheims le 23 Novembre 1632. Après avoir
appris les premiers élémens de la langue latine chez
un de fes oncles qui étoit curé dans le voifinage, il
fut envoyé à Rheims pour y faire fes études. Son application, fa piété, fa modeftie, lui obtinrent au bout
de quelque tems une place dans le féminaire de l'églife
métropolitaine, où étoient élevés les jeunes gens que
l'on deftinoit au fervice du diocèfe. Pendant trois ans
que le jeune Mabillon demeura dans cette école, il s'y
fit autant admirer par la douceur de fes mœurs, que
par la vivacité & la juftefe de fon efprit. Appellé à
l'état religieux, il entra dans l'abbaye des Bénédictins
de S. Remi de Rheims le 5 Septembre 1653, & y fit
profeffion le 6 Septembre de l'année fuivante.

Il fe livra d'abord avec une ardeur extrême à l'é-
tude; mais il fe vit bientôt tourmenté par de fi vio-
lens maux de tête, qu'étant devenu incapable de tout
travail, fes fupérieurs furent obligés de l'envoyer à un
monaftere de la campagne appellé Nogent-fous Coucy,
où toute fonction qui demandât la moindre conten-
tion d'efprit lui fut interdite; de ce monaftere il paffa
à celui de Corbie, où il fut chargé des emplois de dépofitaire & de cellerier, parce que l'on étoit perfuadé
qu'un peu de diffipation & d'exercice pourroit contri-

buer au rétabliſſement de ſa ſanté ; mais ces emplois
qui pouvoient convenir à ſes infirmités, ne s'accor-
doient point avec ſon inclination naturelle pour l'é-
tude, ni avec ſon amour pour le recüeillement ; il pria
donc inſtamment ſes ſupérieurs de le rendre à une vie
plus réguliere, il n'obtint qu'une partie de ce qu'il déſiroit. On l'envoya à S. Denis, mais pour lui impoſer
la néceſſité de ſe diſſiper un peu, on l'occupa toute
l'année 1663 à montrer le tréſor & les tombeaux de
nos rois.

L'on rapporte qu'il y caſſa un miroir qu'on prétendoit avoir appartenu à Virgile, & que ce fut ce qui
diſpoſa ſes ſupérieurs à lui accorder la grace qu'il demandoit d'être déchargé d'un emploi qui l'engageoit
ſouvent à dire bien des choſes dont il n'étoitpas tout-
à-fait bien perſuadé.

Au milieu de ſes infirmités, il ne laiſſoit pas de profiter des bons momens qu'elles lui laiſſoient, pour les
conſacrer à la lecture ; & il avoit déja lû une bonne
partie des ouvrages des ſaints peres & des meilleurs
auteurs.

Dom Luc d'Achery, un des plus ſçavans religieux
de ſon ordre, étoit alors occupé de ſon *Spicilege*, ou
recüeil de piéces choiſies ; & comme cet ouvrage demandoit bien des recherches que cet illuſtre ſçavant
ne pouvoit faire ſeul, on lui donna dom Mabillon pour
l'aider dans cet important travail.

Il fut bientôt après deſtiné à un autre genre d'étude,
plus vaſte encore & plus intereſſant. Il s'agiſſoit d'une
nouvelle édition des ouvrages des peres, revus ſur les
manuſcrits, dont les bibliotheques de l'ordre de S. Benoît, comme les plus anciennes, ſont auſſi les mieux
fournies. Dom Mabillon qui commençoit à joüir d'une
meilleure ſanté, entreprit de donner une édition complette des Œuvres de S. Bernard qui étoit ſon auteur
favori. Cette édition parut en 1667 en deux volumes
in-folio, & en neuf volumes *in-octavo*. Le diſcernement,

l'exactitude & l'érudition qui regnent dans cet ouvrage, réunrent en sa faveur les suffrages des plus illustres sçavans. Ce que l'on y admire sur-tout, ce sont les éclaircissemens qui s'y trouvent répandus dans les préfaces de chaque tome, sur les points les plus obscurs & les plus curieux de la vie de S. Bernard, de ses écrits ou de l'histoire de l'église. En 1690 dom Mabillon donna une seconde édition de cet ouvrage, augmentée de près de cinquante lettres, de nouvelles dissertations préliminaires, & de nouvelles remarques.

En 1668 parut le premier volume *in-folio* des actes de la vie des saints de l'ordre de S. Benoît, & il fut successivement suivi de neuf autres volumes.

Cet ouvrage qui eut l'approbation du public, ne fut pas si bien reçu par quelques-uns des confreres du pere Mabillon. Dom Batilde présenta une requête au chapitre général, où il demandoit que dom Mabillon fît une rétractation publique de ce qu'il avoit avancé dans le premier volume, où il n'assure incontestable à l'ordre de S. Benoît, que vingt-cinq saints de quatre-vingt qui composent son recüeil. Dom Mabillon obligé de se justifier, le fit d'une maniere si persuasive, que ses supérieurs désapprouverent le zele mal réglé du dénonciateur, & donnerent à son amour pour la vérité les louanges qu'il méritoit.

Dans un des volumes de cette collection, dom Mabillon avoit inséré une dissertation sur l'usage du pain azime dans l'Eucharistie. Il y soutient contre le sentiment du cardinal Bona, que le pain azime est le seul dont on se soit servi dans l'église Latine pour célébrer les saints mysteres. Le même cardinal l'ayant prié d'examiner encore cette matiere, & lui ayant même marqué l'ordre dans lequel il souhaitoit qu'elle fût traitée, dom Mabillon lui adressa sur ce sujet une dissertation, où il établit par de nouvelles preuves, l'usage du pain azime dans l'église Latine, avant le schifme de Photius. Le sçavant pere Sirmond Jésuite avoit soutenu le

fentiment contraire ; & ce fut en partie pour le réfuter, que le pere Mabillon inféra dans la préface du
troifiéme fiécle de fes actes des faints, la diflertation
qu'il compofa fur l'ufage des pains azimes.

Ce fçavant religieux publia en 1675, fon premier volume de piéces fingulieres & rares, qui étoient le fruit
des recherches qu'il avoit faites dans une grande quantité de bibiotheques différentes. Ce font des diflerta-
tions fur les myfteres ou les pratiques de la religion,
de rares monumens de l'antiquité, des fragmens de conciles & de chroniques, de fondations d'églifes & de
monafteres, de lettres d'empereurs, de rois, de papes,
d'évêques. Dans le quatriéme & dernier volume de
fés analectes, fe trouve la fameufe & ample chronique
de l'abbé Tritheme.

Mais l'ouvrage qui a fait le plus d'honneur à la capacité de cet illuftre fçavant, c'eft fa Diplomatique.
L'examen d'un nombre prefque infini de chartes &
d'anciens titres qui lui avoient paflés par les mains, lui
firent former le deflein de foumettre à des regles, &
de réduire à des principes, un art dont on n'avoit eu
jufqu'alors que des idées très-confufes. C'eft dans cet
ouvrage que l'on donne les moyens de diftinguer les
véritables titres, d'avec ceux qu'une induftrieufe avidité a pû fuppofer. Le papier d'Egypte, l'écorce & les
autres matieres fur lefquelles ont écrivoit, y font examinées, la confrontation des caracteres y eft difcutée,
le ftyle & le goût des différens fiécles, la maniere de
datter, l'ufage des foufcriptions & des fceaux ; rien n'é-
chappe aux remarques de l'auteur.

Cet ouvrage joüit pendant vingt deux ans d'une approbation univerfelle ; mais enfin le pere Germon Jéfuite l'attaqua dans une diflertation qu'il fit paroître en
1703 fous ce titre : *De veteribus regum Francorum diplomati-
bus, & arte fecernendi antiqua diplomata, vera à falfis difcep-
tatio ad R. P. Joannem Mabillonium.* Il prétend démontrer
que les anciens manufcrits, les chartes & les titres fur

lefquels le pere Mabillon veut fonder fon nouvel art , n'étant pas hors d'atteinte & de foupçon de fauffeté, il s'enfuit que fes regles n'ont pas un fondement plus légitime.

Le pere Mabillon donna un fupplément à fa diplomatique, & ce fut-là toute la réponfe qu'il fit à fon adverfaire, qui de fon côté ne demeura pas fans réplique. Le fçavant dom Ruynart, M. Fontanini alors profeffeur d'éloquence à Rome, M. Lazarini, M. Catte célebre Jurifconfulte, & plufieurs autres fçavans entrerent en lice, & fondirent de toute part fur le pere Germon, qui plein de courage ofa faire face à tant d'adverfaires ; mais c'eft-là une guerre littéraire dont le détail nous meneroit trop loin.

M. Colbert qui avoit plufieurs fois effayé, mais inutilement de faire accepter quelque gratification au pere Mabillon qu'il eftimoit finguliérement, voulut le faire mettre fur l'état pour une penfion confidérable ; mais l'humble religieux répondit que fa congrégation ne le laiffoit manquer d'aucun des fecours qui lui étoient néceffaires, & qu'il ne méritoit pas l'honneur qu'on vouloit lui faire.

Peu de tems après, il eut ordre du roi d'aller vifiter les bibliotheques des anciennes abbayes d'Allemagne, pour y chercher ce qui pourroit fervir à enrichir l'hiftoire de l'églife en général, & celle de France en particulier. Ce fut au retour de ce voyage qui ne dura que cinq mois, qu'il donna fon quatriéme volume d'Analectes.

Deux ans après, fçavoir en 1685, il publia fon traité de la liturgie Gallicane, qu'il adreffa à M. l'archevêque de Reims, qui depuis la mort de M. Colbert ; arrivée en 1683, étoit chargé de tout ce qui concerne la littérature du royaume.

Dom Mabillon fit la même année par ordre du roi un voyage à Rome, où il fut reçu avec une diftinction particuliere. On l'honora même d'une place dans la congrégation de l'*index*, & l'on s'en tint à ce qu'il décida fur le livre des Septante, où Voffius traite de l'univerfalité du déluge. Après avoir vifité les plus riches bibliotheques de l'Italie, & y avoir copié quantité de nouvelles piéces qui n'avoient point encore parües, il revint en France, & enrichit la bibliotheque du roi de plus de trois mille volumes, tant imprimés que manufcrits. A fon retour, il donna une relation de fon voyage avec plufieurs des piéces curieufes qu'il avoit copiées, en deux volumes *in-quarto*, fous le titre de *Mufæum Italicum*.

Le livre des devoirs de la vie monaftique, publié par le célebre abbé de la Trappe, donna occafion à dom Mabillon de compofer fon traité des études monaftiques. Comme dans le livre de M. l'abbé de la Trappe, on interdifoit aux moines toutes les fciences, & prefque toute autre lecture que celle de l'écriture-fainte, & de quelque traité de morale; dom Mabillon fit voir que les fciences ne font point étrangeres à la vie monaftique, & il marque la qualité des études qui peuvent convenir aux folitaires, & les livres dont ils peuvent fe fervir, ayant foin d'indiquer les vües qu'ils doivent avoir en étudiant, cette difpute produifit divers écrits; mais enfin ces deux grands hommes fe réünirent, ce qui leur coûta d'autant moins, que l'un n'en vouloit qu'à l'abus des vaines connoiffances, & que l'autre n'écrivoit qu'en faveur des bonnes études.

Le différend qui fe réveilla en 1687, entre les Bénédictins de la province de Bourgogne, & les chanoines réguliers de la même province, fur la féance aux Etats, engagea dom Mabillon à défendre les droits & les prérogatives de fon ordre; il fit donc pour ce fujet un *factum*, dans lequel il traite à fond la queftion de l'antiquité des chanoines réguliers & des moines.

Il entra quelque tems après dans une autre conteftation fur la fignification des mots de *meffe* & de *communion*, dans le fens de la regle de S. Benoît; il foutient qu'ils doivent s'entendre comme nous les entendons à préfent, contre l'avis de ceux qui croyent que S. Benoît a pris le mot de communion, pour le pain & le vin que le lecteur prenoit en figne de communion avec fes freres, & le mot de meffe pour la conclufion de l'office.

On a encore de ce fçavant religieux, une lettre adreffée à M. de Bertier évêque de Blois, où il prétend juftifier la vérité de la fainte larme de Vendôme, une autre lettre touchant l'inftitution de l'illuftre abbaye de Remiremont, qu'il prétend avec raifon avoir été dans fon origine une abbaye de moines, une differtation fur l'auteur du livre de l'Imitation de Jefus-Chrift. On avoit d'abord cru que ce livre étoit de S. Bernard ; mais comme il y eft parlé de S. François qui vivoit quatre-vingt ans après lui, ce fentiment n'a pû fubfifter. Ceux qui l'attribuoient au célebre Gerfon chancelier de Paris, n'avoient pas pris garde que l'auteur du livre de l'Imitation, fe donne plus d'une fois la qualité de moine, & que Gerfon ne le fut jamais. Thomas à Kempis chanoine régulier de S. Auguftin, & Jean Gerfon abbé de l'ordre de S. Benoît, étoient les feuls qui euffent confervé leurs droits fur cet ouvrage. Dom Delfau de la congrégation de S. Maur, avoit publié un ouvrage en faveur de Jean Gerfon ; & ce ne fut qu'après la mort de ce religieux, qu'il parut un écrit, où l'on prétendoit démontrer que Thomas à Kempis étoit le feul & véritable auteur du livre depuis fi long-rems contefté ; dom Mabillon fortifia le fentiment du pere Delfau fon confrere, par l'autorité de douze manufcrits dont il donna une notice exacte.

Un autre écrit qui fit bien plus de bruit, fut la lettre que dom Mabillon publia en 1698, fous le nom d'*Eufebe Romain*, à *Theophile François*, *touchant le culte des faints inconnus*. Dans un voyage qu'il avoit fait à Rome, il avoit eu grand foin de s'inftruire des précautions qu'on y prenoit, & des regles qu'on y fuivoit, au fujet des corps faints qu'on tiroit des catacombes, pour les expofer à la vénération publique. En 1692 il compofa le traité dont nous parlons ; mais comme la matiere étoit délicate, il garda cet ouvrage cinq ans entiers fans le communiquer à perfonne ; & ce ne fut qu'au bout de ce tems-là, qu'il l'envoya fous le fceau du fecret au cardinal Colloredo, qui ne fut pas d'avis qu'on l'imprimât dans l'état où il étoit. Cette décifion en fufpendit l'édition pendant plus de dix-huit mois ; mais enfin ce livre parut au commencement de 1698. Il fut fort mal reçu à Rome, & fut attaqué par divers écrits auxquels dom Mabillon fut obligé de répondre ; on lui apprit enfin que fon ouvrage avoit été déferé à la congrégation de l'index, qui ne manqueroit pas de le cenfurer ; dom Mabillon pour parer ce coup, fe rendit à ce qu'on lui propofoit depuis long-tems, qui étoit de faire une nouvelle édition de fa lettre, où en adouciffant quelques endroits de la premiere, & en rejettant fur les officiers fubalternes, ce qui pouvoit fe commettre d'abus par rapport aux corps faints qu'on tiroit des catacombes, il n'eut pas de peine à contenter des juges, qui eftimant fon érudition & fa vertu, fembloient ne pouvoir fe réfoudre à le condamner.

Cet illuftre fçavant couronna fes travaux littéraires par les annalles de fon ordre, dont il a donné quatre volumes qui contiennent l'hiftoire de cette congrégation, depuis fon commencement jufqu'à l'an 1666. Il en publia le premier volume en 1703, & les trois autres en 1704, 1706 & 1707, le cinquiéme fut imprimé en 1713 par les foins de dom Thiery Ruynart.

Nous n'avons rapporté qu'une partie des ouvrages qui font fortis de la plume de ce célebre écrivain. On trouvera un catalogue exact des autres dans l'éloge de ce grand homme par M. de Boze.

Parmi fes papiers manufcrits qui ont été trouvés après fa mort, font une itinéraire de Bourgogne, une diſ-

fertation

fertation fur la canonifation des faints, une relation de quelques événemens de la vie du pere Manfolle, général de la congrégation de S. Maur; des obfervations fur le célebre verfet de la premiere épître de S. Jean, *Tres funt qui*, ces différentes piéces font en latin. Les fuivantes font en françois, difcours fur les anciennes fépultures de nos rois, des remarques fur les antiquités de S. Denis, fur les dotes des religieufes, fur les prifons des monafteres, fur l'ordre de S. Lazare, & des avis pour ceux qui travaillent à l'hiftoire des monafteres de la congrégation de S. Maur.

Son mérite l'avoit fait choifir en 1701 pour remplir une place d'académicien honoraire dans l'académie des belles-lettres. Dans la premiere affemblée publique qui fe tint après fa réception, il fit la lecture de la fçavante differtation qu'il avoit compofée fur l'ancienne fépulture de nos rois, ouvrage qui lui concilia l'admiration de toute l'affemblée.

Il mourut d'une rétention d'urine dont il fut attaqué fur le chemin de Chelles, où il alloit par complaifance pour un de fes amis. Comme l'on ne connut point affez la nature de fon mal, loin de le guérir, on le rendit incurable par la maniere dont on s'y prit pour le traiter, de façon qu'on fut obligé au bout de quelque tems de rapporter le malade à Paris, où il décéda après trois femaines de fouffrances le 27 Décembre 1708 dans la foixante & quinziéme année de fon âge.

FRANÇOIS THIMOLEON DE CHOISY.

FRANÇOIS THIMOLEON DE CHOISY, prieur de S. Lo de Rouen, de S. Benoît du Sault, grand doyen de la cathédrale de Bayeux, l'un des quarante de l'Académie Françoise, dont il est mort doyen, naquit à Paris le 16 Avril 1644. Illustre par l'éclat de sa naissance, il se rendit encore plus recommandable par la beauté de son génie, par sa vaste érudition, & par les charmes inimitables de son style. Théologien, controversiste, critique, grammairien, interprete, historien, peu de genres d'écrire où il ne fit briller sa capacité. Il avoit déja donné d'excellens dialogues sur la providence de Dieu & sur la religion, lorsque le roi le nomma en 1685 ambassadeur auprès du roi de Siam, en cas que ce prince voulut se faire instruire de la religion chrétienne, & pour ambassadeur extraordinaire à la place du chevalier de Chaumont, si ce dernier venoit à mourir pendant le voyage. On peut voir dans l'élégante relation que l'abbé Choisi nous a donnée de ce voyage, avec quelle dignité il soutint le glorieux caractere dont il avoit été revêtu.

Son retour en France fut marqué par sa réception à l'académie, où il remplaça M. le duc de S. Agnan.

Le choix que l'académie fit de M. l'abbé de Choisi pour la composition d'une grammaire, est une preuve de la haute estime qu'elle faisoit de la grande connoissance qu'il avoit de notre langue.

Après avoir donné la vie de David, avec une interprétation des pseaumes, où les différences notables de l'Hébreu & de la vulgate sont marquées, il publia

la vie de Salomon, & peu de tems après il donna celle
de S. Louis, qui fut suivie d'un volume de pensées chrétiennes, d'une traduction de l'Imitation de Jesus-Christ,
& de deux volumes d'histoires de piété & de morale.
A ces ouvrages succederent les histoires particulieres
de Philippe de Valois, du roi Jean, de Charles V &
de Charles VI, avec la vie de Madame de Miramion;
enfin une histoire ecclésiastique en onze volumes.

Si cette histoire continuée jusqu'à l'année 1715, & où
l'on trouve un agréable mêlange de l'histoire profane, est
un peu superficielle, l'on ne peut disconvenir qu'elle ne
doive être regardée comme un modéle pour la légéreté,
la politesse & l'élégance du style. Il en est de même
des mémoires sur le regne de Louis XIV, publiés après
la mort de M. l'abbé de Choisi, arrivée le 2 Octobre
1724, dans la quatre-vingt-uniéme année de son âge.

JACQUES QUIEN DE LA NEUSVILLE.

JACQUES QUIEN DE LA NEUSVILLE, issu d'une
noble & ancienne famille du Boullenois, naquit à
Paris le premier Mai 1647. Son pere Pierre le Quien,
capitaine de cavalerie n'avoit quitté le service, que
lorsque les blessures dont il étoit couvert, l'eurent mis
hors d'état de porter les armes. Son fils qu'il destinoit
à la même profession que lui, n'avoit encore que quinze
ans, qu'il le fit entrer cadet dans le régiment des gardes Françoises; mais la délicatesse de sa complexion
lui permit à peine de faire une seule campagne.

Obligé de renoncer au métier des armes, il revint
à Paris résolu de prendre le parti de la robe, il fit pour
cet effet un cours de droit; mais une seconde fois ses
projets furent malheureusement dérangés. On avoit

traité pour lui de la charge d'avocat-général de la cour des Monnoyes, & il étoit sur le point d'en être pourvû, lorsqu'une banqueroute considérable faite à son pere, l'obligea de tourner ses vûes ailleurs. Les lettres furent pour lui une heureuse ressource ; indécis cependant sur le genre d'étude qu'il embrasseroit, il ne se détermina pour l'histoire, qu'après y avoir été vivement exhorté par le célebre M. Pellisson, qui faisoit un cas particulier de son style.

Nous n'avions point encore alors d'histoire de Portugal en notre langue, M. de la Neufville entreprit d'en donner une ; & pour pouvoir puiser dans les sources, il commença par travailler à se perfectionner dans les langues Espagnole & Portugaise, qu'il n'avoit encore étudié que superficiellement. L'article essentiel des correspondances ne fut pas oublié, il en établit dans tous les endroits d'où il pouvoit esperer de tirer des mémoires sûrs. Ce ne fut qu'après s'être ainsi procuré tous les matériaux nécessaires à son dessein, qu'il commença à écrire. Les préparatifs avoient été longs ; mais M. de la Neufville vouloit donner un ouvrage qui établît sa réputation, & il y réüssit.

Cet ouvrage parut enfin en 1700 sous le titre d'histoire générale de Portugal, titre qui assurément ne disoit rien de trop.

M. de la Neufville avoit promis de continuer cette histoire jusqu'à nos jours, & il avoit en effet travaillé à un troisiéme volume ; mais qui n'a point été imprimé.

Son histoire dès qu'elle parut, fut reçûe avec une approbation générale, & elle lui mérita une place à l'académie des belles-lettres, où il fut reçu en qualité d'associé l'an 1706. Pour répondre à l'honneur de ce titre, il choisit pour objet de ses recherches, une matiere qui n'avoit point encore été traitée, ce fut l'histoire de l'établissement des postes chez les anciens, & il la conduisit jusqu'à l'année 1708, qu'il fit paroître

cet ouvrage dont il avoit lû divers morceaux à l'académie. Pour le rendre plus intéressant, il y inséra tous
les réglemens faits au sujet des postes, depuis le regne
de Louis XI qui en avoit été le restaurateur en France.
M. de la Neusville qui avoit dédié cette histoire à M.
le marquis de Torcy ministre d'Etat, obtint peu de
tems après la direction d'une partie des postes de la
Flandre Françoise, ce qui l'engagea à demander des
lettres d'académicien vétéran. Les ayant obtenues, il
vint s'établir au Quesnoi, & y demeura jusqu'en 1713,
qu'il fut destiné à accompagner M. l'abbé de Mor-
nay, qui venoit d'être nommé ambassadeur en Portugal.

La réputation de M. de la Neusville l'avoit devancée
dans ce pays, aussi y fut-il reçu avec les marques de
distinction les plus glorieuses. Le roi de Portugal lui accorda une pension de quinze cens livres, & le nomma
chevalier de l'ordre de Christ, le plus considérable des
trois ordres de ce royaume, & celui que le prince
porte lui-même. Sa Majesté lui fit encore l'honneur de
le consulter sur l'établissement d'une académie d'histoire que ce prince avoit dessein de fonder à Lisbonne.

M. de la Neusville plein de reconnoissance pour les
bontés dont il étoit honnoré, travailloit à la continuation de son histoire de Portugal, avec une ardeur que
l'on ne pouvoit gueres se promettre d'un homme de
son âge ; aussi sa trop grande application avança la fin
de ses jours. Il mourut à Lisbonne le 20 Mai 1728 dans
sa quatre-vingt-deuxiéme année.

A l'âge de trente-quatre ans, il étoit resté veuf avec
neuf enfans, il n'y en eut que deux qui lui survécu-
rent, l'un major du régiment Dauphin étranger, cavalerie, & l'autre directeur-général des postes à Bordeaux.

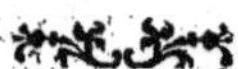

GABRIEL DANIEL.

GABRIEL DANIEL, le Tite-Live de fon fiécle, célebre autant par la variété, que par l'étendüe de fes connoiffances, naquit à Rouen le 8 Février 1649. Ses études achevées avec beaucoup de diftinction, il entra dans la compagnie de Jefus le 4 Septembre 1667. L'univerfalité de fon génie, jointe à une grande application, le fit briller dans les différentes carrieres qu'il eut fucceffivement à remplir. Grammairien, critique, hiftorien, philofophe, théologien, il s'exerça avec fuccès dans toute forte de genre de littérature.

Les épreuves de fon noviciat finies, fes fupérieurs l'envoyerent à Hefdin, où il fut employé pendant cinq ans à enfeigner les humanités & la rhétorique, & il profeffa encore la rhétorique pendant deux ans dans la ville d'Eu.

Appliqué enfuite à l'étude de la théologie, il en embraffa toutes les parties; la fcholaftique, la morale, la pofitive, & dans toutes il fit les plus grands progrès. Il n'y a pour en juger qu'à jetter les yeux fur le grand nombre de fçavans ouvrages qu'il a depuis compofés en ce genre.

Après une troifiéme année de noviciat, le pere Daniel alla enfeigner la philofophie à Rennes, & il remplit enfuite le même emploi à Paris dans le college de la fociété. Le charme des nouveaux fyftêmes philofophiques, ne fut point capable de l'éblouïr; s'il les étudia, ce ne fut que pour fe mettre en état de les combattre avec plus de fuccès, ce qu'il fit depuis dans

divers écrits autant ingénieux que solides. Le plus estimé, est son Voyage du Monde de Descartes, qui est
une réfutation du système de ce philosophe, envelop-
pée sous une fiction qui amuse agréablement le lecteur
en l'instruisant.

On a fait de ce premier ouvrage du pere Daniel,
différentes éditions, & il a été traduit en latin, en anglois & en italien.

Après trois cours de philosophie enseignés avec distinction, ce sçavant Jésuite fut envoyé à Rouen pour
y professer la théologie. M. Colbert archevêque de cette
ville, le chargea de travailler à un abrégé à l'usage du
clergé de son diocèse; mais pour des raisons que nous
ignorons, il discontinua cet ouvrage par les ordres du
même prélat. Ce fut alors que le pere Daniel commença à se tourner du côté de l'histoire, sans cependant
abandonner les matieres théologiques, qui firent toujours son étude chérie; peu d'hommes aussi qui ayent
mieux sçu que lui les développer & les approfondir.
L'ordre, la méthode, la précision, se font également
admirer dans tous les ouvrages qu'il a composés en ce
genre; & ce qui les rendoit plus estimables encore,
c'est le rare talent qu'il avoit de sçavoir répandre du
jour sur les questions les plus difficiles & les plus abstraites. Telles sont ses dissertations sur la distinction
du probable en pratique, & du probable en spécula-
tion, sur la direction d'intention, sur les équivoques,
& sur les restrictions mentales insérées dans ses réponses aux Lettres Provinciales, sa défense de S. Augustin, son apologie pour la doctrine des Jésuites, son
traité sur l'efficacité de la grace, pour répondre au livre du pere Serry, ses lettres au pere Alexandre, sur
le paralelle de la doctrine des Thomistes avec celle
des Jésuites, ses remontrances à M. l'archevêque de
Rheims, ses dissertations sur cet axiome de S. Augustin,
Quod amplius nos delectat, secundum id operemur necesse est,
& sur la nécessité morale & l'impuissance morale, par

rapport aux bonnes œuvres ; autant d'ouvrages carac-
térifés par une clarté, une précifion d'idées, une netteté d'expreffions qui met les matieres qui y font traitées, à la portée des efprits les moins pénétrans.

L'hiftoire ouvrit au pere Daniel une autre carriere,
où il acquit une gloire immortelle. Avant que de publier fa grande hiftoire de la monarchie Françoife, il
voulut preffentir le goût du public par quelques differtations qu'il fit paroître fur divers points de cette même hiftoire. Dans un volume qu'il fit imprimer en 1696,
& qui ne contient prefque que l'hiftoire des regnes
de Clovis & de fes enfans, l'auteur examine quel prince
a eu le premier établiffement dans les Gaules, & quel
eft le véritable fondateur de la monarchie Françoife.
Il traite enfuite de la dépofition du roi Childeric pere
de Clovis, & de l'élection du comte Gilles, général
de l'armée Romaine, pour être mis en fa place fur le
trône des François, de l'antiquité & de l'inftitution de
la loi falique, des médailles ou monnoyes de Theode-
bert, premier roi de la France Auftrafienne, petit-fils
de Clovis, & des lettres *C O N O B*, qui font empreintes
fur plufieurs piéces de monnoyes, des médailles de Chil-
debert, & de celles de Clotaire, du nom de Bretagne,
& des rois de la petite Bretagne ; enfin dans la derniere
differtation, ce ce célebre hiftorien examine fi Childe-
bert a bâti l'églife de Notre-Dame de Paris.

Il y eut entre ces differtations & le grand ouvrage
dont elles devoient être fuivies, un intervale de plus
de dix-fept ans, qui paroîtra bien court, fi l'on fait
attention à l'immenfe étendüe du projet que l'auteur
avoit formé, & qu'il n'exécuta qu'après avoir fait une
lecture attentive de plus de douze cens volumes de
piéces originales & manufcrites, qui fe trouvoient dans
la bibliotheque du roi. En 1713 le pere Daniel donna
enfin en trois volumes *in-folio* fon hiftoire de France,
depuis l'établiffement de la monarchie Françoife dans
les Gaules. Le premier volume a deux préfaces, l'une
critique

critique fur la maniere d'écrire l'hiftoire, & l'autre
hiftorique, où il eft traité du premier fondateur de
la monarchie, de la dépofition de Childeric, & du droit
de fuccéder à la couronne.

En 1724 le pere Daniel donna un excellent abregé
de cette hiftoire, qui fut réimprimé en 1727 & en
1731, & qui a été depuis traduit en Anglois. Un autre ouvrage du même auteur, rempli de recherches
non moins curieufes, & non moins intéreffantes que
celui dont nous venons de parler, eft fon hiftoire de
la Milice Françoife, & des changemens qui s'y font
faits depuis l'établiffement de la monarchie dans les
Gaules, jufqu'à la fin du regne de Louis le Grand.

Nous avons encore de ce fçavant Jéfuite, un recüeil
de divers ouvrages philofophiques, théologiques, hiftoriques & de critique. Ceux dont nous n'avons pas
parlé: font l'examen d'un livre intitulé, du témoignage
de la vérité, des mémoires fur différentes médailles,
un traité métaphyfique de la nature du mouvement,
l'hiftoire du concile de Paleftine ou de Diofpolis, un
traité théologique des péchés d'ignorance, une differtation fur les monnoyes des rois de France de la premiere race.

Tant de fçavantes productions, furent le fruit d'une
application continuelle au travail; l'excellent homme
dont je viens de faire l'éloge s'y livra dès fes plus tendres années, & fon ardeur pour l'étude ne fit qu'augmenter jufqu'au dernier moment de fa vie. Après avoir
demeuré plufieurs années à Rouen, il avoit été appellé
à Paris pour être bibliothécaire de la maifon profeffe;
& pendant trois ans il avoit été chargé de l'adminiftration de cette maifon, lorfqu'en 1725 il eut une attaque d'apoplexie qui dégenera en paralyfie, il en eut
bientôt après une feconde, & enfin une troifiéme qui
l'enleva de ce monde, le 23 Juin 1728, dans fa foixante-dix neuviéme année.

LOUIS LE GENDRE.

LOUIS LE GENDRE, chanoine & sous-chantre de l'églife métropolitaine de Paris, l'un des plus judicieux écrivains de fon tems, naquit à Rouen en 1655 de parens pauvres, & dont la condition humble & obfcure répondoit à leur pauvreté.

Moins ils furent en état de feconder les heureufes difpofitions que le jeune le Gendre avoit pour les fciences, plus il s'appliqua lui-même à les faire valoir; & l'on peut dire que ce fut à fon génie feul, foutenu d'une extrême ardeur pour le travail, qu'il dut les premiers progrès qu'il fit dans les lettres. Sa piété, fa modeftie, mille qualités charmantes du cœur & de l'efprit, interrefferent en fa faveur un protecteur généreux, feu M. de Harlai, alors archevêque de Rouen, & mort archevêque de Paris en 1695. M. le Gendre dut aux bienfaits de cet illuftre prélat, la meilleure partie de fon éducation, & il fut depuis conftamment honnoré de fon amitié & de fa confiance. Plein de reconnoiffance pour les bontés de fon bienfaiteur, qui en 1690 l'avoit nommé à un canonicat de fa métropole, il publia deux éloges de ce prélat, l'un en 1695, l'autre en 1696, & deux ans après il donna l'hiftoire détaillée de fa vie, écrite d'un ftyle également noble & coulant.

Pendant que M. le Gendre travailloit à cet ouvrage, un deffein plus grand, & qui bien exécuté eut été auffi plus utile, occupoit fa plume, c'étoit une nouvelle

hiſtoire de France ; il s'eſſaya d'abord ſur celle du feu
roi, juſqu'en 1691 que cet ouvrage parut *in-quarto* ſous
le titre d'Eſſais du regne de Louis le Grand, ouvrage
où les loüanges ſont répandües à pleines mains, & qui
ſelon M. l'abbé Lenglet, doit être bien plûtôt conſidéré comme l'eſſai d'un panégyrique, que d'une hiſtoire, ce qui n'empêcha pas qu'en moins de dix-huit
mois, il ne parût quatre éditions différentes de cet ouvrage que l'auteur avoit eu l'honneur de préſenter à
Sa Majeſté ſur la fin de Décembre 1697.

M. le Gendre encouragé par le favorable accueil que
le public fit à cet eſſai, ſe livra avec une nouvelle ardeur à la continuation du grand ouvrage qui l'occupoit tout entier, & dès l'an 1700, il ſe vit en état
d'en publier trois volumes, qui contiennent le regne
des rois des deux premieres races, & il donna en 1712
en un ſeul volume, les mœurs & les coûtumes des François dans les différens tems de la monarchie. Malgré
ſon infatiguable application au travail, dix-huit ans s'é-
coulerent avant qu'il eût pû mettre la derniere main
à la nouvelle hiſtoire qu'il avoit entrepris de donner
au public. Elle parut enfin en 1718 en trois volumes
in-folio, & en huit volumes *in-douze*.

Lorſqu'elle parut, il y avoit déja quelques années
que les conteſtations arrivées au ſujet de la bulle de
Clément XI duroient en France, & M. l'abbé le Gendre entra à cette occaſion dans pluſieurs affaires ſecrettes, qui ne produiſirent d'autre écrit de ſa part, au
moins qui ait été rendu public, que ſon oppoſition à
l'appel de ſes confreres.

Mais tandis que les deux partis innondoient le public
de leurs écrits, M. le Gendre travailloit à l'enrichir
d'une nouvelle hiſtoire, propre à répandre du jour ſur
une partie de celle qu'il avoit déja publiée, c'étoit
l'hiſtoire du cardinal d'Amboiſe, miniſtre d'état ſous
le regne de Louis XII. Cet ouvrage autant eſtimable
par la pureté & l'élégance du ſtyle, que pour l'exacti-

tude avec laquelle il eſt écrit, parut pour la premiere fois en 1723, & fut réimprimé l'année ſuivante à Paris & à Rouen. L'auteur y a joint un parallele des cardinaux célebres qui ont gouverné l'Etat.

M. le Gendre fut nommé la même année à l'abbaye de Notre-Dame de Claire-Fontaine, ordre de S. Auguſtin, dioceſe de Chartres, ayant été élevé l'année précédente à la dignité de ſous-chantre de l'égliſe métropolitaine de Paris.

Agé de près de ſoixante & dix ans, il ne voulut plus s'occuper que de la priere, & des ſalutaires penſées de l'éternité. Il mourut enfin le premier de Février 1733 dans ſa ſoixante & dix-huitiéme année.

L'académie de Rouen & l'univerſité de Paris, ſe ſont reſſenties du zele que ce ſçavant homme eut toujours pour l'avancement des lettres.

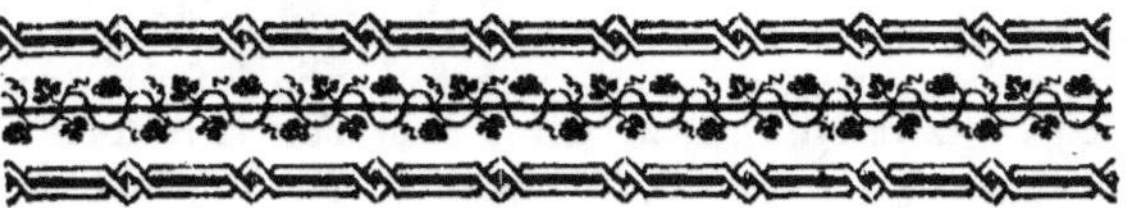

RENÉ AUBER DE VERTOT.

RENÉ AUBER DE VERTOT D'AUBŒUF, penſionnaire de l'académie des inſcriptions & belles-lettres, ſécretaire des langues de M. le duc d'Orleans, hiſtoriographe de l'ordre de Malte, & commandeur de Santeny, d'une noble & ancienne famille de la haute Normandie, naquit au château de Bennetot dans le pays de Caux le 25 Novembre 1655, de François Auber, chevalier, ſeigneur de Bennetot, & de dame Louiſe de Lanyrel de Mennevillette.

Quoique cadet de ſa famille, ſes parens n'épargnerent rien pour lui donner une éducation diſtinguée, parce qu'ils le voyoient doüé de toutes les qualités

que l'on peut défirer dans un jeune homme deftiné
à briller dans le monde. Après lui avoir fait faire fous
leurs yeux fes premieres études, ils l'envoyerent à Rouen
avec un précepteur pour y faire fes humanités & fa philofophie au college des Jéfuites. Une extrême avidité
de fçavoir, accompagnée d'une merveilleufe facilité à
apprendre, ne pouvoit manquer de le rendre habile
en peu de tems. Il n'avoit pas encore feize ans, qu'il
foutint avec éclat des thefes générales de philofophie.
Ce fut alors qu'il déclara fa vocation à l'état eccléfiaftique ; il demanda à fes parens qu'on lui permît de
prendre la tonfure ; & pour s'y difpofer, il voulut faire
une retraite au féminaire. Touché de l'efprit de Dieu,
il crut que pour affurer fon falut, il ne pouvoit trop
s'éloigner du monde ; & dans cette penfée, il vint
fe jetter dans un couvent de Capucins à Argentan, &
pour que fa famille ne s'oppofa pas à fon deffein, il
prit fi bien fes mefures, que ce ne fut qu'après fix mois
de recherches, que M. fon pere fut enfin informé du
lieu de fa retraite, il accourut pour l'en faire fortir ;
mais le frere Zacharie, c'eft le nom que le jeune novice avoit pris, parut fi content de fon état, & fi réfolu d'y perfifter, que M. fon pere ne crut pas devoir
s'oppofer à une vocation fi marquée, & il confentit
enfin que fon fils fît profeffion.

Le jeune de Vertot emporté par fa ferveur, n'avoit
pas affez confulté fes forces. Pendant qu'il étudioit à
Rouen, il lui étoit furvenu à la jambe un abcès fi confidérable, qu'il avoit été obligé de garder le lit près
d'un an entier ; cet abcès fe renouvella, & parut d'a-
bord fi dangereux, que l'on fut obligé de tranfporter
le malade à Fécamp dans le voifinage de fa famille ; mais
fon mal n'ayant fait qu'augmenter, Madame la maréchale de la Mothe fa parente follicita, & obtint un
bref du pape, qui permettoit au jeune de Vertot de
quitter l'ordre des Capucins, & d'entrer dans celui des
chanoines réguliers de Prémontré. En conféquence de

ce bref, il prit l'habit dans l'abbaye de Valfery diocèfe de Soiffons, & y fit profeffion le 7 de Juin 1677. L'année fuivante, l'abbé Colbert, chef & général de l'ordre de Prémontré, touché du mérite du nouveau profès, le fit venir à Prémontré pour y enfeigner la philofophie, & voulant fe l'attacher, il le fit fon fécretaire ; mais il ne s'en tint pas-là, comme des vœux faits dans un premier ordre rendent incapable de pofféder des bénéfices ou des dignités dans l'ordre où l'on eft transféré, M. l'abbé Colbert obtint un fecond bref qui réhabilitoit M. de Vertot dans tous fes droits ; & en vertu de ce bref, il le nomma au prieuré de Joyenwal près de S. Germain en laye le 25 Octobre 1683 ; mais l'ordre s'oppofa à cette nomination, les brefs obtenus en faveur de M. de Vertot furent attaqués juridiquement ; & peut-être auroient-ils été déclarés nuls, fi le roi n'eut interpofé fon autorité, en ordonnant par des lettres-patentes que ces brefs fuffent exécutés & enregiftrés au parlement.

Le nouveau prieur ne demeura pas tranquile longtems dans fon bénéfice, il en fut deftitué en 1686 ; & toute la grace qu'on lui fit, fut de le pourvoir la même année de la cure de Croiffy-la-garenne, dépendante de l'ordre de Prémontré. Ce fut-là que l'abbé de Vertot trouva enfin le repos après lequel il foupiroit. Deux de fes amis, M. l'abbé de S. Pierre & M. de Fontenelle, qui faifoient un cas particulier de la pureté & de l'élégance de fon ftyle, lui avoient depuis longtems confeillé de confacrer ce précieux talent à écrire l'hiftoire ; M. de Vertot fuivit leur confeil, & publia en 1689 fon hiftoire de la conjuration de Portugal, dont il fe fit plufieurs éditions, & qui parut enfuite confidérablement augmentée fous le titre de *révolutions*.

En 1693, il fut transféré de la cure de Croiffy-la-garenne, à celle de Fréville dans le pays de Caux, qui comme la premiere dépendoit de l'ordre de Prémontré, & peu après il paffa encore de cette feconde cure, à celle de S. Pair qui étoit d'un gros revenu, & qui fe trouvoit aux portes de Rouen.

En 1701, lors du renouvellement de l'académie des inscriptions & belles-lettres, M. l'abbé de Vertot fut nommé par le roi à une place d'associé; mais il ne pût venir s'établir à Paris qu'en 1703, parce qu'il lui manquoit deux années de résidence & de service, pour pouvoir résigner sous pension sa cure qui lui valoit trois mille livres de rente, & c'étoit là tout son bien.

Arrivé à Paris, il y fut employé par la maison de Noailles, dans des contestations entre cette famille, & celle de Bouillon; il fit pour la première quelques mémoires, & elle reconnut ses services par une pension. Il fut honoré dans la suite de deux titres nouveaux, de celui de sécretaire des commandemens de Madame la duchesse d'Orleans, Bade-Baden, & de sécretaire interpréte de M. le duc d'Orleans.

En 1715, le Grand-Maître de Malthe, frere Rémond de Perellos de Rocaful, le déclara par une patente du 17 de Mai, historiographe de l'ordre, l'associa à tous ses privileges, lui donna la permission de porter la croix, & il fut ensuite pourvu de la commanderie de Santeny.

Telles furent les glorieuses marques de distinction, tels furent les avantages que valut à l'abbé de Vertot, le talent singulier qu'il avoit de bien écrire l'histoire. Il a donné la conjuration de Portugal, les révolutions de Suede, & celles de Rome.

Un autre ouvrage considérable de M. l'abbé de Vertot, est son traité historique de la mouvance de Bretagne, dans lequel on justifie que cette province a toujours relevé de la couronne de France. Ce traité fut suivi de l'histoire critique de l'établissement des Bretons dans les Gaules. Dans cet ouvrage est démontrée clairement la vassalité originaire des premiers Bretons qui occuperent une partie de l'Armorique.

Les autres ouvrages de ce célebre écrivain, sont un grand nombre de sçavantes dissertations, qui se trouvent presque toutes répandües dans l'histoire ou dans les Mémoires de l'académie.

Un autre ouvrage plus étendu, & qui a été imprimé séparément à la Haye en 1737, est un traité complet sur l'origine de la grandeur de la cour de Rome, & sur la nomination aux évêchés, & aux abbayes de France.

Cet infatigable écrivain mourut le 15 Juin 1735, âgé de près de quatre-vingt ans.

TABLE
DES
HOMMES ILLUSTRES,

Dont les Eloges Hiftoriques font contenus
dans ce Volume.

LIVRE PREMIER.

*Théologiens, Scholaftiques, Moraux, Myftiques, Polémyques
& Canoniftes.*

Jacques Sirmond ;	Page 1	Luc d'Acheri,	67
Jean-Pierre Camus,	7	Godefroi Hermant,	70
Denis Petau,	10	Antoine Arnauld,	74
Jacques Goar,	17	Pierre Nicole,	79
Jean Morin,	20	Louis Thomaffin,	84
Jean Fronteau,	23	Louis Ferrand,	89
Pierre de Marca,	28	Jean Gerbais,	93
Blaife Pafcal,	34	Antoine Pagi,	97
Théophile Rainaud,	37	Jean le Bouthilier de Rancé,	100
Amable de Bourzeis,	41	Jacques-Benigne Boffuet,	107
Pierre l'Allemant,	46	Paul Pezron,	113
Jean Nicolai,	49	Jean Gifbert,	117
Emmanuel Maignan,	52	Claude Fraffen,	119
Jean de Launoy,	56	Richard Simon,	123
François de Combefis,	61	François de Fenelon,	129
Jean Garnier,	64	Bernard Lamy,	135

Tome I.

F 4

TABLE.

Charles Witasse,	140	Simon Gourdan,	176
Etienne Baluze,	143	Jean Hardouin,	182
Louis-Elies Du-Pin,	147	Michel le Quien,	186
Michel le Tellier,	151	René-Joseph de Tournemine,	
Eusebe Renaudot,	155		189
Pierre-Daniel Huet,	161	Edmond Martenne,	195
Nicolas Alexandre,	168	Charles du Plessis d'Argentré,	199
Pierre le Brun,	173	Bernard de Mont-Faucon,	202

LIVRE SECOND.

Orateurs Sacrés.

Hardouin de Perefixe,	210	Jean de la Roche,	239
Jean-François Senault,	211	Fabio Brulart de Sillery,	242
Claude de la Colombiere,	214	Mathieu Hubert,	246
Claude de Lingendes,	216	Charles de la Rue,	249
Jean-Louis de Fromentieres,	218	Pierre-François d'Aretez de la Tour,	253
Thimoleon Cheminais,	221	Honoré de Quiqueran de Beaujeu,	259
Jules Mascaron,	223		
Louis Bourdaloue,	226	Antoine Anselme,	265
Esprit Fléchier,	233	Jean-Paul Bignon,	270
Cosme Roger,	237	Jean-Baptiste Massillon,	276

LIVRE TROISIÈME.

Orateurs Profanes & Jurisconsultes.

Pierre Dupuy,	283	Louis le Grand,	307
Jerôme Bignon,	286	Claude Gautier,	310
Pomponne de Bellievre,	290	Pierre Seguier,	313
Antoine le Maistre,	294	Barthelemi Auzanet,	317
Charles Annibal Fabrot,	297	Guillaume de Lamoignon,	321
Claude Henrys,	300	Jean-Marie Ricard,	327
Charles Fevret,	303	Olivier Patru,	329

TABLE.

Michel le Tellier, 333
Rolland Vayer de Boutigni, 338
François de Roye, 341
Jean Boscager, 344
Gabriel Gueret, 348
Jean Doujat, 351
Bonaventure de Fourcroy, 353
François Pinsson, 355
Pierre Hevin, 357
Jean Daumat 364
Jacques de la Lande, 368
Etienne - Gabriau de Riparfont, 370
Chrétien-François de Lamoignon, 373
Pierre Taisand, 379
Claude de Ferierre, 383
Philibert Collet, 387
Nicolas-Joseph Foucault, 391
Marc-René d'Argenson, 395
Nicolas de la Mare, 409
Henri Basnage, 411
Michel le Pelletier de Souzy, 416
Guillaume Blanchard, 422
Claude Pocquet de Livonniere, 424

Jerôme Bignon, 429
Barthelemy - Joseph Bretonnier, 433
Eusebe-Jacob de Lauriere, 436
Matthieu Terrasson, 439
Pierre-Jacques Brillon, 444
René Pageau, 449
Augustin des Haguais, 451
Poucet de Montauban, ibid.
Vautier, 452
Nivelle, 453
Le Verier, ibid.
Nouet, 454
Sachot, ibid.
De Gaumont, 455
Gaspard-Thaumas de la Thaumassiere, 455
Julien Brodeau, 456
Etienne Bardet, 457
Martin Husson, ibid.
Claude Joly, 458
Jean-François des Haguais, ibid.
Charles Barrin de la Gallissoniere, ibid.
Omer Talon, 459
Denis Talon, ibid.

LIVRE QUATRIEME.

Historiens célébres.

Théodore Godefroi, 461
Denis Godefroi, 465
Matthieu Dupleix, 467
Jerôme Vignier, 471
Pierre de Boislat, 475
Jean Silhon, 480
Philippe Labbe, 484
Antoine Godeau, 488
Jean le Laboureur, 492

Henri de Vallois, 496
François Bosquet, 501
Charles le Cointe, 506
François-Eudes de Mezerai, 511
Geraud de Cordemoi, 513
Louis Maimbourg, 515
César Vichard de S. Real, 522
Adrien Vallois, 526
Melchisedech Thevenot, 529

TABLE.

Paul Pellisson Fontanier,	532	Adrien Baillet,	557
Roger de Rabutin Comte de Buffi,	538	Louis Cousin,	562
		Jean Mabillon,	565
Anselme de la Vierge Marie,	542	François Thimoleon de Choisy,	574
Honoré Caille du Fourny,	545		
Ange de Sainte Rosalie,	546	Jacques Quien de la Neuville,	575
Louis-Sebastien le Nain de Tillemont,	549	Gabriel Daniel,	578
Pierre-Joseph d'Orleans,	553	Louis le Gendre,	582
Urbain Chevreau,	556	René Auber de Vertot,	584

DISCOURS,

Sur les progrès des Sciences Sacrées,   Liv. I. page 1.

Sur les progrès de l'Eloquence de la Chaire,   Liv. II. p. 211.

Sur les progrès de l'Eloquence du Bareau, & sur ceux de la Jurisprudence,   Liv. III. p. 282.

Sur les progrès de l'Histoire,   Liv. IV. p. 461

Fin de la Table.

DE L'IMPRIMERIE DE VINCENT.